玉帝一身白衣，作为天道在凡间的唯一指定代言人站在两个人面前，对文昭说："现在你正式成为皮修的附属神，你们可以交换神属法器了。"

皮修买了法器手环，材质十分罕见，虽然其相一般，但一看就价值不菲。

手环戴好，皮修的手虚放在文昭的头上方，一串晦涩又晦涩难懂的语句从他的嘴中说出，文昭感觉有什么东西正在拂过自己的头发。

仙人抚顶，结发长生。

晴朗的天空传来阵阵雷鸣，天道认证完毕，天帝第一个开始鼓掌。

"仪式结束！"

日沸钱

海鹬落 著

天地出版社 | TIANDI PRESS

CONTENTS
目录

日 进 斗 金

第一章

封印·文家幺儿

"这就是你们带来的东西？"

赤身围着围裙的男人手上抓着一尊翠绿的观音菩萨像。

白色的围裙并不干净，上面沾染着黄色、黑色的油污。剃着寸头的男人虽然英俊，但眉眼间都是戾气，而他手中的观音却手持莲花微笑，脚踩莲座而立。

这玉料水头足，因主人常年放在手边把玩，带着一层油光在灯下生辉，同抓着它的凶男人一点也不相配。

张明被从小认识的王家老大带出来做这笔大生意，听着面前这凶戾得不像大老板的人问话，心里又后悔又害怕，连忙点头说："是，这是俺娘家里祖传的东西，几百年的老物件了，可是无价之宝。"

老王也连连点头："皮老板，这是从前摆在佛前供奉的好东西，染了百年香火，这么多年也没失人气。这是我听了你的要求，能找出来的最合适的东西了！"

皮修在光下转着观音看了一圈，皱着的眉头始终没有松开。张明和老王满脸忐忑，生怕他说出什么不好的话来。

"开个价。"

张明说了个数，皮修难得笑了一声，只是他笑还不如不笑，平白让房间里另外两个人心惊肉跳。

皮修："底下的莲座缺了块，背后的金底也没了，这个价你觉得值吗？"

"这……这……"

张明咬咬牙，又说了个数，见这姓皮的伙夫又要笑，连忙说："再低就不行了！要不是俺娘死了，这玉俺肯定不会出手的。"

皮修看了他一眼："行吧，要现金还是支票？"

张明一愣："现……现金得卡车才能运走吧。"

皮修从裤子口袋里掏出张支票填上，放到张明面前："行了，拿了就快走吧。"

张明看着支票上的数字咽了咽口水，颤声问："这……这能兑现吗？"

皮老板闻言眉头一竖就要发怒，老王见状赶快扯着张明拿支票走了："说什么胡话呢？皮老板可不是那种人。皮老板，我们就先走了，祝您生意兴隆，生意兴隆啊。"

张明被老王推着三步并作两步出了店门，迎面而来的热风让他一下放松下来，再一摸脑门发现全是汗，是刚刚被吓出来的。

"王哥，这是个什么老板啊？"张明握着支票的手还在抖，他回头指了指那有些破旧的写着"饭馆"两个字的招牌，招牌下露天的厨房朝外面排放着油烟，门口的白色瓷砖都已经被染成了黄色，怎么看都像是要被城管罚款的样子。

张明："一下能拿出这么多钱，该不会……不干净吧？"

老王瞪他一眼："你懂什么？现在的有钱人都怪得很，而且你刚刚没看这餐馆里面吗？那装修和家具样样都是好东西……"

老王压低了声音："外面这么破烂是做给别人看的，怕查呢。"

张明恍然大悟，连连点头，他也听过最近城里这些事抓得严，难怪这老板要选这么个地方，旁边就是农贸市场和汽车站，这是大隐隐于市啊！

老王一把揽过张明："走走，趁着银行没下班把这票子兑了。"

两个人走远，站在门口长得跟猴一样的服务员立刻冲去包厢门口敲了敲门："老板，他们走了，猴二已经在后面跟着了。"

"知道了，跟一会儿就回来，别被发现了。"

"好的，老板。"

听着包厢外的声音渐远，坐在桌边的皮修眉头皱着没松开，他拿起桌上的玉观音摸了摸。

"就这种货色也好意思大开口？"他冷笑一声将玉观音又扔在了桌上。

被两个人类拿走一大笔钱这件事让皮修心里烦躁，想生气又不能发作。

现在不同以往，人类占了人间气运的大头，轻易动不得，再不是从前他想一口吃几个就吃几个，能够为所欲为的年代了，更何况他对这种骨头多的生物也没兴趣。

愤怒让皮修身上一阵一阵燥热，十六度的空调风吹在身上还是热。他在椅子上又坐了一会儿，皱着眉一脸嫌弃地抓着玉观音出了包间。

猴精服务员见他出来，连忙弓腰行礼："老板。"

"忙去吧，我上楼坐会儿，有事叫我。"

皮修一摆手，撩开挂在楼梯前的珠帘，刚迈出一步，背后饭馆大厅里的热闹和喧嚣都消失了，只剩下安静。

他沿着楼梯往上走，拐弯的时候将身上的围裙脱下挂在楼梯上，赤裸着上身继续往前走。

二楼是个大开间，楼梯口上也挂着珠帘，翠玉和珍珠交替串着，风吹过时撞击在一起发出的都是金钱的声音。

皮修掀开帘子的时候电视里的女明星正在哭，闹得皮修头疼，倒是电视前面的人看得开心，双腿盘坐着，连看也不看皮修一眼。

皮修也不生气，只把玉观音往桌上一放，冲在电视前坐着的人说："别看了，滚过来。"

那人一身白色长袍，打扮得像个古时候只会死读书的穷书生，长发被白布包着，用一根木簪子固定，脸色比他身上的白袍子还要白上一些。

听见皮修的声音他一抖，愣是坐在沙发上没动，盯着电视抿紧了嘴。

房间里安静了一瞬，皮修的呼吸声开始有些粗重，他把空调的温度开到最低，再次开口："别让我说第三次，过来！"

那书生飘过来，只看了皮修一眼就立刻捂住眼睛，抱怨说："你怎么光着上身？一点也不斯文。"

皮修冷笑一声："老子没把你一巴掌打得魂飞魄散，已经是一百个斯文了。"

书生口中碎碎念，面上一百个不情愿，但还是老老实实飘到皮修身旁站定，只是举着左边袖子遮住视线，不让皮修一身腱子肉刺他眼睛。

"我看你的左手是不想要了。"

皮修冷笑一声，伸手将书生提到身前，冰凉的感觉让他皱紧的眉头松开些许。

"干吗啊？"书生意思意思挣扎了两下，一副认命的样子。

皮修对他这副听话的样子感到满意，又让书生靠近自己，给自己降温。

桌上的玉观音被塞进书生手里，书生一低头便是一愣，问："这是你从哪里找来的？"

"找两个人类买的。"皮修见他拿在手里不放，便道，"以后白天你就进这玉里休息，这玩意儿虽然成色不怎么样，但好歹受过几百年供奉，修复你足够了。"

"两个人类？"书生缓缓道，"我差点要忘记我已经不是人了。"

"你不是人已经几百年了。"皮修冷笑一声，"这世界上像你一样有几百年岁数的老家伙可不多了。"

书生摩挲着手中的玉观音不说话，突然挣扎着问："你买这个花了多少钱？"

"啧。"皮修不耐烦地又向他走近了些，感受到了更加明显的凉意，他舒了口气，"今天真的要热死人了。"

书生冷笑："我看你也不是人啊。"

"我看你是想直接投胎转世了。"皮修冷着声音道，"这破玉观音花了老子一大笔钱，你这书生除了给老子降降温也没有别的用处，留着你算是我心善，再不听话，老子亲手送你再死一次，知道了吗？"

书生敢怒不敢言，冷笑了一声。

房间里安静下来。

皮修叹了口气，深觉自己把这姓文的书生捡回来养着还不算太亏。

他又见这书生拿着玉观音不撒手，心下觉得他就是没见过大世面，这么个破烂玩意儿还当个宝，实在是穷酸，不免有点嫌弃。

皮修开口问："哎，你上次说你叫文什么来着？"

书生顿了顿才回答："文熙。"

皮修"哦"了一声，心想：叫"文西"怎么不叫"东西"？当真是人轻命贱，连名字也取得不行。

像是猜到了皮修心里的想法，文熙又开口解释："'熙'是'熙熙攘攘'的'熙'。"

"熙熙攘攘？不是'东西'的'西'？"皮修挑眉，"'熙'字笔画还挺多。"

文熙握紧了拳头不说话，便又听见这姓皮的伙夫问："有字和号没有？在你这种老家伙生活的年代，人类不是最喜欢给自己取外号吗？"

"没有。"文熙不想说。

皮修："看来是有。"

文熙还是不说话，这姓皮的也不勉强，把电视换了个台，从狗血电视剧换成了动画片，连声音也调到了最小。

皮修伸手捏着他的后颈强迫他抬头："我之前让你想的事情，记起来了吗？"

皮老板遇见文熙，正是在吃完饭遛弯顺便扔垃圾的时候，他刚站在分类垃圾桶前面，手一扬，把垃圾扔桶里，一个白玉坛子就掉自己怀里了。

皮修是头能开运聚财的貔貅，他抱着那白玉坛子左看右看上看下看，寻思自己就算再能招财进宝也不至于天降横财直接往怀里撞吧。

难道偏心的天道终于开眼，知道谁才是他亲儿子了？

皮老板举着坛子看了两眼，想起店里的猴精服务员毛手毛脚地打破了个泡菜坛子，认为这白玉的质地不错，正好可以顶上。

只是这坛子有点邪气，应该是有人在上面下了封魂咒，让这坛子里面的东西不得转世。这种腌臜事皮修见多了，一般被封的不是倒霉蛋就是黑心鬼。

他想了想伸手在坛子上一抓，将那咒符直接撕下来捏成了灰。

不管坛子里面是什么东西，这坛子他要了，到手的泡菜坛没有送出去的道理。

可咒符刚刚成灰，他就闻到了这坛子上淡淡的饕餮的味道。

饕餮，百年经济大案逃犯，犯下诈骗、抢劫多起罪行。皮修深受其害，他的多年积蓄连着睡觉的山一起被饕餮骗走了。

他瞪着坛子突然手抖，心想：该不会是这杀千刀的在外面被人宰了，被做成泡菜了吧？

皮老板把坛子打开，一股浓香从里面飘了出来，虽然饕餮的味道更浓了，但他却眉头一松，确定这里面不是饕餮。

在外面封一层咒符还不够，还在坛子里面搞这些旁门左道，把人的骨头泡着锁魂，也不知道是有多大仇。

他把坛子放地上，伸手敲了敲坛壁叫魂："有神志就出来说话。"

坛子里半晌都没有动静，皮修有些不耐烦，直接伸手将那点快要消散的魂魄抓了出来——一身白衣、头发披散的书生就被他提在了手里。

文熙悠悠转醒，只觉得自己做了个很长的梦，梦里觥筹交错富丽堂皇，香车宝马风月无边，他还是文家的幺儿，是京城里一呼百应的头号纨绔。

他睁开眼睛，第一眼便看见面前的男人凶神恶煞的模样，比他见过的远征将军还要骇人几分。

眼前一片红光闪过，尘封的记忆被翻开，官兵冲入家中抄家的场景浮现眼前，眼前人的脸同那些凶恶的嘴脸重叠又错开，文熙顿时挣扎尖叫起来。

皮修一根手指就让他闭嘴安静下来。

除开坛子里浸入骨的浓香，这书生身上还有定魂香的味道。皮修仔细嗅了嗅，脸色阴沉下来。

"你身上怎么有饕餮的味道？"皮修捏着这书生好看的脸逼问，"告诉我饕餮在哪里，保证你能投个好胎。"

也许皮修长得太凶，手上的力气太大，这书生才开口说了一个字就脑袋一垂晕了过去。

要不是皮修当机立断把人又塞进坛子里，抱着坛子全力狂奔回店里给点了定魂的香，这书生早就魂飞魄散了，现在哪里还能坐在沙发上看电视？

皮修见文熙又不说话了，伸手一扒他脸颊边的散发，漫不经心地说："你刚醒，不知如今是何世，需要时间适应，我就让你好好想想，只是你这电视剧都看了一打，书也看完了一柜子，高考卷子都做了两套，也应该适应了吧？"

文熙还是不说话。

"说话。"皮修淡淡道，"别让我生气。"

"适应了。"文熙说着冲皮修谄媚一笑，变了个人一样软声说："您只管问，只要我知道，定然知无不言，言无不尽。"

皮修"哼"了一声，心想着文熙还算识相，没有白费自己那点吊魂续命的宝贝。

"只要你告诉我饕餮在哪里，等今年天凉下来，我就送你去投胎，保证你下辈子一生锦衣玉食、富贵平安。"

文熙一怔，问："为什么要等天凉？"

"因为夏天太热，你得留下给我降暑。"皮修看了眼电视里的天气预报，皱眉，"明明才五月怎么就这么热？"

文熙气笑了，但在皮修看过来的时候又立刻伏低做小说："饕餮乃奇兽，我不曾见过。"

"它自然不会化作兽形出现在人前，饕餮那个丑东西最喜欢披着好看的人皮在人世招摇撞骗。"皮修不屑地骂了两句，又问，"你可曾见过胃口特别好的人？"

文熙追问："胃口特别好？好到什么程度？"

"一口气能吃一头牛，你见过没有？"皮修想了想，继续说，"再加五只鸡、六只鹅还有十条鱼。"

文熙："……我不曾见过。"

皮修眉头皱起，方才降下的体温似乎又升了起来，他靠近文熙的手臂，冰凉的气息让他冷静了下来。

文熙被他捏着手臂，不敢动，心里有怒，还要做出一副笑脸，体贴地问："这样您舒服点了吗？"

皮修点了点头，依旧追问："当真没有见过？"

"没有。"文熙回答得肯定。

皮修："那为什么饕餮要给你定魂吊命？如果不是他为你定魂，你被封在那坛子里早就魂飞魄散了。"

"我也不知。"文熙摇头。

"那你究竟是怎么死的？姓甚名谁？告诉我，我自己去查。"皮修盯着他的眼睛，"如若你不说，我用点别的法子照样也能知道，只不过……"

"我当真记不清了。"文熙脸白了白，冲着皮修一笑，"我自然是不敢骗您的，只是现在我脑袋里的东西都混在一起，魂魄也不完整，只记得自己姓文，从前是个有钱人家的公子，别的都不记得了。"

皮修眉头一皱，正欲再说，便听见门口的珠帘被拨响。

"老板，饭菜已经准备好了。"

珠帘后的猴精声音有点颤抖，生怕自己打断了老板的正事，壮着胆子又说："需不需要我给您端上来？"

过了一会儿，皮老板的声音传来："不用，我这就下去。"

猴精这才如蒙大赦地告退下楼去。

文熙头一次下楼，只觉得好像所有人都在看自己。但是等他看过去的时候，所有人都避开了自己的视线。

倒是同他还是文家幺儿的时候一样。

他在心里嗤笑了一声，脸上却一片平淡，老老实实跟在皮修身后。等他站到桌边一看，桌子上的碗筷都已经摆好了，除开皮修的玉筷金碗，其余人都是普通的瓷碗木筷。

他算了下数目，发现并没有自己的碗筷，就连座位也没有。

他眉头一皱正要说话，便看见有个小厮端着一碗药过来结结巴巴叫了声："老……老板，药……药熬好了。"

皮修看了眼，又叫这孩子去拿个勺子来。

文熙被他带着坐在身边，加宽的宝座垫着厚厚的棉坐垫，坐垫上面又铺了层麻将凉席，显得有些不伦不类。

坐上去的感觉倒是新奇，文熙摸着身下模样奇怪的凉席想：如果这竹子块换成玉石估计能更凉快一点。

可他看了眼身边人的体形，又想着换成玉石的话，身旁这不知是什么身份的人一坐就全碎了，倒是暴殄天物。

那孩子拿了个瓷白的调羹过来，皮修将那碗药推到文熙面前："这是给你固魂的药，喝了。"

文熙没动那药，反倒是瞧着皮修面前的饭菜新鲜。

文熙看了眼皮修面前的菜，多是豆腐青菜这种素淡的东西，同他本人的形象格格不入。这种凶神恶煞的人应当是大口吃肉大碗喝酒的才对，怎么跟个和尚一样？

他又看着店里那群伙计面前漂着红油还有大块肉的菜说："怎么你同他们吃的不一样？"

皮修舀了口豆腐吃下肚："因为吃这些凉快。"

他见文熙不喝药只盯着自己吃饭，皱眉正想说看什么看，可又念及他封在坛子里几百年没见过光，估计是想吃又不好开口。

皮修放下筷子，将那碗药端起来凑到文熙嘴边："先喝药，喝完再吃饭。"

文熙看他："我这个样子能吃饭吗？"

这个问题发人深省，整个饭厅顿时安静下来，皮修的脸色黑了下来，直接把碗抵在文熙嘴边，恶声恶气地说："喝！"

行吧，喝就喝，反正也不能再死一次了。

文熙就着皮修的手喝药，味道让他一度怀疑这是不是一碗毒药，最后一口喝完就咳得撕心裂肺，恨不得全部都吐在皮修身上。

"喝这么快干什么？"皮修拍着他的背，心想这要是一下子咳死了，自己要去哪里再找个这么合心意的冰枕来。

见他咳得直发抖，皮修忍不住问端药来的小结巴："这药是你看着煎的？"

小结巴惊恐点头："是……是我守着煎的。"

文熙咳了一阵缓过神来，坐直了说："我没有想到会这么苦。"

"真这么苦？"皮修心想自己也喝过，怎么感觉没这么苦，他不信，便拿着碗将剩下一点药喝进嘴里，没过一秒就喷了出来。

文熙："……"

皮修恼羞成怒，把碗猛搁在桌子上，冲着盯着自己看的众人吼了一声："都盯着我干什么！我脸上有饭吗？吃饭！"

坐下的伙计都开始吃饭，低着头不敢看老板第二眼。

文熙坐在一边心情复杂，想笑但是不能笑，可是他真的很想笑，只能忍着扯了一边的餐巾纸递过去让皮修擦擦嘴。

皮修被一口苦药吟得心浮气躁，身上又热起来。

小结巴站在一边吓得说不出话来，颤颤巍巍地问："老……老板，要不要给文熙上一副碗筷，刚刚他不是说要吃……吃饭的吗？"

文熙边用手给身边的皮修扇风边冲那小结巴说："那就麻烦你帮我拿副碗筷来吧。"

"拿那副柳木的来。"皮修转头嘱咐。

千年的柳木放过的饭食，文熙就能吃。

因为喝了定魂药，文熙原本有些透明的魂体已经同常人无异。

文熙："方才那药虽然苦，但喝下去之后我觉得舒服多了。"

皮修问："那破玉观音呢？"

"在袖子里。"文熙问，"要我拿出来吗？"

皮修摇头："先放着吧。"

小结巴拿了碗筷来摆在文熙面前，这才回了自己的座位上吃饭。他一口一口跟猫儿吃食一样，吃一口还看皮修这边一眼，不经意对上了文熙的眼睛又马上低头扒饭，看得文熙想笑。

皮修吃素，文熙也只能跟着他吃素。

不过吃了两口文熙就忍不住问："他们吃的是什么？"

"想吃？"皮修反问。

文熙矜持着没说话，皮修也不急，又舀了勺小葱拌豆腐吃进嘴里，总觉差了点肉味。

"想吃也没问题。"皮修放下筷子看他，"只要你想起来什么时候见过他，跟他有什么关系，别说是这些菜，你想吃什么我都能让他们给你做。"

文熙眉头一皱，作势捂头说："可是我真的想不起来。"

"那就饿着，反正你不吃也饿不死。"皮修擦干净嘴，一把将人拉起来，"上楼去，你们吃完把这里收拾干净，今天晚上可以开始准备夜市了。"

"老板。"坐在皮修左下手的青年突然站起身，"明天有您的客人要来。"

皮修脚步一顿，摆了摆手："知道了。"

眼见着老板和那书生上楼了，小结巴才壮着胆子问身边的猴二："猴……猴二，那个书生同老……老板什么关系啊？"

"这你都不知道？老板不是给你书让你学了吗？"猴二一脸嫌弃，"怎么说话结巴脑子也不好使。"

小结巴的脸顿时白了。

"快点吃饭，吃完了干活！"

突然一声低喝让猴二把想要说的话都咽进了肚子里，他看了眼发声的男人，见那张被疤痕贯穿的美人面阴沉，顿时打了个冷战不敢说话了。

楼上的文熙又躺在了自己最喜欢的位置上看电视，皮修脱了衣服去洗澡，洗完澡出来就见这书生正拿着今日自己给的玉观音摩挲，表情却有些奇怪。

"怎么？这么喜欢我送你的东西？"皮修走近，随手将毛巾搭在沙发背后，俯身将那尊玉观音从文熙手上抽出来看了看，实在没看出哪里特别来。

文熙坐起身，冲着皮修假笑："你送给我的东西，当然喜欢。"

"花言巧语。"皮修冷笑一声，根本不信。

"刚刚那么多人都是你的伙计？他们都不是人？"文熙仰头问，"我看有几个手长背驼，长得像猴子，他们是不是猴子精？"

"嗯。"皮修也不否认，换电视频道，懒洋洋地说，"五个猴子精当服务员，猴一二三四五，还有那个给你端药的小结巴，他也是服务员。"

文熙疑惑："那个小结巴也是猴子精吗？我看不出来。"

"他不是，他是扫把精。"皮修一指角落里的扫把，"就是那个扫把精，这几年才化成了人形，年纪小，估计是化形的时候受了点苦，说话结结巴巴的。"

文熙奇怪："你怎么会收一个扫把精？"

这可不是什么祥物，更何况这妖怪还开了个饭馆，最是讲究风水兆头，怎么好端端的还会收个扫把精？

"为什么不收？"皮修看他，"小扫把一个人就能打扫整个饭馆的卫生，本体化形就会的法术比扫地机器人都管用，更何况他吃得又少又不多事，不收他我才是有毛病。"

文熙微微点头："这样说倒是无可厚非。"

"觉得他扫把的根脚不吉利？"皮修挑眉，"你们人类就是这样，瞎讲究。"

文熙不接他的话，转而问："我看着还有三个人，那个叫住你的账房又是什么精怪？"

"算盘精。"皮修道，"另外两个，脸上有疤的鲛人是任骄，还有一个长得不咋地的狐狸是仇伏，是我的厨子。"

文熙看他："你怎么什么都告诉我？不好奇我为什么问这么多吗？"

皮修冷笑一声："看在你今天听话的分儿上，告诉你这些也无所谓。更何况你知道也做不了什么，我又有什么好怕的。"

"我真的没有见过你说的饕餮，是不是你弄错了？"文熙垂着头放软了声音说，"我就是个普通人，怎么会见过传说里才有的神兽？"

皮修挑眉："不是说记忆一片混乱，什么也记不起来了吗？"

文熙语塞，心想：这家伙怎么这个时候又这么聪明？

文熙直直看着他黄色的眼睛，恐惧又在心里蔓延。

"我可没有见过哪个普通人死了还被封在坛子里不让托生的，更何况又是沉檀香粉又是封魂咒，两层东西加在一起，能封你到魂飞魄散。"

文熙扭头说："不过是从前家里出了祸事，连带着我也一起受过而已。"

"怕不是一般的祸事吧。"皮修扯了扯他身上的白衣，"白麻衣，你是在给家里人戴孝？"

文熙不说话了。

"我对你活着时的生活没有兴趣，我就想知道你怎么和饕餮产生关系的。"皮修冷笑一声。

"你究竟是他的什么人？"文熙看他，"可我当真不知道他是谁，也没见过，一点印象也没有。"

"我是他的什么人？"皮修笑了笑，厉声道，"我是他的债主！"

文熙被"债主"两个字震得一愣，看着皮修喃喃道："欠债还钱天经地义，可你找他去，拘着我干什么。"

刚来这里的时候他不是没有闹过，想要下楼想要逃，可是就连门口那珠帘他都掀不开，没有皮修的允许，他哪里都去不了。

"拘着你？"皮修骂了句，"你刚醒那样子，真放你出去，稍微一点日光都能把你晒得魂飞魄散。"

文熙愣愣道："那我岂不是一辈子也不能出门？"

"饕餮从不会毫无理由地在别人身上留下他的气味，留着你在这里，他早晚会找过来。"皮修淡淡道，"等他找过来，我就送你去投胎，投胎之后什么阳光也无须怕了。"

而且我还能赚笔送"钉子户"投胎的功德，实在是一举两得。

文熙安静了许久才问："投胎会疼吗？"

皮修："不知道，我又没投过胎。"

只是他得考虑这书生投胎之后，自己去哪里再找个合适的"冰枕"。实在是可惜。

文熙："你说我的骨头在坛子里，那个坛子现在在哪里？"

"想知道？"皮修嘴角勾出一抹坏笑，"这个就不能告诉你，万一饕餮找来把坛子偷走了，那我不是人财两空？"

这种亏大发的事情他才不会干。

"刚刚你的账房说有客人要来，也是认识饕餮的人吗？"文熙问。

"对，到时候你跟我一起下去。"

文熙一愣："他们是什么人？"

皮修："也是饕餮的债主，他们手上有饕餮的画像，你到时候看画像认一认。不过饕餮每次都幻化出不同的样子见人，估计你也认不出来。"

"看上一看倒也不要紧，万一我认得出来，不是更好？"

皮修闻言一愣："你倒是不在乎我会对饕餮做什么，要不是他帮你定魂，你在我打开坛子之前就魂飞魄散了。"

"可我不顺着您的心意，怕是现在就会魂飞魄散。"文熙笑着贴近皮修，"明天给我找把扇子来吧，要不然用手给您扇风也太累了点。"

皮修冷冷道："当真是没了心肝的人类。"

文熙只是笑，也不反驳。

第二天起床的时候，文熙睁眼就看见床头柜子上放着一把黑漆描金折扇，上面还用红线挂着个玉挂件。

文熙坐在床上把玩了一会儿，就听见珠帘撞击的声音。

"您……您起了吗？老板叫我……我来请您下去。"

皮修坐在太师椅上闭着眼睛，手上转着两个保健球，面前的桌子上放着冷饮，冷饮被喝了一半，露出几块冰来。

空调的温度太低，坐在他对面的几个人欲言又止，想要把空调温度调高一点，却又不敢开口，只能拉紧自己的衣服。

房门被推开，皮修睁开眼睛将手上的保健球扔回了一边的篮子里。

文熙自觉走到皮修身边，可太师椅太小，没他坐的地方，文熙只能靠着扶手问："等很久了？"

皮修看了他一眼，今天这书生的头发没有全部扎着，披散了一半在肩膀上，少了点寡相。

"倒也不是很久，不过你已够慢的。"皮修用手指在桌子上敲了两下，"没椅子了，先站着吧。"

文熙没说什么，只是看向对面直直盯着自己的几位笑了笑。

"就是他？"一个戴眼镜的男人出声问。

皮修点头："他身上有饕餮的味道，你们应该都闻到了吧？"

"怎么找到的？"一个女人挑眉，"他这种年份的魂魄可不多见了，你该不会是因为这个破饭馆开不下去，跟着人去挖坟了吧？"

挖坟这种事对人来说是高危活动，但对皮修这种大妖怪来说就跟玩泥巴一样，就是小问题。

皮修冷笑一声："我那天去扔垃圾，垃圾刚脱手，这家伙的骨殖坛就掉我怀里了，跟空投一样。"

女人一愣，喃喃问："你这是垃圾分类正确，中奖了？"

"什么空投不空投的，先把画看了再说。"

角落里一个矮子从短袖里抽出一幅长画卷递过来，文熙看着愣是半天没接。

他盯着那矮子问："你这幅画是从哪里抽出来的？"

"袖子里啊。"那矮子不明所以，还冲着文熙扯了扯自己的衣袖，"这叫袖里乾坤，你这种凡人肯定没见过。"

文熙这才接过画，点头道："的确是没有见过。"

他还以为这矮子是从胳肢窝里抽东西出来，想一下实在是太吓人了。

桌上的冷饮被挪到一边，文熙打开画卷，一幅夜宴图展开于桌上。

侍女伶人如云，恍惚见得觥筹交错，文熙只看了一眼就愣住，半晌没有出声。

"怎么了？"

皮修见他没有说话，站起身走到桌边，一看那画也愣了，过了会儿从牙缝里挤出一句话来："我去！这种画怎么认人？"

古代工笔画，线条纤细优美，只是乍一看去人脸都一个样，圆脸盘子细眼睛，男的有胡子，女的长头发。

那一男一女也沉默了，只有那矮子还在为自己解释："我又有什么办法！那个时候的人画画就这样！又不像现在有照相机，'咔咔'两下完事，就这幅画我还是上一次去逮饕餮的时候从他书桌上拿的。"

那矮子拍桌："这上面有他！他亲口说的！那次我和他喝酒，他说如果我能找到画上的他，他就把从你这儿骗来的宝贝都给我！"

皮修："……"

矮子反应过来自己说错了话，立刻往后退了几步盯着皮修，颤抖着声音说："皮修，我告诉你，我是上了户口的，你要是吃我是犯法的！"

太师椅旁边的矮凳被一脚踢开，砸在墙角裂成了几块，那矮子吓得顿时立正站好，就差抬手给皮修敬礼了。

"我管你上没上户口！"皮修脸上隐隐显出黑色鳞片，眼睛也黄得吓人，上去就是一脚，踹得那矮子往后仰。

旁边的一男一女赶快上来拦住，女人上来刚刚拉住皮修的手臂就感觉手心一烫，顿时叫了一声。

"你再不冷静就要被天道炸了！"

文熙闻言立刻往后退了好几步，生怕皮修爆炸溅他一身，虽然如今不比当初，但他也是爱干净的。

然后他扯着嗓子喊："他好歹也是一方财神！要是你真的一口吃了他会出大问题的！"

皮修盯着那矮子："李诡祖，你给我过来！"

李诡祖贴墙站着不动："你放我一马，等东西找回来，我给你走关系，让你不用交税！"

"交税？交什么税？"皮修眼睛彻底黄了，"我自己的东西找回来还要交税？想钱想疯了吧！"

开个饭馆按照人类的规矩交税就算了，他一个被骗了东西的受害人找回财物还要交税？

是不是想钱想疯了？

"你那些宝贝不放进博物馆收藏就肯定要交税！"李诡祖讨好地笑了笑，"别生气，皮老板，宝贝都没找回来，你要是气死了，不是得不偿失？"

皮修喘了几口粗气，总算是没了往前面冲的意思。

"一分钱的税我都不会交！"皮修将桌子上的冷饮一饮而尽，嚼着冰块恨声道，"一分钱，一个铜板，都不要想从我身上扣下来！从貔貅身上掏钱，简直是白日做梦！"

文熙闻言一愣，原来这家伙是只貔貅，他眼睛忍不住往皮修臀间看去，都说貔貅只进不出，也不知道是真是假……

"站在那里干什么！过来！"皮修突然回头，朝着文熙伸手。

剩下三个人都一脸惊讶地看着这书生靠过去，白色衣袖一抖，手间就多了把黑漆描金的扇子。

"我怎么感觉温度高了点。"文熙展开扇子给皮修扇风，笑着说，"大夏天火气这么大干什么？"

李诡祖见皮修冷静下来了，这才敢上前两步说："有月老和西王母做证，你的东西找回来我分文不动，税也一分不用交，前提是你得把饕餮找出来！"

"这还用你说！"

皮修一把抢过文熙手里的扇子自己扇起来，文熙见状便收手乖乖站着，眼睛却看着桌上那幅工笔画问："这幅画是饕餮的？他是哪一个？"

"这个。"

李诡祖拿着画过来，指向角落里屏风后正同一婢女凑在一起说话的白衫人，一脸期待地看着他问："见过吗？"

"没见过。"文熙老实摇头。

说实话，哪里有人会长这样？

不过这画里别的人他倒是认识，都是坐在宴席上的宾客，哪里会去在意角落里面的小人物？

皮修一脸不耐烦地说："行了，就你那破画，人长得都不是人样，叫他怎么认得出来？"

西王母坐在桌边叹气："这要如何是好？"

"急什么？饕餮能给也定魂，自然会回来找他，只要他来，不愁抓不住那混账。"皮修想着就生气，"到时候我要他连本带利把当年骗走的东西给我吐出来！"

要不是饕餮这个狗东西，他至于现在在这么个破地方开个饭馆，守着那么点少得可怜的流水过日子吗？每个月还要准时给银行还贷款，交水电费，给那些伙计发工资。

皮修这个自睁眼就开了灵智，从来都是只进不出的貔貅，哪里有过这种憋屈日子？

拜饕餮所赐，他现在是什么人间疾苦都尝过了。

"你同饕餮是什么关系？"年轻的月老看着文熙，左看右看都是个人样，长得也挺好看，从外形看起来跟四脚着地的饕餮原形没半点关系。

文熙顿时黑了脸："我和他没关系！"

皮修一下茅塞顿开，抓着文熙的手腕伸过去说："你看看他的姻缘线，是不是同饕餮连在一起的？"

文熙敢怒不敢言，只能咬着牙问："画像上是个男的，怎么可能和我有姻缘？"

"他每出来一次换张脸，谁知道他会不会是女人？"皮修怒道。

月老见过大风大浪，淡淡道："只要有缘，畜生和人都能拴在一起。"

文熙怎么听怎么觉得这话像骂人，但还是老老实实伸出了手，让这位年轻月老看看他的姻缘线。

以前祖父也曾给他定过一门亲事，是一位侯府家的小姐，听说她长得娇俏动人，家里教养也好，同自己是天造地设的一对。

兴许这姻缘线还差在那小姐手上，自己还能和她的转世再续前缘，同话本里说的一样，做一对不惧世俗的夫妻。

月老拉着文熙的手一看，果然有条红线，但等他沿着红线去找另一端的时候顿时傻了眼。

最终月老什么也没说，这三人很快就脚底抹油跑了。

不是打不过，只是打起来翻天覆地的，让人头疼。

皮修阴沉着脸坐在太师椅上，文熙不看也知道皮修在生气。

皮修觉得饕餮肯定在文熙身上留了什么东西。

皮修越想越生气，体温持续升高，文熙挨着都能看见他鼻子里喷出的热气。

书生心里一跳，回忆刚刚那三个神仙似乎说过皮修生气会爆炸，那自己会不会受牵连？要是现在跑能不能到安全位置？

文熙思来想去，觉得跑是不可能的，自己现在出门可能会被直接晒死。现在人在屋檐下，小命都被这家伙拿捏着，要是他真想干什么，自己也没什么办法。

文熙想明白了，轻声问："您为什么一生气就会体温变高？貔貅都是这样的吗？"

"不是。"皮修反手推开文熙，"别靠我这么近。"

"为什么？"文熙疑惑，"你不是热吗？"

文熙还是被挡住了。

"您还没有回答我的问题，为什么您身上会这么烫？"文熙问。

皮修舒了口气，慢慢道："饕餮骗走了我一山头的宝贝，可我却找不到他的踪迹，只能放血祭天，让天道给我一点指引。"

文熙看他："然后呢？天道没有帮你吗？"

"他给了我五个字。"

"天道还会说话？"文熙觉得稀奇，满是好奇地追问那是五个什么字。

皮修冷笑一声："你也有今天。"

文熙一时语塞，皱眉说："这也太……太不像话了点，怎么能说这种话？"

皮修带着一丝淡淡的惆怅说："谁知道呢？可能他嫉妒我有钱，毕竟天道没有妈，也没人教他应该怎么说话。"

文熙听了连连往后退了好几步，一脸戒备地看着他。

"干什么？"皮修一脸蒙。

文熙贴着墙冷静说："我担心天道直接劈一道雷下来，有点怕。"

皮修黑了脸："他现在在睡觉，不会听到我的话。"

"那你究竟是做了什么事惹到他，才变成这副样子？"文熙疑惑地问，"就是像刚刚一样骂他吗？"

那这姓皮的也别着急骂天道说话不道德，这家伙要先庆幸自己没有被一道雷劈死，已经算是命大了。

皮修气哼哼地说："没有，我没骂这么直接。"

文熙："……"

他寻思还骂得挺委婉，一去二绕拐着弯骂人那也还是骂啊。

摸着那把扇子，文熙又开始给他扇风降火，安慰说："别生气，人家不好好说话，你也不能跟着人学啊。"

"那有什么的，他没妈我也没有，扯平了。"

文熙："……"

那你还挺厉害，跟天道平起平坐。

皮修垂着眼看他："你怎么跟哄小孩一样跟我说话？你以为人类就很聪明吗？"

文熙不说话了，只是一边打扇一边笑。

"说话，别装哑巴在心里骂我。"皮修逼他，文熙皱眉故作忧愁。

文熙："我怎么敢在心里骂你？"

这时房门被敲响了两下，猴精扯着声音问老板他能不能进来收拾，订包间的客人要来吃饭了。

皮修叫了声"进"，人仍坐在太师椅上不动，猴二、猴三轻手轻脚进来收拾，生怕惹起这位爷注意。

等猴二把桌上李诡祖留下的画拿起来的时候，文熙出声道："把那幅画送楼上去。"

猴二下意识去看皮修的表情，只见老板干着自己的事毫无反应，一时又不敢问他。

猴二又扭头去看自己兄弟，没想到猴三这个机灵鬼隔自己老远，一副"不关我事，谁叫你要去碰画"的样子。

文熙见状一挑眉，脸色冷了下来。

皮修："怎么了？"

文熙瞥猴二一眼懒懒道："让你伙计把画放楼上去，我使唤他使唤不动。"

猴二闻言就不敢动了，站在那里拿着画，结结巴巴说："老板，我……我没有。"

皮修皱眉看了猴二一眼，文熙注意着他的表情趁势说："没事，你别生气，叫他送上去就行了。"

皮修心里纳闷，这点事他生气干什么啊？但话还没出口，就看见这猴精弯腰鞠了一躬就拿着画冲出门，朝着楼上跑了。

皮修："……"

文熙心里得意，见另外一个猴精一脸害怕，便也觉得失了兴趣，对着皮修说："不是说这里有客人要来？我们上楼去吧。"

"那幅画李诡祖怎么没带走？"皮修往外走，"饕餮的东西别让我看见。"

二人上了楼，就瞧见猴二抱着画战战兢兢站在珠帘外面，白着脸结巴说："老……老板，我进不去。"

皮修眉头一皱："好好说话，以为你也是小扫把呢。"

"画给我吧。"文熙伸手。

猴二赶快把画递上去，见老板和文熙进去了，才三步并作两步下楼回到了自家兄弟身边。

"吓死我了，他……他居然跟老板告状！"猴二咽了口口水，"老板太凶了，刚看我一眼，我腿都……都软了。"

猴三嗤笑他一声："谁叫你手贱去碰那幅画！"

"我哪里知道啊！"猴二自觉冤枉道，"要是知道他会告状，我就不会犹豫了。"

猴三拍拍他肩膀："你也别太怕，我们有劳动法保护的，大妖不能随便吃小妖，否则要交罚款接受教育的。特别是我们老板，为了罚金不会吃我们的。"

貔貅聚财但是最小气，出了名的只进不出，从他手里掏钱同割肉没什么差别。要不然皮休也不会这么多年都坚持找饕餮，不肯罢休，就算是牛郎织女也没这么矢志不渝。

楼上，文熙把画卷摊开仔细看，心想：最近倒是真的奇了怪了，玉观音也好画像也好，都是自己曾经拥有的东西，现下都回到了身边。

难道自己真同那饕餮认识，只是不识他的真面目？

他摩挲着画卷边，手下一顿，疑惑道："怎么这里有血——"

突然画像一动，一阵光亮起。

皮休正在浴室里打着肥皂，就听见外面一声尖叫，顿时手心一滑，肥皂掉在了地上。

文熙靠在沙发边一脸惊恐地看着从画里爬出来的女人，她披头散发，脸色苍白，像极了前些天那部电影里面的反派。

按理说他和她是同类，不应当怕的，但是他才刚醒，业务还不熟悉，实在是……实在是……

"你别过来！皮休！皮休你人呢！"文熙吓到破音，反倒把刚刚从画里爬出来的女人吓得往画里缩了一些。

女人幽幽带着抽泣之音道："奴家并无恶意。"

骗人！文熙脸都白了。

话本里的反派开头都是这句话，信的人脑子都有毛病。

那女人终于从画里爬了出来，嘴里幽怨道："公子，敢问如今是何年何月了？"

文熙被她露出的通红眼睛惊得连连后退，一句话都说不出来，袖子里的玉观音掉了出来落在地上，正好落在她面前。

那女人一把握住玉观音，喉咙里发出一声泣音，猛然抬头盯着文熙问："这是从哪里来的、你……公子？"

女人手脚并用爬到文熙面前，凄厉叫道："公子！文公子！是你！"

瞪大的通红双目流下血泪，女人一边磕头，一边哭喊道："文公子，求公子救他一命，求公子救他！"

地板被这女人磕得咚咚作响，文熙脸都吓白了，靠着墙道："你是谁？你快起来。"

"公子不答应素珍，素珍就不起来！"女人跪在地上不动，一边哭一边给文熙磕头。

这样磕头要折寿的！

文熙握紧了拳头，压下心里的怒气，一撩袍子也跪了下来，冲着女人磕了个头。

不就是磕头，谁不会啊？

女人愣了，颤声道："文公子……"

文熙"咚"的一声又给她磕了个头："我帮不了你，你快点起来走吧。"

"公子莫要这样！公子您如何能跪？这是折奴家的寿啊！"女人凄厉哭着，趴在地上一口气给文熙连磕了四五下，气得文熙两眼发花，赌着一口气给这女人又磕了几个头。

这姓皮的不知道给二楼镶的什么地板，比石头还硬，文熙磕到头晕眼花，突然听见了熟悉的声音。

皮修擦着头发出来，看着面前对着磕头的两人一愣，问："你们这是对着练铁头功吗？"

他走过去一手把文熙提起来，朝着还跪在地上的女人一瞥，冷声道："还不滚！"

"文公子！"女人趴在地上不动，还在磕头，"求求您，救救吴郎吧！"

刚刚磕头太猛，文熙现在头晕说不出话来，额头上也一片红，皮修看他没有说话的意思，便道："你都死了几百年了，你要救的人也早就死了。"

女人一愣："死了？"

皮修没管她，单手拎着文熙去了沙发上坐着，伸手在他通红的额头上摸了一把，有点无语："我也是第一次瞧见磕头能把魂磕掉的人。"

"玉观音呢？"皮修问。

文熙闭着眼睛说："在那女人手上。"

皮修起身走到女人面前，蹲下身要将那个玉观音拿回来，可这女人抱着玉观音连退几步，一脸戒备地看着皮修，惨白的脸渐渐开裂流血。

"哎，血别滴地板上了。"皮修一手将女人抓了起来，全然无视她喉咙里发出的惨叫，提着她往外走。

女人惨叫着向文熙的方向伸手："文公子救救奴家！文公子！怀玉公子！"

皮修手一顿，把女人提起来问："怀玉？你在叫谁？"

文熙撑着头睁开眼睛，瞥了那女人一眼，轻声问："你究竟是谁？怎么会从画里爬出来？"

"画里面？"

皮修眉头一皱，将女人扔到地上随手一画，将她定在原地，走到桌边将那幅画拿起来，细细看去，发现画上的伶人少了一个，空出一块白来。

李诡祖送来的画上爬出个女人，皮修冷笑一声，抓起桌上的手机开始打电话。

打了许久电话也没人接，皮修顿时火起，将手机摔在地上砸得四分五裂，女人惊得打了个哭嗝，抱着那玉观音缩在地上瑟瑟发抖。

文熙扶着沙发站起来，慢慢走到皮修身边："不接电话？"

皮修冷哼一声，走上前抓着女人的头发一下提到面前，冷声问："李诡祖让你来的？"

"不是！"女人否认，"奴家本来就在画里。"

她朝着文熙伸手："公子救我！"

"他可救不了你。"皮修手上用力，"那你是怎么进到画里的？"

女人摇头："奴家不知，奴家不知啊！"

文熙听不下去了，伸手按住皮修的手臂说："她兴许是真的不知。"

皮修看他："你认识她？"

文熙摇头："不认识。"

皮修："但我看她好像认识你，口口声声叫着文公子，我问你，怀玉又是谁？"

文熙一顿，犹豫片刻才承认："是我，怀玉……是我的字。"

女人趴在地上听见文熙的话，抽泣道："公子不记得素珍了吗？您还曾夸过素珍的唱腔好听的啊！"

说完她又伏在地上哭起来，流了满地的血泪。皮修看得头疼，又烦躁起来，指尖一动，一道黄纸飞出直接封住了女人的嘴，房间里终于安静了下来。

小扫把和猴二被老板叫上楼，一拉开珠帘就看见了满地的血和倒在血边被封住嘴的女人。

皮修和文熙坐在沙发上，皮修抬手一指："把弄脏的地方收拾干净，这个带下去看着，别吓着客人，也别让她哭。"

猴二提着女人下去了，小扫把蹲在地上开始擦地，文熙转头盯着那被猴二拎在手里的女人，直到珠帘放下。

"想起来认识了？"皮修问。

文熙不说话。

皮修看他："那幅画同你什么关系？怎么这幅画里爬出来的玩意儿认识你？"

文熙揉了揉头，沉默了许久才说："那是我寿辰时候的宴会画像。"

皮修眉头一挑，叫小扫把将画拿过来在面前展开，冲着画问："这画上哪个是你？指出来看看。"

文熙抬手一指画正中桌子上的红衣玉冠人。

皮老板看看画又看看人，忍不住道："真是一点也看不出来，这画上人的脸有你的两个大。"

文熙："那时的画匠就是这般，不比现在好。"

"既然是你的寿宴，来了哪些人你应该清楚吧。"皮修指着那饕餮化身的白衫人，"这个还有印象？"

文熙叹气："你也说了这画看不出人样来，更何况寿宴宾客众多，我也只接待那些有头有脸的人，哪里会在意同婢女说话的人？"

他说着一顿，盯着这画上的那女人留出的一块空白道："倒是这伶人离这屏风近，兴许见过饕餮。"

皮修看着那块空白许久，冷声道："你最好是真的不记得了，怀玉公子。"

"我不会骗您。"文熙露出一笑，"要是记得我一定会告诉您的。"

皮修不接他的腔，依旧看着那幅画卷。

从前他从山上下来，途经人类居住的地方，如同这画上一般灯红酒绿金碧辉煌的寿宴他也曾见过，都是在那些王侯将相家中。

而这书生一身穷酸麻衣，却说这画中央顶戴宝冠、身着金绣纹样红袍的主人是自己，那女人也口口声声叫他公子。

皮修看向文熙，当真有双公子哥不沾阳春水的手。

"这画是你的？"皮修问。

文熙点头："是一参加宴席的书生所画。"

皮修："那怎么又落到了饕餮手里去？"

文熙一愣，当日家破人亡，文家万贯家财都被抄没，这画如何落到别人手中他也不知。

"又不记得了？"皮修见他又不说话，表情顿时愣了下来。

文熙摇头："我真的不知道。"

"既然是个公子哥，那怎么会被人折骨藏坛，定魂封压不得超生？你家里人也不管？"皮修带他去看画，挑眉问，"难道是家道中落，同话本里面一样蒙受了不白之冤，一朝下狱成了阶下囚？"

文熙僵了僵，脸上勉强挤出一个笑来："倒也差不了多少，只是人家是不白之冤，我家是咎由自取罢了。"

文熙说完这句话就闭口不言，皮修也没有继续问下去。

被那女人吓了一遭，文熙的魂魄有些不稳，没一会儿就睡了过去。原是想要进玉观音里休息的，但那女人的样子实在可怜，文熙就暂时没要回玉观音，只能躺在床上睡。

躺了两分钟，文熙总觉得少了点什么，睡不着，起身坐起来看着正穿衣服的皮修问："有没有香？"

皮修穿衣服的手一顿："什么香？"

"用火点燃的安眠香，不点香我睡不着。"文熙走过去对着皮修讨好说，"点一点点就好了。"

皮修瞥他一眼："你倒是会享受。"

"看在我能让您凉快的分儿上，就让我享受一会儿，等玉观音拿回来就不用了。"文熙又问，"您穿衣服又是要去哪里？"

皮修："你不是说那个女人可能见过饕餮吗？当然是去问她点东西，顺手超度一下，攒点功德。"

文熙一愣："您这样的大妖怪也要攒功德吗？"

"原本是不用的。"皮修冷笑一声，"还不是因为我骂了天道那狗东西，所以才易怒体热，得攒功德让天道消气。"

文熙："如果我身上没有饕餮的气息，您也会把我带回来超度吗？"

"会啊。超度几百年的老鬼，跟买彩票中了五百万一样，都是大功德，我肯定不会放过的。"

文熙笑了："您买过彩票吗？"

"没有！"皮修脸顿时黑了下来，咬牙切齿地说，"因为貔貅招财，他们不许我买彩票。买股票赌博赛马这些行为都不可以。"

要不然自己早就发大财了，怎么会沦落到当个体户的地步！

皮修越想越气，和文熙又坐了一会儿，给他点上了安神养魂的香才下楼。等皮修走远了，文熙闻着香的味道越想越不对劲，一个翻身下床去找刚刚皮修拆掉的包装盒。

从垃圾桶拿出已经被撕烂的包装一看，上面赫然写着"蚊香"两个字。

文熙直接变了脸色。

姓皮的死抠门，什么狗屁安神养魂香，点个蚊香糊弄人。话本里果然没有说谎，貔貅这种东西就是小气神祖宗。

文熙将包装扔回垃圾桶，气闷地躺床上闭眼睡觉，原本只是想躺一会儿，没想到真的睡着了，香炉里掰成几段的蚊香燃烧后的烟雾弯弯绕绕，萦绕在房中。

皮修下楼同几位熟客打了个招呼，又去厨房转了一圈，任骄和仇伏站在灶炉边忙得热火朝天，见着老板来了也只是看一眼。

"还忙得过来吗？"皮修问。

任骄看他一眼："您就别来帮忙了，不然砸个灶台又要重新装。"

仇伏点头，一副烟嗓说："您身边那个鬼也不行，被三昧真火一燎，瞬间没了。"

"你看他那个样子，像是会做饭的吗？"皮修借着炉灶点了根烟，长长出了口气。

任骄炒菜起锅，挑眉问："怎么？要再请个厨子过来吗？现在招人可不便宜，没个食宿补贴五险一金，人家小妖怪都看不上。"

"不可能！我没钱请更多人了！"皮修黑着脸说。

仇伏叹气："老板，你不能因为我仇富就说这种话，我虽然仇富，但是也想变富啊。你从年前说要涨工资，到现在一点动静都没有，今年再不加钱，我过年回家又要看家里老家伙的脸色。"

"那你别回了，反正你也不喜欢青丘的老狐狸，小心染上狐臭回来，还得给你治病，我听说那玩意儿不能根治，到时候你厨房都不能待了。"

皮修说着眉头越锁越紧，怎么想怎么觉得仇伏这种物美价廉的劳动力不能丢。

"你到底过来干什么？"任骄刷完锅说，"听那几个猴子说你房间里又来了个女人？"

仇伏一愣："女人？那不是个男的吗？"

任骄一笑，脸上的长疤狰狞："另外一个。"

"老板，你最近是不是沾了不好的东西？你该不会真的为了钱跟人挖坟去了吧？"仇伏皱眉，"其实挖坟也没什么，就是被人类发现了麻烦，要不我回去抓两只灌灌回来，那玩意儿虽然嘴臭但是辟邪。"

皮修皱眉："什么有的没的，是李诡祖那矮子带来的画鬼，我看她可能知道饕餮的下落才留下的。"

仇伏怪叫一声，锅里的火一冒三尺高，烫得皮修往后一靠怒骂了句。

皮修："刚刚那女人被关在哪里了？"

"后面杂物间呢。"任骄一抬下巴，"猴二带过来的时候一直哭，听得我脑门疼，就把她嘴堵上了。"

皮修气冲冲去了，他一走仇伏才松了口气，擦了把汗叹气道："老板本来长得就凶，一生气更凶，楼上那个也不知道是怎么忍下来的。"

"人在屋檐下，不得不低头。不忍也没办法。"任骄说着擦手走过去把厨房的排气又开高了一挡，空调温度也调低好几度。

任骄："不过只要能让他凉快下来也没什么不好，要不然他一生气就升温，我再不怕热也顶不住。"

皮修带来的温度还留在厨房里，等他一脚踹开杂物间的门，身上温度已经让周围的空间变得扭曲。

女人被捆得严严实实躺在地上，嘴里塞着个土豆，皮修看一眼都牙酸。

"我问你答，不许哭，哭一声我就把你打得魂飞魄散。"皮修坐在水缸上，冲着女人怒道，"听懂了吗？听懂了就点头。"

女人呜咽着点头。

皮修这才挥手拿掉了塞在她嘴里的土豆。

"我问你，这幅画画的是不是文熙的寿宴？"皮修把画摊开在地上，指着空白一块问，"你原来就站在这个位置？"

女人点头。

"这个人你还记不记得？"皮修手指上移，指着一身白衣的饕餮问，"这个男人，你还记得他吗？"

女人盯着看了一会儿，才缓慢点头说："他……奴家去文府唱戏见过他几次。"

"很好。"皮修笑了笑，身上的温度降低了点，放轻了声音问，"那你记不记得他在文府干什么？"

女人看着他开口道："求公子救一个人，只要公子救他，奴家什么都告诉您。"

皮修变了脸色："你要挟我？"

"奴家实在没有办法了！"女人又抽噎着开始磕头，声声凄厉，血泪滴在地上，

"文公子不愿出手，奴家实在是没有办法了！"

皮修压抑着怒气："他怎么就不愿意出手了？"

"文公子是文丞相幼孙，皇后亲弟，家世显赫，满京城的纨绔也比不过他一个！"女人声泪俱下，尖声道，"他夸我戏唱得好！说允奴家一件事！他说过的！"

皮修一愣，但面前的女人又开始哭叫不休，显然是别想再问出点什么来。

冷着脸把土豆又塞回去，皮修推开门就瞧见任骄在走廊上靠墙抽烟，他弹掉一点烟灰，小扫把就守着把烟灰扫进簸箕里。

"没有超度？"任骄问。

皮修怒道："没有！"

任骄点头，把烟头扔在小扫把脚边，又拿出一根叼在嘴里说："这种情况，不消了执念，你强行超度也没功德给你拿。"

"我就不明白了，老子又不是慈善组织，天天做什么好事。"皮修见他又开始往地上弹烟灰，瞪了他一眼，"别欺负小扫把。"

任骄笑了一声："还不是因为你嘴贱，骂了不该骂的东西，自讨苦吃。"

皮修黑了脸扔下一句"我明天来"，转身就走。

小扫把老老实实扫烟灰，任骄见皮修走了，这才把烟按熄，抢过小扫把手上的扫帚三下两下弄干净扔在一边。

皮修冷着脸上了楼，又去冲了个澡出来，这才去睡。

文熙醒的时候难得感觉到了热，他黑着脸坐起来。

皮修睁开眼，就看见文熙的眼泪掉了下来。

"你哭什么？"皮修愣了。

文熙捂着脸抽泣说："我梦见从前家里出事的时候了。"

皮修坐起来："做噩梦了？"

文熙点头。

皮修看着他不说话。

文熙又问："昨天你问到饕餮的下落了吗？"

"没。"皮修回神，"你那个老熟人还要挟我，说你不帮忙就不告诉我她知道的事情。"

文熙一愣："什么老熟人？"

"她说你夸她唱戏唱得好，还答应她完成她一个心愿，怎么不是老熟人了？"皮修淡淡道，"难道文公子贵人多忘事，已经不记得自己随口一提了？"

文熙想了想，似乎自己生辰那日喝得太多，后来是拉着一个伶人夸了几句赏了点宝贝，但是有没有允人一个承诺他倒是记不清了。

或许说过，或许没有说过，但这都不重要了。眼下他连自己都无法保全，谈何兑现允诺别人的事情！

皮修见他皱着眉头不说话，就说："想不起来就别想了。"

"你没问到就回来了？"文熙抬头看他，"那她还……还活着吗？"

皮修气笑了："她都已经是个死鬼了，我就是天王老子也不能让她再死一次。"

"不过昨天我的确很生气，差点一巴掌把她拍得烟消云散。"他顿了一下，"不过我忍住了。"

文熙一时不知道该说什么，难道要他给这姓皮的鼓掌夸他好棒吗？

"待会儿我再去看看那女人，等我问明白我再叫你下去，听听她鬼哭狼嚎究竟是要求你做什么事。"

文熙点头，没一会儿又睡了过去。

皮老板洗漱下楼，正好遇见任骄又在抽烟。

"墙上那么大的禁止抽烟标志你看不见啊？"皮修走过去伸手，"搞快点，给我来一根。"

任骄给他点烟，两个人站在一起吞云吐雾，皮修全然无视墙边他亲手贴的禁止抽烟的标志，放肆至极。

"我说你一条鱼怎么这么喜欢抽烟？"皮修问。

任骄眼也不抬："你不废话吗？我在海里点不着烟，现在在陆地上可不得使劲抽。"

"那也是。"皮修吐出个烟圈，说，"怎么今天仇伏不在？"

任骄："早进厨房准备菜去了。"

"这么早？"皮修惊讶。

任骄瞥他："不早了，是你今天下来晚。"

他按熄了烟，抬手在皮修肩膀上拍了拍："我们同你比不了，想懒也没心情懒。"

"滚滚滚！"皮修没好气地说道。

皮修摆摆手说："待会儿让猴三抓只公鸡杀了煲汤，就让他在厨房里杀。"

厨房被简单收拾了下，皮老板让任骄把女人拎过来问话。

皮修坐在小木凳子上，猴一二三四五加个小扫把分列两边，两个主厨左右护法，配上任骄那张疤脸，气势汹汹，就差喊句"日月神教，千秋万载，一统江湖"了。

把女人嘴巴里的土豆摘了，皮修看着上面带着血牙印子觉得很浪费。

小扫把不想看到地毯被弄脏，拿了个盆过来放在女人面前结结巴巴地说："哭……哭在里面，别滴到外……外面，不好收拾！"

泪水滴滴答答还挺有节奏，五个猴子盯着水盆跟着节奏晃尾巴，直到皮修把茶杯磕得一响这才一个个夹紧了尾巴，用尖细的声音开口："报上名来！"

女人一抬头，看了这五个像猴又像人的妖怪半晌，突然尖叫一声，眼睛里的血泪跟装了高压水枪一样乱飞。

女人惨叫："妖怪啊！有妖怪！"

五个猴子顿时怒了。

居然被丑鬼叫妖怪，她配吗！我们不比她长得像个人？

被人骂妖怪不可怕，可怕的是被比妖怪还丑的鬼骂妖怪。

小扫看着飞溅到地上的血泪发愣，气得结巴得更厉害，一个字得念个五六遍才能吐出下一个，叫任骄笑得直不起腰。

皮修黑着脸盯着那五只猴子，吃猴脑的心思格外强烈。

太丢脸了。

皮修一拍桌子怒吼一声："统统给我闭嘴！"

结果太用力，桌子被拍得分成了三四块，只能收拾起来当柴火，让本就不富裕的饭馆雪上加霜。

等着五只猴子搬来新的桌子，女人终于不哭了，她趴在地上抽噎，还沉浸在刚刚被猴妖惊吓的余韵里无法自拔。

皮修清了清嗓子："先说说你是怎么死的！"

"奴家是荣喜班的角儿，被京城里的荣世子看中要带回去，奴家不愿意，就一头撞死了。"女人顿了顿，"那画上的血就是奴家死的时候染上去的。"

皮修看着她道："我可以帮你报仇，让那个荣世子的转世倒霉甚至偿命都可以，不过你昨天说要救一个人才告诉我你知道的事情，但是你已经死了几百年了，想救的人不论当时生死，现在也早已轮回转世不记得你了。"

那女人一愣："轮回转世？"

"六百年前到现在，怎么也得轮回五辈子了。"任骄一笑，"孟婆汤都喝到腻，肯定是不记得你了。"

皮修道："不过你要救的人同你什么关系？"

女人脸一红："他是上京赶考的考生，是奴家的心上人，在文公子的宴席上遇见的，他夸奴家戏唱得好，说听奴家唱一段怎么看书都不累了。"

她说着脸色又惨青下来，哭号着说："可奴家见不到他了！"

仇伏顿时上前抓着女人的肩对视，他的眼睛红了一瞬，很快恢复平常，连带着女人也恢复了平静，趴在地上半晌没有出声。

"你们究竟是什么人？问这些干什么？"女人脸上的青白褪去，恢复了还在人世时候的模样，她一脸警惕地看着皮修，"文公子呢？"

"他在休息。"皮修敲了敲桌面，"你想救的人已经死了，但你想见他的转世一面也不是不行。"

女人看着他，慢吞吞说："奴家要见文公子。"

皮修眉头一皱："我说了他在休息。"

"若是能见到文公子，奴家便说。"女人一口咬定。

皮修的脸冷下去，体温上升，一看就是要发怒的征兆。任骄见势不妙，连忙提醒说："再拍坏一张桌子就要买新的了，苏安说这个月的支出已经超了。"

"怎么这么快就超了？"皮修眉毛一竖更气了，"怎么这也要钱那也要钱！"

任骄压低了声音："这已是没办法的事。你看这女人的样子，不叫他下来不会罢休，不如就如了她的意，早点收了功德你也舒服些。"

皮修沉默了一会儿，冲着小结巴一摆手："去，上楼叫人下来。"

文熙被请下来的时候，几个人还是一副三堂会审的样子，"皮知县"的狗腿子们盯着女人严阵以待，猴子尾巴都藏不住，笔直竖着，凶神恶煞，吓了文熙一跳。

他朝着皮修走过去，嘴里问："这又是唱哪出啊？怎么把你店里的伙计都叫过来了？"

"早上没什么客人。"皮修冲着女人抬了抬下巴，"她闹着一定要见你，说是不见你就不肯说。"

文熙疑惑："见我？"

他看着跪在地上的女人道："你为何一定要见我？若是曾经我允诺你一件事，但如今时移世迁，文家不复存在，我怕是不能再帮你了。"

"哎，先不管你能不能帮，叫她先说。"皮修不耐烦道。

那女人眼巴巴地看着文熙问："公子当真不记得奴家了吗？"

"你……"文熙盯着她那张长发盖面只露出一只眼睛的脸看了一会儿，奇怪道，"你这个样子我如何能认出来？不要勉强我了。"

女人一愣，拉开自己的头发露出脸来问："这样呢？公子可认出奴家了？"

文熙盯着摇头："认不得。"

那女人噌地一下站起来，皮修立刻伸手将文熙拉到身边，盯着女人喝问："干什么？"

"这样公子定是能认出奴家来了。"女人脚下一点摆出姿势，将头发全部捋到脑后，露出那张素净的脸来。

她抖了抖衣袖，一提嗓唱道："为救李郎离家园，谁料皇榜中状元——"

文熙一愣。

"中状元，着红袍，帽插宫花好哇好新鲜——"女人双手比作帽上宫花，脸上的笑渐渐淡去，冲着文熙一福身问，"公子这下可记起素珍了？"

"记起来了。"文熙点头，一脸复杂地看她。

他曾经三番五次叫这伶人进府唱戏，倒也不为别的，只是因为她唱《女驸马》这出戏最好，能叫他听得欢喜，名字也同那戏文里的女驸马一样叫素珍，只是姓贾，是贾素珍又是假素珍。

每来文府唱一次，文熙高兴，对她的赏赐便也同流水一样。二十岁生辰那日，也特意叫人请了她入府唱戏。

"现在可以说了？"皮修话音刚落，包厢门就被敲响。

那戴着眼镜的账房先生一脸不善站在门前，盯着五个猴精问："成精这么多年还不会看时间？不知道现在几点钟了？"

猴一唧唧叫了一声，连忙赔笑说："这就去干活，这就去干活。"

五个猴子夹着尾巴跑了，苏安看任骄和仇伏还站在原地不动，一推鼻梁上的眼镜说："两位是指望我去厨房给客人做饭？"

苏安的眼神越发犀利，仇伏率先顶不住溜了，任骄死鱼不怕开水烫，站在一边搭着小结巴说："早上客人不多，仇伏一个人足够了。"

苏安见老板没什么反应，便也没有再说什么，只是眼神在女人和文熙之间徘徊，提醒说："这个包厢已经有客人订下，待会儿就过来。"

言外之意是，你们几个要跳什么大神都快点，别影响做生意。

皮修摆手让他下去，眼睛依旧盯着女人，道："还有什么未了的心愿快说吧。"

贾素珍却不看他，只是泪眼婆娑地望着文熙问："公子可还记得那幅寿宴图的作画人吴彦吴公子？"

文熙一下来了脾气，冷声道："你一下问我记不记得你，一下问记不记得什么吴公子，我都死了六百多年了，哪里还记得这些小事？你究竟要做什么就干脆利落地说出来，不要再浪费时间！"

贾素珍一愣，立即福身说："公子莫要生气，奴家想救的便是那日寿宴为您作画的吴公子，他本是今年上京赶考的考生，被人诬赖偷盗而下了狱，奴家——"

"诬赖？"文熙眉头一皱，"什么人诬赖？又诬赖他偷了什么？"

贾素珍："与他一起上京赶考的同乡，诬赖他偷了自己随身带着的传家宝玉。"

"那玉很金贵？"文熙疑惑地看了贾素珍一眼，想问她是如何认识这吴姓书生的，但心念一转，便改了口说，"事情已过去六百年，现在救也来不及了。"

"素珍明白。"她双眼一红，顿时又留下血泪来，"这位公子曾说能让奴家见吴郎转世一眼，奴家只求见得吴郎，知道他平安顺遂便好。"

"你见他可以，同他说上几句也可以，只是不能吓他，不能提及过去的事，亦不能让他喜欢上你。"

皮修说着一顿，看了贾素珍一眼道："不过你这副尊容，让他喜欢上你有点够呛。"

贾素珍："……"

文熙："……"

任骄看着这女人滴着泪的脸，按住想要冲过去擦地的小扫把，淡淡道："找那凡人转世得用点时间，她也不能在店里白吃白喝，我看着店里正好少个女服务员，不如让她收拾一下去顶上。"

皮修惊讶地看了任骄一眼。

你就是饭馆大管家？给我安排得明明白白？

见皮修点了头，素珍更是喜极而泣："多谢公子相助，素珍当牛做马在所不辞！"

两滴眼泪又滴了下来砸在地毯上，小扫把再也忍不住，嘴里发出一声尖啸推开任骄，冲过去把地上的地毯一把扯了起来，抱着往外冲。

文熙愣愣问："这是干什么呢？"

"别管他，洁癖又犯了。"支修叹气，"扫把成精，见不得脏东西。"

皮修叫住想要追出去的任骄，指着贾素珍："带她出去让苏安安排，工资就不用开了。"

任骄咋舌："工资也不开，真黑啊。"

眼看着皮修又变了脸色，贾素珍连忙说："素珍身无分文，求公子相助，现下得公子庇护，已是命里有福，甘愿为公子赴汤蹈火，不求所得。"

文熙看着她随着任骄下去了，这才转头问："您要如何为她去寻那书生转世？"

"打电话啊。"皮修摸出手机翻找着通讯录，"给熟人打个电话查一下户口就好了，不过可能得出门一趟。"

他说着拨通了电话，听筒另一头"嘟"了好几声才被接起。

那人开口就说："别问，问就是没有。"

"什么有的没的，我不是来找你查饕餮的消息的。"皮修漫不经心说，"给我查个人的……"

"生平家世对吧？"那人一下来了兴趣，"原来外面传的不是捕风捉影啊？"

皮修抬手把电话挂了。

文熙疑惑问："怎么了？人家不肯帮忙吗？"

皮修黑着脸不说话。

不说话，难道是生气了？

文熙走过去一摸皮修的手臂，果然有点热。

"要是麻烦的话，倒也不必——"文熙话音未完，皮修的手机又响起来。

皮修没好气地说："姓冯的，你要是再胡言乱语，我看你们那个破论坛就别想要了。"

"这么凶干什么，我还不是看在多年朋友的情分上关心你一下。"冯大帝笑了一声，"说吧，时间、名字、地点，最好有生辰八字，这样能精准查找。"

皮修冷声说："不是他，是别人。"

鄷都大帝更乐了："嘿，还有别人？"

皮修又把电话挂了，任由身边的手机响个不停，站起身说："我出门一趟。"

文熙一听他要出门，心思活络起来，问："我能跟着您一起去吗？我保证听话不乱跑。"

"你要跟着我一起去？"皮修走到窗边看了眼外面的阳光，又回头看了眼跃跃欲试的文熙，想了想说，"倒也不是不可以，只不过你记得那姓吴的倒霉蛋长什么样吗？"

文熙想了想："虽然说不上来，但若是见着画像定是能认出来的。"

皮修见他这样说，便点头说："进玉观音里去，我带你出门。"

　　打了个招呼皮修就出了门，打了个车一路风驰电掣到了公墓，司机连五星好评都没要就一溜烟开走了。

　　皮修顶着太阳一路弯弯绕绕进了管理处，也没给谁打招呼，直接进了旁边的电梯下到地下，文熙躲在玉观音里悄悄问："我们是在地下吗？"

　　皮修应了一声。

　　电梯门一开，吵闹的声音一齐涌入，几个秃头鬼从皮修面前经过，念叨着文熙听不懂的名词。

　　皮老板同他们擦肩而过，一脚踢开尽头办公室的门，冲着正打电话的酆都大帝冷声道："姓冯的。"

　　"姓皮的。"酆都大帝礼尚往来冲他一挥手，眼睛落在皮修手中的玉观音上，"哟，直接带着人来了？叫出来让我看看呗。"

　　皮修往沙发上一坐，驾着腿说："先帮忙。"

　　"先让我见人。"酆都大帝拿着报纸一展，挑眉道，"求人办事还得挂个笑呢，怎么一到你这里就苦着个脸像是我欠了你钱一样？我寻思也不是我骗了你的钱跑了啊。"

　　一提到被骗走的钱，皮修的脸就黑了下来，瞪着姓冯的问："哪壶不开提哪壶是不是？"

　　"不敢不敢。"酆都大帝看他，"真的，叫人出来我看一眼，马上给你查。"

　　皮修没说话，倒是文熙主动现了身，一缕烟从玉观音里飘了出来，化成人形站在皮修旁边，冲着酆都大帝一笑，弯腰行了个礼。

　　"现在不时兴这种礼了。"酆都大帝从办公椅上站起来走过去，冲着文熙伸手说，"现在我们都是握手了。"

　　文熙一愣，随即反应过来同他握手。

　　"自我介绍一下，我叫冯都。"酆都大帝对文熙一笑。

　　文熙学着他的样子说："我叫文熙。"

　　两个人的手分开，冯都也不用皮修开口，自觉回到办公桌边说："告诉我姓名、生辰年月，还有出生地点。"

　　皮修从口袋里掏出一张纸递过去，上面的蝇头小楷娟秀清丽，冯都看了一眼就忍不住挑眉："这字写得不错。"

　　"查你的东西，少那么多废话。"皮修冷着脸说。

　　倒是文熙看了眼那字，也忍不住赞叹道："贾素珍虽然是戏坊出身的伶人，但是这手字当真写得不错。"

　　冯都把电脑屏幕转过去："来看看这个结果对不对。"

　　文熙看着屏幕上那张憔悴的脸，仔细回忆了一番，想起从前在祖父书房里的匆忙一瞥，这才点头说："是他。"

　　"想这么久，不会弄错吧。"皮修皱着眉，"要是弄错了没地儿给你改去。"

冯都笑着说："怎么能这么说呢？要是弄错了再来一趟就是了。"

"查一下他这一世的转世在哪里。"皮修手指一动，一抹金色从文熙眼前飞过落入了冯都的怀里，"过两天请你吃饭。"

冯都把怀里的金子放在桌子上挑眉："你和我之间的情谊是用金子能衡量的吗？"

"那你要干什么？"皮修瞥他。

冯都："金子太廉价，怎么也要用功德来算。"

功德这个玩意儿随机掉落，有时候你好心救人，结果救的是一个连环杀人犯，就是好心办坏事。

但偏偏这些妖怪现在每年都有个功德指标，跟凡人的绩效指标一样，凡人完不成指标扣钱，他们完不成指标扣命。

一扣就是三四年、四五年，有些小妖怪一辈子战战兢兢也就三四百岁，这谁顶得住？

酆都大帝位高权重寿命绵长，功德指标也高，每年到了年底都因为这点事折腰，现在有了机会自然不肯放过。

他压低了声音俯身过去："功德分我一点，我给文熙上户口、上社保，不收钱。你也不想他一直是个黑户吧。"

皮修不吃他这套："不巧，到了秋天我就亲自送他走。"

冯都一愣，没想到皮修如此狠辣无情，不念一点情谊。不愧是上古大妖。

但是这么多年朋友了，皮修再不是个东西也没对自己不好过，作为兄弟作为朋友，冯都还是脸上堆笑改口说："投胎也没事，我给他安排父母双全、家财万贯、一生被爱豪华大礼包，让他下辈子过得舒舒服服，遇不见一点糟心事。"

"用你安排？我不知道自己叫人准备？"皮修咬死了不松口，不肯放一点功德出手。

冯都也不肯退步："你怎么就这么抠门？"

文熙："不必了，下辈子的事自有天意安排。"

自己活着的时候也是父母双全，家财万贯，只不过到后来"一生被爱"变成了"一生悲哀"，文家树倒猢狲散，钟鸣鼎食之家一日败落，沦为阶下囚，云泥之别，就连路边的野狗也能上来咬上一口。

冯都见他一脸恹恹，心里觉得可怜。

他装模作样擦擦并不存在的眼泪，一拍桌子："不必多说了，你投胎的事情我必定一手包办，下辈子荣华富贵幸福圆满，只是以后要擦亮眼睛，莫要再轻信别人。"

皮修闻言眉头一皱："你强买强卖？"

冯都言之凿凿："放屁，我和他不过是同病相怜而已！"

"少啰唆，给你分五个点。"皮修烦不胜烦，不想再同这心黑的老鬼纠缠，"五个点不能多了，天道做证！"

天道常年深度睡眠，昏迷不醒，皮修就不信他现在能醒着听见自己的话。

他怀着侥幸把话说完，窗外突然一声雷响，冯都和皮修两人隐隐约约都感觉这两者有什么因果联系。

自己估计是在天道的重点名单上，天道会实时抓取自己的发言，只要自己的发言字段包含了"天道"两个关键字节就被重点标记。

真有你的！

皮修气得剑指苍天恨不得再多问候两句，但手被冯都一把抱住扯了下来。

老鬼的脸笑得像二月的春花，他紧紧抱着皮修的手臂道："那老皮我们就说好了啊，天道都认了你可不能反悔，要我干什么你尽管说，别跟我客气。"

皮修大怒："老子让你去死，你死不死？"

冯都一脸笑意："好兄弟，我就知道你舍不得为难我！"

他已经死了几千年了，死得不能再死了，皮修果然是他的好兄弟，虽然他抽烟、喝酒、打架，但是他还是自己的好兄弟！

他坐回自己的位置上对着电脑一阵操作，把这位吴彦兄弟的轮回转世扒了个干干净净，展示给皮修看。

这辈子吴兄弟刚刚十八，正处在黎明前的黑暗高三，就在京城八中准备即将到来的高考。又姓了吴，叫吴祖。

皮修瞅着，实在是不行，跟火云邪神一样，和上几辈子的吴秀才差了不知道多少，也不知道贾素珍见到他能不能认出来。

"真是他？"皮修皱眉，"我看着长得不太像。"

冯都一摆手："证件照都是这样的，再好看的人也给你拍丑了。更何况哪有人投胎还能跟上辈子长得一模一样的？长这样就不错了，我还见过一个上辈子貌美如花，下辈子就貌若无盐的。"

他又看了眼站在一边的文熙，小声说："当然了，像文熙这么好看的，改变样貌就太浪费了，送他去投胎的时候我会提前打声招呼，保证下辈子也长这样。"

皮修忍不住翻了个白眼，懒得搭理他，端起桌上的冷水一饮而尽就要往外走。

"老皮。"冯都突然出声，叫住了已经拉开门的皮修。

皮修回头看他。

冯都却是一脸正经地说："死因不一般，魂魄寒气重，尸骨应当是同极寒的东西放在一起，你留着他没什么不好的。"

皮修顿了一下，什么都没说，带上门走了。

文熙跟在后面想问又不敢问，临到电梯门口的时候被皮修一把塞进了玉观音里。

两个人打车回了饭馆，刚迈上楼梯，换了现代人衣服的贾素珍就跟了上去，她梳洗干净化了淡妆，比古人的样子正常了不少。

"皮老板——"贾素珍话还未说完，怀里就被塞进一沓纸。

皮修热得不耐烦："自己看。"

"多谢！"贾素珍再一次血泪盈眶。

她满心欢喜地走了，皮修自觉功德已经到账一半，心里松快不少，将玉观音往桌子上一放，叫文熙出来。

文熙脚一落地，就忍不住问："方才冯都说的话是什么意思？"

第二章

户口·饕餮相助

楼上的空调温度已经调到最低，皮修还是脱掉身上的衣服擦了把汗就走到风口对着吹，文熙一步一步跟着，又问了一遍"刚刚冯都的话是什么意思"。

"他说的话多了，你指哪一句？"皮修伸手。

文熙顿时往旁边一跳："你身上有汗！"

"怎么了？"皮修皱眉一摸头发，"快过来，我好热。"

"那你得告诉我冯都说的极寒之物是什么。"文熙吸了吸鼻子，"还有，什么叫死因不一般，魂魄寒气重？"

皮修一顿："你真不记得你怎么死的了？"

"这个是真不记得了。"文熙小声道，"有时候想一下都觉得头疼。"

皮修一把将他拉到身前，伸手按上他的脖子，沿着颈椎向上摸到头骨，手指突然按到一个坚硬的鼓包，他问："你是不是老低头啊？"

文熙："啊？"

"我看你颈椎凸出来了，一看就是坐的姿势有问题，明天给你搞个矫正器背上。"皮修松开手，漫不经心道，"想不起来就别想了，万一想起来魂飞魄散了，那就连下辈子也没了。"

文熙气得咬牙切齿又不能骂，只能说："你还没回答我的问题。"

皮修："极寒之物就是极寒之物呗，千年冰万年髓，烛龙肺鲛人泪，都是好东西。"

"这些东西都和我的……我的骨头放在一起？"文熙小心翼翼问。

皮修笑了一声："你倒是想得美，这些好东西随便一样都价值连城，用在你这个凡人身上实在是暴殄天物，不过装你的那个玉坛子倒是好东西，四舍五入一下也算是万年玉髓了。"

"那个坛子在哪里？"文熙连忙问。

皮修眉头一挑："拿去腌泡菜了。"

文熙脸色一白，一口气没提上来。

"那坛子大小正好，还能保持低温，要是盖上盖放在阴凉地方，冻梨冻柿子这些都能做，还省电。"

文熙握紧了拳头："那是放过我骨头的骨坛，你就——"

皮修："哎，你不说我不说，谁知道？而且那个坛子我让小扫把洗了六七遍，干净得很。再说了，我们自己又不吃。"

文熙听了扭头就走，一把抓起沙发上的座机就开始打电话。

"你干什么？"皮修问。

文熙冷声道："打给食品监督管理局，我要举报你卫生不合格。"

皮修气笑了："玩笑话都听不懂？真拿你骨灰坛子腌泡菜，我生意不想做了？别说你硌硬，我心里想着都硌硬。"

"那我的骨头还有坛子在哪里？"文熙瞪着他质问。

皮修把他手里的电话扔到一边，皱着眉说："我好好收着呢，没谁要你那破玩意儿。"

"真的？"文熙不信。

皮修黑了脸："爱信不信。"

见老妖怪变了脸色，文熙立刻变脸，靠近皮修给他降温："生气干什么，我还不是被您吓到了。"

"注意点距离啊。"皮修推开他。

文熙心里冷笑一声，热的时候拿他降温，现在不用了就扔一边，姓皮的你可真不是个东西。

从前爷爷那个老古怪都能被哄得满房儿孙偏宠自己一个，一个没文化的千年妖怪有什么好怕的？方法总比困难多，自己得把他安排得明明白白。

泥巴人还有三分脾气，冰枕也要有自己的职业操守！

皮修看他老老实实站在一边不贴过来了，心里满意他还挺懂事，会看人眼色，等夏天过了送他投胎的时候得挑个好时辰，怎么说也得给他个大富大贵的命格。

"我下楼有点事，你在上面休息，有事给我打电话。"

文熙不说话也不看他，站在一边垂着头动也不动。

这么一会儿时间，楼下的苏安电话都打了三个，皮修下楼，一转弯就瞧见了自家账房的死鱼眼。

"盯着我看干什么？"皮修表情一肃，摆出了老板的架势。

苏安抬手看表："离我给您打电话已经过去了十五分钟，您的动作太慢了，客人等急了会投诉的。"

"投诉就投诉，我又不差这一个客人。"皮修满不在乎。

苏安一推眼镜："但是店里有规矩，规定时间内没有上菜，结账的时候可以打折。"

打折就意味着少收钱，少收钱就意味着割皮修的肉。他一听立刻朝着厨房走去，骂骂咧咧说："老子看看是谁敢少给钱。"

皮修每个月才下厨做一次的招牌菜，从来都是被老饕争抢的对象，上二手网站一搜，连排队卖号的黄牛都有好几个。

苏安深谙饥饿营销的重要性，自己也注册了账号在上面发布黄牛帮忙排队的信息，利用职位之便作为中间商赚差价，然后和皮修对半分，这些年也算攒下一点家财。

每次他看着账户上上涨的数字总要感叹，貔貅真是会赚钱的祖宗。

皮修走到灶台边热锅下菜，锅一颠，里面的东西蹦了三尺高，在空中打了个转又稳稳当当落进来，一滴汤都没有溅落到外面。

观赏性和艺术性并存，远远超出了做饭的水平，朝着杂技的方向迈进。

仇伏站在灶台旁边盯着皮修的动作看得目瞪口呆，忍不住问："老板，你是怎么练出这一手的？"

皮修难得谦虚："无他，唯手熟耳。"

都怪当年饕餮骗走了自己所有的钱，害得自己为了赚钱四处奔波，后来在人类的饭馆里做事赚钱养活自己，其间心酸事之多，不足为外人道也！

"你皮老板从前摆摊卖糖炒栗子呢。"任骄却不给他面子一语戳穿，"那时候栗子卖得不好，他就跑去戏班跟人学了一手，每次炒栗子一颠三尺高，人家给赏钱都能给一百文。"

仇伏顿时变了脸色，同情地看着自己英武的老板。

不愧是上古大妖，能屈能伸，愿为五斗米折腰，这等胸襟是自己这种青丘出来的杂毛狐狸没有的，实在是妖之楷模！

皮修黑着脸瞪了任骄一眼："再多话，老子把你鳞片都给拔了！"

皮修手下锅碗瓢盆碰得叮当作响，最后起锅把煮出来的汤分到十三个碗里，叫猴精们快点端着送去。

任骄在旁边啧声："我们怎么没这待遇？"

仇伏听得一脸向往，喃喃道："什么时候才有人专门给我做汤啊？"

皮修瞥他一眼："出门右转一千米整个容，明天我就让苏安给你拍小视频，把你捧成网红厨师，店里流水还能冲一冲。"

仇伏面色一红，害羞问："真的吗？"

"假的！"皮修烦躁地脱了身上的围裙往旁边一扔，刚要走就被任骄一把拦住。

任骄："你给我那坛子我给你放回去了，里面的东西弄清楚了，跟你说的差不离，万年白玉髓的坛子，烛龙肺、鲛人泪研磨混合出来的定魂香，被这些东西泡了几百年，也不怪他魂魄寒气重。"

皮修眉头一皱："饕餮哪里来的烛龙肺这种好东西？"

任骄："可能是捡的烛龙的肺结石。"

皮修："……"

倒也不是没有道理，毕竟烛龙这么大块头，一巴掌下去哪个妖怪受了都够呛。

但是楼上那东西还真是宝贝坛子泡大的，皮修开始深度思考饕餮将文熙送到自己身边的原因，从两人的债务关系开始分析，以多年友谊作为延伸，然后在文熙和自己身上做总结。

他一拍大腿，扼腕道："饕餮该不会是特意送他来的吧？"

任骄立刻起立鼓掌："恭喜你！都学会抢答了！"

饕餮把自己当什么了？！虽然他是一只妖怪，但也是一只除了钱别的什么也不爱的有志妖怪。

皮修一辈子把赚钱当作己任，他活得明明白白，视一切想攀附他的妖怪为洪水猛兽、他赚钱路上的拦路虎。

饕餮骗了他的钱跑路就算了，还反手送了一张嘴巴来。怎么？是还惦记着自己剩下的钱呢？

他气得一拍桌子："我就想他哪里这么好心送来个降温枕让我凉快，合着还是惦记着我的钱！"没门！

任骄："我说，你是不是想多了？"

皮修听得嗤之以鼻，鼻子里一出气，端着剩下一碗汤就往楼上走。

仇伏明知故问："老板，你端着这汤干吗去啊？"

"关你屁事，做你的事。"皮修满脸不耐烦，心想：老板的事怎么轮得到伙计管？

皮修端着汤雄赳赳气昂昂就往外走，心想这碗汤不过是这些天来文熙让自己凉快的工资，毕竟他是个好老板，总不能让马跑又不让马吃草，要讲究可持续发展。

皮修端着汤同店里的熟客打了个招呼，看贾素珍已经融入了现代化餐饮服务行业之中，更是满意地点头，迈步往楼上走。

刚刚下来的时候文熙还满脸不高兴，也不知道现在好点了没。

这汤能养颜美容、安神定气，就是不知道能不能滋养魂魄，要是魂魄破碎，下辈子投胎也要受影响。

皮修心里念着，突然听见一阵碗盘破碎的声音。

他猛一回头，目眦欲裂。

贾素珍呆愣愣站在原地看着门口，脚边碎瓷片落了一地，眼睛一红像是马上又要落下血泪来。

夭寿了！皮修连忙给一边的猴精打手势，风紧扯呼，快点把这玩意儿给他拉走！

店里来吃饭的大多是人类，这些老饕鼻子比狗还灵，摸索到皮修这小破店就不挪窝了，帮他在外面自发免费宣传。

要是被这女人吓到丢了魂以后不敢来，店里的流水都要少一半。

"吴郎……"贾素珍盯着门口喃喃自语。皮修闻声望去，顿时眉头一挑，心想：难道就这么巧？

那叫吴祖的吴郎转世学生仔正同两个同学站在门口，一脸惊讶地看着站在碎片中间的贾素珍，一时进也不是退也不是。

"吴郎……"贾素珍又唤了一声，哀怨又缱绻。

猴二一个冲锋跑到这位姑奶奶身边，拉着她的衣服说："素珍姐，地上的碎片得快点收拾了，客人在门口都进不来了！"

贾素珍猛然回神，立刻低头说："是是是，得快点收拾。"

皮修站在楼梯上冷眼看着，碎掉的碗盘数也数不清，心都在滴血，偏偏还不能生气，忍着脾气说："让各位见笑了，老三给每桌上份银耳莲子汤。"

门口那个女学生一听有银耳莲子汤，笑嘻嘻问："老板还有位置没？"

皮修瞥了眼魂不守舍的贾素珍，立刻说："有，老四带他们坐，菜快点上，学生吃了晚上还有晚自习。"

"谢谢老板了。"

三个学生在张方桌子边坐下来，贾素珍的眼神直往吴祖身上去，耳边猴三在说什么一句也没听清。

皮修端着汤又从楼上下来，憋着火气对贾素珍说："快点收拾干净去给客人点菜，别一副魂不守舍的样子，今天打碎的碗都从你工资里面扣。"

贾素珍应了一声，反正她也没工资，随便扣。

只是她的吴郎，看一眼少一眼。

皮修恨恨地看了她一眼，碍着店里还有客人在不好发作，只能叮嘱猴三多看着点。

"要是看不好出了事，就扣你工资！"

皮修看着面前猴精战战兢兢的样子满意了，伸手一摸汤碗，发现已经有点凉了，连忙转身说："我先上楼去，有事再叫我。"

猴三诺诺点头，心想：真是周扒皮，皮修你根本没有心！

楼上，文熙正坐在沙发上看电视，抱着枕头望着屏幕里面的古装公子哥发呆，从头到脚把人的装束挑剔一遍，觉得这也假那也不对，反正怎么看怎么不顺眼。

哪里有人出门身上揣那么厚一沓银票的？又不是暴发户。文熙皱着眉，想起当初自己出门被前呼后拥的样子，忍不住叹了口气。

"叹气干什么？还不痛快呢？"皮修端着汤掀开珠帘，"过来喝汤，现在厨房忙，吃饭还有一会儿。"

文熙吸了吸鼻子，感叹道："好香。"

"废话，我亲手煮的汤，楼下那群人排一个月才喝得到一次，多煮了点，就便宜你了。"

皮修用手焐着碗身，过了两秒，汤冒出了热气。

文熙惊讶地看他："你煮的？"

"少啰唆，快点趁热喝。"皮修把碗放在他面前，勺子往他手里一塞，两人皮肤碰触。文熙立刻问："你刚刚在楼下又生气了？身上有点烫。"

皮修冷哼一声："吴祖来了，贾素珍一见他就丢了魂，手上的碗盘给我摔了个干干净净，粘都粘不起来！"

"吴祖来了？他记得贾素珍吗？"文熙一下来了兴趣，"还真同话本里说的一样，前世缘分未尽今生来续？他现在还在楼下吗？我——"

"你什么你？喝汤！"皮修怒了。

文熙连忙端着汤往嘴里送，结果被烫了一下，捂着嘴不说话。皮修倒了杯凉水递给他，他喝了两口才缓过来。

"我都是鬼了怎么还会烫到？"文熙哀怨。

皮修："哪里有鬼日子像你这么好过的？天材地宝吃了一堆，你早不算正经鬼了。"

四舍五入得算半个鬼修，还得是那种没吃过苦的保送鬼修。

他见着文熙喝完汤，这才抬手叫他过来靠近自己，刚刚贾素珍打碎的那些碗盘都是他特意定做的，要再去做又是一大笔钱，掐指一算就有点上火。

钱钱钱，皮修的命根。

他想起钱从自己口袋里溜走就难受，偏偏贾素珍光脚的不怕穿鞋的，要钱没有，要命她也没有。自己还得为了那点死鬼功德满足她的心愿，送她投胎转世。

难，太难了，当一个只想好好活着赚钱的妖怪真的太难了。

"我能下楼看一眼吴祖吗？"文熙放轻声音问，"我可从来没亲眼见过这种剧情，你让我下楼看看。"

皮修不屑："有什么好看的，吴祖长得比他原来寒碜多了，戴个眼镜，也还没成年，发展不到你看的话本里面的香艳剧情。"

"说什么呢，我就是好奇。"文熙一下坐直看他，"你想啊，为什么吴祖偏偏今天来了店里吃饭，还让贾素珍一眼看见？这就是缘分啊。"

冥冥之中皆有注定，该遇见的人兜兜转转还是要见。文熙心想这可真是天注定的缘分，怎么挣也挣不开。

他心里蠢蠢欲动，一定要下楼看一眼满足好奇心，皮修被他吵得没办法，只说下楼要换衣服，这长衫长袍得换。

文熙脱了身上的麻布白袍，换上了皮修的衣服，只是大了几码，裤腰还是打了个结才穿住。

黑色的长发扎成马尾，文熙跟在皮修后面下了楼，只走到拐角的地方就瞧见了那穿着校服的吴郎，真人比证件照上顺眼了不少，戴着副眼镜斯斯文文，一笑起来还有点阳光。

"挺好看啊，哪有你说的那么丑？"文熙压低了声音又转着头去找贾素珍的身影，"贾素珍呢？她不在吴祖身边伺候着吗？"

"注意你的措辞，什么叫伺候？新社会，不时兴丫鬟小厮那套了。"

文熙连忙道歉说自己不对，伸手给皮老板扇风，叫他大人不记小人过，别跟他计较。

"看，贾素珍来了。"文熙一扯皮修，伸着脖子问，"她手上端的什么啊？银耳莲子汤？"

皮修定睛一看，脸顿时黑了下来。

好家伙，他只说了每桌送一份银耳莲子汤，贾素珍这吃里爬外要情不要命的赤脚佬一口气拿了三份银耳莲子汤送到吴祖桌上。

还是用的三大海碗，这是喂猪吗？

文熙感觉到身边的温度一高，立刻反应过来走到皮修身边降温降火："别生气，你别生气，就是点银耳莲子汤，到收钱的时候多收点。"

"三个穷学生能收多少钱？"皮修扼腕，"平时我都是十块钱一小碗卖的！"

文熙扇风的速度更快了："别生气，我见着人了，现在上楼去吧，电视剧要开始放了。"

皮修恨恨地看了眼贾素珍，心想自己不过是为了功德而已，为了早点不一生气就体热发烫，这点亏怕什么！

他坐在沙发上缓了两个小时，一边看电视一边算自己今天亏了多少钱。

文熙觉得他小气又好笑，耐着性子安慰了两句，又故意说了些逗趣的话才让皮修脸上的表情松快了一些。

可松快了没一秒，贾素珍又上来了。

皮修睨着她问："你上来干什么？"

"奴家想好了。"贾素珍一福身，"只要看着吴郎这辈子考上状元，奴家便可安心去投胎了。"

皮修："……考状元？高考状元？"

贾素珍点头。

皮修两眼一黑，心想：难道活了几千岁，自己还要沦落到去干涉高考的地步？

皮修的脸色跟红绿灯一样变了个尽，他用尽自己全身所有的力气指着门说："你先下去，让我想想怎么帮你。"

贾素珍大喜过望，嘴里"大恩人""好恩公"的话说了一遍，朝着文熙和皮修又福身才撩开珠帘欢欢喜喜下去了。

皮修的脸色太差，文熙连忙上前皱眉问："你怎么脸色这么难看？"

皮修摇头，只说你不懂。

文熙坐在他身边说："要考高考状元倒也不难，高考试卷我也做了，不过我只能做文科，算一算分数也不比第一名差多少。"

皮修撑着头不说话，还在思考要怎么请最好的老师辅导他。

文熙见他还皱着眉，体温节节攀升，打着扇说："你别这么发愁，先问清楚那吴祖成绩好不好，要是好，便也不用你发愁，要是不好，再做打算也不迟。"

皮修一愣，对啊，要是吴祖这辈子文曲星转世，不就什么也不用做，静观其变就好了。

他一转头，对上文熙那双带笑的桃花眼，面色也柔和了下来。这人白细的手腕因为打扇在空中一晃一晃，同扇面上的描金一样亮。

皮修冲他一笑："你说得对，是我一下想太多了。"

姓皮的虽说是头瑞兽，但也是妖兽化身，平时剃个平头不说话往那儿一站就是个门神煞星，现在突然一笑，倒是凶气少了几分，帅气多了一些。

"我待会儿就叫猴子他们去探探这姓吴的成绩怎么样，要是他学文科，说不定到时候还要你帮忙。"皮修靠近文熙凉快，心里总算舒坦了点。

文熙点头："要是能帮上忙自然是好的。"

皮修身体凉快了下来，头脑也跟着冷静了，反正兵来将挡水来土掩，船到桥头自然直，为了功德他真的是豁出去了。

他淡淡道："这贾素珍的功德最好多给我点，要不是你刚刚劝我两句，估计现在我已经在逮出卷老师的路上了。"

文熙疑惑："你们现在不是不能随便对凡人出手吗？"

"一般情况是不能，要是被抓到要交罚款、接受再教育，情节严重的还会被带去劳动改造，不是下矿就是挖煤。"皮修淡淡道，"仇伏就是挖煤回来的。"

文熙一愣："他？"

那位虽然长得一般但是一看就是老实人的仇伏？

皮修点燃一根烟，抽了一口，烟雾弥漫中，退隐江湖的老大哥回忆起从前的金戈铁马，深沉地说："有些人并不是外表看上去那么单纯。"

谁能想到均匀的巧克力肤色的仇伏是一条杂毛狐狸呢？

文熙这些天与皮修关系缓和了些，原本放下的警惕心又因为皮修这句话高高提起，他看着老妖怪小心问道："他做了什么事被送去挖煤的？"

皮修吐出一口烟，淡淡道："那时候我们没钱，做了点不应该做的买卖……"

文熙心一紧，不知道应不应该听下去。

"当年有人走私皮草，暗地收活的动物加工贩卖。那年你们凡人的皇帝不知道抽了什么风，到处派人找黑狐狸，我和仇伏商量，让他变回狐狸，我提着他卖给收皮草的人，等我拿了钱他再逃出来。"

皮修回忆当初的经历，一脸怀念："那是我们赚的第一桶金，用这个方法我买了第一块地。"

文熙："……然后呢？"

"我们准备做最后一票就收手不干，但是就那一次出了事。"皮修又吐出一口烟，"遇见一个眼比狗还尖的老王八蛋，他一眼看出仇伏身上的黑不正常，是涂了煤粉的。"

文熙一下提高了音量："你们还在毛色上做手脚？"

"别闹。"皮修瞥他一眼，"就仇伏那黑黄杂毛，有脑子的都不会收，我们肯定要稍微打扮一下。"

他弹弹指尖的烟灰，淡淡道："那老王八蛋当着我们面把仇伏扔桶里涮干净，指着他的毛跟我们说，路边的杂毛狗颜色都比他纯。"

原本激动害怕又紧张的心情消失得一干二净，文熙沉默了两秒冷漠问："然后呢？"

皮修叹气："仇伏年轻，把那个老王八蛋咬了。官府来了人，连着之前我们做的事情一起查了出来，仇伏就直接被送去劳改了。"

"那你怎么没有跟着一起去？"文熙问。

房间里一下安静，皮修久久没有说话，他将手里的烟按熄，才幽幽开口："后来我攒了很久的钱，才把仇伏从煤场赎回来……"

文熙："……"

你肯定是抛下他一个人抵罪自己跑了！

皮修面上一笑："不过因祸得福，仇伏挖了那么多年煤，身上的毛总算染成了一个色，不用再花钱买染发膏染毛了，省了一笔钱。"

文熙："……"

他一脸复杂地看着皮修，似乎有点懂了当年为什么饕餮要把他所有的钱都卷走。

夜间店里客人少了一些，皮修就派了两个猴精出去，打探这位吴郎的成绩究竟如何。

成绩好，大家皆大欢喜；成绩不好，那就要动用非常手段了。

皮修遵纪守法多年，实在是不想因为一次高考打破自己的原则。

等了一会儿，猴子们回来了，带回来一个好消息和一个坏消息，还体贴地问老板想先听哪一个。

皮修一拍桌子叫他们一起说，好坏给他平均一下。结果一个都没听清，只能抬手让他们一个一个说。

好消息是吴祖学文科，成绩还不错。

坏消息是虽然不错，但也没有到能拿状元的地步。

猴子们完成组织上交代的任务，领了两个金瓜子雄赳赳气昂昂准备去路口的水果摊砍价买桃，只剩老板一个人香烟啤酒对愁眠。

离高考还有一个多月，这个时候学生的成绩已经基本成了定数，甚至有些人已经心散开始准备怎么快乐度过暑假。

皮修明明不是高三生，这一刻却感同身受，恨不得做两套卷子来稳定情绪。

任骄见他一个人坐在大厅抽闷烟，走过去道："大厅不让抽烟。"

"愁。"皮修把烟掐了，"咋整啊？只有一个月就要高考了。"

任骄奇怪："怎么？你有儿要高考？轮到你儿高考还有个十几年呢。"

皮修黑着脸把贾素珍的要求说了，任骄琢磨着："其实一个月时间也挺长了，要是不吃不喝不睡地学，说不定真能考出个状元来。"

"那是人，你见过哪个人不吃不喝不睡？"皮修拍桌，"要是个精怪我至于这么发愁吗？"

任骄一嗔："那利用睡觉时间总可以了吧？你入他梦里，让他在梦里学，再给他点提神醒脑的宝贝补补身体。做好两手准备，能学好那就皆大欢喜，学不好咱们就只能……"

他做了个手势，皮修顿时心领神会，沉默着点了点头说："的确是个好主意。"

就是有点……缺德。

但是情况紧急不能够再讲什么人道主义劳逸结合了，在成绩面前都是废话，只有成绩才是硬道理。

皮修伸手拍了拍任骄："兄弟，虽然你有时候不说人话，但是这些话的确管用。"

任骄一愣，看着皮修上楼才反应过来，自己一条鱼说什么人话？

文熙拿着吴祖的成绩单看了看，见着英语分数接近满分松了口气，淡淡说："你想让我做些什么？我现在的身体出门给他当家教应该没问题吧。"

"不用你出门。"皮修大手一挥，"你就只要进他梦里，在他睡觉的时候教他就好了。"

文熙："……啊？"

吴祖结束了一天忙碌的学习，洗了个澡，总算能躺在床上，准备开始他只有六个小时的睡眠。兴许是太累的缘故，他很快沉入了梦境。

梦里一片空白，却有个男人站在中间，他一回头，忍不住后退了一步。

这个人长得真好看。

男人看着他，开口缓缓问："诸子百家与古希腊苏格拉底时期的对比与异同？"

吴祖听了倒抽一口冷气，脚下连退七八步，只想当场醒来。

一夜过去，吴祖醒来坐在床上半天没有缓过神来。床头的闹钟已经响了三遍，但是他一点起床的力气都没有。

明明只是想睡一觉而已，为什么，为什么梦里都是三皇五帝、文艺复兴？

他伸手掀开自己的枕头，下面除了头发什么也没有。

也没在下面放历史书啊！

吴祖疑惑挠头，难道自己已经悟到了学习的真谛，能够在夜间睡觉学习两不误，学神飞升指日可待？

他掀开被子起床，一边刷牙一边对着镜子回忆昨天晚上的梦，顺带想想梦里背过的知识点，想来想去只觉得梦里的那个帅哥实在好看。

不用高考的梦里帅哥现在只觉得又累又困，入梦是一件费力的事，虽然有貔貅的法力支撑，可文熙魂魄还没有完全恢复，精力差了一截，只同皮修交代清楚昨天的情况，便脑袋一歪去见周公了。

皮修见他一脸疲惫也没多问，抬手给人把被子盖好，心里想着：这东西魂体这么虚，晚上又要上课，是不是应该准备点东西再补补？

他把空调温度调高了两度，拿着吴祖同学昨天晚上的学习情况记录表下了楼。

一到楼下就瞧见贾素珍拿着抹布站在门口眺望远方，表情冷漠又惆怅。

但她手上的动作却没有停下，新买的抹布在她手下已是丝丝缕缕，像极了皮修被撕碎的钱。

她幽怨道："今天吴郎会来……不会来……会来……"

皮修听得神经狂跳，体温上升，没有文熙在身边他真的有点难熬。

一条抹布五块钱，就地上的布条看，起码没了四五条，就是二十多块钱，四舍五入今天一天的流水去了一半，再四舍五入一下自己家产又要没了。

皮修深吸一口气，按下心里的焦虑，在人世生活了这么多年，了解了那么多金融大鳄的创业经历，学到了一个深刻的道理——舍不得孩子套不着狼，任何高收益投资在前期都会有资金投入。

为了套着饕餮那匹白眼狼，自己签支票给文熙买玉观音的时候眼睛都没眨，现在不过几条抹布而已，撕了就撕了。

皮修，相信自己，你忍得住，你能行。

皮老板紧紧握拳，给自己加油鼓劲，告诉自己人生就像一场戏，气出病来无人替。几条抹布而已，再撕一百条也没事，只要有功德，就让她想撕就撕，撕得痛快撕得响亮撕出风采！

在楼梯口站了半天，皮修总算稳定住了情绪，朝着贾素珍走去，准备让她换个地方撕抹布，别影响开门做生意。

他刚刚迈步走过去，就听见一声尖叫，一个黑影如同闪电从身边擦过扑向门口的幽怨女人。

小扫把尖叫着把贾素珍赶开，拿着扫把把地上的抹布条扫干净，嘴里叽叽咕咕结结巴巴不知道在说什么。

任骄叹着气从后面走来："小结巴刚刚打扫干净她就站在那里撕布条，小家伙最近力气大，我拦不住。"

皮修按着太阳穴问："拦不住小扫把，你就不能叫贾素珍别撕吗？"

任骄笑了一声："你不觉得他生气的样子很可爱吗？"

任骄说着，那边小扫把又尖叫一声，指着贾素珍手上的抹布尖声说："不……不可以再撕了！你……你这个女……女人！"

任骄笑得前俯后仰，皮修气得两眼发白，他不明白这有什么好笑的，任骄是不是在海里泡多了，脑子里进了水？

小扫把气得跳脚，拿着手上的扫把就要打人，皮修一把抓住，冲他说："去扫别的地方去，这里待会儿她自己收拾。"

"可是……可是……"

皮修眼睛一瞪："可是什么？"

小扫把不敢说话了，任骄见势过来拉着小扫把往后走："我们扫厨房去。"

皮修冷着脸身体发热，觉得自己就应该待在楼上睡一觉，不应该下来给自己心里添堵。

他叫了任骄一声："把前两天准备的公鸡拎出来，待会儿杀了给文熙煲汤。"

任骄摆了摆手，示意自己听到了。

贾素珍捏着抹布可怜巴巴地看着皮修问："皮公子，您说今天吴郎会来吗？"

他怎么知道今天吴祖会不会来？他又不是二郎神家那条疯狗，隔着二里地都能闻到别人身上的肉味。

皮修想骂人的情绪空前高涨，但依旧保持着儒雅随和，从牙缝里挤出来一句："不知道，兴许会来吧。"

"是吗？"贾素珍喃喃道，"我也无须他进来，只要他路过让我看一眼就好了。"

"看一眼就足够了。"她说着又看了皮修一眼，叹息道，"公子您有过心上人吗？如果有，想必您便懂我的心情啦。"

皮修冷笑一声："懂不懂根本不重要，反正你这辈子和他是没缘分了。"

皮修说完转身就走，他不能再待在这里，再待在这里他真的会一巴掌打得贾素珍魂飞魄散，赶着中秋节进局子吃公家发的月饼。

苏安见老板气冲冲过来了，将手中的账本放在一边说："这个月的电费有点高。"

"高就高吧。"皮修叹了口气。

他太难了，就不要再剥夺他吹空调开到十六度的任性了。

苏安一推眼镜："但是您房里已经有个……"苏安一顿，不知道应该怎么称呼文熙，索性略过继续说，"他能降温的话，我建议您多利用，省电费。"

皮修抹了把脸，看着自家账房想，当初自己把他从银行捡回来还真没错，在省钱方面深得自己真传。

"每年电费到夏天都多交，就别在这上面纠结了。"皮修将手上吴祖的学习情况记录表递过去，一抬下巴说，"算算，这水平考省状元的可能性有多大？"

苏安难得变了脸色，眼睛一瞥皮修，心想：这是故意的还是故意的？

一句"这能算个屁"马上就要脱口而出，但是念在皮恶人身高又体壮，十个自己也打不过，苏安只能开口道："等一下，让我来看看。"

皮修点头："你看看，也不用太准确，精确到小数点后两位就可以了。"

苏安眼前一黑，握着笔的手微微颤抖，牙间挤出一个"好"字来。

皮修见他伸手去拿计算器，忍不住又奇怪道："你不是算盘精吗？怎么还用计算器？"

苏安："……"

苏安："老板你打扰我思路了。"

皮修："哦，那我不说话了。"

苏安拿着计算器一顿操作，草稿打了一页纸，综合吴祖模拟考的市排名、省排名还有平时的成绩波动范围，最后算出来一个 30%。

皮修看着结果发愁："30% 也太低了。"

苏安维持表面微笑："这个结果不是我可以干涉改变的。当然如果老板你把排在他名次前面的人都吃了，这个结果会飞快上涨。不过……"

皮修挑眉，示意他继续往下说。

"不过，您可能会消化不良。"苏安一推眼镜淡淡道，"并且鉴于您独特的体质，我建议不要这么做，毕竟到时候万一出事带您去医院挂肠胃科，可能找不到医生也找不到诊治方案。"

皮修："……"

苏安观察着他的表情，继续说："贾素珍在店里当服务员拉高了一些客流量，比如她昨天在客人面前唱了几句，有几个客人看上去很感兴趣，说今天晚上会继续来。我申请在店里弄个台子出来，让她唱两句，总比站在那里打碎盘子撕抹布好。"

皮修听着点头："也行，再搞个点唱，把她会唱的曲都写上面，让有兴趣的客人点，也不用唱全，唱一段就行了，赚的钱归到账上买抹布。"

苏安听得肃然起敬，心想真是一山还有一山高，妖怪还是老的精。

皮修安排完店铺事项，又去后院看了眼离死不远暂时还活蹦乱跳的公鸡，这才上楼继续为吴同学的成绩发愁去了。

看着熟睡的文熙，他心想今天晚上对吴祖的辅导得加大力度，要不然考不到省状元，自己也太亏了。

貔貅决不做亏本生意。

晚上文熙总算睡醒，坐在床上发了会儿呆就被皮修带着下楼吃东西，店里的食客刚来了一拨，也不算很忙。

"什么时候搭了个台子给她唱戏？"文熙看了眼戏台。

皮修："今天下午。"

文熙应了一声，还没来得及转头，就瞧见任骄拎着一只断了脖子的公鸡过来了，手上还有鸡血顺着往下滴，一股浓重的阳气扑面而来。

文熙一蹦三尺高，朝皮修背后躲，尖声问："姓皮的你干什么！公鸡！给我拿远点！拿远点！"

公鸡血阳气重，一碗公鸡血放在地上，五百米以内见不到小鬼，比电蚊香驱蚊还管用。

任骄被他一声叫钉在原地，不知道这是唱哪出。

文熙闻到那股血腥味，被冲得头脑发晕，伸手抓着皮修的肩膀大叫："我每天被你当冰枕都不说什么，到底是哪里碍了你的事，你要这么对我？你是真的不想让我活了！"

皮修太阳穴狂跳，压低了声音说："叫什么叫！你本来就是个死的！活什么活？"

有些来吃饭的小妖怪听见这段，都忍不住伸头去看，有几个手快的已经摸出手机开始发帖——

千年大妖毒杀友人为哪般？

皮修没工夫管他们，背后的文熙被鸡血冲得发抖，偏偏嘴里还骂个不停，他低声下气说："别吵了，公鸡血对你没用，就是你觉得难闻了点。"

文熙："你放屁！你就是故意的！"

任骄站在旁边愣了，心想这小鬼真是个英雄，还能皮修这么无理。

皮修难得想做次好人还没好报，气得体温飙升，一把将文熙提到面前，低声道："你现在不是一般的鬼了，我就是给你煲个鸡汤补一下，你要是再闹，我就……"

"就什么？"文熙眉头一竖，白净的脸上平白出现了许多红色的纹样，跟剪纸窗花一样，身上丝丝缕缕散发出一股饕餮的妖力来。

皮修一愣，面色一变，直接把人拉着往楼上走。

小妖怪们看了，手指翻飞疯狂同朋友交流信息，大胆推测接下来在楼上发生的事情。

妖怪论坛里一个帖子的热度正在迅速攀升，高挂首页——

不可说的某位今天跟自己人吵架动手，最终会如何收场？

冯都坐在办公室里看到帖子里面的照片，视线停在皮修上楼的那张，沉默了许久还是拿出了电话。打皮修的电话没打通，他挂断之后又用办公室座机拨了一长串号码——

"喂，是弱小妖怪保护联合会吗？我要……"

远离了公鸡血，文熙倒是冷静了下来，但脸上的红色还迟迟没有褪去，皮修带他上楼坐在沙发上，指尖一动，水镜缓缓展现在文熙面前。

"你干什么？"文熙一看水镜便愣住了，他摸着脸上的红纹喃喃问，"这是什么东西？"

皮修冷着脸说："这是饕餮的妖纹。"

文熙侧着脸使劲对着镜子看了几眼，皱着眉问："这你也能看出来？行家啊。"

"看不出来，不过我闻到你身上饕餮的妖味了。"皮修握住他的手骨，顺着袖子一点一点往上摸，感觉到在他皮肤下的妖力，从明显的波动到恢复平静。

皮修的手已经摸到了文熙的肩膀，对面人脸上的妖纹已经褪去，皮修将人拉近，摸上他后颈那节有些凸出的骨头。

全身冰凉的文熙只有这里温热发烫，皮修松开他："饕餮在你身上留了妖骨保护你，刚刚你情绪激动，觉得自己受到了威胁，妖纹就露出来了。"

文熙一喜："那我现在的妖力是不是很厉害？"

"也就能打过楼下五只猴子加一把扫把吧。"皮修淡淡道。

文熙一噎，心想那还不是约等于零。

皮修摸了摸下巴，心想要不要把楼下的鸡提上来再吓文熙一次，让自己好好观察观察。但是他刚刚脸都吓白了，还手抖身子抖的，还是算了吧。

皮修："你现在根本就不用怕公鸡血，那都是对付没修为的孤魂野鬼的东西，根本伤害不了你。待会儿我让他们把煲好的汤端上来，你喝两口。"

文熙疑惑："按理说补身子都是用老母鸡，为什么要用公鸡？公鸡阳气重，我要是喝出问题来怎么办？"

皮修大手一挥："你懂什么！这叫以毒攻毒，而且我身上的阳气比公鸡重多了，你挨着我都没事，一两只公鸡算什么。"

起码也得一万只公鸡才能和自己比。

文熙笑了一声，想起自己刚刚在楼下的样子又觉得有点丢脸，他摸了摸自己的脸问："妖纹刚刚被看到了没关系吧？"

"没事，妖纹跟鬼画符一样，谁能认出来？"皮修倒是不觉得有妖怪敢来捣蛋，除非是饕餮的债主。

珠帘晃了一下，猴二站在帘外扯着嗓子说："老板，楼下有人找，说是联合会来调查情况的！"

皮修一愣："调查啥啊？我们店里也没出什么事啊。"

外面的人来了，带着举报电话走来了。

他们一开始倒是客气，先自我介绍了一番，又表达了对皮修这位大妖的崇拜。

领头的干部冲皮修一笑："我看皮老板很懂风雅，人类老舍有《茶馆》，您就开了饭馆。"

皮修皮笑肉不笑："那是，我是妖界老舍。"

文熙："……"

倒也不必这样。

这名干部是个荷花精，和合二仙的嫡系弟子，这些年走南闯北见过太多的矛盾纠纷，但也架不住皮修这不要脸的老东西不要脸，单刀直入说："有人向我们举报您有职场暴力行为。"

皮修和文熙都愣了。

荷花精看向文熙："请问是真的吗？不用害怕，一旦情况属实，我们会保护您的。"

文熙正准备摇头，眼角突然瞥到吴祖从门口进来，他一个激灵就往皮修身后躲，不让吴祖看到自己的脸。

皮修下意识上前，回头问："怎么了？"

"吴祖进来了。"文熙压低了声音指了指门口。

荷花精看着面前两个人，轻咳一声："看起来我们收到的举报似乎有误。"

皮修立刻点头："我们很友善的，什么举报都是假的。"

荷花精脸上的笑更灿烂了："既然是这样，那请您帮我们拍一张照片，我们也好发公众号为您澄清一下。"

皮修："……"

文熙："……"

吴祖下了课和同学出来觅食，找来找去还是决定去昨天晚上吃的那家，银耳莲子汤好喝又便宜，他一推门，没有发现文熙，倒是第一眼就看见了站在台上正唱戏的贾素珍。

两人对视，贾素珍一笑，手中袖子一搭，开口唱道："我也曾赴过琼林宴，我也曾打马御街前……"

台上伶人唱戏衣袂翻飞，台下书生听戏全神贯注，时光似乎重叠了一瞬，但很快又错开。

今天店里似乎来了很多人，身边同学推了吴祖一把："呆站着干什么！找个地方坐啊。"

吴祖回神，又看了贾素珍一眼。

他心想：我是不是在哪里见过她？怎么觉得有点眼熟？

吴祖回了学校开始上晚自习也没想起自己究竟和那个服务员姐姐是在哪里见过，偏偏他越想还越觉得她眼熟，注意力不集中，面前的练习试卷只写到一半就已经到了放学时间。

他背着书包回到家，心里念着贾素珍眼熟的事，也没怎么继续做题，洗漱完毕早早爬上床休息，脑袋一靠枕头又想起昨夜那个恐怖的梦。

吴祖瞪着眼睛有些不敢睡了。

总不会连着两天都梦到一样的东西吧？吴祖安慰着自己，缓缓闭上了眼睛，希望今天的梦里没有历史政治。

他安心睡了一阵，但文熙可能迟到，却绝不会缺席。

吴祖一脸痴呆看着面前数卷子的文熙，愣愣问："你怎么又来了？"

"我？"文熙手一顿，随即说，"我还想问你怎么今天睡这么早，害得我来迟，白白浪费了一节课的时间。"

吴祖快疯了："什么一节课，昨天晚上你根本就没有下课。"

"你现在的成绩还想下课？"文熙抽出成绩单开始念，对着吴祖只有八十分的数学成绩单批评他。

吴祖一蹦三尺高，去抢他手中的成绩单，问："你怎么有我成绩单的？"

问完他又觉得自己蠢，这是自己的梦，都是自己大脑皮层深处的潜意识反映，怎么可能不知道自己的成绩单？

难道自己其实是一个非常热爱学习的男孩？可往日里吃喝玩乐他也一个没落下，十分心思只花了三分在学习上，全靠一点小心思在年级中游打转，难道真的是在梦里才能够看到真实的自我？

他目光灼灼看向文熙，心想原来真实的自己长得这么好看，赚了！

"你盯着我看干什么？"文熙幽幽问。

这种热切的目光实在是让人后背生凉。

吴祖回神傻笑了一声："看你长得好看！"

"是吗？"文熙自信摆头，"我也觉得我长得很好看。"

他话音刚落就感觉背被人拍了一下，皮修隐着身在他后背上写字，警告他不要胡言乱语，快点进入正题开始讲课。

吴祖看着他手上的卷子问："今天也要做历史吗？"

文熙轻咳一声，在背后挥了一下，拍开皮修的手："不是，今天做数学。"

"数学？"吴祖顿时皱眉捂住脑袋开始念念有词，"不要数学，不要数学，不要数学……"

文熙："你在干什么？"

"在催眠自己，反正这是我自己的梦，只要我能催眠自己，你就不会给我做数学。"吴祖一脸笃定，"做什么都可以，反正就是不要数学！"

文熙冷笑一声："你就是一棍子把自己敲晕，醒过来也要做这套卷子。"

他将卷子展开铺在吴祖面前，用力把笔塞进学生仔手中，示意他可以开始自己的表演了。

吴祖求情地看他："能不能不写？"

可怜兮兮的模样换成吴彦祖那张帅脸可能还有点杀伤力，可现在是四眼学生仔吴祖，只能让文熙看得头皮发麻。

文熙问："你知道你这个撒娇的样子像什么吗？"

吴祖隐隐有所期待："像什么？"

文熙："什么都不像，但丑。"

吴祖："……"

为什么！为什么梦里还会自己骂自己？难道这就是自我批判吗？可恶啊！

他把笔一放，换了个切入角度："这样吧，我们不写卷子，我们来聊聊天。我今天遇见了一个饭馆服务员，你应该知道是谁。"

文熙一时不敢接话。这小子怎么知道自己知道贾素珍是谁？难道他今天还是看到自己了？

"毕竟你就是我，我见过的你肯定也见过。"吴祖一拍桌子，"这不是重点，重点是那个姐姐唱黄梅戏真好听，明明我第一次见没觉得她有多好看，但是今天她站在台子上唱戏，整个人都不一样了。"

文熙一愣，忍不住笑了一声："所以你第一眼就喜欢上了？"

"不是啊，只是觉得她很眼熟，总觉得在哪里见过她。"吴祖托着脸苦恼，"你说我要不要明天主动去问她，兴许她记得我们在哪里见过。"

吴祖说着又闷闷笑起来："而且我今天一进门她就对我笑，肯定是认识我的。"

文熙乐得看见话本里的剧情上演，但也没忘自己的任务，打断吴祖的美梦说："要问也是明天的事了，今天先把卷子做了。"

吴祖还在负隅顽抗："我每天晚上睡觉在梦里都学习，第二天起来也不记得了！"

文熙一惊，连忙问："今天你醒来就不记得昨晚背的东西了吗？"

要是不记得了，自己昨天晚上的努力不是肉包子打狗？

"那倒是没有……"吴祖弱气地回答，"都记得，而且上课老师抽背我都背出来了。"

文熙放了心，脸上的表情又冷下来："那还废话什么，快点写题，今天晚上有三张数学卷子。"

吴祖一口气哽在喉头，半晌才说："周五我还有月考，你不能这样，我会神经衰——"

话还没说完，头上就挨了一记打。

吴祖一蹦三尺高，疯狂回头摇摆："哪个打我？"

皮修又是一巴掌把他按在了椅子上，文熙见吴祖吓得身体颤抖，大发慈悲开口道："你不好好写卷子，我就教训你。"

"不能打头，会——"

文熙摆手："放心，不会打坏的，给你通通灵窍而已。"

所有的不满都被皮修暴力镇压，被皮老板收拾一顿，他就明白了。

压着吴祖做了一晚上题目，文熙倒是明白了，这小崽子不是不会，就是懒，懒得动脑去想，懒得动手去算。

幸亏有皮修在旁边盯着，要不然自己一个人肯定拿他没办法。

终于等到天亮，结束了辛苦教育工作的文熙趴在床上叹气，皮修也跟着叹气。

文熙看他："一直都是我在讲，你就坐在旁边看，你叹气干什么？"

"我怎么不能叹气？现在的小崽子就是难整，还好我不要崽子，要是我儿子做题看书也要三请四催，都不用天道扣寿了，气都要气得早死。"

文熙一笑："说不好是自己的崽子，你就下不去手了。"

皮修靠近他扇风："哼，我根本就不会找对象要崽子，这个话题没什么好讨论的。你好好休息，我下去一趟。"

"下去干吗？你一晚上都没休息，不睡一会儿？"见皮修迟迟没反应，文熙又皱眉问，"你在想什么？"

皮修应了一声，见他把头埋进被子里，脑中突然灵光一闪，一拍大腿说："我在想你讲课这么厉害，我们可以办个补习班，专门接收像吴祖这样的学生。量身定做课程，收费也要提高……"

他说着，文熙忍无可忍，从被子里伸出一只手指向门口——

"滚！"

这么多年还没有谁敢让皮修滚，他也不生气，反倒笑了一声。

果然自己还是更适合赚钱，这个世界上哪里还会有比赚钱更快乐的事？

……不存在的。

等到落日西沉金黄满地的时候，文熙打了个激灵睡醒了，去到隔壁房间，就看见皮修那张因为睡觉而变得平和的脸。

说不睡还不是睡得好？文熙笑了一声，准备去洗漱，但他一动皮修就醒了。

"醒了？还睡吗？"皮修又闭上了眼睛。

文熙看了眼时间，发现也到了吃饭的时候，便说："不睡了。"

他转身正要去洗漱，突然一愣，回头问："昨晚上，吴祖是不是说要过来问贾素珍认不认识自己？"

皮修迟钝了两秒，反应过来后点头："是说了。"

"要是贾素珍跟他说了前世的事情会怎么样？"文熙问。

皮修："那她人没了。"

文熙："她人没了，那你功德不也没了？饕餮的消息不也没了？"

皮修定住。

但瞬间回过神来，一个鹞子翻身起床，穿着睡觉的花裤衩就往外冲，文熙跟在后面追赶，两个人把楼梯踩得咚咚直响，但还是晚了一步，苦情剧男女主角已经相遇，正在深情对视。

皮修眼一黑，完了，亏本的生意要板上钉钉了。

吴祖看着面前的服务员姐姐，腼腆一笑，红着脸问："姐姐，我们是不是在哪里见过？"

楼梯上的两个屏住了呼吸，皮修的眼神将贾素珍锁定，疯狂对她挤眉弄眼，拜托这位大姐别在关键时刻掉链子。

文熙双手握紧楼梯扶手，大气都不敢出一口。

两个老家伙的紧张全然没有感染到吴祖，吴祖见贾素珍看着自己不说话，不死心又问了一遍："姐姐，我们从前是见过的吧？"

见过吗？当然是见过的。

贾素珍有些恍惚，当初她在文府同吴郎初遇时，他也说了这句话。

蹩脚又拙劣，她这样见过风月的人一眼便看破少年书生郎心里的弯弯绕绕，那时他们明明没有见过，她却能弯眉一笑说似是故人来。但现在兜转百年，明明是见过，她却摇头。

"我没见过你。"

皮修和文熙松了口气，但吴祖却急了。

他上前一步说："可是我明明……"

"明明什么？"贾素珍一挑眉，精心勾勒过的眉毛像新月一样弓起，一双眼看着面前的人笑，"看姐姐长得好看上来搭讪是不是？年纪这么小怎么一点也不学好？"

吴祖连忙摇头："没有没有……"

没有？没有是什么意思？是说自己长得不好看？

贾素珍一僵："你说我长得不好看？"

她有些后悔今天只化了淡妆。

"不，我不是这个意思。我真的觉得姐姐很眼熟，以前我们一定是见过。"话一出口吴祖又觉得自己像个神经病，人家说没见过就没见过，自己怎么还不要脸一个劲往上贴？

他后退两步拉开距离，又说："也可能是我记错了吧，不过姐姐唱戏的样子真的很好看。"

贾素珍笑出了声音，手掌捂着嘴不显失态，看着吴祖的眼神缱绻，有情又似无情。她摆了摆手："行了行了，我以前没见过你，现在也算是见过了，还有别的事情吗？"

吴祖摇头，见她望着自己又觉得尴尬，干巴巴笑了两声就溜回了自己桌边，懊恼自己的鲁莽和不知轻重。

他抹了把脸，第一次感觉到自己的长相误事，要是自己长得跟明星一样，姐姐肯定会不认识也说认识了。

再不济跟贾宝玉长一样，来一句"这个姐姐我是见过的"，也不会像现在这么尴尬。

归根结底还是长相问题。

贾素珍看着吴祖走了，在原地站了一会儿，脸上的笑再也撑不住，转身进厨房又舀了两大碗银耳莲子汤，在猴精们的侧目下端着往外走。

皮修带着文熙往门口一站，冲着贾素珍道："过来，跟你聊聊。"

老板带着告状精来视察，猴子和小扫把顿时不敢乱看了，尤其不敢看老板身上那条夜市上十五块三条的掉色扎染沙滩裤。

贾素珍应了一声，把手上的东西放在一边跟着两人出去了。

三个人站在走廊上，皮修清了清嗓子，压着声音说："刚刚吴祖来找你的时候我们都瞧见了。"

贾素珍立即看他，眉头一皱又松开，笑了笑问："公子以为奴家会同他说从前的事情？"

皮修诚实地点头："毕竟你这么喜欢他，加上你前科累累，我的确是有点没想到你会说不认识他。"

文熙悄悄在后面推了一下，叫他说话客气点。

贾素珍倒也没觉得被冒犯，冲着皮修和文熙一福身："公子放心，奴家不会把从前的事告诉吴郎。"

皮修看着她："你当真忍得住？"

贾素珍笑着点头："方才都忍住了，以后更能忍住了。"

她看向大厅，眼神遥遥落在穿着校服的吴祖身上，温柔地说："他的模样同吴郎一点也不一样，比起这样的男孩子，奴家还是更喜欢吴郎那样丰神俊朗的男子。"

皮修："……"

搞了半天是嫌弃人家长得丑。

皮修开始庆幸吴祖这辈子长得十分安全，要不然贾素珍顶不住，自己也跟着完蛋。

打发走了女人，文熙见皮修还皱着眉盯着贾素珍看，说："她都这么说了，定是不会将他们从前的事说出口的，你就放心吧。"

皮修看着贾素珍端着汤的背影皱眉："我不是在想这个事。"

"那你在想什么？"文熙奇怪。

皮修向前走了两步，脸色顿时一黑："贾素珍这女人又端了两大海碗银耳莲子汤送过去了！"

文熙："……"

他深吸一口气，转身进了厨房找吃的，懒得理这个吝啬鬼。

厨房里的几个猴精总是有意无意看他，但文熙一看过去他们又马上回头，装作四处看风景的样子。

文熙端着吃食上楼，刚走出一段就听见厨房里猴精们细细碎碎的讨论声。

他脚步一顿，挑高了眉毛。听完那些关于自己的话，文熙气得笑了一声。

上辈子是十恶不赦的人才会死后也受磋磨，变成鬼了也不走正路，还爱告状……

文熙在走廊上站了一会儿，等着心情平静下来才去了楼上和皮修一起吃饭。

皮修看他心不在焉的样子问了几句，文熙一笑倒什么也没说。

等吃饱喝足之后皮老板在大厅里招呼客人，让文熙自己四处走走，现在他魂体稳定了不少，已经不怕落日时的阳光。

文熙趁着皮修不注意自己在厨房舀了一海碗银耳莲子汤，没理那几只嘴碎的猴子，溜到了后面的秋千上，坐着一边晃一边吃。

这里是饭馆的高级包厢区，不到过年过节都不会有客人，文熙乐得安静，听着风吹树摇叶落的细微声，一点一点尝着嘴里那点甜。

他坐了一会儿，总觉得背后有人在看自己，可是回头除了看到白色的高墙，什么都没有看到。

文熙皱眉，盯着墙半天才回头，不到一秒又立刻转头回去继续盯，重复几次依旧是没有任何发现，他这才放下心来，继续吃自己的银耳莲子汤。

吃了没两口，就看见小扫把提着扫把过来扫地，文熙正想打个招呼，却发现这小孩看见自己就变了脸色。

猴二那么牙尖嘴利的猴都在文熙这里讨不到好，自己肯定只有被搓圆被欺负的份儿。

小扫把刚刚听完几个猴精说的话，只觉得文熙可怕，怕他分分钟会怂恿老板买扫地机器人让自己下岗。

"走什么？"文熙见这小孩看到自己就要跑，叫了一声，见他转身看过来，又抬着手招了招示意他过来。

小扫把握着扫把站在原地，不知道应不应该过去，但又怕他跟老板告状，一步一步慢慢挪，嘴里结巴说："我……我不知道您在……在这里，我就过来扫地。"

"嘀嘀咕咕说什么呢？"文熙看他过来了，从口袋里摸出块饼干给他，"这么大个院子你一个人扫，不累吗？"

小扫把看着那块饼干没接，小声说："不累的。"

"不爱吃甜的？"文熙打量着面前站着的扫把精，发现他虽然长得挺高但却是一脸稚气，看不出究竟年纪多大，便忍不住问，"你多大了？在这里待多久了？"

小扫把摇头又点头，听见文熙笑了一声头低得更低了，用手上的扫把一下一下戳着地，用蚊子大点的声音说："七十多年了，刚化形就被老板捡回来了。"

"从一来就开始扫地？他还真是黑心，这算不算雇用童工？"文熙故意说着，直接把饼干塞进他手里又问，"喝不喝银耳莲子汤？"

小扫把突然抬头看他，大声说："不黑……黑心，老板是个……个好妖怪！"

"是吗？"文熙一愣，见他又红着脸低下头去，只觉得好玩，拉着他问，"他怎么好了？我看他长得那么凶，还以为是他逼着你们在这里工作呢。"

小扫把一个劲摇头："不是，我……我没遇到老板就……就死了，猴子们要不……不是老板，也饿死了，他们的山……山被烧了，没东西吃。"

文熙点头："所以他就把你们捡回来，给你们饭吃给你们地方住，只要你们认真工作还有工钱？"

"对！对！"小扫把点头，鼓足勇气冲着文熙一笑，"老板是个好……好人。"

文熙忍不住跟着点头，又塞给他一块糖，终于进入正题："那你可不可以告诉我，为什么刚刚一见着我就跑？"

小扫把脸上的笑一下僵住，看着面前笑得好看的文熙，嘴动了动却一个字都说不出来了。

皮修过来找人的时候，就看见坐在秋千上的文熙和坐在一边矮凳上吃银耳莲子汤的小扫把在聊天，小扫把吃得表情纠结，文熙笑得一脸慈祥。

画面非常诡异。

再一看那海碗，皮修太阳穴就是一跳，他大步走过去问："你拿个盆盛汤，怎么不直接用桶提？"

"一桶也太多了，我喝不完。"文熙笑着看他，"你煮的银耳莲子汤太好吃了，没忍住多盛了点，还好有他在，陪我一起吃。"

小扫把见皮修来了，抓着扫把解释："我都打扫完了，才……才坐在这里的。"

皮修："没事，这些地方我本来就不要你扫。没事就去看书练字，别过几天去上课问题回答不上来，回来又发脾气不愿意去学校。"

刚打发人端着那海碗走，皮老板就听见背后的文熙说："我刚刚总觉得有人偷看我，但是一回头又什么都没有。"

"啊？"皮修猛然回头，释放妖力出来将整个院子层层包裹，感知所到之处一览无余，但他也什么都没发现，院子里的阵法也没有任何反应。

文熙看着他："你说会不会是饕餮过来了？"

"有可能。"皮修脸色阴沉了下来，就饕餮那神不知鬼不觉的出没方式，还真有可能是他。

文熙有些惴惴不安，问皮修："那要怎么办？我要不要躲起来？"

"没事，不用怕他，他一个饭桶打不过我。"皮修拍着自己的胸膛保证文熙不会有事。

文熙看着他一笑，点头说："那就好，不过我还是有点害怕，而且……"

他叹了口气欲言又止，皮修有些不痛快："有话就直说，别吞吞吐吐的。"

"我怎么觉得你的伙计对我意见特别大？"文熙皱着眉头叹气，"我好像也没有哪里得罪他们啊。"

皮修一愣："怎么回事？"

"刚刚那孩子一见我就跑，我叫住他问了半天，才知道是因为那群猴精说……"

文熙把猴精背后议论自己的话掐头去尾，只说了同皮修有关系的部分，他说完小心地看了皮修一眼，见他面无表情看着自己，心里怕得打鼓，但还是可怜巴巴地问："你这么看着我干什么？"

看什么？当然是看你怎么敢在我面前耍小聪明。

皮修知道那群猴子嘴碎，喜欢在背后说两句，偶尔会骂自己两句周扒皮黄世仁，但也不敢编派太多。

肯定是猴子们背后说什么被他听到了，他没办法只能来找自己撑腰了。

文熙被皮修盯得害怕，垂着头小声说："你不管就算了……"

"谁说我不管，我明天就管。"皮修笑了一声，站起来往回走，"我明天就教训他们。"

文熙心下一喜，还要故作姿态："你也别太过分了，我看他们也不是故意的。"

皮修应了一声，感觉到他主动凑近以便让自己凉快点儿，心里好气又好笑，只说："你倒是知道当好人。"

第二天一上班，店里五只猴子都收到了一份来自老板的贴心礼物——《服务员的自我修养》，并且要求全书熟记并背诵。

猴子看了都疯了，抓着发书的苏安问为什么，他们为皮修摆过摊，为皮修躲过城管，是饭馆发展到现在的中坚力量，是大大的忠臣，为什么要这么对他们？不怕动物保护组织过来罚款吗？

猴二："是不是那告状精又去告状了？"

猴三心头一跳："是不是昨天猴二和猴四背后讨论他的话被他听见了？"

看来老板全然忘记了他们和他曾经一起吃苦的岁月。

猴子们拿着书抱头痛哭，感叹小白菜地里黄，三两岁没了娘。

苏安看着他们，心中难得生起一阵兔死狐悲的情绪来。看在多年同事的分儿上，他本想安慰几句，可又想起了老板的叮嘱，便压下了这份情绪。

他一清嗓子说："时代在发展，社会在进步，就算是服务业从业者也要接受时代的号召，学习先进的服务经验，提升服务质量，努力把饭馆做大做强。跟你们背后议论文熙没多大关系。"

可他越解释，猴子们越觉得是文熙这个告状精的问题。

但事情已成定局，胜者为王败者背书，一个两个垂头丧气拿着书回房看去了。

仇伏站在门口看得唏嘘，感叹道："我看要是楼上那个再说点什么，我们都要被换了。"

任骄笑了一声："不至于。"他瞥了眼门外，发现已经没有人在了，这才小声说，"老皮早就想让猴子们去搞服务培训，但是又觉得不给人涨工资就让端正服务态度不好开口，所以才一直拖着。"

仇伏一愣，发现事情并不简单。

"这次总算被他找着机会用楼上的那个当借口，让猴子们看书学习，就算猴子们不痛快也算不到他身上去，猴子们不服气，肯定铆足了劲看书，老皮只等着就行了。"

仇伏听得眉头紧皱，在心里又捋了一遍，忍不住咂嘴："老皮厉害啊，难怪他能当老板，咱们俩只能当伙夫。"

"注意发言，我也可以当老板，只是我放弃了好吗？"任骄眺望天空，"做水产大王虽然好，但贩卖的海产品也算是自己的子民，干久了总觉得我要遭天谴。"

仇伏笑了一声脸色又苦了下来："楼上那个是不是太惨了点，被老皮立出来当靶子。我看那群猴精也该整整，一天到晚嘴巴叽叽没停过，我的玩笑都敢开，早晚闯祸。"

任骄应了一声，看了眼时间："你之前说下周要回一趟青丘？"

"是啊。"说到回家仇伏又叹了口气，摸了把硬硬的黑头发，"你别提这事，提这事我就头疼，你说老家伙生了八九个崽，偏偏每年一定要我回家是怎么回事？"

任骄一顿："可能看你出生长得就不一样，最关心你吧。"

"可别提这个，当初我出生的时候我爹差点没把我咬死，他以为他被对山的祸斗黑狗给绿了。"仇伏惆怅地点燃一根烟，抽了没两口就见皮修提着大包小包从门口进来。

任骄下意识看了眼外面的太阳，发现没从西边出来；又看了院子里的猪，发现没有上树。

那为什么皮修突然大购物？

仇伏："你这是买了些什么？"

皮修直接把袋子放在地上，让仇伏和任骄凑过去看。袋子一打开，里面都是法器之类的东西，两个人心中一跳，就听见皮修说："今天店里不开门，我们仨把店里的阵法加固一下，特别是后院那边。"

仇伏摸头："有啥好加固的啊，后院靠着农贸菜场，你要是再加固，我买菜抄近路翻墙就不方便了。"

皮修一愣："老子新刷的墙上两个脚印原来是你的？"

"别管什么脚印不脚印的，你突然又要加固阵法干什么，年前不是才弄过吗？就是狗尿圈地也没你这么勤快的。"任骄皱眉，"你是背着我们两个在外面放高利贷还是得罪人了？"

"没有！"皮修给两人一人塞一个包，"是文熙昨天坐后院总感觉有人趴墙那块看他，神出鬼没那样子，我估计是饕餮来了。"

他冷笑一声："今天把阵法加固，爷要来个瓮中捉鳖，这次不抓他一个现行，我把名字倒过来写。"

三兄弟关了店门溜到院子里开始改阵法，原本扫地的小扫把被任骄按在椅子上坐着，怀里抱了一堆零食看着他们干活。

文熙上了一晚上课躺在床上没睡多久，就听见楼下一阵丁零咣当伴随着骂娘的声音，嗡嗡嗡就在耳边一样。

他拿过枕头盖在脑袋上，声音总算小了点，但没过两分钟，贾素珍吊嗓子的一声"咿呀"，直接把文熙脑子里的混沌破个干净。

他正准备坐起来，却感觉身体动弹不得，就连睁开眼也做不到。

耳边有些细碎的声音响起，他感觉到露在被子外面的手被握住，温热的感觉让他忍不住抖了一下，后背汗毛直立。

有人在床边坐了下来，文熙似乎听见了一声笑，可这种若有若无的感觉最让人恐惧。

耳边细碎的声音一直回荡，文熙忍不住想这到底是不是鬼压床，或是什么孤魂野鬼山精妖怪捣乱。

没人说鬼不可以怕鬼，他越想越害怕，身上都沁出了汗，猛地一用力从床上坐了起来，眼睛瞪大，疯狂转头观察房间，却什么都没发现。

贾素珍吊嗓子的声音和院子里丁零咣当的声音还在，文熙有些恍惚。

他一个人坐在房间里越想越害怕，散着头发随便披了件衣服往楼下走，想去找皮修。

虽然这老妖怪抠门，脾气也不好，但起码还是个可靠的。除了他，文熙找不到别的人可以相信。

出汗之后他身上那股子入骨的香味更重了，被风一吹飘散出去，人还没到后院，味道却已经飘到了。

皮修一闻就知道是文熙来了，但看到他散着头发一脸惨白过来的时候还是忍不住愣了一下。

仇伏在一边疯狂吸气，一边吸一边问："什么味道？好香。你们闻到没有？"

皮修面不改色："我刚刚放了个屁。"

仇伏脸一下就黑了。

皮修这个老妖怪老做缺德事，任骄已经习惯了，但是仇伏这个充分体现动物成精脑容量不够的笨蛋，还在自己吸屁的恶心中没有回过神。

这只丑狐狸脑中只有一个想法——老妖怪的屁怎么是香的？

全然没有考虑到老妖怪因生理缺陷根本不能放屁这一点。

他疑惑地问身边的鲛人："是不是你们这些大妖放屁都是香的？"

任骄陷入沉默，觉得仇伏可能是闻多了臭屁被熏坏了脑子。

那厢文熙抓着自己身上的衣服，对走过来的皮修欲言又止，不知道应不应该提刚才的事情。现在冷静下来回想，方才的一切都像是自己胡思乱想。

这缺德的老妖怪听了肯定会笑话自己，文熙咽下到嘴边的话，转而问："你在干什么呢？楼上都能听到声音。"

"挖菜窖呢。"皮修撒谎撒得面不改色，带着文熙往楼里走，"等冬天来了，能多屯点白菜在里面，省得开车出去买菜，省油。"

文熙："……"

他不知道应该说什么好，就说一句"恭喜发财"吧。

"怎么突然下来了？脸色这么差。是不是声音太大吵醒你了？要不我上去帮你下个结界你继续睡？"皮修问。

文熙想了想，还是有点不敢一个人待在楼上，放低了声音说："不用了，已经到中午了，应该吃东西了。"

他一看大厅里一个客人都没有，疑惑地问："怎么今天没开门？"

皮修一指院子："厨师都挖菜窖去了，没人做饭。锅里还有点粥，我给你盛出来，你要是无聊就看看电视，或者我让小扫把过来陪你。"

文熙点头："我就坐在下面可以吗？"

"行。"皮修把小扫把叫了过来，盛了一大碗鱼片粥，安排明白才回到院子里继续"挖菜窖"。

当初为了阵眼牢靠，三兄弟在后院向下挖了一个大坑才把阵眼埋下。当初挖坑流下的汗变作今天找坑流下的泪。

仇伏挖到疯狂，直接变出原形，来了个猛虎掏心，四肢并用疯狂刨地，像极了着急的狗。

皮修皱眉站在一边，忍不住压低了声音问任骄："你说他是黑狗儿子的可能性究竟有多大？"

任骄轻咳一声："我看十有八九。"

有了仇伏的原形帮忙，总算是找到了阵眼，任骄伸头一看坑里，那块充当阵眼的巨大牙齿同当年埋进去的时候一样，在日光下泛着珍珠色的光。

"真龙身上的东西就是不一样。"任骄叹气，"宝贝就是宝贝啊。"

皮修"哼"了一声有些得意，这还是当年饕餮送给他的，怎么可能不是好东西！

仇伏恢复人身，小心翼翼把牙齿旁边的土扫干净，周边的符文刻印露出来。因为靠得近了，龙牙上丝丝缕缕的龙气散发，让仇伏整个人都有些飘飘然。

皮修拿过龙牙："离远一点，你这狐狸被龙气熏两下，小心待会儿一边尿一边绕圈跑。"

"这龙牙哪来的啊？"仇伏盯着龙牙喃喃问，"该不会你为了这块牙齿去当牙医了吧？"

皮修把法器诸物一点一点放下："我活腻歪了跑去给真龙拔牙？虽然不怕那老东西，但要真被一尾巴抽实了，也得去小半条命。"

仇伏不以为然"富贵险中求，爱拼才会赢。"

任骄也奇怪："那这块牙齿是哪里来的？你也从来没跟我说过。"

皮修："饕餮给的，他说这是他家老爷子长的智齿，拔下来也没用，就送给我了。"

任骄："……"

仇伏："……"

行，既然人可以有智齿，那真龙也不是不可以有。

三个人在后院忙忙碌碌一天，总算把阵法加固了一圈又一圈，只要饕餮来，皮修就能来个关门放狗，瓮中捉鳖，再把老小子当场捕获。

他拍了拍手上的灰，还没来得及直起腰，就听见楼里传来一声尖叫，像是文熙的声音。

老妖怪手上锄头也没放，拔腿就往大厅跑。

自己这个老妖怪的味道是淡了还是怎么了，大白天就有人敢上门闹事？真要自己恢复上古习俗，围着自家饭馆尿一圈画地盘了才好？

皮老板拎着锄头冲到大厅里，文熙见他来了立刻推开身前的小扫把，扑了过来，颤颤巍巍说："狗！黑狗！吴祖！"

皮修抬头一看，好家伙，门左边一个二郎神，门右边一个四眼仔，加起来七只眼，是自己两只眼输了。

杨戬西装革履，身边的哮天犬则是一身黑色运动装，手上还牵着一条黑狗。

皮修盯着哮天犬眯了眯眼睛说："宠物不能进来，怎么？没看见墙上的标志？"

杨戬冷冷看他："查户口，别说这些没用的。"

哮天犬嘻嘻笑着，重复杨戬的话："查户口哦，没有户口的要被带走哦。"

他手中的黑狗也跟着叫了一声，皮修看到文熙被吓得又缩了一下，面色彻底冷了下来。

鬼本来就怕黑狗，更不用说哮天犬这种纯黑天狗，要搁现在算，哮天犬得是赛级的纯种黑狗。加上文熙的魂体还不稳固，要是真碰上两下，说不定就没了。

皮修握着手里的锄头冷笑两声，盯着杨戬说："居委会查户口就查，怎么一上来就仗势欺人？难道是不怕民众投诉了？"

　　一听"投诉"两个字，二郎神顿时面色阴沉了下来，就连笑着的哮天犬也敛了神情，不敢再张牙舞爪。

　　两方对峙着，还有三个学生仔贴墙站在一边不敢出声。

　　吴祖盯着皮修肩膀上的锄头不知道应不应该路见不平一声吼，作为群众制止暴力执法。

　　但这两边的老大哥都是一脸凶神恶煞，还有人带着恶犬，也不知道打了狂犬疫苗没有。万一自己贸然冲进去，命没了怎么办？

　　他目测那个锄头还有皮修的身材，估计小锄半瘫，大锄脑瘫，两锄连击直接闭眼说晚安。

　　算了，还是待会儿见机行事，一旦情况不对就冲进去拉着素珍姐往外跑。她身娇体弱，可受不得这种惊吓。

　　在当一分钟的英雄还是一辈子的懦夫面前，吴祖选择了活下去。但是背后饿死鬼投胎的同学却看不懂空气里的紧张，大大咧咧开口问："老板，今天你们还营业吗？"

　　都要打起来了还想着吃饭？你们死了一定就是吃死的！饭桶！

　　吴祖内心狂骂，脚下已经做好起跑姿势，只等打架声响，立刻带着素珍姐逃离现场。

　　店里安静了一瞬，皮修想了想，觉得该做的生意还是应该做，有钱不赚是傻子。他看向二郎神："等一下。"

　　杨戬没有意见，挑眉示意他继续。

　　小扫把拿着菜单过来让客人点单，贾素珍忌惮黑狗，只敢站在走廊里伸头看这边，无意间对上吴祖的眼睛忍不住笑了笑。

　　杨戬瞥了眼走廊里的贾素珍，伸出两个手指淡淡道："两个，可以罚款了。"

　　"急什么，你怎么就知道他们没户口？"皮修瞥他一眼，心想这三只眼的眼睛这么尖，搞什么社区工作，怎么不去搞侦查？

　　小扫把给吴祖他们三人点完菜，几个妖怪熟客又进来了，他们一见二郎神在都是一惊，心想真是"红运当头"，出来吃饭还遇见这个煞星。

　　皮修同他们打了个招呼，心想反正都开门做生意了，一个两个是做，三个四个也是做，干脆赶个晚场开门营业。

　　店里热闹起来，皮修看了哮天犬一眼，黄色的眼瞳一闪而过，警告这狗小子把眼神收一收，别盯着不应该看的东西看。

　　杨戬往前走了一步，挡住皮修的眼神，回头让哮天犬老老实实待着，自己一个人走到了皮修身边。

　　"说说吧，为什么养他？"杨戬淡淡道。

　　皮修挑眉："聚财。"

杨戬气笑了："你是貔貅还用得着别人给你聚财？"

皮修："……"

杨戬："只要你能拿出户口本，我马上就走。但如果你拿不出户口本，也拿不出暂住证，他们两个都要跟我走。"

皮修烦躁地"啧"了一声："如果他是我亲人呢？"

杨戬淡淡道："可以给一个月时间补办户口，但是另外一个总不是吧？"

皮修笑了一声，懒懒道："那是他的丫鬟，跟着一起过来照顾他的。"

杨戬："现在是新社会了，不时兴丫鬟小厮那套了。"

皮修"啧"了一声："不签卖身契，而且有工钱，等到下月我就会亲自送她走。"

"那现在也得有暂住证。"杨戬不依不饶，给了哮天犬一个眼神，让他准备带着贾素珍走。

皮修冷笑了一声，妖气四溢，饭馆里所有的小妖怪顿时都不敢动了。

杨戬天生神体，这点妖气仳还不放在眼里。但见皮修动了气，他反倒一笑："在这里动手，你的饭馆能支撑多久？到时候装修买家具，你愿意花这个钱吗？"

他盯着皮修："我只是来查个户口，并无同你动手的意思，你倒也不必与我针锋相对。"

"公共场合阻碍执法人员执法，也要罚款哦。"哮天犬站在杨戬身后冲皮修一笑，实在是把狗仗人势表演得淋漓尽致。

文熙趁势扯了扯皮修的衣摆，微微踮脚凑在他耳边说："能给酆都大帝打个电话吗？"

皮修一顿，差点忘记了冯都这个老小子。

别看不起人，他上头也有人。

皮修叫猴一开了个包间让杨戬、哮天犬还有那条黑狗进去休息，自己带着文熙和贾素珍上了楼，开始给冯都打电话。

一听要给文熙上户口还要给女人办个暂住证，冯都的手不受控制地打开了八卦论坛，他幻化出分身一边给皮修走流程一边发帖。

他不是瓜的生产工，只是瓜的搬运者。独乐乐不如众乐乐，有瓜大家分嘛。

等到土地公快递把办好的户口本和暂住证送来的时候，杨戬第一杯茶刚刚喝完。

皮修把两个本子往桌前一摔："快看，看完了快点滚蛋。"

"这么凶干什么！"杨戬一把撕掉自己额头上遮住第三只眼的膏药，盯着手中的户口本和暂住证开始检查。

皮修看着他的动作忍不住"咝"了一声，盯着杨戬那第三只眼问："你下手这么狠，眼睫毛扯掉不痛吗？"

杨戬三只眼一起看他："头上这只没有眼睫毛。"

皮修盯着看了一阵："那还行。"

哮天犬靠在杨戬肩膀上吸了吸鼻子，看着皮修说："你身上有一股香味，什么东西？"

皮修冷笑："怎么了？你想要就记得每天洗澡，让你主人给你买点狗香水多喷点。"

哮天犬一龇牙就被杨戬按住头揉了揉。

"听话一点。"

皮修见杨戬看完了，一把将户口本和暂住证又收了回来，拉开了包厢门，示意他们办完了事快滚，不要想着拿老百姓一根针一丝线。

杨戬经过皮修面前一顿，转头看他："今日打扰了，哮天犬年纪小不懂事，我替他向你道歉。"

哮天犬喉咙里发出恼怒的声音，还没来得及说话就被杨戬一把搂住夹带出门。

皮修在后面忍不住呸了一声，要是哮天犬年纪小，任骄都可以称小鲜肉，老黄瓜刷绿漆装哪门子嫩呢？

哮天犬还想回头冲皮修叫几声，但脖子被杨戬紧紧搂着动弹不得，挣扎了几下反倒被箍得更紧，他挣扎着喘气："松！松！喘不上气了！"

杨戬脚下缩地成寸，离了皮修的饭馆几里才停下了脚步，松开哮天犬。

"开始我怎么跟你说的？不要去惹他。你之前答应了我，但刚刚又是怎么做的？"杨戬捏着哮天犬的后颈，"以后不想再出门了？"

"还不是因为他对你那个态度！"哮天犬挣开他的手，"你以为我愿意同他这种老妖怪起冲突，要不是因为——"

杨戬一把将哮天犬拉到身后，盯着前方树丛的阴影处，冷声说："出来。"

抱着玉观音的男人从阴影处走出，惨白的皮肤在阳光下几乎透明，他冲着杨戬一笑："都说二郎真君同哮天犬主仆情深，今日总算是见识到了。"

哮天犬抓着杨戬的手臂一脸警惕，他牵着的那条黑狗冲着男人狂吠不止，却在男人一个眼神下害怕得伏在地上发出恐惧的呜咽声。

"这样才叫听话。"男人笑眼弯弯说，"小狗就应该好好教育，得听自家主人的话，不要擅作主张。"

二郎神安抚着因为血脉压制而害怕发抖的哮天犬，盯着男人一字一顿说："我杨戬的家事，还用不着你饕餮来管。"

饕餮笑了笑："是我逾矩了，二郎真君勿怪。"

杨戬："欠你的人情已还，日后还是少联系为好。"

饕餮点头："自然，我言而有信。"

"他是你什么人？能让你绕这么大一圈来找我，就为了让皮修给他上个户口。"杨戬眯了眯眼睛。

饕餮脸上依旧是挂着那副笑，轻声说："我的家事，就不用二郎真君来管了。只需你告诉我，皮修给你看的户口是真还是假。"

杨戬："我用天眼看过，如假包换。"

"这便足够了。"饕餮冲着杨戬一躬身，"多谢二郎真君相助。"

杨戬左退半步躲开他的礼："不必，本就是还当年你相助的恩，现下你我两清，我也了却一件心事。"

他不愿同饕餮多接触，带着哮天犬乘云离去，只是临走前还是回头道："听闻这些年皮修一直在寻你的下落，他虽是瑞兽却性情暴戾，你还是小心为上。"

饕餮一愣，那二郎真君已经乘云飞远，不见了踪迹。

他一笑："这些年寻我的又何止他一个？不过性情暴戾……倒是你二郎神误会了。"

风吹起，饕餮怀里的玉观音亮了亮，他立刻抬手轻抚："别担心，他没事。刚刚不是听到了吗？皮修已经给他上好了户口，短时间内不会送他去投胎的……"

玉观音亮光更甚，在阳光下闪烁着，很是刺眼。饕餮连忙又说："放心，我不会让他去投胎的……别怕，我会看好他的……"

饕餮同怀里的玉观音低声说着，又走回了先前的阴影中，渐渐没了身影。

文熙被哮天犬那纯种黑狗冲撞，魂体受惊，躺在贵妃榻上，皮修用妖力一点一点为他固魂。小扫把靖着冒着烟的苦味汤药站在一边，结结巴巴同皮修说先前庄里的场景。

先是吴祖进来，但马上他又被杨戬带着哮天犬和那黑狗挤开，文熙还没反应过来有黑狗，小扫把就差点被那狗扑倒。文熙急着冲上去拉了他一把，魂体这才被冲撞，还险些被后面进来的吴祖看到了脸。

"都……都是我不好，我不怕它的。"小扫把一脸歉疚，看着文熙结结巴巴道歉。

文熙叹了口气："你道歉干什么？本也不是你的错，也幸而有你在我才挡住了脸，没让吴祖看到我的脸。"

皮修没说话，只端着药让文熙快喝。

一碗药下肚，他总算是好了点，皮修握着他的手探查了一阵，认为他晚上给吴祖上课的精神足够了。

他让小扫把陪着文熙说话，自己端着空碗下楼收拾。因为是周五，晚上来了不少客人，猴精和贾素珍忙不过来，皮修便也帮着招呼下客人。

吴祖同苏安结了账，正好撞见皮修过来，他鼓起勇气往前一步堵住了皮修的去路。

皮修看了这小崽子一眼正准备绕开，就听见吴祖问："老板，今天究竟是怎么了？"

"没怎么了，过来查营业执照而已。"皮修看他，"怎么？你也要查一遍？"

吴祖连忙摇头："不不不，我只是问一句。我还以为……"

"以为什么？以为我违法乱纪，用地沟油炒菜？"皮修冷哼一声，吓得吴祖脸色都发白了。

他摆手道:"怎么可能?老板你有身家在,怎么可能会做违法乱纪的事?"

皮修:"……"

吴祖见他表情复杂,以为自己搞错了对象,连忙问:"那个每天在店里打扫卫生的孩子不是您的儿子吗?"

妖怪们顿时竖起了耳朵,恨不得贴到吴祖的嘴边去听。

皮修一愣:"你说谁?"

吴祖:"就刚刚扫地的那个。"

当爹,还是不当爹?这是一个不需要犹豫的问题。

缺德的那根筋一抽,皮修表情突然和蔼,淡然表示:"的确是我的儿子。"

小扫把从化形就被自己捡回来养着,虽然没有一把屎一把尿,也算是生活在自己的庇护之下,勉勉强强算自己半个儿子吧。

皮修这么想着绕过吴祖走了,剩下在座的妖怪们全疯了。

第三章

殊途·寿图来历

不过是来吃个饭，还能吃到这种瓜，离谱！

这不是饭馆，是东北的黑土地！只有这种被妖气熏陶的宝地才会生长出最甜美的瓜！妖怪们扔下筷子，抓着手机疯狂输出，每个人都是现场记者，给亲朋好友发去报道——

证据确凿！扫把精是那位老板的儿子！

大流量涌入论坛，服务器爆炸，最新消息刷新不出来的论坛页面一片空白，冯都手下的程序员一边骂娘一边加班。阎罗们聚集在冯都的办公室，一脸为难问："殿下，这些帖子留着没事吗？万一那位找过来，到时候我们……"

"别怕。"冯都大手一挥，"广告位都安排好了没？这种热帖的广告价位提一提，要是皮修真找来，就把广告费拿出来和他分。看在钱的面子上，他不会跟我们为难的。"

阎罗们领命下去了，冯都拿起桌上文熙的档案看了一会儿，又刷新了下网页，紧急增加服务器之后，论云打开的速度再次如丝般顺滑。

冯都津津有味地看着八卦帖，喃喃道："皮修，我的老伙计，你真是我的摇钱树。"

这个月的论坛绩效指标有救了！

顶级流量皮修还不知道外面的腥风血雨，正拿着菜单去厨房下单。

皮老板亲自从后院又拎了一只公鸡，放血拔毛开膛破肚，亲手给文熙煲上了一锅鸡汤，给他今天受惊吓的魂体补点阳气。

任骄看他动作："你身上阳气不够？还要给他杀鸡来补？你知道这么一只小公鸡多少钱吗？"

"我身上的阳气能随便给吗？"皮修瞥他一眼，"他那小身子骨还受不住我的，先喝几碗汤补补。"

仇伏闻着鸡汤香就有点忍不住："好哥哥，你给我尝尝。"

仇伏吐出嘴里的骨头："不过为什么今天二郎神要过来查户口啊？这不过节不开会的，没道理啊。"

皮修想了想："估计是听来这里吃饭的妖怪们说的。自从上次他们家那只狗刨我们家菜地被我打了两棒子，这小心眼就看我不顺眼，故意挑了今天来找碴儿。"

"他们家那哮天犬就是没好好上学所以才这么没礼貌。"任骄说着关小了面前的火，"仇伏你给我看着点火，我得去看看小扫把作业做得怎么样了，明天他得去上学了。"

仇伏一愣："你还没放弃让小扫把念书啊？"

"你懂个屁，知识改变命运，我现在当伙夫就是吃了没读书的亏。"任骄摘下围裙一扔，"别忘记看火！"

说到念书，皮修看了眼时间，发现差不多到了吴祖下晚自习的时候，盛了碗鸡汤端着准备上楼休息。

仇伏见皮修也要走，傻了眼问："怎么你们两个都走啊？只我一个人在厨房干活了！"

"锅里的鸡汤都是你的了！累了就吃两口！"皮修摆了摆手，"放心，不要你的钱！"

仇伏一愣，随即跳脚大骂，任骄和皮修这些老妖怪都是缺大德的！

鸡汤进了肚子里，文熙点头说："今天的汤好喝。"

"我亲手熬的，能不好喝吗？"皮修抽纸让他擦了擦嘴角，瞥见了桌上压在书下的草稿纸，笑了笑问，"刚刚给小扫把讲题了？"

文熙点头："他说作业不会做。"

"难吗？"皮修问。

文熙笑着摇头："出给小妖怪做的题目会难到哪里去？只是我看他根本就不想上学，拿着笔都像是受了天大的委屈。"

"哪里有小孩喜欢上学的？"皮修道。

文熙抿了抿嘴："我就喜欢。只是我祖父总嫌夫子太差，又怕别人家的孩子欺负我，从开蒙到后来都是他手把手教我。我还不知道上学究竟是什么滋味。"

皮修："小班一对一教学还不好？不知道现在小班怎么收费？"

"什么收费？"文熙问。

皮修："下次小扫把来，你这个水平的一对一家教，就得收费。"

文熙笑了："你怎么连他的钱都收？"

"这叫肥水不流外人田，你懂什么！"皮修说着又握住他的手查看魂体，比开始好了不少，但玉观音已经没多少作用了，得抓紧时间找点别的来。

文熙喝了汤又睡了一会儿，等着时间到了，皮修带着他又进了吴祖的梦里。

不知道是不是这些天在店里吃饭的缘故，吴祖听多了贾素珍唱戏，晚上一边做题一边哼上两句，文熙听得好笑，在旁边站着自然而然接着往下唱。

年少时最爱的这出戏，他也算是唱得有模有样。

吴祖听了抬头笑着看他："原来你还想当状元。"

"天下读书人谁不想中状元？"文熙反问。

天下的读书人，谁不想一日恩科高中金榜题名光耀门楣，打马看尽长安花？

吴祖被他问得一愣，意识到这是自己的精神世界，面前人说的话也等于是自己内心的想法。他想考第一拿状元，不就等于自己也想考第一吗？

人有多大胆，地有多大产，原来自己内心深处，居然如此不知天高地厚，还有个状元梦。

他忍不住咂嘴："你还真敢想。"

吴祖沉默了一阵，听着文熙又哼了几句《女驸马》，忍不住问："你说为什么我去的时候，素珍姐老在唱中状元那一段啊？是因为她没怎么念过书想读书，还是因为她喜欢……喜欢成绩好的人啊？"

文熙一顿，心想自己怎么知道，自己又不是贾素珍。

但顾及吴祖的心情，文熙道："这谁知道呢？等你考到第一名去问她，兴许就知道了。"

吴祖沉默了半晌。

美人只配强者拥有。现在自己十八岁站在台下如喽啰，我发誓以后要让素珍姐一眼就看到我。

吴祖把头发往脑后一捋："不就是学习吗？谁不会啊？爷这么聪明还怕考不到第一？"

文熙一听皱眉："你这么喜欢她？"

"肤浅。"吴祖咂嘴，"这不叫喜欢，这叫欣赏和佩服。只要素珍姐能唱，我就能一直去饭馆听，给她捧场。虽然那家的菜我已经快吃吐了。"

文熙憋笑："行，为了你的素珍姐，现在得开始做题了。"

吴祖铆足了劲开始学习，但千里之行始于足下，学习之旅死于数学，他对着卷子看了半晌，抬头看着文熙问："你能让我梦到黄冈练习卷，能不能把高考卷子也安排一下？咱们一劳永逸。"

文熙皮笑肉不笑："虽然你在做梦，但是不代表你真的能做梦。"

吴祖轻咳一声："好的，我知道了，学习没有捷径可走，只有认真练习一条道路。"

文熙点头，觉得孺子总算可教了。

但是盯着吴祖做了一晚上数学卷子，文熙气得头发晕手发抖，觉得这孩子没救了，还是直接回炉重造比较简单。反正贾素珍等了这么多年，再等十八年也不过分。

因为月考即将来临，吴祖启动的自我毁灭式学习让文熙的压力骤然加大，魂体的负担加重。但文熙坚持轻伤不下火线。主要是若换皮修来盯着吴祖做题，文熙估计这学生仔活不到月考就要说拜拜。

提着一口气挨过了月考，文熙直接被皮修红牌罚下，按着喝了几碗鸡汤就又被按进了玉观音里强制休息。

皮老师接过教鞭披甲上场，吴祖的天，要变了。

当夜吴祖再次入梦，梦里不再是文熙那张俊美人面，而是皮修幻化出的一张好陌生的猛男脸。

"你……"

吴祖望着他肌肉坚实的手臂惊疑不定，心想：自己的内心形象怎么还会改变？难道是这些天的奋力学习已经把自己塑造成知识上的猛男、学习上的巨人了吗？

皮修没理他，把卷子往桌子上一放，宣告一个残酷的计划："今天开始卷子加倍。"

吴祖呼吸一滞："不！不加倍！"

皮修看他一眼："加倍！"

吴祖："恭喜你，抢到地主了！"

皮修："……"

都让开！今天他就要让这个不知死活的学生仔尝一尝现代社会熏陶下的妖怪铁拳！

前几天皮修作为助教旁观文熙给吴祖辅导就觉得累，等真到了自己上手才知道这不是累，是很累。

学习路难走，有人也有狗。他是前面辛勤劳动的教书人，吴祖就是后面在地上走的死狗。

第一晚上课结束，皮修比挖了一宿菜窖还累，躺在床上半晌没有说话，文熙坐在床上一边笑一边说："怎么样？"

"不怎么样，幸好不是我真身进去，不然可能两个人都得炸死。"皮修叹了口气。

文熙看着他有些发红的脸："要不还是我来？"

"不行，你现在上了户口，不是黑户，要是魂体出点事监督办那边追查起来更麻烦。原本想着秋天私下送你投个好胎，现在户口一上，每年的投胎名额有限还要摇号，不知道得等到几年几月去。"

皮修想着都头疼："到时候我找冯都给你走走关系，让他给你选个好时间，再选个好父母，最好是独生子女家庭，到时候全家只宠你一个。答应你的事，我不会反悔。"

文熙沉默了半晌，说："你是个好妖怪。"

"别，这个夏天你陪我安生过就行，更何况超度你也算是大功德一件，我也不亏。要是你有什么未完的心愿也快点说。"

皮修顿了顿："要是太麻烦就别说了，再来个贾素珍我真的扛不住。"

"知道了。"文熙笑着应了一声，垂着眼不知道在想什么。

万事开头难，习惯了吴祖这小崽子的套路之后，皮老板这个新手司机总算上了路。吴祖虽然皮，但是脑子也是真的灵活，没有吃了铁秤砣成绩赖在原地不走。

两个人互相伤害，拉拉扯扯纠纠缠缠又过了一次周考，吴祖在皮修的强压之下成绩突飞猛进，直接蹿到了年级前十，隐隐有点高考黑马的意思。

日子一天天过去，天气越来越热，皮修越发离不开文熙，走哪里都带着他。

后院种的葡萄藤和丝瓜藤缠在一起顺着棚子往上爬，绿色的叶子连接成荫，投下一片阴凉。

皮修从库房里搬了一张躺椅放在棚子下面乘凉，旁边的水井里还冰着西瓜，等着晚上的时候提出来吃。

看上去舒适又惬意，有点世外桃源的意思，但一声鸡叫打破了平静。

为了给文熙炖鸡汤补身体，皮修买了一车小公鸡回来，让全城的母鸡都守了寡，下蛋都开始不得劲。

一群雄赳赳气昂昂的小公鸡强势进军饭馆后院，原本一家独大的猪来了脾气，放出的屁都响了一个度，要同鸡叫掰手腕。

猪鸡相闻分外眼红，偏偏皮修又忙着给文熙准备汤，只带走了一只鸡送去往生极乐，把剩下的鸡和猪都关在了一起。

两军对垒，先派大将喊话，一时猪同鸡讲，沸反盈天。

等着任骄带小扫把来进行猪鸡同笼计算题的实地教学的时候，两边早打成一团，鸡飞猪跳，鸡毛猪屎乱飞，任骄傻了眼，小扫把一口气没接上来直接翻白眼晕了过去。

仇伏忙着清行李回家，脏活累活只能任骄和小扫把亲自干。这次两个人长了记性，把猪圈加高加固，务必要把猪的跳圈行为扼杀在摇篮里！

任骄洗了把脸擦着手进厨房，同皮修商量："我说老皮，院里养的母鸡就那么多，你买这么多公鸡回来，是要让母鸡二十四小时连轴转生蛋，还是要听个十重奏高低声部合唱打鸣？"

他闻着自己的手皱眉说："我刚看后院鸡屎又三厘米厚了，待会儿小扫把放学回来又要发疯，这两天我做梦都是在铲鸡屎，现在手上都有股鸡屎味，您老行行好，把这些鸡送走行吗？"

"我不跟你说了那是留着给文熙炖汤的吗？"皮修把手上蒜皮一搓，"你帮我杀一只给炖上。"

提着行李箱进来的仇伏出声："我去吧，我炖上就先回家了啊，老皮。"

皮修看他："准备走几天啊？到时候你们家那边的特产记得带点，我给你算钱。"

"行，灌灌我也给你带两只。"仇伏提着刀往后院去，留任骄一脸复杂地看着皮修。

皮修继续扒蒜："你盯着我干什么？有钱从我脸上掉下来？"

任骄："我问你，这么多只公鸡你到底用了多少钱？"

皮修："怎么了？"

任骄："你居然还有这么大方的一天？那时候咱们仨在外面，仇伏想吃一只鸡你都叫他忍着，现在怎么这样了？"

皮修一愣："什么这样了？那时候我第二天不就给他拎了一只鸡回来吗？"

"你还有脸说！那是鸡吗？鸳鸯被你拎回来一只，另外一只在湖里叫了半晚上。再说了，那肉也不能和鸡肉比啊！"

皮修自知解释无用，只是默默扒蒜。

为什么世俗总是要误解他这样一只冰清玉洁、内心只有铜臭气的貔貅？

皮修感慨道："算了，怎么解释都没用。昨天苏安说有人打电话来问送餐的事情了，那些人类娇气得很，天一热就懒得出门，等仇伏回来我们就得开始准备外卖的事了。"

任骄应了一声："走哪个平台啊？我看穿蓝衣服那个就不错，小电驴两个轮子比我开车四个轮子都快。"

皮修眼也不抬："不走人类平台，找土地公他们。全国快递都可以送，到时候我让苏安弄好。"

任骄一愣："土地公他们愿意？"

"现在这个年头外卖成风，一份外卖及时送到还能有功德，是他们求都求不来的福分，现在爷愿意从手指缝里漏点，他们还能不愿意？"皮修冷笑一声，"你真是被鸡屎糊了脑子，蠢。"

任骄一听鸡屎就头疼，连忙摆手说："行行行，你是老板你决定，老子闷头干活就行了。不过有外卖了我肯定要加班，晚上就没时间盯小扫把写作业了。"

皮修看他："怎么？他手长你身上啊？要你盯着才能写？"

"你是不知道他现在从学校回来就发脾气，写作业三请四哄的跟我祖宗一样。"任骄如意算盘打得噼里啪啦响，"晚上我加班，你让文熙给他辅导下学习，就当是我的加班费了。"

皮修："那我得跟他商量商量。"

任骄一拍大腿："怎么的，你还不能做他这个主了？"

皮修内心毫无波动："他魂体不稳，太辛苦会出事，要不你给我找个让他魂体休息的地方，我帮你跟他说一声。"

任骄"啧"了一声："那小玉观音没用了？要找替代品你得等段时间。怎么？是不是每天晚上给那个姓吴的学生仔辅导学习气坏了？没事，就小扫把那乖样，我辅导他做作业都会被气得想打人，放宽心点。"

不提还好，一提到吴祖皮修就头疼，这一次吴祖的周考成绩还不知道是个什么光景。

任骄见他叹气，忍不住道："要不你直接超度贾素珍算了，超度就是功德一件，管他那么多呢。"

"不只是功德，还想从她嘴巴里问出点消息。"皮修淡淡道，"更何况只是帮个学生考状元，不是什么杀人放火的事情，也算不上难。"

任骄："说来也是，比起那些为了功德通下水道满世界乱窜抓逃犯的，你这好多了。"

"反正我也有所图，她也有所想，谁也不亏，而且那吴祖是个聪明的，比小扫把一根筋强多了，教起来也不是很累。"

任骄："……滚，小扫把最聪明！"

皮修拍干净身上的蒜皮没理他，洗了个手端着文熙的养魂药和午饭上了楼，一掀开珠帘就看到文熙正同贾素珍坐着说话。

两个人看着电视里状元娶亲的场景闲聊，文熙心念一动，问："说来我倒是有点不明白，为何你执意想要让吴祖考状元？"他顿了顿，"莫不是当年他曾许诺高中之后迎娶你？"

贾素珍连忙摇头道："不曾……"

"那是为何？"皮修端着东西走过来，挑眉问，"难不成你有什么爱看人考状元的怪癖？"

"不是的！吴郎本就应该是状元，只是他被奸人所害才下了狱，失了科举机会，没了状元。奴家上一世帮不了他，这一世才……"

皮修笑了一声，端着药在文熙身边坐下："倒是巧了，他当年被诬赖偷盗，如若你真能读书考取功名，不正好真演一出《女驸马》？"

贾素珍恍惚："可奴家自小便在戏坊长大，不是什么官家小姐，大字也不识几个，哪里又读得懂什么四书五经？如若真能同戏里一般救他，又何至于如此？"

她姓贾，虽然名叫素珍，能在戏台上唱一辈子《女驸马》，能在戏里一次又一次救李郎，但假的终究是假的，她还是那个无能为力的贾素珍，无法为吴郎敲一回冤鼓洗清冤屈，更无法考中状元救他脱离苦海。

吴郎在狱中受苦，她垂泪不得，还要脸笑声俏博满堂喝彩。台下人都知女驸马高中后享受荣华，可谁又知这层皮面下的她心中凄惶？

文熙接过皮修手上的药喝了，嘴里的苦味让他忍不住皱眉。

一旁贾素珍突然长叹一声说："奴家房间的窗子正好对着状元郎打马游行的街道，那时候奴家总盼着春闱快过去，好从窗子里看上一眼吴郎身着红衣打马游街的模样，这辈子便也心满意足了。"

"现在的状元同以前不一样了。"皮修给文熙递了块糖，"在街上骑马得罚款，你让他穿红衣骑个共享单车游街倒是可以。"

低碳无污染，还不用多花钱，比打马游街可方便多了。

贾素珍连忙摆手："不，奴家没有别的意思，只要亲眼见到吴郎高中状元，便足够了。"

"当日我文家被抄，所有家财都充入国库，那幅寿宴图怎么到了你的手里？"文熙含着嘴里的糖皱眉，"后来还沾染上了你的血。"

贾素珍："那日吴郎作了一模一样的两幅，只将其中的一幅送到了您的手里，剩下一幅他便赠予了奴家。"

她笑了笑，将那幅画握在手中摩挲，指尖从那块血迹上拂过，轻声说："那日奴家便是抱着这幅画去的，自然就染上了血。"

染着血的画铺在桌子上，皮修擦着头发从浴室出来的时候，就瞧见文熙正靠在沙发上盯着那幅寿宴图发呆。

"在看什么？"皮修问。

文熙回神："没什么，只是在看这幅画同我从前那幅有什么不一样。"

皮修挨着他坐下："都过去这么多年了你还记得？"

"我死了这么多年倒是感觉只做了一场梦一样。"文熙揉了揉脑袋，"只是不记得究竟是怎么死的了。"

皮修："这有什么好想的，也不嫌晦气。"

文熙笑着点头："你说得对。"

两个人心平气和坐了一会儿，文熙感觉到皮修身上散发出来的温度，忍不住皱眉问："怎么觉得你身上温度比从前高了点？"

皮修淡淡道："天气越热我的体温就越高，怎么了？"

文熙摇头："只是在想从前的夏天你怎么过来的。"

"熬呗，抱冰枕头睡，再不济就找个深山老林的池子泡着，等着夏天过去了再出来。"皮修叹息着，"反正是没你在这么好过。"

文熙挑眉："那你还得感谢我。"

皮修哼笑一声："我帮你固魂又给你上户口，也不见你多感谢我。"

"我现在主动帮你降温还不算感谢？"文熙看他，"也别太得寸进尺了！"

皮修垂眼："谁得寸进尺啊？"

"夏天来之前你可不敢。"文熙又坐回去，不知道是不是魂体稳固的原因，他对温度敏感了点，皮修不在身边的时候总觉得冷，得靠近这个老妖怪才觉得暖和点。

文熙转移话题问："你说这幅画后来是怎么到饕餮手里去的？"

"这得问那个孙子才知道。"皮修又问，"这段时间还感觉有人在看你吗？"

文熙摇头，冲着皮修一笑："你把阵法加固了，又天天把我带在身边，有你在，饕餮肯定不敢来。"

"那是。"皮修自信心顿时膨胀，"饕餮也就是吃饭比我厉害，要是打起架来爷一个能打他三个。"

二人又坐了一会儿，文熙冷不丁问："你这么厉害，那当年他是怎么把你的钱都骗走的？"

皮修一僵半天没憋出一个字来，文熙见老妖怪面色一会儿青一会儿白，忍不住又问："该不会是你一时失察才被他钻了空子吧？"

"对，就是被他钻了空子。"皮修立刻道。

文熙盯着他看了一阵儿，像是接受了这个答案，没在这个问题上继续纠结，心里却在想：果然是个只会用拳头说话的莽夫，当时肯定被卖了还一脸高兴给人数钱。

他腹诽着，珠帘撞击的声音又响起，执行特殊任务的猴四光荣归来，将潜入学校窃取的重要情报——成绩单交给老板以及告状精文熙检阅。

皮修扔给他一个金豆子打发走，拿着成绩单有点不敢看。

"你怕什么？"文熙从他手里抢过成绩单，"不敢看就我来，要是他成绩退步了我就……"

皮修眉头一挑："你就怎么？"

三天不打上房揭瓦，这鬼还会威胁人了？

"就不让你凉快了。"文熙舌头转了个弯，"你看我辛辛苦苦把他的成绩提上来，累得魂都快散了。怎么？还不能发两句牢骚？"

皮修冷哼："没不让你发牢骚，只是这功德也分不到你头上，看你这么认真我奇怪罢了。"

文熙一顿，沉默了一会儿说："我怀疑他当年被诬赖偷盗是受了我文家的牵连。"

"什么意思？"皮修问。

文熙："从前我在祖父的书房同他有过一面之缘，他算是我祖父看好的考生，后来春闱未至我们家先倒了台，说不定是有人看不得同文家有关系的人上榜中举，就用了阴招祸害了他。"

皮修看他："你还真是心软爱想，万一不是怎么办？你岂不是白费精力？"

"不怕是假就怕是真，一想起他可能是因为我们家毁了前程，我心里总是歉疚不安，这么做也不过讨个心安而已。"

文熙说着听见皮修一笑。

这老妖怪叹息说："唉，我改天带你去剃度出家当个和尚。现在和尚的待遇还挺好。"他想得挺美，"到时候给你在饭馆门口摆一摊，高僧占卜批命，一次二十，每天估计能赚不少。"

文熙："……"

夜间皮修又入了梦，因为这次吴祖的周考成绩终于挤进了前三，皮修难得给了学生仔一个和蔼又不失变态的微笑。

吴祖怕他这样笑，抱着书拦在胸前说："哥，有话好好说，别乱笑，你一笑我就害怕。"

"怕什么呢？难道我笑起来不好看？"皮修一摸自己脸，心想：文熙上次还叫自己多笑，说自己笑起来好看，怎么这个学生仔就不会欣赏了？

吴祖噎了一口气，一会儿看皮修一会儿看他手中的卷子，忍气吞声说："没有，哥你笑起来帅。"

皮修舒心了，坐在他对面道："这次考试进步了，年级第三了，拼一拼搏一搏，把你拉胯的数学提上去，下周的全市联考，你到第一没问题。"

吴祖："……"

这从全校第三到全市第一为什么说得这么轻松？难道这个哥觉得全市就我们一所高中吗？

学生仔抹了把脸，诚恳地说："哥，其实我觉得当个废物挺好的。"

皮修眉头一竖："我觉得不好。"

"我不要你觉得，我要我觉得。"吴祖站了起来，"现在的情况我已经很满足了！考一本没问题了，我真的满足了，哥，数学我真的尽力了。"

皮修看他一眼："我觉得你尽力是真的，没尽全力也是真的。"

吴祖幽幽道："我今天吃饭的时候都还做题呢，素珍姐还过来说我辛苦了，又给我盛了碗银耳莲子汤，每次她都端一海碗，要是换个缺德的，喝银耳莲子汤都能把他们饭馆喝垮。"

皮修："……"

倒也不是担心银耳莲子汤让自己破产，只是觉得自己一不在下面看着，贾素珍的海碗就重出江湖也有点过分。

皮修冷笑一声道："放心，就算是饕餮来了只喝银耳莲子汤也不会破产。"

吴祖点头："说得也是，我看那饭馆老板的样子就不像把饭馆当成正当生意做的，估计就是他的一个窝点，到时候风头紧了肯定跑路了。"

皮修："……"

什么窝点？你把话说清楚？

本人皮修堂堂正正个体户，国家光荣纳税人，怎么在你嘴里就是搞不正当生意的了？

吴祖叹气："虽然他身上没有左青龙右白虎，但一看就是精神小伙领袖。你说要是他犯事跑了，素珍姐要怎么办？会不会被拖欠工资啊？"

皮修气笑了："要是拖欠工资你怎么办？你还能把人接回去？"

"要是素珍姐愿意，来我家当保姆也不是不可以。"吴祖脸一红，"到时候我就可以近距离听她唱戏，还可以——"

皮修下手就是一巴掌，打碎这学生仔的春秋大梦。

吴祖抬头，冷冷的试卷在脸上胡乱地拍，将他拉回残酷冷漠的现实。书不可能不读，卷子不可能不做，就算是死了，埋在地里，皮修也要把这小王八蛋刨出来做题。

皮修看着他冷声说："别说你是个废物，只要你还留一口气拿得起笔，就要给我做题。"

他看着这糟心玩意儿做题，忍不住想起文熙——怎么这个世界上的孩子就不能都向文熙学学，主动读书追求上进，做德智体美劳全面发展的好孩子？实在是人比人气死人。

皮老板想着，盯着眼前的吴祖，面色更加沉重。

明明晚上可以好好睡觉，现在却在这里给凡人当家教。

他太难了。

一晚上过去，皮修从梦里出来，补了个觉，直到正午太阳高照才下楼看看店里生意。

谁知道一下楼几个妖怪熟客就对他微笑，还有人一边偷看他一边笑，自己一看过去他们又恢复了冷漠，不知道唱哪出。

皮老板进了厨房，洗了个西红柿啃了口问："哎，你知不知道怎么回事？怎么今天客人老看着我笑？"

任骄一边颠锅一边笑："你还不知道啊？公众号发你的照片了。"

皮修一愣，嘴里咀嚼的动作渐渐停下。

他皱着眉拿出手机搜索公众号，点击查看公众号的手微微颤动，似乎已经预见了内容的尴尬。

皮修呼吸一滞，看着映入眼帘的第一张照片，嘴里的西红柿顿时不甜了。

照片是一张大合照，皮修冷着脸站在中间，文熙假笑着站在他身边。

整张照片上面笑得最真实的就是联合会来的那小荷花精，笑容灿烂，完美继承了和合二仙的憨厚。而文熙和皮修一看就是面和心不和。

他拿着手机的手微微颤抖，顿了两分钟才鼓起勇气往下滑了滑。

任骄拍拍他的肩膀安慰：'说吧，怎么回事？"

皮修没说话，手指继续往下滑，突然一顿说："他们还说小扫把是我儿子。"

任骄："啥？什么东西？上我看看。"他凑过去看，发现皮修已经点开了一个链接跳转，帖子大红的标题比小扫把卷子上的零分还要刺眼。

不用细看，任骄都能感觉到迎面而来的腥风血雨。

他闭上自己的眼睛，幽幽道："鱼只有七秒记忆，我很快就能忘记的，我很快就能忘记的，我……"

皮修紧握手机："哪个崽子乱发帖？你号快没了！"

文章不只皮修和任骄看到了，在学校的小扫把也看到了。

原本对小扫把不屑一顾的大妖二代、神二代、鬼二代都突然对这位同学报以崇高的敬佩。

这些孩子没有经历过父辈们激情燃烧、吃了上顿没下顿的动荡岁月，而且妖怪们的寿命太长了，每天修炼又很无聊，只能专注各种各样的八卦娱乐来丰富生活。

身边原本平平无奇的同学突然变成了不可说大妖怪的儿子，简直是标准的励志小说男主找到了失散多年的富爹准备翻身！

妖怪们不像人类在意各种伦理，这么多年的人世打磨也没有消去骨子里对强者的崇拜。

比起同学们的激动，小扫把的反应可以说是平静，他同往常一样上课睡觉发呆，拿着扫把扫操场，直到放学才提着扫把慢悠悠往回走。

他踩着自己的影子，看着低年级的小妖怪们被爸爸妈妈抱走，突然站住不动了。

视线落在妖怪们的爸爸妈妈身上，小扫把眨了眨眼睛突然蹲下身捂住脸。

被指间隐藏的嘴角勾起，他偷偷笑了起来。

原来老板是自己的爸爸，自己也有爸爸了。

今天回家爸爸也会像别人的爸爸一样把自己抱起来吗？小扫把回想着，小时候爸爸也是抱过自己的。

那时候店里的人没有这么多，自己就坐在爸爸肩膀上看他做菜，虽然油烟味很讨厌，但是……

小扫把搓了搓自己的脸，吸了吸鼻子想，就算是油烟味很浓也没关系，他今天好开心，可以扫干净一条街也不停！

他又在地上蹲了一会儿，正准备站起来，视线里却多出一双鞋来。

小扫把顺着鞋往上看，同眉心一竖红、同学们最怕的哪吒老师看了个对眼。他眨了眨眼睛，看见老师对自己笑了笑。

"蹲在地上干什么？"哪吒蹲下来同小扫把对视，"放学铃已经响了，怎么还不回家？"

小扫把张了张嘴："要……要扫地。"

"这些地方都是学校承包出去打扫的，不应该让学生来打扫。"哪吒托着下巴看他，"是不想回家吗？"

"不……不是。"小扫把解释，"我……我是扫把精，扫把就要……要扫地。"

这是他的天性，天要下雨，他要扫地。

哪吒又笑了，拉着他站起来："真的不是因为不想回家才要扫地？比如家里有个讨人厌的父亲？"

小扫把眨了眨眼睛，不知道老师是什么意思。

哪吒见他一脸呆呆的样子，伸手揉了揉他的头发："如果被爸爸欺负可以跟老师说，老师会帮你的。"

小扫把歪头看他："为……为什么爸爸要……要欺负我？"

哪吒一愣，想起自己在公众号上看到的东西，忍不住又问："那新来的叔叔对你好吗？"

小扫把点头，心想文熙长得好看，每次还给自己糖，对自己是很好的，如果不辅导自己做作业就更好了。

哪吒见他不说话，眉头皱得更深了，弯下腰说："如果在家里有人对你不好，可以来找老师。"

"知……知道了。"小扫把挠了挠脸，"文熙对我很……很好。"

直到坐上任骄的车，小扫把还皱着眉在想刚才老师的话。

任骄见他皱着眉，忍不住问："怎么一脸不高兴？今天在学校是不是又和同学打架了？你没有再用扫厕所的扫把塞别人嘴里吧？"

小扫把摇头，眉头还是没有松开。

到了店门口，他一下车就朝着皮修冲了过去。皮修正盯着贾素珍给吴祖点单，严格监控她，杜绝她用海碗盛银耳莲子汤的行为，突然被小扫把一扑，整个人都往后退了一步。

"怎么了？"皮修看他抱着自己的腰不松手，想起很久以前小家伙在外面打了架受了欺负回来就这样，他下意识抬头看向拿着车钥匙进来的任骄。

是不是这条鱼欺负小扫把了？

"你瞪着我干什么？"任骄被他瞪得莫名其妙，看见小扫把抱着皮修，抬手说，"小扫把过来，到哥哥这里来。"

皮修冷脸看着他："你的年纪得在他年纪前面加两位数，算什么哥哥。"

任骄："今天是抽什么风了？你是他谁？管他叫我什么。"

小扫把突然仰头回立任骄的问题，清清脆脆对着皮修叫了声"爸"。

整个饭馆都安静了下来，来吃饭的妖怪和凡人老饕都盯着皮修，不知道谁先来了句"老板孩子都这么大了"，接着就开始恭喜。

其实大家也不知道恭喜些什么，反正觉得应该恭喜一下。

喜当爹，实在是天大的好事。

皮修："……"

他低头看着小扫把问："谁给你说我是你爸的？"

小扫把一愣，喃喃问："你不是我爸爸吗？"

所有人都看着皮修，就连任骄也上来一步死盯着他。皮老板顶着所有人的目光，看着一脸憧憬的小扫把，心里一跳，一恍惚就点了头。

"是。"

小扫把一下笑了，抱着他又蹭了蹭脸，高兴得一个字一个字往外蹦："高！高！高！兴！我！"

任骄把他拉过来："行了，你爸还要做生意，快点上楼做作业去。"

皮修站在原地陷入沉默，摸了摸自己的脸又摸了摸自己的头，回味着第一次喜当爹的感觉，有点怪有点痒，难道有小崽子就是这种感觉吗？原来这就是铁汉柔情吗？

吴祖看着贾素珍顿了顿："姐，你今天不唱戏了吗？我们班有个同学知道你会唱戏，说她也喜欢，也想来听听。"

"今天不唱，但是明天你带同学来我就可以唱了。"比起唱戏，她更想和吴郎多说上几句话，多待在一起聊爱好。

贾素珍指了指自己的喉咙撒个小谎言："喉咙有点不舒服，今天休息一下。"

"啊？"吴祖慌了，"要不要给你买点药吃啊？还是要买点胖大海喝？可是胖大海一点也不好喝，要不我给你找点……"

他絮絮叨叨说着，拿出手机开始搜什么对嗓子好，没有发现身边的人正笑得一脸温柔，垂眼看着他。

文熙正靠在贵妃榻上看电视，他把空调关掉还是觉得有点冷，身上盖了床薄毯子又抱了个长条抱枕才好一点。

珠帘一下被扒拉开，他闻声回头就看见背着书包的小扫把正站在楼梯边看着自己。

"怎么了？"文熙冲他招手，"站在那里干什么？怎么不过来？"

小扫把身上还穿着校服没换，文熙看着又笑了笑："我还是第一次看见你穿这个，这个就是他们说的校服对吧？"

小扫把点头。

他顺着文熙的手把身上的书包放下，坐在贵妃榻边犹豫半天，还是冲文熙轻轻叫了一声"叔"。

文熙给他拿糖的手一顿，一个巨大的问号出现在他的头里。他看了看房里好像也没别人，伸手摸了摸小扫把的额头，心想：这孩子也没发烧，怎么突然换了称呼？

小扫把又叫了一声，只是声音更小了。

文熙掀开被子就要下地，扯着嗓子喊："皮修！皮修！小扫把中邪了！"

小扫把一把抓住他的手，结结巴巴地说："你……不……不要激动！"

文熙整个人都傻了。

小扫把见文熙一脸恍惚，拿出手机打开论坛，递到文熙面前："你看他们说的，是……是真的吗？"

皮修一直避免的事情终于发生了，文熙还是发现了论坛里的胡言乱语。他看着手机上的帖子，表情从愤怒到冷笑，最后变成了诡异的微笑。

他摸摸小扫把的头："你的手机可以借我吗？"

小扫把点头："但是你……你不要拿我……我的账号发……发帖回复。"

"我保证不会。"文熙笑着说。

小扫把吸了吸鼻子，又闻到了文熙身上那股好闻的香味，他拉了拉文熙的袖子商量说："你当我叔叔，我没意……意见。但是我……我不想写作业……"

"叔叔"两个字宛如利剑，刺穿了文熙脆弱的心脏，也刺破了万里之外饕餮脸上的微笑。

监听器里还在直播文熙的声音，手边的玉观音已经开始晃动，饕餮赶快把玉观音抱在怀里安慰："别生气，肯定是开玩笑的。"

监听器里小扫把又叫了文熙一声，玉观音停了一下，又开始疯狂晃动，饕餮抱得更紧："别生气啦小姑奶奶！别生气了！玉观音都被你弄裂缝了！"

玉观音不动了，却传来一声叹息。

饕餮对天发誓："我明天就找人收拾皮修那孙子！我保证！"

皮修端着晚饭上楼的时候就瞧见一大一小正坐在沙发上看电视，作业摊了一桌面，笔也扔在一边，连笔盖都没扣上。

"作业写完了？"皮修把碗盘放下，看了眼还是空白的练习册眉头顿时竖起，朝正乐呵呵的小扫把看去，"谁让你看电视了？"

小扫把一愣，"啊"了一声，下意识去看文熙。

文熙坐在一边也不看皮修，只是手搭在自己肚子上反复抚摸着。

皮修顺着小扫把的视线看他，见他动作奇怪，忍不住问："你是不是吃坏东西了肚子疼？"

他说着让小扫把让开，自己坐在文熙身边放出妖力去探查他魂体是否又出了问题，可从头到脚看了一遍，发现他魂体稳固，已经可以接受自己的阳气了。

文熙仰头看他，脸上突然绽出一个笑来。

皮修恍神了一刻，阴沉下了脸色，做出一副凶恶的样子问："你笑什么笑？老子脸上有钱吗？"

文熙面上一顿，随即又换上了一副示弱可怜的模样，皮修下意识把手放下。

文熙顺着他的动作把手里握着的手机举起来，点亮了屏幕，让皮修去看上面的内容。

皮修盯着手机，脸黑得要滴出墨来，他以为上次那么警告冯都之后，冯都会明白点，知道什么东西该发什么东西不该发。

皮修心里堵着一口气也不知道该说什么，一把抽走他手里的手机，起身说："我出去一趟。"

小扫把见皮修要拿着自己手机出门，立刻伸手扯着他衣角说："我……我的！"

"你的手机？"皮修眼睛一眯，"作业写完了吗？过两天就要考试了，不复习玩什么手机？你同学也天天跟你一样玩手机？"

"你……你……"小扫把一下气得发抖，半天没说出下一个字来。

皮修："你什么你，别跟精卫那只蠢鸟学当复读机，我现在出门，待会儿回来检查作业！"

文熙看他："你去找酆都大帝？"他眉头一皱，"别同人动手。"

"你别管这些。"皮修起身冷着脸说，"我保证不闹大。"

皮修下楼打了个招呼，骑着猴精的小电驴风驰电掣地走了。黄色的小电驴在街道上飞奔，有了妖力的加持快成了一道闪电。

小扫把趴在窗口看着，擦了擦眼泪："爸……爸爸走了。"

他回头看文熙，小声嘟囔："你说的没用，他还……还是让我写……写作业……"

"没事。"文熙摸了摸他的头发，站在窗边垂着眼说，"随便写写就行，不行让任骄给你写。"

半夜皮修才回来，还是骑那辆小电动车，但是肩膀上却多了一个麻袋，一张红色的钱从口袋里飘飘扬扬地落下来，落在了街边抽烟的青年脚边。

那青年拿起一看，心想这玩意儿真的假的，只是一晃眼，眼前又多出一个人来。

饕餮抱着玉观音冲小伙一笑，双眸在月光下红得妖冶："你还想要更多的钱吗？"

皮修着急回家没注意掉了钱，等到了饭馆扛着麻袋上楼的时候碰见了文熙，文熙一愣，看着他问："你该不会是直接把人打晕扛回来了吧？"

"没。"皮修把袋子放在墙角,"这是冯都的赔礼。"

文熙走过去拉开系带只看了一眼又马上合上。

钱,全部都是钱。

文熙没忍住,质问皮修:"你扛着一袋钱骑个电动车过了一个区,就不怕有人来抢?"

皮修喝了口冰水,挑眉看他:"这个世界上谁敢抢我?"

文熙一愣,心想也确实没有人会想到皮修艺高人胆大扛着一麻袋钱招摇过市。

皮老板趁着他发愣,一个电话把已经上床看投资文章的苏安叫了过来。

苏安上楼看见那一麻袋钱的时候也愣了愣。

他回头去看坐在沙发上的老板,看着他一身的匪气,忍不住叹了口气,开始为自己的未来忧心。

还是没有逃过这一劫,他的老板——皮修,最后还是选择了抢银行这条赚快钱的不归路。

自己是不是应该去考个会计证为下一份工作做好准备?省得老板突然落网被打个措手不及。

"明天存进银行里去,按照你上次说的理财产品买。"皮修拿着文熙递过来的毛巾擦了把脸,见苏安还是一脸奇怪看着自己,问,"怎么了?还有什么别的问题?"

苏安欲言又止,唯恐知道太多死得更快,犹犹豫豫只点头说:"知道了。"

等着人走了,皮修冲文熙道:"论坛里关于你的帖子都没了。"

这都在文熙的意料之中,他坐在皮修身边,主动给他打扇子说:"这些都不打紧,只是我怕坏了你的名声。"

皮修看他,没说话。

文熙摇了几下扇子说:"小扫把的作业写完了,我看着写的,你别生气了。"

"我没生气。"皮修揉了揉眉间,"他不想写就随他去吧,到时候期末吊车尾我再收拾他。"

文熙摇扇子的手一顿:"我看他们说小扫把是你的儿子。"

"我看着养大的,勉强也算吧。"

文熙抿嘴一笑:"我在这楼上老不下去,什么也不知道。您有没有多余的手机?能否给我一个,让我也看看那些论坛?"

皮修看着他想笑,心想原来后招是在这里等着呢。他手指在膝盖上敲了敲,靠在沙发上张开了手,懒懒说:"知道了,明天给你拿一个。"

第二天文熙拿到了自己的新手机,躺在床上按个不停,皮修刚一进屋,就听见噼里啪啦的声音。

他看文熙玩得认真,到嘴边的话又咽了下去。又坐了一会儿,皮老板冲着还躺在床上的文熙说:"我下楼了,过会儿记得下来喝药。"

文熙应了声,眼睛还落在手机上。

下午的客人也不少，苏安叫着五猴中的几个搬着一麻袋钱去了银行，向来寡言少语的猴五坐在收银台边帮忙收着钱。

皮修转了圈又去厨房弄了点吃的，同任骄就小扫把的教育问题展开了深刻讨论，对以后的发展路线进行多方面分析。

最后得出结论，自家这个小妖怪最大的梦想就是加入环卫处，成为一名光荣的环卫工人。

皮修一边抽烟一边叹气："其实也不是不行，什么工作都一样，他高兴就好了。"

"但是累啊，我舍不得他吃苦。"任骄也叹气。

两个老妖怪对着叹气，一根烟还没抽完，就听见外面一阵吵闹，皮修竖着耳朵一听，面色立刻阴沉了下来。

任骄也听见了外面的声音，忍不住一笑："这大白天怎么就有人来砸场子？"

皮修按熄了烟，冷着脸站起来往外走："错了，应该是大白天就有人着急下葬了。"

几个精神小伙坐在店里最大的一张桌子边，紧身T恤搭配上锃亮皮裤和爆款豆豆鞋，贾素珍手上的菜单被打落在地上，好几个凡人老饕都不由自主低下了头不敢多看。

妖怪们假装四处看风景，其实都注意着那一桌一上来就挑战满级大佬送人头的小伙。一两百年了，他们已经一两百年没有看过这种高能打脸戏码了。

搞快点！搞快点！

皮修黑着脸从厨房出来，所有妖怪的眼睛都亮了，要不是顾忌着被这老妖怪发飙误伤，他们手机摄像头都能凑皮大佬脸上去。

"你就是老板？"领头的小伙冲皮修一痞笑，"我们是费哥的人，昨天看见你回家，捡着你点东西。"

他从口袋里抽出一张红票子放桌上敲了敲，皮修一看，眉头一皱，心想冯都这狗东西，老子就说了麻布袋要漏钱他偏不听。

"多谢。"皮修伸手去拿钱，却被这小伙握住了手腕。

"道上有句话说得好，叫见者有份。"小伙一笑，"我看你这店不错，在这里这么久还没交过供奉吧？"

皮修眉头一挑："供奉？"

"从前这片的老大被我们费哥挑了，现在这块地归费哥管，从前的供奉就不管了，现在的供奉也……"

小伙一笑，一切尽在不言中。

妖怪们屏住了呼吸，心想真是光脚的不怕穿鞋的，活了这么大岁数头回见人敢从貔貅手里掏钱，这比从屎里淘金还强。

皮修也笑了："我这里道上也有句话。"

"什么话？"

皮修抽出手站直了身体低头看他："什么话不重要，但是你得知道哪条道。"

小伙皱眉："什么道？"

"黄泉道。"

皮修话音一落抬腿就是一脚，连人带椅子直接带出店门外，那人还在半空里翻了两个空心跟头。

皮修冷眼看着还坐在桌边一脸呆愣的小伙们，低声问："还不滚？"

任骄擦着手从厨房出来，对坐在地上摔得怀疑人生的小伙一笑，脸上的疤扭曲狰狞："东南西北四条街，打听打听谁是爹。"

他笑着伸手推了推小伙的发胶头："不打听明白，死在谁手里都不知道，到时候不明不白可是不让投胎的。"

文熙正从楼上下来，就瞧见大厅里乱成一团，他下意识去找皮修的身影，就看见一平头小伙从怀里抽出一把刀朝着这老妖怪砍去。

"皮修！"文熙瞳孔一缩，脸上的妖纹尽显，脚下缩地成寸，只迈出一步就挡在了皮修身前。

皮修反应过来回头，就看见那把西瓜刀穿透了文熙的魂体，刺在自己身上，衣服破了个洞，但下面的身体却皮都没破。

文熙伸手握住穿透自己的刀，眨了眨眼睛，看着面前小伙变换的脸色，一点一点将刀抽了出来。

他是鬼，刀自然伤不了他。

文熙被皮修拉到身后，那张妖纹遍布的脸被遮住，下一秒老妖怪黑着脸把面前的小伙一巴掌抽飞，身上的妖气和怒火一起控制不住地往外窜。

明明晴朗的天空，突然开始打雷，任骄变了脸色，冲着皮修喊了一声，但却无济于事。

姓皮的老妖怪脸上露出一个笑来，店里的所有妖怪愣了一瞬，然后争先恐后连滚带爬往外跑。

再不跑他们就要因为看热闹看没命而上社会新闻了！

苏安从银行出来一抬头，看着突然阴沉的天空忍不住皱眉。明明刚刚出门的时候都还是晴天。

坐在回去的公交车上，算盘精心里总是有些惴惴不安，他不时看上一眼阴沉的天气，不知道是不是在为即将下雨却没带伞担忧。

一声惊雷在头顶炸响，苏安加快了回去的脚步，精怪们常常会对将要发生的事情有一种玄之又玄无法言说的感觉，苏安称之为妖怪的直觉。

而现在这股直觉告诉他饭馆出事了。

脚步匆匆路过一个拐弯，苏安迎面撞上了一个神神道道的男人。

"别生气……你别生气，他没事……

"别骂我咯……啷个搞嘛，我也不晓得会这样……"

苏安回头看他，这人生得斯斯文文，怀里却抱着个被黑布包裹着的东西，自顾自对着那东西说话，一副中了邪的样子。

若是平常，苏安说不定会为了功德停下脚步管管闲事，但是现在……

他头也不回地冲向饭馆的方向，饭馆外面已经被看热闹的人层层包裹，120急救车也停在一边，还有蓝白相间的车嘀嘀响着。

苏安眼前一黑，恍惚了半天才站稳。

完了，全完了，不过才一天，老板抢银行就被发现了，科技发达，凡人的天网实在是名不虚传！

他强制自己镇定，看着重重包裹的人群，陷入了前所未有的纠结。

他是赃款的经手人，老板一旦供出他，那他也逃不了，得去吃牢饭。现在银行卡就在自己口袋里，如果现在自己回去取了钱就跑，那么……

苏安想着突然抽手给了自己一耳光，打散了那点忘恩负义的心思，坚定了信念拨开面前的人群往前挤。

面前最后一个人被拨开，苏安看着被二郎神和李靖夹在中间准备带走的皮修，双腿一软直接跪在了地上，凄厉叫了一声："老板！"

现场所有人被他叫得一愣，皮修看着他问："好端端的又不过年，你跪我干什么？"

哮天犬吸了吸鼻子，凑在二郎神身边说："是妖怪，身上一股铜臭味。"

猴精们冲过去把苏安从地上扶起来，七嘴八舌说："苏哥，没事，你别怕，就是有人来砸场子被老板收拾了，没大事，没大事……"

真的没大事吗？苏安不信，他定定看着老板说："老板，您吩咐我的事情都已办好了。"

皮修应了一声，似是想起了什么："店里椅子坏了几把，最大的那个桌子也要换，还有些磕坏的东西你记着，等我回来再算。"

苏安想问老板你还回得来吗。难道老妖怪有特权，抢银行之后还能全身而退？

但他表情肃穆，冲着皮修点头保证："老板，您放心，在您回来之前，我会安排好一切的。"

他话音刚落，文熙就从店里走了出来，他脸上的妖纹刚刚褪去，还残留着红迹。

"我和你一起去。"文熙看着皮修，伸手握住他的手臂。

手臂上的冰凉似乎比平时更甚，皮修心里的燥热和怒火一下消失得干干净净，突然觉得要去监督办走一趟也不算什么麻烦事。

"你在家里待着，一会儿我就回来。"皮修难得好脾气，文熙却不领情："我跟着你去，要是我不跟着，你又生气了怎么办？"

"我不生气。"皮修笑了一声，冲着苏安叫了一声："带他回去。"

苏安表情一凛，他走到文熙身边恭谨地说："文熙，跟我进去吧，老板会没事的。"

"文熙？"李靖闻言皱眉，上下打量了文熙几眼。

文熙瞪他："干吗？"

皮修叹了口气："放心，我就是被带着过去问几句了解一下情况，两个小时之后就回来。"

"可是……"文熙皱着眉。

皮修看着围过来的人越来越多，脸色也阴沉了下来，压低了声音说："听话，回去在楼上等我。"

任骄见两个人说个没完，主动走过去道："文熙，你回去，我跟着皮修过去。"

他冲着文熙一笑："待会儿小扫把回来，麻烦你盯着他做作业。"

文熙看看皮修，见他冷着脸，这才收回自己的手，垂着眼睛应了一声："知道了。"

皮修坐进车里，回头看窗外，发现文熙还站在门口看着自己，惨白的脸皱着眉，让他看得心里有些不舒服。

二郎神杨戬顺着他视线望过去："怎么了？害怕了？"

"待会儿就回来了，有什么害怕的？"皮修靠着椅子闭眼，回想着从监督办回来的路上似乎有家蛋糕店，文熙没有吃过蛋糕，到时候给他带一个回去尝尝味道。

李靖听见他的话，忍不住嗤笑："你把凡人打成那个样子，那可不一定马上就能回去。"

任骄靠着窗户回头看着李靖："李天王这意思是还要扣人了吗？"

"人有人法，妖有妖规，犯了法就应当按照规矩判罚。妖规第一条就是不许随便伤人，更何况是……"

皮修骤然睁开眼，妖气四溢，哮天犬不由自主发出一声呜咽钻进杨戬怀里，惹得这位二郎真君也睁开了天眼同皮修对上。

"你话太多了。"皮修收敛自己的妖气，冷冷道，"难道我想回去还有人拦得住我吗？"

杨戬摸着哮天犬的后背安抚，淡淡说："即便李天王话有错，那也不应该随便放出妖气吓唬人。"

"不好意思，嚣张惯了，改不了。"皮修说完再次闭上了眼睛。

车开到了监督办，皮修从车上下来轻车熟路进了问询室，监督办的几个神仙妖怪头子已经在等着了。

西王母一见皮修进来就坐直了身体，努力让自己使眼色的动作不那么明显。

东王公坐在另外一边，手上拿着个小钟摆弄来摆弄去，没把皮修放在眼里。玉帝坐在最中间，脸上笑嘻嘻，心里痛骂皮修这个老家伙又没事找事给他整活。

皮修坐在椅子上，抱着手臂："我先声明，是他们先动手砸场子的。"

"这点我们已经了解到了。"玉帝笑着说，"不过当时天色突然大变，就连天道都被惊动，看上去皮老祖怒火不小。"

皮修坦然："一般般吧，也就想把他们脑袋拧下个七八次的那种。"

玉帝一噎，脸上的微笑快要维持不住。

"还有什么情况需要了解吗？如果没有我先回去了，店里伙计都还等着我呢。"皮修有些不耐烦，抖着腿催促有话快问，别磨磨叽叽浪费大家时间。

"当时还有凡人在场，他们的记忆我们会派遣专员抹除，至于在场的人员名单到时候还请你配合。"玉帝道。

皮修应了一声："行，店里装有摄像头，到时候你让三眼娃跟我回去一趟拿录像就是了。"

问询室的房门被敲响了一下。

杨戬推开门，冲着玉帝点了点头："老君那边检验结果出来了，的确有点问题。"

他递上自己手中的文件夹，转身同皮修道："那些受伤的凡人身上有妖气，他们应当是受到了妖怪的蛊惑才对你挑衅。但现在有一个问题，就是残留的妖气十分淡薄，不够我们寻找出源头。"

皮修挑眉："所以呢？"

"需要你告诉我们和你有过过节的妖怪名字，我们需要逐一排查。"

皮修一顿，想了想说："跟我有过节的妖怪可太多了，多到我都记不清了。"

玉帝听得眉头一挑，他合上手中的文件夹，看向皮修说："妖气有两股，看上去是团伙作案，皮修，你好好回忆得罪过谁。这种用妖气蛊惑人心的行为是天道一心杜绝的，如果再有下一例，可能会对——"

"我得罪过谁？"皮修突然笑了，"这里坐着的有谁是我没得罪过的吗？自己举手让我看看。"

场面顿时尴尬住，东王公玩钟的手都停了下来，西王母装作四处看风景，只有玉帝一脸僵硬。

硬了，硬了，他的拳头硬了。

问询室里安静了许久，皮修脸上的笑也淡了下去："给我张纸，我写给你们。"

任骄在走廊里等着，时钟上的时针走了一圈皮修才从问询室里出来。

任骄："怎么样？"

"没怎么，那些精神小伙身上有妖气，三眼娃说是受了妖怪惑术才会冲动犯事。"皮修道。

任骄咂嘴："哪个妖怪啊？我得见见这胆大的哥，主动出击找你的麻烦，太强了，我这辈子还没见过这么勇的。"

"两股妖气。"皮修放低了声音，"你到时候去医院走一趟，去看一眼。"

任骄点头："知道了。"

背后的门一响，二郎裤拿着张纸走出来，在皮修面前站定说："这张纸上少了一个人。"

"什么人？"皮修问。

杨戬拿着纸又看了一遍，再次确认之后才道："没有饕餮，为什么？"

"没有为什么。"皮修一听转身就走，"饕餮只是骗我钱的狗东西，不是我的仇人。还有，你的废话太多了。"

文熙坐在窗边看着楼下，手中的书停在第一页，一直没有翻动，晚霞把他的脸染上金黄，睫毛在脸颊上投落下一层淡淡的影子，路口的车辆来来往往川流不息，他眨了眨眼睛，却始终没有看到皮修那个老妖怪的身影。

文熙一手握着书，一手缓缓抚摸着今天被刺穿的地方。

被冰冷的刀身穿透身体的一瞬间，他感觉到了一种熟悉且转瞬而逝的疼痛感。虽然只有一瞬间，但也足够让他恐惧和害怕。

文熙低头看着自己完好无损的腹部，手指下的皮肤没有一点温度。他是鬼，没有痛觉，普通的刀具也无法伤害他。疼痛感是藏在记忆深处的回忆，而不是今天刺穿身体的那柄刀带来的。

他忍不住想：是不是当初自己就是这样被一刀刺穿腹部，然后死去的？

文熙坐在椅子上努力回想，试图找出一星半点儿头绪，却只得到难以忍受的头疼。

什么都想不起来，挫败感和痛苦在心里交织，伴随着一种奇妙的感觉在心里弥漫。

虽不能长时间晒太阳，每天需要喝那苦到让人皱眉的定魂药，但文熙不曾觉得自己同凡人有什么区别，甚至觉得自己可能有一天还有机会还阳。

可是今天的这一刀，将他这么多天来的自欺欺人彻底撕裂扯破。

他死亡后沉睡，时间却依旧流淌，那些爱过恨过的人都已经在从前逝去。就是现在想去报恩或是报复，轮回几世的他们也都不是从前的样子了。

文熙抓着书的手握紧又松开，或许自己真的应该等秋天来临的时候，听老妖怪的话去投胎轮回。到时尘归尘土归土，一碗汤下肚什么都不记得了。下辈子生在平凡人家，父母双全，幸福平安度日也无不可。

文熙这么想着，突然听见耳边一个声音问："在想什么？"

他一惊，回头便看见皮修站在身后。

"你怎么……"

皮修看着他捂着肚子的手皱眉问："怎么捂着这里？是不是难受？"

"没……没有。"文熙把手拿下来，"你回来好晚。"

皮修挑眉："已经很快了。"

他扭头看向窗外的路口问："是坐在这里等我回来吗？"

文熙沉默了一会儿才应了一声。

"一直看着？"皮修问。

文熙捏着手里的书说："其实也没有一直看着，我也是一边看书一边等而已。"

"真的？"皮修抽出他手里的书扔到一边，"那下次等的时候不要看书了，一边玩手机一边等，就不会这么无聊了。"

文熙一顿："其实还好，也不无聊。"

"真的吗？我看你把书的第一页都捏出印来了也没翻到第二页去，一定是书太无聊了，让你看不下去。"皮修的声音带上了笑意。

文熙半天没说话，皮修也陪他沉默。

但沉默了没多久，皮修先耐不住开口问："为什么今天要冲上来帮我挡刀？"

"我怎么知道你皮糙肉厚不会受伤？"文熙咳了一声说，"更何况要是你出了事情，我可怎么办？没你照顾我，过不了两天我就要烟消云散啦。"

皮修听着轻笑了一声，低声说："下次不要这样了。"

文熙看他的脸："那些人没有为难你吧？"

"谁能为难我？你也太小瞧我了。"皮修笑了一声，"还有一个问题，为什么开始一定要同我一起去？"

"就……"文熙顿了顿，声音变得更低，"从前祖父被他们带走的时候，也同我说他马上就回来。"

然后就再也没有回来过，他以为的短暂的分别成了永远的诀别。

文熙有些恍惚："后来抄家的人就来了，我正在书房里看书，然后——"

"嘘——不要说这些，我不喜欢听。我可不想当你爷爷。"

文熙说："你的年纪当我太爷爷都足够了。"

皮修没说话，微微低头。

"下次不要再这么冲动了，要是你的魂体出事，到时候更麻烦。"

面前的茶几上放着一个蛋糕，文熙看着好奇，叉了一块伸到嘴边，问："这个就是网上他们说的蛋糕吗？"

"尝尝。"

文熙张开嘴吃了那块蛋糕，又轻又软的奶油包裹着甜意在他的舌尖炸开。皮修看着他瞪大了眼睛，忍不住笑了一声。

其实他也挺好养，关键时候还有点良心，不是个白眼狼，养着也不算太亏，没想象中赔钱。

背后的珠帘这时发出清脆的撞击声，小扫把背着书包走过来，一脸的不情不愿。

"爸。"小扫把叫了一声，再次发表自己的厌学言论，"我……我不想上学！"

皮修把蛋糕盒子扔进垃圾桶里，擦了擦手："又怎么了？是你同学又抢你扫把了还是又往地上扔垃圾被你瞧见了？"

"不……不是！"小扫把憋红了脸，"他们笑……笑我的名字！"

文熙奇怪："你名字是什么？"

"我……我就是没……没名字！"小扫把跳脚。

文熙："……"

皮修："……"

皮老板一拍脑袋，小扫把的名字是历史遗留问题了，当年捡孩子回来的时候，大家取名都是根脚是什么叫什么，贱名也好养活，皮修也没多想。

现在孩子长大懂事了，不能再继续糊弄下去了。

皮修摸出手机说："等着，我给你在网上找个名字。"

文熙一把抓住他的手："网上随便找的能行吗？"

"怎么不能行？"皮修看了眼屏幕，"网上有那种一键生成几百个名字的，从里面选个顺口的就行。"

小扫把大叫："不……不要！太……太随便了！"

"那你自己想叫什么，告诉我，我给冯都打电话叫他改。"皮修看了眼时间，把手机放回口袋，"先写作业，写完作业再想。我先下楼去盯着，贾素珍别又给我搞海碗行动。"

"我不……不要自己想。"小扫把走到文熙身边，抱着书包看着皮修下楼的背影生气。

文熙摸了摸他的头："别生气，先把作业写了。"

小扫把看他，突然叫了一声"叔"。

文熙眉心一跳，心里是一百个一千个不想应。

文熙："以后叫哥行不行？"

小扫把摇头："给我取……取个名字，我就叫……叫你哥。"

文熙一愣："你要我给你取名字？"

"爸爸没……没文化！不要他！"

"没文化的爸爸"在楼下连打了两个惊天地泣鬼神的喷嚏，惊得整个店里都安静了两秒。苏安立刻将抽纸奉上，告诉老板要注意身体。

皮修擦了擦鼻子，心想又是哪个狗东西在背后骂自己，小心被自己抓出来拧掉头。

精神小伙来闹了一通，店里的桌椅板凳坏了几个，皮老板同狗腿子苏安一合计，两个人都肉疼得不行，抓着账本的算盘精厉声说："老板！要严惩！严惩啊！"

皮修痛彻心扉，心想早知道有这种不怕死的冲锋战士来找事，自己就不把红木家具搬出来搞情调了。

苏安按着计算器："老板，他们医药费需要我们出吗？"

"出个屁，就是丧葬费老子也不出！"皮修眉头紧皱，心想今天晚上得让贾素珍上台唱两句，还得加价，点一首曲子价格得上涨25%。

他正想着就听见一声闷响，台柱子贾素珍呆愣愣站在走廊上瞧着大厅门口，手上的菜单散落了一地。

"怎么了？"皮修顺着她的目光朝门口看，就见吴祖同一女生有说有笑地进来，两个人挨着坐在了他常坐的位置上，一抬头就是贾素珍的唱戏台子。

皮老板心一跳，坏了，今天让贾素珍上台力挽狂澜的计划估计要落空。

"你先别激动。"皮修叫来猴一，"给你素珍姐姐倒杯水，我去点菜。"

贾素珍眨了眨眼睛，挤出个笑来："没事，奴家就是刚刚手软了一下。"

皮修拿着菜单过去，冲着吴祖一笑："怎么？今天还带朋友来了？"

"这是我同学。"吴祖在店里看了一圈，"素珍姐怎么不在？我这同学也喜欢听黄梅戏，上次听我说了这次特意跟着我来的。"

皮修看了那小姑娘一眼，倒也不是很漂亮，但眼睛是又水灵又大，像会说话一样。

"这是同学？不是女朋友？"皮修挑眉问。

小女生脸一下红了，吴祖倒是义正词严地说："不是，就是我同班同学而已。"

皮修嘴一咂，心想这剧情还是襄王无意神女有情加上人鬼情未了，实属新潮时髦，得劲。

点完菜皮修转身回了厨房，任骄忙得热火朝天，猴三的尾巴都伸出来在帮忙颠勺，一看老板进来了，哀号着问："老板，狐狸哥什么时候回来啊？我尾巴肌肉都练出来了，毛也燎没了一截，再颠下去，女朋友都找不到了！"

"没事，没毛就没毛，你多练练尾巴上的肌肉，现在的女妖精都喜欢有力量的，看上去就踏实。"皮修安慰得虚情假意，应付了几句朝着坐在一边掰蒜的贾素珍走过去。

"不是女朋友，他没那意思。"皮修说。

贾素珍的手一顿，轻声说："早晚会有的，奴家从前就想过，有朝一日他会同他的娘子一起来听我唱戏，意料之中的事，不过是早一日晚一日而已。"

她拍了拍手上的碎末，站起来同皮老板说："老板，今日吴郎的菜让奴家来做吧。奴家活着的时候就学过，这些天任师傅也指点了一些。奴家保证不会污了您的招牌。"

皮修瞥了任骄一眼，见他点头，便叹了口气说："行吧，你去试试。"

贾素珍今天晚上没有上台唱戏，也没有出去接待客人，只是站在走廊的角落里悄悄看着吴祖，观察着他的动作和表情来判断他对今天晚上的饭食是否满意。

皮修看在眼里，也没有多说什么，倒是几个猴精被苦情戏感染动了春心，一边看一边感叹："问世间情为何物，直教人生死相许。"

"醒醒，你们要成人，得进化几百万年呢。"任骄叼着烟含糊说，"要谈恋爱就先攒钱，没钱哪里有人看得上你们？"

猴二反驳："我最近网恋的对象就不这样，她愿意同我一起奋斗。"

"网恋达人不在讨论范围内，下一位，谢谢。"任骄漫不经心地说。

网恋达人猴二，纵横各大社交平台，帅气欧美男模头像加上各种会员特权，就连玩个手游也能跟人哥哥妹妹聊上一段。

仇伏多次跟猴二取经，要学撩妹手段，但只能观其皮毛不能得其真谛。猴二评价仇伏长相不够灵气，脑瓜不够灵活，还是靠边凉快等着家里介绍狐妖相亲吧。

皮修见着厨房里忙得差不多了，洗了个手说："我先上楼了，你们有事再叫我。"

"哎。"任骄叫了一声，冲着锅上正冒着热气的鸡汤一抬下巴，"鸡汤已经给你炖好了，可以端上去给文熙喝了。"

皮修摆手："不用了，你们喝吧。他现在魂体可以承受我的阳气了，用不着喝这鸡汤了。"

"不用了？"猴四有点崩溃，"可是后院还有那么多公鸡怎么办？我这几天扫鸡屎都快扫得恐鸡了。"

皮修想了想："再买点母鸡回来，争取这段时间多下点蛋孵小鸡，让这些公鸡留个种尝尝当爹的味道再死，正好以后店里的鸡也不用再买了。"

任骄："……"

猴精："……"

实属畜生发言，昴日星官听了都想打鸣。

皮修拉开门上楼，路过贾素珍身边还是忍不住停下了脚步说："别看了，越看越难受，何必呢？"

贾素珍摇头："奴家不难受，只是在替吴郎高兴而已，他本就是文曲星转世，不应当同奴家这样的人有牵扯。"她目光黯淡了几分，喃喃道，"如若奴家也是良家女子就好了……"

"话也不是这么说，现在你们这些唱戏的都得叫艺术家了，同以前不一样了。"皮修说着一顿，心想：这新社会再好也同面前这马上就要投胎转世的女人没关系了，自己说这么多废话干什么？

他皱着眉反省，难道是同文熙待一块儿久了被影响，也变得同情心泛滥了？

不好，人设要崩。

皮修不再多说，直接上楼准备好好反省一下自己，一掀开翠玉珠帘却发现乱七八糟的书堆了一沙发，文熙盘着腿坐在地上，手上书页正翻个不停。

"干什么呢这是？"皮修走过去，"不是说这几天觉得冷？怎么还坐在地上？"

文熙拿着书起身："给小扫把取名字呢，你是他爸爸，你也来一起看。"

"看什么看，就叫皮发财，吉利又喜庆，还充分表达了他老子我的毕生心愿。"皮修挥了挥手，散乱的书立刻摞成了一摞，把沙发空了出来。

文熙眉头一皱："那不行，听上去一点文化也没有。"

小扫把疯狂点头："难……难听！"

"那就皮卡丘，那电耗子左右是个名人，还是外国洋名，这下总有文化了吧。"皮修抽出文熙手上那本《康熙字典》看了看，忍不住皱眉成地铁老人看手机的表情。

皮修："这都是些什么字？凡人真的会叫这个名字吗？"

弯弯曲曲跟蚯蚓弯在一起一样，字长得跟画一样。

"这有什么不好的？"文熙道，"别看这些字的笔画复杂，但是它的意蕴好啊。"

皮修摇头："不行，小扫把一打架他们班主任就让抄自己名字几百遍，你要是整个这种名字，到时候任骄抄一晚上名字，手都废了，第二天怎么颠勺？"

文熙不乐意了："你意见这么多，那你告诉我叫什么名字。"

"皮发财不行就皮聚宝呗。"皮修见文熙还要说话，立刻道，"不接受任何反驳意见，我说是这个就是这个。"

小扫把听得把笔扔了："讨……讨厌！不去上学了！"

"不行，学费都交了没有不上学的选项。"皮修眼睛一瞪，"等你期末考试考完，暑假我让任骄带你去海里玩。"

小扫把小声嘟囔："不用他带我……我也能去。"

皮修："自己去？不记得那个炎帝家的精卫了？活着的时候说话多顺溜啊，就是自己一个人偷偷下海玩水，淹死以后就成了这个德行。整天只会精卫精卫地叫，整得跟个复读机一样。怎么？你也想跟她一样变成复读机？"

小扫把不说话了，他本来说话就不顺溜，要是只会说两个字岂不是更惨？

皮修语气沉重："所以二万不能一个人去海里，河边游泳也不行，听到没有？"

"我要是炎帝，听到你这个话会气得从坟里爬出来。"

二楼的窗户突然被推开，西王母一个弯腰从外面钻进来，夹着一点热风让皮修立刻皱起了眉头。

西王母："精卫出事明明是天道的因果安排，怎么到你这里就变成夏天儿童私自下河游泳的悲惨案例了？"

皮修黑了脸："教育孩子呢，你别说话。"

西王母耸耸肩，冲着皮修身边的文熙一笑："好久不见。"

文熙礼貌地点点头："好久不见。"

皮修起身说："我给您倒杯茶。"

"哎哟，我来这里这么多次，还是第一次有茶喝。"西王母在沙发上坐下感叹。

皮修瞥了她一眼，冲着小扫把说："下楼找你任骄伯伯玩去。"

"作……作业……"

皮修："一个小时写十五个字，你要想写早写完了，快点去玩，要不就老老实实坐在这里写作业。"

小扫把听了把笔一扔，撒腿就跑，文熙叫都叫不住。

"作业又不写，明天他老师批评叫家长怎么办？"文熙把茶放在西王母面前，"让您看笑话了。"

皮修无所谓："让任骄去，小扫把他老师是哪吒，专治海洋生物。"

"那也得写作业。"文熙皱眉，"我今天上网查，进环卫处还要看学历呢。"

西王母看看文熙又看看皮修，一时还插不进两个人的对话里，只能端起茶抿了一口，发现这茶水还有点茶味，让她都有点舍不得继续喝了。

"别说这些了，你下去看看有没有吃的，给我拿点上来。"

皮修把人支走了，这才转头看向西王母："找我干什么？"

"看看这个。"西王母抽出一本文件夹扔他面前，点了根烟夹在手里，"今天被你打伤的凡人的体检报告。"

皮修瞥了眼："挺惨的。"

西王母一顿："这不是重点，你往后看。"

"身上有旧伤，还有多处烫伤痕迹。"皮修挑了挑眉，"残余两股妖气，一股残留十分微弱无法查找，还有一股……"

他一顿，盯着"费乙"两个字，脸色阴沉了下来。

费乙乃旱魃之兆，能引天下炎热干旱，是现在身强体热的皮修最不想遇见的妖怪。

西王母吐出一口烟雾："费乙这种东西我很多年没见过了，之前气候变暖的时候我们就找过他，但是没有发现他的踪迹，还以为已经没有了。"

"怎么可能没有？"皮修冷笑一声，"有没有不都看天道的意思吗？"

他扔掉手里的体检报告："找到位置了吗？找到了我去把他宰了，要是等到三伏天，再想宰这个玩意儿就不容易了。"

西王母却看着他问："往年这个时候你都进山了，今年还在店里待着，最近状态不错？"

"有那个家伙在，我没什么事。他刚刚看出我故意支开他了，不过也不会多问，挺懂事的。"

"没事就好，费乙这个事用不着你出手。你现在的状态我不敢放你同费乙接触，万一出点事，大家都要玩儿完。"西王母把文件夹收回袖子里，"我就是来知会你一声。他不可能莫名其妙来找你的麻烦，最近多注意点。"

皮修挑眉："有什么好注意的，不就是他主子是睚眦那个小心眼子吗？别说费乙来，就是他主子睚眦亲自来，我也不怕什么。"

"你是不怕，那你店里那个呢？"西王母揉了揉眉心，"睚眦拿你没办法，难道拿他还没办法？"

皮修沉默了一阵才道："睚眦不敢。"

"那可说不定。"西王母起身，"真要不敢，为什么会有人莫名其妙来你店里闹事？总之多个心眼总没问题。"

皮修烦躁地揉了揉头发："知道了。"他看了西王母一眼，难得道了句谢。

西王母一愣："还真是不一样了。"她一笑，"还有一股妖气，如果查出来是谁我会第一时间告诉你，不过我听老君那边说只能感应到一点龙气，是睚眦的可能性很大。"

皮修点了点头："知道了。"

送走了西王母没过多久，文熙就端着一碗小葱拌豆腐还有豉汁生菜上来了，皮修闭眼靠在沙发上听着他的脚步声在身边停下，接着就感受到了一阵冰凉。

文熙伸手摸他的额头，皱眉问："身上这么烫，怎么？又生气了？"

这些日子文熙的魂体逐渐稳固，身上的温度也越来越低，皮修骤然被他的手冷了个激灵，睁开眼说："没有生气，只是有点烦。"

"那吃了饭再烦。我刚刚下楼的时候看他们几个都忙着杀鸡拔毛，那些公鸡你是准备一起炖了吗？"

想起那么多鸡，他忍不住打了个激灵："我真的不想再喝鸡汤了。"

皮修："放心，你以后都不用喝鸡汤了，那些鸡都是准备在夜市上卖的，裹上面糊炸一下，能把隔壁黄鼠狼馋哭。"

文熙心下一喜："我的魂体是不是已经稳固了？"

"那还差得远呢，只是不会一阵光就把你晒没了。"皮修喝了口水说。

"鸡汤没用了，得我亲自给你渡点阳气了。"皮修只觉得他身上散发出来的寒气让每个毛孔都舒展开，渗透心底的凉意就算是在深山寒潭最深处也远远比不上。

文熙要是能一直留在身边不去投胎，以后的夏天就再也不用担心了。若是他一投胎去，自己的舒服日子就又到了头……

皮修想着体温再次升高，突然的温暖惹得文熙一个激灵就要躲开，但立刻又被皮修拉了回去。

"乱动什么？"皮修皱眉，"一般人想要我的阳气我还不给，你别闹。"

那些亲近二地的黑夜工作者，在打开别人祖宗家门之前，总会来皮修这里吃个饭，指望着趁机蹭上这位老祖一点阳气，省得人家大门一打开，被野鬼怀抱。

文熙却不领他的情，他咬着牙说："那你给要的人去，别给我！"

皮修没了耐性直接用了力气，按住他魂体后颈那块凸出的地方。

两股暖意突然涌起，文熙身体一麻，口中叫了一声便瘫软了下来。

皮修将身体里过剩的阳气一点一点渡过去，交换着文熙身体里面的寒气，小心控制着分量，不能多也不能少，要不然就文熙现在的小身板，被自己的阳气冲撞能直接散了。

饕餮抱着怀里的玉观音心惊胆战，生怕它再多裂上一条缝。

房间里安安静静，玉观音动了动，微光闪了闪又平息。

饕餮见状松了口气："皮修虽然抠门小气，但他不会害你弟弟的。"

玉观音的缝隙里传来一声叹息，女声哀怨悠长，听得饕餮心头一紧，连忙道："你别这么叹气，小姑奶奶，我发誓上次的事情只是意外，我真的不知道那几个是跟着费乙混的。"

玉观音闪了闪，藏身于里的鬼魂终于说话，温柔的女声有些空灵，轻轻缓缓地问："你倒也不必如此，我只问你，你此番动作已经让他们警醒，是否会有危险？"

"这倒是不用担心，他们也只能探查到龙气。不过这段时间我们不能待在文熙附近了，不能让费乙把睚眦引来。"

饕餮轻抚着怀里的玉观音："等到时机合适的时候，我一定能让你和你弟弟见面，你且再等一等。"

"等了这么多年也不急于一时，我都听你的。"玉观音闪了闪，监听器里文熙的声音渐渐变小，玉观音里的女声又道，"关了吧，他自小就不喜欢别人盯着他。"

饕餮应了一声。

一个有些模糊的影子从玉观音里飘出，缓缓伸出手圈住了饕餮的脖子，一个轻飘飘的吻落在了他的脸上。

饕餮心中一动，纵使喜欢女人亲近自己，却更忧心她的魂体："你快回玉观音里去，这么多年好不容易稳固了一些……"

"我自己明白的。"女人靠着饕餮，轻声说，"陶哥，这些年辛苦你了。"

"你与我无须说这些，如若不是我，也不会连累你们一家。"饕餮想要握住女人的手，手指却抓了个空。

女人看着他的手，缓缓将自己的手放上去，看着相握却并未碰触的两人的手，饕餮叹息一声："我会让你恢复的，茜娘，再等一等。"

女人应了一声又亲了亲饕餮的脸，这才回了玉观音之中。饕餮用黑布将玉观音小心缠好抱在怀中出了门。他转身挥袖，将整座房子收回，踩着一团白云朝着远方飞去。

离这里不远处的哮天犬脚步一顿，看向身边的二郎神说："味道消失了。"

二郎神睁开天眼看向饕餮离开的方向，眼中一片朦胧，显然是有人使了障眼法。

他看了许久才闭上第三只眼，转身说："走吧，回去了。"

今天吴祖觉得梦里的猛男有点不一样，往日里他无处安放的凶猛消失得干干净净，整个人平静又温和。手中拿的不像是自己的黄冈数学试卷，倒像是神圣的读物。

学生仔盯着老妖怪看了一阵，终于按捺不住问："我今天做题的正确率很高吗？"

皮修面色一敛，被这一句话拉回了现实，他看着吴祖冷笑："做题不在行，做梦你最强。"

吴祖见他恢复了正常，放心地说："有梦想谁都了不起，万一我做的都会，蒙的都对呢？"

皮修心想那自己还不如梦一梦饕餮那狗东西主动还钱，比起饕餮良心发现，吴祖茅塞顿开的可能性简直小得可怜。

"那你为什么这么高兴？"吴祖回忆今天，似乎一件特别开心的事也没有，虽然晚上的饭菜味道不错，但是没有看见素珍姐，两件事相抵真的一点快乐也没有。

皮修懒得回答，反问："你这么看着我干什么？有时间看我不如多写几道题，马上联考了，我们的目标是第一，你明白吗？"

"明白是明白，但是吧，我觉得也太玄了。"吴祖挠了挠头发，觉得自己头顶似乎在日益稀疏，风吹这总有点凉。

皮修："你先认真做题，实在不行我再想想办法。"

"想什么办法？"吴祖目光炯炯。

皮修面不改色："那就再想想办法找点卷子给你做。"

吴祖："……"

对不起打扰了，是我想太多。

吴祖一下泄了气瘫在桌子上画圈："今天没看到素珍姐，一点干劲儿都没有，明明昨天告诉她我会带着同学来的……"

皮修心想，那你昨天可没说是带女同学来。

"是不是她嗓子还没好？还是因为生别的病了？"吴祖越想越忧心，一脸恹恹，"一天听不到素珍姐的声音，我真的寝食难安。"

"寝食难安同写试卷没有任何冲突。"皮修随口说，"真要担心，明天早上去看一眼不就行了吗？"

趴在桌子上的吴祖一愣，坐起来一拍脑袋开始奋笔疾书："我今天晚上快点写卷子，早点休息然后起床去看素珍姐。"

皮修冷漠又无情："快点写卷子可，早点休息不可，今天卷子加量。"

吴祖："……"

一晚上的辅导过去，皮修脱离梦境回到自己的身体里，走到隔壁就看见文熙在床上睡得正熟。

他看了眼墙上的钟，今天回来得早，才五点钟而已。

投胎成凡人活一辈子有什么好？

像吴祖一样辛辛苦苦念书十几年，再工作几十年，得到的东西也不过是自己弹指一挥间便可取得的而已。文熙只要留在自己身边当好降温神器，能让自己凉快，凡人的一切金银财物、功名利禄想要什么没有？

反正自己也找不到比他更适合的冰枕了。

皮修想着，一低头同文熙对上了眼。

文熙迷迷糊糊问："现在几点了？"

"才五点。"

窗户外面突然一声轰鸣，激情昂扬的音乐骤然响起，提醒还在睡梦中的人迅速起床做个好汉子，每天要自强！

皮修怒气冲冲走到窗户边看看是哪个不想活的一大早起来跳广场舞，他必须送这群蠢货上天。

一拉开窗户，就听见《男儿当自强》的声音顿时被别的广场舞伴奏压了下去。

如果要给广场舞曲目评一个十大金曲奖，皮修觉得《男儿当自强》必定排第一。

男儿励志奋发金曲和洗脑口水歌混杂在一起，搭配着广场上两拨人的群魔乱舞，皮修想这世上的悲喜并不相通，热闹是这群家伙的，他除了觉得吵别的什么也没有。

文熙听着声音也从床上下来，皱着眉问："这是什么声音？比吹唢呐的还吵。"

皮修冷冷道："坟头蹦迪的。"

"什么东西？"文熙伸头一看，却发现原来是两拨人，穿着白色练功服拿剑的一拨，五颜六色花枝招展的又一拨。

两方人像是杠上了，面对着面像隔着一条楚河汉界在吵架。文熙听不到他们说什么，忍不住推了把皮修问："这是谁和谁在吵架？是凡人吗？"

皮修黑着脸摇头："不是，是瑶池仙和十二金仙。"他又听了听说，"两边人在抢晨练场地。"

文熙一噎："这种东西也要抢的吗？"

皮修应了一声，正准备关窗就瞧见街那边蹿来一道红色的闪电，他定睛一看，立刻骂了句。

吴祖骑着一辆红色的共享单车过来，整个人几乎是站在自行车上，狂风吹乱了他的头发，露出他让人堪忧的发际线和额头上的青春痘，却吹不乱他那颗想见贾素珍的心。

皮修扼腕，认真做题这小子没放在心上，赶过来看女人倒是劲头十足！

吴祖骑着快没气的共享单车到皮修饭馆门口的时候，只觉得两腿酸软，像是踩动感单车踩了几公里，再来几次他高考完去健身房的钱都能省了。

他停好车，雄赳赳气昂昂踩着《男儿当自强》的鼓点背着书包进了饭馆，猴一见饭馆里进了熟客，连忙迎上去招呼说："我们早上不营业的。"

"我不吃饭，我找人。"吴祖在店里看了一圈没有发现贾素珍的影子，便问，"请问素珍姐在吗？"

猴一心想昨天自己听了半夜鬼哭，估计这位姐还睡着呢。

他正准备拒绝，就听见背后拉门一响，贾素珍这时走了出来。吴祖一见她眼睛都亮了，连忙打开书包拎出来一个塑料袋塞进贾素珍怀里。

吴祖："我也不知道你嗓子究竟怎么样了，就买了点西瓜霜含片还有胖大海，还顺便买了点梨子。"

贾素珍愣愣问："现在才五点半，你这是什么时候买的？"

"二十四小时便利店啦。"吴祖不好意思地挠了挠头发，"太早了水果店没开门，也不知道这些梨甜不甜。"

贾素珍恍惚了一瞬，看着面前普通的脸却又好似在看几百年前那张丰神俊朗的书生面。

戏馆后面的小巷里，没有月光的夜晚藏着男女私语。

从相爷府里出来的书生身上染着酒气，将今日在相府里带出的包在一起的水果塞进自己怀里。脸上的油彩还未卸去，红衣官帽的女驸马即便是红了脸也没人发现。

书生也说不知道从相府带出来的梨甜不甜。

贾素珍想说一定是甜的，可屋外一辆车驶过，她顿时回神，压抑下万千的心绪只微笑着道了声谢。

"姐，你的嗓子如果还不舒服一定要去医院看，小毛病耽搁到后面也会变成大问题。"吴祖说完又冲着贾素珍一笑，"那我就去学校了，姐姐再见。"

"再见。"贾素珍摆了摆手，看着吴祖又骑上那辆红色自行车走了。

晨光中男生迎着光离开，而贾素珍站在房檐下的阴影里目送，直到那个红色的影子转过街角没入了人流之中。

贾素珍眼睛红了，抱紧怀里的袋子蹲下身，猴一抓耳挠腮不知道怎么安慰，只能蹲着同贾素珍说："姐，你再抱紧点，梨子都要被压成泥了。"

贾素珍一僵，立刻放松了力气。

猴一："你别哭了，有人送水果还不好？我那几个弟弟要是有一个桃子恨不得连核都吃了，一根桃子毛都不给我留的。"

贾素珍擦了擦脸上的眼泪："就是太好了。"

这辈子有两个人对自己这样好，一个是他，一个是他的投胎转世。兜兜转转还是一个人，她觉得这辈子能有这样一个人也足够啦。

她擦干眼泪站起来，一转身就看见站在楼梯上的皮修，愣了愣便立刻敛了神色叫了声"老板"。

皮修把刚刚的一切都看在眼里，见贾素珍也没做过分的事，便挥了挥手道："快点去后面洗把脸，待会儿有客人来，你顶着一脸血，别人当是发生了什么呢。"

猴一站在一边插嘴："老板，我们不卖早饭，这么早不会有客人来。"

皮修："现在没有，不代表以后没有。你们几个猴做饭不怎么样，做点馒头包子窝窝头总可以吧，要讲究全面发展知道吗？上次我给你们的书，你们几兄弟看完没？看完就可以去看看怎么做馒头了。"

猴一："……"

喂，是动物保护协会吗？这里有人虐猴。

第四章

固魂·玲珑宝塔

猴一陷入了久违的沉默。

如果不打消皮修要出早餐摊的想法，自己哥几个沦落到起早贪黑站在路边喊"窝窝头一块钱四个"只是迟早的事情。

猴一早已经看透了皮修这个资本家的丑恶嘴脸，纵使他也想早点赚钱买房找女朋友，给弟弟攒点家本，但是猴精也是有尊严的。

孙悟空能打上天宫，怎么他就要街边叫卖？

他死也不卖窝窝头！

猴精深吸一口气，指着门外鞭炮齐鸣锣鼓喧天的广场祸水东引："老板，外面这么吵没客人来的。"

"怎么可能没人来？待会儿这群老东西就消停走了，我们照样开门做生意。"皮修没把这群人均千岁的家伙放在眼里，心想再闹大一点，二郎神那死人脸就得牵狗来抓人了，这群老东西别的本事没有，好面子可是一个比一个强。

苏安看了眼门外的热闹："老板，你知道这是出什么事了吗？"

"瑶池仙和十二金仙斗法。"皮修打了个哈欠，又听了听对面的声音道，"已经进行到互相问候师祖的地步了，等他们比完徒孙就会散了。"

苏安皱眉："这两边为什么会突然起冲突？"

"这题我会。"猴二趿拉着拖鞋过来，举起手中的手机说，"监督办准备举办个神妖仙鬼联欢会，庆祝监督办成立七十周年，说是表演获第一有功德奖励。"

"功德是他家造的？说有就有？"皮修拿过他的手机仔细看了看，发现这活动还分几个阶段，联欢会是压轴，前面还有几个投票预热。

最美女仙，最乖仙崽，最靓宠物，最强法宝……

皮修看见那个"最帅男仙"，手指一顿，点了进去，不出他所料，果然看到了自己的名字同冯都那个丑鬼并排。

关键下面的票数也不算太低，但点开评论一看，里面都是绿色的草。

"一票同情票。"

"其实不可说也算是钻石王老五，就是姻缘差了点。"

"天道打开了他赚钱的门，关上了他结婚的窗。"

皮修："……"

他骤然抬头看向猴二："这个报名是人报的还是系统自动的？"

"自……自动的吧，有头有脸的妖怪都在上面呢。"猴二被老板看得一缩，立刻躲到了哥哥身后，小心说，"老板你先别生气，你看看第一的奖励，功德挺多的呢。"

的确挺多，超度三个贾素珍这样的女人才能比过，但是这不就是出卖色相"恰烂钱"吗？

皮修黑着脸把手机扔回给猴二，怒气冲冲上了楼，在文熙疑惑的眼神中拿着手机一通乱按，对自己所有的社交群、聊天群发送投票链接。

发大财：我，最帅男仙，投票，快。

功德它不香吗？

当然香，香得皮修都打开了购物软件看看刷票怎么刷。

但是刷票是不可能的，监督办的人早就料到了这群没节操的神仙妖怪要作弊，直接神魂认证——一个神魂每日每个类型只能投一票。

没有神魂的凡人没有投票资格，连网站都进不了。

皮修手里的凡人客源派不上用场，刷票也不行，坐在床上拿着手机生气，直接在饭馆员工群里下达任务，计入本月 KPI，每人每天投票之后发图打卡，最帅男仙皮修必须 C 位出道。

文熙："这个投票能奖多少功德？"

皮修眼也不抬："挺多的。"

文熙看见他手机上消息跳个不停，也拿出了自己手机点进去，发现居然也能投票。他果断给皮修投了一票，把投票成功的弹框给他看。

"好。"皮修忙着给自己拉票，敷衍地回应道。

平日里皮修恶名在外，一些小妖怪听到他的名字屁都不敢放一个，看着他那张凶神恶煞的照片哪里敢投票，赶快一滑去找自家哥哥。

"同超度我的功德比呢？"文熙问。

要是超度自己能让这个老妖怪多拿点功德，也算是还了这段时间他照顾自己的恩。超度自己这种老鬼功德应该挺多，要不然这小气抠门的老妖怪也不会愿意这么照顾自己。

皮修按着手机的动作一顿，含糊说："差不多吧，得带着你去冯都那边才知道具体的功德有多少。"

文熙应了一声，心想那肯定不会少了。

皮修拉票的工作告一段落，有些账也应该算一算了。

文熙睡着之后，皮修换衣服下楼骑着那辆亮黄色的电动车朝着公墓冲刺，妖气冲天，冯都坐在办公室都闻到了。

办公室门被踹开的时候，冯都保持着专业的微笑看着皮修："别生气，这件事不是我决定的。"

皮修黑着脸："天道又醒了？"

"醒了一瞬间。"冯都微笑，"告诉我们要办活动，然后就又睡了。"

皮修冷笑一声："那他挺厉害啊，功德不是他的命吗？怎么现在愿意抠出来送人了，还跟搞批发一样送这么多？"

"送得多，却也只有几个人能够拿到。"冯都给他泡了杯茶，"神仙妖怪活得太久，心眼太小，必定会因为投票这种事争执，我们之间矛盾越大忙着内斗，凡人就越安全，这不是他最想看到的吗？"

皮修将杯子里的冷茶一饮而尽："活了几千岁几万岁的老东西为着一点功德急眼，还真同凡人为了赚钱不择手段一样。"

"这不就是他的意愿吗？"冯都伸手朝天上一指，"像人的日子越久，身上的因果缠绕越多，到时候有一天，说不定就如他所想一样，真变成人了呢。"

窗外突然雷鸣一声，旭光万里的天气隐隐有了变阴的意思。

冯都脸上的微笑不变，好脾气地说："我就开个玩笑，你这么生气干什么？继续睡觉去。"

皮修看他："你倒是什么都敢说。"

冯都只是看着窗外又散去的阴沉笑着说："这有什么不敢的，大家都知道这是一个圈套，却也没办法抵抗，只能顺着他的意思往里跳。更何况……"

他话未完，皮修却也知晓这位老友的意思。

这个世界现在已经不需要什么神仙妖怪了。

两个人对视着安静下来，冯都又给他倒了杯茶："走一步看一步，用不着为这种事烦心。今天怎么没带着文熙来？都这个天气了，按理说你是一刻也离不得他的。"

皮修挑眉："这么大的太阳我带着他出来干什么？要是晒化了，我不是没地哭去。"

冯都嗤笑一声："还会关心人了。"

"少来，是不是你给我报的那个什么弱智帅气男仙？"皮修盯着冯都，"要不给爷黑幕第一，要不给爷把名撤了。"

皮修的字典里没有"输"这个字，他要就要第一。

冯都摊手："这我没办法，我这边只提供技术支持，具体活动数据是监督办那边监控。我可告诉你，他们这次把谛听都借过去了。有一点风吹草动的作弊行为都会被立刻知道，你就收了这份心吧。"

皮修脸黑了一个度："那怎么办？"

"什么怎么办？别问我，问第一去。"冯都刷新页面，"哇哦"一声，给皮修看现在排名第一的是二郎神。

一身监督办黑色工作服，扣子扣到最上一颗，腰带也紧紧扣好，冰山脸配上制服，简直是禁欲顶配。

冯都不用打开评论区都知道里面炸开了花。

他看看皮修又看看手机："你这样估计是不行了，不过可以反其道而行之，人家穿衣你脱衣，说不定你就赢了。"

皮修盯着他，握紧拳头忍住了没打下去，带着一身妖气怒气冲冲地走了。

冯都还在后面扯着嗓子喊："真的，你考虑一下，就你这身材，得劲哦兄弟！"

兄弟你个鬼！

皮老祖活了快万岁，还未承想自己会落到靠脱衣服拉票的地步，不就是一个投票，不就是一点功德，谁稀罕啊？

皮修一边摸自己坚实的腹肌一边想，自己真的一点也不稀罕。

他骑着电动车到家，发现对面广场的两拨人还没消停，音乐声响得震天，路上的行人似乎都比平时少了一些。

皮修看了眼坐在店门口发呆的猴精，心里一跳，隐隐有了不好的预感。

"坐在这里干什么？"皮修停车走到门口，"怎么不去招呼客人？"

猴精们坐在门口齐齐摇头，猴二一边摇头一边握着手机忧郁地说："我已经听了三遍《万里长城永不倒》了，我的乖乖怎么还没回我消息？"

苏安拿着账本迎出来："老板，今天上午一个客人都没有，店里的流水是零！"

皮修脸又黑了一个度，连带着感觉身体里的寒气也不顶用了。

这时任骄提着扫把从后院出来，大声道："老皮咋整啊？后院的公鸡不打鸣，母鸡也不下蛋了，今天早上一个蛋都没有不说，屎都没一滴了，都给吓便秘了！"

皮修扔掉嘴里的烟，冷笑一声："走，店里的猴子全部跟我来。"

不是能唱能跳吗？我今天就让你们跳这辈子最后一支舞。

天上骄阳似火，地上斗法情浓。

皮教主身后是五行旗猴，一二三四五，左护法任骄同他并肩而行。

人未至，妖气先到。

太乙真人打了个喷嚏，皱眉嘟囔："好重的海腥味！"

"我也闻到了。"玉鼎真人一回头就看见黑着脸冲过来的皮修，头皮一紧，连忙收了手里的斩仙剑大叫，"风紧扯呼！姓皮的抠门鬼来了！"

场面一时极度混乱，皮修冷眼看他们七手八脚关音响收阵法，想着今天白天店里失去的客人，心里生不出一丝一毫怜悯，只冲着身后的猴精淡淡道："天气凉了，该让天庭的看看猴了。"

音响里的歌停了，但是皮修的手机外放响了。

"猴哥猴哥，你真了不得……"

广场上被皮修下了障眼法结界阵，外面的凡人发现不了这里的猴闹惨案，里面的神仙一个都逃不了。

关门放猴，皮修在旁安静欣赏一众神仙猴精创伤后应激障碍发作的模样。

五个猴精解除了身上的人形，半猴半人的模样同当年大闹天宫的孙大圣一模一样，经过大闹天宫后有严重猴精创伤后应激障碍的神仙们一时大脑空白，大叫着"猴来了猴来了"在广场上四处逃窜。

"有……有猴毛！我有哮喘！要死了！"

"怎么有五只猴？"

"为什么还有猴能成精！猴爷爷！别过来！！"

　　四处窜逃的神仙们一度想起了那日被猴精统治的恐惧，后知后觉掏出法宝准备反攻的时候，皮修的手机外放歌曲已经切换到了《敢问路在何方》。

　　皮老板见好就收，一个响指，顿时猴精都回到了他身边，又变作了人的样子。任骄放下举着的手机，冲着皮修一点头："都已经录好了。"

　　神仙们气喘吁吁，普贤真人大吼一声："皮修！有什么话好好说，你放猴干什么！"

　　皮修睨他一眼："你们好好练舞，音响声音这么大干什么？"

　　"那也是因为这群老娘儿们先开始的！"

　　普贤真人此话一出，女仙中打头的太阴真君叉腰就开始骂："我呸，是谁先把音响拖过来放的？有本事唱'做个好汉子'，没本事做个好汉是不是？"

　　"那也是你们这边跳舞先过界的！"

　　"那是红绸过界了，我们又不是故意的！"

　　"放屁！那红绸都打老子脸上了，你们跟我说这不是故意的？我告诉你们，我已经给徒孙们打电话了，等着他们来！"

　　"以为就你们会打电话是不是？西王母待会儿到了你们一个都逃不了！"

　　皮修头上青筋直跳，他深呼吸一口气，怒道："我不管你们是为什么吵为什么打，现在都给爷滚蛋！"

　　众仙一顿，异口同声说："不行！"

　　任骄疑惑："为什么？别的地方不也有广场给你们练吗？我看市中心的人民广场就不错。"

　　三霄之一的碧霄仙子连忙解释："我们排的节目要用到法术，自然不能让凡人看到。要是在那种凡人常去的广场练习势必要下障眼法，但是这样又影响他们的日常生活，被监督办发现是要被罚款接受再教育的。"

　　而皮修住的这一块本来就是人妖城乡接合部，人妖鬼怪混杂，众多精怪在这里聚集，凡人比别的地方少上许多，实在是练习歌舞、太极剑的最佳场地。

　　但是僧多粥少，人多地少，男仙女仙都看上了这个广场，一大早来撞了个正着，一开始还假惺惺互相礼貌客套几句，但是一条出界并且打了普贤真人一耳光的红绸打破了这平静虚伪的假象。

　　任骄压低了声音提醒皮修："这块地不是你的，生气没用。赶他们走小心又被监督办的盯上罚款。"

　　皮修黑着脸不说话。

　　任骄再劝："俗话说，打不过就加入他们，你也跟着参加一下活动，万一也能混个功德不也是一举两得？"

　　"不可能！"皮修掷地有声。

　　能忍着参加最帅男仙的评选已经是他的极限了，不能再参加这种夕阳红老年歌舞活动，就算他的年纪可能比这里的神仙都大，但是不妨碍他有一颗年轻上进的心。

任骄心想这有什么不可能的，就姓皮的这个性格，说不好回去就偷偷开始练节目，像一百天不拉屎这种挑战，简直是为皮修量身定做的。

如果奇葩节目行不通，歌舞节目也不是不可以。

老皮得天独厚的凶恶长相，说他不是精神小伙领袖都没人信。到时候穿着紧身T恤紧身裤豆豆鞋往台上一戳，一嗓子号"左边和我一起画个龙"。

任骄赌上自己所有的鱼鳞，绝对没有一个人敢不整齐划一，跟着他"右手划一道彩虹"。

"其实《社会摇》也不是不可以。"任骄没忍住说出了口，"你也不能白浪费个人形象，浪费这身腱子肉啊。"

皮修就纳了闷了，怎么今天一个两个都在惦记他的肉体？

冯都让他脱，任骄让他跳，万岁老妖实在是不至于如此。

"皮修，你到底是来干什么的？"普贤真人忍着心里对猴子的忌惮上前走了一步，冲着皮修喊话，"我们要练舞了，快点把你的猴子带走！"

皮修眉头一皱，正要动手，就听见一声狗叫。

二郎神杨戬撕开他下的障眼法结界同哮天犬走了进来，身上竟然还是那身该死的黑色监督办制服，银扣子扣得一丝不苟。

皮修看了眼杨戬，又看了眼他身边狗仗人势一脸嚣张的哮天犬，居然也穿了件银色绣花的黑衬衣。

还真是人模狗样。

皮修看了看哮天犬，又看了看自己身后五只猴，心想：明明猴比狗更像人，怎么这五只猴化形就愣是比不过这哮天黑狗呢？

"我的好徒弟！"玉鼎真人看到徒弟过来了，顶着女仙们鄙视的目光立刻迎上去，"你可总算来了，你要是不来，姓皮的就要放猴子咬我们了！"

猴子们看了眼玉鼎真人的一身肥膘，心想还是算了，毕竟这一口下去要是三高就划不来了。

杨戬看了皮修一眼，径直走过来问："到底是怎么回事？"

皮修一指地上两个音箱："一边一个喇叭对轰，附近居民不胜其烦，所以前来主持正义。"

"这个我知道，刚刚有五个举报都是说这里吵的。"

杨戬看了眼皮修身后的五个猴精，站在他旁边的哮天犬立刻冲着猴子一龇牙，看见他们战战兢兢往后一躲才笑嘻嘻说："哎呀，跟孙猴子不一样，一点也不禁吓。"

"别闹。"杨戬把哮天犬拉到身后遮住，看着皮修问，"是孙悟空的后代？"

猴一举手插话："不好意思，他老人家当年坚持丁克，没有留种。"

皮修挑眉："孙悟空下崽，三眼娃你挺敢想。"

"问一下而已。"杨戬说着，第三只眼突然睁开在五只猴子身上转过一圈又闭上，这才清了清嗓子说，"这边的事情我会处理的。"

皮修不依不饶："要怎么处理？看他们这意思就是还要在这里练，今天上午店里就一个客人都没有，再来几天我这不过日子了？"

杨戬挑眉："那你要怎么办？"

哮天犬躲在他背后小声说："要你这冤大头赔钱呗，还问什么！"

皮修抱着手臂说："我倒也没有那么缺德。"

真的吗？

所有偷听的神仙都想问，但却没有一个人敢开口。

"不如让所有人来这里跳舞之前都去我那里吃个早饭，吃饱了才有力气来蹦来跳。"皮修说得理所应当，一点良心都没有。

猴一站在一边瞠目结舌，他都豁出去要猴戏一样赶着这群仙官乱窜，为什么还逃不过叫卖早餐的命运？

为什么？

任骄在心里给皮修鼓掌，不愧是在妖怪大学进修过 MBA（工商管理硕士）的缺德高才生，能面不改色说出让一群辟谷几千年的老东西吃饱再运动的话。

皮修一脸平静，甚至对杨戬身后那群敢怒不敢言的仙官仙女露出一个微笑。

他可太喜欢这种看他不爽又干不掉他，只能在心里窝火的小表情了，实在让妖身心舒畅，一早上的郁闷都一扫而空。

"怎么？不愿意？"皮修看着背后的广成子和太阴真君挑眉，"这点钱都不愿意？"

男仙官不想在女仙面前掉面子，女仙也不想让他们看笑话，都点头说"愿意愿意"。毕竟姓皮的也不是好惹的货色，当年也是和饕餮、睚眦并列的绕道走目标。

虽然他现在是"被绿"的老实人，但也不代表他不抠门了。

两边意见达成一致，皮修心满意足带着猴走了。

玉鼎真人一脸恨铁不成钢地看着杨戬："你刚刚怎么不帮着说话？"

"一早上接了五个投诉都是这里，你让我怎么说话？"杨戬拉过哮天犬，让他给玉鼎真人打招呼。

"小天乖。"玉鼎真人摸了摸哮天犬的头，一看杨戬又竖起了眉头，"你知不知道我拉着你师叔师伯几个为这个表演多辛苦？我们又不像你，靠那个投票就能拿功德。"

杨戬皱眉："什么投票？"

玉鼎真人拿出手机给他看："就是这个，最帅男仙你现在第一，我们小天也在最靓宠物里面，就是票数不多。"

哮天犬一看自己的照片就嚷嚷着丑，要抢手机。二郎神一把将他按住，盯着手机面色越来越沉。

不应当，小天的票不应当这么少！

屋外的阳光照进来，只拉着纱帘的房间被照得亮堂。

文熙趴在床上被阳光照醒。他摸出手机看看论坛里投票的事情，扫了两眼发现都在为二郎神拉票，没一个人提到皮修，提到他也是用"不可说""那位"这样的话代替。

文熙往下拉了拉界面，发现还有人提到饕餮，不过隐晦地用了拼音缩写，连蒙带猜才想到是他。

"其实 tt 长得也好看，可惜是经济诈骗犯。其实为了那张脸，我愿意被他骗，但骗钱不行。"

下面跟着附和的还不少，文熙还从里面找到一张饕餮的侧影照片，不过年代久远，照片是黑白的，又模糊，他盯着看了许久，那侧影的脸隐藏在黑暗中，倒是怀里抱着露出一角的东西暴露在光下，让文熙有些眼熟。

像是从前母亲小佛堂供奉的那个观音。

他盯着看了许久也不能确定，便把手机扔到了一边，起身洗漱，潦草地扎了下头发，趿拉着鞋下楼等皮修回来。

店里只有苏安和贾素珍两个不是人的东西在，一个客人也没有。

苏安正拿着计算器算这个月的流水，听见声音抬头看了一眼，见是文熙下来了，手中的动作一顿问："您有什么事吗？"

贾素珍也同他一福身："文公子。"

"没事，就是楼上太无聊了，下来看看。"文熙摆手让贾素珍起来，"以后不用这样。"

"老板开始回来了一趟，现在带着任骄和猴一他们去广场了。"苏安主动上报老板行踪，还给文熙倒了杯茶，"现在广场那边已经安静下来了，应该马上就回来。"

文熙："……他过去干什么？去指导别人怎么跳广场舞吗？"

打不过就加入，走别人的路让别人无路可走，为了功德的确像是老妖怪会做的事情。

苏安："应该……不会吧。"

老板虽然为了赚钱不择手段，但也没到为了功德愿意上台跳舞的地步。

不过……老板有那种在夜店跳钢管舞的猛男似的身材，要真在店里竖两根钢管，让老板和任骄上，充分吸引顾客，到时岂不是财源滚滚？

饭馆大管家正想着，店门口突然走进一群人，他们前呼后拥，金链子、黑墨镜，太阳穴上剃两道，一看就精神得很。

"不好意思，请问有人在吗？"

文熙还没反应过来，苏安和贾素珍便已经站在了他身前，算盘精冷着脸一推鼻梁上的眼镜："厨师不在，中午不营业。"

为首的矮胖子长着个鸟嘴，嘴唇红得跟叠涂了两种口红一样。

他微微一笑："我们不吃饭，是来找人的。"

那双鸟类豆豆眼越过苏安的肩膀，看向坐在收银台边的文熙，嘴角的笑顿时更大了。他上前两步，苏安身上红光一闪，算盘珠顿时环绕在他身前，拦住胖子的去路。

贾素珍喉咙里发出低低的尖叫的声音，身上鬼态尽显。

"别这么紧张。"矮胖子连忙举手示意自己没有别的意思，"我叫费乙，根脚是只肥遗，初来贵地。听说这里是皮修皮老祖的地盘，特意过来给他老人家见个礼。"

他看着文熙缓缓说："上次的事情实在是抱歉……"

皮修快走到店门口的时候脚步一顿，黑着脸拉开门就感觉到了扑面而来的热。任骄也皱着眉头抱怨："怎么空气这么干？水汽都快没有了。"

皮修没说话，盯着坐在大厅里的那只黑着脸的肥鸟，脸上渐渐露出一个狰狞的笑来。

这下不是爷去找你，是你主动来送死，拦都拦不住。

文熙见皮修回来了，立刻起身迎过去说："当家的，你总算是回来了！"

他一靠近，皮修四周的温度立刻降了下来。皮老板拉过他，听见他在耳边压低声音道："他一来店里温度就变高了。"

"没事。"皮修拍了拍文熙的背，"一会儿就好了。"

任骄也瞧见了费乙，心想这真是不是冤家不聚头。

费乙，海洋生物一生之敌，水产大王的头号敌人。

两边眼神交汇，费乙立刻站起身冲着皮修一笑："皮老祖，上次的事情实在是抱歉，是我没有约束好手下的人，才——"

他的话还没说完，文熙说："你不知道，他一来店里就热，他的人手脚还不干净！对着素珍动手动脚！"

文熙一边委屈地说一边给贾素珍递了个眼神。

费乙："……"

他正要说发热是自己的天性，没办法。突然一声尖叫，费乙猛然回头，就看见那女人抓着自己马仔的手往身上放，马仔叫得比女人还惨。

"别碰我！你别碰我！"

贾素珍等着小伙碰到自己之后就松了手，啜泣说："老板，你看，你在他们都敢这样，奴家的清白要没了！"

费乙脸色都变了，这还不知道是谁的清白没了。

皮修伸出一只手示意贾素珍闭嘴，转头同任骄说："打电话叫小扫把回来，今年吃打虫药的时候到了。"

肥遗，食之已疠，可以杀虫。

皮修正好想着带小扫把云卫生处拿打蛔虫药，想什么来什么，费乙自己送上门，比社区送温暖来得还及时。

任骄拿着手机和车钥匙就往门外走，打电话来不及，还是直接去接孩子比较好，打虫药虽然是药，也要吃新鲜热乎的才好。

费乙后知后觉反应过来皮修的意思，立刻鸟叫一声让跟着的马仔拦在自己身前，原本听上去有些憨厚的声音变得又尖又厉。

"皮老祖！我好心来给你拜山头！现在是法治社会了！我上户口了！没有杀妖令你不能动我！"

文熙觉得这声音又尖又刺耳，捂着耳朵也不能减少些许，闹得脑袋疼痛不堪，眼前一阵一阵发黑。

"叫什么叫，生怕别人不知道这里杀妖是不是？"皮修手一挥，这肥鸟就闭了嘴，一张脸憋得通红也再没发出一个音来。

皮修拉开文熙捂着耳朵的手问："耳朵疼？"

"不是。"文熙摇头，眼前又突然闪过几个画面，可转瞬即逝，他什么都没看清。

皮修皱眉："那是哪里疼？"

文熙："脑袋有点疼。"

苏安看了眼正在加热空气的费乙，打断那边仿若置身事外的老板和文熙："老板，费乙怎么处理？"

皮修转头看了一眼，手又一挥，拦路马仔全部束手就擒抱头自动蹲到墙角，将吓得一脸惨白的费乙显露出来。

看上去脂肪有点多，油多清蒸就腻了，要是油炸的话会不会破坏里面的营养成分呢？红烧的话倒是可以，但是这鸟原形鹌鹑那么点大，红烧也太费火了。

皮修光想着，一个没留神，费乙用尽全身力气挣脱开他的法术，毅然拿起手机，奋力按下三个数字——110！

妖怪行走于黑社会，走进黑店被黑吃黑，警察叔叔速来！

凡人打报警电话直接打到派出所，而妖怪打电话直接打到监督办。当李靖手上托着宝塔，带着天兵天将赶到的时候，就看见墙边抱头蹲了一溜的妖，顿时傻了眼。

皮修和文熙坐在一边，一个眼神也懒得给这位卖儿上位的李天王。

"皮老板，我们刚刚接到报警人电话，说这里——"

皮修抬手一指打断他的话："人在这里了，趁着我不在闯空门，骚扰我们家服务员，可以提溜走了。"

被迫闭嘴的马仔们敢怒不敢言，就女服务员那副尊容，得倒贴自己才愿意骚扰一下！

这姓皮的老东西在侮辱他们新青年的审美！

"报警的神魂确定是费乙，我们要见到报案人了解具体情况再带人走。"李靖托着自己的宝塔，看着皮修丝毫不惧，坚定道，"皮老板还是把人放出来吧。"

文熙瞥了眼他手中有七彩流光的宝塔，也不知道这位究竟几斤几两，忍不住拉了皮修一把。但没想到皮修竟然听了他的话。

"把人提出来。"皮修道。

猴一和猴三提着费乙出来了，这肥鸟受了惊吓，毛都掉了好几根，妖气四溢，整个饭馆里的温度顿时升高了许多。

文熙轻声说："别生气。"

皮修心想他有什么好生气的，本来也不过就是想吓一下这肥鸟，叫他老实点而已，不过有文熙在身边，真的一点都不热，就算是费乙在也不能让自己流一滴汗。

太好用了，他真的再也找不到比文熙更管用的降温神器了。

"李天王救我！他们……他们要吃我！"

费乙哭号着向李靖那边蠕动，李靖下意识后退一步，看看皮修又看看地上被捆得扎实的费乙，心想这貔貅不愧是饕餮的好兄弟，这费乙看上去色香味的第一个色就没有，也想往嘴里放。

妖怪还真的不讲究。

李靖深吸一口气，看向皮修说："费乙现在是珍稀濒危妖怪，吃他犯法，你不知道吗？"

皮修一顿，想了一会儿才道："隐隐约约是有听说啦……"

"吃费乙犯法，需要交付罚款并且进行义务劳动。"李靖蹲下身把费乙身上的绳子解开，身边的天兵天将瞬间就拿出纸笔准备开罚单。

文熙眉头一皱："先别着急。"

他抬手一指费乙："是他们的人先来挑衅，我们只是正当防卫，而且他现在毫发无伤，你们没有道理开罚单。"

苏安顺势点头："我们也没有做出任何伤害他的事情，现在就忙着开罚单，你们监督办又缺钱了吗？"

"不伤害别人，你们捆着别人干什么？"李靖反问。

猴二举手说："不好意思，最近禽流感严重，我们怕他带病传染。"

费乙一口气憋在心里："放屁！我才从山里出来！我又不是鸡！哪里来的禽流感！"

"你这话就不对了，又不是只有鸡才会得禽流感。"文熙说，"难不成你是看不起鸡，连着看不起昴日星官？"

皮修听着笑了一声，似乎没有责怪文熙的意思。

李靖看着狐假虎威的文熙眉头一皱就要发作，门口却传来汽车停车的声音，西王母提着包进来，一看这架势也愣了。

她看看蹲在墙边，衣服上掀蒙头，裸着上身的马仔妖怪们，皱眉问："这是……"

西王母站在门口一时不知道该进还是该退，无意瞥了眼地板，注意力立刻被地上趴着的费乙吸引过去。

好肥一只鸟！煎炸烹炒样样好！

"来了？"皮修见她来了一抬下巴，苏安立刻给西王母上茶上点心。

费乙躺在地上被西王母多看了两眼，被捕猎者锁定的危机感把他整个鸟笼罩，控制不住地又掉了几根毛，室内的温度又升高一截。

西王母感觉不对，眉头一竖怒道："把妖气收了！这才五月！不允许出现局部区域红色高温警告！"

费乙被吼了一声，抖抖索索一边收妖气一边说："我才是受害者。"

"西王母这是来干什么？"李靖面色不善地问。

西王母没把他的脸色放在心上，撩了把头发懒懒说："前面广场上打起来了，刚刚拉架回来，顺路过来喝口茶。"

她瞥了眼李靖："李天王事情办完了吗？我刚刚来的时候正好遇见哪吒了，难不成是你们父子两个还有约？"

一听哪吒的名字李靖就变了脸色，他狠狠瞪了一眼坐在一边沉默不言的皮修，冷哼一声带着费乙坐车走了。

回监督办的路上李靖把事情从头到尾听了一遍，又把人带回审问室问了几句。

李靖发现的确是这鸟倒霉，自己的人不懂事先捅了姓皮的朋友一刀，亲自上门道歉又被姓皮的盯上，差点命都没了。

李靖教育了几句，警告了费乙，看他吓得掉毛也就放了人。

二郎神杨戬从外面回来，正好撞见李靖带着费乙出来，迎面而来的热气让他眉头一皱，下意识转头让哮天犬不许伸舌头。

"怎么把费乙带回来了？"杨戬问。

李靖："没办法，不带回来就要被皮修儿子当打虫药吃了。"

杨戬回头看了眼在马仔搀扶下走出门的费乙，头上的天眼睁开一瞬又闭上，似乎没有发现什么异常，他转头看向李靖说："你手机带了吗？"

李靖奇怪："带了，怎么了？"

"正好，来给我们家小天投个票……"

哮天犬站在一边脸都黑了，瞪着杨戬不知道是应该现在转身就走，还是踹一脚再走。

费乙坐在马仔来接的车上擦汗，直到监督办的牌子彻底消失在后面的窗户里才松了口气，抖抖索索摸出手机来打电话。

电话响了好几声才被接起，那边的信号也不好，磕磕绊绊才能听清楚一两个音，又等了一会儿对面的声音才清晰起来。

一个阴沉的声音问："怎么现在打电话过来？"

"睚眦大人，我……我刚刚从皮修店里出来。"费乙小心地说，"大人，皮修身边是有个鬼，但是我没从他身上闻到什么香味，他身上从里到外都是皮修的妖气。"

电话那边沉默了一阵，睚眦才开口说："你手下那几个蠢货呢？你去看了没有？"

"看了看了。"费乙握着手机点头，"昨天去看的，他们身上没有别人的妖气。"

"蠢货，昨天才去看，他们身上的妖气肯定都散干净了，你能发现个屁！"睚眦气得尖声说，"一定是饕餮搞的鬼！这个东躲西藏的胆小鬼！这个混账！除了他，没有人敢动我的人！"

费乙听着对面的咒骂声不取说话，心想貔貅也敢，但是他不说，要不然大人让自己去对付貔貅，不是送上门给人当打虫药？

等睚眦发完了脾气，费乙才问："大人，现在需要我干些什么？"

睚眦想了想："什么都不用干，就给我盯着皮修那个店，注意附近有没有饕餮的影子。还有……"

费乙认真倾听客户要求："您说您说。"

"我看论坛说他们搞了个玚仙投票？我的票数怎么这么低？你叫人给我投票，我要拿第一！"

费乙顿时眼前一黑，心想第一是人帅多金能文能武的二郎神杨戬，公务员铁饭碗，有车有房，最理想的择偶对象，神仙妖怪公认第一男神。

就算他是睚眦铁粉，再怎么忠心耿耿，带着小弟日夜连轴打投，也比不过路人粉一抓一大把的随手一投啊。

费乙开始试图打消睚眦这个并不可能实现的想法："其实大人你并不需要在意这些凡俗的虚名，就算您没有这个劳什子的'最帅男仙'称号，您在我们心里也是最帅的——"

睚眦道："少啰唆，我说要第一就是要第一！"

电话突然挂断，费乙拿着传来忙音的手机陷入迷茫，不知道自己应该如何办。

小捧怡情，大捧伤身，强捧灰飞烟灭的道理，睚眦大人怎么就不明白呢？

任骄载着小扫把回来的时候，饭馆里已经人去楼空，地上的几根鸟毛都被贾素珍扫进了垃圾桶，省得让孩子一回来看着垃圾就生气。

"费乙呢？"任骄在店里看了一圈，皱了皱鼻子问，"走了？"

贾素珍点头，同小扫把一笑说："文公子和皮老板都在楼上。"

小扫把背着书包上楼，骤然变冷的空气让他忍不住打了个喷嚏。任骄给他撩开帘子，冲着坐在沙发上闭眼休息的皮修问："你怎么把那鸟放走了？"

"不放走怎么引后面的大头出来？"皮修懒懒道。

任骄皱眉："难道还能找到比刚刚那只更胖的肥遗吗？像这么胖的鸟，现在少见了。"

皮修："……"

鱼没有脑子看起来是真的。

文熙从卧室里出来，手上拿着一包冲剂叫小扫把过来："打虫药在这里，过来吃。"

任骄看皮修一副老僧入定的样子，脸上的疤顿时有点扭曲："你知不知道我去接他的时候，哪吒那莲藕怪看着我的眼神都带杀气？我被他阴阳怪气说了一阵，好不容易把人带回来你跟我说鸟没了？"

"急什么。"皮修瞥他一眼，"哪吒那个怪小子讨厌海产品又不是一天两天了，看见你没个好脸色也正常。"

一边的小扫把乖乖吃了打虫药，文熙问："请假的时候，老师有说什么吗？"

"没有。"小扫把摇头，"不过他问我什……什么时候改名字。"

文熙一愣："我再和你爸商量一下，今晚就给你改。"

皮修瞥了文熙一眼，冲着小扫把说："皮聚宝，把你手机拿出来给你爹我投票。就那个最帅男仙，你没有偷偷投给任骄吧？"

小扫把摇头："没……没有，他丑！"

任骄黑了脸："谁丑呢？"

他当年也算是南海一棵草，鲛中一朵花，一张脸是天道都嫉妒的帅气，要不然也不会倒霉催地历天劫脸被劈了一下，还怎么治都治不好。

皮修放心了，伸手叫儿子过去给他投票，谁知道小扫把握着手机摇头："不行，我投……投给老师了。"

"哪个老师？哪吒吗？"皮修眉头一皱。

小扫把点头。

皮修气绝，心想别人都是肥水不流外人田，搁自己这儿就是胳膊肘一个劲儿往外拐。除了文熙是主动投给自己，剩下店里的人，要不是在群里说得早，他们的票都会投给杨戬！

他深呼吸一口气，努力心平气和地向任骄宣布："从明天开始早点起来，给那群仙官们的早餐明天就开始供应。"

任骄："为什么时间这么紧？"

皮修淡然："没有为什么，送上门的钱不赚是傻子。"

为了不当傻子，皮修让整个饭馆的员工忙成了狗子，猴精忙得手脚并用，就连尾巴都握着勺子和面，怕掉毛还在尾巴上缠着保鲜膜，力求后厨环境干净整洁。

皮修一晚上没睡，给吴祖上完课就起床进了厨房帮忙，一个月煮一次的高级补汤再次出山，补汤香气四溢，随着风飘散在大街小巷每个地方。

为了拉票皮老板不择手段，凡人要喝得花钱，妖怪神仙想喝可以免费，但是得给皮修投一票。

当然不投票花钱也可以，但钱需要加倍。

一群嘴馋的老东西敢怒不敢言，动手打不过，到时候还要在小辈面前丢份儿，都眼巴巴期盼着能有个刺头出来同姓皮的小气鬼掰一掰。

皮修拿着手机看着票数一点一点上涨，心情舒泰，摆手叫来下一个。

"投票就能领汤？"

一个踅得二五八万的声音响起，皮修一抬头同哪吒看了个对眼。

哪吒挑眉："是不是啊？"

"是。"皮修皮笑肉不笑，"三太子，稀客啊。"

哪吒用手指点了几下投了票，懒懒说："师父老人家说皮老祖的补汤不投票喝不到，他的账号一大旦就投给我了，没办法只能叫我来了。"

他点完才反应过来："怎么一个人一天只能投一票？那我不是没有汤喝了？"

"有……有的！"小扫把背着书包过来，"我的给……给老师喝。"

哪吒一看小扫把顿时表情温和下来，冲他一笑："那不行，你还小，得多喝汤才能长高。"

小扫把拿出手机当着皮修的面给他投了一票，然后伸着手把手机给他爹看，睁着眼睛一脸可怜地看着皮修说："可不可以给……给老师一碗。"

皮修黑着脸盛了两碗汤递过去，冲着小扫把问："跟谁学的扮委屈耍可怜？"

"叔叔教的。"小扫把果断卖了文熙，跟着哪吒坐到太乙真人一桌吃早饭。

皮修回头进厨房兑水加汤，就看见任骄站在灶台前生气。

皮修眉头一皱："你干什么？"

"没良心的，我对他这么好，别说一碗汤，一块骨头都没从他嘴里抢下来过。"

皮修："……"

厨房的拉门突然被拉开，哪吒抱着手臂站在门口，冲他们俩一笑。

俗话说得好，光脚的不怕穿鞋的，秃头的不怕掉发的，现在好不容易又有了点资产的皮老板看见这鬼见愁顿时警戒，盯着他冷声说："汤不接受无限续碗，也不接受第二碗半价。"

"不是喝汤的事。"哪吒吸了吸鼻子，皱眉道，"好大一股鱼腥味。"

任骄背对他握紧了手中的锅铲，觉得他这一铲下去，哪吒可能会死。

皮修："到底有什么事情？后厨不是客人能随便进的。"

哪吒摊手："别这么紧张，只是有点事情想请问一下皮老祖。"他缓步走进厨房，随手拿起桌上的西红柿啃了一口，"听说昨天李靖来过了？"

"西红柿，两块钱。"皮修调出手机上的收款二维码，"先付钱。"

哪吒"啧"了一声，一边扫码一边说："他过来把你要的人带走了，你就不想给他一点教训吗？"

"不好意思，我是个遵纪守法的好公民，十分支持监督办的执法行动，并且对参与别人的家庭矛盾毫无兴趣。"皮修确认收款之后又扔给他两个圣女果。

"这怎么叫家庭矛盾呢？你想要费乙那只鸟给皮邵棣打蛔虫，我可以帮你把鸟给抓回来，并且保证连着他那些马仔也处理得干干净净。"

皮修："等下，皮邵棣是谁？"

哪吒："文熙加了我的微信，他告诉我这是小扫把的大名。"

皮修："……"这不还整的一个扫地名吗？

任骄听他一叫小扫把就忍不住冷笑："三太子好大的本事，你要准备怎么把人处理干净？"

哪吒微笑："池子里的莲藕差点肥料，我觉得有妖力的尸体最合适，你们觉得呢？到时候莲藕生出来我给你们店里送一车，不要钱。"

皮老板抬手指着门外，低声说："你走，我们不是黑店。"

拒绝"不要钱"三个字，快用尽了他全身的力气。

哪吒没动："我可以帮你要投胎的名额，让你店里两个鬼插插队，投胎的时间随你定，投胎去的人家也可以在范围内活动一下。"

他抱着手臂笃定皮修不会拒绝这个条件，挑眉问："这下诚意够了吗？"

"你要干什么？"皮修沉默了许久还是心动了。

哪吒微微一笑："当然是想让李靖倒霉啦。"

"不能牵扯别的妖怪，不能闹出人命，也不能影响功德。"皮修顿了顿，心想自己这儿还是有点亏，又增加了一点要求，"再加一卡车藕。"

哪吒眉头一跳："姓皮的，你是不是觉得我真的很好说话？"

"那就一三轮车。"

哪吒闭上眼睛，压制住三头六臂就要撑破衣服的欲望，简单地点了点头："成交。到时候我通知你。"

皮修再次提问："你到底要做什么？"

哪吒想了想说："大概就是套麻袋把他打一顿的程度吧，你不用担心，我相信以皮老祖的实力，就算是观音大士来也不怕。"

皮修："……"

但是自己也没有跟观音大士在现实里碰一碰的意思。

哪吒转身离开："那就这么说好了。"

皮修示意他快滚，没有事情大家就不要多联系了。

"对了，皮邵棣我就直接带去学校上课了。"哪吒靠在门口回头，朝着皮修竖起两根手指，"你应该也注意到了，店外面有两拨人在盯着。"

皮修黑脸："还用你个莲藕娃娃废话？"

哪吒撇嘴，看了一边的任骄一眼，竖着的手指顿时变成了一根。在任骄脸上鱼鳞全部显现之前，关上门迅速离开。

任骄气到嘴里吐泡泡，每说出来一个字都自带回响："幸好我不是龙，如果我是龙，那么他已经死了。"

皮修心想：幸好你不是龙，要不然哪吒那个杀龙专业户还能放你全须全尾站在这儿？毕竟是被称为逮龙户，还被滴滴打龙交通公司永远拉黑的嗜血男人。

不过至于他说的店外的两拨人……

皮修洗干净了手提着汤桶出去让猴三给客人盛汤，自己擦着手上了二楼，把还在睡的文熙叫了起来。

"几点了？"文熙被他带进了卫生间洗脸刷牙，被架到窗台上的时候才回过神来，拉着窗户边问："你要干什么？"

皮修压低声音凑在他耳边说："我现在告诉你隐身的咒语，你从这里跳下去，门口左边的草丛、右边垃圾桶都有人，你去听听这两拨人在说什么。"

文熙疑惑："为什么你自己不去？"

"我得在店里待着，吸引他们的注意力，要是我一不见说不定他们就发现了。"皮老板说着又从口袋里摸出一个玉雕貔貅来，戴在了文熙的脖子上，"你遇到危险我会知道，注意不要惊动他们。"

文熙转头看了眼地面，估计了高度，忍不住说："我从这里跳下去，不说摔死，腿也会摔断的吧。"

皮修眉头一皱："我就没听过鬼能摔死摔断腿的，要真摔断腿了我背你。"

文熙翻了个白眼，听完皮修念完隐身咒之后，跟着念了一遍，确定隐身之后，拉开窗帘推开窗户一个翻身就轻轻巧巧落了地，中途还翻了个空心跟头。

难度系数 9.9，完成度 9.9。

文熙落地后也是一蒙，这就是飞一般的感觉吗？他看着自己的手，又原地蹦了蹦，心想其实这也不赖。

在太阳下站了一会儿，文熙便借着一股一股的风无声无息飘到了左边的草丛边。他围着整个草丛转了两圈，别说人影，一根头发都没有看见。

老妖怪骗自己？文熙忍不住摇头，心想骗自己又没钱赚，老妖怪不会做这种无聊的事情。正预备转身离开去垃圾桶那边看看的时候，他突然听见了一声叹息。

他被吓得往空中一飘，回头一看还是没看到人影。

但是这个时候草丛动了一下，两根树枝像人手一样伸出来挠了挠叶子，嘴里怒骂："臭鸟，又在老子头上拉屎。"

文熙："……"

成精的妖怪千奇百怪，大自然真有你的。

草丛妖在原地安静地站了一会儿，文熙许久也没等到它说第二句话，他盘腿坐在空中想是不是植物妖怪都不爱说话。

他摸了摸身上的口袋，正好摸出一块水果硬糖来。

要不要砸一下？说不好有反应。

文熙围着它的头顶盘旋几圈，寻找着合适的角度扔糖，不过转了两圈就听见背后一个清脆的声音：

"素珍姐！"

文熙一回头就看见骑着红色共享单车过来的吴祖和不知道什么时候从店里跑出来的贾素珍。

两个人狭路喜相逢，手拿窝窝头。

贾素珍给吴祖塞了一袋子——目测五个窝窝头，还有一保温瓶的补汤，文熙看了都怕吴祖一口气喝光补太过流鼻血。

两个人估计是害怕被皮修发现，都躲在草丛的后面猫着腰说话。文熙盘腿坐在空中看得一清二楚，将吴祖给贾素珍塞川贝枇杷膏的样子尽收眼底。

不过是送点药，搞得跟张生偷见崔莺莺一样。

草丛妖摇晃了一下，似乎对这两个人做作的谈话十分不爽，但是想到自己是一堆草忍住了没有发作。

文熙掂了掂手里的糖果，心想：现在是扔还是不扔呢？

"素珍姐，你们店里招暑假工吗？"

文熙闻言一愣，低头去看吴祖。

"你问这个干什么？你高考完不想去旅游吗？"贾素珍问。

吴祖摇头："我想来店里打工，赚一点零花钱。"

其实赚钱都其次，主要这样就可以天天看到素珍姐姐了呢！

"我到时候给你问问。"贾素珍情绪突然低落下来，催促着吴祖快去上课。目送着学生仔踩着两轮车走了之后，才带着川贝枇杷膏回了店里。

然后文熙听到了草丛妖的骂声。

文熙听得气笑了，还没等他发作，这草丛妖又骂："跟饕餮一个缺德样，要不是饕餮我才——"

路口突然跑来一条狗，在草丛妖的怒骂声中抬起后腿在草丛妖边撒了个痛快。

余音绕梁，回声激荡。

文熙："……"

蹲着的草丛妖大吼了一声，站起来抱着身上的草丛堆就跑，狗汪汪叫着跟在后面。

文熙浮在空中瞪眼看着，心想这草丛妖腿还挺长。

文熙追着草丛妖飘了一段突然脖子一紧被定在了原地，低头一看，被皮修亲手戴上的玉雕貔貅正晃着一闪一闪发光，像是提醒自己不要再追了。

"不让我出去？"文熙皱着眉拨动了一下脖子上的玉貔貅，低声说，"跟个狗链子一样，真麻烦。"

不让他出去就不出去，反正垃圾桶那边还有一个。

文熙转身朝着垃圾桶飘过去，发现那边已经围了好几个戴着红袖章的阿姨。

他浮在空中观察了一阵，发现只是凡人居委会大妈在这里监督扔垃圾的居民有没有好好进行垃圾分类。

文熙捏着鼻子在几个垃圾桶前面转了一圈，也没有发现奇怪妖怪的踪迹。

他忍不住盯着那几个垃圾桶想：难道跟那个草丛妖一样，这三个垃圾桶也是妖怪？

从小到大都是锦衣玉食的文熙感觉到呼吸一窒，为什么垃圾桶都能成精？是因为吃垃圾到一定程度，就可以解锁成仙？

几个阿姨站在垃圾桶前面严阵以待，紧盯着来扔垃圾的人，不论妖怪凡人都一视同仁，一齐发问："你是什么垃圾？"

有个小伙提着垃圾不情不愿地说："不可回收垃圾。"

猴三跟在后面提着两大袋垃圾飞快地回答："湿垃圾和干垃圾！"

阿姨们打开垃圾袋分析成分，确定没有错误之后才放行，猴三任劳任怨拖着两大袋垃圾往垃圾桶那边靠，文熙看他拿得吃力，尝试着吹了一口气，帮他把地上的垃圾袋托起来一点。

猴三莫名感觉垃圾袋一轻，回头看了两眼却什么都没有发现。

他皱着眉又掂了掂手里的垃圾袋，的确是轻了一点，往地上一看，垃圾袋也没漏啊！

猴三又左右环视了两圈，却还是没有发现饿鬼的踪迹，只能暂时作罢，把两大袋垃圾扔进垃圾桶里。

干垃圾刚刚进桶，猴三突然听见了一声"哎哟"。

他猴毛一立，尾巴都被吓得立起来。

他死盯着那个干垃圾桶，心想：该不会真的有个饿鬼在里面吧？虽然饿鬼瘦，但是这群饭桶一张嘴什么都能吃，自己这么只毛猴还不够他们一口吞的。

文熙在空中看着猴三突然连退三步，下意识靠近想要知道发生了什么，但面前的垃圾桶突然开始剧烈摇晃起来。

文熙下意识握紧了脖子里的玉貔貅。

"你干什么呢？！"大妈突然一阵暴喝，摇晃中的垃圾桶停顿了一下，然后又更加激烈地摇晃起来。

正常猴的反应都是跑，但是猴三被大妈一声吼蒙了，拎着一袋湿垃圾靠着墙，腿有点发软。

文熙在空中盘旋了几圈，发现垃圾桶里面有东西想要出来，所以导致垃圾桶晃。他眼睛一眯，似乎看见了两个青色的大螯。

"你往里面扔了什么？"红袖章大妈气势汹汹走过来，逼问已经一脸惨白的猴三，"你是不是又偷偷往刚刚的垃圾袋里面塞了东西？"

猴三绝望："我塞什么啊？我口袋里干干净净什么都没有，我什么都没干！"

大妈："什么都没干怎么垃圾桶这样了？刚刚你扔之前都好好的，肯定是你扔了什么东西！"

有个大妈朝着垃圾桶走，嘴里念念有词道："我倒要看看你放了些什么玩意儿进去！"

"哎！"文熙在空中伸手要阻止，但还是慢了一步。

整个垃圾桶突然四分五裂，里面的垃圾如同天女散花落下，挂了大妈一身。

文熙咽了口口水，正准备回店里叫皮修来，就看见老东西已经黑着脸过来了。

猴三看着老板魁梧的身体，从未感觉到他原来如此顶天立地，如此高大。

"老板！"

猴三都带上了哭腔，指着垃圾桶说："有……有鬼！"

"小伙子别胡说！新社会哪里来的鬼！现在不时兴搞封建迷信！"大妈一身正气凛然，把头上的垃圾扔到一边，铁手无情直接伸进垃圾桶里，单手提出来一只一看就成了精的青皮大螃蟹。

皮修："……"

文熙："……"

最强战力大妈果然名不虚传！

猴三吓得打了个哭嗝，瞪大了眼睛看着那只大螃蟹。

"嘿，还挺沉。"大妈叫来好姐妹一起帮忙，把比海龟还大一圈的螃蟹从垃圾桶里提了出来放在地上。

文熙飘到皮修身边落下问："这怎么办？凡人抓到他没关系吗？"

皮修没有反应，只是盯着那只大螃蟹陷入了沉思。

文熙伸手在皮修眼前挥了挥，皮修还是没反应，文熙心想：难道是现在隐身咒的效果还在，所以老东西看不见我也听不见我说话？

文熙一下来了胆子，冲着皮修说："老妖怪，小气鬼，一天到晚凶着个脸跟谁都欠你两百万一样，不知道笑脸迎人好赚钱？"

"要是小爷还活着，你这种臭脸老板的店，爷看都看不上。"文熙飘着凑过去对着皮修做鬼脸，哼哼说，"也就是本少爷心好能忍你这个臭脾气，换个人天天被你当冰枕利用，早拼着魂飞魄散跟你打一架了，你——"

皮修眼睛睃过来盯文熙。

文熙顿时安静下来，表情僵硬在脸上。皮修笑了，一个发自真心的笑容让文熙如坠冰窖，一溜烟窜了个没影。皮修也没想着抓他，只是盯着他飘的方向勾了勾嘴角。

猴三站在一旁，只看到他老板突然对着空气笑得邪魅狂狷，下意识抱紧了怀里的垃圾袋，颤颤巍巍问："老板，你笑什么呢？"

皮修立刻恢复一脸冷漠看他："究竟是怎么回事？"

猴三跟跟跄跄走过来小心说："像是有饿鬼跑出来了。"

皮修眉头一皱，看看被阿姨们团团包围的巨大螃蟹，又看看一看就不聪明的猴三，低声问："你们家饿鬼长螃蟹样？"

"那……"猴三一顿，小心假设大胆发言，"万一是吃垃圾吃多了变异了呢？那汉江怪物以前不也是一条普通的鱼吗……"

皮修叹了口气："饿鬼那玩意儿，哪怕吃一吨垃圾，顶多就是一只一分饱的饿鬼，不可能变成这种青皮大螃蟹。"

阿姨们围着螃蟹这里摸摸那里碰碰，七嘴八舌商量这垃圾桶里的螃蟹到底能不能吃——吃吧，又是垃圾桶里抽出来的，心里那道坎过不去；不吃吧，这么大一只，肉肯定不少，也是浪费。

食之无味，弃之可惜。

"要我说，回家放在盆子里养几天，等脏东西吐干净了直接下锅，做一锅香辣蟹，反正那些香料也能杀菌，再做辣一点，肯定没问题！"

阿姨看着这螃蟹的两个大钳子，怎么看怎么满意，掂量掂量都觉得有一斤重。

有个大爷一拍大腿："不行啊，这螃蟹大得离谱，要是那个什么转基因合成的怎么办啊？我看新闻都说转基因的不能吃，有危害的。"

"说得也是，要是能吃，别人干吗把他给扔了，还扔错了，给扔干垃圾桶里面去了。"

几个大妈一商量，把那个想吃的阿姨按住了，几个人抬着这个大螃蟹直接扔进了不可回收垃圾桶里面。

猴三赶快趁机把湿垃圾给扔了，准备回店里，结果被皮修一把按住了肩膀。

"等等。"皮修看了眼扫完地上垃圾，正给垃圾桶上锁的大妈大爷们，拉着猴三走到了拐弯处，等着人都走远了，这才重返案发现场。

两个妖怪站在垃圾桶前面，猴三看着上面的"不可回收"四个大字，突然有了不好的预感。

果然，皮修动了。

他一个马步向前，一记左勾拳一记右勾拳，垃圾桶上的锁有危险！

不过是两拳工夫，垃圾桶上的锁就被打烂落地，桶盖被皮老板一手掀开，露出里面那个正在咒骂老太婆的青皮大螃蟹来。

螃蟹抬头看看皮修，又看看一边的猴三。

螃蟹："帮忙关下门，谢谢。"

猴三一把拉住老板："老板，大哥，师傅，没必要，真的没必要，咱们不是没钱，咱们还有骄哥，他家里是做水产的，要啥螃蟹没有，咱真没必要在这个垃圾桶里吊死！"

皮修挥开他的手，盯着垃圾桶里的螃蟹问："你是自己出来，还是要老子把你提出来？"

螃蟹沉默了一会儿，用力合上了垃圾桶盖，拒绝了皮修的两个提议。

猴三看看垃圾桶，又看看老板，心里又有了个不好的预感。

皮老板冷笑一声，打了个响指，整个不可回收垃圾桶都开始缩小，最后飞到了猴三的怀里。

"拿着。"皮修开路回馆，猴三在后面跟着，搬得十分费力，并且问老板为什么不自己来。

皮修感知着文熙的方位，缓缓吐出一个字："脏。"

当猴哥几个当着苏安的面从垃圾桶里提出一只青皮大螃蟹的时候，苏安用尽了全力才没有骂出来。

螃蟹嘴里还在吐泡泡骂骂咧咧。

苏安："……"

他撑着桌子疲惫地问："这玩意儿是老板要弄回来的？"

猴三点头："老板说先养着，把东西吐干净了再杀。"

"这是妖，杀了要……"苏安语气一顿，反应过来这住在垃圾桶里的螃蟹精肯定是没有上户口的黑户，就算是被做成貔貅的桌上餐也没有人知道。

这老妖怪还真是野山猪吃不了细糠，从前的苦日子过习惯了，现在生活舒坦了还要从垃圾桶里翻吃的。

"要什么？"猴三疑惑。

苏安摆了摆手，只是叹息说："抬下去吧，后院有个大澡盆，把它放在里面养着就是了。"

他说完又瞥了眼那个锁被打坏的垃圾桶，只觉得人生的压力真的无处不在，连忙又嘱咐："记得找个没人注意的时候把垃圾桶还回去，咱们家也不缺这么个不可回收垃圾桶。"

猴几个应了一声，带着螃蟹往后院去，没想到自家老板正站在后院仰头看着树。

文熙坐在树枝上不敢下来，皮修也不说话，只是抬头盯着他。

猴几个抬着螃蟹过来，皮修瞥了一眼，随手一挥，一个装满水的大木盆子就凭空出现了。

"放进去吧。"皮修说。

青皮大螃蟹进了水盆里就安静了一些，在水下骂骂咧咧的声音也有些扭曲，一阵一阵的泡泡不断冒出水面，皮修又一摆手，整个螃蟹在水盆里直接翻转过来，肚皮朝上，这才安静了下来。

"你们忙去吧，我有些话要问。"

皮修打发猴子走了，这才转头看着树上一脸好奇看着这里的文熙问："还不下来？"

"不要。"文熙抓着树干摇头又缩回去。

皮修冷笑了一声，不再看他，放出了全身妖气，直接伸手把水盆里的螃蟹提起来："我问你答，明白吗？"

螃蟹几只腿被妖气冲得在空中晃了晃，顿时老实下来。皮修开口问："谁让你来的？"

"我自个儿……"

皮修提着螃蟹就是一顿晃，结果手下用力太猛，咔嚓一声，大钳子和蟹身分离，螃蟹掉落盆里溅起水花。

文熙："……"

皮修："……"

文熙探头问："他……还活着吗？"

皮修蹲下身提着另外一只钳子："再问一遍，谁让你来的？"

螃蟹连忙道："是费乙！费乙！是他让我过来的！"

"让你干什么？"皮修追问。

螃蟹："让我盯着你，汇报你一天做了什么，见了什么人，留意你跟哪些妖怪见面。"

皮修："然后呢？"

"就没有了。"螃蟹生怕他不信，"真的没有了。"

皮修盯着他看了一阵，这才把他放回水盆里："知道什么该说什么不该说？"

螃蟹连忙点头："知道知道。"

皮修："以后费乙跟你说什么，第一时间来告诉我。"

他冷着脸，一条貔貅的妖纹瞬间闪现然后消失。

"不要以为可以糊弄我。"皮修说完一摆手，螃蟹连着木盆一起消失了。

文熙站在树上看着老妖怪转身走过来，吓得又往上飘了一点，坐在树枝上盯着他不敢说话。

皮修站在树下抬头："下来。"

文熙朝着树下说："那你先保证不动手。"

"少啰唆，快下来。"皮修皱眉拉了拉衣领，"我觉得很热，快点下来。"

文熙一看他黑脸更不敢下去了，平日里敢在皮修生气的时候凑上去，那是因为惹他生气的不是自己，现在文熙只想躲得越远越好，恨不得来阵风直接把他刮走。

皮修抬头看着文熙仍旧不敢下来，彻底失去了耐心。

文熙站在树上突然觉得脖间一烫，玉貔貅拉着他往下沉，他手忙脚乱去拉树枝也是徒劳，直接下坠被皮修老妖怪接了个正着。

门口的珠帘突然响了响，苏安站在外面低着头小心说："老板，二郎真君过来了，说要找您。"

皮修一愣，心想：这个三眼娃过来干什么？难道是他们家狗又跑后院菜园子里刨地去了？

杨戬坐在桌子旁吩咐哮天犬点了两道菜，几个眼熟的妖怪都过来打了个招呼，杨戬同往常一样点了点头，接着来了句："不知道几位现在方不方便？"

二郎神问你方不方便，谁敢说个不字？

哮天犬冷眼看着杨戬拿出手机让几个妖怪投票，气得一拉帽子把脸遮了个严实，趴在桌子上不动了。

"别趴着。"杨戬按了按他的脖子，"桌子上油，新买的衣服弄脏了你又不高兴。"

哮天犬压低了声音："那你别见人就叫投票！丢人死了！"

"这个你就别管了。"杨戬淡淡道，"丢的也不是你的脸面，着急什么。"

"你的不就是我的？"哮天犬瞪他，"不就是个功德！我才不稀罕！"

杨戬瞥他一眼："不许这么说。"

哮天犬不说话了，杨戬叹了口气："你的功德越多，寿命越绵长，才能长长久久陪着我，你总不希望你走之后我再养别的狗吧。"

哮天犬只有一条，要是没了，杨戬没有那个精力也没有那个心情再找条狗陪自己了。

哮天犬沉默了一阵，看向一边说："谁管你。"

杨戬笑了笑，看着皮修走过来，开口就是一句："皮老板，我们做个交易。"

房门将大厅的热闹隔开，猴四小心上完菜就赶紧离开，片刻不敢多留。

杨戬把菜推到哮天犬面前，等房门再次被关上，这才对皮修说："皮老板，我只要小天拿第一，对别的并无兴趣。"

皮修想：你倒是没兴趣，可架不住你的那些追随者有兴趣，连拉票后援会都干上了，就自己店里每天来吃饭喝汤的老弱病残，得每天都送一人两碗汤才能和你打个平手。

"所以你要干什么？"皮修挑眉，"跟我换票？"

杨戬点头："来你店里喝汤的条件加上一个，所有人都得给小天投一票，我就让那些所谓的后援会都投票给你。"

皮修疑惑："你就不想要功德？"

"那种东西对于我来说多了只是累赘，只要达到每年的目标就足够了。"杨戬说着摸了摸哮天犬的头，"小天比我更需要。"

皮修看了看正瞪眼看着自己的天狗，心想这三眼娃到底是三只眼看世界，同普通人看问题的角度就是不一样，这么一只狗也能当个宝。

"行吧，要立字据或者发个誓吗？"皮修靠在椅子上，"从明天开始，来我店里喝汤的客人加上我的伙计，都会投票给哮天犬，我会每天截图发给你结果。"

杨戬一笑："这些都不必，我相信皮老板的人品。"

皮修挑眉："那算你眼光还不错，不过你怎么就这么肯定那些后援会能听你的话？"

"他们听不听和想不想听是两回事。"杨戬额头上的第三只眼缓缓睁开，"我自然能让他们听话。"

皮修领会其中意思，忍不住咂嘴："你也太自私了，不过我喜欢。"

"神都是自私的。"二郎神看着一旁吃得正香的哮天犬，敲敲桌子说，"慢点吃，没人跟你抢。"

皮修冷眼看他两个，低声问："哮天犬一年需要多少功德？"

杨戬说了个数字，转头看他："怎么？皮老板也想养狗了吗？"

"我可没兴趣，养狗养猫掉一屋子毛，我儿子能变成扫地永动机。"

皮老板抱着手臂算了算文熙一年需要多少功德，功德好像也不能够共享，要不然杨戬也不会拉下脸到处找人投票。

皮修皱着眉拿出手机，重新看了眼投票区，发现并没有什么最美鬼魂之类的投票。

"小天吃得很好，不怎么会掉毛。"杨戬皱着眉纠正皮修的话，从口袋里抽出一张纸扔到他手边，"听说你想抓费乙？"

皮修回神："只是随口一说而已，二郎真君倒也不必听了李靖的胡言乱语就过来质问我。"

"并不是这个原因。"杨戬示意他看那张纸，"最近我发现费乙似乎在打探饕餮的消息，难道他也是饕餮的债主之一？"

皮修挑眉："一只拿来塞牙缝都不够的鸟，你觉得他有什么资格成为饕餮的债主？"

饕餮财产的四大股东——西王母、月老仙、貔貅怪、财神爷，这四个放到现在都是有头有脸的大人物，是论坛上的不可说。

一只肥鸟又有什么资格和他们平起平坐？就是把费乙当打虫药批发卖，赚的钱也不见得能有貔貅开山头的一半。

说到自己的钱皮修又开始心口疼，他翻过那张纸瞥了一眼，上面长长的对话让他眉头一皱，顿时放低声音问："睚眦在找饕餮？"

"看上去你并不知情。"杨戬淡淡道，"睚眦吩咐了费乙打探饕餮的消息，并且似乎是确定了饕餮在这附近出现过，这几天派了不少人在找。如果费乙不配当饕餮的债主，那么身为他兄弟的睚眦呢？"

"不可能。"皮修一口否定，"你以为睚眦的小心眼是开玩笑的吗？如果饕餮欠了他的钱，睚眦就算是扛着被天雷劈，挖地三尺也要把他找出来。"

皮修冷笑一声："饕餮虽然一心只知道吃，但也不是没有脑子。找睚眦这种借一块还一百的小心眼借钱的亏本生意，他绝对不会做。"

杨戬："你的意思是睚眦因为别的事在找他？"

"我又不是睚眦，怎么会知道！"皮修烦躁地挠了挠脑袋，冷声说，"二郎真君，别怪我没有提醒你，睚眦可不是什么好相与的，就是你们家狗对他叫一声，他都会想办法报复。到时候狗没了，你可别哭。"

杨戬一顿："我并没有去找睚眦的麻烦，只是看在换票的情分上提醒你一声。"

他淡淡道："毕竟饕餮只是爱吃，可用不了那么多钱。皮修，这么多年你有没有想过，他究竟要这么多钱干什么？"

皮修怎么可能没有想过？这么多年他始终不明白饕餮为什么要钱不直接跟自己说，而是选择了这种方式将他骗了个干净。

他虽然小气，但也没到不可救药的地步。

更何况他是聚财瑞兽，想要钱只是一个念头的事，费不着因为一点钱破坏同饕餮这么多年的感情。

一百年两百年过去，皮修怎么想也想不出这个问题的答案，索性也不想了，只等把饕餮逮到再亲口问他，也就真相大白了。

可他一等这么多年，连根饕餮毛也没找到，这狗东西像是打定主意再也不出现了一样。

皮修想，这活着还是死了也得让自己有个准信才好，别真龙的儿子死后连坟堆都没有，清明也无人洒扫，说出去也未免太凄惨了点。

送走二郎神和哮天犬之后，皮修让苏安把螃蟹送来。因为想起饕餮的事他情绪不高，恐吓了螃蟹几句就上楼洗了个澡，睡了个觉。

杨戬说话算话，当天晚上的投票照片就从他自己的制服诱惑变成了哮天犬的臭脸照，下面还加了行字，说明给皮修和哮天犬投票就行了，自己不需要。

顿时论坛鸡飞狗跳，各路妖魔撕了个天昏地暗，问天问大地，就差问天道，他们温柔的三眼哥哥究竟经历了什么。

二郎真君您如果被老妖怪绑架了就眨眨眼，三只眼随便眨哪一只都可以。

那些野生后援会先是沉默了一阵，然后都改了公告，一切跟着哥哥走，哥哥说投什么就什么，虚名不重要，公道自在人心，谁最帅大家心里都有数。

还有几个散粉负隅顽抗，痛骂后援会是叛徒，大哭哥哥只有我们了，仍旧坚持人间天神绝世帅哥杨戬的决策不动摇，坚决不投给皮修。

但舞也舞不了多久，大势已去，皮老板的票数眼看着后来者居上，气得每天累死累活拉票的费乙痛骂三只眼和没屁眼狼狈为奸，一定是三只眼分了貔貅一只眼。

他连夜让人上论坛发帖内涵皮修德不配位，脸不配帅，一个开饭馆的伙夫罢了，怎么能比得过仙界钻石王老五？

就算两个人关系好，但他也只是帅哥旁边的陪衬。

一帖下去顿时千呼百应，偶尔有几个老实人为皮修说话的声音又淹没在了人潮之中。费乙发完帖出了口恶气，但理智重新占领了高地，他突然发现，自己这不是在帮杨戬那个三眼娃虐粉固粉吗？

大意了！

费乙连忙叫人去论坛删帖，但刚一刷新，整个首页都被一个"啊"字占据。

"啊啊啊！不可说！不可说！我真的可以！"

"啊啊啊！我建议不可说立刻来娶我！我保证一心一意两年抱仨！"

"啊啊啊！我死了！！想在哥哥的腹肌上滑滑梯！"

费乙皱眉随手打开一个帖子，一张充满雄性魅力的照片顿时冲击眼球，虽然照片抓拍得有点模糊，但是该清楚的地方一点也不含糊。

费乙颤颤巍巍继续往下滑，"皮修"两个字给了这张照片归属，也给了费乙迎头一记老拳。

原来，原来他做这么多不过是镜花水月，替他人做嫁衣罢了。脑袋大脖子粗可以叫伙夫，但是皮修这样的得叫主厨，得叫中华帅当家。

之前他有多贬低皮修是个凶货，是个丑咖，现在他的脸就有多疼。

费乙瘫坐在沙发上，喃喃道："完了，全完了……"

他以为翻过二郎神这座山就能得到胜利，没想到山自己滑坡了，结果后面还有皮修这个沼泽地等着。

最帅男仙和睚眦大人终究是缘分尽了。

皮修坐在床上看着自己名次一冲再冲，心情无限复杂，为什么他最后还是走到了出卖色相这一步？

倒是文熙看着上涨的票数得意扬扬，心想果然换了照片名次就上去了，一推他说："都要第一了，你苦着脸干什么？"

皮修叹息："感叹世人肤浅，只知皮囊不知内在。"

文熙想问你个小气鬼有什么内在，但白天才被教训了一顿，现在不敢吐露真言。

皮修内心万千感慨，入了吴祖的梦还不解愁绪，看着他做卷子幽幽叹了口气。

吴祖挑眉："你怎么了？不开心？有什么不开心的说出来让我开心开心。"

皮修瞥他一眼，淡淡道："只是感叹现在的人太肤浅，我都不明白为什么他们喜欢我是因为我的皮相肉体，而不是我的内在。"

吴祖："……"

皮修一张照片引来尖叫无数，一连两天店里的流水翻了一倍，论坛上无数打卡晒照，俨然有往网红餐厅发展的意思。

这么多年皮修妄图在店里培养出两个网红都屡战屡败，没有想到无心插柳柳成荫，居然在自己身上实现了。

他连忙把汤从早上单供改成一日三餐供应，菜单上都用妖怪可见的字写着：我有好汤，你有票吗？一碗两票，童叟无欺。

明明皮修的腹肌没有酒，但是妖怪们一个两个都醉得像条狗。只要不可说从楼上下来，往柜台一站，一个两个眼睛都跟探照灯一样在他身上上下扫视，即便是皮修这种老妖怪也有点顶不住。

但是为了店里的营业额，他忍了。

皮修从来不会跟钱过去，更何况这些小妖怪也就只敢看自己两眼，什么也不敢做。他只要安静当好自己的花瓶猛男就能站着收钱，又有什么不好？

能屈能伸才是男人！

苏安一边收钱一边记账，看着不断增加的数字，心里有个大胆的想法——现在老板的人气已经高于每晚唱戏的贾素珍，只要他一出现，别人都显得不过如此，如果看两眼就能收钱，那么让老板忍辱负重给人按摩两下呢？

苏安心里的算盘打得啪啦作响，正欲同老板商量一下按摩副业事宜，就听见门口传来一声猴叫：

"报——"

猴三抓着一张纸连滚带爬冲进店里来，朝着老板冲去。

皮修顿时站直了身体："成绩出来了？"

"出来了！出来了！"猴三把从学校顺出来的成绩单递过去，小声说，"老树开花苦尽甘来枯木逢春啊！第一名，全市第一名！"

皮修一拍他脑袋："不懂成语就别乱说，净给老子丢脸！"

但是一看成绩单上吴祖的名字在第一个，皮修顿时气顺，只觉得孺子可教，看起来高考状元也算是有那么一点可能了。

他拿着成绩单去找算盘精，让他再算一次吴祖高考成为全省第一的可能性有多大。

苏安一边算一边跟老板说他的雄心壮志，直到感觉到老板的目光不善，这才闭嘴不言。

皮修心情好，不跟他计较，只是拍了拍他的肩膀说："你想赚钱的心我明白，但是苏安，你要知道，我们是正经生意人。"

他指了指门口，问："外面的招牌上写的是两个什么字？"

"饭馆。"苏安如实回答。

皮修："它写的不是按摩店，我们这里也不提供保健服务。"

虽然已经出卖了色相，但是不代表他就要因此出卖灵魂！

皮修拿着成绩单上了楼，递到正在玩手机的文熙面前，故作冷漠说："吴祖这次全市联考考了全市第一，离高考还有两个星期，只要他不松懈，省状元还是有希望的。"

文熙扭头看了一眼："是还不错，到时候问到饕餮的消息之后，你就可以放心送贾素珍去投胎了。"

提到投胎的事情，皮修便说："前几天哪吒说让我给他帮个忙，投胎的事情他帮我走走关系，不用等摇号。"

文熙一愣，随即笑了："那不是挺好，投胎的人家呢？也能选吗？"

"他说可以在一定范围里活动。"皮修靠在沙发上看他，"到时候我再给冯都打个招呼，应该没问题。"

"那你还有什么好烦的？"文熙看着皮修皱起的眉心，"还是刚刚在下面谁又让你不舒坦了？"

皮修皱着眉不说话，文熙眼睛一转，心想这几天来店里看老妖怪的妖怪多，说不定是被他们盯着看生气了。

他十分懂事地朝着皮修走过去："给你降降温。"

"我没生气。"皮修嘴上这么说但是身体还是热，随口问，"你挺想投胎？"

文熙："还好吧。"

他回想着那天自己飘在空中的感觉，缓缓道："其实当鬼的感觉也挺不错。"

皮修的体温顿时下降，就是嘛，当鬼也不错，当个被貔貅罩着的鬼更不错，只要文熙愿意，他能横着走，谁也不敢下他的面子。

当然，天道除外。

那个属于真正的不可说不可讨论。

文熙想着，突然推开皮修，起身走到窗边扯开窗帘看了一眼，叹气说："这都第三天了，那堆草还没来。"

皮修："就是你听见它说饕餮的那一堆草？"

文熙点头："我都让猴哥几个把附近的流浪狗赶走了，它也应该来了吧。"

"急什么？说不好是这几天没下雨没水洗脚，身上还有狗尿味吧。"皮修挑眉，"下次你看到它，直接叫我拿下。"

文熙扭头看他："我要是下楼去找你是不是太慢了？"

"脖子上的玉貔貅，握着它叫我就行了。"皮修道，"我会听见的。"

文熙想了想，拿出手机晃了晃说："其实给你打电话也可以。"

皮修看了看手机，又看了看他，手一挥，把文熙的手机拿在了手里："手机没收。"

文熙："……"

头可断血可流，手机不能收。文熙扑过去要抢，皮修却当着他的面解锁手机说："让我看看你一天到晚拿着这个手机看什么。"

文熙制止不及，眼睁睁看着皮修打开了论坛，他之前还没看完的帖子立刻出现在屏幕上——

"不可说店里那个究竟是什么来头？"

皮修："……"

文熙想把手机抽回来："你别看了，这种都是扯淡，没什么好看的。"

皮修捏着手机没松，挑眉道："偶尔看看还行。"

皮修划了两下，看到最后一楼却愣住了。

106L：隔壁法治咖父子又打起来了，别管不可说了，再不去看热闹吃屎都赶不上热乎的了！

法制咖父子，那不就是哪吒和他那个宝塔老爹吗？

两个人只要见面，冷嘲热讽都是小事，一言不合大打出手都是常态，根本没半点血亲父子的感觉。有一次动手太过，是监督办西王母东王公两个人亲自出马才逮住。

皮修撇了撇嘴，打架有什么好看的，小心看热闹被误伤命都看没了。

但他刚把文熙的手机放下，自己的手机就催命一样响了起来。有事没事都只想漂流瓶联系的哪吒三太子打来的电话，皮老板真的一万个不想接。

"喂。"皮修叹息，"三太子你不是在干架吗？怎么还有空打电话？"

哪吒那边有点吵，他拉松了领口的领带，小声说："干完了当然就能打电话了，皮老板现在有没有时间？现在到你出场了。"

皮修："……你好歹也预告一下，这样让我很难入戏。"

"我相信皮老祖的业务能力。"哪吒一笑挂断了电话，看着不远处正在同杨戬说话的李靖，眼神落在了他手上的玲珑宝塔上。

混天绫缠在他手臂上安抚一般拍了拍他，哪吒绷紧的身体骤然放松下来，将乾坤圈收进口袋里。

他靠在巷子的墙上抬头想，要是没有了玲珑塔，托塔天王还能叫天王？

不过是个活得长的凡夫俗子而已。

哪吒笑了，玲珑塔这种惹自己讨厌的东西早该毁了。

为了行动方便，皮修换上了一身黑衣，文熙还给他拿了副墨镜别在胸口，一看就不像个好人，分分钟要进派出所。

通常小说电影里以这种形象出场的主角，座驾怎么说都得是四个轮子的，但是无奈皮老板并没有驾照，依旧还是骑着那辆电瓶不太行的黄色电动车飞驰而去。

文熙站在楼上，一脸复杂地看着那辆细轮电动车，再次确定这只貔貅在人间过得不怎么样。

因为接下来可能会有火并，皮修特意戴上了头盔，后备厢里还给哪吒也准备了一个，力求一切安全。

等他减速缓缓把车停在哪吒身边的时候，三太子斗地主的欢乐豆都已经输光了，正拿着手机发呆。

"人在哪里呢？"皮修取下头盔，"怎么就我们两个？对面的人呢？"

哪吒咬牙："我等了你快半个小时，要是真动手打架，我一个人早就把对面收拾了，你是过来帮忙打 120 吗？"

皮修："早说啊，你一个人能解决，那还叫我来干什么？"

他拍了拍身下的黄色电动车："这也不能怪我，我没驾照，只能骑这个，这种车本来就速度不快，三太子体谅些吧。"

哪吒瞥了眼这辆贴着小黄鸭贴纸的黄色电动车，揉了揉脸说："你帮我做完这件事，我抓条龙过来给你当马骑，白龙青龙还是红龙任你选。"

皮修一顿，心想都这个年代了，还在抓龙当二道马贩子，真是丧尽天良。

"别这么看我，我封神之后就没有抓过龙了。"哪吒冷笑一声，"那些传言都是那群废物泥鳅传出来的，跟我没多少关系。"

皮修："那你上上个月喝多了酒打龙干什么？明明人家只是滴滴打龙的司机而已。"

哪吒沉默两秒，轻咳一声转移话题："今天叫你过来主要是让你帮我把李靖的七宝玲珑塔抢过来。"

皮修："……你没事抢那个干什么？"

"从我娘去世之后我和他的关系越来越差，如果不是他日夜带着那个宝塔，他早死了一万次了。"哪吒勾嘴一笑，"主要还是西天的和尚多管闲事，乱送东西坏我好事。"

皮修想了想那个七宝玲珑塔的样子，莲花金座琉璃宝石镶嵌，看上去非常符合自己的富贵审美不说，关键是这玩意儿有佛性，受了多年的供奉，用来让文熙附身修补魂魄再好不过了。

皮老板动了心思，故作无意挑眉问："你要拿那个玲珑塔干什么？"

"扔了呗！难道还供着？"哪吒看他一眼，奇怪地问，"那个关人禁闭的小黑屋你感兴趣？"

三太子上下扫视了貔貅两眼，忍不住问："你该不会准备把玲珑塔当成出租房吧？一共七层，你能一口气收七户的租，再稍微装修一下，就按我们这的房价来说，一个月你得多赚……"

皮修："……"

天地良心，他真没有这么想过，但是从现在开始真的心动了。

"我看你也是赚钱的行家，不如从学校辞职来我这里上班，赚的钱我们关起门来分，小作坊才好赚大钱。"

哪吒婉拒："不好意思，我娘死前说这辈子的愿望就希望我平稳生活，所以我才进了学校当老师，你的饭馆大风大浪，是八卦高发区，我看还是算了。"

皮修看他："那就说好了，玲珑塔到手归我。"

"我什么时候说好了？"哪吒冷眼看他，"你又要我给你走关系投胎，又要我给你一三轮车藕，现在塔也要，太过分了吧。"

皮修："大妖的世界就是这么贪婪，我全部都要。"

两个人争执不下，皮修心想要是哪吒不肯他就自己单干，虽然自己的阳气对文熙魂体好，但固魂还是得有个附身的供奉物好。

李靖的宝塔专克哪吒这个不孝子，但是对自己可没一点作用，而且一旦出事，他们的第一怀疑对象肯定也不是自己，哪吒才是第一嫌疑人。

皮老板把一切算得明明白白，不论哪吒点头还是摇头，影响都不大。

"先动手，拿到东西了再说。"哪吒后退一步，警告说，"现在不是我们内讧的时候。"

皮修不想同他拉扯，直截了当说："先前说的一三轮车藕不要了，但是玲珑宝塔我有用。"

哪吒皱眉："你有什么用？"

"给文熙用。"皮修坦白。

哪吒："……"

两个人意见达成一致，藕皮修不要了，但是宝塔他必须拥有，并且给哪吒一个月在饭馆吃霸王餐的资格。

把电动车停在路边上了锁，皮老板跟着哪吒摸到了一家叫水晶宫的KTV（提供卡拉OK影音设备与视唱空间的场所）附近，从门口路边的狗到树上的鸟，都是监督办的妖怪在蹲守。

"这么大阵仗，出什么事了？"皮修眼睛瞬间变黄，妖气牢牢收敛在身体里。

哪吒确定李靖的车停在门口之后，淡淡道："有人举报这里有妖怪组织非法活动，提供特殊服务。"

皮修吸了吸鼻子，闻到了一股淡淡的海腥味。

他心头一跳，问："谁举报的？"

哪吒："我。"

"水晶宫……这是龙族那个二皇子开的吧。"皮修一脸复杂地看着他，"你还真的是逮着龙族一家薅。"

哪吒一脸平淡："我这个人就是特别记仇。"

"你的计划是什么？"皮修看着KTV门口来来往往的客人，挑眉问，"难道要我们两个装成客人混进去？"

"这是计划A，还有一个计划B：你进去我在外面守着。"

皮修："……"

"那我们两个一起进去吧。"哪吒将混天绫化作的鸭舌帽往下压了压，"我们两个一起进去，开个包间，趁他不注意的时候把宝塔拿走，然后跑。"

皮修："你这个计划简单粗暴，我喜欢。"

两个人并肩走进水晶宫，用易容术改变了容貌，开了个小包间唱歌，等到服务员把点的东西送来，皮修分出一缕妖气缠在他的身上，借这位鲤鱼精服务生，弄清楚了这个KTV的房间结构。

哪吒取下帽子放到一边，混天绫化作原形缠在他的手臂上，按住他准备开酒的手。

"待会儿就不要取帽子了，省得李靖看到你警惕起来不好下手。"皮修道。

哪吒笑了笑："不用担心，我一般是一个月找他一次麻烦，今天上午刚打过，待会儿就算见到我，他也不会放在心上。"

皮修奇怪："你就这么肯定？"

"这是我用了几百年给他养成的习惯，你放心。"哪吒语气一顿，骤然看向门外，低声说，"开始了。"

走廊里突然吵闹起来，皮修的黄眼睛在黑暗中格外明亮，身上的妖气不再隐藏，同着障眼法一起使出，将这个包厢的存在感降到最低，只要不是二郎神过来用天眼去看，肯定不会发现这里有人。

左右两边的房门都被撞开，皮修已经听见了李靖的声音。

哪吒还坐着没有动，皮修压低了声音问："这个店里究竟有没有什么非法活动？"

"不知道。"哪吒摇头，"我又没有来过，我怎么知道这里有没有什么非法活动？随口一说而已。"

皮修："……"行。

喧闹的声音渐渐从门口远去，皮修问："还不动手？"

"他还在走廊上，等他走进尽头那个房间。"哪吒转头冲着皮修一笑，"到时候就需要皮老板出场了。"

皮修放出的那一缕妖气从鲤鱼精身上脱落，藏在了走廊的植物后面，注视着已经站在包房门口的李靖。

李靖一脚踹开包间门，身后拥入的天兵天将把房间堵了个水泄不通，大喊着："蹲下！手抱头！"

等里面的情况控制住之后，李靖才托着宝塔走进去，皮修的黄色眼睛顿时一亮，那一缕妖气顿时消散，取而代之的是站在走廊上的皮修。

皮修被一身黑衣服包裹，只有一双眼睛露在外面。

李靖走进房间正欲说话，却手上一轻，玲珑宝塔被人抽走，再一回头只看见一抹黑影，他愣了两秒钟才大喊："抓贼！拦住他！"

皮修一身黑色紧身衣，上来阻拦的天兵天将还没来得及使出法宝就跟保龄球瓶一样被他撞飞。

靠着自己强悍的肉体横冲直撞，眼看着马上就要冲出 KTV 的大门，奔向光明，突然一阵龙吟响起，还自带混响。

背后一股海腥味冲来，皮修正思考着用什么法术才能不暴露自己，只听一声炸响，脚下的地面都开始摇晃。

李靖一手扶墙一手握剑走出来，目眦尽裂地吼着："拦住他！"

各路法宝的光一时将整个走廊点亮，只见皮修一个后背黑影，法咒声与刀剑兵刃的破空声纠缠在一起，在即将接触到皮修后背的一瞬间，同那声气势宏大的龙吟一起，戛然而止。

一股红色的烟雾炸开，将所有人的视线模糊，龙吟声变成惨叫，哪吒的声音在皮修耳边响起："直接走。"

第一次干这种事的皮修还有点紧张，将宝塔紧紧揣在怀里，头也不回地扎进门外的阳光里，黑色的身影消失了个无影无踪。

KTV 里的震动还在继续，但是已经没有开始那般强烈，李靖手持宝剑斩开眼前弥漫的烟雾，却发现那位水晶宫的老板——龙族的二皇子被打回了原形，整条龙被绑成了一个蝴蝶结躺在地上，连舌头也垂在一边，像是晕了过去。

李靖黑了脸，正欲发作，又听见身后的人惊呼："总兵！地上破了个洞！里面……里面好多珍珠！"

原本还有点意识的龙二，一听走私的珍珠被发现了，"呃"了一声，晕了个彻彻底底。

救命！这下补税要补成泥鳅了！

从 KTV 里逃出来的皮修和哪吒回到开始他们碰头的小巷口，皮修换下黑衣，眼睛也一眨从黄色变回了黑色。

哪吒将乾坤圈变回金镯大小套在手上，带着笑说："皮老祖不愧是貔貅神兽，同你搭档做事果然事半功倍。"

"刚刚你把人家高压锅炸了？那么大动静。"皮修皱着眉问，"伤到别的人没有？"

哪吒摇头："放心，我一个人都没有伤，只是看见了一条龙，给他打了个蝴蝶结，还希望李靖不要嫌弃我的这份礼物。"

皮修："……"

他不是龙，都觉得龙惨。

皮修："李靖去了一趟什么都没发现，还丢了保命的玩意儿，你就不怕他们从虚假报警开始查，最后查到你身上去？"

"谁说什么都没发现？"哪吒挑眉，耳朵上的风火轮在阳光下一点一点闪着光，三太子伸手拨了拨，懒懒道，"我炸了他们地板，然后发现下面有个地下室，你猜猜地下室里面有什么！"

皮修"哼"了一声："我并不想知道龙会在地下室藏什么。"

"是珍珠，堆成小山的珍珠，得多少鲛人哭才能哭出那么多的珍珠啊！"哪吒比画着珍珠的大小感叹，"也不知道哭瞎了多少双眼睛，真可惜。"

他语气一顿，看向皮修说："我记得你的店里有个鲛人，就是那个脸上有条疤的伙夫。"

皮修没有否认："是，但是现在他只是一个普通的水产大王。"

"你应该告诉他，毕竟是他的族人，总不能眼看着他们被龙族抓在手里每天流眼泪。"哪吒更想那位厨师去找龙族的麻烦，最好打个人仰马翻，闹他个鸡犬不宁。

皮修懒得搭理这个大恶人，东西到手只想赶快回家让文熙试试，他打开电动车的锁发动车，但却什么反应都没有。

皮修脸色顿时变黑，检查之后破口大骂："哪个混账把老子电瓶偷了？"

这一声气沉丹田中气十足，一条街上所有人都看了过来。

哪吒听见背后的声音眉头一跳，转头一看，只看到紫紫粉粉红红绿绿的霓虹灯照亮了整条小巷，"发廊按摩"四个字在昏暗的灯箱上被点亮。

他看得眼睛发花大觉不妙，一拉皮修："姓皮的别叫了，你看看这是什么地方！"

"老子电瓶不见了！我管他什么地方！"皮修气急败坏转头一看，顿时哑火了，推着电动车压低了声说，"快走快走。"

混天绫变作的红帽子紧紧戴在哪吒头上，遮住了他的脸，皮修只能把墨镜框鼻子上，装作瞎子让哪吒扶着走。

"你怎么选这么个地方？！"皮修压低了声音质问。

哪吒压着帽檐："我怎么知道！人家白天又不做生意！都是被你一嗓子叫起的！"

"放屁！"皮修气得咬牙切齿，"老子洁身自好几千年，现在都被你毁了！"

哪吒也怒了："少放屁！别把什么屎盆子都往本太子脑袋上扣！我才完蛋，要是被人知道了我以后还怎么要朋友？"

皮修："你要什么朋友，抱着你那一池子藕过日子去吧！"

路人还在对他们行注目礼，三太子一推皮修："你装瞎子就装像一点，别走这么稳，飘一点，头抬一点，我给你找根棍拿着……"

两个人拉拉扯扯走远了，全然不知道自己的狼狈模样已经被相机记录，就算是两千万柔光，也没有办法照亮两位不可说的美。

文熙正坐在店里帮支修看生意，一边剥花生一边听猴二说两句打听来的八卦，又或者是同网恋对象那点事。

听这位猴二哥又说自己那个粉色萝莉头妹妹七个小时没回消息了，文熙忍不住劝了句："不回就不回，你顺其自然，别想太多。"

"我怎么能不想太多！天天处在一起的夫妻都有可能出轨，我这种网络姻缘一线牵，删个好友就江湖不见了，太脆弱了。"

文熙："那你别搞网恋，就在身边找一个。"

"那不行，身边的不好看。"猴二叹气，"哥哥每次都给我介绍各种妖精，动物园都没他手里的名册齐全，我也是佩服他。"

文熙被他逗笑了，把剥出来的花生都推到他面前："行了，人家早晚会回你消息的，先把花生吃了，待会儿客人多起来忙，吃饭又晚，小心受不住。"

猴二应了一声，说文熙只要不告状其实还挺好，老板就从来没有给他们剥过花生。

文熙笑了一下，心想一个棒槌一个甜枣，这些猴子还真单纯。

文熙抬头看了眼时钟，心想皮修怎么还不回来，就是干架，他膀大腰圆那样过去咔咔两下也收拾完了，不至于磨蹭到现在。

难道是受伤了？

不至于，皮修这个老妖怪应该不会轻易受伤，但是哪吒一看就是个不安定分子，要真拉着姓皮的做坏事，老东西脑子转不过来，说不定被卖了还笑着数钱。

文熙越想越觉得不对，犹豫半晌还是拿起手机给皮修打了个电话。

电话响了一阵才被接起来，文熙忙问："你怎么还没回来？是不是受伤了？要不要我让任骄他们去接你？"

电话那边沉默了一阵，皮修才低声说："没事，路上有点事绊住了，现在就回来。"

文熙放心了："那你回来路上小心点。"

皮修见他关心自己，心里暖暖的，又放轻了声音说："上次那个蛋糕还想吃吗？再给你买一个。"

文熙："吃什么啊，你快点回来就行了。"

不过他又顿了顿："要是你顺路，带一个也行。"

　　皮修用妖力骑着电动车往回赶，但被堵在了下班高峰的路上，还是没能在文熙看到论坛帖子之前回家。

　　文熙拿着手机边看边上楼，在所有人的注视下，突然笑了一声，整个饭馆里安静得掉下一根针都能听见。

　　上楼坐在沙发上，文熙慢慢品味论坛里的帖子，想要摸清皮修去那儿的原因。

　　他点进最后一个帖子，看见照片上皮修戴着自己别上去那副墨镜装瞎子的样子，冷笑了一声，不是说去火并打架吗？

　　他还没把帖子看完，只听珠帘一响。

　　皮修一手提蛋糕，一手拿宝塔走过来，冲着文熙说："我回来了。"

　　文熙看看那个七宝玲珑塔，又看看皮修，心想：是不是这塔有什么问题？怎么一个两个拿塔的都是渣男？

第五章

哪吒·母魂犹在

皮修一脸冷静地把蛋糕放在文熙面前，把手上的宝塔收进了芥子口袋里，温声说："这次换了个巧克力的味道，你看看喜不喜欢。"

文熙没说话，只是一直盯着他，就算老妖怪经历过大风大浪，现在也有点顶不住了。

盯着我干什么？电瓶被偷又不是我的错！一个冰枕管这么多要干什么？自己是被论坛的蠢话冲昏了头？心虚什么？

皮修扔下一句"我去洗澡"，转身就去拿衣服。

"等一下。"文熙终于开口。

皮修脚步一顿。

他正欲问文熙要干什么，就听见文熙叹了口气说："没有受伤就行，你跟三太子到底干什么去了？"

"你不是看论坛了吗？还明知故问。"

文熙一笑，说得比唱得还好听："那里的话怎么能信呢？我只信你说的，左右你这么厉害，不稀得骗我。"

皮修只觉得心里彻底痛快了，温声说："玲珑宝塔对你固魂有用，我特意给你拿了回来。"

文熙惊讶地看他："那不是李靖不离身的法宝吗？你怎么抢到的？"

"从他手上抢东西，不是跟从幼崽手里抢糖一样简单。"皮修"哼"了一声，把他同哪吒从碰头到搞事的过程详细描述了一遍，重点突出了电瓶被偷以及自己在KTV被法宝围攻的细节。

文熙冷笑一声，心想：无风不起浪，真只是电瓶坏了怎么就传出去洗脚的话来？但面上还是做出一副关切的样子："以后不要做这种事了，这次没受伤下次可不一定。要是你受伤出事，这一店的人怎么办？都没人发薪水了。"

皮修一噎，顿了顿才说："知道了。反正答应哪吒的事情已经完成了，以后总算是不用同他打交道了。"

"还有一个月霸王餐呢。'文熙想着哪吒连着一个月都要到店里来，看在他是皮邵棣老师的分儿上得叫任骄弄点好菜，得给老师留个好印象。

他想着一推皮修："怎么说他也是你儿子的老师，到时候你就多留他一会儿，让他给小扫把辅导下功课，看看作业。"

皮修："皮聚宝的作业不都是你辅导的吗？我看你比哪吒靠谱。"

"我要是再给他看作业，估计能被气到魂飞魄散。"文熙叹了口气说，"我和你又不是真的兄弟，到了秋天就要投胎走的，别让孩子继续误会了。"

皮修顿时黑了脸不说话，文熙也不管他，自顾自继续说："既然你没做那些事，现在上论坛澄清一下，我看他们都在说不给你投票了，又要去投二郎真君了。"

"有什么好澄清的？"皮修抽走他手机一看，顿时来了火气，问，"杨戬那个三眼娃有什么好？怎么一个两个都喜欢他？"

自己这么会赚钱为什么没有人见人爱，花见花开？

"长得帅武力值高还是公务员，又懂礼貌进退有度，谁会不喜欢？"文熙撑着脸懒懒说，"要是不养黑狗就好了，不养狗更加分。"

皮修一听更不乐意了："我看我也长得帅会打架，虽然不是公务员也是连着几百年的妖界十大杰出企业法人代表，比他也不会差吧。"

文熙："起码人家还会开车，四个轮子地上跑呢。你要是会开车的话，也没今天后面那么多破事儿了。"

皮修一噎，开车这个事他的确不行，也不是没学过，就是学了科目二老考不过，教练坐在旁边话多两句，他想让教练永远闭嘴的心就格外重。总结一下就是有路怒症，为了大家的生命安全，皮修的驾照还没出生就夭折了。

"会开车有什么厉害的！"皮修冷哼一声。

文熙看他："那你也开一个看看？"

皮修："你今天怎么跟我说话呢？"

文熙看了眼时间，转移话题道："你先在上面处理帖子的事，我看吴祖快来了，我得下去帮你盯着贾素珍，省得到时候又用海碗盛汤，叫你心疼。"

说完也不管这老妖怪还要说什么，一撩开珠帘就往楼下飘，刚从楼梯弯那一露头，猴二就连忙迎上去说："老板肯定不是那种人，一定是……"

"没事，他是什么人我心里明白。"文熙拍拍他的肩膀，微微一笑，"谁都会这样，错不在他。"

电瓶不见也不是皮修想碰上的，怎么想也怪不到他身上去。

文熙故意将话说得糊涂，猴脑跟不上他的思路，只当是老板真的去外面乱搞了，一时猴脸涨得通红，又羞又气。

猴二虽然纵横网络聊天室多年，但是本质上还是一个纯情少年，换个情头发个么么哒就是最高限度，哪里敢想象自家老板真枪实弹的热带雨林生活！

到了楼下，猴一主动给文熙端了杯茶，用的是皮修压箱底的好茶叶，香味闻着都跟平日里的不一样。文熙端着茶杯看他一眼，又见着猴三猴四也靠了过来，帮苏安算账的猴五也望着这里。

"看什么看？"苏安拿着书一敲猴头，"好好算账，别算错了。"

猴五收回目光低声说："老板真是胡来，怎么能去那种地方！"

苏安："你管他的事情干什么，做好自己的事情就行了。"

猴三："苏哥你一点都不担心？万一出事了，老板没钱要裁人怎么办？"

苏安被他说得一愣，陷入沉思，直到文熙站在他面前敲桌才回过神，朝着文熙露出职业的笑容。

文熙指着门口的黄色电动车说："里面电瓶被偷了，记得去买一个。"

这时，皮修黑着脸走下来，整个店的视线都汇聚在了他身上。

"上楼，有事跟你说。"皮修带着文熙上楼，又回头警告一样看了眼店里吃吃喝喝的食客，透漏出一个信息——吃你们的，别多管闲事。

文熙跟他上了楼，那座七宝玲珑塔又摆在了桌上，前面还插了两根香，香烟萦萦绕绕。

"这是用来遮掩它和李靖之间因果的香，只要香燃着李靖就发现不了它在哪里。"皮修带着他走到塔前面，"你进去试试，看看魂体会不会舒服点。"

文熙看了皮修一眼，感觉到他身上温度的确不高，不像是生气关自己小黑屋的样子，这才化成一缕白烟钻进了塔里。

玲珑塔里一片漆黑，文熙一时间有些不适应，下意识叫了皮修一声，却只听见阵阵回音。他心猛地一跳，突然听见了一声叹息。

皮修正俯下身问文熙感觉怎么样，眼前一花被文熙扑了个正着。

"有东西！里面有人！"

皮修眉头一跳，蹲下来，先敲了敲玲珑塔的门，然后才问："谁在里面？"

"你妈。"一个声音幽幽传来。

皮修一愣，心想还挺横。

众所周知的是，皮修没妈。

如果非要说有，那么是天上的那位天道，但是皮修并不想承认。

皮修冷笑一声："我跟孙猴子一样从石头缝里蹦出来的，没爹没妈。"他又一叩七宝玲珑塔的门，"这里没你儿子，你是谁的妈？出来说话。"

"我不能出来。"那个温柔的女声幽幽道，"不是说你，我是说刚刚进来的那个，除了我儿子，没人会被关进来。"

被关进来的儿子？

皮修一愣顿时悟了："你是殷夫人？哪吒不在这里。"

"那刚刚那个人是谁？别骗我了，老三，你是不是在这里？我是阿娘啊。"

"我不是三太子。"文熙一出声，玲珑塔里的声音就戛然而止。皮修又唤了几声，殷夫人才又缓缓出声问："李靖人呢？你们是谁？为什么玲珑塔在你们手里？"

"这就不是夫人你应该管的事情了。"皮修揉了揉太阳穴，心想这都是些什么破事儿，都怪哪吒那个蠢货，自己的妈还在不在都不清楚，果然是莲藕做的简单生物。

气死了，为什么自己一个单身汉还要天天参与别人家的家事？建议居委会还是妇联随便来个人给他打钱当劳务费。

皮修黑着脸拿出手机说："你等一下，我给你儿子打电话。"

他安慰文熙说："别害怕，里面是哪吒的母亲，不是恶鬼。"

"我不害怕。"文熙拉了下他的衣服，凑在皮修耳边说，"我怕她能通知李靖宝塔在这里。"

殷夫人幽幽道："放心，我比你还不想看到他。"

皮修看了宝塔一眼，拨通了哪吒的号码说："你妈在这儿，速来。"

哪吒看了眼手机屏幕皱眉说："我妈死了，你开什么弱智玩笑？"

皮修："真的，你妈的魂在你爹那个玲珑塔里，吵着闹着要见你，还把文熙当成你了。"

哪吒沉默了一阵，疑惑地说："……你让我听一下她的声音，警告你，骗我出大事。"

皮修冷笑，威胁谁呢？

他把手机凑到塔边："你儿子电话。"

"……儿子？"殷夫人叫了一声。哪吒那边又沉默了一会儿，才说："我现在就过来，你在家对不对？"

皮修："是的，我建议你快来，我很忙，没空当老娘舅调解家庭矛盾。"

挂了电话等人的时候，文熙吃了两口蛋糕，还说巧克力的味道他很喜欢。

皮修看着文熙问："刚刚在宝塔里什么感觉？"

"黑。"文熙回想着刚刚眼前一片漆黑的样子，脑袋一疼又有碎片般的画面闪过，他按住额头道，"黑漆漆的，吓人。"

"胆子针点大。"皮修笑了一声。

文熙看了他一眼没说话。

殷夫人解释："里面的样子是可以改变的，他刚刚进的第四层，我平日里住在第五层，下面一层没有装修过。"

皮修看向文熙："待会儿我跟你一起进去，再看看给你加点什么。你是想晚上睡在里面还是白天在里面待会儿？"

文熙想说自己根本就不想进去，就听见楼下一阵吵闹。

猴二、猴三吱吱乱叫喊着"三太子别上去"，但哪吒怒吼的声音已经到了楼梯转角，挂着的珠帘也因为他身上的灵力碰撞发响。

皮修起身走到珠帘边撩开珠帘，冲着猴精哥几个说："行了，松手让他上来吧。"

哪吒冲到桌边，盯着那金光灿灿的玲珑塔半晌没有说话。他转头看了文熙一眼："你进去了？看见了什么？"

文熙摇头："一片漆黑，什么都看不见。"

"是不是老三来了？"殷夫人的声音缓缓传出，哪吒直接伸手把玲珑塔拿了起来，冷声说："出来。"

殷夫人："我没有办法出来。"

哪吒："我不想说第二遍。"

殷夫人幽幽叹了口气，宝塔五层的窗口突然一亮，外面的天空却阴沉了下来。

白色的光点浮现在空中，天空中的乌云越来越密集，等到房间里的魂体清晰，蓄势已久的闪电霹雳一下扯开了天空。

哪吒才刚刚将殷夫人的模样看清，她就已经回到了宝塔之中。但是窗外的电闪雷鸣还在继续，店里的伙计客人看着突然到来的雷雨都惴惴不安。

尤其是非人类的客人，已经开始默念南无阿弥陀佛无上天尊，别让上面那个玩意儿生气打雷了！

任骄在厨房抬头看了一会儿，擦了擦手把猴三、猴四叫进来帮忙掌勺，自己摘了围裙上楼，一撩珠帘不耐烦地说："行了，老皮，别生气了，小扫把今天没带伞，待会儿要是下雨没办法回——"

哪吒手里的宝塔放着光芒，任骄一时看傻了眼，愣了。

他摸了把脸，又发现哪吒盯着那个塔眼睛一眨不眨，发现情况不对连忙下了个结界问："我说两位爷唱哪出啊？这宝塔你们是怎么整来的？"

文熙轻咳了一声："你声音小点。"

哪吒没理任骄，只是盯着玲珑塔问："你没死，为什么不来见我？"

"我本是死了的，又被你爹他——"

哪吒烦躁地打断她的话："我没爹！"

"……李靖把我的魂又捞了回来，我待在塔里不能出去，他没告诉任何人。"殷夫人顿了顿，又劝道，"别生气，他只是不想让我走。"

哪吒没说话，只是握着塔的手越来越紧，指节都开始泛白。

皮修听得眉头一挑，凑在文熙耳边说："你看我没骗你吧，这个金塔能够养魂。"

哪吒瞥他："皮老板，这个塔我要带走了。"

"不可能。"皮修拒绝得干脆果断，"你把玲珑塔带走，李靖迟早会查到你头上来，倒不如放在我身边来得安全。"

哪吒嗤笑一声："万一皮老板要为了某人把我娘抓出来腾地方，那不是——"

"没必要。"皮修淡淡道，"我不是睚眦，也不是你那小心眼的爹，三太子犯不着这么戒备。"

殷夫人趁机说："不必担心，你若是日日带着我，更有可能被你……李靖发现，倒不如将我留在这里。"

哪吒扫视了这房间一眼："有客房没有？"

皮修："有一间，怎么了？"

哪吒："我也要住下。"

皮修："可以，房租一个月三千五，看在是熟人的分上，五百给你抹了，一个月三千，不包水电，无线网可以随便连。"

文熙拉了皮修一把，叫他别太过分了。

哪吒也不遑多让："玲珑塔留在这里可以，一个月五千，看在熟人的分上给你打八折，一个月四千，不限魂魄入住数，内部可以随意装修。"

皮修骂了一句，这么一算自己还要倒给哪吒一千。

等一下，要是自己当个二房东，把剩下的空层转租给别的孤魂野鬼，随便搞个大通铺倒腾一下，收入直接翻倍……

不行！

皮修及时刹车，玲珑塔在这里的事情知道的人越少越好，更何况文熙那少爷性子也不愿意跟那么多孤魂野鬼住在一起。

皮修想着一摆手："算了算了，跟你开玩笑的，房租就不用了，不过你晚上得给皮聚宝补补课。"

"我是他的老师，这个自然。"哪吒将金塔轻轻放在桌面上，顶着任骄不善的目光突然一笑，"这条鱼知道珍珠的事情了吗？"

"什么珍珠？"任骄一皱眉。

哪吒笑着一指眼睛："当然是指你们从眼睛里哭出来的珍珠，又大又圆颗颗饱满。"他说着从口袋里掏出一颗扔向任骄，"就在龙族二瘸子 KTV 的地下发现的，那里还有一座小山那么多。"

任骄拿着珠子对着灯看了看，心想还真是鲛人哭出来的，不是这个莲藕人用养殖珍珠骗自己。

"KTV 的地址要我给你吗？就在——"

"不必了，我不做大哥好多年。"任骄把珠子放进口袋里酷酷道，"我只是一个普普通通的在饭馆里当厨子的水产大王而已。"

哪吒看着任骄走了，转头问："他是不是和自己的族人有矛盾？"

皮修点头："知道鲛人选鲛人皇的条件吗？"

"更快更高更强？"哪吒挑眉。

皮修："这些也算，更重要就是看脸。他当时脸被天雷劈了一下，变强了也变丑了，鲛人就开始嫌弃他了。我遇见他的时候他正打算爬上岸把自己旱死，一点求生意志也没有。"

文熙疑惑："那后面你怎么让他活下来的？"

皮修这老妖怪横看竖看都不像是会安慰人的，更不要指望从他嘴巴里听到什么鸡汤正能量。

皮修坦然："我什么都没干，是他看到了仇伏。"

"跟他又有什么关系？"文熙更迷糊了。

皮修："仇伏太丑了，任骄看见他就愣了，说这么丑的都还活着，自己死了也太浪费了。"

文熙："……"

哪吒："……"

任骄被雷劈真是活该。

感谢皮修拿着刀比在冯都脖子上，让他的猝死程序员鬼下属们加班加点做出论坛青少年模式，让小扫把对家里发生的事情全然无知，看见老师还笑嘻嘻，丝毫没有预感到即将到来的辅导。

皮修在文熙指导下写了篇澄清帖子，表示他清清白白一妖怪，没有参与任何违法活动，在街头装瞎子纯粹是行为艺术。

帖子在论坛发送之后，皮修一扔手机就要瘫，还没来得及倒下就被文熙赶着去洗澡。看着皮修进了浴室，文熙则下楼去端晚饭上来。

但刚刚一过楼梯转角，他就瞧见了吴祖那学生仔，连忙念了个隐身咒，生怕他看到自己被吓到昏过去。

今天吴祖又和那立爱听戏的女同学一起来的，女同学坐在椅子上玩手机，吴祖却站在后厨的走廊上同贾素珍说话。

文熙站在一边，偷听着这大男孩关心贾素珍喉咙好点了没，心想要是之前那位吴郎也是这个态度，加上好看的脸，贾素珍会沦陷，就不难理解了。

贾素珍应和了他几句，又瞧见那女同学正朝着这边看，心中一顿，故作无意问："今天又和同学来的？两个人关系挺不错嘛。"

吴祖嘿嘿一笑："她人挺好的，之前还让我看她的政治笔记。"

"跟姐姐说说，是不是女朋友啊？"贾素珍故意问。

"不是不是。"吴祖连忙摆手，有些不好意思地挠了挠头，"现在我还没想谈恋爱的事呢。"

贾素珍看着他眼神越发柔软，点头说："等你高考完也可以想想啦，都是成年人了，进了大学也没人说你早恋了。"

吴祖笑着打哈哈："姐姐别拿我开玩笑了。"

"只是千万不要当渣男，也不要做违法乱纪的事。"贾素珍叹了口气。

在一旁偷听的文熙："……"

吴祖一听贾素珍这话还以为是她被渣男辜负过，立刻义愤填膺掷地有声"姐姐说得对！姐姐不要因为渣男生气，他不配。"

吴祖说完又注意着贾素珍的脸色，小心问："姐姐今天是遇见什么事情了吗？你是不是遇见了以前伤害过你的人……"

贾素珍一愣，随即笑开摇头说："没有没有，我没有被伤害过。"

想起从前吴郎的模样，贾素珍声音愈发温柔，用怀念的口吻说："他是一个很好很好的人。"

她抬头看着面前的吴祖，又像是透过他在看别的人，轻声说："姐姐知道你也是个好人，不会让女孩子伤心的。"

"那肯定。"吴祖有点害羞，心想姐姐不愧是唱戏的人，一双眼睛像是会说话一样。

猴三端着两个盘子经过，冲着吴祖说："小哥，你们点的菜来了。"

等着吴祖回了座位，文熙才从暗处现身，对着贾素珍说："一直盯着他会被那个女生发现的。"

贾素珍连忙福身要给他行礼，文熙伸手一托："现在就不必这样了。"

"习惯了，一时难改。"贾素珍笑了笑，见文熙一个人下来，忍不住问，"皮老板呢？怎么是您下来端晚饭？"

文熙："他在洗澡。"他微微一笑，"你放心，论坛上面的事都是假的，不必担心。如若真是担心，不如直接告诉我你是在哪里见过画像上那人。"

贾素珍一顿，面上似有犹豫，但很快就拿定了主意准备开口，而这时皮修的声音突然从背后传来，叫了文熙一声。

皮修穿着沙滩短裤擦着头发从楼上走下来道："不用，既然之前有约定，那就等到他高考成绩出来再说。天道在上面看着，她不会反悔的。"

文熙皱眉看他："既然能早点知道，为什么要等到以后？"

"这是规矩，做出了约定就要按之前约定的去做。"皮修把手上的湿毛巾交给文熙，"看你的电视好好休息就行，用不着你管这些。"

皮修冲着女人一抬下巴："忙你的去吧，今天衣服都换了不上台唱两句？"

贾素珍忙一福身："奴家这就去。"

皮修进厨房端着晚饭出来，见文熙还站在原地没动，看着台上一身红衣唱戏的贾素珍眼睛眨也不眨。

皮老板走过去说："想听她唱就找个时间让她单独给你唱一出完整的，站在这里听也不嫌累。"

文熙摇头："不用了，我就是听上两句而已。"

还是中状元老几句，皮修听得耳朵都起了茧子，偏偏文熙倒是对这出戏情有独钟，上楼坐在沙发上又哼了哼。皮老板忍不住问："这么喜欢这出戏？"

文熙似笑非笑看他："因为我也想中状元啊。"

"那挺好，从前没有去考科举？"皮修问。

文熙摇头："我想入朝为官倒也不必考，只是祖父有心不让我接触这些，只让我整天玩耍快活就好了。"

皮修一哼："我看不见得。贾素珍说你爷爷是丞相，你也说你开蒙都是他亲自辅导，怎么看也不像是不让你入朝的意思。"

文熙反驳："不入朝我也不能是大字不识一个的纨绔，吟诗作对总要会两句，不然在外面丢人现眼，我祖父能直接把我从文府赶出去。"

皮修笑了一声，把碗推到他面前："那等你魂体稳定了，今年秋天也去读高三，跟着高考一次好不好？"

文熙一愣，随即笑着摇头："不要了，我看吴祖复习都够头大了，才不要去自讨苦吃。"

皮修的试探被挡了回来，老东西脸上有点挂不住，又给文熙舀了一大勺豆腐让他吃。

　　初夏的天气越来越热，空调风吹了一晚上，房间里的温度对于文熙来说有些低。他闭着眼把踢到一边的被子抓过来裹在身上。

　　皮修一推开门就看见他在被子里缩成一团，只有黑色的头发露在外面，披散在枕头上。

　　"今天起这么早干什么？"文熙动了动，把被子拉开一条缝。

　　皮修随口说："对面广场上太吵了，几个老弱病残扯着在排八仙过海舞台剧呢，我下楼叫他们安静点。"

　　文熙应了一声，迷迷糊糊说："人家排节目你下个静音咒就好了，别跟他们闹，万一动静大了别把李靖又引过来。"

　　这几天李靖跟疯了一样满域巡逻查户口，寻找玲珑塔下落的广告无处不在，宝塔的高清三维立体照片几乎是每个妖怪人手一份，就连冯都那个黑心论坛的横幅广告都换成了玲珑塔的照片。

　　每次打开论坛，文熙心里都有深重的罪恶感，感觉自己是拐卖了李靖儿子一样。倒是塔里那位殷夫人和哪吒泰然自若，该吃吃该喝喝，吃嘛嘛香，完全没有想起李靖。

　　殷夫人一口一个"幺儿""三仔"，三太子这几天脸上的笑都多了不少。

　　"我可不敢，还指望着他们给我投票呢。"皮修摸着手机看了眼票数，澄清帖一发，票数虽然还有下滑的趋势，但也算稳住了。

　　皮修撇了撇嘴，论坛关于他的负面言论就差把自己整得众叛亲离了，苏安旁敲侧击说要洁身自好，连着猴精看自己的眼神都不对了。

　　他看着评论冷笑一声。

　　自己是兽不是人，人鬼就别来碰瓷拉他共沉沦，给自己抬咖了。

　　皮修手指一动，把一些负面言论删除，评论区里又洋溢着和谐的气氛，只剩下对不可说外貌的赞美。

　　文熙一听到他说投票，抬起头摸到床上的手机就给皮修投了一票："你不说我还忘记了，昨天就忘记投了。"

　　皮修："没事。对了，吴祖还有几天就考试了，他考完再等小扫把考试完，我带你们去海边。"

　　"那店里怎么办？"文熙揉了揉眼睛，"任骄不去吗？"

　　皮修："仇伏过两天就回来了，让他在店里看着。这几天我得开始准备外卖的事，你要是无聊就看电视，或者去玲珑塔里待着。"

　　"不去，黑漆漆的。"文熙一想起那一片黑就头疼，忍不住说，"我肯定是死的时候磕到脑袋了，要不然怎么一想从前的事就头疼？"

　　"一想就头疼？那就不想了。"

　　文熙点头："上次替你挡刀还有那天第一次进塔里，都头疼。每次好像记起来一点，但是又什么都没想起来。就跟雪花片一样，一飘就没了，抓也抓不住。"

他叹气道："我就光记得爷爷进宫一去不回，抄家的闯进家里，后面就怎么都想不起来了，真是叫人死也不死个明白。"

"要那么明白干什么，不嫌累得慌。"皮修淡淡道，"待会儿苏安搬点家具上来，你看看哪些是喜欢的，我给你放进金塔里布置一下，让你在里面舒服点。"

文熙看他："就不能不进去吗？任骄都说我魂体稳固了很多，用不到玲珑塔了。"

皮修："待在里面能更稳固些，再说了，我又不是你的充电宝。过两天店里开始送外卖了，说不定还要帮厨，忙着呢。"

文熙撇嘴。

"别怕，到时候给你弄得亮亮堂堂的，肯定一点也不黑。"皮修摸着自己的头发想了想，"仓库里还有一个夜明珠，给你一起摆到塔里去？"

文熙不以为意，心想夜明珠有什么好的，从前在府里都是拿着当弹珠玩。他打开手机翻了翻，举到皮修面前："我想要这个。"

皮修一看，那是购物软件界面上 19.9 元包邮的云朵灯手工制作材料包。

皮修眉头一皱："19.9 元能买到好东西吗？有质量保障吗？家里好东西不用，你要买这种玩意儿？"

文熙心想我这还是找了最便宜的都不愿意买，小气鬼就是小气鬼。他把手机一锁屏，嘟囔道："不买就不买，说这么多干什么？"

"谁说不买了，你再让我看看。"皮修把他手机拿过来，仔细研究了一下，他垂眼问："真想要？"

文熙看他一眼没说话。

皮修默默付了款。

他把手机给文熙看，证明自己是真买了，才开口问："满意了吧？"

文熙忍着笑说："满意，花钱了别生气，我给老板降降温。"

皮修心想，钱真是好东西。他这辈子还是坚定一个赚钱目标不动摇！

突然楼梯上一阵震动，苏安的声音从外面传来。

"老板，您要的东西都送来了。"

文熙抬头看他："送的什么东西来？"

"准备的家具。"皮修让他带着猴哥几个把东西搬进来。

文熙出来就看见客厅里被堆得满满当当，猴二和猴三还在从袋子里搬东西出来，苏安在一边皱着眉想帮忙，但又插不上手，只能说轻点轻点。

"这是在搬什么？"文熙见这玉雕这么大一整块，忍不住问。

皮修把手上的清单递过去："就一个玉屏风。"

文熙愣了，看着猴二和猴三小心地把屏风展开立好，眼睛都瞪圆了。

纵使文家从前如何富贵，但也是读书人出身，讲究一个清淡风雅，不会奢靡到把整整一大块翠玉分成四份，雕刻出山水花鸟的图案，再用金银把它合在一起做成屏风。

这么大一块翠玉，怕是皇帝也找不到一模一样的。

"怎么样？"皮修问。

"好看。"文熙愣愣地点了点头，这种好东西谁会不喜欢？

"那就给你拿进塔里去。"皮修示意猴二、猴三继续搬，搬出来红木雕花的双人榻和能睡能坐的美人榻各两三个，模样各有各的不同，花纹各有各的精巧，只吉祥的意思倒是每一件都有。

皮修："床就不用放了，反正晚上还是睡在外面，你选个喜欢的榻放进去。"

文熙犹豫着选了个最简单的，皮老板眉头一皱："这个不行，太简单了。"

苏安站在一边心梗得不行，感觉自己多看一眼都会得很严重的红眼病。

姓皮的有钱老男人乐得彰显他的财力，哪吒揉着眼睛托着塔从房间里出来，也被这扑面而来的富贵元气惊得站在原地。

他看了看这些值钱玩意儿，又看了看皮修，忍不住问："你是准备跑路，在清点财产吗？"

皮修顿时黑了脸："放什么屁，快点把玲珑塔拿过来，我要给文熙把第四层装一下。"

"我能不能在这些东西里面选两个？"哪吒摩挲着下巴，对桌上并蒂莲花的玉摆件十分感兴趣。

皮修一摆手，家具立刻回到了口袋里，消失得干干净净，不给哪吒一点惦念的机会。

苏安深呼吸一口。

啊，还是熟悉的配方，熟悉的味道。

哪吒冷着脸把玲珑塔放在桌上，文熙本想跟着皮修进去，却被拦在沙发前，等着里面被皮修和猴二、猴三布置好，这才进了改头换面的第四层。

文熙看着这一层幽雅又富贵的装饰，恍恍惚惚想：要是祖父知道自己过得这么奢靡，得一蹦三尺高用棍子抽自己。

受过几千年香火供奉的东西就是不一样，连着在玲珑塔里待了三四天，文熙的魂体又稳固了一点，就算不打伞走在阳光下也没问题。

求了几次，皮修挑着高考第一天，总算带着文熙出了门，加入了广大的陪考家长群中。

养兵千日用兵一时，吴祖这个学生仔终于要奔赴自己的战场，皮修想了想还是目送自己这位学生走进了考场。

等着校门关闭，皮修带着东张西望看什么都新鲜的文熙在街上逛了一圈，又给他买了杯奶茶。

文熙原本一脸嫌弃，但喝了一口就想着要怎么坑姓皮的再来一杯。

一连喝了两天奶茶，等到最后一科考试结束，学生离校，皮修吩咐过的小鬼们就潜入了高考改卷室，密切监控所有试卷的批改，一旦知道吴祖的成绩就立刻回报。

回去的路上文熙同皮修说着话，路过门口草丛堆的时候忍不住又停下脚步回头多看了两眼。皮修见他这样，小声问："怎么？还想着那个被狗尿的倒霉蛋？"

文熙点点头，发现这些草混在一起也看不出什么不同来，好像和昨天比也没什么变化，便同皮修回了店里。

等着两个人的身影在店门口彻底消失，草丛里突然轻微动了一下。

"他们回来了，玲珑塔在楼上。"草丛妖缩着身体压低了声音对着手机说，"饕餮，这是我给你蹲点的最后一天了，再不动手我就走了，完毕。"

电话那边传来饕餮慵懒的声音："别着急，就在那里等着，我马上就到。"

从滴滴打龙上下来的仇伏，带着被爹妈关爱的肥肉归来，整个黑脸都圆润了一圈。左提一只鸡右提一只鸭，背着土特产，包上还挂着一只鸟笼晃荡着，里面的鸟嘴巴被绑住，只能扑棱两下。

他大步走在回饭馆的路上，嘴里哼着歌，心想自己总算是回来了，虽然在家吃喝不用自己动手，但是头两天一过，他爹娘就跟变了脸一样，催着他去搞光子嫩肤去美白，还要他去整容开个眼角。

关键还不能顶嘴，顶嘴就是长大了尾巴硬了，爹妈的话都能不听了。连带着哥哥姐姐们也轮番上阵给他做工作，叫他跟他们一样出道去做明星。

仇伏对自己这个形象十分有数，除了喜剧片他是找不到任何合适的角色的，他虽然长得丑，但也并不想当丑角，这是最后的倔强。

提着大包小包的仇伏刚刚一拐弯，眼看着饭馆就在眼前了，面前突然蹿出一堆人来。

李靖带着天兵天将拦了他的去路，盯着他问："青丘狐仇伏？"

"干什么？查身份证？"仇伏说着晃了晃手上的鸡鸭，"神魂认证行不行？我手上东西太多了没地放。"

李靖直接亮出手机上的宝塔照片："这个东西见过没？"

仇伏瞥了眼："这不是你的玲珑塔吗？怎么现在还流行炫耀你有我没有的宝物啊？"

李靖脸色黑了一分，瞪着仇伏说："我接到电话，说有人看到你拿着玲珑塔。"

仇伏一愣："放屁呢！我刚刚从青丘回来，滴滴打龙发票还在身上呢，你要看不？造谣也要被依法处置！"

李靖身后的天兵天将们表情肃穆地盯着这狐妖说："问你话就老实交代，不要油嘴滑舌。"

"这是别人发给我的照片，你自己看。"李靖给仇伏看手机上的照片，身后的天兵天将渐渐将仇伏包围。

仇伏定睛一看，这照片上自己站在角落里，手里拿着个玲珑塔在看。他忍不住咂嘴，这 PS（图像处理）技术整得挺好，自己脸上的痘坑都被磨平了，跟剥了壳的卤蛋一样。

"你……"仇伏看了看手机，又看了看李靖，疑惑地问，"该不会不知道什么是Photoshop（图像处理软件）吧？"

李靖怒了："你说我被骗了？"

"不然呢？还是我被骗了？"仇伏拿着包上挂着的鸟笼子晃了晃，"我当时手里拿着的是这只灌灌，它一路上都在骂我，我教育它呢。"

李靖的脸又黑了一度，冷声道："你把包放下来给我们检查一下。"

"都是土特产有什么好检查的。"仇伏有些不痛快了，自己在青丘也是仗着爹妈哥哥姐姐横着走的幺儿，这辈子除了做错事去挖煤，被爹妈骂了几句，也没怎么受过气。

李靖怒目横眉的样子让他格外不爽，更让他想起了当初骂他一身杂毛还没狗纯的皮毛贩子。

兔子急了还咬人，更别说狐狸了。

天兵天将李天王他仇伏是干不过，但是有人能干过啊。仇伏想着把包一放，吸了一口气开始吼："皮哥！骄哥！有人截我道了！"

声音太大，对面广场吵个不停的音响都停了，十二金仙定在原地，脑子里回荡着狐狸叫，咪咪咪个不停。

皮修刚在楼上准备睡个下午觉，就被这一声给吼精神了，一下坐起来骂了句。

任骄摘了围裙一扔，手提砍骨刀就往外走，大堂里原本打瞌睡的猴子们也醒了，操着小板凳还有鸡毛掸子跟在任骄背后。

贾素珍左右看了看，也拿着桌边的擀面杖跟在后面冲了出去。

皮修穿着沙滩裤直接从二楼往下跳，没有控制自己直接下落，活生生把水泥地踩出几条缝来，文熙在楼上看了都脚疼。

李靖听见动静回头一看，妖界古惑仔闪亮登场，气势汹汹朝着自己走来。

为首的精神小伙领袖穿着花里胡哨的沙滩裤，放射出一身的煞气，眼睛里的黄色一闪一闪，向着李天王发出黄牌警告。

仇伏看着皮修来了就激动地挥了挥手里的鸡鸭，但还没来得及说一句话就被包围他的天兵天将一把拿下。

任骄疤脸一沉，手上的砍骨刀瞬间伸长，直至人手臂一样长才停下，空气顿时变得潮湿，弥漫着海的味道。

皮修抬了抬下巴："李天王干什么截他道？欺负我们家狐狸长得丑？"

仇伏："……"

救人就救人，不要说太多好吗？

"例行检查而已。"李靖冷脸道。

仇伏大喊："他污蔑我偷了他的塔！还用PS照片做伪证！我说我没有，他就要翻我包！我不让他翻就叫你们了！"

李靖怒道："这个照片没有被修改过！"他举着手机让皮修看个明白，自己可没有冤枉他店里的伙计。

真正偷了塔的皮修："……"

皮修心里有那么一点点愧疚，咳嗽一声说："他刚从青丘回来，哪里有工夫偷你的塔？作案时间也对不上啊。"

李靖冷笑："既然问心无愧，怎么不让我翻他的包？分明就是心里有鬼！"

"有个大鬼头！"仇伏怒吼，"我爸我妈都没翻过我书包，你算个啥要翻老子的东西？给你——"

任骄叫了仇伏一声："别骂了，小心待会儿因为辱骂公务人员被带走。"

皮修看了李靖一眼："不翻不罢休？要是里面没有玲珑塔你要怎么办？"

李靖："不怎么办。"

"那不行，我弟弟莫名其妙被污蔑，我看不下去。"皮修脸上鳞片渐渐出现，在阳光下泛着光，细长的瞳孔一缩，冷声说，"要不就放他走，要不就翻他的包，要是里面没有玲珑塔，你们就都给他下跪道歉。"

广场上的老家伙们舞都不跳了，一个两个躲在一边看热闹，胆子大的还开了手机直播，顶着被皮修打死的危险要当战地记者。

还有几个从苏安手里买了瓜子，吃得津津有味，同身边的老伙计说："让李靖下跪不是要了他的命？他这辈子最好面子，姓皮的要是被他惦记上，以后说不好天天来，专门掀他的夜市摊。"

"说得像姓皮的怕他一样。没有玲珑塔，姓李的拿什么赢？"

苏安一边卖瓜子一边点头，但也希望姓李的能多拖一会儿，说不定自己的瓜子外快还能多赚一点。

两边人互相瞪眼谁也不愿放过谁，都没注意到角落里的草丛妖踮起脚尖，提起裙边，一步一步向门口靠近。

李靖不放人，皮修又道："不下跪也行，但是得道歉。"

"如果是误会我自然会道歉，用不着皮老祖来提醒。"李靖给了手下一个眼神，"搜！"

仇伏挣扎着，肩膀上的包还是被脱了下来，连着手上提的鸡鸭都被天兵天将拿在手里检查，捏着肚子嘎嘎叫。

巨型背包被打开，一沓又一沓的面膜被掏出来，还有各种精华液面霜眼霜。场面逐渐变得安静，众人看向仇伏的眼神逐渐奇妙。

就连皮修也想问：这算不算是代购被当场抓捕了？

所有的护肤品都被掏完，也没看见一点玲珑塔的影子，这下李靖的脸是彻底黑了。

他恼羞成怒指着这些护肤品问："你这护肤品哪里来的？"

仇伏也豁出去了："这是我爸我妈我哥哥姐姐给我的。我们喜欢护肤怎么了？你不知道我们家族爱漂亮啊？！"

所有人盯着仇伏的脸，欲言又止。

仇伏一口气憋在心里，其实他也不怎么喜欢往脸上糊东西，但架不住爹妈兄姐们的威逼利诱，只能扛着这些回来，想着大不了找苏安挂网上卖，分钱二八开。

他大力挣开身上人的钳制，盯着李靖发出一声冷笑："你们给我爹妈打个电话不就好了吗？"

任骄咳了一声："给他把东西放回去，搜完了，可以让人走了吧？"

"等一下，还有个鸟笼。"李靖一把将那个鸟笼扯下，盯着里面被封嘴的鸟道，"你用了障眼法把玲珑塔变成鸟，还故意绑着它的嘴巴，就是为了掩饰它不能出声！"

仇伏一噎，见他要把鸟嘴放开，好心提醒："我建议你最好不要这么做。"

"心虚了？"李靖冷笑一声，一把将鸟嘴上的束缚扯下。

一声尖锐的鸟叫划破长空："我去你的八辈祖宗的丑狐狸！"

笼子里那鸟的嘴得了自由，整只鸟都来了劲，上下扑棱着冲着李靖骂："东西不见了在这里发什么疯病呢？我是鸟不是塔，睁开眼睛看世界，有机无机分不清？要我给你上课？再晃一下鸟笼你就死了！"

灌灌，青丘特产，叫声如同人吵架，因为嘴臭而能辟邪。

最直接的嘴臭，最简单的享受。

仇伏虽然被骂，但是心里爽了，一把夺过自己的包往背后一挎。皮修见状，冲着李靖笑了一声："看起来似乎是真的没有什么玲珑塔。"

任骄叫仇伏过来，手上的砍骨刀往地上一放，冷声道："李天王该道歉了。"

李靖碍着面子从牙缝里挤出来一句，仇伏听了也没接受，头一抬，背着包，提着鸡鸭还有那只还在骂的鸟雄赳赳气昂昂地走了。

双方战罢也该退军了，皮修带着马仔又往回走，走了两步他突然想出不对来，猛一转头叫住李靖："那照片谁发给你的？"

李靖："匿名号码，我怎么知道是谁？"

找了几天一无所获，只要有一点希望就绝不肯放过，听着有塔的消息他拍马就来了，哪里还有心思去查？

皮修脸黑了，再一转头窗户那里已经没了文熙的影子，他立刻朝着饭馆里冲，大叫："任骄云堵后门，猴子把楼梯守住！"

中调虎离山计了！

饭馆里，顺利通过珠帘的草丛妖将文熙用树枝捆了个严严实实扔在一边，竖着手指说："不要吵，我不伤害你。"

文熙见他左右望了望，朝着哪吒的客房走去。

客房门没关紧，透过门缝清晰可见放在桌上的玲珑塔。

草丛妖正要去推门，门却自动开了。

哪吒站在门口冲他一笑，三头六臂一下冲出，一齐朝他挥手打招呼："你好啊。"

草丛妖："……"我不好！

场面一时非常尴尬，空气里弥漫着红色警告。

文熙看着三个头六只手的哪吒有点晕。这人不是学校老师吗？现在学校应该还没放学吧，怎么他就在家里睡觉？还头发乱糟糟、一脸被吵醒不爽的样子。

怎么听那三个字都跟好不沾边。

草丛妖用尽全身力气挤出一个笑，还没来得及转头跑就被这三太子一记穿心脚踩趴在了地上。哪吒手上的乾坤圈变大，把草丛妖箍了个严严实实。

"来偷你爷爷的东西？是我这几年在学校教书太低调，外面的人都不记得我的名字了吗？"三太子三张嘴一起说话，自带混响，吓得草丛妖的草都要变白了。

混天绫飘在空中蹭了蹭哪吒的脸，安抚他的情绪，又骤然伸长狠狠抽了地上的妖怪一下，"哎哟哎哟"的声音回荡在房间里。

文熙拱着后背慢慢坐起来，听见皮修赶上来的声音总算松了口气。

"说，谁让你来偷东西的？"哪吒缓缓蹲下身，一双手抓着草丛妖的草叶，一双手举着红缨枪指着它，最后一双手交叉在身前，语气逐渐严厉，"不说，本太子就把你当柴火烧。"

草丛妖被他抓着头发扯着脑袋，惨叫一声吼道："饕餮，你还不出来爷爷就要死了！"

"行了行了，拿到手了。"

文熙骤然转头，只看见一个男人从哪吒房里走出来，他一手抱着玉观音一手拿着七宝玲珑塔，一脸风轻云淡冲着哪吒笑："多谢三太子，宝贝我借去两日，不日便归还。"

文熙看着他愣愣想：这就是饕餮吗？眉清目秀还挺像个正派人物。

"想得倒美！"哪吒一脚将草丛妖踢到墙上，拿着红缨枪就向着饕餮刺去。

饕餮只守不攻，身上不知道是戴了什么宝贝，动作格外灵巧，哪吒连着几枪都被他躲过，就算是刺中一枪也像扎进了棉花里，一点血也不见。

皮修三步两步上楼，看着同哪吒缠斗在一起的饕餮也是一愣。

你会不会突然出现在入室打劫的画面？

答案是会，真是活灵活现的好久不见！

"姓皮的，愣什么愣！偷你钱的缺德鬼不认识了吗？"哪吒怒吼一声，把耳朵上的风火轮也摘了下来，带着三昧真火旋转着冲向饕餮。

皮修看见他手里的七宝玲珑塔，双眼变成黄色琉璃珠一般，脸上显现出密密麻麻的鳞片。文熙在房间的另一边都感觉到了温度骤然升高。

皮修在生气。

"陶题，我给你一个机会，把玲珑塔放下。"皮修盯着他，"我不想和你翻脸动手。"

哪吒又是一枪劈下，一脸不可思议地看着这姓皮的，怒道："你疯了？！"

这个时候还讲什么兄弟情义呢？

陶题冲着多年不见的老伙计微微一笑："老皮，此物我有大用，过两天一定完璧归赵，借我一用！"

"借？"皮修冷笑一声，脚下猛一用力就冲到了陶题面前，举起的拳头带着破风声，直直冲着他的面门而去。

陶题躲闪不及，手中法诀一动，面前忽然出现的一层金光同皮修的拳头撞上，蛛丝一般的裂痕迅速蔓延。

"下手这么狠？"陶题连退几步，脸上的笑意渐渐开始消退。

他将玲珑塔收入怀中："这么多年不见，你还是这么狠。"

皮修冷眼看他："我对骗我钱的人，一直都狠。"

"这次我可没有骗你的钱。"陶题一笑，看着一旁攻来的三太子，心想这也是个煞星，但债多了不愁，皮修他都惹了难道还怕这个莲藕娃娃吗？

混天绫的角度刁钻，陶题艰难躲过，小心地将自己怀里的玉观音又搂紧了一些。哪吒看见他的动作顿时一愣，把空中的混天绫扭了个直角转弯，朝着陶题怀里的玉观音冲去。

玉观音周身光芒一亮，陶题阴沉着脸将混天绫一把握住，眼睛开始渐渐变色化作龙目。

他看着哪吒缓缓道："不过是借一个玲珑塔而已，三太子何必如此动怒？"

哪吒不同他废话，三头六臂齐上阵，一齐攻向他和他手中的玉观音。陶题脚下一踩，一个弯腰躲过头上的红缨枪，皮修又提着拳头打过来。

哪吒加皮修，两个暴徒在一起，战斗力不是乘以二这么简单。

陶题不想同这两个莽夫硬碰硬。

用脚指头想也明白要是正面开战，他一个法师必定会被两个狂战士按在地上摩擦。本着死道友不死贫道的中心思想，陶题将玲珑塔从口袋里又拿出来，用力扔向了一旁刚刚悠悠转醒的草丛妖。

"接住！"

草丛妖一愣，不明所以怀里就多了一个金光闪闪的宝塔。

他一抬头，被迎面而来的混天绫缠住了脑袋，又被皮修的拳头砸了心肝，"嗷"一声又晕了过去。

清醒时间不超过五秒，又昏死过去了。

哪吒伸手去抓他怀里的玲珑塔，手还没有碰到那宝塔，就看着它从一座塔变成了一块金饼，然后从金饼变成了一块金丝肉松饼。

哪吒："……"

皮修："……"

两个人再一回头，偷东西的陶题已不见了影踪。

哪吒踩着风火轮就往外追，皮修手上捏着那个肉松饼站在原地，一时神情恍惚，心想自己怎么又被这老小子骗了。

文熙呜呜几声，挪动着踢到桌角的一边，边缘的杯子落下砸在地毯上，"砰"的一声总算让姓皮的注意到自己。

皮修扔了肉松饼三步并作两步冲到文熙身边，把他身上的树枝扯开，得了自由的文熙咽了口口水，指着晕在地上的草丛妖告状："他一进来就把我捆上了！"

皮修把他放在桌子上，脸色更黑了。他扯着嗓子叫了一声"猴子"。

猴一、猴二、猴三跟地鼠一样从楼梯口冒头："楼梯 clear（安全）！后院 clear！大厅 clear！"

"别拽洋文了！把这个给我拖下去绑后院，叫苏安打电话给杨戬，找他借条黑狗来！不要哮天犬，要普通狗！"

猴一得了令下楼去给苏安传递命令，剩下两猴哥把如同烂泥的草丛妖捆了捆，抬着火速离开。

临走的时候猴二转头看了一眼，就瞧见自家老板在查看文熙的伤势。

皮修发现文熙手臂上背上都是红印，心里的火更大了。文熙说："就红了点，过两天就没事了。"

皮修一句话没说，转身朝卧室走去。

见人要走，文熙又问："你干什么去？"

皮修："给你拿点药。"

"不去追陶题吗？哪吒一个人估计不能把他找回来。"

皮修闷闷说："找不回来的，只要让他跑了，没有人能把他找出来。"

文熙："那怎么办？哪吒的娘还在里面。"

皮修不说话了，文熙转移话题："我刚刚看见你脸上的鳞片了。"

"怎么了？被吓到了？"

文熙笑了："被吓到倒是不至于，就是觉得新鲜。"

皮修看他，脸上又现出细细密密的鳞片来。同想象中的不同，这些细鳞也是热的，同皮修的体温一样。

这时外面一响，卧室的门被一脚踹开，哪吒提着枪踩着风火轮满脸怒气。

皮修："让他跑了？"

哪吒抬着枪指着他问："为什么不跟我一起追？你刚刚为什么不盯着他？"

"他把塔扔过来了，我当然要塔！"

老子在里面布置了那么多好东西，随便拿出一件都价值连城！

但是现在都没了！都被缺大德只知道可着一只羊薅毛的饕餮抢走了！

皮修想一下都觉得心梗，特别是想起那个美人榻，心就更梗了。

哪吒怒吼："我看你就是惦记里面的家具！"

皮修："放屁！老子是那样的人吗？"

可太是了！

文熙给皮修扇风："别生气别生气。"

"我娘还在里面！"哪吒眼睛都红了，拿着红缨枪在房间里乱比画，"我要把他找出来，敢抢我的东西！"

文熙想安慰哪吒，皮修倒是先开口："放心，陶题不会伤害你娘。"

他想起被那狗崽子抱在怀里宝贝一样的玉观音，皱眉道："他抢走玲珑塔，估计也是为了给什么鬼固魂。"

哪吒正要说话，手机却响了起来。

他掏出来只看了一眼就表情肃穆，出了房间去接电话。

房间里重新安静下来，皮修长长叹了口气。

"别生气了。"文熙这四个字都要说倦了。

皮修："我不是生气，我是烦。又被那个狗东西抢走东西了，早知道就不放那些家具进去了。"

文熙笑了一声："他不是说会还的吗？"

皮修："我现在就想用。还有那个玲珑塔，你得用来固魂。"

二郎神把黑狗送来，看着饭馆里的老板和伙计一副凄凄惨惨戚戚的样子，一句话没多问，只是提醒皮修不要忘记给哮天犬投票，还有及时还狗。

就算再苦也不能苦狗子。

文熙安慰他说外面比在塔里舒服多了，皮修的体温总算降了些。

哪吒打完电话黑脸过来的时候，就瞧见皮修这老妖怪在剥荔枝，脸上平静祥和，好像已经全然忘记了刚刚被入室打劫的惨事。

哪吒："我要出去一趟。"

皮修头也不抬："知道了，退下吧。"

哪吒手一紧三头冲了出来，一齐对着皮修吼道："你就一点不着急？"

"着急，急得心肝都碎了。"皮修"哼"了一声，"我都急了这么多年了，心脏起搏器都要废几百个。这次丢的这点东西还比不过当年的一点零头，我都麻木了，兄弟。"

鱼塘土财主三太子尴尬了，盯着他半晌，挤出一句："那你心理素质挺好。"

姓皮的只是失去了钱，但是自己丢了娘。哪吒心里郁闷，有点后悔当时把玲珑塔从李靖身边抢走了。

文熙打了个哈欠，望着哪吒问："三太子这是要去哪里？去追陶题吗？"

"不是，是燃灯给我打了电话，叫我过去一趟，估计是帮他的好徒儿问我玲珑塔的事。"哪吒不耐烦地看了眼手机，"李靖肯定也在那里，说不定我这一去就直接给我定罪，扣着我不让我回来了。"

皮修嗤笑一声："说得像他们打得过你一样，腿长在自己身上，真要跑，他们几个还能拦得住你不成？"

哪吒看他一眼："皮老板倒是对我信心满满。"

"没，只是三太子凶名在外，想不知道也不行。"皮修说着场面话，心想要是哪吒不去当老师，而是去追债公司上班，估计两个人早就打上交道了。

哪吒笑了一声："那就请皮老板帮个忙。"

"不帮。"皮修拒绝得干脆。

开什么国际玩笑，上次帮个忙差点把自己搭进去，这次要再帮忙出事了怎么办？

"这么绝情干什么？不过是让你七点给我打个电话让我脱身而已。"哪吒笑意更浓，"只要一个电话。"

皮修想了想："会给你打的。"

但是不是本人就两说了。

哪吒走了，文熙从窗户里望了一眼，发现他也是开车走，忍不住转头问："你什么时候去把驾照考了？我听苏安说你学费还没退。"

"不学。"皮修带他往楼下走，"这有什么好学的，又不是不会驾云，你要是嫌云不舒服，我那里还有个软云榻，能坐也能躺。"

文熙看他："我看你还是把驾照考了吧，天天骑个电动车也不好看。"

"有什么不好看的。"皮修瞥他一眼。

两个人一前一后下了楼，大厅里等着的几个伙计顿时一齐看过去。

"今天店里发生的事不许往外说。"皮修接过苏安手里的黑狗链子，示意猴哥几个快快带路，让他看看今天收押的嫌犯。

一行人到了后院，草丛妖被捆在树边，一头绿叶子迎风招展，怎么看都觉得生机勃勃，怎么看怎么让人觉得头顶有一道光。

草丛妖醒了，但他心想还不如不醒。现在，像极了电视剧里天台的捆绑现场。

他看着皮修来了，牵着一条大黑狗走来了，下意识一抖，心里默念：南无阿弥陀佛，救救我吧！

文熙隔着猴几个问姓皮的："你问话就问话，借狗干什么？该不会要放狗咬吧？怪吓人的。"

皮修："放心，吓不到你。"

苏安一推鼻梁上的眼镜："二郎真君送狗来的时候就说了，这种黑狗性格温驯，不轻易咬人，而且都打过疫苗，定期体检，都是……"

皮修一摆手："行了，哮天犬在他眼里都是谁也吓不着的小可爱，三只眼的话听一半就行了，我有分寸。"

苏安："不，我的意思是需不需要找条凶点的没打针的疯狗来，这样的震慑效果比较好。"

皮修："……不用，我就过来问两个问题。我们是做正当生意的，要有素质，不能搞暴力逼问这些。"

皮修的手在黑狗身上撸了两下，心想这条黑狗的确是杨戬选的好狗，油光水滑，一看就身强体壮，能尿上一大泡。

他牵着黑狗在椅子上坐下，觉得少了点什么，就伸手说："来，握手。"

黑狗看他一眼，带着七分疑惑三分鄙视，突然开口说："能整快点吗？我下班时间要到了。"

"还有，请不要这样侮辱我。"

皮修："……"

你牛！

姓杨的三只眼就真的离谱！让他整条黑狗他整个狗精，生怕别人不知道他家狗多？

他盯着这只黑狗问："你什么时候下班？"

黑狗："朝九晚五。"

文熙顶着对黑狗的不适走到他身边拍了拍他："你要问他些什么就快点问，我看他叶子都被你吓白了。"

草丛妖咽了口口水，闭着眼大声说："虽然我没有上户口，但是你动手打伤我一定会遭到天谴的！"

皮修眉头一皱，冷声说："天谴？踩死一只蚂蚁也要遭天谴的话，那我早就被雷劈到魂飞魄散了。"

草丛妖沉默了，沉默着妄图爆发，但是失败了。

"说说吧，和陶题什么关系？什么时候联系上的？在我馆子外面蹲了多久？"皮修眼神锁定面前的草丛妖，低声警告，"别想骗我，除非你想当后院里的柴火。"

草丛妖呼吸一滞，怎么一个两个威胁人的方式都一样？现代社会大家不都是用天然气了吗？

干吗啊？非跟柴火过不去，家里欠燃气费了吧？

"给你两秒钟。"皮修非常仁慈，只是让猴子拿矿泉水来给黑狗喝。

黑狗道了声谢，喝水的姿势非常优雅，全然没有注意到皮修满含深意的眼神。

草丛妖走投无路只能老实说："几百年前认识的，那时候我混混沌沌，过了天劫跟木炭就差一口气的距离，是他拉了我一把，救了我一命。"

欠了因果的草丛妖同陶题搭上了关系，帮他在人间做一些采买打听消息的事情，顺带帮着干点偷鸡摸狗的事。

皮修听得眉头直跳，忍不住问："你说他为了偷个四百年的夜光杯，挖了十几米的地道？"

"四百三十年。"草丛妖补充，"而且那个夜光杯实在好看。"

皮修摆手："停，我不想听你说他挖地道挖到土行孙两个人在地里打架。你来这里几天了？"

草丛妖："快一周了。"

皮修："来干什么？"

草丛妖："来盯着你。"

皮修："盯我还是盯着玲珑塔？"

草丛妖："玲珑塔。"

皮修："他要玲珑塔给谁固魂？"

草丛妖憋了半天，脸都憋红了才挤出一句话来："……我不能说。"

皮修再接再厉："他抱着的玉观音里面是谁？"

草丛妖还是摇头："我不能说！"

皮修黑了脸："真不说？"

"不能说！"草丛妖咬牙说，"我只见过陶题对着玉观音说话，但是没见里面的人出来过，就连声音也没有听过！"

皮修却不信，冷眼看着草丛妖一言不发。

这个时候喝了太多水的黑狗突然举起前爪："不好意思，打断一下，请问我可以去上个洗手间吗？"

皮修低头看他："想尿了？"

黑狗："不好意思，请您不要这么粗俗。"

皮修心想他还有更粗俗的呢。他牵着黑狗走到草丛妖脚边，文熙顿时有了一种不好的预感——老妖怪又要干缺德事了。

皮修站在草丛妖前俯视他，一字一顿说："如果你不说，我就让他在你脚下撒尿。"

草丛妖："……"

黑狗："……"

皮修："我认真的，刚刚你也听到了，他本来就要尿了。只要——"

黑狗打断他的话："不好意思，我的家教不允许我做这种事。"

皮修："只要我用一点上古大妖的威压……"只要一点点，小便失禁不是梦。

草丛妖一脸沉痛："我真的不知道！你就是叫一千只狗过来，我也不知道！"

皮修无视他的辩白，低头看着黑狗说："放心，我会让他们都转过身去，我们尊重你的隐私。"他说着，自己率先转过了身。

文熙："……"

剩下的伙计也都转了过去，将草丛妖的解释辩白都扔在了背后。文熙心想：这老东西也太缺德了点，这种方法都能想出来。

黑狗还在负隅顽抗，但万万没有想到，这姓皮的突然噘起了嘴巴，长长地吹出一声口哨。

黑狗："……"

水声绵绵，他脏了。

草丛妖："啊啊啊！"

狗尿点点，他也脏了。

玲珑塔在袖子里晃荡，陶题抱着玉观音缓缓落地，手在空中一挥，雕梁画栋的亭台楼阁渐渐显现，云敞的楼梯绵延到他脚下。

"今日看见怀玉了，可高兴点了？"陶题摸了摸冰冷的玉观音，笑着说，"我看他魂体稳固，想来皮修照顾得不错。"

玉观音里的文茜冷哼了一声："你倒还好意思说，我一出来就看见怀玉倒在地上，身上还被捆着，也不知道他受伤没有。"

陶题推门进房，将玉观音小心放在桌子上："哪里就这么娇贵了？他也是个男人，就算是从小在蜜罐子里泡大也不是豆腐做的。"

从玉观音里飘出来的穿着长裙的女人叉着腰说："横竖不是你弟弟，你不心疼，上一次他被人捅一刀的事我还记得呢。"

陶题叹气："我又不是故意的，我哪里知道那几个人就是睚眦手下的，稍微一点妖力就被激成那样。"

他在房里点上了三炷香插在铜炉里，这才将袖子里的玲珑塔拿出来，叫文茜进去试一试。

"玲珑塔比你现在用的玉观音好，一定能让你的魂体更稳固点，等你好点了，到时候我就带你去见怀玉，要是可以，我就把怀玉接来陪着你。"

文茜有些犹豫："这毕竟是人家的东西，如此被你抢来，若是我贸然进去被李天王发现要怎么办？"

"不必想太多，万事都有我扛着呢。"陶题握不住文茜的手，只能催促她快些。

文茜叹了口气，飘进了玲珑塔，原以为里面是一片漆黑，却没想到里面金碧辉煌，连桌上的茶都还冒着热气。

她心下一顿，还没来得及问陶题这是怎么回事，就听见一个女声幽幽问："你是谁？抢走玲珑塔要做什么？"

文茜一个激灵，立马转身却谁也没发现，倒是看见了那个碧玉雕成的屏风，有些傻眼。

"别害怕，我在你楼上。"殷夫人温声说，"楼下的东西都是文熙的，还请你不要乱动。"

一听见弟弟的名字，文茜放松下来，轻声问："你又是谁？怎么会在这里？"

陶题在外面耐心等着，迟迟不见文茜从里面出来。他坐了一会儿，起身给自己倒了杯茶喝了两口，塔里还是一点动静都没有。

陶题忍不住敲了敲玲珑塔问："茜娘？"

过了一会儿才听到文茜带着怒气的声音说："马上就出来。"

陶题一愣，心想：这是怎么了？怎么进个塔还生气了？他左右看了眼，缓缓放下自己的茶杯准备去书房避避风头。

但文茜已经从塔里出来，魂体清晰了一些，说话的声音也响亮了许多。

她眉头一竖，冲着陶题问："你知不知道玲珑塔里有什么？"

"有什么？"陶题摸了摸脑袋，"我怎么知道有什么？这些日子你没听怀玉的声音，那个监听器我开也没开过，全靠曹草的消息……"

他语气一顿，顶着文茜的目光小心问："那里面有什么？"

该不会是李靖本尊吧？

文茜压着火把殷夫人的事同陶题说了，他总算明白过来为什么哪吒摆出一副要跟自己拼命的样子。

搞了半天是把人家娘亲偷了回来。

"可……可我现在也不可能把玲珑塔还回去啊！"

陶题听见文茜冷笑了一声，只说："这些日子得委屈殷夫人一下，等你魂体稳固，我立马就把玲珑塔给哪吒送回去！"

文茜知道他是为了自己才做出如此事情，也不忍再多说什么，伸出缥缈的手摸了摸他的脸，软下声音道："皮修给怀玉准备了许多东西，你找个时间给他送回去。"

陶题一顿："准备了东西？"

他进塔里看了一圈，里面富丽堂皇，不敢相信皮修会这样大方。

"这些都是他准备的？"陶题还是不信。

文茜看他："刚刚没有听殷夫人说吗？这些都是你的兄弟皮修亲手布置的。"

"不是这个问题。"陶题摇头。

这个文怀玉到底是用了什么办法让皮修那个老抠门那么大方？若是这本事当年自己能学到的话，还用过得这么辛苦吗？

文茜见他又开始神游，连忙道："明天之前就给人还回去。还有，多拿点钱给怀玉，别让姓皮的看低了他。"

陶题忙不迭地答应了，但曹草不在，他只能亲自去送。

也不知道曹草怎么样了，那小子机灵得很，应该能自己脱身。

被绑在树上的曹草打了个喷嚏，眼泪往肚子里流，失去了对生的渴望。

从开了灵智以来，他就恨那些到处乱圈地盘撒尿的狗，好不容易成精威风了几年，可以迈着一双大长腿到处乱跑，却没有想到还是翻了车，又回到了被狗尿的日子。

他脏了，从灵魂到身体，他都脏了。

忍不住悲从中来，曹草要落泪，呜咽的声音才从喉咙里出来，猴二就不耐烦地"啧"了一声："别号了，根本没尿你身上。再说了，刚刚我不都给你冲脚了吗？"

猴一拉他一把："行了，你去前面忙，这里有我看着。"

猴二应了一声，想起自己哥哥憨厚老实，又朝着草丛妖走近几步："警告你，不准要花招！"

曹草怒目而视，皮修不在，这后院就是猴子称大王，特别是这二皮猴耀武扬威，早晚得跟孙猴子一样被压在五行山下面，压他个五百年！

猴二从后院到前厅，从耀武扬威转变到谦逊卑微，主动给坐在老板旁边的文熙倒了杯热茶。

皮修瞥了他一眼，继续同两个厨师说："仇伏回来了，那就从下周一开始接外卖单，明天我写个广告贴出去。"

任骄没什么意见，只是说："贾素珍过几天就要走了，猴哥几个和苏安要忙着店里，小扫把说话又结结巴巴，得找个人来接外卖单吧，比如做接电话、给后厨传单子之类的事。"

错过了很多集电视剧的仇伏看了文熙一眼，说："让文熙接呗，反正他在楼上闲着也是闲着，离他走不是还有点时间吗？还有，找点事做也不会无聊。"

任骄："……"

猴二："……"

不愧是青丘的狐狸，英勇得不行！

皮修深深看了一眼仇伏，低声说："文熙身体不好，得在楼上休息。"

"其实我下来帮忙也没关系。"文熙顿了顿转头问皮修，"我走的时间你去问了吗？三太子不是说给安排的吗？"

皮修："没问，到时候冯都会跟我打电话说的。"

从今天开始自己就不会再交一分钱话费，冯都等个两千年再打电话过来吧！

笼子里封着嘴的灌灌突然蹦了蹦，扑棱着翅膀像是有话要说。皮修看了一眼，皱眉问："以后这只灌灌的嘴就这么绑着？"

"对啊，在青丘，所有抓到的灌灌都是绑着嘴的。"仇伏拍了拍笼子让它安静点。"要是不绑着嘴，你就要每天跟它高强度对吵。到目前为止，我还没见过人骂赢它。"

皮修突然一伸手扯掉了灌灌嘴上的布条，将妖力沉重地压在这只鸟身上，让它张嘴刚说了个字就咬着了舌头。

事实证明，在完美的暴力压制下，一切嘴臭都是纸老虎。

文熙看着灌灌有几分好奇："从前只见过祖父养的鹦鹉、八哥儿说话，都是说的吉利话，这种爱骂人的鸟倒是第一次见。"

皮修："青丘树林子里多的是，每天没事就聚在一起吵架，屁大点事都能吵出花来。"

他扔掉手里的布条，冲着灌灌一抬下巴："让这只鸟来接电话接单传单，不能让它白吃白喝店里东西。"

仇伏："……我看你是想破产了。"

皮修抬手一拍他肩膀："这就是你应该解决的问题了。我希望下周一的时候，能看见一个有文化有素质的电话员上岗。"

姓皮的说完又看了狐妖一眼："要是接到一个顾客投诉，我就从你当月的工资里扣一百。"

仇伏呆坐在原地，目送着皮修和文熙上楼，他的狐狸脑袋里突然悟出了什么。

仇伏一把抓住任骄，情真意切地喊了一声"哥"。

"别，我妈没生过你这么多毛的兄弟。"任骄道。

仇伏指指上面压低了声音："是不是，是不是我想的那个意思？"

"我寻思你走之前他就开始满城抓鸡了，你就这点觉悟都没有？"任骄恨铁不成钢，"他本来就不想让文熙去投胎，你还当着他面提，简直就是个……"

灌灌："大傻子！"

任骄："看看，鸟都比你脑子灵光！"

仇伏把灌灌嘴绑住，看着任骄问："那我怎么办？！"

任骄一指鸟："进行文化改造，再帮忙把文熙留下来。"

仇伏挣扎了几分钟，选择接受现实，提着鸟笼子回房，把自己锁在房间里，开始了熬鹰计划。

仇伏和灌灌大眼瞪小眼，对骂了一晚上。他单眼皮都瞪成了双眼皮，眼角麻木得跟开了刀一样，活生生把眼睛给瞪大了一圈。

青丘的狐狸和鸟不知葬身于对方口中多少次，最后，第一局以灌灌口干舌燥落败告终。

天亮之后，仇伏放了灌灌去休息一会儿，自己洗了把脸后蹭着一大早任骄送小扫把上学的车去了趟书店，又提着两提书风尘仆仆回来，上楼准备给皮修送书。

楼上皮修难得睡了个爽，体验了一下高三学生高考完第一天赖床的感觉，正闭着眼想要继续睡的时候，突然感觉房间有点不对。

怎么觉得今天格外亮？

皮修猛一睁眼，刺眼的金色让他差点流泪。

半个房间的金条金元宝，堆得人高，反射着阳光照在皮修脸上，恍若仙境。

姓皮的看了良久，突然抬手打了自己一耳光，还伴随着一声惊呼："什么情况？！"

声音清脆响亮，惊得文熙一下子坐了起来，一溜烟抵达现场，左右晃着脑袋问："怎么了？怎么了？"

等他看清面前的金山的时候，也忍不住倒吸一口冷气。

文熙喃喃问："姓皮的，你是不是大晚上的去抢钱了？"

皮修让文熙站着别动，自己披了件衣服下床，深一脚浅一脚走到金山前随手拿了块金子就往嘴里送。

"你干什么？"文熙叫了一声，就见这老妖怪拿着带牙印的金条一晃，镇定地说："是真金！"

文熙："……你就不怕上面有毒？张嘴就咬，你嫌命长？"

见了金子就要咬一口，哪天怎么死的都不知道！

皮修把金条扔回去："不怕，我百毒不侵，没有毒能药倒我。"

文熙看着他没话说，趿拉着拖鞋想下去喝杯水，掀开珠帘又是一愣，看着那翠玉屏风，他使劲揉了揉眼睛。

皮修跟在他后面也一顿，被他放进玲珑塔里的家具现在全部都在面前，一件也没有少。他粗略一眼扫过去，似乎连一点磕碰也没有。

"这是陶题来过了？"文熙小心地问。

皮修皱着眉没说话，这时候珠帘被撞响，他一转头就瞧见提着两个袋子冲着自己傻笑的仇伏，顿时眉头一跳，问："你昨天晚上连夜挖菜窖去了？怎么眼睛红成这样？"

"没干什么。"仇伏一笑，撩开帘子说，"老皮，我给你准备了点礼物。"

皮修一愣，心想：难不成那金山是这狐狸弟弟整来的？

不应该啊，他爹娘怕他在外面被骗，每次零花钱都打得少。这傻狐狸哪里来的这么多钱？

仇伏冲着门边的文熙一笑，叫皮修到外边来，等着两个人站在楼梯上，仇伏压着声音说："我给你看个好东西！"

皮修眉头一跳，预感有些不妙，见他要拉开衣服，眼疾手快一把按住他的手，脱口而出："好兄弟，正经人。"

仇伏："……"

皮修看着仇伏说："整天正经事不做，天天搞这些，早晚有天去吃公家饭！"

"什么鬼东西？"仇伏挂他，"我就给你买点书，让你学习学习。"

老妖怪想了想，按住了仇伏的肩膀："好人一生平安，给我看看你的货。"

仇伏点头，果然孺子可教。

他从衣服里小心抽出三本书递给皮修，压低了声音嘱咐说："这才是入门的，你先学学，我那里还有后续教程。"

皮修点头，心想挺好，还有升级教程。

他接过书来正想好好翻一下，结果一看到题目——《如何成为一名受欢迎的男士》就傻了眼。

皮修咬牙切齿问："你就给我看这个？就这？"

这是怀疑他黄金单身汉的魅力吗？

"那你还要看什么？"仇伏疑惑地看他。

文熙把玉屏风检查了一遍，确认没有什么问题之后，就看见皮修黑着脸抓着几本书气冲冲进来了。

"又怎么了？"文熙伸头看了一眼，见仇伏也是气冲冲下楼，把楼梯踩得震天响，忍不住笑了一声，问，"和仇伏吵架了？"

"他单方面挑衅，我并没有生气。"

皮修把几本书扔进一边的垃圾桶里，坐在沙发上安静了一会儿，也不见文熙过来安慰自己两句，这下彻底拉下脸问："你怎么不过来？"

文熙忙着检查手上的和田玉灯盏，随口说："你不是说你没生气吗？没生气我过去干什么？"

皮修一口气憋在心口，半天才说："我其实生气了。"

"那你现在冷静了，我也不用过去了。"文熙把手上的灯盏放下，转头看他说，"这些东西是陶题送回来的话，那卧室里的金子应该也是他送的。"

文熙疑惑："他送钱过来干什么？赔你的精神损失费？"

皮修冷笑："他拿了我那么多宝贝，现在送点金子来，还不是羊毛出在羊身上，说来说去都是我的钱！"

他陶题，骗人钱财，实乃从不生产钱，只是钱的搬运工，是逮着一只羊薅、一根韭菜剪的蠢货！

皮修骂骂咧咧把苏安和猴子们叫上来搬家具，顺带把那一堆小山样的金子也搬走。

苏安欲言又止，老板究竟是从哪里整来这么多金子的？而且他要怎样才能把这些金子全拿去兑换啊？

这上面还有以前的年号，怎么看都不像是正经人能拿到的。

他好怕，他好怕自己进了银行等待自己的就是镣铐。

上次装成农民去存现金积蓄已经把他毕生的演技用光，这次再运一卡车金子过去，又要用什么理由才好？

薛定谔的祖宗上次已经托过一回梦了，这次苏安不敢再劳烦，脑子千思万想找不到方法，最后还是开口问："老板，这些金子要怎么办？"

皮修想了想："去卖掉三分之一，剩下的就埋在院子里。"

文熙笑了一声，跟着苏安下楼想看看金子要怎么埋，留了皮修一个人在楼上。

皮修等着文熙走了，又去把扔进垃圾桶里的书捡了出来放在桌上。

他没有急着去打开书，而是站在房间中央随手掐了个法诀，黑色的瞳眨眼之间变成黄色。

皮修看向窗外的远方，许久才闭上眼睛松手撤去自己的法力。

那些放进玲珑塔的宝贝上他都留下了自己的法力刻印，就是防止有人在上面动手脚。在被陶题带走之后，他本是想过两天，等陶题安顿下来再搜寻，直接找到他老窝，趁他不防备的时候一举拿下。

没想到这缺德玩意儿突然有了心，居然一天内就把东西原封不动送回来了。

原本的计划落了空，皮修烦躁地抓了抓头发，又从口袋里拿出一块金元宝来。但陶题行事太过小心，金子上面一点妖力也没有，根本无处可追。

皮修叹了口气坐回沙发上，想起陶题怀里抱着的那个玉观音就有些不安。

文熙在院子里看着他们撬了后院杂物室的地板，拆了里面的砖，拿着黄金一块一块往里填，真的感觉自己像是进了土财主的窝，开了眼界。

这地下花花世界，除了金子还有法器法宝，文熙只瞥了一眼，心想皮修这老妖怪还真有点钱。

等藏完了金子，文熙又去了大厅里帮忙看店，同几个熟客打了个招呼，就坐在收银台那里同苏安有一搭没一搭聊天，听他说这几天猪肉又涨价了，店里的菜价是不是要往上提一提。

文熙想着这事得同皮修商量，自己做不得主。

两个人围着价格讨论了几句，外面的拉门一响，进来两个小童子，文熙扭头一看便说："还没有到营业时间呢。"

穿着金色亮片小短袖衣服的小童子说："不是的，我们是来采访的。"

他们摆了摆脖子上的采访证，冲着文熙一笑："皮老祖在吗？我们是来采访他的。"

"采访他？"文熙一脸疑惑，心想姓皮的有什么好采访的。

"因为最帅男仙的投票还剩下最后一周的冲刺时间，前十的选手都要录一个视频介绍自己，还要拉票。"另外一个穿着银色衣服的小童子晃了晃手中的摄像机，"所以我们就来啦！"

文熙一听这件事，连忙一笑说："那你们等一下，我去楼上叫他下来。"

皮修坐在沙发上捧着书认真研读，文熙撩开帘子说："楼下有两个监督办的小孩来找你，说是要采访你，你……你看什么呢？"

皮修手忙脚乱把书收起来，拍了拍手咳嗽说："没看什么，你说是谁来了要采访我？"

"监督办的两小孩，说是录那个投票最后一周的冲刺拉票视频。"文熙看了眼被他收起的书，便催他快点下楼。

皮修跟在他后面，两个人才走到楼梯拐角就听见一声惨叫，凄厉又刺耳。

"猴子！怎么有猴子！！"

"为什么现在还有猴子精？！"

文熙一脸莫名其妙："猴子怎么了？"

皮修倒是知道为什么，三步两步跑下楼，就看见猴二抱着菜单站在一边一脸无辜，而那两个童子可怜兮兮抱在一团瑟瑟发抖，大气不敢出一口。

成了，又是两个被猴精引发创伤后应激障碍的。

"老板，我什么也没干！"猴二朝着皮修走过来，抬手指着那两个小家伙，"我就问了句你们两个要点什么菜，他们就这样了。"

皮修："没事，你去休息吧，叫贾素珍倒了茶端过来。"

猴二有些不满，正要说话，文熙连忙道："巷子口卖的桃子看上去不错，你去买点回来，跟你兄弟几个分着吃。"他冲猴二一笑，"让苏安给你钱，不要自己掏钱。"

"那我去了。"猴二顿时眉开眼笑，把两个怕猴的蠢货甩在了脑后。

等着他跑出去，两个抱着发抖的童子才好了一些，他们松开手尴尬笑笑："我们就是有……有点胆小。"

皮修"哼"了一声："没事，怕猴不丢人，你们家老爷也怕猴。"

"老君不怕猴。"金衣童子辩白。

皮修心想那可不一定，太上老君一看到猴就想起自己的丹药，高血压发作起来比怕猴还得劲。

但他嘴上也没多说，直接领着两童子到了包厢里坐下，省得待会儿猴二回来又撞见，搞得鸡飞狗跳的。

"说要采访，你们要采访什么？"皮修自恃顶流身份，一脸冷漠，"现在我的投票排名第一，结束的时候肯定也是第一，没有什么好拉票的。"

金衣童子小声解释："虽然您现在优势很大，但是后面的几名也在努力追赶，不到最后一秒都不能说得太绝对。"

皮修想了想："说得也对，那你们要怎么拍？"

他想起自己放上论坛的半裸照，警惕地说："我是正经人，不露肉。"

"不不不，我们只拍一些您的生活场景就好了，然后问您几个问题。"金衣童子拿出一沓稿子，示意银衣童子可以开始拍了。

他清了清嗓子问："请问是皮修先生吗？"

皮修盯着他一阵，才迟疑着问："你没把你的紫金红葫芦带在身边吧？"

金衣童子一噎："已经被老君收走了。"

"哦，我就是皮修。"皮修点头。

文熙坐在一边憋笑，听着那边两个人一问一答，跟查户口一样把皮修问了个明明白白，就连姓皮的老妖怪不爱吃萝卜都打听了个清楚。

最后金衣童子话锋一转，问到了上次论坛上撕得腥风血雨的事件，皮修脸色顿时阴沉了下来，压低了声音诚恳地说："都是误会，我不会花钱参与这些不法活动。"

金衣童子点头："毕竟您十分勤俭节约。"

皮修："……"

文熙快要忍不住笑了，起身说："你们慢慢聊，我出去坐一会儿。"

皮修黑着脸看着他走远了，这才转头说："刚刚那句话给我删了，什么叫勤俭节约？我是没必要在外面花那个钱。"

采访结束，皮修仰着头雄赳赳气昂昂地出了包厢，走到文熙身边问："中午想吃什么？"

文熙想了想："随便吃点呗，昨天不是拍了个黄瓜吗？任骄说是你拌的，今天再做一份？"

"简单简单。"皮修应了一声，转头看着两个童子，挑眉问，"你们要不要也留下来吃饭？不收你们的钱。"

金衣童子："那我们拍您做饭的镜头剪成拉票视频可以吗？只要您最后说一句希望大家给我投票就行了。"

皮修大手一挥，没问题，今天的他，是和蔼可亲的大方暖男人设。

苏安算着账抬头看了老板一眼，问身旁的文熙："老板今天怎么回事？太大方了，都不像他。"

文熙："忙着给自己立人设拉票呢。对了，仇伏呢？得叫他出来做饭了。"

"在房间里熬鹰呢。"苏安叹气，"昨天晚上跟灌灌对骂了一晚上，今天估计还要继续，待会儿吃饭的时候我去叫他。"

任骄看着皮修在厨房里忙得热火朝天，手上刀花翻飞，旁边摄像机麦克风架着。

等皮修最后一道菜做完，摄像机被拿出去了，任骄才忍不住咂嘴："真拼啊，千旬老叟为浮名营业，晚节不保。"

"少来，我这个年纪在貔貅里应该也算是青壮年，别叫我老大爷。"皮修瞥他一眼。

"多读书多看报，少把狗血渣贱当良药。"皮修放下手里的刀，看着任骄诚恳问，"知道为什么我不想让小扫把跟你待在一块儿吗？"

任骄洗耳恭听："为什么？"

皮修："你没文化。"

任骄："……"

任骄："当初你骗我入股的时候可不是这么说的，你当时可是说我脑袋机灵，脑筋跟我的尾巴一样活。"

皮修："那是跟仇伏比，当时你往他身边一戳，可不得算是文曲星下凡吗？"

"那现在呢？"任骄恼了。

皮修："跟文熙一比，你啥也不是。"

他擦了擦手，把切好的蓑衣黄瓜撒上料汁，又放了几个辣椒圈："行了，别说这有的没的了，到底要问什么？"

"上次你说在水晶宫 KTV 发现的鲛珠，究竟是怎么回事？"任骄咳了一声，"别想太多，我单纯是人道主义问一句，毕竟也算是同族的人，也……"

皮修看他："想知道就自己去看，那批鲛珠现在还扣在监督办，我给杨戬打个电话让他带你进去瞧瞧，看完就快点回来，仇伏那蠢孩子忙着熬鹰，厨房里就你一个人。"

"知道了。"任骄冲他一笑，"多谢了。"

皮修"哼"了一声，端着盘子往外走。

"哎，文熙不是说要吃拍黄瓜吗？"任骄一抬下巴，"你这是做的什么？"

皮修冷冷道："刀拍黄瓜不够优雅，蓑衣黄瓜才配得上他。"

任骄："……"

他哽着口气看着姓皮的端着盘子出去，直到身影消失，这才缓缓吐出三个字：

"脑瘫啊……"

外面圆桌上的气氛在皮修端着黄瓜出来之后开始变得活跃，有了皮修在，两个童子一下有了底气，就算跟五只猴子坐在一起也不那么怕了。

其实也不能怪他们，主要是当年孙猴子一棒槌敲下来，给孩子打出心理阴影来了。

任骄最后端着汤出来往桌子旁一坐，这才发现桌子上多了副碗筷，他奇怪地问："中午小扫把回家吃饭？"

文熙反应过来："那是给哪吒拿的，他今天中午——"

他一顿，猛地转头看向皮修问："你是不是昨天晚上忘记给他打电话了？"

皮修也蒙了，愣愣说："那我现在给他打来得及不？"

"来得及个屁！"哪吒的声音从门口传来，他深一脚浅一脚扶着墙走进来，周身的煞气遮都遮不住。

皮修给他拿了个凳子，哪吒一坐下就开始骂街，一张嘴不够，三太子索性三张嘴同时开腔，惊得仇伏连跪带爬滚进房里，把灌灌拎出来聆听爱的教导。

"昨天把观音都叫来了？"皮修自觉惭愧，给哪吒倒了杯水，"喝点水，润润嗓子。"

哪吒竖起三根手指："观音、燃灯、释迦，三管齐下。我算是明白当年孙猴子被念紧箍咒的感觉了。"

"然后问出个什么来了？"皮修问。

哪吒瞥了眼坐在旁边竖着耳朵的两个童子，直接传音给皮修："我发了誓说玲珑塔不在我手里，而且暗示他们去找陶题。"

他拍拍皮修的肩膀："你放心，过不了两天，缉拿陶题那混小子的通缉令就会铺天盖地，牛皮癣广告有多少，我就能让他们贴多少。"

虽然玲珑塔不是自己的，但是妈是自己的。

哪吒心想天罗地网落下来，陶题那个只知道吃的蠢货还能逃到哪里去！

皮修倒是没把哪吒的话放在心上，要是天罗地网有用，陶题早被逮住发配去挖煤了。哪里还能在外面逍遥这么多年？

但是看破不说破，皮修并不想在这么多人面前同三张嘴的三太子打嘴仗，毕竟他是一个儒雅随和的靠谱男人，同哪吒不一样。

一顿饭吃完，两个小童子还不准备告辞，他们看着三太子，小心地问："太子爷，您现在排第三也要拍一个拉票视频，我们可以现在给您拍吗？"

哪吒看了眼时间："我得去学校上课了。"

任骄嗤笑一声，把对这种影响社会安定的人都能当老师的不满表现得淋漓尽致。

哪吒瞥他一眼，突然态度一百八十度转弯，一脸温和地说："可以，毕竟排上了前十名，比起有些提名都没有的人，我已经是很幸运了。"

仇伏眼看任骄要动手，叫着五个猴连拖带拉把人推进了厨房，紧紧关上了门，不让哪吒再说话刺激他。

银衣童子摄像机一架，皮修就看见这家伙立马变得人模狗样一副为人师表的样子，说话都温柔了三个度。一脸温柔地说自己最喜欢小孩，孩子就是未来的希望，眼睛里充满了父爱。

文熙看在眼里，又想起刚刚给皮修拍的几个镜头，心里涌起危机感，一推身边的皮修说："哎，你要不要换身酷一点的衣服重新拍一段？"

皮修满头的问号："为什么？"

文熙只是说："就是觉得这样对你拉票比较好。"

"不用。"皮修一口拒绝，"我觉得我靠人格魅力一样可以拉到票。"

文熙看了他一眼，欲言又止，心想你哪里来的人格魅力，用点金钱魅力说不定还能有人愿意给你投两票。

"我还不是怕你被人比下去。"

文熙还想说点什么，就瞧见那边的摄像头不知道什么时候对准了这里。

银衣童子一脸激动，朝着皮修问："这段可以播出吗？"

皮修想了想："可以，但是他的脸不要出镜。"

"怎么？嫌我丑？"文熙有些不乐意了。

皮修带着他往楼上走："哪能啊？就是你现在不宜露面……"

白天的客人因为炎热的天气少了一些，直到四五点的时候店里的大厅才慢慢坐满。仇伏在房间里忙着熬鹰，任骄开车去了监督办看鲛珠，贾素珍和猴子们忙不过来，只能上楼把老板请了下来。

皮修身上的凉气还没散，面对厨房里的烟熏火燎暂时还可以忍受。但站了一个小时之后他到了极限，脱了上衣围了个围裙直接上手。

苏安装作不经意地路过，用手机随手拍了两张照，再次将老板的春光乍泄收入囊中。

猴五在旁边欲言又止，但苏安精明非常，一摸猴头说："保密，待会儿我给你买桃子，还有你喜欢的牛奶，只给你一个人买，不给你哥他们买。"

猴五立刻安静了下来。

苏安忍不住微笑，可能这就是得道者多助，失道者寡助吧。

皮修全然不知自己没了清白，围着围裙端着菜去大厅上菜，等他听见抽气的声音才反应过来情况不妙。

猛男、围裙、半裸，三个关键词三位一体，可以直接被带走了。

无数眼神落下，皮修走在大厅里，宛如走在秀场上，气场两米八，腹肌把人杀。

他冷着脸上了菜，瞥见有人已经拿出了手机，正要开口，就听见一声嘹亮的"老板"，叫得他虎躯一震。

转头一看，是吴祖这个学生仔。

"怎么了？"皮修趁机开溜，带着人躲到了走廊里。

吴祖转头看了看，没找到贾素珍，开口就问："素珍姐呢？怎么没看见她？"

"今天人手不够，她在后厨帮忙炒菜呢。"皮修擦了把手，一挑眉，"怎么？高考完了还特意过来吃饭？"

吴祖一摆手："不是来吃饭，我是想来问问你这里收不收暑假工的。"

吴祖害羞地说："我想着反正暑假也没事，驾照之前寒假就考过了，就想来您这里打打工赚点零花钱。"

皮修一顿，眉头直皱："驾照考过了？"

吴祖点头："对啊，自动挡很快就过了。"

"那不行，我们店里不招有驾照的。"皮修立刻翻脸，将在他面前炫耀考驾照简单的吴祖直接拉入黑名单。

吴祖一头雾水："为什么？难道有驾照也是错？我可以每天早上帮你买菜运货啊。"

"没有为什么。"

皮修上下打量吴祖这细胳膊细腿，实在和店里的风格不搭。

任骄、仇伏虽然脸有问题，但身材也算是猿臂蜂腰。五个猴子虽然化形不完全，有点驼背长手，但站直了也是讨人喜欢的精神小伙；苏安这个算盘精也长着副好脸。可吴祖脸和身材都不行，严重拉低店内观感，姓皮的再次否决。

吴祖有些急了，他一狠心开始说瞎话："说实话老板，我就是吃了你们家菜才变聪明的，这次高考我不吹牛，就算我不是省状元，也不会出前五。"

皮修一听就来气，心想：你成绩好是爷爷每天晚上补课补出来的，跟任骄那家伙做的菜有个屁关系？

他深吸一口气："我们店里不缺打工的，你趁着暑假多玩玩，别打工浪费时间。"

皮修用尽自己身体里最后一丝和蔼的语气，伸手揉了揉吴祖的头发，温声说："高考完的暑假是你最后的快乐时光了，以后进了大学再进入社会，你就没有自由的时间了。"

吴祖迷迷糊糊："不是说上了大学就会很轻松的吗？"

皮修一脸可怜地看他："傻孩子，骗你的话你也信？"

贾素珍端着菜出来，看着老板和吴祖两个人面对面站着说话，疑惑地问："老板，你们两个干什么呢？"

皮修见她来了连忙说："你来得正好，把他带去外面坐，再炒两个菜。"

把吴祖这个学生仔安排明白，贾素珍折回来冲着皮修蹲下身恭敬地行了个大礼，姓皮的也不退不怯地受了。

"行了，等着他成绩出来那天你也安心走吧。"皮修看她擦了擦眼角的泪，淡淡道，"到时候记得给文熙道个别，让他别牵挂。"

贾素珍应了一声："您放心，等到那天便是不知道成绩，奴家也会走的。"

"怎么？不执着于状元了？"皮修挑眉。

贾素珍笑了："只是看着他进了考场考上一场，圆了上辈子的憾事便也足够了。"

皮修点头："你能想开也是好的，省得执念太过就算下辈子投了好人家，也难免心中意难平。"

他想了想，伸手在贾素珍额头上一点："看在文熙爱听你唱戏的分儿上，分你一点福气，下辈子衣食无忧，金玉满堂。"

皮修每说一个字贾素珍身上便亮一分，直到他收回手才渐渐暗淡了下来。贾素珍连连道谢，皮修却打断了她，直截了当问："文熙家从前出了什么事才落到这个境地？"

被人折骨浸坛永世不得超生，如若不是陶题出手，这会子那位少爷还不知道是什么光景。

贾素珍一顿，低声兑："奴家也不是特别清楚，只听来往的客人们说，文家贪腐，吞了粮草，害得边疆战事败落，惹了陛下盛怒，被满门抄斩，就连……就连宫里那位皇后娘娘也没保住，跟着文家一起香消玉殒了。"

皮修沉默了一阵："还有呢？"

"其余的我就不知道了。"贾素珍低声说。

皮修盯着她看了一阵，摆摆手："行了，你忙去吧，这几天他要是想听你唱戏就紧着他来，店里的事让猴子他们去做也行。"

贾素珍应了一声下去了，皮修站在走廊里抽了根烟，这才回了厨房继续做饭。

刚炒了两个菜他就心浮气躁得不行，难怪文熙说自己家被抄家是咎由自取，难怪他从来也不提这些事。

皮修关了火，站在灶炉边长长叹了口气，拿出手机给冯都打了个电话，那边刚刚接通说了个"喂"，就听见外面一阵急促的脚步声，小扫把背着书包往他爸面前一杵，开始例行不读书发言："不要读……读书了！"

"不行。"皮修一口否决。

小扫把投了个炸弹："我今天把……把老师打了！"

厨房安静了一瞬，电话里的冯都笑了一声："我先挂了，你把孩子问题处理好，待会儿再打过来。"

皮修盯着后面进来的任骄问："他打老师，真的假的？"

任骄点头："真的。就那个西海的小白龙来当龙语老师，往路边吐了口痰，你儿子一看见就发疯了。"

皮修缓缓放下手里的菜刀，拿起了一边的擀面杖，反省着自己的育儿方式，冲着小扫把露出了一个冷酷的笑。

"皮聚宝，你还真是牛坏了啊！"

第六章

安保·晚会表演

其他问题暂且放在一边，皮修觉得自己得先把孩子的问题解决明白了。

小崽子念书的时候就敢打老师，那以后年纪大了还不得打老子？更何况这小崽子的老师还是父子关系反面典型哪吒，皮修心里更是忐忑，必须要把这罪恶的苗子扼杀在摇篮里。

他拿着擀面杖就要行家法，任骄一个箭步夹住他，语气沉重："使不得啊！把孩子打坏了怎么办？"

"你给我让开！别以为我不知道你天天跟他后面擦屁股呢，我告诉你，他要是哪天坏事了，你一样给我等着！"

皮修推开任骄，冲着往外跑的小扫把喊："你给我站住！"

小扫把跑到大厅里左右看看没见到文熙，苏安抬手一指楼上，给少东家通风报信："在楼上呢。"

皮修拿着擀面杖出来，只听到小扫把噔噔上楼的声音，他站在楼梯下冷静了一会儿没往上冲，心想现在不能上去，上去了两父子真得干起来，到时候又让文熙夹在中间难做，他不能让文熙难做。

皮修默念"一切为了家庭，一切为了孩子"，退了一步，但是进一步海枯石烂，退一步越想越气，回了厨房还是黑着脸像包公。

任骄忍不住说："你要真嫌弃这倒霉孩子，就给我呗，我不嫌弃。"

皮修把手上的擀面杖换成了菜刀。

皮修："你再说一句试试？"

任骄立刻转换话题："监督办扣押的珍珠我都看了，除了一部分是蚌珠，剩下的都是鲛珠，数量同每年鲛人产出的数量有差距，的确有问题。"

皮修看他一眼："怎么？要我给你放两天假，让你去把这件事弄明白？"

"不用，我不准备管这个事。"任骄还在嘴硬，"他们不是有新的鲛人皇吗？那又关我屁事，我就是个搞水产生意的暴发户。"

"真要不管你跑过去干什么？"皮修看他，"我告诉你，有事没事别跟那群龙杠，随地吐痰的有什么好玩意儿。"

任骄摸了摸鼻子："其实吐痰倒不是最重要的事，主要是那小白龙看见我来了句怎么有毁了容的鲛人，叫小扫把听见了。"

毁了容的任骄："我叫他别在意，反正这种话我听多了都习惯了，但是那白痴龙盯着我看个不停，还要拍照。我一个没拉住，你儿子就扑上去了。"

皮修心头一颤，我儿子还挺仗义。

屁大点敢跟龙干架，像我。

"这泥巴龙也太过分了。"猴二猛甩手上的刀，"尾巴长了不起啊？"

皮修一拍桌："能不能注意素质！我们是文明示范餐厅！"

他放刀洗手，对着任骄语重心长："要查这件事你也要徐徐图之，不能冲动。别你也被绑票去黑作坊流眼泪，到时候我还得找个新厨子。"

任骄一脸无语："在你心里我就是个厨子吗？"

皮修："好好说话，小心被人家听到误会。"

任骄叹气："我为你鞍前马后走私水产这么多年，就连一句兄弟也评不上？"

"你不是想叫我一声干爹吗？怎么现在又要做兄弟？"皮修纳闷。

任骄深呼吸一口气，咬牙道："我知道了，绝对只暗访不明查，必要场合就让猴哥几个帮忙，绝对真人不露面。"

猴二闻言手指从太阳穴一挥："保证完成任务。"

皮修满意了，脱了身上的围裙往外走："我出去一趟，你们去把仇伏那蠢货叫来炒菜，别围着那破鸟熬了，不听话就拔毛，拔几根就听话了。"

皮老板简单粗暴地发了命令，套上自己的短袖，提着两瓶酒，骑着黄色电驴，直接骑到了公墓。

这次他学聪明了，直接用大拇指粗的锁链把车连着座椅跟路灯锁在一起。

看看还有哪个能来偷电瓶。

他提着酒推开了冯都的大门，冯大帝正在接电话，冲他做了个口型让这位老伙计先坐。

皮修也不客气，坐在沙发上给文熙发消息，叫他盯着小扫把做作业，晚上他回去检查。

"怎么突然过来了？"冯都挂了电话，吸了吸鼻子，"好香的酒。"

皮修提着装酒的袋子放到他桌前："送你的。"他瞥了眼冯都不断跳出新消息的手机，挑眉问，"怎么？最近这么忙？"

冯都一笑："没办法，快到七月半了，鬼也要回家看看，要安排的事情太多，很多走关系想在阳间多待一会儿，电话就接个没完没了了。"

皮修："人手够不够？"

"怎么？皮老祖想来帮忙？"冯都当着他的面将酒盖揭开闻了一下，忍不住感叹，"这种好东西也能被你拿来，看来是真遇见事了。"

皮修难得谦虚："有些问题想请酆都大帝解惑而已。"

冯都几百年难得看姓皮的牛鼻子服一次软，浑身比喝了二锅头还暖，一拍桌子说："就冲你这句话，老哥哥给你帮忙。"

皮修："查一下文熙生前的事。"

"这算什么事！"冯都想着小菜一碟，手在键盘上飞舞，开始给姓皮的调档案。

等着电脑加载，冯都还忍不住打趣："怎么现在又担心上了？"

"那时年轻不懂事。"皮修淡淡道，"从前文熙的祖父是一朝丞相，贪污吃了粮草钱，被皇帝判了满门抄斩。"

冯都："你不知道得明明白白吗？还有什么好查的？"

"满门抄斩难道会打碎人身上的骨头，还把骨头封在坛子里让他永世不得超生？一刀下去的工夫哪里有这么多弯弯绕绕！"皮修捏了捏自己鼻梁，"后面肯定还有别的事。"

冯都沉默一阵："你问过他没有？"

"问过，他说不记得了。"皮修顿了顿，"是真的不记得了。"

电脑"嘀"了一声，冯都看了一眼就将屏幕转过来给皮修："的确是满门抄斩，但是他逃了出来，而后被当时的兵部尚书抓住，把边关将士的死算在他的头上……算了，剩下的你自己看吧。"

办公室里安静了许久，冯都扯了扯自己的领带叹气："我说你看归看，别生气行不行，温度都往上蹿了四度了。"

皮修没说话，眼睛盯着电脑屏幕一眨不眨。

"有个道士说折骨浸坛能压得他永世不得超生，虽说是歪门邪道但也歪打正着，我看——"

"砰——"

皮修还是没忍住，一拳打穿了冯都的电脑屏幕。

冯都："……"

"不好意思，我给你换个新的。"皮修抽出手甩了甩，冷声说，"我还有问题。"

冯都看着有一个洞的屏幕："4K曲面带鱼屏。"

"可以，待会儿就送过来。"皮修靠在桌边点了根烟，"第一个问题，他是怎么从大牢里逃出来的；第二，你说是假道士歪打正着，我看那坛子里的好宝贝可不是一般凡人能找到的；第三，当年他们家的事……"

皮修语气一顿吸了口烟："算了，人都死了这么多年了，追究当年的事也没意义，省得他知道又难过。"

"我只知道档案上的事情，至于他们家是被冤枉还是别的，你得去找谛听打听。"冯都拍了拍他的肩膀，"他许是当时受了刺激忘了死时的事情，你也不必多追问，今后待他好点。"

皮修"哼"了一声："还用你说！"

冯都挑眉："都知道清楚了还不走？"

皮修："犯了这种事，他父母亲族可还在阴间受罚？"

"你要干什么？"冯都眉头一皱。

皮修站起身："七月半鬼门开，我帮你守鬼门，让他和他父母亲还有爷爷能见的见一面，往后尘归尘土归土，把亲缘因果了结。"

冯都想了想伸出三根手指："三年的七月半。"

"两年，不然算了。"皮修道。

冯都立刻拍板成交，同皮修击掌发誓。

皮修打了个电话等着带鱼屏电脑屏幕送过来之后，这才同冯都打了个招呼回去。

但路上他还是生气，索性骑到了河边，想着抽根烟再回去，可越抽火气越往脑袋上冲，天上的乌云不知不觉聚集了起来。

第一个闪电刚照亮天空，皮修口袋里的手机响了起来。

文熙推开窗看着外面问："你去哪了？怎么还不回来？"

"刚刚出去给冯都送东西，怎么了？"皮修握着手机，心里舒坦了点。

电话里传来文熙一声笑："看着外面要下雨了，想着你没带伞，问问你要不要我去送伞。"

"送什么伞，我电动车有雨棚子呢。"皮修笑了一声，心里的烦躁跟着嘴里的烟一起吐了出来。

文熙"哼"了一声："什么雨棚子，你那个黄色两轮还比不过从前我出门的马车，马车好歹有盖有窗的。"

皮修沉默了一会儿，清了清嗓子："行了，别嫌弃了，我明天就去学车，有盖有窗的。"

文熙还没来得及说什么，皮修就说了"拜拜"挂了电话，留他对着忙音的手机发呆。

小扫把拿着作业往他身边一坐，指着空白说："不会。"

文熙看着题，伸手摸了摸小扫把的头发，叹气说："下次别打架了，你爸那个老东西被你气蒙了，主动说要去考驾照。"

小扫把一愣，颤颤问："那……那怎么办？"

"待会儿记得给他好好道个歉。"文熙说完一笑，"至于你那个老师，叫你爸直接去找他聊聊。"

晚上皮修回饭馆的时候，左手一只鸡右手一只鸭，香味浓得小扫把在二楼都能闻到。

他一进门把东西交给猴二，就看见稀客西王母倚门朝他一笑，一身西装也遮掩不了这个女人如狼似虎的蹭饭欲望。

"无事不登三宝殿，有屁就放。"皮修领着她到包间里坐下，让贾素珍给上了杯茶。

西王母点了根烟，直击主题："李靖的玲珑塔被偷了。"

"不早被偷了吗？寻物启事贴得比重金求子还多，还来我这里堵了一次仇伏，拿着假照片说是他把塔偷了，跟有病一样。"皮修皱眉。

西王母注意着他的表情，淡淡道："倒也不怪他，保命的玩意儿没了，换谁都害怕。"

皮修挑眉："怎么？你也觉得玲珑塔在我这里？"

西王母："那倒也不是，你抢个破塔干什么，又没用还掉档次。"

皮修："……"

掉了档次的皮修不言不语，心想老子还真就抢了。

"不过我听说这一阵子哪吒住在你这里？要知道他可是李靖心里的唯一指定背锅侠，你们两个怎么搞到一起去了？"

"注意你的用词，什么叫搞到一起？"他一清嗓，"论坛上的烂瓜我建议你别吃，上面都是骗人的。哪吒暂时住在我这里，只是为了给我儿子补课。"

西王母嗤笑一声："你骗别人还行，我可是明明白白，少拿你的便宜儿子糊弄我。"

皮修不乐意了："什么叫便宜儿子，我从小养大的，现在关心他学习怎么了？"

"那我问你，为什么哪吒会知道塔被陶题拿走了？你和陶题不共戴天，怎么他又和你住在一起？"

西王母一抖烟灰，表示真相只有一个："该不会是你们三个联手，一个抢一个望风一个销赃吧？"

皮修一噎，心想疯婆娘说话还挺准，中了66%。

"我和陶题之间的关系不至于一起搞团伙抢劫，饭可以乱吃，话不要乱说，小心我去监督办投诉你。"

皮修一边解释一边表示自己是合法公民，从不干小偷小摸的事情。

他一敲桌面："更何况一个玲珑塔有什么值得我抢的？用来当廉租房我都觉得小气，掉档次！"

他怒而总结："反正老子是清白的。"

西王母盯着他："你最好是。"

这女的今天这么咄咄逼人干什么？皮修眉头一皱："李靖的塔不见了关你什么事？难道你已经饥不择食在跟他拍拖，准备开始一段夕阳无限好的黄昏恋？"

西王母拍桌："老娘两眼睛是出气孔？下嫁都不带这么跳崖下落的！"

她嘬了口烟缓缓道："燃灯托我帮忙而已，虽然哪吒发誓玲珑塔不在他那里，但他们还是不放心。"

皮修笑了一声："就是不相信哪吒呗，明明也是一家人，闹成这个样子都是让外人看笑话。"

西王母挑眉："你见过砸儿子金身像的老子？要不是哪吒他娘他师父顶得住，灵珠子转世又怎么样？还不一样得完蛋。"

皮修沉默了一阵，靠在椅背上淡淡道："跟你说句实话，玲珑塔不在哪吒手里，要找你们就去找陶题，如果你们找到他，记得联系我。"

西王母顿了顿，一笑说："行了，有你这句话我心里有数了。"

皮修挑眉："故意来探我话是吧？"

"请你帮个小忙而已。"西王母笑了笑，"费乙那边最近老实得很，整天忙着给他们主子眍眐拉票投那个什么最帅男仙，暂时没有动静。"

皮修："那你也帮我个忙，把谛听借我。"

"现在不行，谛听忙着监督投票的事情，等最后那天晚会结束之后可以借给你。"西王母说着一顿，从衣服口袋里掏出一张红纸金箔的请帖递过去。

皮修："这是什么？"

"晚会请帖，到时候一起看个节目，你参加了投票，还要再表演个才艺来个现场拉票。"西王母淡淡道，"届时结果一定，天降功德。"

皮修一皱眉："那不是眍眐也会来？我寻思你把我当免费安保。"

他放下请帖想明白了，搞了半天声东击西，西王母是在这里等着自己呢。

"借一整天的谛听，我再让我干女儿她们拖家带口都给你投票。"西王母道。

皮修将起袖子："不就是一天的保安吗？到时候我让任骄、仇伏都去，需要的话猴子也可以安排，保证没有人敢闹事。"

两个人握手成交。文熙还不知道皮修马上就要从饭馆老板变成保安头子，推开门说："吃饭了。"

皮修还没反应过来，西王母一听开饭，立刻抽手往外走。

吃饭不积极，做神有问题。

皮修跟在后面出来，文熙感觉他周围有点烫，便问："出门找人干架去了？"

"你怎么老觉得我出门跟人干架？"皮修虎着脸看他，"我是地痞流氓吗？"

文熙反问："没跟人干架怎么身上这么烫？"

皮修："刚刚不是买鸭子吗？老板给我短斤少两还不承认，吵了两句。"

他推着文熙往吃饭的房间走，开始转移话题："皮聚宝作业做得怎么样了啊？别我待会儿一看都是空白。"

端着碗出来帮忙盛饭的小扫把一听皮修的声音就是一愣，再听"作业"两个字又一慌，最后听见"空白"连着自己脑子也空白了。

任骄从他手里接过碗："别管你爸，听我的，扫把无才便是德。咱们会扫地就行了，到时候我买个大院子，就——"

"就什么啊？"哪吒扯着领带从外面回来，一脸不耐烦地说，"怎么还有教唆小妖怪不念书的混账在呢？"

哪吒扯掉领带扔到一边才看到西王母，他眉头一挑："哟，真巧。"

西王母点点头，也算回了礼。

一桌人坐下吃饭，皮修冷眼看着自己特意买的鸡鸭被几双筷子扒拉得没了模样，扫过这一圈嘴吃得油光发亮的人，心想一群混账还真是做啥啥不行，吃饭第一名。

等着仇伏累得腰酸背疼从厨房出来准备扒口饭的时候，看见桌上的残羹冷炙，顿时凄凄惨惨戚戚，气得他对着镜子抓脸，哀叫一定是自己长得不够好看，所以连菜也不剩给他。

几个人酒足饭饱，就到了算账时刻，皮修亲自拎着小扫把上楼检查作业，任骄端着碗倚门回望，一步三回头，不放心这姓皮的便宜爹。

"作业给我看看。"上了楼皮修大马金刀坐在沙发上，等着小扫把上供家庭作业。

小扫把慢吞吞把作业递过去，这不看不知道，一看吓一跳。

皮修盯着上面的跟疯鸡挠一样的字体陷入了沉思，觉得自家饭馆里五个猴用尾巴写都比这写得好看，开始觉得吴祖也是个不错的学生。

文熙坐在旁边装作四处看风景，实则时刻注意查看皮修的体温，有什么不对立刻过去。省得你一个上古大妖，刀山火海明枪暗箭都闯过，结果栽在了给儿子看作业上，一口气没上来给气死，传出去实在是晚节不保。

皮修缓缓放下作业，轻咳一声说："你今天打的那老师是教你的任课老师吗？"

"不是。"小扫把摇头，"我不是海……海里的，不用学……学龙语。"

皮修："他来多久了？"

"不知道。"小扫把低着头嘟囔，"他先……先吐痰，还骂人，我又不是故……故意要打他的。"

皮修"啧"了一声："他是龙你是扫把，这根脚能碰吗？你以为是跟仇伏买彩票一样，搏一搏单车变摩托？"

"没有！任骄按……按着他让我打的！"小扫把反驳，"就把他按……按地上，叫我打！"

皮修一噎，搞了半天任骄还深度参与了？

小扫把支支吾吾："有任骄在……"

"他是大宝啊天天见。"皮修还要再教育，文熙及时劝阻这种不正确的教育方式，把老家伙一按："别说他了，明天你送他去学校，找他老师聊聊，免得以后他老师在学校里给孩子下绊子。"

皮修脸一黑："有什么好聊的，一条龙有那个胆子吗？"

"都是龙，亲戚之间肯定要走动，到时候你带着任骄一起去，不还可以顺便问问他知不知道鲛珠走私的事情？"

文熙三言两语把姓皮的安排得明明白白，于是皮修第二天起了个早，坐着任骄的车一起去了学校。

在皮修进了校门的一分钟内，全校的小妖怪都知道他来了，慕强心理让他们躲在各个角落窥视这位大妖。

皮修先送小扫把进了教室，跟哪吒打了个招呼才转身和任骄去找那条小白龙。

西海小白龙，上班第一天，因为吐痰引发一场血战。

清晨他沿着熟悉的校园小路，来到树下，初升的太阳照在脸上，也照着树下的悲惨呜呼。

上班第二天，因为前一天的血战迎来了新的挑战，展示了什么叫作热血小说里，走了小的来了老的。

在皮修的假笑中，他听见了极乐世界传来的KO（击倒）之声。

皮修也没想到这龙小子这么不禁吓，看见他跟见了鬼一样，两腿一蹬"呃"一声就晕过去了。还是他和任骄手忙脚乱把这货抬到校医室，挂了瓶葡萄糖。

皮修盯着这床上老龙家的种，感叹真是长江后浪推前浪，一浪更比一浪弱。

就这屁大点胆子，也敢跟放火烧殿上明珠的玉龙三太子同叫小白龙？叫他一声"白泥鳅"也算是抬咖了。

弹了弹指间的烟，皮修问："开水晶宫的龙二是哪个海的？"

"东海的。"任骄淡淡道，"哪吒他老对头家的。"

皮修"啧"了一声："这东海的事情，西海能知道吗？就东海龙王那个放屁都要闷被子里一个人闻的抠门脾气，有了赚钱的法子还能让别人知道？"

任骄也一顿，毕竟这个世上能被皮修承认抠门的人不多了。能让抠门的祖宗说一句抠门，也算是官方认证。

"待会儿问一下不就知道了吗？"任骄听见校医室里面的动静，推开门一看，同龙三老师大眼瞪小眼看了两秒，转头就告诉皮修，"醒了。"

龙三一个翻身，猛龙下跪，双手合十："校长已经批评过我了！您大人有大量，我再也不随地吐痰了！"

医务室里的医仙默默起身离开，临了转头说了一句："皮老祖，手下留情，待会儿他还有课。"

任骄点头："您放心，我们家长就是了解一下情况，绝对不动手动脚。"

龙三盯着这个鲛人，心想：你昨天就在现场，还要了解什么情况？自己吐个痰难道还要从客观和主观两个角度来验证吗？

皮修抬手下了个结界，防止有人窥视。

龙三看着房间泛着金光，心中默念阿弥陀佛，自觉命不久矣，东方阴曹地府容不下他，但求西方极乐可以度化，他不介意也驼个和尚去取经。

"有几个问题，我问你答，多的废话不要，保证不会伤害你。"皮修语气平和，还给龙三递了根烟，示意他抽根烟冷静一下。

龙三点头："您问您问，我保证知无不言言无不尽。"

"你叫什么？"皮修决定从简单问题开始，消除对方的戒心。

龙三干笑："叫龙东东东。"

皮修："……"

任骄："……"

你怎么不叫龙咚咚咚锵呢？

"不是，你是西海龙王的三儿子，怎么叫东东东，你妈给你爹戴——"皮修一顿，自觉言语粗鲁，咳嗽一声委婉说，"有点不太符合常理。"

龙三摸了摸头："我大哥叫龙西，二哥叫龙西西，我娘说龙西西西不好听，就让我跟着她那边叫。我娘是东海龙女，正好我舅舅家里就两个哥哥，龙东东东没人叫，就轮到我了。"

任骄摸了把脸，用力把脸上的笑压下去，清了清嗓子说："昨天对不住了，家里小孩发疯一下没拉住。"

要早知道你叫这名，就不打你了。

话题进行到这里，皮修一时不知道应该如何问下去，本来他还觉得这货吐痰是个坏蛋，还得警告两句不要针对小扫把。

但是一知道他这咚咚锵的名字，又觉得这孩子不容易，顶着这破名过了小半辈子，也不知道因为名字被校园暴力过没有。

"那个，你娘是东海龙王的亲妹妹？"皮修问。

龙东东东点头："我妈和我舅关系最好，以前出门碰瓷讹钱降雨都一块儿呢。"

任骄忍不住了，他猛地拍脸，等自己冷静下来才说："东海龙宫开了个水晶宫的KTV，你不去那儿上班？来学校上班工资不高吧？"

龙东东东想了想："我妈不让我跟龙东东东玩，说他跟他妈一样蔫儿坏，但是我哥对我挺好的，零花钱都是他给，要不然学校工资都不够我吃饭。"

"你妈嫌弃他做生意掉档次？"皮修见缝插针，慢慢把话题往龙二的生意上引。

龙东东东摇头："我妈说他做的不是正经生意，给东海丢脸。"

任骄："那你舅舅不管？"

龙东东东："我舅舅不知道，以为我二哥在外面搞水产呢，还觉得他给东海长脸了。"

皮修挑眉："你二哥每个月回东海看你舅舅不？"

龙东东东点头："当然回啊，他得回家进海产品啊。要不然 KTV 的海鲜拼盘供应不上，客人都不会来的。"

每个月回一趟东海进货，不进货客人就不来。任骄冷笑一声，谁知道进货进的是海鲜还是鲛珠。

皮修瞥了眼任骄，将话题又引回昨天的事情上："昨天实在是抱歉，是我没有教育好孩子。"

"不不不，是我随地吐痰在先。"龙东东东连忙摆手，又偷看了一边突然黑脸的鲛人，咽了口口水，"还说了些不应该说的话。"

皮修从口袋里掏出一个红包放在龙东东东的病床上："一点小意思，请龙老师吃个饭。皮邵棣我会好好教育，以后这种事不会有了。"

皮修一顿，脸上要笑不笑："不过龙老师也要知道，哪些话应该说哪些话不应该说。"

妖力在房间里盘踞，重重压在龙东东东身上，皮修冷漠的声音自带混响："妖怪的实力从来都不是看脸的，对吗？"

龙东东东"对对对对……"说个不停，看着皮修伸手过来，两眼一翻又晕了过去。

任骄："……你对他干什么了？"

皮修："我就想把刚刚对话的记忆抹一下，我这还没碰到他呢。"

任骄点头，等着皮修抹完记忆起身，两个人出了校医室，他才忍不住说："皮哥，谢谢了。"

"小事。"皮修动了动肩膀，"就问几句话，你用不着这个态度。"

任骄摇头，当他看到皮修掏出那个红包的时候，那一瞬间热泪盈眶也不过分。

皮修一看他这样就知道他在感动什么，冷冷道："红包的钱从你工资里扣。"

夏风拂面，任骄的心如寒冬，他将眼睛里的眼泪顿时憋了回去。

他就知道，这个姓皮的没有那么好心！

"今天早上是文熙叫我带个红包的。"两个人上了车，皮修突然开口，"你要谢也得谢他。"

任骄一顿，发动车，笑了一声："那谢谢文熙，给了我一个扣工资的机会。"

皮修跟着他笑了一声，摆手说："别送我回去，直接送我去驾校，今天练科目二。"

任骄如同看鬼一样看他，但也没多说什么。

毕竟黄色电动车寒酸是真寒酸，冬天骑车能把脸刮掉。

皮修在驾校下了车，在各位教练看煞星的视线中，坐上了他的教练车。

同别人的小汽车不一样，他独享恩宠开了辆能拉货的皮卡车，由校长专门提供，就算撞坏了也没事，反正也快寿终正寝了。

开车五分钟，生气两小时。

皮修再一次倒车入库失败，车屁股出线一大截，他喘着气想，学车还得文熙待在身边帮忙降温，要不然他能在驾校原地爆炸。

好不容易练完了一个小时的车，皮修下车站在驾校门口喝水降火，眼睛一转还看见个熟人。

牛郎蹲在门另外一头抽烟，也瞧见了皮修，走上前打了个招呼。

当初牛郎同织女结婚摆酒还是在皮修店里，西王母十分不爽地给干闺女摆了七天七夜的流水席，让皮修当月的流水翻了两倍。

"怎么您也来学车？"牛郎递了根烟。

"现在出门还是开车比较好。"皮修点了烟叼在嘴里，"你也来学车？"

牛郎点头："刚过科目一。七娘让我快点把车学了，好开车接孩子下晚自习。两个孩子明年高考完上大学，还得开车送他们去学校。"

"这么快就要高考了？妖怪高考难吗？"皮修在心里算了算，小扫把再过两年也要去准备考试了，就现在这个学习样子，还不知道能成什么样子呢。

牛郎叹气："难啊，怎么不难。虽然考完都是一个大学，但是也分本科专科吧，还有专业不同分数要求也不一样。如果考差了，七娘的面子上过不去，西王母的面子也过不去。"

皮修心里"咯噔"一下，觉得自己这个面子肯定要掉了。

两个老爷们蹲在马路牙子边沉默着抽完了一根烟，感受着只有成熟男人才有的忧愁。

任骄停好车进店里，正好撞见文熙同苏安聊天。

文熙只看见任骄没看见皮修，想着昨天这老妖怪也是一个人夹着车不知道去了哪里，回来的时候还一肚子火气，连忙叫住了任骄问："骄哥，皮修人呢？"

任骄晃了晃车钥匙："去驾校学车了。"

苏安手下一用力，笔尖弯成了九十度。

文熙没有经历过皮修学车的黑暗时光，还不知道这轻描淡写一句话意味着怎么样的惊涛骇浪，心里还挺高兴，点头说："学车去也好，早点学完早点考，整天骑着电动车上路也不安全。"

苏安换了支笔，淡淡道："你应该不知道现在的驾校师傅有多凶吧。"

"凶？"文熙一愣，"再凶能凶过皮修吗？"

苏安："……"

说得好有道理。

皮老板的确是天生长着一副分分钟要把人装蛇皮袋里填水泥沉塘的样子。就算驾校师傅再凶，也不至于拿命赚钱，敢对着皮老大指手画脚。

"对了，那个龙老师是怎么说的？"文熙想起自己叫皮修带个红包，也不知道他带了没有。

任骄笑了笑："已经没事了。"他顿了顿，冲文熙道了句谢，说了皮修包了个红包的事情。

文熙摆手："你谢我干什么，我不过是随口提了一句，他要是不放在心上，也不会去做。真要谢，你还是谢他才对。"

任骄淡淡道："如果他没把你的话放心上，也不会你提一句他就去做。更何况你来了之后他脾气也好了很多，往年这个时候他都不得不去深山的寒潭里泡着，哪里能像现在这样，还能跑到驾校学车？"

苏安点头附和："一般老板不在的日子，店里的流水就不太行。"

毕竟是聚财的瑞兽，在和不在的区别还是十分明显的。

文熙笑了笑："没他我也没现在的好日子过，我心里明白。"

厨房里还有事情做，任骄回房间换了个衣服就拎着熬鹰熬得死去活来的仇伏去干活，猴子们和贾素珍提着桶和扫把开始在大厅打扫卫生，帮不上忙的文熙被请到了院子里休息。

嘴上说是请，还不是嫌他帮倒忙碍事。

文熙心想着，又像是回到了从前在文府快过年的时候，家里的仆妇小厮们洒扫，书房架子柜子都得移开，就连爷爷也要亲手晒书，只有自己待在哪里都被嫌碍事。

每年到了那时候，他都只能溜到二姐那边去睡觉，最后还要被她拎着耳朵喊起来，出门去买过年要吃的金丝糖。

想着从前，文熙眼前突然一黑，脑袋疼得像是被人用刀搅过。他扶着门柱缓了缓，揉着额头觉得眼睛发花，看着什么都是五颜六色一片。

他缓了一会儿才发现不是自己眼花，而是眼前的树上的确是一片五颜六色——五彩的内裤迎风招展，在风中狂跳雏鹰起飞。

曹草原以为被狗撒尿圈地盘，是他经历过的最屈辱的事情，可没想到三十年河东三十年河西，老天爷不长眼还欺少年穷！

被绑在这里不能动就算了，他是一丛草，早就习惯站，但是为什么要在他的头顶挂猴子们的裤衩子！

曹草顶着一头内裤在院里站了一天，看星星看月亮，从诗词歌赋想到人生哲学，从狗睡觉等到鸡打鸣，都还没有等到猴子来收内裤。

正当他心灰意冷之际，文熙进了后院，曹草顿时来了精神，转头朝着文熙热情呼唤，叫他发发善心，过来把已经晒干的内裤收了。

文熙缓缓靠近，看着五颜六色的内裤也忍不住脸红，原来这东西除了黑白灰，还有这么多颜色。

但他并没有伸手去收，毕竟是少爷出身，哪里做过这种事情。

"你让我帮你收衣服，给我什么好处呢？"文熙在一边的秋千上坐下，看着草丛妖问，"那你告诉我那个玉观音里是谁。"

曹草晃头："不行，我和陶题有约定，有些话一旦出口我就会死。"

文熙："那你说小声一点，他听不到你就不会死了。"

曹草："……"

"你觉得你头顶上的天道是不存在的吗？"曹草一脸看怪物的样子看他，"你不是丞相府的小才子吗？怎么看上去一点都不聪明？"

文熙一愣，粲然一笑："谁跟你说我是才子的？"

"就有人说呗。"曹草嘟囔一声，抖了抖头发，"文熙帮帮忙，收了内裤吧！"

文熙还是坐着不动："别乱叫，我才不是文熙。"

曹草嗤笑一声。

"那我换个问法，玉观音里面的人我认不认识？"文熙坐在秋千上晃了晃，懒懒道，"你不说就算了，反正我看你头顶这块地方还挺大，除了内裤，被子好像也能在上面晒晒。"

曹草一噎，沉默了半天说："你认识。"

文熙心念一动："是男是女？年龄几何？"

"真的不能说了。"曹草表示他真的不能说，他还没有把狗尿的仇报了，还不能死。

猴二提着扫把在后院倒垃圾，看见文熙坐在那里荡秋千，走上前去说："这里热，您去楼上休息吧。"

"没事，我不怕热。"

文熙觉得晒晒太阳身上还暖和点。他朝着曹草头顶上五颜六色的内裤抬了抬下巴："那些衣服都是你们哥儿几个的？"

猴二瞥了一眼："啊，对，昨天晚上忘记收了，现在应该干了。"

曹草憋着气说："那就快点收。"

"在你头顶晒个衣服你还不乐意，我告诉你，你现在是污点证人，没有提要求的权利哈。"猴二把树上的内裤收下来一抖，心想怎么哥几个内裤的颜色跟葫芦娃衣服一样，七彩缤纷的。

曹草一口气憋在心里，压抑着怒火说："只要不把你们的衣裤晒我头顶，让我干什么都可以。"

猴二一愣，心想这台词好像有点糟糕。

文熙倒是想起店里明天就要开始送外卖，冲着曹草说："会外卖打包吗？"

曹草一愣，点了点头。

等着皮修从驾校回来，就看见五只猴子两个鬼还有一个算盘精都围着出菜口，不知道在看什么新鲜玩意儿。

"你们看什么呢？"

皮修走过去，就看见草叶翻飞，菜品、一次性筷子、纸巾打包一气呵成，整个过程没有超过十秒钟。

曹草感受着几个人敬佩的目光，淡淡道："小问题啦。"

文熙冲着皮修一笑："我看他正好能来打包外卖，省得还要猴子来帮忙。"

皮修看了曹草一阵，淡淡说："本来我还准备让哪吒来打包呢。"

三位一体的高级劳动力，六只手三张嘴，不管是传菜、接单，还是外卖打包都很方便，就是劝他来帮忙得费点力气。

苏安推了推眼镜提醒："老板，这个不用付工资。"

一听是不用钱的买卖，皮修立刻拍板："就你了。"

皮修双手在天空中一画，一个法令落在了曹草身上，他淡淡解释："为保险起见，一个法令而已。只要你不做坏事，一切无事；只要你做坏事，一切尽在我的掌握中。"

曹草卑微低头："知道了，老板。"

"还有，如果陶题突找你，必须第一时间通知我。"皮修顿了顿，又摇头说，"算了，我估计他也不会来找你的。"

曹草被猴一带下去进行服务员培训，熟记并背诵《服务员的自我修养》，这是饭馆里每一个员工的必修课，是皮修从精神上进行管束的手段。

周一如期而至，文熙早上醒来的时候皮修还在睡，昨天皮修从驾校回来身上的温度迟迟降不下去，休息了一晚才好些。

昨晚文熙困得只想去见周公，却还要听他抱怨学车的艰辛，还有驾校师傅的阴阳怪气，原本还能笑着的脸最后直接装睡，求这个新手司机不要再说了。

皮修一睁开眼睛，就闻见一股淡淡的香气。

他使劲吸了吸鼻子问："在干什么呢？"

文熙放下手机看他："我看论坛上说周五有个晚会，所有被投票的人都要表演节目，你准备好表演什么没？"

"急什么？我就是不表演，票数也比他们高。"

文熙轻声说："就当走个过场，去凑个热闹给人个面子。对了，昨天我问那个草丛妖，他说陶题抱着的玉观音里面的人我认识。"

皮修一顿，故作无意说："说不定是你哪个亲戚呢。"

"谁知道呢……"文熙闷闷道。

皮修起身说："今天开始送外卖，我得下楼去看看。"

文熙："那个螃蟹精许久没动静了，你记得去看一眼，省得他乱说话。"

皮修应了一声，把前两天做好的珍珠手钏给了文熙。

珍珠莹白衬着美人骨，上面还有一只墨绿貔貅，怎么看怎么合适。

"好好戴着。"皮修看了一眼文熙脖子上的貔貅吊坠，淡淡道，"东西贵得很，弄坏了就赔钱。"

一大早店里只有在对面广场排练过来吃早饭的仙官妖怪，一片一手投票一手递汤的祥和场景，暂时还没有外卖订单的降临。

但是被熬了两天的灌灌和脱离禁锢的曹草已经在岗位待命，时刻准备查收新的订单。

皮修不知道这只灌灌被仇伏熬得怎么样，只是看这灌灌身上掉的毛，似乎是仇伏赢了。

皮修迤迤然绕过遮挡视线的屏风，走到桌子前，一敲桌面说："早上好。"

灌灌跟条件反射一样先唧唧叫一声："早上好，老板，祝您寿如东海富比南山。请问您要选择什么服务，外卖送餐请说1，店内预订请说2，骂街服务请说3……"

仇伏站一边冲着皮修一挤眼："哥，你看这鸟我训得好不？"

皮修抹了把脸，欲言又止。

他拍了拍仇伏的肩膀："挺好，有志者事竟成，待会儿接单应该没问题吧。"

仇伏邪魅一笑打了个响指，灌灌自动播报："蒸羊羔、蒸熊掌、蒸鹿尾儿、烧花鸭、烧雏鸡……"

标准的京腔儿化音，除了这些菜皮修店里一个没有，别的一点儿错都没。

任骄趁机在后面把头摇成了拨浪鼓，告诉皮修不要高兴得太早，关键时刻拉胯这种事仇伏从来没少干。

皮修盯着仇伏和那只破鸟想了又想，决定眼不见心不烦，先出门练了车再说。

开上他心爱的小皮卡，来一段说撞就撞的倒车入库。

太阳逐渐上移，时针缓缓转过，客人走了又来，桌子上的语音王终于响起第一声接单了，店里所有的伙计立刻进入了一级戒备状态。

打印机缓缓吐出点菜单，灌灌的鸟爪一把按住，叫声嘹亮："蒸羊羔、蒸熊掌、蒸鹿尾儿……"

仇伏倒抽一口冷气，冲上前就要抓鸟，没想到这破玩意儿嘎嘎笑了两声："这些都不要！红烧灌，清炒槐角，水煮小鲹鱼，米饭！"

所有的人都松了口气，仇伏冲着任骄干笑两声："这灌灌就是这样，活泼，爱开人玩笑。"

灌灌嘎嘎又叫了两声："丑狐狸你也得吃点鲹鱼，治狐臭！嘎嘎嘎嘎嘎嘎！"

任骄一脸同情地看着仇伏："的确挺活泼，笑得跟个鸭子一样。"

仇伏咬牙切齿："你相信我，我没狐臭！"

任骄心想自己相信有啥用，外面坐着那么多人都听见了，估计只要过两分钟，仇伏就会被他爹妈打过来的电话骂到狗血淋头。

菜品出锅，曹草手快话不多，草叶翻飞，完美不失华丽地打下一个蝴蝶结，然后将外卖交给面前等候已久的帅哥。

曹草一愣，看着面前的黄马甲帅哥没有松开自己握着外卖的手，迟缓地从嘴巴里吐出两个字："你谁？"

帅哥一笑："土地公。"

曹草疯了。

看过《西游记》的都知道，土地公平均身高不超过一米五，都是一副和稀泥老好人的老头子样子，跟面前的一米八阳光帅哥根本不是一个概念。

帅哥主动解释："没办法，这不得迎合市场吗？好看点总没错。"

忙着赶时间的帅哥土地公走了，曹草看看大厅里忙碌着的猴一二三四五，又看看自己身边的鸟，就听见它嘎嘎两声笑。

灌灌："就你没个人形嘎嘎嘎嘎。"

曹草一脸冷酷，伸出草叶把灌灌的嘴绑了个严严实实。

一上午外卖不断，接单送单都没有问题，等着皮修练完车带着火气回家的时候，就看见一溜烟长得像一个整形医院整出来的土地公拎着外卖从店里出来。

他点头打了个招呼，推开饭馆门，发现大家忙得真是热火朝天，文熙都下来帮着贾素珍点菜下单。文熙穿着自己的五十块一件的山寨大牌外套，手上戴着早晨自己给他的珍珠手钏，穿梭在客人之间，一脸灿烂。

看见皮修回来了，文熙迎上去："今天学车怎么样？"

皮修点头："还行，在练侧方位停尸，不，停车了。"

文熙点点头："反正我也不懂，你觉得好就行了。"

"怎么从楼上下来了？"皮修抽出他手里的菜单，塞进路过的猴三怀里，"是他们上去叫你的？"

"没有。"文熙晃了晃手腕上的手钏，"不是你说要是把这个碰坏了要赔钱的吗？我身上一分钱也没有，就只能帮你打打工抵债了。"

皮修冷哼一声，正要说话，就听见嘎嘎一叫。

那只破鸟不知道什么时候看着他们俩，正咧着嘴嘎嘎笑。

皮修走过去直接给了他一巴掌，曹草适时送上一些草叶，示意皮修把这只多话的鸟挂在厕所门口辟邪，自然而然接替灌灌开始接单给外卖打包。

皮修跟着文熙在店里帮了一阵忙，直到过了午间的饭点才从厨房端了饭同文熙上楼。

老板前脚刚走，后脚仇伏就从厨房冲出来，带着猴三把挂在厕所门口熏腊肉一样的灌灌救了下来。

嘴上一松绑，灌灌就破口大骂："臭死老子了！"

仇伏一把捂住它的嘴，转头去看楼梯，生怕皮修听见杀下来。

猴三小声说："走了走了，我都听到帘子响的声音了。"

仇伏松了口气，他倒也不是对这灌灌有多少感情，主要还是因为这是自己熬鹰计划的第一只鸟，就这么挂在厕所边熏死了实在是不体面。

他叹气说："你这张嘴就不能说点好的？惹谁不好你要惹皮哥，不知道马王爷几只眼呢？"

这次灌灌倒是沉默很久，直到猴三伸手一戳才开口说："我知道了，你们两个是好人。我有一个秘密要说。"

仇伏一愣："什么秘密？"

他和猴三注意着旁边的动静，小心靠过去，就听见这灌灌压低了声音说："任骄上厕所没冲。"

仇伏："……"

猴三："……"

还是把这只破鸟挂在厕所里提醒别人"来也匆匆，去也冲冲"吧。

皮修一拨珠帘，冷眼瞧着仇伏把灌灌放下来，正想要下楼就听见文熙在背后叫："你过来吃饭啊。"

他一转头就看见文熙正同排骨较劲。

皮修走过去往文熙身边一坐，就盯着他的脸看。

"怎么了？"文熙看他，"我脸怎么了？"

皮修："没什么。"

没什么你盯着我干什么？文熙脸一扭，发现他还盯着自己，这才后知后觉地反应过来。他抽纸擦了擦自己的嘴巴，垂着头又给自己夹了块排骨，但是又觉得吃不下去了。

两个人放了筷子坐在沙发上消食，文熙拿着手机把论坛的新帖子都滑了一个遍，但姓皮的还是一句话也不说。

文熙索性关了论坛等待皮修说话。

没想到皮修这老妖怪居然开口问:"怎么不看了?刚刚那个帖子我还没看完呢。"

文熙瞪了他一眼,楼梯口的珠帘晃了一声,哪吒撩开珠帘:"学校今天下午放假,从明天开始都要排练节目不上课。我正好带着小扫把回来。"

皮修一愣,看了眼哪吒背后跟着的小扫把问:"真的放假?不是你带着他出去打架,两个人都被学校开了?"

小扫把摇头:"要……要排练节目,演白雪公主。"

哪吒解释:"周五监督办不是整了个晚会吗?学校接到通知,一个年级出一个节目,一个年级就一个班,他们班表演舞台剧,演白雪公主。"

皮修一听乐了:"演什么白雪公主,哪吒闹海不行吗?好歹是大型晚会,正主还是班主任,真人真事更打动观众。"

哪吒冷笑:"老子看你不想活了,要排哪吒闹海,不如来一出大闹天宫,大家一起重温旧梦乐和乐和。"

"那还是算了,别把天道气出病来,到时候全体猴精创伤后应激障碍发病,大家一起玩完。"皮修随手一指天淡淡道,"再说了,这么多年除了孙大圣也没第二个正儿八经的猴精出现,他怕着呢。"

窗外突然轰隆一声打了个雷,文熙一抖叫皮修快别说了。

"行了,白雪公主就白雪公主吧。"皮修一揉小扫把脑袋,"你演什么?白雪公主还是七个小矮人?"

小扫把摇头。

皮修一挑眉:"难道还是那个王子?"

小扫把还是摇头。

"恶毒王后也不错,戏份挺多的。"皮修看他还摇头,沉默了半晌,"该不会是一共就几句台词的镜子吧。"

连个正脸都没有,到时候就台下配个音,要是突然结巴了怎么办?

小扫把见皮修猜不出来,直接说:"不是,我演一个扫……扫地的松鼠。"

哪吒解释:"我本来是想让他演个小矮人的,但是他一听有个角色能扫地,自己要求要演这个,拦都拦不住。"

皮修:"……"

他缓了缓说:"其实你看,白雪公主也扫地的,咱也不一定要演个扫地的背景板……"

小扫把:"但是他可……可以一直扫地。"

皮修:"……"

行,这辈子还真就跟扫地杠上了呗。

哪吒拍了拍皮修的肩膀:"没事。一室不扫何以扫天下,一看以后就是成大事的人。"

"你少说屁话。"皮修心想只要给小扫把一个扫把，他能从这里一步一扫直接扫到西伯利亚去。

小扫把把书包放一边，从里面掏出个纸包递给文熙："我同学给……给的。"

"谢谢。"文熙接过打开一看，手一抖差点没接住。

纸包里有一个头上长草的闭眼婴儿，身上白里透粉，看得人心里发慌。

小扫把："人参果好……好吃。"

"班上镇元子两个童子给的。"哪吒淡淡道，"说是熟了太多吃不完，今天在全班发呢。"

文熙将纸包好放在一边，冲着小扫把一笑："那晚上我们一起吃。"

小扫把点头："我先下去排……排练。"

等着小扫把下楼去排练一只会扫地的松鼠，哪吒才往沙发上一靠，从口袋里掏出一块留影石扔在桌上说："今天早上我去办公室，不知道谁放在桌上的。"

哪吒淡淡道："里面是我妈的影像，说她现在很好，叫我不用担心，认真上班，不要让人发现我拿了李靖的宝塔。"

"影像是真的还是假的？"皮修挑眉，"不过陶题倒也不至于在这种事情上做假。"

哪吒："真的倒是真的，我就怕是我娘被迫拍的。"

他沉默一会儿又自言自语说："不过也不可能，从前我还小的时候，我娘就能拿棍子打得李靖鸡飞狗跳，谁还能逼着她干什么？"

当年自己就差跪在地上求她跟自己牵命运线，两命一体，生死相连，用自己的阳寿供着她活下去，说什么她都不愿意。

哪吒叹了口气："虽然她说她没事，但我还是要想个办法把她找回来。哪有娘出事儿子不在身边照顾的？"

皮修看他："大孝子啊，怎么不见你对你爹好点？"

"少说胡话，我可没爹，陈塘关的时候就割肉放血还给他了，谁跟他有关系！"哪吒站起身往外走，"我去楼下看小扫把扫地了。"

皮修下楼，苏安放下手中的计算器，看着浑身上下都散发着舒爽气息的老板，看在这些天靠他照片赚了笔小钱的情分上，他缓缓道："老板，有一个词叫'PUA（精神控制）'，不知道你听过没有？"

"听过啊，怎么了？"皮修心不在焉，一边说一边看手机，心想文熙脖子上手上都戴了东西，脚上还没有。

玉的不禁碰，银的太便宜，得整个金镯子给他套上。

苏安说："我从来没看到您这么大方过。"

皮修把手机收回口袋里："我去库房看一眼，你忙你的。"

好言难劝该死鬼，姓皮的栽进去了，苏账房无力回天了。

心中最后一丝战友情熄灭了，苏安再次拿出手机发帖——

"不可说私房照片，亚洲精选，清仓甩卖，欢迎私聊。"

皮修进了趟库房，挑挑选选找了个金脚镯出来。

他对着光照了照，比画了两下大小，觉得应该差不多，心满意足锁上了库房的门。

"你一会儿进一会儿出干什么呢？"哪吒从后面一拍他肩膀伸头看了眼，挑眉道，"不是说陶题当初连山者给你搬走了吗？我看你家底挺厚实啊。"

皮修冷笑一声："你以为貔貅聚财是随便说说的吗？过了这么多年，怎么着手头也要有两个子儿。"

他把金镯子用手帕包着放进口袋里，瞥了眼树荫下正乖巧扫地的小扫把，忍不住对哪吒说："任骄在厨房里忙，你看着他，别让他一直扫。"

"还用你啰唆。"哪吒抱着手臂叹气，"也不知道为什么你运气这么好。"

皮修看他："你看过皮聚宝的作业了吗？你就这么说？"

"看了啊，我是他老师还能不看他作业？"哪吒笑了一声，"他还不是最差的，班上有个金乌，那天给我交了一团黑炭上来，说是写作业的时候太激动没注意，把作业烧成炭了。"

"就算是他们爹娘来也不敢在我面前说这种屁话，这群小崽子倒是一个比一个胆大。"

虽然是抱怨的话，但哪吒脸上的笑容却越来越深。

皮修冷眼看着："真喜欢小孩怎么不自己养一个？"

"算了吧。"哪吒摆手，"要整个跟我一样的出来怎么办？"

混天绫悄无声息缠上他的手臂，轻轻拍拍他的脸，像是叫他不要这样贬低自己。

皮修："月老那边每周都办相亲节目，我可以去帮你报个名，到时候你一站上去，肯定一盏灯都不灭。"

"那可说不定，人家一看我这家庭关系，说不定哐哐哐灯全灭了。"哪吒嗤笑一声，"这么多年，我还是一个人自在。"

皮修拍拍哪吒的肩膀，随口报了组数："去买彩票吧，买两条鱼放你的莲藕塘子里陪陪自己。"

哪吒冷眼看他："那我真是谢谢你了，你还是先想想自己周五的晚会表演什么吧。"

皮修突然被提醒，身体一僵，反问："那你要表演什么？"

哪吒眼睛一转，缓缓吐出两个字："保密。"

皮修面色一沉，同样回敬"保密"两个字，转身就出了后院，开始给杨戬打电话，准备探探二郎真君的口风，看看他准备表演点什么。

还是姓杨的狠，为了全心全意给自家狗拉票，准备了一首声情并茂的诗朗诵赞美他心里最可爱忠诚的哮天犬。

简直让听者感动得流泪，不投不是人。

可等到皮修问杨戬让哮天犬准备了什么节目的时候，这位真君就开始不正面回答了。

杨戬顾左右而言他："我记得你们家还有五只猴子。"

皮修："……"

任何有动物化形的家庭现在都是杨戬的敌人，他绝不可能泄露一点消息。

皮修挂了电话，又打开投票窗口看了看，发现除了哪吒、杨戬票数比较多，剩下的就是排第四的睚眦。他脚步一转，直接出了店门，站在了不可回收垃圾桶前。

现在不是收垃圾的时候，志愿者大爷大妈不在，正方便皮修和独手螃蟹接头。

皮老板伸手一敲垃圾桶盖，三短一长，等着螃蟹开门。

"谁啊？"声音从垃圾桶里传出来。

皮修淡淡道："我。"

垃圾桶里沉默了一阵，问："你是谁？"

皮修一把拉开垃圾桶盖，黑着脸说："你爷爷来了。"

螃蟹一看是他，立刻抖抖索索开始交代："皮老祖，这段时间我都按照你的吩咐说了，没有泄露一点您的隐私，就连上次李天王来了，我也只说是你们停车违章了啊！"

皮修点了根烟含在嘴里："你说了什么我都清楚，今天来不是因为这个事。费乙还有多久过来？"

螃蟹顿了顿："还有个二三十分钟就来了。"

"从他嘴里套两个问题：一、周五的晚会睚眦去不去？二、睚眦准备了什么节目？"皮修吐出个烟圈，"你问，我就在这里听着，不要给我要花招。"

螃蟹唯唯诺诺："可我要是套不出来呢？"

"套不出来？"皮修一笑，"套不出来，你另外一只钳子也别想要了。"

为了保住自己的最后一只钳子，螃蟹哥打起了一百个小心来面对费乙，对着这位上司献出了百分百的热情。

"您今儿来挺早，路上坐车辛苦了吧？累不累？渴不渴？"

费乙一脸疑惑："你今天怎么了？在垃圾桶里终于被熏到精神失常了？"

"您这是说的哪里话，我不是看着您高兴嘛。"螃蟹嘿嘿笑了两声，由喜转哀，"费老板，我在这垃圾桶里什么时候是个头啊？待了这么多天，钳子没了一个，天天被人用垃圾往脸上打，我要顶不住了。"

费乙沉默一阵，安慰说："你放心，公司的福利好，到时候会给你补偿的。"

螃蟹摸了把眼泪叹气："那我什么时候能调走啊？"

"过两天大老板过来，他有些事问你，问完你就可以换岗了。"费乙压低了声音说。

螃蟹心头一动，眼睛瞥了眼皮修隐藏身形的地方，故意惊讶问："大老板过来？

眦眦大人他是为什么过来？也是因为那个周五的晚会吗？"

费乙点头："大人要领昴帅男仙的奖，当然要本人到场，才能沐浴功德。"

螃蟹连忙附和："是我糊涂了。不过我听说参加投票活动的榜单前十的选手都要表演节目，不知道大人这次准备了什么节目？"

"那当然是艳压全场的节目。"费乙骄傲地一抬头，"就看眦眦大人的长相身材，都不用表演什么节目，往那里一站就足够了。"

螃蟹："当然当然，但是我还是有点好奇，毕竟到时候我去不了现场，只能待在这里……"

费乙见他可怜，左右看了眼，压低了声音说："眦眦大人到时将……"

螃蟹的表情僵硬了，一双黑豆豆眼盯着费乙，妄图从他脸上看出一丝一毫说玩笑话的意思。

但是并没有。

费乙一脸认真，伸手拍了拍螃蟹壳让他专心监视，好日子就在前方。

等到费乙坐上车消失在路的另一端，皮修显出身形问："眦眦到时候会表演什么节目？"

螃蟹看看他又看看天，用一副难以置信的表情说："费乙说，眦眦大人要表演空口吞宝剑。"

皮修："……"

他承认自己设想了很多眦眦会表演的节目，但是万万没想到，这经常被刻在宝剑柄上的小心眼子居然还没忘了老本行。

口吞宝剑！行，算尔狠。

但是说起表演杂技，他皮修也没有在怕的！

谁不是摸爬滚打混过来的？谁没在人间受过伤？谁没在人世碰过壁？谁还不是个手艺人？

文熙见着皮修气冲冲进了店里，问："怎么了？"

"没什么。"皮修经过也脚步不停，一把拉开厨房门大喊，"任骄、仇伏，我把式你们收哪里了？"

文熙一脸疑惑，看向猴二问："他刚刚说的什么玩意儿？"

当年被陶题卷走万贯家财的时候，皮修过了一段非常消沉的日子，直到后来遇见了任骄和仇伏，三个臭皮匠活得比一百个诸葛亮还要长，很快就一拍即合，从头收拾旧山河。

三兄弟的发家史曲折艰难，为了赚钱，他们上刀山下火海躲城管，后来仇伏被坑去挖煤才慢慢消停下来。其间过程得《致富经》节目组为他们做个专题节目，说上三天三夜才能说明白。

皮修认识到游击战行不通之后，他决定要有一个固定的地盘，这样才能赚更多的钱。

　　可当时他们手头的钱还不够置办一个不动产，没有办法，只能想办法尽一切可能赚钱，才有了皮修学艺卖个糖炒栗子都能颠锅高一米的本事。

　　任骄一擦手，疑惑地看他："你那些把式都一两百年了，怎么的？已经到卖把式换钱的地步了吗？"

　　仇伏："老皮，你要是真愁钱，我不介意为了你出道当网红。"

　　"都什么乱七八糟的。"皮修把厨房门一关，冲着他们两个说，"周五不是有个晚会吗？到时候我得表演节目。我这里有一个消息说睚眦也去，他要表演口吞剑。"

　　皮修张嘴比画了一下，任骄"嗐"了一声："你也吞一个呗，又不是不会。"

　　"你懂个屁。"皮修黑下脸，"这能表演一样的吗？再说了，他在我面前整杂技，就是鸭子拉车，自不量力。"

　　仇伏脱了围裙："我去给你找找，我记得当时是被收在角落里了。"

　　"别找了，估计找到也不能用了，直接买新的算了。"任骄"啧"了一声，"不过你从哪里知道睚眦会来的？他不是蹲在自己的山窝里，几百年都不见动弹一下吗？"

　　皮修冷笑："那是他想蹲吗？那是因为天道看他不爽，怕他个小心眼子在人世乱跑惹祸，故意限制他行动的。"

　　窗外又是一阵雷响不断，皮修听得心烦，直接拉开窗户吼道："这是夸你做好事呢！好赖话听不明白了啊？"

　　雷声一顿，乌云迅速撤去，天空出现了一道彩虹。

　　皮修一关窗，抱着手臂说："我看了投票榜，三眼娃全心全意只为他们家狗，哪吒对这玩意儿没兴趣，别的票数断层，追不上来，只有睚眦对我还有威胁。"

　　他想起之前费乙信誓旦旦说睚眦来领奖的样子，就忍不住冷笑："刚刚我见着费乙，一脸这个奖就应该睚眦拿的样子，睚眦肯定还藏有后招。"

　　一直听着不说话的猴四突然举手，弱弱说："估计是想来一手海底，最后终极翻盘压皮哥一头呢。"

　　皮修看他："海底？海底世界那个海底？"

　　"不是不是，就是前期控票，但是在最后一点时间把票都投出来，打人一个措手不及。"搞选秀又失败的猴四一边切菜一边叹气，"老板你千万小心对方卖惨，别让他们把路人的同情票拉走了。"

　　任骄摸了摸下巴："那就是留有后招的意思呗。"

　　"那怎么办？我们也控票？"仇伏问。

　　皮修摇头，他的票全靠每天来吃饭的人还有杨戬那边的人投，再加上论坛上欣赏自己肉体的网友们。

　　没有固定的后援会，根本没办法控制压票。且不说他不想弄什么后援会，就从时间上来说，组建后援会来控票也来不及了……

　　他的目光突然一顿，缓缓转动，定格在了柜台处勤勤恳恳按着计算器的苏安身上。

苏安突然打了个寒战：是谁的眼神锁定了我？

他缓缓回头，看见了冲他微笑的皮修。

皮修走到收银台前，一脸风轻云淡，压低了声音问："这段时间卖我照片赚了不少？"

苏安手下一顿，脸色惨白。

他居然什么都知道？！

"一共卖了多少份出去？"皮修问，"有报表吗？我看一下。"

苏安点头，咽了口口水："有的。"

他打开电脑上的 Excel（电子表格制作软件）表格，让老板来翻阅。

皮修直接把表格拉到底部，发现这苏安不愧是算盘精，营销还真有一手，居然卖出去小三千，一边的通知栏还一直有购买消息跳出来。皮修松开鼠标，转头看他："卖了三千份赚了多少？"

苏安报了个数，皮修满意地点点头。

"周五晚会最后投票冲刺，你把这些买过照片的拉一个群，让他们捏着票，等到了最后的几分钟再投给我。"皮修想了想，瞥了眼一边正和猴二说话的文熙，压低了声音说，"必要时候，可以送一两张照片，但是必须保证他们在最后投票。"

戴罪立功的机会送到面前，苏安一把抓住，向老板保证完成任务，并且压低了声音向老板申请获得更多的筹码。

虽然卖照片的盈利多，但皮修仍说道："现在不能再下海了，至于你卖照片的那些钱——"他拿过算盘精的计算器按下按键，用计算器说出那些赃款的归宿——"归零归零"。

全部上缴，不得隐瞒。

苏安聪明一时，终究还是为皮修做了嫁衣。这老妖怪早把他的偷拍行为看在眼里，但是却不说破，就是为了把他这头羊养肥了再宰。

皮修，你好狠的心！

苏安满心不忿正想要争辩，就又听见皮修缓缓道："投票的事情办好，这个月工资翻倍，再加休假三天，让猴五来给你代班。"

被 997 折磨多年的苏安立刻立正稍息，向着老板一鞠躬："老板放心，我一定做好。"

安排好这些的皮修心满意足回到厨房，继续和他的兄弟讨论什么表演既可以展现他多年不忘初心的杂技实力，又能不落入用法术就可以完成的俗套。

三个人在厨房里抓耳挠腮，直到文熙过来敲门。

"客人在催菜了，你……你们在做什么？"文熙眉头一皱，看着抽烟三兄弟，忍不住捂住了鼻子，"快点做菜。"

皮修站起："行了，你们先忙，有什么想法晚上再说。"

大厅里的客人越来越多，贾素珍和猴子们穿梭其中，皮修简单打了个招呼就带文熙上了楼，把从库房找的金脚镯拿给文熙试戴。

皮修突然道："我知道周五晚会我要表演什么了。"

文熙："表演什么？"

皮修邪魅一笑："到时候你就知道了。"

从这一天开始，皮修开始了早起晚归的生活。

直到周五晚会来临的那一天，文熙总算是一大早看见皮修还在房里，正在镜子前面对着几根头发左梳右梳，往上一个劲地抹发蜡。

文熙叫了皮修一声，见他转过头来一愣。老妖怪平时都是大 T 恤沙滩裤，现在突然背头白衬衣黑裤子，脸还带着笑，迎面而来的视觉冲击直接让文熙愣在了原地。

"怎么了？"皮修走过去。

文熙不说话，抬手使劲揉了揉眼睛。

"快点起来，我们得出发了。"

文熙洗漱完下了楼也还没缓过来，等到了晚会现场，他才反应过来，看着皮修在心里狠狠夸了一句。

晚会演播厅门口摆着一排皮修饭馆贺送的花篮，店里的伙计还有被叫来帮忙的五猴，都穿着安保的衣服四处巡查。

皮修带着文熙同西王母打了个招呼："怎么样？我的安排还可以吧？"

西王母一笑："算是不怕睚眦来捣乱了。"

整个场馆都充斥着貔貅的气息，就差拉条横幅挂在门口——

貔貅大舞台，有胆你就来。

天道八百年才下一道旨，小气巴拉的从手指缝里漏点功德出来给各路仙家分一分。

为了这次的晚会，监督办可谓是倾巢出动，玉帝亲自坐镇，东王公、西王母各自带人出场，酆都鬼帝阎罗也列队出行，填充整个场地的安保。

杨戬更是一口气牵了十八条狗出来，关键地方的天兵安保人手一条，保证万无一失。

皮修见他今天难得没穿制服，走过去一拍他肩膀问："今天怎么便装出行啊，二郎真君？"

"什么便装？"

杨戬一转过来，姓皮的才发现这厮身上的 T 恤居然印满了哮天犬的头像。

人头狗头穿插着来，中间还写着"我爱小天"四个大字，震撼人心。

皮修："……请问你就是拼命三郎吗？"

"其实也还好，这比起我当年劈山救娘简单多了。"杨戬淡淡道。

他身边的哮天犬今天倒是相反，穿着一身量身定制的小西装，平日里凌乱的黑头发梳得整整齐齐，笔直站着，小帅脸一扬，叫人看不出来根脚是条狗。

只是一如既往地臭着脸，除了杨戬谁都不理。

哮天犬皱了皱鼻子，突然说："我闻到了一股猴子味。"

杨戬瞥了眼皮修，问："你把店里的猴子都带过来了？"

"对啊，帮忙看场子，安保凑个人数。"皮修一笑，"有些你们镇不住的人，猴子几个能镇住。"

他见杨戬抿着嘴不说话，摆手说："别这么紧张，他们不会上场。"

"不是。"杨戬突然沉了脸色，看向演播厅的门口，"睚眦来了。"

文熙想转头去看，却被皮修按住了头。

皮修："来就来了，你怕他二什么？"

杨戬："你和我不怕，但是有别的人怕。"

皮修转头看了眼孩子堆里的哪吒，淡淡道："仙官们有玉帝管，小崽子有哪吒在，不过一晚上而已，用不着多担心。"

杨戬睁开额头上的第三只眼，盯着被费乙马仔们簇拥着，一身上海滩赌神打扮的睚眦。从来都是事不关己高高挂起的二郎神，难得露出了点不痛快的表情。

被皮修按着头的文熙闷闷说："你松开，我要喘不过气了。"

"胡说，都死了几百年了还有什么气给你喘。"皮修松开手，低声说，"待会儿我去表演的时候，你坐在椅子二别乱跑。"

文熙："知道了，你都说八百遍了。"

"实在不放心，我安排个人在你座位边守着。"杨戬淡淡道。

皮修点头道了个谢，带着文熙朝他们的座位走。

"待会儿得好好看我的表演，看完得写个三千字的观后感，写不出来我就找你的麻烦。"皮修带着他坐下。

文熙："我登个岳阳楼都不过写三百六十八个字，你几分钟节目啊？要让我写三千字。"

"三千太多了，一千字总不多吧。"皮修道。

突然角落里的闪光灯一亮，文熙眼睛一闭："怎么有人在拍这边？"

皮修回头一看，那小妖怪已经跑没了影，他黑了脸说："没事，估计是拍照发在论坛上，到时候我给冯都打个招呼，让他记得删帖。"

被一打岔，文熙也没了玩闹的心思，安安心心坐着同皮修说话吃水果，等着节目开始。

神仙妖怪能来的都来了，拖家带口带宠物，走廊里人来人往热闹非凡，没过多久座位上就坐满了人。

还有两个小萝卜丁看着文熙吃樱桃流口水，家长一看见他身边的皮修，连忙抱着孩子走了。

稍微有些名气的妖怪都过来同皮修打招呼，文熙安安静静坐在旁边，观察着同他们说话的皮修，感觉到这老妖怪不同以往的一面。

似乎是来的人太多，皮修觉得有点烦，眉头一皱就把那些还想上来聊几句的妖怪钉在了原地。

苏安不知道从哪里钻出来，一推眼镜朝着那群妖怪神仙走过去说了几句，那群人便散去，又把安静还给了皮修。

"老板，你说的一切都安排好了，一共近三千人，都在群里了。"苏安低声说。

皮修："一定要在最后把所有的票都投出去。"

苏安点头："您放心，我都安排好了。其他几位的票数我也在随时监控，一旦出现异常会马上向您报告。"

皮修点头，抬了抬手让他去座位上继续工作。

文熙冷眼看着，心想一个投票而已，还整得跟秘密行动一样，挺得劲。

进场的人渐渐少了，猴子们又巡完一遍场之后，跟着任骄和仇伏回到了皮修附近的座位上坐下，等着节目开始。

监督办的节目排在第一个，天庭几大巨头一齐上台，表演一场大型历史舞台剧——从当年盘古开天辟地，直到新社会建立，许多时代都涉及了。

皮修托着下巴想这也太无聊了点。

"哎，他们说当时打蚩尤你也出征过，真的假的？"文熙问。

皮修："真的，黄帝给了挺多出场费，还把我的样子画成图腾，让我收了一点功德。"

文熙瞥他一眼，心想还真是专注敛财几千年，抠门老字号。

监督办十分官方的节目总算结束，突然音响里一声吼，演播厅内霹雳闪电突起，吓得文熙往皮修边上一靠。

"怎么还有雷在屋子里响的？"

仇伏冲着靠近天花板的鸟人抬了抬下巴："雷震子挥棍子在那里打雷呢，估计是十二金仙要上场了。"

皮修心想一群老东西年纪一大把了，这么装也不怕引雷到自己身上。

经过各路仙家艺术加工的武术表演《做个好汉子》正式上演，各路法宝剑阵接连亮相，摆明了要跟观众炫富，显摆他们十二金仙到底多有钱，并且对正在候场的瑶池仙进行挑衅。

广场舞可能跳不过你们这群老婆子，但是法术必定是我们第一！

最后一个人体孔雀开屏的造型定格，最佳集体节目这个奖，我们十二金仙拿定了！

瑶池仙女们站在台下怒目而视，这群糟老头子坏得很，趁着她们化妆换衣的时候改了上台顺序夺了先机，要不然现在站在台上的就是她们，哪里会像现在这样被动！

作为特邀嘉宾客串演出的西王母见她们个个不忿，连忙安慰："没事，我们后发制人，不会比他们差。"

音乐响起，还是当年瑶池祝寿的老一套，只是这次西王母不是主角，而是那些瑶池仙女，一个个穿金戴银，跟移动的珠宝展示台一样飘出来，从头发到脚趾，主要突显"富贵"两个字。

论炫富，是她们赢了。

《瑶池祝寿曲》是天庭的传统舞曲，每年的蟠桃宴都要表演一遍。当仙女们跳完改编的刀群舞下台时，场下掌声响起，迟迟不停。

这年头，谁不喜欢会唱跳的漂亮姐姐呢？

这一仗，终究是只会打拳的老师父输了。

隆重的掌声里八仙组合上场，还是熟悉的过海熟悉的味道，但也有捧场的喜欢怀旧的观众猛喊一声好。

虽然大家一起附和，但也不知道究竟好在哪里。

等到群魔乱舞的老家伙们表演完了，观众的情绪平复，终于轮到了小家伙们上场。

小扫把他们班的节目排在倒数第二，前面两个低年级孩子表演完，马上就轮到了他们。任骄早就扛着长枪短炮蹲守在舞台前面，预备三百六十度无死角拍摄小扫把的舞台初体验。

当小扫把拿着扫把出来的时候，文熙就开始鼓掌。皮修一望过去，发现虽然小扫把在饭馆里不起眼，但是往他同学里一站也算是鹤立鸡群。

八十岁一米七五的孩子穿着有点短的松鼠戏服站在舞台上认认真真扫地，文熙也在座位上举起手机牢牢锁定，拍了一段一段的小视频。

别的人都在看白雪公主和七个小矮人，只有饭馆的伙计在看角落里那个扫地的松鼠。

猴二咂了咂嘴："就我们小扫把这身高这长相，应该去演那个王子。演个松鼠算个怎么回事，松鼠站着比谁都高，不知道还以为松鼠成精了。"

"不成精的也不会扫地。"苏安一推眼镜，看着台上的小扫把，感觉自己发现了新的商机。

小崽子们四个节目完毕，各路投票候选人也开始陆续上台。皮修坐了一会儿起身准备候场。

他对着周围的伙计们吩咐看好文熙，注意别让乱七八糟的人妖鬼怪过来，又对文熙说："不准乱跑。"

文熙说了句"知道了"，老妖怪这才迈步往后台走。

选手太多，后台人潮拥挤，皮修用着一身妖力才杀出一条血路走到了自己的候场房间，他一推门就是一愣，看着沙发上扎着两个包包头的哪吒说不出话来。

皮修关门又开，开门又关，直到哪吒骂了句"滚进来"，这才走进房间。

皮修："你……唱哪出？"

哪吒身穿健美服，扎着包包头坐在沙发上抽烟，一脸不爽。

他一拍身边的乾坤圈和混天绫，怒道："圈操、带操，我表演艺术体操！"

第七章

惊艳·皮修跳舞

成熟男人总是暗藏心酸，旁人不懂也无须懂，只要学会体谅各人有各人的艰辛便足够了。

皮修作为一名成熟男性，面对着造型重回童年的哪吒自然不会多问。但有些东西你就算捂住嘴巴也会从指缝里露出来。

哪吒："你想笑就笑，别忍着。"

皮修："对不起，哈哈哈哈哈哈哈……"

哪吒冷眼看着他笑得跟个不倒翁一样，握着火尖枪的手越来越紧，就在他忍不住要给这老浑蛋一枪的时候，皮修终于冷静了下来。

他轻咳一声，问出了一个技术性问题："我寻思带操还得有根棍，你有棍吗？"

哪吒面无表情地将混天绫扎在了缩小的火尖枪上。

皮修："……对不起，我可不可以……"

哪吒冷眼看他："我说不可以，你就不会笑了吗？"

皮修摇头，发出岔气了一样的笑声。

杨戬带着哮天犬过来的时候，还没开门就听见皮修的笑声，哮天犬忍不住皱眉："姓皮的疯了？"

杨戬拍拍他的背："礼貌一点。"

他推开门，主仆两人同拿着火尖枪正欲行凶的包包头哪吒看了个对眼。

沉默了两秒钟，杨戬关上了门。

杨戬："不好意思，走错了。"

哪吒："……给爷滚回来！"

杨戬和哮天犬坐在另外一边的沙发上，杨戬还能维持着表面平静，把波涛汹涌的情绪压在心中，但是哮天犬功力太浅，只能靠着杨戬闷着头，在哪吒看不见的地方疯狂上扬嘴角。

要不是杨戬在身边看着，哮天犬拼着这条命也要把哪吒这模样拍下来。

如果谁都可以爆火，那么这个人为什么不能是我？

哮天犬抬头偷偷瞥了哪吒一眼，还是无法抵抗这波视觉冲击，立刻转身继续闷头在主人怀里，只有杨戬能感觉到他在偷笑。

杨戬拍了拍哮天犬的背，礼貌地问："三太子准备得这样周全，是要表演什么节目？"

皮修忍不住扑哧又笑了一声，但在哪吒看过来的时候，立刻低下了头，一副我很专业绝对不笑的样子。

哪吒瞥了眼杨戬脚边的黑色皮箱，反问："那二郎真君又要表演什么节目？"

杨戬坦坦荡荡："我不过是表演简单的诗朗诵而已。"

哪吒一抬下巴："那这个箱子里是什么？"

"小天待会儿表演要用到的东西。"杨戬淡淡道。

哪吒一听是哮天犬的表演道具，顿时失了兴趣，靠在沙发上含糊说："我就是那个……操呗。"

哮天犬没听清，坐直了身体瞪大眼睛问："什么操？"

杨戬挑眉："广播体操？"

皮修："……"

我不能笑，真的不能笑。看在和哪吒守护共同的秘密的分儿上，绝对不能笑。

哪吒黑了脸压低了声音说："艺术体操！"

杨戬："哦，原来是艺术体……"

杨戬骤然沉默下来，虽然他的面色如常，但是额头正中的第三只眼因为受到过度惊吓突然睁大，丝毫不能遮掩心中的激荡。

哮天犬把脸紧紧埋着，用力掐自己大腿，不能让笑声发出来。

哪吒已经看透了一切，破罐子破摔："想笑就笑，别憋得跟便秘一样！"

杨戬摸了摸哮天犬因为憋笑而发抖的后背，咳了一声说："挺好的，挺有新意。不知道三太子是怎么想到的？"

哪吒见皮修突然张大了耳朵，冷冷道："别担心，爷对那个狗屁最帅男仙没有兴趣。"

皮修："我又没说什么，我只是好奇而已。"

哪吒清了清嗓子："反正我不会跟你们抢这个名头，我只是有点别的原因才表演这个而已，至于原因我不能说，就是这样，结束。"

杨戬一笑："巧了，我对这个名头也没兴趣。"他看了皮修一眼，"看起来皮老板今天是有备而来。"

皮修一整衣领，正想说话，就听见哪吒嗤笑一声，他吸了吸鼻子："香水都喷上了，真是全副武装。"

杨戬点头："不过要对付睚眦的确要准备周全一点。"

说到睚眦，哪吒的脸色也不太好："说实话，没见他之前，我觉得你们说得都挺夸张，哪里有人这么讨人厌。但是见了之后……"哪吒嗤笑一声，"就还真挺讨厌，我好久没见过比李靖还惹人嫌的家伙了。"

"知道他惹人嫌就少跟他打交道。"皮修提醒，"老真龙下了九个崽，个个都不是好对付的主，特别是睚眦，你还是小心点为妙。"

三个人说着，门外突然响起敲门声，监督办的小仙官推门进来，一见三巨头都在，连忙打了个招呼，说："真君，您该带哮天犬去候场了。"

哪吒问："那我们呢？"

小仙官低头看了眼手上的节目时间表："等到哮天犬表演结束就轮到最后的最帅仙官了，要是你们二位不介意的话，现在也可以去候场了。"

皮修一拍黑裤子："走吧，等在这里也没意思，我们跟着一起去。"

顺便看看杨戬这葫芦里面究竟卖的是什么药，对自家狗的表演内容高度保密，还整个黑皮箱，不知道的还以为要大变活狗呢。

哪吒有些不情不愿，但还是掐了个法诀让旁人注意不到自己，跟着皮修和杨戬出了门。

候场区的宠物可谓是五花八门，各路仙家的宝贝爱宠都被拉出来遛了一圈。

皮修发誓，就算是全世界最大的马戏团，也没有这里的表演精彩。不过张果老居然让他那头驴表演踩球跑，实在是一把老骨头看着软嚼着硬，还挺不服输。

拉票节目顺序是排名的倒序，等玉兔蹬腿飞踢下场之后，杨戬摸了摸哮天犬的后背："别怕，按你在家练习的那样表演就可以了，相信自己。"

"我才不怕。"哮天犬嘟囔一声，弯腰从皮箱里拿出了一把小提琴，黑着脸往台上走。

皮修："……"

居然让哮天犬拉小提琴，当杨戬家的狗也太难了点。

哪吒看了看台上已经搭琴上弦做好准备姿势的哮天犬，喃喃道："杨戬，你还真敢想啊。"

别的都是马戏表演，哮天犬一身西装上台，手持高级云杉木小提琴，硬生生拉高了晚会的品位级别。

皮修开始庆幸，还好姓杨的不跟他争。

杨戬却在此时勾嘴一笑："这才到哪里，你们仔细看。"

聚光灯打在哮天犬身上，全场突然安静下来，看着他缓缓拉动琴弦。皮修竖着耳朵倾听。

但是，第一个音出来，皮修就觉得大事不妙。

听着最简单的哆哆嗦嗦啦啦嗦，哪吒挑高了眉毛问："《小星星》？就这？就这？"

杨戬瞥他一眼："急什么！"

就在所有人都觉得失望的时候，台上突然"砰"的一声冒出一阵烟，哮天犬的人形消失，取而代之的是一只抱着小提琴的黑狗。

但是小提琴的乐声并没有停止，哮天犬坐在台上抱着小提琴，两只前爪一手按弦一手拉弓，《小星星》的乐声回荡在整个宴会厅里。

两秒钟之后爆发出热烈的掌声，哪吒也忍不住鼓掌："三只眼，你属实敢想。"

人拉小提琴没有什么厉害，但是狗拉就不一样了。

更何况还是人变狗，前所未有，闻所未闻，杨戬实乃驯兽师第一人！

毋庸置疑，一首《小星星》将哮天犬送上神坛，只是这位狗神下台的时候忘记自己还是原形，差点准备直立行走，杨戬见状一个箭步上台连狗带琴抱了下来。

杨戬把琴放进盒子里收好，等着哮天犬变回人形，他一脸平静说："实不相瞒，我竟然感动到有点想哭，可能吾家有儿初长成就是这种感觉吧。"

皮修："……"

哪吒："……"

您倒也不必如此。

过了一会儿，排名第五的牛郎也过来候场，上前同皮修打了个招呼，两个人探讨了一会儿科目二的问题，就沉默下来。

排名第四的睚眦姗姗来迟，身边的马仔一二三忙着给大佬点烟。

皮修只是看了他一眼就挪开了视线，哪吒穿着健美服站在角落装蘑菇，至于杨戬，三只眼都在自己狗身上，完全不搭理这三七分油头的上海滩赌神。

睚眦倒也不在意，朝着皮修主动打了个招呼，笑着说："难得看见你参加这种活动，看来是真的钱不够了。"

皮修没理他，想如果文熙在这里，肯定会说不要理这些嘴碎的鸡婆子。

睚眦见他不说话，又笑了一声说："虽然你现在还是第一，但是最后的冠军肯定是我。"

皮修终于施舍了他一个眼神，淡淡道："你看窗户外面，飞船起飞了。"

属实登月碰瓷了。

睚眦一时无法理解他的意思，但也知道这不是好话，顿时面目狰狞，眼睛都变成了龙一样的竖瞳孔。

皮修又说："动手之前记得掂量一下，想想自己有几斤几两。"

真要打架，皮修觉得自己真的没在怕的。

睚眦被马仔劝到一边休息，费乙凑在他耳边小声说："大人，您暂且忍耐，他们现在越嚣张，待会儿打脸就越惨。"

睚眦冷哼一声："最好是这样。"

他冷冷地盯着皮修一阵，突然问："那个叫文熙的来了没？"

"来了，就在外面坐着呢。"费乙弯腰。

睚眦笑了一声，转头看向费乙："待会儿带我去见一见，倒要看看是个什么样的人。"

作为重头戏的最帅男仙拉票节目开始之后，外面的尖叫欢呼声就没停下过。

一曲结束后，牛郎叹气："怎么办？我什么也没准备。"

皮修一愣："你不是早就知道有节目了吗？"

牛郎摆手："天天忙着接孩子上下学，哪里有时间排什么节目！"

他还没来得及跟皮修多说两句，就被主持人请上了台。站在聚光灯下的老实人牛郎有些局促，拿着话筒说话还有点结巴。

"我能站……站在这里，十……十分感谢我的老婆，我的小姨子们……"牛郎看见了人群之中举着写有自己名字灯牌的织女，脸上露出一个笑，情绪渐渐放松下来。

"这段时间一直很忙，也没有准备什么节目，我个人也没有什么特长。"牛郎一顿，突然双手抱拳大声说，"就在这里给大家拜个早年吧！"

场馆里安静了一瞬，织女脸上的笑都僵住了，西王母深呼吸一口气，憋住了自己心里骂人的欲望。

迟来的掌声响起，皮修看着台下织女的表情，心想牛郎是条真汉子，杠杠的。

希望他回家之后还能保持这样的乐观心情。

牛郎匆匆下台，睚眦起身脱下身上的皮毛大衣，拿起费乙手中的宝剑上了台。

皮修不得不说，六月穿貂脑子发泡，就睚眦这个智商，要拿第一还是往后靠靠吧。

睚眦上台，整个场子鸦雀无声，只有费乙在下面摆手示意大家鼓掌热烈欢迎。

文熙第一次瞧见睚眦，他想起有过一面之缘的陶题，忍不住凑到猴二身边说："我看睚眦长得没陶题好看。"

猴二连忙点头："我也这么觉得，但是大家都说睚眦是老真龙儿子里最好看的一个。"

猴一一拍他头："安静点，别乱说话。"

悠长的音乐响起，睚眦缓缓拔出了长剑，然后举了起来，一点一点插进嘴里。哪吒看得龇牙咧嘴，忍不住反胃假吐。

皮修瞥他："又不是你表演，你激动什么玩意儿？"

哪吒捂着喉咙说："不行，我看了就难受。"他盯着站着吞剑的睚眦，"这站着吞剑的水平也太低了点，他有本事下个腰呗。"

话音刚落，睚眦一个后腰撑地，将龙族身体柔软的特性发挥到极致，完成了一个完美的下腰吞剑。

难度系数 9.9，完成系数 9.9。

哪吒抬手拍了自己嘴巴一下："叫你多话。"

被睚眦这一手震撼的观众开始鼓掌，仇伏都忍不住拍了几下说："太拼了，就一个最帅男仙的名头，至于吗？老东西别在台上把腰闪了，晚节不保。"

千岁龙种上台滨马戏，台下的闪光灯不断闪烁，论坛里睚眦的名字立刻挂上首页飘红。费乙看着论坛，兴奋得很。

他期待的画面终于出现了！

表演结束的睚眦冲着皮修轻蔑一笑，心想：就你个老抠门，拿什么跟我斗。

皮修一脸冷漠，将所有挑衅全部反弹。

哪吒深呼吸一口气，背着圈拿着绳往台上走，杨戬目送他上台，缓缓说："我看他比睚眦还要拼。"

皮修点头："我也这么觉得。"

哮天犬终于笑出了声："他到底是为什么这样啊？"

杨戬回想起从前封神战还未开始的时候，淡淡道："他小时候经常拿着混天绫和乾坤圈玩，他母亲每次都在旁边夸他做得好。可能是想他娘了吧。"

想娘亲的哪吒一亮相，全场死一般安静，直到一个不怕死的没忍住笑了一声。在三太子的黑脸中，笑声充斥了整个场馆。

音乐响起，三头六臂六个包包头的哪吒，手持火尖枪带着乾坤圈，圈操带操同时进行，舞得虎虎生风，风火轮踩在脚下，后空翻侧手翻，一切都完成得无可挑剔。

并且还有工夫对着角落里的李靖露出一个没有任何善意的笑，吓得李天王连忙起身打摩的走了。

论坛再次翻天覆地。

"三太子艺术体操""三太子疯了""哪吒包包头"几个话题迅速占据热搜，热度持续加温，让费乙看得跳脚，又给冯都打了笔钱让他快点给睚眦的话题增加热度。

杨戬和皮修站在台下由衷地鼓掌，发出感叹——太拼了，可能这就是老艺术家的魅力吧。

哮天犬愣愣看着："其实跳得还挺不错。"

哪吒结束最后一个动作之后匆匆下台，掌声持续不断，所有人都对接下来杨戬的节目充满了期待。

毕竟睚眦、哪吒两个大神已经接连跌下神坛，不知道这位二郎真君又会拼到什么程度，这可是当年劈山救母的狠人，应该也不会差到哪里去。

在所有人的期待下，杨戬穿着"我爱小天"的 T 恤上了台，轻装上阵，手头只有一张纸。

大家激动地等待着，接着便看见二郎真君展开手中的纸，清了清嗓子说："我给大家带来一段诗朗诵，标题是——《我和我的狗》。"

皮修："……"

哮天犬："……"

皮修转头问："你知道他会这么疯吗？"

哮天犬傻了眼："我只知道他要诗朗诵，但是我不知道他念这个东西啊！"

顶流就是顶流，杨戬刚刚念了三行，论坛首页已经查无此睚，疯了的三太子也已经成为明日黄花。

"虽然知道二郎真君爱狗，但是没有想到他居然这么疯。"

"投胎当二郎真君家的狗的概率有多大？"

"有无姐妹知道哮天犬的小提琴班哪里报的？我想给我们家儿子报一个。"

…………

杨戬的诗朗诵字里行间都说哮天犬好，很好，非常好。

但是这种好狗你们也养不到，我就炫耀一下满足你们的好奇心吧。

饱含深情的诗朗诵最后以恼羞成怒的哮天犬冲上台和主人相拥落幕。

文熙坐在台下十分紧张地等待着皮修登场，主要是前面几个丢人玩意儿让他对皮修遮遮掩掩的表演十分不放心。

他真的好怕皮修憋着一口气跟睚眦比，来个胸口碎大石。

黑暗的舞台终于亮了起来，音乐从音响里传出，聚光灯下，一根钢管缓缓升起。

睚眦眉头一跳，隐约感觉到场面已经偏离了自己的设想。

突然，皮修从空中缓缓降落，手握钢管先来了个单手勾转落地，开了两个扣子的白衬衣还有黑裤子，将他的健美身材展露无遗。

"哇哦——"

全场抽了口冷气，录视频现场直播的妖怪们的手已经颤抖，他们的头皮发麻，看着皮修抬腿勾住了那根笔直的钢管。

一个单腿勾转，皮修还格外有心机地在领口露出的一块胸肌上抹了点高光，现在在聚光灯下闪烁着钻石的光泽。

音乐声骤然变大，全场的人都叫了！

从来没看过这种表演的文熙惊呆了："他……他怎么做到的？实在是……实在是……"

皮修又是一个双腿倒挂，多日来的练习和多年来的杂技功底完美地将力与美糅合。他就是天生的 King of dance（舞王），生来就是被万众瞩目的存在！

虽然爆红非他本意，但是命中注定他是全场的焦点，无法阻止。

皮修看着台下咬牙切齿的睚眦，真心实意地露出一个笑容——

今天我就让你明白，什么叫仙畜有别！

论坛爆炸了，冯都在演播厅现场打电话临时加开服务器，让那群日夜无休的秃头鬼快点维护。

"就他这个舞蹈，什么水平？"

"前线高清快照生图，就他这个皮肤状态可以打几分？"

"钢管舞"话题迅速升至第一，有皮修表演照片的帖子立刻飘红，所有的妖怪都疯了似的举着手机对准了皮修。

就算到时候被打也没关系，这种可能几百年甚至几千年都只能看到一次的场景，如果错过，渡劫的时候是会有心魔的！

前面的节目也就图一乐，真拼命还得看皮修。

他从不会让你失望！

哪吒摸了把脸，喃喃道："还真是活得长什么都能见到啊。"

睚眦站在台下面色阴沉，他瞥了眼身边急得冒汗正在打电话的费乙，又听到整个演播厅里的欢呼热闹，明白自己大势已去，这次的第一注定与他无缘。

大妖持续的低气压让周围的马仔瑟瑟发抖，费乙挂断电话看向睚眦，颤颤巍巍说："大……大人，我们……"

"不用说了。"睚眦抬起手，又阴沉地看了台上的皮修一眼，冷笑说，"皮修跟我的好弟弟一样，这辈子就爱跟我作对。"

费乙站在一边不敢说话，睚眦伸手拍了拍他的背："行了，我不怪你。"

"大人，我真的不知道，我明明——"

"嘘——"睚眦不想再听自己的可怜马仔忏悔，他低下身缓缓说："皮修得了第一，我们是不是应该去贺贺喜？"

费乙看向他，顿时明白了他的意思："我带您过去。"

睚眦勾嘴一笑，回头看了眼还在台上搔首弄姿的皮修，掐了个法诀做了个分身留在原地，转身跟着费乙离开。

演播厅里人潮拥挤，睚眦看到坐着的任骄，忍不住眉头一挑，心想还真是不是冤家不聚头，这条毁容的人鱼怎么还活着。

他抬头侧身对着费乙说："想办法把青丘的那个狐狸还有那条鱼弄走。"

费乙点头，身边的马仔立刻开始行动，很快仇伏的手机就响了起来。

演播厅里的声音太吵，仇伏只能拿着电话去外面接。任骄的手机也响了两下，但他没有搭理，一门心思忙着给小扫开椰子，坐在那里不动如山。

睚眦手一抬，任骄手下的椰子被大力击打之后直接弹了出去，在地上滚出去远远一段。

等着任骄去追椰子的时候，睚眦一把推开身边碍事的费乙，大步走到文熙的座位边，笑着说："听说你就是皮修店里新来的那位？"

文熙回头，看着睚眦就是一愣。

猴子们顿时戒备起来，但却被睚眦用妖力钉在座位上动弹不得。皮邵棣用力拦在文熙身前，手臂已经从人形变成了竹扫把的扫帚头。

"都这么紧张干什么？我不过是来打个招呼而已。"睚眦盯着文熙那张脸，脸上的笑容逐渐阴沉。

原来是你啊……

演播厅里的音乐已经结束，任骄把椰子从地上捡起，看见睚眦对文熙骤然出手，在他眉心一点。

"睚眦！"任骄转头怒吼一声，手上的椰子被他大力扔过去，宛如炮弹一样直奔睚眦面门。

睚眦一抖衣袖将椰子收下，冲着任骄一笑："我正口渴呢，多谢。"

就在这时，文熙意识一阵恍惚，皮修闪身出现在他身边，就听见文熙喉咙里发出一声凄厉的惨叫。

整个演播厅顿时安静下来。

文熙眼泪汹涌，惨叫喊疼，皮修问他究竟是哪里疼。

杨戬第三只天眼锁定睚眦，手持三尖刀而来。

皮修释放所有威压，用已经变黄的竖瞳兽眼盯着睚眦，虽然有文熙在旁，但四周的温度依旧越来越高。

红色法印如球状环绕，将睚眦此包在其中。

"别这么看着我，我不过是见他记忆有缺，帮他解了封印而已。"睚眦说着一笑，"还是龙族的封印，看来是我哪个兄弟留下的。"

文熙的痛呼声越来越低，皮修没有发现他魂体受损的痕迹，只感觉到他的力气越来越小，最后直接昏了过去。

皮修对任骄说："看好他。"

任骄想要叫他冷静一点，但皮修的脸颊、手臂已经现出墨色鳞片，兽形才有的尖角从额头延伸拉长后翘，同变长飞舞的黑发纠缠在一起。

"你注意一点。"任骄只能改口小声说。

皮修没有回应，倒是杨戬皱眉看向皮修："皮修，冷静一点。"

睚眦盯着皮修，手指一动正要掐诀，但面前的妖怪已经逼近。

皮修抬起手臂一拳直接将那层厚厚的法诀结界打碎，妖力威压覆盖全场，就连杨戬也忍不住皱眉。

窗外雷声炸裂，皮修却什么都不管，直接伸手掐住了睚眦的脖子。

"我说过，动手之前先掂量自己的分量。"

睚眦嗤笑一声，握着皮修的手猛然用力，化作两只龙爪，锋利的指甲直接陷进了皮修的皮肉之中。

鲜红的血沿着皮修的鳞片滴落，皮修却一丝卸力的意思都没有，卡着睚眦脖颈儿的手依旧用力，他冷声说："我给过你机会了。"

睚眦感觉到掐在自己脖子上的手越来越烫，他大笑说："我死了没关系，但是你能保证杀了我自己也能活吗？"

窗外一声霹雳，雷声隆隆。

任骄感受着空气里的温度，终于出声说："皮哥，冷静一点，你现在的体温太高了。"

睚眦一笑，整个人突然缩小，从皮修指间滑落，化作一道金光将费乙圈在其中。

"今日暂别，改日再叙！"

哪吒和杨戬从空中落下，将要扑过去的皮修牢牢架住，哪吒抵着皮修说："要杀他什么时候都可以，现在要弄清楚文熙究竟出了什么事。"

眼看着睚眦缩地成寸带着人走了，皮修身上的温度达到了极限，杨戬按住他的肩膀，扭头冲着任骄大喊："把文熙带过来！"

文熙沉沉昏着，冰凉的触感一如既往。

"我……我没用。"小扫把站在一边红了眼睛。

皮修看他，黄色的眼睛眨了眨变回了黑色。

猴子们低着头："我们都被定住了，动不了。"

皮修缓缓开口说："不怪你们，是我大意了。"

玉帝同西王母走过来，西王母站在皮修身边，拍了拍他的肩膀："妖力收一下，吓着他们了。"

皮修站起来："我先带他回去了。"

"让冯都给他看一下吧，毕竟是鬼帝。"西王母道。

皮修的脚步一顿，冯都趁机挤过来揽着他往后台休息室走："别着急兄弟，我刚刚看了一眼，他的魂体没有受伤，倒是你现在危险得很。"

冯都推开休息室的门，看了眼房内骤然升高的温度计，关上门将空调的温度开到最低，朝着皮修说："体温有些太高了。"

皮修小心地将阳气和文熙身体里的寒气交换："我觉得还好。"直到文熙皱着的眉头缓缓松开，他才停下自己的手。

冯都："睚眦对他做了什么？"

皮修："说他的记忆被封了一段，他给解开了。"他语气一顿，低声说，"是文熙死前的那一段记忆。"

两个人都明白文熙是怎么死的，冯都一时卡了壳，不知道应该怎么安慰。

"要不再封印一遍？"冯都提议。

皮修想了想："等他醒来之后再说，一直封着也不是回事。"

冯都伸手握住文熙的手腕，渐渐地，眉头越皱越紧，放下手缓缓道："因果沉重，难为往生超度所容啊……"

房间里的窗帘拉得严实，空调风吹过珠帘，清脆的碰撞声让文熙皱了皱眉头。

他缓缓睁开眼睛，看着眼前纯白的天花板愣了愣，一时恍若隔世，不知自己身在何处。

"醒了？"皮修放下手头的书，起身走到床边坐下。

文熙只转眼睛不转头，盯着他问："我睡多久了？"

"没多久，错过了晚上的消夜而已。"

文熙瞥向一边。

皮修皱眉："怎么了？"

文熙说："我感觉身上的骨头都断了。"

皮修沉默一阵冷声说："我看你是睡糊涂了。你现在是魂体，谁有本事打碎魂体的骨头？"

文熙试着动了动自己的手，笑了一声："真的能动了。"

皮修久久没有说话。

他活了许多年，知道同妖兽神仙相比，人类脆弱得像一根芥草，而他从来都对脆弱的人类敬而远之。

虽然他们身上牵扯着天地气运，虽然他们的信仰能给他带来功德，可是他们太脆弱了，一不小心就灰飞烟灭，让人寻不到一丝踪迹。

皮修想：假设陶题没有给文熙定魂，自己也没有接住那个骨头罐子，如今会怎样？不过事到如今，假设这些过去的事情难免可笑。

文熙："为什么又开始生气了？"

皮修低头："我没有。你放心，你的骨头会修好的。"

文熙一笑："跟哪吒一样用莲藕来拼？"

"时代在进步，"皮修冷笑一声，"我们可以学3DMAX（三维动画渲染和制作软件）、Maya（三维动画软件）建模，用3D打印。"

文熙转过身，垂着眼说："我记起来我怎么死的了……"

"嘘——"皮修打断他，"不用告诉我这个，只要告诉我你想要做什么。是想查清文家冤屈，还是报仇？"

文熙看着他眨了眨眼睛："你知道我不能投胎了是不是？"

皮修一怔："你怎么知道的？"

"我死前有个人来了牢里，他说血债血偿，边关惨死的将士亡魂不定，得有人偿还血债，为他们的投胎指路。是文家造的孽，自然应该是文家的血脉来还。"

文熙缓缓说着突然停下，抬头看着皮修，不知道应不应该往下继续说。

皮修以为他是回想起从前又害怕，安慰道："别想了，他们都死了，如今谁都不能伤害你。"

文熙却颤声说："可……可我看见了那个人的脸。"

皮修一怔，就听见文熙说："是陶题。"

还真是大水冲了龙王庙，一家人不认识一家人。

皮修半天没缓过神来，心想：要真是这玩意儿干的——他咒着文熙背因果不能投胎，压得他在坛子差点魂飞魄散，为什么要多此一举给他定魂？

"不过你又说是他给我定魂，才让我苟活至今，你说会不会……"文熙的手一顿，感觉到周围的体温越来越高，连忙改口说，"兴许是我看错了也说不定。"

"看错倒也不至于。"皮修叹了口气，"但是陶题也不至于做出这种事。"

文熙想了想："会不会有人扮作他的样子？"

皮修："说不定，这件事还是得去问那个狗东西才能知道。"

但是现在不知道陶题躲到了哪里去，外面俯拾即是的玲珑塔寻回广告都没有收集到一丝一毫的消息，可见这陶题是跟老鼠一样打洞去地里藏着了。

"先不说这个了，你去洗漱，我下楼端粥上来。"

皮修下楼，任骄正在厨房里抽烟，见着皮修进来了，连忙问："醒了？"

"嗯。我端粥上去。"皮修说着，端着炉上的砂锅就走。

任骄叫了他一声："小扫把把整个人参果放进去了，自己一口没吃。"

皮修一顿："我不是让他吃一半的吗？"

"他不肯，犟起来说不让整个放进去就不去上学了。"任骄挑眉，"我又没办法，上学又要迟到了，就让他放了呗。"

皮修用勺子舀了舀，果然在白粥底下发现了切成一片一片的人参果。他一笑，放下勺子说："知道了，不就是人参果，待会儿我给他拉一车回来。"

貔貅的儿子吃不到人参果，简直是滑天下之大稽。

文熙吃了粥缓过了劲，又想起昨天晚上皮修的钢管舞。他不用看论坛都知道，昨天肯定讨论得热火朝天。

"昨天你是第一名吧？"文熙问。

皮修应了一声："当然，还有别的人能比赢我？"

文熙心想，在拼命这一点上面的确是没人能够比赢你。

他放下手中的勺子，缓缓道："那你昨天的功德拿到了吗？"

皮修点头："拿到了。"

晚上冯都打电话过来问候，看看文熙好点没有。

冯都告诉皮修七月半中元节的一切都安排好了，还请皮老祖不要忘记带着文熙过来，顺带镇镇鬼门。

文熙感觉周身的温度越来越高，回头一看，发现皮修脸色不好。

"你刚刚不是说要出门的吗？怎么接个电话就不动了？"文熙挑眉问，"要不要我跟你一起出门？"

"不用了，我去镇元子那边一趟。"皮修要给皮聚宝拉一车人参果回来，起身套上衣服往楼下走，骑着仇伏平日里买菜的电动三轮就出了门。

镇元子家两个小童子加上人参果树精和镇元子，共四口人，俩小的去上学没回家，只剩镇元子和人参果树精两个在。

得知皮修是来买人参果的时候，人参果树精倒挺高兴，家里果子滞销没地放，正好让皮修用电三轮拉点走。

皮修看着院子里那一树的人参果，感觉有点瘆人，主动递给千年老果农镇元子一根烟："怎么没想着搞个种植园自助采摘？几百一个人，能摘多少摘多少，就跟凡人的草莓大棚一样。"

镇元子："两个人忙不过来，他又不爱见人，还是算了。反正也不缺钱花，几个人参果掉了就掉了。"

皮修看了眼天气："那这样，天气热了我店里正好要做果盘，到时候每周我让仇伏来一次，钱一个月结一次，你看怎么样？"

镇元子笑了一声，点头说："当然可以。"

虽然嘴上说忙不过来，但看着人参果掉进地里消失，镇元子还是有点心疼的。最近结果的时候，人参果树精对这棵树比对自己还上心，能卖出一点也算是讨他开心了。

人参果树精去给皮修把人参果装上车，镇元子本想过去帮忙，却又被皮修叫住。

皮修："当初你为他捏造肉身，是准备了些什么东西？"

镇元子一愣，顿时想起昨天晚会上发生的事情，说："人参果树根不能离地，即便是化形也不能随意活动，为了让他自由些，才捏的肉身。因为果树枝干太脆，我才为他寻遍了天材地宝铸筋骨，又用了他自己的果子捏造皮肉，不知道你们那边是个什么情况？"

皮修掐头去尾，只说文熙骨头还在，只是碎成了一段一段，不知是要重新铸造还是修补从前的为好。

"手机充电器都还是原装的最合适，当然是用自己的骨头最好。"镇元子笑了笑，"我当初用了紫玉竹和千年白玉磨碎，又特意寻了真龙骨掺杂其中为他铸骨，虽说都是好材料，但终究还是有些不足。"

他看着不远处的树精脚下一个趔趄就要摔倒，连忙一抬手送风将人抬起。

皮修看在眼里，挑眉问："就像这样？"

镇元子点头。

皮修摸了摸下巴问："如要修补骨头，你可有建议？"

镇元子想了想："真龙骨、紫玉竹都可以，我记得你店里的任骄曾经是东海鲛皇，鲛珠磨粉用来修补也是可以的。"

皮修："老真龙的骨头你当时是从哪里弄来的？"

镇元子轻咳一声，有些局促："不过是找了粒它的牙齿而已。"

皮修："……"

"那他的皮肉都是用人参果捏出来的？"皮修掏出个本子来，"水和果泥的比例是多少？还加了别的东西没有？"

镇元子一一告诉他，最后还嘱咐道："我的话你做参考便好，具体情况具体分析，不过……我在修补的时候，放了一点我的血。"

言尽于此，皮修还有什么不明白的？

这些个老妖精一个比一个城府深，镇元子面上一副风轻云淡的样子，内里还不是想让他自己的树只为他所用。

皮修看透了，记下这条建议，到时他必定实验。

镇元子拍拍他的肩膀："人参果你不用担心，我这里管够。"

两个人达成交易，皮修拉了一车人参果回饭馆，正好撞见皮邵棣放学回家，背着个书包板着个脸不说话，不知道是又见着谁乱扔垃圾了。

皮修叫了他一声，给他看自己拉回来的人参果，拍着他的肩膀说："人参果这种东西，咱家这条件，吃到饱没问题。"

"他……他醒了吗？"小扫把问。

皮修点头："醒了。"

小扫把顿了顿，从书包里掏出一沓照片递给皮修："同学让我拿……拿给你签名，还给钱。"

皮修接过一看，全是自己昨天表演的精彩镜头，也不知道这群妖怪怎么抓拍到的，还特意调色打了水印，整挺好。

"别跟他说，到时候钱我们俩三七开。"

任骄站在一边听着翻了个白眼，姓皮的连自家儿子都要明算账，真的是没天理了。

皮修签完照片，想着口袋里又进了笔钱，便开开心心上楼去叫文熙下楼吃饭。饭桌上姓皮的主动提起今年暑假休假的事情，轻描淡写投下重磅炸弹。

开店这么多年，他要组织第一次团建，带着一店的妖怪去东海度假。

全桌任骄反应最激烈，目光灼灼地盯着皮修："皮修，你是我真兄弟。"

全然以为他是去东海龙宫给自己撑场子。

苏安推了推自己脸上的眼镜，提醒老板他的科目二考试就在后天，皮邵棣进入考试复习月，而且下周高考成绩即将公布，请三思而后行。

皮修大手一挥："我科目二肯定没问题，就等皮聚宝放暑假了我们一起去，到时候我亲自开车。"

饭桌上皮修信心满满，回到了房间他一手两个保健球，双手搓得虎虎生风，焦虑得就差把"紧张"两个字写在脸上。

他，的确有点担心自己的科目二。

皮修看完考场回来，故作坚强上了楼，坐在沙发上一边看电视一边转保健球。

哪吒从学校早退回来，撩开珠帘扯领带，就听见姓皮的念念有词，不知道在说什么。

"你怎么了？嘴里念咒咒谁呢？"哪吒把领带扔到一边，"刚刚听文熙说你们暑假要去东海玩？"

皮修点头，心里还在模拟科目二的倒车入库："你要不要一起去？反正我看你闲着也是闲着。"

"到时候再看吧。"哪吒坐在沙发上，总算发现了皮修的不对劲。

哪吒："你这是在模拟科目二？"

皮修手一顿："找找手感而已。"

"哦，不用紧张，科目二挺简单的。"哪吒故意一摊手说，"当初我学的手动挡还有点难度，你自动挡随便开啦。"

皮修停下手中的动作，冷眼看他："我说玲珑塔都不在这里了，你怎么还住着不走？"

"干吗要走？有吃有喝省得我自己开伙，还有人说话聊天，我长住算了。"哪吒掏出钱包，"你这里租金多少？我一个月交一次房租。"

皮修："你要嫌你自己的荷塘别墅无聊，就养点青蛙，从早叫到晚，呱呱呱，绝对不让你觉得冷清。"

"那我要说人话的。"哪吒挑眉，"但是像我师父那样太啰唆也不行，毕竟我是个喜欢安静的人。"

皮修瞥他："你能摸着自己的良心说这个话吗？"

哪吒直接放狠招："我长租，明天我没课，你早上去考科目二我跟着你，包过。"

皮修沉默两秒钟，把保健球往桌上一拍："成交。"

文熙端着茶上来，就听见一声"成交"，他撩开珠帘问："成交什么？你又买什么东西了？"

哪吒："他刚刚让我——"

皮修抢白："我刚刚把他鱼塘里面的莲藕都承包了，明天我摘新鲜莲蓬回来，吃点甜的莲子。"

哪吒皱眉看他，皮修给了他一个眼神。

他绝对不允许任何人打破他伟岸的形象，即使他已经考了两次，即使他真的很慌。

当再一次坐上考试车时，皮修大脑放空，哪吒缩小靠近他的耳朵，突然唱了一句歌。

皮修受惊，一脚油门直接压线。

哪吒："……"

哪吒："对不起，我错了。"

出师不利，只剩下最后一次机会，哪吒不敢再作妖，老老实实提醒皮修操作。皮修当着他的开车工具人，颤颤巍巍擦着线开出了 S 弯，最后一鼓作气开过了直角转弯，顺利通过。

考试的时候皮修唯唯诺诺，下了车的他重拳出击，同故意吓他的哪吒在考场外上演了一出全武行，两个人见招拆招，路过的还以为是练家子因为科目二斗殴。

顺利通过的皮修回饭馆前同哪吒回了一趟荷塘别墅，两个人拖了一后备厢莲蓬莲藕回去，刚刚下车准备卸货，皮修就听见猴二连跑带跳冲过来。

"老板——中了！"

皮修挑眉："什么中了？你买的彩票中了？那不是应该的吗？"

"不是，是那个学生仔中了！中状元了！"猴二一拍大腿，"您不是说今天要考科目二谁都不允许扰吗？盯梢的就直接把消息送店里来了！"

皮修沉默了一阵，抬手搭上哪吒的肩膀："还记得上次你答应过我的话吗？"

"哪次啊？"哪吒皱眉。

皮修："就上次我电瓶被偷的那次，你说投胎都能给我安排。现在是时候展现真正的技术了。"

"谁投胎？"哪吒想了想，挑眉问，"就你店里那个女人？"

皮修点头。

哪吒拿出手机："行，我去打个电话，看看今天能不能给你安排。"

皮修进店里，一眼就看见文熙正同贾素珍说话，他走近才发现从前贾素珍身上那股子怨气正在消散。

凤愿得偿，女人的面目又平和了许多。她见皮修也回来了，膝盖一弯就冲着文熙和皮修跪了下来，恭恭敬敬磕了两个头。

文熙本来想躲，却被皮修按住了肩膀。

皮修："不用躲，这是你应该受的。"

贾素珍含着泪笑着说："这些日子多谢公子照拂。"

"你倒也不必谢我，我不过也是靠他照顾而已。"文熙淡淡道，"我同你一样也不过是孤魂野鬼而已，帮不上什么忙。"

贾素珍依旧是笑着："公子太过谦虚了。"

她再次福身，将身后袋子递给文熙："奴家身无分文，除了唱戏也就一手绣工勉强见人，只能以此献丑，祝愿公子和皮老板万事如意。"

文熙一笑，抽出袋子里的布抖开，红色布上用彩线绣着字，旁边还用金线缀绣着许多吉祥宝贝，远看五彩斑斓一片，十分精致。

文熙又同贾素珍道了一次谢。

哪吒挂了电话进来，冲着皮修说："行了，都安排好了，过半小时就直接去冯都那里，赶趟。"

他话音刚落，就听见背后有个声音问："素珍姐在不在？"

吴祖一手一个西瓜站在门口，突然被全店伙计的目光锁定，忍不住后退一步："……你们都这么盯着我干什么？"

皮修反应过来，现在成绩还没出，吴祖还不知道自己考了状元。

文熙藏在他身后躲避着吴祖的视线，小声说："我先上去了。"

贾素珍迎上去说："怎么了？"

"我爷爷家种的西瓜，我给你提了两个过来。"吴祖一笑，强调说，"我跟你说，这个瓜没籽，包甜。你要是喜欢，我下次再给你提两个来。"

听到"下次"两个字，贾素珍脸上的表情一僵。

想来现在就是最后一面，哪里还有什么下次呢？

皮修连忙大手一挥，让猴一、猴二提瓜，自己走过去一揽吴祖的肩膀："两天没来了，今天不吃个饭？"

吴祖："我还要——"

"吃个晚饭吧，我学了两个新菜，你尝尝鲜。"贾素珍带着笑看了吴祖一眼，学生仔顿时分不清东南西北："我给我妈打个电话，说吃了饭再回去。"

贾素珍进了厨房准备，皮修亲自给吴祖倒茶，拍着他的肩膀语重心长地说："小吴啊，苟富贵，勿相忘，这马上出成绩了，要是考上状元千万别忘了我们。"

吴祖郑重点头："老板你放心，我要是考上状元，一定给你们送锦旗！"

皮修："你送锦旗干什么？"

吴祖："吃了你们的菜人会变聪明，天天晚上做学习梦，睡觉都在做题，哪能考不上状元？"

他怕皮修不信，还举着手发誓："真的，自从开始在你们这里吃晚饭之后，我每晚都在做卷子，真的太苦了，我高考完才睡了个好觉。"

梦里没有三皇五帝，没有孟德斯鸠，平静而安详。

菜很快上来，吴祖看着面前的山珍海味傻了眼。

这老板是看着自己要去读大学不再来吃饭所以宰自己一顿痛的吗？还故意让素珍姐来卖一出美人计。

这黑老头子还挺有生意头脑！

吴祖将手机紧紧握在手里，随时准备打110，颤声说："老板，我身上的钱吃不起这么多好东西。"

"没事，请你的。"皮修功德即将到手，从指缝里漏出两个钱来也不觉得肉疼。

贾素珍切了西瓜端上来，同往常一样和吴祖闲聊了几句，又去忙自己的事情了。

猴二看了看吃得满嘴流油的吴祖，又看看正在给厨房下单的贾素珍，他走过去小声问："姐，你这就要走了，怎么也不道个别？"

贾素珍手一顿，笑了笑说："有什么好道别的，就是个常见面的熟人，等到他以后去外面上学，见的人多了也就不记得我了。要是多说一声我走了，反而叫他挂心。左右是这辈子都不会再见了，何必多此一举呢？"

直到吴祖吃完饭离开，贾素珍也没有说句道别的话，只是站在门口朝着他笑着挥手，让吴祖以为明天还能再见。

皮修问："怎么今天不唱几句了？"

贾素珍一笑："考上了真状元，哪里还用假状元来锦上添花呢？"

哪吒站在门口挥了挥车钥匙："走吧，到时候了。"

贾素珍应了一声，转身同皮修行了一礼，向前一步低声说："当初那幅画上那位穿白衣的男子，奴家去文府唱戏时多次遇见过，但却从来没有说上过话。只是每次撞见，都是由二小姐的丫鬟引着他，想来是二小姐认识的人。"

皮修一怔，问："那画上同他说话的也是那位文家二小姐的丫鬟？"

贾素珍想了想说："当日我也没看清楚，但……她的模样不像是二小姐身边的丫鬟，倒像是二小姐本人……"

虽然贾素珍走了，但是店里的生意还要继续。

过了几天，吴祖知道自己考上状元之后，拿着锦旗兴冲冲来找贾素珍报喜，得知她回了老家，放下锦旗一脸失魂落魄地走了，就再没来过。

后来也有客人问过从前唱戏的那个服务员，但又过了几天就不再有人想起，店里的生意依旧红火，照样人来人往，外卖订单接到手软。

曹草在《金蛇狂舞》的音乐声中挥舞着草叶，疯狂地打包，监督土地公不要把外卖包裹拿错。

灌灌站在旁边尖声大叫："一二三四，再来一次！二二三四，别忘果汁！"

"你给我闭嘴！"曹草一抽它鸟嘴，直接卷着鸟放到土地公们面前，恶声说，"盯着他们编号，别拿错了！拿错了我就把你挂厕所水箱前面，让你每天盯着他们冲厕所！"

灌灌一噎："996 何必为难 996！"

曹草怒了："我这是 996 吗？996 这种好事轮得到我吗？"

996 起码还有工资还有五险一金，但是他曹草有吗？

一想起累死累活还无钱可拿，曹草就想哭。

人家都是"小白菜地里黄，三两岁没了娘"，他"一丛草地里长，三两米卖身忙"。

难，实在是太难了。

如果说书读百遍其义自见，那么曹草发誓，他一定要把三毛的诗捧在手里，对着天道反复诵读——

我，来生愿做一棵树。

要做一棵纯粹的，没有灵智的树中树。

没有加班，没有压迫，没有一天看不到头的外卖订单。

就算有狗撒尿在脚上他也认了！

灌灌嘎嘎两声："今天老板去考科目三了，考完就可以去东海团建了，嘎嘎，到时候就可以放假了。"

曹草一顿，在"东海团建"四个字上打了一个重重的问号，姓皮的抠门抠成一块钱掰成八瓣花，居然能这么大方？

等等，要是他们去团建了，自己一个人在店里，不就可以趁机开溜了吗？然后回归自然山野，寻找妖生真谛！

灌灌还在嘎嘎乱叫："当然啦，你这种有污点的员工可能去不了，但是我这种从青丘专门聘请的高级员工肯定能去，嘎嘎嘎嘎。"

它没笑两声，就被路过的猴二一把捏住了嘴。

猴二："闭嘴，你还想让多少人知道老板今天去考科目三？要是考过了还好，要是他没过，回来第一时间扒了你的皮。"

想起昨天晚上老板一边吃饭一边手搓保健球暗自镇定的样子，估计是大事不妙，科三要掉。

"看见皮修回来了吗？"文熙从后面走过来，一拍猴二的肩膀，"你有看见他早上几点走的吗？"

猴一抱着盘子路过："一大早摸黑走的，说是六点在驾校集合，所有人坐车一起去。"

"那也应该回来了……"文熙拿出手机正想打电话，就听见门口一阵闹，任骄黑着脸带着小扫把回来了。

文熙一愣，看着一脸怒气的任骄问："怎么了这是？"

任骄压抑着怒气，拍掉小扫把攥着他衣角的手道："你问他！让他跟你说。"

小扫把抿着嘴又要去牵任骄的衣服，但又被躲开了。

"怎么了？"文熙招手叫小扫把过来，"是不是又跟同学打架了？"

小扫把摇头："我……我没打架。"

任骄冷笑一声："那是，你那可比打架还厉害。"

文熙不明所以："他到底干什么了？"

"今天学校开家长会，这个小浑蛋仗着哪吒这两天不在，自己用皮修的头发整了个爹去参加家长会！"任骄越想越气，一拍桌子说，"你以为你有女娲那本事随手造人？真当你们老师瞎啊？"

文熙愣了愣反应过来，皱眉看着小扫把："难怪你昨天突然说你爸头上有白头发，还主动给他拔了。"

"什么拔了？"皮修喜气洋洋从外面进来，大步走到文熙身边说，"科三、科四一起过了，我马上就可以拿驾照了！"

店里安静了一下，猴子们立刻开始鼓掌，苏安连忙发问："恭喜老板，我们要在门口拉个横幅庆祝一下吗？"

皮修伸手一压，稳住群众激动的心情："低调低调。"

横幅就不必了，但是发朋友圈庆祝还是必要的。

他见文熙还冷着脸，忍不住问："怎么一脸不高兴？谁惹你了？"

文熙瞥他一眼："昨天小扫把拔了你一根头发，变了个爹出来去参加家长会，被他老师人赃并获逮了个正着。"

皮修顿时黑了脸色，看着皮邵棣问："谁教你这个法术的？"

小扫把十分有志气，挺着胸闭着嘴，绝不背叛帮助过自己的同志。

但拔一根毛能变个一模一样的人，皮修用脚想都知道是谁，他猛一转头，猴二立刻风紧扯呼，脚底抹油往后院跑。

猴一一脸歉意地看着皮修："老二年纪小，您别生气。"

"哪吒不在，是哪个老师给你们开家长会的？"皮修看着小扫把，"一天到晚净给我整事，是考了多少分不敢见人啊？"

任骄："就是上次那个龙三，叫龙东东东的，他代班主持家长会。"他从口袋里拿出一张成绩单递过去，"你儿子的成绩，自己看吧。"

他转身就往厨房里走，小扫把想跟在他身后，皮修一把将人薅住。

皮老板单手打开成绩单，去看最后一名，发现不是皮邵棣之后松了口气，然后再往上看，往上数了十几个，看到了小扫把的名字。

"还行，这下不是班上倒数十名内了。"听上去皮修还挺满意，他把成绩单往小扫把手里一放，"去给你龙东东东老师打个电话，说今天不好意思，请他来家吃个饭。"

小扫把应了一声，转头就跟着往厨房里走，还结巴着解释说："骄哥有……有老师号码。"

皮修见文熙脸色还是不好，伸手带他往楼上走："行了，大中午的，别拉着脸了。我驾照都拿到了……"

猴一看着老板和文熙上楼，一擦手带着猴三去后院找猴二。

猴二正躺在树上嗑瓜子拿手机聊天，脑袋就被石头砸了一下，他歪头一看，就见着两兄弟站在下面，一个没头脑，一个不高兴。

"怎么样？"猴二从树上滑下来，"皮哥没生气了吧？"

猴三嘻嘻一笑："跟文熙上楼去了，看样子应该没生气。"

"那就好。"猴二顿时松了一口气，"不过就一个小法术而已，我们兄弟仨都会，怎么皮哥就认准是我教的？"

猴一一巴掌糊上去："除了你，我们两个会做这种事？"

"那也是。"猴二对自己有非常明确的认知，他挠了挠头发，"那待会儿我跟皮哥去道个歉，不过小扫把虽然结巴，但是学法术还是挺快的。"

猴三想了想，大胆得出结论："可能他是一个魔法扫帚！"

猴一又是一巴掌："多读书多看报，天天窝房里看些什么玩意儿！真要搁魔法世界，你就是个给人送报的！"

猴三摸着脑袋嘟囔："但是我在这儿也就是个端盘子的啊，还不如送报呢。"

猴一一口气没接上来，心想自己还真是家门不幸，有了这两个弟弟！他一手提着一个的耳朵拎回大厅上班，警告他们不许再干坏事。

临到晚上的时候龙东东东老师过来了，皮修带着文熙热烈欢迎，为表示隆重，特意让苏安带着龙老师坐进包间，不让猴哥们冒头。

龙东东东有点忐忑，毕竟大家都说哪吒和皮修一起住，万一自己过来吃个饭，吃到最后自己变成了饭，那不就完蛋了吗？

他看着皮修让苏安上菜，连忙说："不用客气不用客气，我喝茶就好了。"

"龙老师您太客气了，今天家里忙，没有去开家长会，本来就是我们失了礼数，请您吃个饭也是应该的。"文熙微微一笑。

任骄亲自端菜上桌，等着菜上齐，又拿着一瓶二锅头往桌上一放，摆明了要同龙东东东一起喝出男人味。

他倒了杯酒："龙老师，我们也算是不打不相识，我敬你一杯。"

"您客气了。"龙东东东干巴巴一笑，端着杯子碰了一下，心想您还真是太客气了，咱们当时哪里是不打不相识，应该说是单方面殴打。

文熙趁机说："其实这次请您来，一是为白天的家长会道个歉，还有就是我们准备去东海旅游，但又不知道哪里好玩，思来想去，也只能问问您，想听听您的建议。"

龙东东东一听，心想搞了半天是找我要旅游指南，他放下心来，感慨说："您还真是问对了人，东西海就没有我不知道的地方！"

皮修和任骄对视一眼，都给自己面前的酒杯满上，开始给龙东东东灌酒套话。

旅游指南是假，打听东海情况是真。

皮修从来不打无准备之仗，在前往东海踢馆之前，他得把那一窝长条龙的关系整得明明白白才能安心上路。

皮修和任骄你一杯我一杯，将传承几千年的酒桌文化发扬到极致。

两人本着你不喝就是看不起我的原则，把龙东东东灌得晕晕乎乎，龙老师肚子里的话被套得干干净净，就连自己舅舅出门乱搞结果被抓现行袜子穿反的事都说了个明白。

到最后脑袋都变成了龙头，往桌上一靠睡着了，皮修这才放过他，让苏安叫五鬼搬运来把龙直接送了回去。

又过了两天，一切准备就绪，皮修饭馆三百年来第一次团建正式开始，曹草荣幸入列，被打包上车一起带走，而灌灌则因为嘴臭被留在家里防火防盗防陶题。

曹草和灌灌隔着车窗对望，相顾无言，唯有泪千行。

新手司机皮修第一次上路，全车的人都无比忐忑，尤其是以植物化形耐撞为理由被强行绑在副驾驶位置的曹草。

他还想等下一个天亮，还想去听海哭的声音，不想就这样死在新手司机的副驾驶位置上。

曹草化作人形的模样单薄瘦高，一头绿色的头发欣欣向荣，在从窗户吹进来的风里飞舞。

他握紧了窗户上的拉手，注意力高度集中，关心着前面的路况。

在开出五百米之后，所有人期待的音乐姗姗来迟——"老皮开车去东北，撞了。"

东海，历史文化名城，多个神话传说发源地，其中的神话以精卫填海、八仙过海和哪吒闹海最为著名。

"请大家往左手边看。"充当导游的任骄站在走道上，拿着话筒向左边抬手。

众人转头。

任骄："这里是一片美丽的大海。"任骄又抬起右手，"那么接下来请大家往右手边看。"

众人再次转头。

任骄："这里又是一片美丽的大海。"

众人："……"

哪吒忍不住一按喇叭："任骄，你要是屁话多就来跟本太子换班，开了十二个小时了，老子腿肌肉都踩结实了！"

任骄"啧"了一声："我说三太子，你三头六臂都有了，怎么不能再多几条腿呢？轮着踩多好。"

哪吒冷笑："我要是知道你们是自己开车出来，我就不会跟着了！"

皮修适时解释："虽然缩地成寸法术好，但是没了沿途的风光岂不是失去了旅行的意义？"

哪吒："……你说人话。"

皮修："用法术赶路要证件，办证件要钱，我觉得没必要，而且我们活得久，也不差这一天两天的，正好多看看。"

车上的所有人直接提取他的中心思想——可以花钱，但没必要。

被赶下司机座位的皮老板转着保健球，喝着枸杞茶，就差穿双老人鞋了。

哪吒同任骄换岗，摘了墨镜坐到皮修旁边，挑着眉毛问："我寻思这转保健球防止老年痴呆，你这预防得有点早啊。"

皮修嗤笑："我这是功在当代，利在千秋。"

他放下保健球，看了眼地图定位，发现他们现在已经进了东海的地界，便转头冲着哪吒说："三太子，商量一下。"

哪吒看他："干什么？"

"东海老战场了，我们悄悄进村，打枪的不要，你把你身上的气息收一下。"皮修冲着正给他揉腿的混天绫抬了抬下巴，"别让那群龙知道你来了。"

要是知道哪吒这个逮龙户来了，一个个老实起来不干坏事就麻烦了。

哪吒"啧"了一声："怎么还这么麻烦呢？直接找到窝点干就完事了。"

他虽然抱怨着，但还是敛了自己的气息，把耳朵上的风火轮收进口袋里，又掏了一副黑色蛤蟆镜戴上。

哪吒："怎么样？这样总可以了吧？"

皮修上下打量，点头说："可以，非常可以。"

解决了哪吒这个自动引怪机，众人又坐了一个多小时车，总算到达了皮修订好的别墅民宿。

小扫把第一个跳下车，站在院子门口左右张望，检查地上有没有垃圾。任骄跟在后面，深吸了一口气，感受久违的海洋味道。

哪吒推着箱子一搭他的肩："多久没回来过了？"

任骄想了想："不记得了，可能有五百年了吧。"

他盯着不远处的海滩，抬手摸了摸脸上的疤，眼睛渐渐从黑色变成了蓝色，整个人的呼吸都轻缓起来。

皮修找老板拿了钥匙，打了个招呼之后就赶着人选房间放行李。

文熙和他一间，猴一、猴三一间，猴二、曹草一间，猴四、猴五一间，哪吒、苏安一间，任骄和仇伏一间，小扫把单独一间。

仇伏推开窗户看着大海，忍不住咂嘴问："骄哥，住在海里是什么样的体验？"

任骄换了件衣服，懒懒道："其实住在海里也没什么不同，就是喝水喝到饱，而且你永远也不会想知道水里究竟有些什么东西。"

"呕——"仇伏伸手打住，"求你了，让我听听干净的故事好吗？"

任骄想了想："你知道鲛人打架吗？"

仇伏摇头："你们鱼还打架呢。"

任骄白了他一眼："你这不废话吗？不打架怎么选鲛人皇？你还真的以为靠脸选美啊？那鲛人早该死绝了。"

他点了一根烟，忆往昔峥嵘岁月："每到选鲛人皇的时候，这片海域所有的鲛人都要会聚到一起。参选的两人一组，用尾巴抽对方耳光，谁的劲大谁就赢了。"

任骄叹了口气："那些耳光，打得比电视剧里的配音还厉害，又脆又响，鳞片都能给抽飞了。"

仇伏："……"

绝了，一群鲛人打耳光选老大，仇伏觉得自己的智商受到了侮辱，沉默着下了楼，决定半天内不要再同任骄有任何交流。

坐了半天车，皮修决定先找个地方吃饭，尝尝东海特产大虾大螃蟹，让没出过远门的文熙吃个痛快。

一行人开着车兜兜转转，好不容易找了家没什么人的海鲜大排档，停了车进了一个包间。因为担心被东海龙宫的妖怪发现，老妖怪们都收敛了妖气，看上去跟普通人没什么区别。

文熙跟着皮修选海鲜，皮大老板财大气粗，所有的海鲜都点了一点。

文熙特意看了眼价格板，忍不住对皮修说："这里的海鲜都好便宜。"

"海边还不便宜哪里海鲜便宜？"皮修一笑。

文熙转头一想也是，靠海吃海，哪里有不便宜的！他想了想又说："我看人家都说赶海呢，我们待会儿也去海边看看？"

皮修点头："吃完饭再去。"

两个人点完菜回到包厢里，过了一会儿开始上菜，猴二一拍任骄肩膀问："骄哥，你介意吃鱼吗？"

任骄瞥他一眼："我吃过的鱼，比你吃过的桃子都多。我能吃鱼不吐骨头，你能吃桃不吐核吗？"

猴二一噎："那在店里时怎么都不见你吃鱼？"

任骄叹了口气："我在海里吃了一千多年的鱼，还是生的，好不容易上岸了，还吃鱼不是自虐吗？"他夹起一块肉放进嘴里感慨，"还是猪肉好吃啊。"

小扫把见状直接给他舀了一勺肉放碗里："那你多……多吃点。"

文熙见状一愣，下意识给了皮修一个眼神。

皮修凑在他耳边说："上次家长会之后任骄气还没消呢。"

文熙皱眉："他有什么气好生的？"

皮修："气皮聚宝宁愿拔我一根毛造个爹都不找他帮忙呢。"

文熙："……一个两个都不正常，我还是吃饭吧。"

一大桌海鲜很快被消灭，向来都矜持的苏安在得知饭钱是皮修来付不是ＡＡ（指各人平均分担费用）之后，都撸起袖子开始同猴子抢扇贝。

难得遇见一次吃大户的机会，不珍惜的才是傻子！

酒足饭饱之后，皮修叫来服务员买单，非常大气地接过账单，但一看上面的数字就皱起了眉头，看向面前的服务员问："这价格你们算错了吧？哪里有这么高的？"

文熙凑过去看了一眼，脸色一沉，说："单位错了，这个开始明明是四十一斤，怎么现在就变成四十一个了？"

服务员看他一眼："先生，我们这边都是明码标价的，难道刚刚您点菜的时候没有看清楚吗？"

皮修一怔，顿时反应过来这是东海特产的海鲜和宰客一起来了啊。

他冷漠一笑，把账单拍在桌子上："把你们老板叫过来，我跟他好好算算账。"

服务员估计也是见过大场面的，见皮修的态度也没多说什么，直接拿着账单就往外走。

过了一会儿包间门又被推开了，秃头老板带着几个左青龙右白虎的彪形大汉走进来，开口就是一句："听说各位想吃白食？"

老板眼睛一瞥桌边戴着墨镜的哪吒，冷笑一声说："居然还带着个瞎子吃白食，真是不要脸。"

哪吒："……"

哪吒发现东海这个地方就是跟他命里犯冲八字不合，戴个墨镜本来是想低调，结果却被人骑脸嘲讽。

实在是大胆。

他缓缓抬起手握住墨镜腿。

眼看哪吒怒气就要蓄满，皮修当机立断，示意猴二、猴三把人按住，堵住枪眼子。

秃头老板打量了房间一圈，发现都是凡人，看上去能打的也就三个，顿时气焰嚣张："我们这里是明码标价，开始吃的时候不注意，现在吃完了要赖账，外地人就这素质？"

他话音刚落，后面的大块头兄弟们就上前一步，低吼着说："别想赖账！"

任骄瞥了眼他们身后拉长的影子，凑过去在皮修耳边说："都不是人。"

"鬼鬼祟祟说什么呢？"大块头兄弟拿着椅子腿往地上一砸，捏着椅子腿指着皮修说，"少给老子啰唆，快点付钱！"

文熙瞥了他一眼，问："你们这样子，就不怕我们报警？"

"报警？"秃头老板笑了一声，捻着自己的细长胡子，"放心，等你们交了钱，就什么都不记得了。"

他盯着文熙手上的珍珠手钏，眼睛都亮了："而且我开了信号屏蔽仪，你以为你们的电话现在还能打出去吗？"

皮修挑眉问："信号都屏蔽了？那不是谁的电话都打不出去？"

秃头老板嗤笑一声："废话。"

皮修点头："那我就放心了。"

这家店开始的服务态度也没问题，味道也不错，就是黑到黑吃黑的祖宗身上来了。

伙计都不是人，不用担心打出事。还用了信号屏蔽仪防止报警，实在是想得太周到了，皮修觉得自己应该上网给这家黑店打个五星好评，下次再来。

他抬手关门放哪吒，身上的妖气弥漫布下结界。

皮修："我给你们十秒钟说下遗言。"

哪吒把混天绫从口袋里拿出来缠上手臂，冷笑着摘掉脸上的墨镜扔到一边："我看倒也不必说了。"

刚刚还不可一世的秃头老板一看见那条红绸带和飞在空中的金圈就愣了，或许有人模仿他的脸，但是这周身的法宝天底下没有第二个人能够模仿得出来。

"三……三太子……"秃头老板腿一软，身后的几个壮汉连忙把他架住。

开店多年，终于死神来敲门，他看着面前已经掏出火尖枪的哪吒三太子，一时声泪俱下真情流露："三太子饶命啊！"

猴二听着这句话有点耳熟，他看着几个人一齐跪在地上求饶的样子，忍不住搭着哥哥的肩膀说："哥，你说这像不像拍《康熙微服私访记》呢？"

微服私访猪吃老虎踢到铁板，简直是人生情景剧。

哪吒手一挥，混天绫就把这几个开黑店的倒霉玩意儿捆了个严严实实，跟玩溜溜球一样把人吊在空中一拉一扯的。

任骄捂着小扫把的眼睛，不让他看自己老师的暴力行为，并且淡淡道："三太子手下留情，别真弄死了，到时候监督办那边不好交代。"

哪吒嗤笑一声："东海龙宫都能让我砸个翻天，几个开黑店的算什么东西？也配监督办让我给个交代？"

他一枪刺下，擦着秃头老板的脸扎进地板里，带着笑问："你说对不对啊？"

秃头老板吓得鱼脸都冒了出来，两根胡须在空中颤抖，扯着嗓子喊："三太子，您大人有大量，饶了我们吧！我们再也不敢了！"

哪吒看见他的鱼脸一愣，蹲下身用乾坤圈拍着他的脸问："你这……什么品种啊？"

老板咽了口口水："我是鲇鱼……"

"鲇鱼每里游啊？"哪吒冷笑一声，"你当我不学生物呢？又在这里骗人是吧？"

"冤枉啊三太子！我不是东海人，是过来投奔亲戚的，我远房亲戚是条带鱼，是土生土长的东海人，跟着龙二太子做事的！"鲇鱼连哭带喊，对天发誓他真有个带鱼精亲戚。

皮修忍不住想，这生殖隔离估计都得有了，还亲戚，得隔多远？

他起身问："你亲戚见过龙二又不是你见过，怎么？你也跟着你亲戚在龙二手下做事？"

"算不上做事……"鲇鱼精忌惮跟龙有仇的哪吒，结结巴巴说，"其实就是每个月关店，给二太子从早到晚做一天的饭。"

一天的饭？这么能吃？皮修一下想起饭桶陶题来，冷声问："那你知道他是请谁吃饭吗？"

鲇鱼精摇头："那天我们都只能待在厨房里，门口下了禁令，我们都出不去。"

任骄立刻问："这个月他来过了吗？"

鲇鱼精摇头："后天才到日子。"

哪吒漫不经心说："前一阵才听说你们龙二太子刚从医院急救室出来，怎么？身上的蝴蝶结解开了？"

"听说解开了，前两天才回了东海养身子。"鲇鱼精小心地说，"我亲戚还提醒我，这一段时间二太子的心情都不好，叫我后天小心点，别惹他生气。"

哪吒嗤笑一声："泥鳅龙脾气还挺大。"他站起身看向皮修，"还有什么要问的？"

皮修走到被捆成一团的鲇鱼精面前，伸手一点，貔貅样的法印就出现在了他们的额头上。

老妖怪低声说："今天什么事都没发生，后天你们店会来一群帮手，是你们老家来打工的人，来帮你们给龙二太子一起做饭。"

他松开手，被催眠洗脑的鲇鱼精们就昏了过去，哪吒收回混天绫又忍不住踹了一脚，挑眉问："怎么？后天要来？"

皮修拍了拍手："我怀疑陶题会来这里，就他捞钱的架势，很有可能跟鲛珠有关系。"

"你们家陶题一月不吃饭，一顿管一月？"哪吒想了想说，"那他吃的也没想象中的多。"

皮修看他："虽然陶题吃得多，但是没到饿鬼那个地步。"

苏安在旁边一推眼镜说："您的意思是，我们后天要过来冒充这黑店里的伙计，帮忙做饭？"

皮修点头："对。"

苏安皮笑肉不笑："您是不是忘记了我们还在团建？"

别人出来团建是旅游疯玩，我们出来团建就是换了个地方继续做饭。皮修你没有心！

皮修盯着伙计们谴责的目光犹豫了一阵，缓缓说："实际来说，我们这叫东海调研，为研发我们的海鲜菜谱做准备。"

仇伏摇头："哥，我觉得骄哥的东海菜做得顶顶好，没必要，真的没必要。"

"回去之后每个人补发一千奖金。"皮修面无表情。

房间顿时安静了下来，片刻之后苏安第一个表诚心："老板，您放心，我们一定做好。"

仇伏直接打开淘宝："让我看看一千块能买点什么。"

虽然钱没到账，但是不妨碍他先计划明白，有备无患。

任骄用力拍了拍皮修的肩膀："好兄弟，我谢——"

"你别着急谢，钱都是从你的奖金里扣。"皮修拍拍他的胸口，"羊毛出在羊身上啊。"

想让皮修出一分钱，不存在的。

趁着地上的几个衰仔还没醒，一行人出了大排档，坐车先回民宿休息，皮修和任骄还有点东西需要安排。

结果开车走到一半，突然听到了一声绵长悠扬的屁声。

哪吒一个急刹车停住，所有人都陷入了沉默。

"是谁"这两个字在所有人的喉咙打转，但是却没有一个人说得出口。就连平日里所向披靡的三太子，也只是从后视镜里看了一眼，然后发动车继续往前走。

走了不到一百米，又是四弦一声如裂帛，刺痛了每个人的耳朵，连带着鼻腔也一起阵痛。

猴二无声拉开了窗户，并且解释："别看我，不是我，我就通通风。"

皮修没有发声器官自动排除，剩下的人心照不宣。

文熙："我要受不了了。"

皮修："又不是你，受不了什么？"

文熙摸着自己红通通的脸："就是尴尬，而且……我还想笑。"

皮修顿了顿，压低声音说："我也想笑，但是忍着。"

为了饭馆的团结，为了员工之间关系融洽，皮老板绝对不可以笑！

刚到民宿，众人下车后，仇伏走了两步就顿住了，一把抓住身边任骄的手，凄厉地说："骄哥，你带我回房间吧。"

所有人顿时回头，就听见任骄说："你自己走！"

"走不了！"仇伏捧着肚子，"老子忘记狐狸得少吃海鲜了！哥你帮帮我！"

任骄黑着脸往前走，不想管仇伏的死活，坐在他旁边听了一路的屁，他已经受够了！

但仇伏声音凄惨哀怨，拉着任骄不放："哥，你救救我，我现在动不了，一动就会出大问题！"

虽然憋尿能行千里，但是拉稀寸步难行！

仇伏用身体得出这个结论，拉着任骄一口一个哥。

任骄没扛住，直接提着人冲到了民宿后院的厕所里，然后给自己点燃了一根烟往外走，不想听见厕所里的银瓶乍破水浆迸。

但刚往外走没几步，就听见一声抽泣，他猛一回头，只看见长得茂盛的杂草。

任骄耳朵动了动，朝着草丛走过去，伸手一扒，看见了一条红色的鱼。

仇伏解决完问题捯着两条麻痹的腿从厕所出来，每走一步都有不一样的酸爽。

这一瞬间，他突然悟了小美人鱼上岸之后鱼尾化作人腿，每走一步都踩在刀尖上的感觉。

他一推门发现任骄居然还在，心中一颤。

你若拉屎，我也不离。可能这就是真的好兄弟吧。

"骄哥，我完事了，咱们走吧。"

仇伏话音刚落，就看见任骄转过来，怀里居然抱着一个胖娃娃。

胖娃娃人身鱼尾，红尾巴还打着任骄的肚子，嘴巴被封着，一脸的不高兴。

仇伏："……你们鱼下崽跟拉屎一样快吗？"

任骄："你是不是被自己臭得脑瘫了？"

仇伏抬手抽了自己一耳光，确定自己没眼花，这才走过去伸手戳了戳小胖鱼的脸，脸上肉乎乎的一戳一个瘪。

"这怎么来的？"仇伏问。

任骄冲着一边的草丛抬下巴："刚刚在草丛里捡的。"

仇伏回头看了一眼，感慨："这什么爹妈啊！把孩子扔厕所边不要了，有没有良心啊！"

任骄倒是觉得这孩子不一定是被扔的，他往上掂了掂："先回去吧，外面太热了。"

两个人带着小胖鱼一进民宿就被所有人的目光锁定，尤其是皮修，一双眼睛跟X光（一种影像学检查手段）一样盯着任骄，还有他手里的胖娃娃。

小扫把看看他又看看怀里的孩子，最后看了看已经神清气爽的仇伏，脸沉了下来。

文熙欲言又止，倒是哪吒嗤笑一声说："孩子生挺快啊，十分钟就卸货了。"

皮修看着仇伏问："你刚刚干什么去了？"

仇伏莫名其妙："拉屎啊。"

皮修指着那个疯狂拍尾巴的小胖鱼："拉屎拉出个孩子来？你天赋异禀啊仇伏。"

任骄："……"

"这是厕所边捡的！"仇伏大叫。

皮修一拍桌："捡个屁，你怎么不说是鸟叼着飞来的？这荒山野地的，谁在厕所扔孩子啊？还扔个鱼崽子，你看我像厕所边捡的不？"

仇伏一顿，脑袋上的耳朵都气得冒了出来，他抖着耳朵把鱼崽子从任骄怀里抱起来，同自己的脸比在一块："你们看清楚，他长这样，我长这样，我能生出这么好看的崽吗？"

大厅里顿时安静了下来。

仇伏："你们别不说话，我知道你们哑口无言了。"

猴二："不是，哥，我们在想怎么安慰你。"

既然不是仇伏生的，皮修的目光又投在了任骄身上，他带着谴责的神情盯着他：

"真的是厕所边捡的？"

任骄："跟文熙一样，天上掉的。"

他靠着小扫把坐下，伸手一挥，桌面上就多出个盛满水的大贝壳来。小胖鱼不知道在陆地上待了多久，摸着尾巴有点干。

任骄把小胖鱼放进贝壳里，但却没有解开他嘴巴上的封禁。

小扫把托着脸同贝壳里的小胖鱼大眼瞪小眼，一句话也不说。

文熙看着水里红色金边的鱼尾巴，忍不住问："这是什么鱼啊？尾巴这么红。"

皮修看着小胖鱼胖成藕节一样的手臂，大胆推断："胖成这样，应该是胖头鱼。"

话音刚落，红尾巴一抽，朝着皮修浇了一捧水。

皮修伸手一挡，看着小胖鱼被封住的嘴巴说："把他嘴巴上的咒解了。"

"解了他要吐泡泡。"任骄捏着他的尾巴警告，"给你解开，好好说话，不许吐泡泡。"

他打了个响指，小胖鱼开口就对着他喷出一连串口水泡泡。

小扫把左手变成原形，在任骄面前一挥，所有的泡泡顿时都被刺破，噼里啪啦一个也不剩。

任骄摸了摸小扫把的头，看着小胖鱼问："你是谁？这么小的鲛人来岸上干什么？"

小胖鱼猛地一抽尾巴："我是鲛人皇，我想去哪里就去哪里！"

皮修一愣："现在鲛人也有袖珍版本了吗？是不是和荷兰香猪一个原理？"

文熙看着跟年画娃娃一样的小胖子，忍不住笑了一声，伸手给他递了一颗葡萄："你是鲛人皇，怎么到岸上来了？"

小胖鱼一把抓住他的手，盯着上面的鲛珠："你怎么也戴鲛珠？坏人！"

他张嘴就要咬，皮修一把按住小胖鱼的头，把文熙的手抽了出来。

"不是鱼吗？怎么跟狗一样？"皮修拎着他的后颈抖了抖，"为什么说戴鲛珠的就是坏人？你还见谁戴鲛珠？"

小胖鱼扭动嘶喊："你们把鲛人关到哪里去了？快点把他们放了！不然我要生气了！"

皮修乐了，心想自己活了几千年，头一次听见有人威胁我他要生气了，还是个小鲛人。

他把小鲛人往任骄怀里一扔："都是鱼，你问吧。"

任骄提着小鲛人，捏着他的尾巴尖恐吓："我问你答，不听话我就揪你一片鱼鳞。"

小鲛人盯着他："你敢？"

任骄捏着他一片鱼鳞扯了扯："你看我敢不敢。"

小鲛人老实了，任骄把他又放回贝壳里，加了点水，问："你一个小鲛人，是怎么从圣地里跑出来的？"

"趁他们不注意跑出来的。"小鲛人老实说。

任骄伸手一弹他尾巴："说谎！你说你是鲛人皇，又还是幼崽，怎么可能这么轻易跑出来？"

"他们都嫌我年纪小，根本没把我当老大！"小鲛人瞪着他，"我趁着他们商量事情的时候跑出来的！"

任骄挑眉："跑出来就跑出来，你没事上岸干吗？"

小鲛人嘴皮子动了动，犹犹豫豫说："他们都说以前的鲛人皇厉害，我要去找他……"

任骄心中一顿，面色不露分毫："以前的鲛人皇？不是上一任鲛人皇老了才会有下一任吗？你应该去埋骨地找，而不是来到陆地。"

"谁说他老了！他好着呢！他只是上岸住了！我听那些姐姐说他是最好看最厉害的鲛人！他的尾巴有三米长，抽起来能把岩石抽碎，就算是东海的龙也挡不住他的尾巴！他能活一万岁！永远不会老！"

皮修嗤笑一声："活一万岁，那不成老王八了吗？"

文熙瞥他一眼，心想皮修这老妖怪的年岁也离老王八不远了。

老王八任骄连忙咳嗽两声："其实他也没有那么好的。"

"你放屁！他在我这里天下第一好！"小鲛人晃动着自己的红尾巴，情绪骤然低落下来，"但是我用寻王珠找到这里，就找不到他了。"

从来没出过远门的小鲛人为了追星冲风破浪上了岸，好不容易找到这里，结果妖力用尽变回了原形，坐在草丛里擦眼泪，跟被黄牛骗了钱的粉丝一样惨。

小鲛人吸了吸鼻子，两滴眼泪从眼睛里流出来，化作白色晶莹的鲛珠掉在贝壳里，砸在了水面上。

"等找到他，我就让他把你们这些坏人都抓起来。"

任骄抽了张纸给他擦鼻涕，淡淡道："鲛人皇是不可以哭的。"

"可我忍不住。"小鲛人哽咽着说。

哪吒摸着下巴看着抽抽噎噎的小鲛人，蹲下身问："你们族里的小鲛人都跟你一样可爱吗？"

小鲛人一愣，眨了眨眼睛突然红了脸，抱住自己的尾巴说："他们……他们也很好看，但是我最好看。"

"你是鲛人皇，当然是最好看的。"哪吒摸摸他的脑袋，"为什么说戴鲛珠的就是坏人呢？"

小鲛人皱眉："鲛人们被坏人骗走了，他们逼着鲛人哭，要他们眼泪变成的鲛珠。"

"所以你想找以前的鲛人皇回来救他们，对不对？"哪吒用温柔的声音说，从口袋里掏出糖果放进小鲛人的手里，"不要哭了。"

小鲛人拿着糖果垂着眼睛说："如果我足够厉害的话，就不用去打扰他了。但是我太小了……"

"你年纪小，别的鲛人年纪却不小，为什么不让他们来？"任骄冷声问。

小鲛人嘟囔说："他们不敢，每次我说让他们出来找，他们总说是他们做了对不起他的事情，没有脸去找他。"

任骄沉默了一阵，放在腿上的拳头渐渐握紧。

小扫把盯着他的表情，缓缓握住他的手说："别……别难过。"

"没事。"任骄反握住他的手，盯着小鲛人说，"今天晚上我会送你回海里。"

小鲛人皱眉："不行，鲛人的地方别的妖怪是进不去的！"

小扫把解释："他不是别……别的妖怪，他是鲛人。"

小鲛人一愣，看着任骄眨了眨眼睛："骗人，鲛人从不留疤！"

"没骗人！"小扫把一拍任骄的手，"他就是……是鲛人皇！"

任骄咳嗽一声，看着小鲛人诚恳地说："没错，我就是你要找的人。"

小鲛人："……"

他盯着任骄眨了眨眼睛，眼泪已经在眼眶里积蓄，哑着声音说："我不信，除非你把尾巴给我看！"

任骄轻咳一声，站起来浮在空中，白光一闪，一条黑尾巴的鲛人就出现在空中。

小鲛人一脸不敢相信，抽噎着问："你……你的尾巴怎么是黑色的啊……"

任骄顿了顿："我前段时间做美黑，做过头了。"

第八章

文茜·当年旧事

午夜将至，海边涛声依旧，皮修带着文熙往海边走，听着他打哈欠的声音忍不住问："你怎么天天睡不够？"

文熙揉了揉眼睛："当人睡惯了，怎么？困了还不能睡啊？"

"我又没说什么，你胆子大了，还冲我发脾气。"皮修警告说，"待会儿别乱跑，小心被拐跑了。"

文熙一笑："我还没下过海呢，待会儿你带我多逛逛，我保证不乱跑。"

皮修："你们这些人类就是见识浅。"

"是是是，我见识浅，所以得亏我多看看。"文熙看着面前的海面，忍不住问，"我们就这么游下去吗？"

"不，我们坐鱼下去。"任骄一手抱着小鲛人，一手牵着小扫把从后面走过来。

皮修挑眉："他们呢？"

任骄："都在别墅里待着呢。"

哪吒和五个猴对海底没什么兴趣，都在民宿里睡觉，苏安和曹草不想加班，婉拒了下海的邀请，并且表示不想参与这些活动。而仇伏有心无力，还在厕所一泻千里。

"皮聚宝，你跟着出来干什么？"皮修看了眼也没睡醒的便宜儿子，忍不住逗他道，"你个扫把又沉不下水，待会儿怎么下去？"

小扫把一把拉开自己的衣服，露出的腰上拴着皮修锁电动车的链条锁。

皮修："……"

文熙："……"

任骄也变了脸色，连忙给他把链条锁解了。

任骄："你什么时候把这个玩意儿带上的？"

小扫把打了个哈欠："猴子们说你们要……要火并，得找家伙。他们还带了烧……烧火棍，仇哥还带了把青……青龙偃月刀。"

皮修听得眉头直跳，仇犬真就离谱，脸黑还真当自己是关公。

他压着火问："那苏安带了什么？"

小扫把一顿："他没带，他说他报……报警。"

成了，二五仔也安排上了。

皮修心想：自己当初也就吩咐了句去龙宫给任骄撑撑场子，怎么就变成是兄弟就来帮我砍人的全新体验？

难道是自己表达能力有问题？

任骄没收了小扫把的链条锁，警告他说："待会儿不许乱跑，海底有垃圾也不许捡，闭着眼当作没看到。"

小扫把脸上一阵纠结，就听见任骄叹气说："听话，我们下去一会儿就回来。"

"你不是想家吗？不……不用，多……多待一会儿？"小扫把拉着他的手笑了一下，"我……我不捡垃圾。"

小鲛人坐在任骄怀里，盯着小扫把眨了眨眼睛问："你为什么要捡垃圾啊？他们养不起你吗？"

他拍了拍红色的尾巴瘪着脸说："我有钱，你跟我回海底，不用你捡垃圾。"

小扫把伸手戳他脸："我就喜……喜欢捡垃圾。"

小鲛人拍尾巴："你——"

"行了，该走了。"任骄按了把小鲛人的头让他闭嘴。

他从口袋里掏出一块金币往河里扔，扔了一枚之后风平浪静，他皱着眉又扔了一枚，这才波涛汹涌起来。

皮修挑眉："我寻思这也不是许愿池啊，你扔啥钱？"

"这是叫鲲鹏出来的引路费。"任骄看着海里渐渐浮现的巨大鱼影皱眉，"以前都是一枚，怎么现在涨价了？"

"通货膨胀物价上涨了，都要讨口饭吃嘛……"幽远的声音从海里传来，鲲鹏抬起头看着任骄，"好久不见，近来可好啊？"

任骄笑了一声，抬手摸了摸自己的脸："你说呢？"

鲲鹏笑了笑，转头看向皮修，点了点头："这位才是真正的好久不见了，我们几千年没见了，皮修？"

皮修在不熟的人面前，开启冰山模式，惜字如金："三千年。"

"原来过了这么久了……"鲲鹏淡淡道，"既然是老朋友，就给你打个九五折吧，你们一共五个人，小孩半票，一共9个金币。"

皮修："都是老朋友，免费不可以吗？"

鲲鹏顿了顿："谈感情伤钱，皮修，你应该懂我。"

皮修："……"说实话，这个时候我并不是很想懂你。

皮修："这个孩子尾巴拉直了一米一都没，免票吧。"

鲲鹏犹豫一阵："看在这么多年的情分上，你们上来吧。"

一行人上了鱼背，脚下金光一闪，文熙就觉得似乎被粘在了上面，他还没来得及说话，鲲鹏就一个猛子扎进了海里。

皮修看着文熙憋着一口气不敢呼吸的样子，故意伸手捏了他一下，看他一口气吐出来，瞪眼看自己，这才说："都死了六百年了，不会溺水的。"

鲲鹏载着他们往深海里游，游鱼从他们身边经过，文熙瞪大了眼睛，还伸手抓住一条，但看它挣扎得太厉害，又一松手让它游走了。

小扫把坐在任骄身边，看着他的眼睛随着周围光线的变暗而越来越亮，平日里黑色的眼睛已经变成了如同天空一样的蓝色，流光在里面打转，像是盛着这大海的波浪和天上的云流。

"你的眼睛。"小扫把忍不住伸手摸了摸他的眼睛，"好看。"

小鲛人也看傻了眼，虽然他的眼睛跟尾巴一样是火红鎏金的漂亮颜色，却没有任骄的眼睛这样迷人深邃。

任骄笑着，脸上的疤痕扭曲了一下："你们喜欢就好。"

周围的光线越来越暗，鲲鹏骤然加快了速度向前冲刺，像是穿过了一层薄膜，黑暗被光亮取代，水流声被热闹的声息取代。

文熙低头一看，看见了一座灯火辉煌热闹纷繁的城市，他忍不住问："怎么这么亮？"

小鲛人抬头解释："我们的发电厂，电鳗和鳐鱼二十四小时发电，还无污染！"

鲲鹏低声说："即将到站，请乘客携带好随身的贵重物品，在鱼停稳后下去。"

等鱼停稳之后，皮修对文熙说："先办事，办完再逛。"

文熙应了一声，好奇地看着不远处的水母按摩店，推了推皮修说："待会儿咱们去推个背呗，我看好像挺舒服的。"

小扫把太轻，任骄只能拉了根海带捆在他的腰上，跟牵气球一样带着他往前走。

小鲛人到了海里就自觉从任骄怀里出来，拍拍尾巴游到小扫把身边问："你为什么喜欢捡垃圾啊？"

小扫把看他："我是……是扫把精。"

"扫把精？"小鲛人围着他游了一圈，又伸手拉拉他的头发和手指头，皱着眉头说，"软软的，一点也不像扫把。"

从海城中心到鲛人的地盘有点距离，任骄招手打了个海马快车，带着大家直奔鲛人城门口。

路上他问小鲛人："龟老爷子现在还守大门不？"

"守啊。"小鲛人游在他身边，歪着头问，"你为什么不把尾巴变出来游泳？"

任骄："美黑失败，尾巴跟酱油泡过一样，太丑了，不想拿出来。"

小鲛人皱着眉看着曾经的偶像，虽然被照片骗了，但是那条结实有力的黑尾巴还是牢牢地在他的脑子里扎了根。

他转了个圈，低声说："其实我觉得还挺好看的，也是独一无二的鱼尾巴了。"

任骄笑了笑，有些自豪地说："我以前的尾巴也是独一无二的。"

一行人在离鲛人城不远的地方停了下来，文熙一下海马就瞧见一大爷背着个锅在那哐哐撞岩石。

文熙："这是干什么呢？"

任骄瞥了一眼解释说："这是门卫龟大爷，一万多岁了，这是他用龟壳撞石头晨练呢。"

皮修忍不住问："这是晨练？练啥功啊，哐哐哐的？"

任骄欲言又止，倒是小鲛人头一昂一脸骄傲地说："这是龟大爷的独门气功，叫龟派气功！"

皮修："……"

他看看那哐哐晨练的龟大爷，又看看红尾巴的小鱼崽子，感慨说："是挺生猛的，我看这大爷守门也挺好。"

别人没碰就先倒了，先发制人，挺好。

几个人走过去还没说话，晨练的龟大爷就停了，他慢悠悠转头看到了小鲛人和任骄，眼睛骤然瞪大，心情激动，大叫一声"陛下"，还没走两步就两腿一蹬，肚皮朝天闭眼倒了下去。

皮修："……"

任骄一个箭步上前，在龟大爷胸口按了几下，松了口气："没事，就是太激动晕过去了。"

大门却在这个时候缓缓打开，里面绿光一闪，红尾巴的小鲛人就被一个绿尾巴鲛人搂在了怀里，绿尾鲛人声泪俱下地哭喊："陛下，你去哪里了！吓死我们了！"

大门里又缓缓游出一队鲛人，为首的那一个像是个混血，长着一张长长的驴脸。

皮修看看他，又看看两个抱成一团的红绿鲛人，忍不住想，这是红鲤鱼、绿鲤鱼与驴啊！

红绿鲤鱼抱在一起哭，只有驴脸哥看见了任骄。

皮修清了清嗓子，压低声音问任骄："这不是纯种的鲛人吧？"

任骄点头："他是鲛人和海马的混血。"

皮修心想失敬了，应该是马脸哥不是驴脸哥。

文熙愣愣站着，脑子里是从前看过的话本传说里，那些落泪成珠温柔美丽的鲛人，但是眼前却是媲美斯巴达三百勇士的猛男，虽然长得不差，可跟"脆弱"两个字一点关系都没有。

文熙："……"书里说的都是假的！

皮修见他一直盯着，轻咳了两声。

文熙回神叹气："我突然懂了小鲛人的心情，照片和传说害人。"

马脸哥游上前看着任骄，握着长枪的手微微颤抖，盯着任骄使劲眨了眨眼，像是要确认他并不是自己的幻觉。

"好久不见，任马，这些年还是大侍卫长吗？"任骄也有点紧张，下意识攥紧了小扫把的手。

任马嘴唇动了动，突然吐出一个大泡泡来，漂到任骄面前炸了。

任骄："……"

"原谅我的失礼，陛下，是我太激动了，我……我们没想到您还愿意回来。"

任马突然跪了下来，身后的侍卫也仿若多米诺骨牌一样跪了一大片，齐声说："恭迎陛下！"

绿尾鲛人看着他们朝着任骄跪着，眉头一皱正要怒斥，就同任骄对上了眼，顿时鱼尾一软跪了下来，抱着怀里的小鲛人颤着声音叫了一声"陛下"。

文熙推了推皮修："挺气派的！"

皮修挑眉："他的地盘他做主，当然气派。但是再气派还是跟我签了劳务合同的伙计，最气派的还是我。"

文熙笑了一声，没说话。

皮修倒是想起了文熙从前的钟鸣鼎食之家，出门也是前呼后拥，过年过节院里定是熙熙攘攘，现在待在饭馆二楼会不会有落差呢？

皮修想着又瞥了眼面前任骄这副风光无限的模样，他心头一动，对文熙说："等过年的时候，那些妖怪都过来拜年送礼，到时候你也坐堂上，他们也会给你行礼。"

妖怪里拳头大就是爹，别说弯腰行礼，皮修让他们临时来段 B-BOX（人体音响或节奏口技），他们也得把舌头卷起来噼里啪啦来一段。

任马带着侍卫们在前面引路，他们几个人在后面跟着。

小鲛人绕着任骄游来游去，绿尾鲛人安安静静跟在旁边，一双眼睛看着任骄，欲语还休。

走了没多远，文熙就脚下一歪差点摔倒，他低头一看，看到了一颗一颗圆润的鲛珠。

皮修也看见了，他忍住弯下腰去捡的本能，提醒任骄："叫你的人别哭了！"

任骄顿了顿："没办法，感情到了，有些东西就算捂住嘴巴也会从眼睛里掉出来。"

"少放屁，快叫他们别哭了！"皮修不想来一趟东海海底，结果捡珍珠捡到腰椎间盘突出去，到时候再上次论坛，自己又风评受损。

任骄正想劝两句，就感觉小扫把握手的力气越来越大。

他转头一看，心一跳。

好嘛，老子是忍不住捡，儿子是忍不住扫。

小扫把一只脚变成了扫把左右晃着把地上的鲛珠扫到一边，偏偏眼睛还闭着，努力不去看。

任骄叫来任马下了命令，不断往下掉的鲛珠才控制住。

但是侍卫们控制住了流泪，城里围观任骄的鲛人却忍不住流泪了，鲛珠跟不要命一样往下掉，瞬间拉高了鲛珠的生产总值。

任骄到后面捂着小扫刡的眼睛夹着他跑，皮修也闭着眼狂奔，手里握着一把鲛珠怒骂，自己怎么就管不住这手呢！

这么多年过去，鲛人宫虽然模样不改，但是内部的布置已经改天换地，Wi-Fi全覆盖，电力无处不在，就连厕所也装上了暖气管。

任马滔滔不绝地向任骄介绍这三十多年鲛人宫的进步发展，夸得跟桃源仙境一样，就没有不好的地方，一双眼睛盯着他，就期盼他能说句好。

但是任骄没说好也没说不好，因为为了拉紧小扫把不冲出去捡垃圾，他已经用尽了全身力气。现在只能微微颔首催促任马快点进大殿。

一进大殿，就是山呼海啸般的行礼场面，小鲛人甩着红尾巴在空中拍了拍，抬手说："你们都起来吧。"

最前面的两条鱼对视一眼，其中一个抬头看向任骄，像是在等待他的旨意。

"现在他才是鲛人皇，自然是听他的，看着我干什么？"任骄皱眉，下意识去注意小鲛人的表情。

小鲛人居然一脸恍然大悟，摆着尾巴游到任骄身边说："你叫他们起来吧，你是太上皇，比我厉害！"

任骄："……"

碰瓷认爹大可不必，我不收嗟来之子。

没等他说什么，地上跪着的鲛人已经高呼"多谢陛下"站直了身体。但没站直两分钟，其中一个又扑通跪了下来，声泪俱下，鲛珠也不断落下，大声哭号："陛下，您总算回来了！请您为我们做主啊！"

一声起，百声应，大珠小珠落玉盘。

皮修闭上了眼睛，感受来自大自然的声音，他告诉自己，没关系的，不过是鲛珠而已。

没必要，老皮你真没必要。

文熙拍了拍他，一脸感慨地看着皮修，心想法力再强又怎么样，还不是易被诱惑，用尽全力才能抵抗本能。

跪下的老鲛人泪眼蒙眬地看着任骄："陛下，自从您走之后，边界屡屡被犯，我们一退再退，最后奋力反击才夺回故土，鲛人死伤无数……陛下，我们知道错了，我们真的知道错了。"

任骄没有说话，小扫把倒是睁开眼睛瞪着他们，吐出两个字："迟了！"

小扫把冷着脸，难得说话不结巴："你们嫌他丑，赶他走，现在出事又要他回来，迟了！"

当初是你们要他离开，现在又要把他哄回来，哪里有这么好的事情！

在场所有鲛人心里都明白这个道理，但还是觍着脸来求，可见是到了穷途末路的地步了。

他们看看不说话的任骄，最后眼神落在小扫把身上。

老鲛人顿时转换目标，朝着小扫把一拜："大人明鉴！当初是我们肤浅愚昧，我们知道错了，陛下若是要惩罚，我们也甘愿承受，只求陛下出手，救出那些被困的族人啊！"

皮修轻咳一声，提醒："孩子还小，别乱攀关系啊，他是貔貅的儿子，跟你们鲛人没多大关系。"

任骄倒是皱眉问："我看城里的电网安保都不少，巡逻的八爪鱼又加了几对，那些被抓走生产鲛珠的鲛人是怎么被带走的？"

老鲛人一顿，缓缓道："他们是……是自己去的。"

任骄疑惑："自己去的？"

"原本只是一条鲛人受了蒙骗，有人告诉他们，有个鲛珠生意做了能赚大钱，如果发展下线，就能赚更多，然后——"

任骄立刻打住，一脸复杂地问："然后他们就开始拖家带口，爸爸妈妈哥哥姐姐，跟青蛙跳水一样扑通扑通往沟里跳？"

老鲛人情绪激动连连点头："陛下高明！"

"高明个屁！"任骄火了，"这叫传销，三四岁的凡人小孩都知道！我从前就叫你们多看书多看报，多关注凡间新闻，我看你们就是一个字都没听进去过！"

"有那种赚大钱的好事人家不自己干，还轮得到你们一个个一天到晚就知道织布流眼泪只有七秒记忆的鱼脑子来？这种天上掉馅儿饼的事情，你们用尾巴想也知道天道没这么好心！"

突然海里一阵震动。

天道：海底黄牌警告一次。

任骄脸上的疤连着五官都有点扭曲，他深呼吸一口气稳了稳情绪："知道是谁骗他们走的吗？那些鲛人被关在哪里知道吗？"

老鲛人连忙道："有一个在离开的路上被任马拦住，我们这才发现此事，之后核查族内人数才感觉大事不妙。后来细细盘问，在对方留下的信物上发现了东海龙宫的气息……"

任骄听他声音越来越小，冷笑一声说："说啊，怎么不说了？我看你们一个一个身强体壮，不像是不能打的样子，怎么还等着我来帮忙？"

"陛下，那些龙子我们能够对付，可东海龙王并非我辈可以抗衡的啊！"老鲛人眼睛一红又要掉眼泪珠子，小扫把重重"哼"了一声，惊得他们又安静如鸡不敢动了。

小扫把："自己的事自己干！"

皮修闭着眼睛，心想这海底是个福地啊，这连说两句不结巴了。这要是从此以后不结巴了，他得给东海这群鲛人送锦旗。

鲛人们伏在地上不动，红尾巴的小鲛人挣开身边鲛人的手游到任骄面前，皱着眉问："我知道他们之前不对，但是——"

小扫把不想同小鲛人吵架，手疾眼快塞了块糖进他嘴里："大人说话，小孩别插嘴。"

小鲛人含着糖，又要说话，但被任骄一把按住了头。

任骄瞥了还跪着的老鲛人一眼："把那个鲛人拿到的信物和碰头的地址都告诉我。"

老鲛人一顿，又要给任骄磕头，但被他手一挥定住了身形。

任骄捏了捏红尾巴小鲛人的包子脸，淡淡道："不是帮你们，是我和这个小家伙有缘，看在他的分儿上，多管闲事一次。"

皮修沉默片刻问："这东海龙宫要那么多鲛珠干什么？玩星际弹球吗？"

任骄："谁知道那群龙想什么！"

皮修："虽然老真龙私生活混乱，但也不至于这么离谱。"

任骄拿着烟的手微微颤抖："你是说，他们不搞珠，要搞鲛人？"

皮修："……你能不能把思想从'搞'字上移开，想想他们要那么多鲛珠干什么？"

"哎，我最近看人鱼文学看得有点多。"任骄抽了口烟，"鲛珠这种东西，除了好看，磨成粉敷脸上美容，还能接接骨头，也就没什么别的作用了。"

他说着一顿："要是身上的骨头变成袋子里的饼干渣了，再多的鲛珠也拼不好吧！"

皮修觉得被内涵到，冷眼看他："闭嘴。"

任骄一顿，想起文熙的骨头，连忙闭上嘴说："哥，你当我没说。"

皮修眺望着夜晚的海边，潮起潮落，抽了口烟慢慢说："鲛珠到时候给我整点。"

"你要多少？"任骄一顿，反应过来，"你要给文熙重塑肉身了？"

皮修："不废话吗？我能让他整天就这样飘着？"

"那坛子里的骨头都碎成那样了，能行吗？"任骄想起那白罐子里的小碎骨头，忍不住叹气，"你再好好想想。"

皮修一弹烟灰："那我要等到哪年哪月去？再说了，这么些年有几个鬼炼出肉身的？"

任骄见他一脸忧愁，连忙说："行行行，等这次事过去，所有剩下的鲛珠我都给你，就怕还有别的什么幺蛾子。"

皮修眉头一挑："你是不是怕东海龙王？你是不是玩不起？"

不可能玩不起的任骄为了不在人面前露怯，用了一天的时间偷偷一个人下海练鱼尾耳光功。

黑色的鱼尾雄壮有力，在鲛人们崇拜的眼光中，连着抽飞五六个珊瑚，顺手完成了海底拆迁办拆危石的任务，潇洒上岸。

等到了鲇鱼精和龙二太子接头的那一天，皮修一行人改头换面成了黑心大排档里面的一员，除了任骄装作赶来加入传销组织的痴傻人鱼，还有曹草变回原形驻扎在院子里，隐藏在一群椰子树当中，暗中侦查。

一切准备就绪，只等龙二太子过来。

过了许久，有着东海龙宫牌照的加长林肯停在了大排档门口，曹草举高了手中的摄像头，向后方传递第一手消息。

皮修看着屏幕里从林肯里面被小心抬出来的龙二太子，忍不住说："这小泥鳅轻伤不下火线，都成这样了还不失约，是个心狠的。"

文熙："虽然如此，但是你也没必要夸他。"

猴二伸手一指屏幕的边角："这里还有一辆货车。"

货车没有在门口停下，而是开到了后院进门的地方。曹草连忙将摄像头对准了正缓缓打开的货车门。

小扫把呼吸一滞，指着那货车上一个个跳下来的人说："是……是鲛人。"

鲛人从货车上下来，在旁边人的看管下走进了大排档里，皮修数了数，跟昨天那个老鲛人说的数差不离。

鲇鱼精擦着额头进后厨，颤着声跟皮修说："快……快准备开火，龙二太子已经来了！"

原来准备那么多菜都是给这些鲛人吃的，皮修笑了一声，心里松了口气，起身给任骄发了条行动开始的消息。

躲在转角处的任骄看着大排档的大门，转头冲着身后的任马说："我进去了，你们就在外面守着，不允许任何一个人逃出来。"

任马站直："遵陛下旨意！"

任骄的目光落在一边拄着拐的龟大爷身上，他顿了顿说："大爷你就找个凉快地方待着，别磕着碰着。"

吩咐完事情，任骄拉开自己脸上的头巾。即便是他幻化出另外的模样，脸上的疤痕也不会消失，只能用遮瑕膏遮了一层又一层，才勉强遮住一点。

虽然看上去还是别扭，但起码没有人能一眼认出他就是任骄。

拿出口袋里的信物，任骄三步两步就走到了大排档的门口，朝着拦在门口的东海胖头鱼保安出示了信物，说："是带三让我来的。"

带三最近是二太子身边的红人，胖头鱼保安拿着信物看了看，确定没问题，这才带着他往里走。

带三正给坐在轮椅上的二太子倒茶，听着又有个鲛人过来上当受骗，连忙叫保安把他带进来。

"二太子，又来了个鲛人。"

龙二歪着脸看他，疑惑地问："不是都没有再拉人了吗？"

"但是他带了信物来。"带三小心地问，"上次不是被扣了一批鲛珠吗？正好现在人手不够，您要不要见一见？"

为了宣扬温暖的企业文化，让上钩的鲛人觉得自己和董事长的距离之近，每次龙二都是亲自接见鲛人进行洗脑宣传。

他想了想，还是让带三把人叫了进来。

任骄走进房间，看见轮椅上的龙二一愣，但很快恢复了表情，主动说："我听他们说跟着你们能赚大钱，我就来了。"

带三上下打量他："你怎么来这么迟？我们这边的招聘时间都过了。"

"跟人打了一架，在床上躺了一段时间。"任骄说着指了指自己的脸，"打出来的疤还没消呢。"

龙二微笑说："没关系，只要你有能力，我们这里时刻准备迎接有能力的人才。"

"能吃能打能睡算不算有能力？"任骄憨厚一笑，"我一尾巴能抽飞两条鱼，一顿能吃一桶饭，一觉睡三天。"

带三："……"

龙二勉强点了点头："这也算是别样的一种能力，哈哈。"

他笑着给了带三一个眼神：你都找了些什么弱智过来？

任骄自豪点头："我妈也这么说，她说外面那些人不识货，不知道我的好，我刚刚听老板你这么说，算是遇见伯乐了。"

龙二："……"

龙二：我觉得有可能是你妈错了。

他一个不察，骤然被任骄握住了手使劲摇晃："我在家待了这么多年，总算是遇见识货的了！"

带三连忙把连着轮椅都在晃的老板从任骄手里解救出来："大兄弟你别激动！老板刚受了伤还没好。"

任骄恍然大悟："难怪老板在轮椅上坐着，原来是受了伤，我还以为老板这么年轻就中风了呢！"

龙二一句脏话憋在喉咙里咽了下去，缓了两口气继续问："听上去你和你母亲的感情很好，这次出来也是想赚钱给她花吗？"

"不是啊。"任骄回答得干脆利落，摸了摸自己的脸傻笑，"我准备赚了钱去整容，然后当明星出道，再给自己找个漂亮老婆。"

龙二："那你想得挺好。"

"可不咋的，要想都不敢想好的，那不完犊子了？"任骄一脸期待地问，"老板，我们这里是干什么啊？待遇怎么样啊？"

带三看老板气得脸都青了，连忙解释："我们这里主要就是生产鲛珠，你随便流两滴眼泪，我们按个数算钱，一个鲛珠两千块，月底一起结。"

任骄喜笑颜开："那我整容的钱很快就能攒齐了！"

话说着，房门突然被敲响推开，秃头鲇鱼精走在最前面："二太子，给您上菜了。"

任骄一扭头就看见易了容的皮修带着猴一二三端着菜走进来，手中的大石锅沉甸甸的一看就是开瓢利器。

"这是什么？"龙二奇怪地问。

鲇鱼精点头哈腰："带三哥跟我说您今天有贵客要来，我特意准备了石锅菜。"

任骄一听自动对号入座，搓着手说："老板，你说你咋这么客气呢？饭菜都给我准备得这么好，您放心，我一定好好干，不辜负您的期望。"

皮修冷眼旁观带三按住任骄想要夹菜的手，眼睛在任骄不情愿的脸上停顿一秒，忍不住想这个任骄恶心人属实有一套。

龙二强撑着微笑让任骄这个家伙跟着带三去隔壁包间吃，任骄一摆手："没关系，我可以和我的族人们一起吃。"

带三一听连忙点头，赶紧带着任骄出门走向大厅，在那群鲛人里面给他找了个位子坐下。

任骄一落座，眼睛环视一局，发现这些鲛人的眼睛都有点肿，精神萎靡，顿时火气上头，想要冲回去再给龙二打个蝴蝶结。

他一口气堵在心里，压低了声音问坐得最近的一个鲛人："兄弟，你怎么了？"

鲛人一顿，幽幽看了他一眼。

任骄："……"

任骄上看下看左看右看，确定自己同这个兄弟没见过，再次开口说："兄弟，你没事吧？"

"你别管他，他这是昨天晚上看了片子还没缓过劲。"旁边一个红毛鲛人拿了个包子就往嘴里塞，含糊说，"你是新来的吗？你得多吃点，要不待会儿没劲哭。"

任骄看他吃得狼吞虎咽，心里更是难受，正欲说话，就听见旁边的忧郁鲛人缓缓唱："爱过多难得，记忆是暖的。"

"别唱了，就一部爱情电影，看完就完事了。"红毛鲛人塞了个包子进忧郁鲛人嘴里，见任骄盯着自己，忍不住挑眉问，"你盯着我干什么？吃啊！"

任骄拿了个包子，他咬了一口缓缓问："你们就天天哭？要是哭不出来怎么办？"

"怎么可能哭不出来？"红毛鲛人咽下包子道，"一天到晚电影轮着放，鲛人天生共情能力强，想不哭都不行。"

任骄问："是什么电影？"

红毛鲛人头也不抬专心吃饭："就什么《滚蛋吧！肿瘤君》《妈妈再爱我一次》，还有……"

"等下。"任骄愣了，他一口把包子吃进嘴里，说，"你让我缓缓。"

怎么就是看电影呢？不应该是严刑拷打，资产阶级压迫劳苦民众，小白菜地里黄吗？

他正沉浸在内心戏中，就听见那个红毛鲛人喝了口汤又感叹："唉，还是这种饭好吃啊，每天吃汉堡薯条我都快吃吐了。"

任骄："……"

一条鱼这样感叹就算了，桌上别的鱼也跟着附和，就连忧郁鲛人也感叹："他们说下周有意面和比萨，我还是觉得挂面好吃。"

任骄面无表情心如止水，他过来救鱼，可能是个美丽的错误。

"不过上个月工资一直拖着不发，也不知道他们什么意思，也不让我们出门，老子尾巴都闷得要长蜘蛛网了。"

有个鲛人抱怨了一句，任骄顿时抓住重点——不发工资。

他目光如炬，锁定那个正在啃鸡腿的鲛人，一手按住他的肩膀："兄弟，口下留腿。"

那鲛人看他一眼，见他五大三粗一脸凶相，忍不住心慌说："大哥，桌子上这么多腿，你看上我的了啊？"

任骄："不是看上腿了，我——"

这些年，鲛人果然只进化了尾巴没进化脑袋。

"我新来的，有事问你，你刚刚说不发工资，是一分钱都没发吗？"任骄压低了声音，"不是说一颗鲛珠两千块吗？你们一个子儿都没看到？"

"两千块？不是三千吗？"

"什么三千？不是一千五吗？"

鲛人们一下愣了，忧伤的也不忧伤了，抓着任骄的领子问："你是不是跟老板有亲戚关系啊？凭什么你两千块一颗珠？"

任骄："不是，我——"

他解释的话还没说完，其中一个暴脾气直接给了三千块一颗珠的鲛人一拳："你拉我过来，凭什么哭一颗珠子比我多一千？中间商赚差价啊？"

任骄："……"

鲛人本来就不是什么和平的种族，这一拳开了头，剩下的接二连三扭在了一起。任骄夹在中间一手按一个，徒劳无功地说："别打了，你们别打了！"

老子还没有引蛇出洞，你们这群家伙不要再打了！求求你们了！

龙宫的保安注意到这边，皱眉一吼："你们在干什么？"

大厅里顿时安静了下来，任骄一扭头就看见皮修阴沉的脸色，他心里咯噔一下，心想完了。

但天无绝鱼之路，大排档的门再一次被推开，有的人就算穿上了马甲，大家还是能够认出来。

费乙穿着一件黄色小马甲，头戴遮阳帽进来，皮修定睛一看，心想：真是人生何处不相逢，怎么什么坏事都有你？

一见费乙来了，带三亲自推着龙二出来迎接。

龙二朝着费乙一笑，恭敬问："费先生，不知道高祖最近身体如何？"

皮修一愣，反应过来要真的按辈分论，老真龙留下的九个儿子，还真是现在龙族的老祖宗，得过年给一个个磕头拿红包的那种。

费乙宛如睚眦的尚方宝剑，只要他来等于睚眦也到场，皮修瞥了眼费乙身后跟着的马仔，递给任骄一个眼神，暗示他现在可以收网了。

任骄手上一松，身边两条鱼就撞在了一起扭打起来，连着餐桌也被撞翻，碟碗稀里哗啦碎了一地。

带三赶快一挥手："你们都干什么吃的？站着看热闹吗？"

保安赶快上前把两个人拖开，眼看打不到了，两个猛崽直接变了尾巴出来抬着要扇对方的耳光。

两条鱼尾抽在一起，劈里啪啦，鳞片都跟雪花一样掉。

任骄忍不住了，上前一步，一手攥住一个尾巴尖说："别打了！再打下去要秃了！"

其中一个破口大骂："你放开我！我今天就要打死这个当中间商赚差价的！我吃的是汉堡哭的是鲛珠，呕心沥血的成果一颗鲛珠才两千，凭什么你有三千？"

一滴水进了油锅，满大厅的鲛人都炸了。两千一颗鲛珠并不是最多的，但也不是最少的，还有鲛人一颗鲛珠赚得更少。

大厅里吵闹起来，费乙被这架势吓得往后退了一步，扭头瞪了带三一眼："这是怎么回事？"

带三也蒙了，倒是龙二反应快，连忙说："一点小矛盾而已，菜已经上了，东西也准备好了，您快请进来吧。"

任骄见龙二出来了，趁机大声问："老板！这都一个月了！工资什么时候发啊！"

一提到工资，所有鲛人都静了一下，然后齐齐转头盯着龙二问："对啊！工资在哪里呢！"

费乙一看那个站在中间的鲛人高大的背影，心中一跳，见他缓缓转过身来，那张陌生但却有着若隐若现疤痕的脸，顿时在费乙的心里敲响了警钟。

他咽了口口水："今……今天有点事，交货的时间延后。"

带三一见他要走，连忙伸手握住他的手："费先生你可不能走啊，上个月的货因为李靖那个挨天杀的浸交，这个月交货您不在市里又推迟，再拖一会儿这些鱼都养不起了啊！"

费乙挣扎着拍出自己的手："别跟我抱怨，你们自己蠢被李靖发现了关我什么事！还有，谁让你天天让他们吃那些油炸食品的？"

龙二解释："吃了那些油炸食品产出来的鲛珠才会更亮啊！而且也只有那些快餐店才能送外卖到这里，别的都送不到啊！费先生，每月一次的结账日，你要毁约了是不是？"

费乙怒吼一声："毁什么约！我只是说今天要——"

他头一抬，突然同角落里黑着脸的皮修对上眼，虽然那也是一张陌生的脸，但同刚刚带着疤痕的脸串在一起，内心千言万语汇成一句话——风紧扯呼！

费乙一脸惨白，抬着手颤抖着大叫："龙二！枉费睚眦大人如此看重你！你居然背叛他！"

龙二："……"

龙二："本太子为他都被打了一次结进了医院，你怎么敢如此血口喷人？"

费乙现在满心满意都是怎么逃跑，他朝着皮修一指："你都把貔貅带进家里来了，还敢说你没有背叛大人？"

龙二咔一下转头，盯着恢复了面容的皮修，一口气险些没有提上来，即便他坐在轮椅上，也无法阻挡他想要下跪道歉的冲动。

大嘴巴子皮修，干谁都是一嘴巴子！

"你不听话就把你送去貔貅那里干活"这句话走进千家万户，谁不是听着貔貅打嘴巴子的故事长大的？

童年阴影就在眼前，龙二太子还是强撑着一口气喊："快护送费先生离开！"

皮修还不能直接放出妖力威压，要不然被监督办雷达检测到，又要多生事端。

客厅里的保安上来要护着费乙离开，任骄见势立刻扯着声音挑拨："拉住这些人！那个是大老板！让他跑了就没工资了！"

鲛人们顿时停止内斗，一个两个面露凶光，直接扑在了那些保安身上。

鲛人打拳不忘解释："兄弟别怪我们，都是出来混口饭吃的，断人财路如同谋财害命，你少挣扎两下也少挨两拳！"

皮修追着费乙要出门，带三一个箭步半身化形，带鱼几米长的身子缠在了皮修身上，尾巴尖都伸进了他领口。

带三："皮老祖您大人有大量，赚钱的事我们可以——"

"可以什么可以？"文熙看见那条鱼尾巴缠在皮修身上，顺手拿着水壶就砸了过去，直接打歪了带三脸上刚做的假体。

皮修趁机挣脱带三朝着门外追去，龙二一拍轮椅，顿时一声龙吟从他身体里发出，龙身法相在空中浮现。

但帅不过两秒，就听见一声巨响，一口石锅从天而降，砸在龙二脚边。

仇伏化身双锅老太婆，盯着龙二警告："别乱动，老子这一锅下去，你可能会死！"

费乙推开店门，在众马仔的簇拥之下往外跑。他估计姓皮的老妖怪在路上设有埋伏，转头就冲着角落沿着小路往外跑。

任马定睛一看他们冲着龟大爷的方向去了，连忙爆吼一声："站住！"

龟大爷只要挺过今年，就破妖怪长寿的世界纪录了！绝对不可以出任何问题！

费乙一听这声吼跑得更快了，这种时候只有脑瘫才会停下，他费乙智商250，绝对不可能因为这样一句话停止逃命的脚步！

龟大爷坐在大树下用背壳撞树练气功，眼看着这乌泱泱一群人冲过来了，他不退反进，拄着拐站在了路中间。

马仔一看还有个大爷在，连忙说："大爷你让开！现在碰瓷没钱给你！"

任马和皮修追在后面也心头一顿，任马大吼着"龟大爷"瞬间加速。

皮修看着他一骑绝尘的样子，心想这龟是啥品种啊，集万千宠爱于一身，待会儿得让文熙扔个硬币在龟壳上，蹭蹭福气。

龟大爷拦在路口临危不惧，气沉丹田，手是排云掌，腿是画圈步，摆了个十足的架势。

任马一看就不妙，连忙吼："大爷别整了！你那个气功是我们找来骗你健身的！不是什么神功！"

费乙一听只是花架子，顿时松了口气，抬头尖叫一声说："摆尖子阵！冲锋！"

虽然老龟不可怕，但是老龟的龟壳还有点分量，一万年的日月精华所集，不可小视。

马仔们瞬间变换队形，将费乙围在中间，最皮糙肉厚的一个顶在最前面，一个三角形立刻成形，尖端朝着老龟冲去。

任马急得眼都红了，皮修一把按住他的肩膀跃起，正准备用妖力压制的时候，突然愣在空中。

龟大爷突然闭着眼开始在原地旋转跳跃，马仔看不见，整只龟都沉浸在自己的节奏里。

费乙咬牙，笃定这老家伙只是虚张声势，大吼一声："一只龟而已！我们什么甲鱼没吃过，还怕他一个老王八吗？"

但这是一只万年的老王八，不是一只简单的老王八！

龟大爷旋转的速度越来越快，突然手脚收缩缩入龟壳，释放龟族天赋技能：他不再是一只原地舞蹈的老龟，而是一个飞快旋转的龟壳。

费乙瞳孔一缩，看着这只龟朝着自己冲来，一股巨大的冲击力迎面而来，费乙的视角开始上升，他后知后觉——可能这就是龟派气功波吧。

皮修看着那群马子被龟大爷一个冲击跟保龄球瓶一样全部被撞上天，忍不住鼓掌说："全中！"

鲛人们站住了脚，看着面前"花谢花飞花满天，马仔费乙对愁眠"的样子咽了口口水。

龟大爷从龟壳里出来，一个太极收势，气定神闲呼出一口气。

事实证明你大爷就是你大爷，更何况是一只龟大爷，那是大爷中的大爷。

任马后知后觉，想起从前老爷子晨练不撞岩石撞海底树，连着撞死好几棵才给他搬了个岩石过来练。

他连忙上去拉着老大爷问："大爷没事吧？"

龟大爷一摆手，笑眯眯说："没事，活动活动，活动活动。"

鲛人们将马仔和费乙都控制住，皮修站在费乙面前皮笑肉不笑："好久不见，你们家大人最近可好啊？"

费乙吓得抖似筛糠，牙齿打战，说不出一个字来，只鸟叫了两声。

皮修伸手在他额头一点，防止他再用什么法宝乱跑，这才收回了手冷声说："现在你还有时间想想待会儿说什么，如果让我知道你有隐瞒，你就是我儿子的打虫药——"

他话音未落，身后突然一声炸响。

皮修转头一看，大排档屋顶破了个洞，一缕金光从洞里逃出，转眼没了影。

皮修脚下一迈闪身回到店里，仇伏的石锅都炸穿了孔，一头黑毛也缺了一块，牛仔裤被尾巴顶穿了个洞，九条尾巴在空中摇摇晃晃。

文熙脸上的饕餮妖纹还没褪就被皮修一把拉住问："没事吧？"

"没事，就是让那个龙二太子和带三跑了。刚刚那个带鱼精要上来打我，我给了他一脚，妖纹就自己出来了。"

皮修看了看他的脸，见妖纹已经慢慢褪下去，这才松了口气说："没事就好。"

曹草进门把捆着准备趁乱逃跑的东海电鳗精扔到地上："这两个准备从后面跑，被我抓住了。"

虽然他被电鳗电了两下，但觉得，穴位电疗还挺爽。

曹草轻咳一声，将地上两个捆得严严实实的电鳗精往皮修面前推了推："就当我的投名状。"

曹草已经摆脱了饕餮拿来主义的荼毒，现在弃暗投明，改换明主。

皮修一笑，冲着拖着一个人进门的苏安点了下头。

算盘精一拍曹草的肩膀："行了兄弟，这个月工资我回去就给你结，银行卡转账还是现金支付？"

曹草听到终于有工资了，喜极而泣，握着苏安的手摇晃："同志你放心，我一定努力工作提升自己，争做饭馆的好伙计！"

"哎哎哎，这么高兴干什么？"哪吒叼着烟从外面进来，"小龙崽子跑了，还不追？"

任骄用卸妆水擦干净自己脸上的伪装，淡淡道："我现在去。"

"是王……"

"天哪，他怎么这么丑——"

"丑"字音还没落，小扫把抬手一耳光就打了上去，扫把手抽了鲛人一个趔趄。

皮修一愣，心想：我儿子手劲还挺大。

小扫把指着鲛人的鼻子说："再说一……一个字，我抽你。"

任骄笑了一声把他拉起来："行了，嘴长在别人身上，说的也不是假话。"

小扫把："其实还……还好。"

文熙推了推皮修："你也跟着任骄一起去？"

皮修说："东海里有给你修补身体的东西，我需要亲自去一趟，到时候你……"

文熙一愣，看着皮修的样子肃然起敬道："原来你还是个皮匠！"

"想什么呢？我们店里的人走出去身上漏风？逢年过节想让我被人笑话？"

文熙笑了："我又不是这个意思。"他顿了顿问，"修补起来会不会很麻烦？我看话本里都是要些天材地宝日月精华……"

"麻烦。"皮修回答得简洁明了。

文熙一愣，就又听见他说："但是麻烦也没办法，难不成你想一辈子待在玉里或是金塔里？"

"那我跟着去。"文熙顿了顿，摸了摸自己的后颈，回味着妖纹出来的感觉说，"我好像已经掌握发动妖气的方法了。"

而且他刚才那一脚，应该是直接踢断了带鱼精的肋骨。

皮修一愣，就看见文熙脸上的妖纹闪现了一下又消失了，红色的纹路在脸上一隐一显，跟红色警报灯一样。

皮修笑了，文熙还有点悟性。

旁边仇伏一听两个哥哥都要行动，直接将口袋里1：1比例建模仿制的青龙偃月刀掏了出来，挽了个花削掉猴二几根头毛往后一背。

仇伏："呔！我随两位哥哥共进退。"

皮修："……"

任骄："……"

然而他们两个并不是很想同这个二货共沉沦。

任马见任骄也打算一起冒险，连忙上前一步行礼说："属下愿与陛下共同前往！"

哪吒瞥他一眼："你不行，但是你们那个红尾巴小朋友倒是可以跟着一起去。"

有个小可爱拿着旗子加油呐喊助威，挺好。

任马一愣："……太……太子殿下年幼，怎么……"

"等下，怎么就太子殿下了？"任骄就纳了闷了，他也没答应回来收拾烂摊子，怎么就默认那红尾巴小家伙降级了？

任马解释："陛下回来之后，皇位自然是陛下的，小太子自当让位，而且小太子也是同意的。"

任骄大手一挥："免了，他还是你们的皇，我就……"他顿了顿，"就太上皇吧。"这样比较酷。

任马还欲再说，哪吒把嘴里烟一扔："别啰唆了，能打的跟我来，拖后腿的算了。"

鲛人军队虽然训练有素，但是战斗力在饭馆老板、伙计面前还是有点不够看。

曹草投诚第一仗自然要出场，他正准备一个猛子扎进海里打头阵就被猴一拉住。

猴一："兄弟不要着急。"

他抖开一件紫色T恤塞进曹草手里，大声说："大家都穿上队服，不要到时候情绪激动误伤自己人。"

苏安一推眼镜，冲着老板说："这是我来之前让猴二去买的，放心，除了您和文熙的，别人的都很便宜。"

当所有人穿好衣服之后，紫色衣服上的四个醒目大字，刺痛了周围人的双眼——全员恶人。

全员恶人战队，东海龙宫唯一指定反派，由皮修饭馆冠名赞助。

东海大戏台，腥风血雨不断，精卫哪吒孙悟空你方唱罢我登场，好不容易太平数年，麻烦又来了。

哪吒踩着防水风火轮打头，所有还记得他的老人都开始尖叫——

他来了他来了，他带着黑帮走来了！

曹草在后面奋力追赶，一头绿发像一团海草，随波漂荡。

文熙不会游泳，只能攀着皮修的手臂被带着往下走。他看了眼身边任骄黑色的鱼尾，忍不住说："我看任骄那个黑色尾巴也挺好看。"

皮修瞥了眼："从前他尾巴是白色的，还带镭射，那个时候也好看，现在算是五彩斑斓的黑，一般一般吧。"

东海龙宫的老龙王正开着电视在后院吊床上闭着眼睛睡觉，龟丞相冲进来给他把电视关了，老龙王立刻醒了，睁开眼睛说："关电视干什么，我在看呢。"

"龙王爷，别看电视了，哪吒三太子他……他又打进来了！"

老龙王一愣，看着他问："现在几几年啊？哪吒闹海不是我爷爷辈的事吗？怎么突然历史重现了呢？"

龟丞相一见他还没反应过来，壮着胆子抓住龙王的肩膀反复摇晃："您清醒一点！午睡时间已经过了！"

"报——"虾兵冲进房间，单腿跪在龙王面前说，"陛下，任骄和哪吒三太子带着人杀进大殿了！正要您交出龙二太子呢！"

龙王爷一愣："老二？老二和他们什么关系？老二人呢？"

虾兵一噎："二太子好像是在自己殿里。"

"给我看住他，别让他乱跑！"

龙王爷吩咐着，披上一边的衣服正准备出去，脚步一顿朝着龟丞相吼："还愣着干什么，把我拐杖拿过来！"

他装作一瘸一拐的样子拄着拐出来，见着大殿里穿着紫色衣服的一群黑恶势力就是一愣，看见打头的任骄、皮修、哪吒就很心慌。

他颤抖着声音开始吩咐龟丞相："老龟，我告诉你我的银行卡密码，要是待会儿发生不测，你就带着王妃和老二去找老大。"

龟丞相也慌了："龙王爷，您千万别这么说，情况还没到那一步呢。"

老龙王看着脸上一条疤的煞星鲛人，心想是还没到那一步，现在自己顶多就是被刀架在脖子上，就差一声"走你"了！

任骄冷眼看着老龙王过来，主动游上前说："龙王，许久不见了。"

老龙王撑着笑脸寒暄："多年不见，鲛人皇风采不减当年啊！"

搞坏事把尾巴都搞黑了，这条鱼是不是黑了也变强了？

"客套的话我就不说了，你家龙二拐骗我的族人开黑作坊生产鲛珠，还妄图偷税漏税。现下我也不为难东海龙宫，只要你把龙二交出来，我们立刻就走。"

任骄说着就听见哪吒嗤笑一声："其实不交也没关系，你们龙宫我熟，我自己找出来也不是什么难事。"

皮修心想龙没啥别的优秀品质，护崽这一点倒是还可以吹一下。他看着老龙王铁青的脸色，淡淡说："放心，不会伤害他，就问他几句话而已。"

"让你们带走我们家老二是不可能的。"老龙王一挥手，虾兵蟹将顿时包围了整个大殿，害怕是真的，护崽也是真的。

皮修瞥了任骄一眼，拍了拍老龙王的肩膀朝他说："那就让你们家老二出来说话。"

龟丞相看了龙王爷的脸色，连滚带爬到后面去叫人抬着二太子出来。

任骄甩了甩黑色鱼尾，老龙王看着都觉得身上疼，他挤出一个笑来说："之前听闻鲛人皇上岸投奔了皮老祖，现下看来传言不虚啊。"

任骄笑了笑："之前听说龙二招猫逗狗心术不正，现在看来也是传言不虚。"

龙二太子被抬出来的时候，就看见他爹和任骄两个人对视傻笑，心里一慌，连忙大喊："爹爹救我！"

"救什么救，你自作孽不可活！"老龙王虽然嘴上骂着，但身体却很诚实地挡在了自家崽子前面，防着面前的人突然出手。

皮修看向龙二，冷着脸说："问你几个问题。"

龙二看见童年阴影就是一颤，咽了口口水说："皮老祖您……您说。"

"你的鲛珠是卖给睚眦？"

"是……"

"卖给他干什么？"

"我不知道。"

龙二见皮修的脸色顿时黑了下来，连忙扯着嗓子说："我真的不知道，我就是个卖货的，谁知道三太爷要拿着鲛珠干什么啊！我就知道他要拿来补骨头，多的我也不敢再问了！"

皮修眉头一皱："补骨头？"

龙二连忙点头，皮修仔细回想上次见面的时候，睚眦好胳膊好腿，没看出来他哪里骨头不对劲。

文熙在他身边压低了声音说："不一定是他，兴许是别人需要呢？"

皮修嗤笑一声："你也太高看睚眦了，他哪里来的朋友？"

他几个同父异母的兄弟都对他避之不及，更何况是没有血缘的陌生人？

皮修顿了顿，想起那个已经被逮住的"打虫药"，开始怀疑费乙是不是有受虐倾向才和睚眦混在一起。

如果不是朋友，那还有谁能让睚眦大动干戈搞来鲛珠去补骨头？

皮修一愣，突然想起老真龙来。

要是那个老家伙的骨头要补，还真得一车一车的鲛珠打成泥往上糊。

但是老真龙都死透了，龙骨被几兄弟瓜分得干干净净，龙魂也早已投胎轮回，现在还不知道是人是兽，在哪里逍遥呢。

文熙见皮修沉默下来，小声安慰："想不出来就别想了，没关系的。"

龙二见皮修不说话，任骄又一脸阴沉看着自己，又大声解释说："鲛人皇，我向天道发誓，我绝对没有苛待你的族人，每天都是好吃好喝伺候着，标准的八个工时作息，加班时间都没有啊！"

曹草一听就羡慕了。

这不是说好的黑心作坊吗？为什么还能只上八个小时的班？为什么我在有营业执照的饭馆就要每天高强度工作十几个小时？为什么？

龙王爷一听儿子的话，顿时有了底气，挺直了腰板，说话声音也大了："鲛人皇，我儿子已经向天道发誓，想来定是不会弄虚作假的，还请你手下留情。"

任骄盯着他："族人们的工资还拖欠着，既然要我收手，不如快些将欠款结清，也好让他们拿了钱回鲛人宫去。"

"自然自然！"龙二松了一口气。

哪吒"啧"了一声："就这么放过他们了？"

猴二拎着根烧火棍伸头出来："就是啊，我烧火棍都拎出来了，这玩意儿老沉了！"

龙王爷面对哪吒还能冷静，一看一个猴精突然冒出来，一口气就哽在了胸口。

结果发现更恐怖的还在后面。

面前一个猴，后面还有两个猴，一共三个猴站在一块儿，老龙王两眼一黑，只希望他们赶紧消失。

实在是难以置信！

猴二提着棍站在中间，晃了晃手腕说："奇了怪了，这烧火棍怎么像是自己在抖？"

猴一接过烧火棍晃了晃，给了弟弟一巴掌："别大白天说鬼故事吓人，正常点行不？"

皮修盯着那根烧火棍看了一阵，发现没有什么奇怪的地方，这才缓缓开口说："他都知道错了，放他一马也没有什么关系。"

龙王爷突然找回自己的神志，定定看向皮修，认定他肯定没有这么好心。

果然皮修没有辜负所有人的期望，缓缓吐出两个字："但是……"

文熙笑了一声，示意皮修，让他轻点宰人。

皮修表示，来东海一趟所有人的住宿饮食还有油费都由东海龙宫负责，并且还要承担一笔价格不菲的精神损失费。这些条件将直接掏空老龙王的养老金。

老龙王捂着自己的心口，不要儿子的心都有了，但皮修还不肯放过他，上前一步低声说："我个人还有一件事希望龙王能够帮忙。"

老龙王："……"

姓皮的真的是属蝗虫的。

任骄他们在大厅里等待，皮修带着文熙跟着老龙王一路往龙宫后面的海里游去，老龙王叹了口气："老真龙这块骨头留在这里很久了，那几位太爷都来过，但是没有一个人能够取走。"

皮修应了一声："是因为法令吗？"

"似乎是，但因为龙族威压，我也不曾靠近看过。"老龙王停了下来，朝着那边的洞口一指，"就在那里面。"

皮修点了点头："我带走真的没关系吗？"

老龙王："没关系，反正放在这里也没用，前两年老大的孩子回来玩，还跑进去，被老祖宗的龙气弄伤了，王妃还因此同我吵了一架。"

他朝着皮修笑笑："只要您能拿走，这就是您的了。"

皮修点点头，带着文熙往里走。

老真龙的龙气威压在皮修这里倒是不算什么，他撑着法咒带着文熙，从怀中拿出了手电筒。

两个人在洞里走了一段，皮修感觉到龙气越来越重，确定自己走对了地方。

文熙咽了口口水，摸了摸自己的后颈说："妖骨好像在发烫。"

皮修低头："没事，忍一忍，马上就到了。"

又往前走了几步，皮修用手电筒照见了那块流光溢彩的龙骨，但他脚步一顿，手拿手电筒一甩，照向了不知道什么时候就等在骨头边的人。

陶题抱着玲珑塔冲他摆手一笑："下午好，您吃了吗？"

皮修："……"

皮修黑着脸没说话，倒是文熙盯着陶题手里的玲珑塔不自觉地上前一步。

陶题冲着文熙一笑："先不要着急，不如让老皮先把手电筒移开？"

皮修冷笑一声，从口袋里掏出几个夜光石和避水珠往岩洞顶上一扔，夜光石和避水珠紧紧卡在了里面。岩洞明亮起来，海水退去，只剩中间石台上的真龙骨。

陶题鼓掌："反老祖好手劲！"

"那是。"皮修打着他皮笑肉不笑，"手劲不大怎么捏爆你这个孙子的狗头？你在死之前还可以留两分钟遗言，交代一下犯案原因。"

"阿弥陀佛，施主不必急躁，其中缘由太多，佛曰不可说。"陶题装模作样行了个佛礼，这才看向文熙道，"不必担心，殷夫人整日有你姐姐为伴，一切顺意，再过些时日我就将玲珑塔送回三太子手中。"

文熙上前又走了两步，盯着玲珑塔有些哽咽地问："真的是……是二姐姐吗？姐姐……如若真的是你，可否出来让弟弟见上一眼？"

玲珑塔动了动，传来一道有些缥缈又熟悉的女声。

"小弟，近来可还好？二姐姐很是想你。"文茜声音一顿，索性从塔里出来现出身形。在玲珑塔养魂多日，女人的魂体已经比上次要清晰许多。

文熙呼吸一顿，迈开腿朝着女人跑去，皮修连忙将他抓住，皱着眉说："你冷静点。"

文熙擦了擦眼泪，沙哑着声音问："姐姐，是不是你叫他封了我的记忆，让我忘记我是怎么……怎么死的？"

文茜一愣："你……想起来了吗？"

文熙点头。

皮修看向沉默不语的陶题，挑眉问："他的封印是你下的？睚眦说是你们老龙家的封印。"

陶题没有承认也没有否认，只是皱着眉反问："睚眦？你遇见他了？"

皮修："前一阵跟我比帅来着，然后被我狠狠羞辱了一顿。"

文茜："……"

陶题："……"

皮修继续解释："然后他找到文熙，解了你留下的记忆封印。不过，似乎还有一个没有解开。"

文熙红着眼看着文茜："二姐姐，当初我究竟是怎么从大牢里逃出来的？为何只有我一个人逃了出来？"

文茜望着他眼睛也是一红，但没有泪流下。

陶题抱着玲珑塔往前走了几步，方便文茜伸手触摸文熙。她温声说："想不起来便也不必想起来了，左右也不是什么好回忆。"

文熙伸手想要去摸姐姐的手，却直直穿过了她的魂体，摸了个空。

他一愣，眼泪流得更多了些。

文茜伸手摸了摸他的脸，手指穿过那些泪水，她叹了口气："姐姐魂体太弱啦，现在想给你擦眼泪也做不到。"

女人红着眼冲着文熙笑了笑："都这么大了还爱哭，可怎么是好？"

"可是姐姐能送我出来，为何不能跟我一起出来？"文熙看向陶题质问，"既然你同我姐姐是这份关系，当初你为何不救她？"

皮修将挣扎着要扑向陶题的文熙拉住，冲着陶题皱眉说："他太激动了些，你不要往心里去。"

陶题摆了摆手："没事。"

"不是他不救我，只是……"文茜欲言又止，不知道该如何说才好。

皮修看向文熙低声说："你姐姐有自己的难处，不要为难她。"

"我……我知道……"文熙看着姐姐，缓缓问，"姐姐这些年还好吗？可有受到什么委屈？"

是不是像我一样被人打碎了骨头放在坛子里，埋在地下，险些被人咒得永世不得超生？

"有陶哥在，姐姐一切都好，只是姐姐对不起你，害你受了那么多苦。"文茜双目通红，她抬袖擦了擦并不存在的眼泪，歉疚地说："都是姐姐不好，没有保护好你。"

陶题皱眉，上前道："茜娘，冷静一点，现在小熙已经好了，过些日子你就能同他住在一起，日日相见。"

似乎是因为情绪激动起来，文茜的魂体比之前刚刚出来的时候又透明了一些。文熙看在眼里，心揪成一团。

皮修拍了拍文熙的肩膀，轻声安慰。

文茜看在眼里，朝着皮修行了一礼："多谢您。"

"不必谢我。"皮修皱眉。

文茜："虽然您客气，但我的礼数也要周全。"

文茜的魂体又淡薄了一些，陶题见状连忙劝着她回到玲珑塔里，过了一会儿，殷夫人的声音随之响起。

殷夫人："皮老祖，敢问我那不听话的三儿子，可是和你们一同来了东海？"

皮修："是的，他就在龙宫大殿，夫人可要去一见？"

殷夫人笑了笑："不必了，只托老祖为我传一句话，告诉他我现在一切都好，不必担心，叫他按时吃饭早些睡觉，不要成天跟人置气。"

皮修应了一声，陶题便将玲珑塔收进了袖子，冲着皮修一笑："来拿龙骨为文熙塑肉身？"

"知道还问？"皮修眼睛一眨，眼睛瞬时由黑变黄。

陶题笑了笑："别这么紧张，我不会同你抢龙骨，我来本也是为了帮你取出我爹这根硬骨头。"

皮修冷笑："你前科太多，我实在是很难相信你。"

"从前的事太多牵扯我不便多说，但只一句，千万千万离眭眦远些。"陶题说完便转身走向那块龙骨。

他的右手直接变回兽形，缓缓伸向石台。金色咒印随之亮起，陶题的指尖触及咒印，顿时金光一闪，一滴鲜血从他的指尖滴落，落在了石台之上。

皮修皱眉看着他将龙骨拿起扔过来，立刻抬手接住，又口中念诀下了几个咒印将龙骨的气息封住，这才把它小心放进了口袋里。

"你没事吧？"文熙看着陶题的面色突然惨白，忍不住问，"方才老龙王说这里的骨头好几位真龙之子都未曾成功取出，为何你能够如此轻易取出？"

陶题笑了："老爷子虽然嘴上说平均分配所有遗产，但总有些好东西想留给喜欢的儿子。这是他悄悄留给我的骨头，是他身上最坚硬的一块龙骨，现下是你的了。"

皮修顿了顿，从口袋里掏出一个盒子扔过去："本来是给我自己准备的，现下看来是用不上了。"

陶题接住盒子打开一看，一股浓郁的药香扑面而来。

"几千年的补血灵药，皮老板当真大方。"陶题一拱手，"多谢你了。"

皮修："不必这么客气，不如先来谈一谈什么时候还钱。"

"……这个，你且放心，当年借走你的钱，我定如数归还。"陶题笑了笑，"连带着那座花果山水帘洞一起，我一定完璧归赵。"

皮修深深看他一眼："你最好是这样，要不然即便你到天涯海角，我也要把你找出来。"

然后每天给爷在店里做大胃王吃播，在打赏的礼物能够还债之前，都别想能够获得自由！

皮修想了想陶题每天做吃播赚钱的样子，心里舒坦了些，他呼出一口气，就听见文熙问："你现在要跟着我们回去吗？"

陶题摇头："还有一些事情没有查清楚，不过等过些时日，我一定带你姐姐去看你。"

皮修清了清嗓子："之前睚眦派人在找你。"

"我知道。"陶题皱了皱眉，"不必担心我，也不必管他，从前许多事可能都与他有关系，你一定要离他远一些。"

皮修："从前的事？"

陶题并未回答他的问题，而是继续说："我这个兄弟生来便狭隘善妒，你与他打交道千万要小心。虽然我给了文熙一段我自己的妖骨，但你也要看护好他，不然我实在无法向他姐姐交代。"

"这些自然不用你来告诉我。"皮修一顿，"睚眦大肆搜集鲛珠的事想来已经知道了，老爷子的骨头当年分给你们九兄弟，他要是真想将老爷子找回来，还得你们几兄弟多留意。"

陶题一笑："你放心，他未必有那个能耐。而且我也不觉得他能有那份孝心，定是无利不起早罢了。"

陶题突然一顿，看向皮修身后说："你该走了，哪吒和任骄他们找过来了。"

皮修点头，带着文熙就要离开，但文熙转身朝着陶题看了一会儿，还是弯腰恭敬行了一礼，低声说："还请您照顾好我姐姐。"

"怀玉……"文茜的声音从陶题的衣服里传来。

陶题连忙安抚着拍了拍玲珑塔，冲着文熙一笑："你放心，我自然会好好照顾她，你无须担心。"

皮修等着文熙告别完，这才带着他往外走。

两人回到海水的包裹之中，文熙脸上的眼泪都被海水带走，他哽咽着说："多谢你，如果不是你，我也见不到姐姐。"

"这种话不用说。"皮修说。

与此同时，一个新帖悄悄出现在论坛首页——

"不可说现身东海，有图有真相！"

解决完问题又拿到龙骨的皮修一行人上了岸，哪吒从口袋里掏出大巴车变大，招呼一群人上车回别墅。

回去的路上猴三一直在念叨说他肯定前世来过这里，要不然他怎么看这个地方这么眼熟。

猴三认真说："可能我上辈子是条鱼。"

"有可能，我看这个地方也眼熟，可能上辈子咱们还是鱼兄弟。"猴二握住他的手摇晃，"看来是前世有缘，今生来续。"

猴一两巴掌拍上去："坐在车上都老实点，别晃来晃去的。"

"哎，哥，你觉得这个地方眼熟不？"猴四拉了拉猴一的衣服，"怎么我和老五都没二哥、三哥那种眼熟的感觉？"

猴一一顿，很快说："熟什么熟，这种情况科学上都有解释，别跟他们两个人闹。"

教训完弟弟，猴一总算能在自己的位子上坐下。

仇伏一撞他的肩膀，笑着问："怎么？对这个地方没有熟悉感？看起来上辈子和你兄弟不是兄弟。"

猴一笑了一声，心想自己也觉得眼熟，只是看老四、老五那样不忍心说而已。毕竟自己是当哥哥的，得照顾到每个猴弟的心情。

哪吒从头听到尾，从后视镜里看了几个猴一眼，笑了一声转而看着皮修说："哎，本太子有话要问你。"

皮修："有什么事快说，别磨磨叽叽的。"

"什么事你还不清楚？"哪吒看了眼后视镜里的猴几个，"啧"了一声说，"你说怎么就你这里人杰地灵有好几个猴精呢？"

皮修看着他，一时没有说话。

"你也别紧张，我就单纯好奇而已，反正我觉得是他，但是没弄明白哪个是他。"哪吒顿了顿，小心地问，"还是说都是他？"

皮修："你这说绕口令呢？是他就是他，我们的朋友小哪吒？"

哪吒："……"

哪吒黑着脸半晌没说话，想了半天也没有找出能够狠狠扎皮修心窝子的话，他得再找个狠的。

皮修压低了声音说："还有事没？我这站着晃来晃去的不安全。"

"什么不安全？你说水泥车跟你迎面撞上，你得赔人家司机多少钱？"哪吒叹了口气，低声问，"怎么做到的？不是说消散于天地了吗？"

皮修揣着明白当糊涂："你说谁啊？我怎么听不懂呢？"

哪吒瞥了他一眼："是不愿意说还是不能说啊？"

"天上都睁一只眼闭一只眼的事，你这么较真干吗？"皮修笑了一声，"现在他们三个臭皮匠加起来都打不过你这一个诸葛亮。"

哪吒看着前面的路半晌没有说话，开口问："为什么会是三个？"

皮修："这个我怎么知道？兴许是两个相依为命不热闹，他爱热闹但又不喜欢吵，三个刚刚好，两个吵架中间还有劝和的呢。"

"那我还三个和尚没水吃呢。"哪吒冷哼了一声，想起皮修店里五个猴，又问，"那多余的两个是从哪里来的？"

皮修故弄玄虚，开始胡扯："天地玄黄，宇宙洪荒，天降机缘，命中注定。"

哪吒一按车喇叭，怒声说："说人话。"

皮修："走了狗屎运，沾染了大猴坐化的功德。"他顿了顿又补充，"我猜的。"

哪吒叹气："行吧，一个两个都会玩，都是要体验生活的主。我没什么想要问的了，你跪安吧。"

皮修看他："你知道我现在想说什么。"

哪吒点头："放心吧，我知道了，又不会真找他们仨练把式，要真打出个好歹来，我还得被动物保护协会安排一下。"

皮修回了座位上，文熙正拿着手机看，见皮修回来了，就把手机递过去说："你看看，他们又开始乱写了。"

皮修瞥了一眼，被震撼了两秒钟，然后很快恢复了正常。

"现在的人都太开放了。"他淡定地接过手机，点开帖子准备好好看看是什么绝美图，能够直接点击上万。

偷拍的角度应该是在人群中。可能是相机好能变焦，连面部表情都拍得一清二楚。

深蓝色的海，还有巧妙的打光，将氛围感帅哥体现得刚刚好。

皮修忍不住咂嘴，点下了保存，再用文熙的手机把照片发给自己，设置成自己的手机桌面。动作一气呵成，让文熙看傻了眼。

文熙："你……"

皮修："这个照片拍得挺好的，你不觉得吗？"

文熙想了想，又拿着手机仔细看了看，点头说："的确不错。"

皮修："等回去就洗出来，到时候我弄个黄金相框框上放大门口，让每个进店的人都给爷好好看看，写一百字的观后感可以送一份甜品。"

文熙："……"

要是每个人进店都能看到这张图，可就真的太尴尬了。

文熙说："还是摆卧室吧。"

皮修看他怕自己丢人，叹气说："可惜了，我还想印在饭馆盘子上呢。不过你说得对，我还是低调点。"

到了别墅之后，任骄带着已经等候多时的任马到一旁吩咐事情，小扫把跟在后面一起去了。

皮修靠在沙发上感叹儿大不中留。虽然他嘴上叹息，但让苏安算账的吩咐一点都没停。

要东海龙宫报销的费用还有很多，都要好好算算。

苏安打开电脑，盯着屏幕陷入沉思，他没有感受到快乐，这也不是真正的团建。姓皮的资本家只是让他们集体出了个公差而已！

什么东海团建，你不过就是想来趁火打劫而已！

出去团建，又给兄弟主持正义得了人心，摆了东海龙宫一道又拿了钱，还在那群臭鲛人面前耍了威风。

什么好事都占了，实在是算无遗策。

苏安越想越心惊，自觉和老板之间的段数差别太大，果然是路漫漫其修远兮，还得继续一边被压迫一边学习。

皮修在沙发上休息够了，冲着仇伏一抬下巴：“去吧，把那只鸟拎进来。”

仇伏应了一声，去院子里把捆得严严实实包块荷叶糊个泥巴就能做叫花鸡的费乙拎了进来。

费乙看着皮修，已经吓得面色苍白，脸上鸟毛都露出参开，嘴里说不出话来，但是周身的温度逐步增加，让空调房骤然升高了几度。

文熙皱眉，留意着皮修身上的温度变化。

哪吒冲着费乙笑了笑：“我都好多年没有见过肥遗鸟了，上一次吃还是好多年前呢。”

费乙被吓得彻底变成了一只鸟，全身的毛都参开，张口都是“叽叽叽叽”，听得皮修一拍桌子说：“文明点！”

房间里安静下来，皮修抬头打入一道妖力将费乙从鸟变成人。他微微俯身盯着费乙说：“如果你还在幻想你的主子来救你，不如想想怎么自救来得实在。”

费乙咽了口口水：“我真的什么都不知道啊……”

“什么都还没问，你就说不知道了，可见不是真心话。”文熙笑了一声，“从前我听祖父说，精工慢火炖出来的鸟肉虽然好吃，但失了那份野味，还是直接拔了毛串在火上烤，撒上香料更有滋味。”

费乙一惊，看着面前言笑晏晏的文熙颤颤抖抖说：“烧烤吃了致癌……”

文熙好心提醒：“但我不会啊。”

“别浪费时间了。”皮修起身单手拎着费乙的衣领，“我们一件一件事情来算，你主子要这么多鲛珠干什么？”

费乙还在做最后的抵抗：“敷……敷脸……”

“我再给你一次机会。”皮修掐紧了他的脖子，过近的距离让费乙身上的高温扑面而来，老妖怪忍着热，重新问了一遍。

费乙翻着白眼，发现自己真的可能会死，这才用气声说：“拖……拖去了山洞里……”

皮修立刻松开他的脖子，甩了甩被烫红的手掌，盯着趴在地上咳嗽不停的费乙冷声说："继续说，是什么山洞？他又在山洞里干了什么？"

老真龙跨种族恋爱生了九个儿，一个比一个有个性，一个比一个怪，都是不走寻常路非一般地跩。

这样的九个跩哥让老爷子常常陷入沉思，怀疑这到底是不是自己的种。这些怪毛病到底是随谁？是不是跨物种生崽就会有这些基因突变？

九个儿子里八个勉强都还能和谐相处，就心里觉得对方都是怪胎，看在老爷子的面上，一家人聚在一起的时候，乍一看上去还有点兄友弟恭的味道。

除了睚眦这个格格不入的小心眼子。

老真龙常常看着这个儿子叹气，心想：这眼睛也不小，还是双眼皮，怎么就这么小心眼，记仇又爱嫉妒别人呢？

睚眦同兄弟的关系不好，闯祸的本事比他的法术还要高强。

从前老真龙在的时候还能维护一二，但老真龙得上天感应，散了一身龙骨，只投龙魂轮回转世。

没了多像根草的睚眦，被天道直接发配到了边缘之地的山底蹲大狱，每年出山放风的时间有限，为的是不让他为祸人间，破坏人间气运。

不能随便出门的睚眦只能培养自己的心腹马仔，让他们在人间为自己奔走做事，他绝对不允许那些妖怪人类忘记自己的存在。

"我刚开灵智还不能说话的时候，差点被人抓走，是睚眦大人路过救了我，我从那时候起就开始跟着他做事。"费乙颤颤巍巍地说。

"鲛珠是前一段时间，大人突然说需要的，他说东海龙王的二儿子是个掉进钱眼的蠢货，让我去找他。"

皮修："我不想听这些，我只想知道你说的山洞在哪里。"

"就在大人平日住着的地下，大人住在地下的溶洞里面，里面的地道四通八达，有很多房间，我只知道每次鲛珠都是送到一个山洞门口，大人就不让我们进去了。从前我见过他把鲛珠磨成粉敷在断腿上，想来应该……应该是用来接骨的。"

费乙声音越说越小，用小小的绿豆眼盯着皮修，生怕他不相信。

皮修沉默着，倒是哪吒一挑眉问："怎么？你就不想去看看他做什么？"

费乙干笑两声："三太子，我有那个心，也得有那个胆子啊。"

"那也是，毕竟睚眦不像我这么好说话。"哪吒笑了一声，看向皮修，"还有什么需要问的？"

文熙碰了碰皮修，皮修顿时会意说："这件事暂且算过去了，那你让螃蟹精在我们家垃圾桶那里潜伏监视我也是睚眦安排的？"

费乙点头："当时是为了投票才观察您，担心您和人联系给自己拉票……"

皮修冷笑一声："真的吗？"

费乙连忙点头："真的真的。"

"我看你像是在说假话。"皮修盯着他，伸手在他肩膀上拍了拍说，"你要想清楚，不要妄图蒙混过关。"

"是真的，如果老祖您不信，我也没有办法了。"费乙吸了吸鼻子，又主动交代了这么多年他为睚眦走南闯北做的一些敛财的事情。

实在是在违法的边缘反复试探。

费乙说了一阵，但年份再久远一些的事情他也不知道了，他到睚眦身边的年岁虽然长，但也没长到文熙活着的六百年前去。

皮修见实在问不出什么了，便冲着旁边等候已久的任骄点头："行了，我要问的都问完了，现在他是你的了。"

费乙被鲛人族带走，皮修想了想还是嘱咐了一句："差不多就得了，孩子还得吃几年的打虫药呢，得讲究可持续发展。"

任骄应了一声："知道了。"

保了费乙一条小命，皮修忍不住叹气说："这人年纪大了就容易心软，不想见血光。"

马屁精苏安立刻上线："老板夸张了，您还年轻，正是壮年大展宏图的时候。"

两天后一行人终于到家，看看面前熟悉的饭馆招牌，皮修生出了点金窝银窝不如自家的狗窝的感慨。

皮修一下车，下意识看了眼自己的黄色电动车，看着锁链还好好地锁在椅子上，顿时放了心，但下一秒心又高高提了起来。

电瓶在，但是电动车前面的挡风被子无影无踪，哪个把他电动车衣服扒了？

皮修怒气冲冲，站在电动车前一摸前面的兜，好家伙，自己放着的一双手套也没了。

这什么人啊！大夏天的偷挡风被子和手套，赶着去南极过冬吗？

皮修骂了句娘，没控制住脾气，一脚踹在电动车上。

电动车顿时发出刺耳的警报声，原本进了饭馆的文熙立刻又走出来，看着他一脸疑惑地问："怎么了？"

皮修恼怒地说："电动车的挡风被子被偷走了。"

文熙："……"

他笑了一声走过去说："为这种事生气干什么，待会儿买个新的。"

皮修："里面手套也没了。"

文熙："买新的。"

皮修心里舒坦了一些，但还是冷哼一声说："说是给我买，还不是刷我的卡。"

"谁说都是你的钱了？"文熙说，"我前一段时间跟苏安在一起聊天，就是向他学怎么才能赚钱。"

皮修眉头一竖："什么玩意儿？你跟他学怎么不跟我学？我才是赚钱的祖宗。"

文熙一噎，又想起皮修为了赚钱练出的一身把式，顿了顿说："我没你的天赋，只能向普通人取取经。"

两个人上楼，文熙坐在沙发上说："他告诉我怎么在股市开户，教我怎么看股票走势图，就这一个月我稍微赚了点钱，不说买个电动车挡风的，买个车都行。"

皮修一听就不信，心想：苏安那个家伙天天围着红绿走势图看个没完也没整出一套房来，文熙才上手一个月就能赚辆车钱？

文熙知道他不信，直接拿了手机出来给他看："你看看我账户余额，之前的本钱是你给我的钱，后面我把本钱都取出来了，现在在股市里的都是我赚的。"

皮修只瞥了一眼就愣住了，还真的挺有钱。

"现在总算相信了吧。"文熙整了整自己的衣服自豪地说，"从前祖父看我整天游手好闲，就给了我几个铺子打理，当年也赚了点小钱，不比你这饭馆的流水差。"

皮修沉默着，确定自己确实只传了阳气给文熙，没有给他任何财运。

所以文熙能赚钱全靠他自己，跟自己没多少关系。

皮修叹了口气，现在龙骨也拿回来了，鲛珠也有了，人参果也有了，三味中药加万年老方，是时候给文熙进行一个彻底的身体修复治疗了。

等修复好身体，文熙还差一个附属神仪式，就能挂在自己的名下正式成为地仙，永远留在人间，不用再去排队摇号了。

"你有在听我说话吗？"文熙皱眉。

皮修应了一声，突然站起身说："你好好待着，我现在出门一趟。"

"刚刚回来，你不休息会儿干什么去？干脆我们一起去，正好去车行看看车，我听苏安说车还是要现场试过才知道好不好。"

皮修挑眉问："这么着急买车？"

文熙一顿，有些不自然地咳嗽一声说："一直吃你的住你的，花钱买东西也是应该。"

皮修："那就是亲兄弟明算账？"

"我又不是这个意思，正是因为我们是很好的朋友，我才觉得我也可以给你花钱。"文熙顿了顿，看着他说，"也可以帮你赚钱。"

皮修："行了，跟你开玩笑呢。"

他盯着文熙的眼睛说："你的钱留着，我现在出门去找镇元子。"

第九章

谛听·过往浮沉

皮修风风火火下楼，先让任骄把鲛珠都堆后院去，又叫来猴一二三四五出门去蜘蛛精那里买红绸，然后亲自给西王母打了个电话让她整点蟠桃酒。

仇伏坐在一边嗑瓜子说："现在附属神挂名仪式都流行西式的了。皮哥，要不就那种中西合璧的，下面坐十几桌，上面司仪把小神的修炼说得千难万险九死一生，听得小神和下面的人哇哇哭，不哭完不给发筷子。"

他一吐瓜子皮："前阵子我回家，我一表姐挂名就这样，明明她这辈子吃过最大的苦就是做双眼皮手术，却搞得像上刀山下火海走了一遭。我把面前花生米都吃完了她还在哭。"

皮修一听，想了想："西式也行，中式的也要，小孩子才做选择，爷全部都要。'
皮老祖名下空空荡荡从未有过附属神，妖生第一次也是最后一次，肯定要大操大办好好热闹一场。

他在楼下折腾一顿，又把好不容易躺在床上的苏安叫了起来，先转了笔加班费，然后才说："挂名仪式，越隆重越好，钱可以花，排面必须要有。我们不差钱，你明白吗？"

苏安一个头两个大，拿着烫手的加班费想塞回老板怀里，但是赚钱的理智又占据上风。

他捺着脾气说："老板，我晚点出两个方案给你看看。"

皮修满意地点头，拍了拍他的肩膀说："行，那就看你的了。"

苏安看着皮修兴高采烈的背影，无奈地拉动着嘴角，只能安慰自己：给貔貅策划附属神挂名仪式，这是别人求都求不来的机会。

是福报啊。

饭馆小三轮时隔多日再次上路，直奔镇元子的果园而去。

人参果都快熟透了，两个小童子放暑假在家里每天把人参果当普通水果吃，都快吃吐了，拉着人参果树精的衣服说要点外卖。

镇元子一巴掌一个，说家里的东西吃不完别想买外面的。

等到皮修骑着三轮过来的时候，小童子看见他如同看见盖世英雄，三轮不再是三轮，而是五彩祥云。

皮修冲镇元子点头："前段时间出门了，今天正好过来把人参果拉回去。"

"我还以为你不来了。"镇元子客气地笑了笑，引着他进门把剩下的人参果全部装车。皮修的三轮兰装不下，又用两个塑料袋装满，挂在左右把手上，这才给镇元子清了仓。

镇元子送皮修到门口，就见他从口袋里拿出一个锦袋来。

皮修把锦袋扔给镇元子，一抬下巴说："看看，这些够不够？"

镇元子拉开绳子一看，里面的东西让他愣了愣，很快反应过来说："多了，这些果子虽然贵重，但也没有到这个地步。"

皮修摇头："还有多谢你告诉我如何修补身体的报酬，我不愿欠人东西，这次多谢你。"

"你便是查阅书籍也可知道，不必如此。"

镇元子还要推托，就听皮修强硬地说："收着。"

镇元子一愣，就见皮修骑车走了。

车一启动，心情是八百码的嗨。

今天他高兴，花钱也高兴。

千百年难得一次的盛况，就连天道也醒了一瞬，给姓皮的打了两个雷以示庆祝。

但过于高兴的代价就是皮修回到饭馆后体温过高，找了半天文熙还没找到，顿时来了火："人呢？"

正在做《快乐暑假》的小扫把立刻抬头说："给你买……买车去了！跟苏安一起去的。"

附属神作为小仙理应给被附属的大仙准备供奉，这是成千上万年来的规矩。

皮修一听是给自己买东西，立刻又不那么生气了，淡淡说："那挺好。对了，你不正写作业呢，怎么还分心？认认真真写作业听到没有，等哪吒回来我让他给你检查。"

哪吒一进门就听见皮修放假还让自己批改作业，抬手就把一段藕扔过去："我不是你店里员工，请不要压榨我，谢谢。"

皮修接着藕掂了掂，转手放到一边说："今天晚上喝藕汤。"

"菜钱抵我房租了。"哪吒说着把刚刚摘下的莲花插进花瓶里，从莲蓬里挑了两个最嫩的莲子放在小扫把桌上。

皮修看他衣服上还有泥巴点子，挑眉问："怎么突然回你的鱼塘别墅去了？"

哪吒"啧"了一声："好久没回了，回去看看，顺便还抓了两条鱼。过两天你跟我去一趟，荷塘下面的莲藕太多了，我一个人挖不完。"

皮修皱眉："不就是一个法术的事吗？"

"谁闲得无聊发明挖藕的法术啊？这不扯淡吗？"哪吒"啧"了一声，"如果哪个生活专家发明这个法术，我感谢他八辈祖宗。"

皮修撇了撇嘴，帮着哪吒把藕还有鱼提到后院。

一推门一抬头，哪吒就觉得眼前一白，还有些刺眼。

他眯眼一看，成了山堆的鲛珠就被随意堆在地上，猴二和猴五正蹲在地上，用鲛珠当弹珠弹来弹去，看得哪吒心情复杂。

但是皮修跟没看见一样，先去厨房放了东西，又脱了上衣接了瓢凉水浇在自己身上。

任骄靠门边叼着烟问："露肉给谁看呢？"

皮修把衣服扔到一边，抬手下了个结界说："不是，正好有事要做。"

他把那节龙骨从口袋里拿出来放院子里的石头墩子上，流光溢彩的骨头带着海洋的潮气，哪吒忍不住皱眉问："这玩意儿你是从哪里找来的？"

皮修："东海。"

任骄蹲下身盯着那段龙骨看了半晌，问："老真龙的骨头都分给了自己的儿子，你这是哪里来的漏网之鱼？"

他看向皮修，突然福至心灵，觉得自己悟出了什么。

已知老真龙的儿子都是怪胎，皮修是个没有完整消化功能又小气贪财的怪胎，那么可以推知——皮修是老真龙的儿子。

任骄顿时抽了口冷气，就听见皮修不耐烦地说："你问那么多干什么！"

骨头是陶题给自己的，但自己和陶题见面的事情，暂时不能让哪吒知道，要不然还能因为玲珑塔打上一架。

皮修的掩饰，在任骄看来就是解释。

他定了定神，诚恳地说："没事的皮哥，不管你是谁的儿子，骨头从哪里来，我永远都站在你这一边。"

皮修："什么乱七八糟的！那个打粉机和破壁机呢？都搬出来，一个把鲛珠打碎，一个给我把人参果打成泥。"

哪吒朝着地上的龙骨一抬下巴问："那这个玩意儿呢？"

"我亲自来。"皮修捏着龙骨又看了看，尝试着使劲，但除了手指很疼，没有任何反应。

哪吒蹲在旁边看："有反应吗？"

皮修摇头，把龙骨交给了哪吒，让他试试。

五个猴一看，也靠过来围观。

几个大老爷们儿蹲在地上撅着腚看了半晌，龙骨在几个人手里转了一圈也没多出条裂纹来。皮修"啧"了一声，把龙骨放在地上，凭空抽出一把大锤来。

皮修让他们都退后，自己拿着锤活动了两下肩膀，就抡着大锤往后一仰，这个抡大锤者似乎比掷铁饼者看上去还要有艺术气息。

老妖怪深呼吸一口气，将大锤用力砸在石头墩子上。

"轰——"

哪吒伸头一看，好家伙，骨头没事，锤子裂成几瓣不说，就连下面的石头墩子也砸碎了。

他掏出火尖枪推开皮修："放着我来，干这种破坏工作，请让专业的来。"

专业的三太子踩着风火轮在空中飞了一段，确定瞄准之后直接持枪俯冲，枪尖刺下的那一瞬间，整个后院飞沙走石，震动了半晌才停下来。

仇伏躲在一边等着一切平静下来，才颤颤巍巍问："还活着不？三太子是不是被自己的枪串成串了？"

"本太子好着呢。"哪吒咳嗽着把自己的枪从地里抽出来，拍拍自己的衣服，蹲下身发现骨头还是那个骨头，似乎安静地躺在地上发出嘲笑——你们这群废物，连爷一条缝都打不开。

任骄小心捏着那节骨头感慨："不愧是老真龙的东西啊，就是硬。"

皮修盯着骨头面色不善，内心已经把陶题这个蠢货骂了个狗血淋头。

敲都敲不碎，更别说磨成粉了。

皮修吸了几口气，念着陶题也是一份好心，总算压下了火。

哪吒想了想，转头说："姓皮的，你去找杨戬借他的三尖刀来，看看能不能砍碎。"

皮修点头，正想收起龙骨，就被猴二一把按住了手说："皮哥，咱硬的不行来软的，你先去借，我们哥几个给你先磨磨，看看能不能成功。"

"你们能行吗？"皮修皱眉。

猴二一拍胸脯："没事，我不靠谱还有我大哥在呢。"

皮修心想死马当活马医，就点了点头，骑着没了挡风被子的电动车冲去了监督办。

哪吒抱着手臂站在一边观察着猴二的举动。

当猴二掏出电焊面具的时候，他没有惊慌。

当猴二拿出电焊枪的时候，他没有失措。

但是当猴二把面具举在脸上，拿着电焊枪往龙骨上戳的时候，哪吒有点惊慌失措。

他一把按住猴二的手："你干什么？"

要拿就拿如意金箍棒出来，掏电焊枪算什么本事？

猴二一脸迷惑地看他："高温疗法啊。"

对电焊工艺一无所知的哪吒缓缓松开了手，然后眼前火树银花，火光灿烂。

正在等红绿灯的皮修，突然打了个冷战，觉得有什么不好的事情发生了。

二郎神正利用上班时间摸鱼，带着哮天犬去买了几件夏装回来，正好在监督办门口遇见了骑着电驴的皮修。

哮天犬眉头一皱，吸了吸鼻子说："好大一股海腥味。"

"鼻子挺灵。"皮修下车走到杨戬身边，咳了一声说，"杨二郎，我找你借点东西。"

杨戬冷脸说："狗不借，上次借你的那条黑狗回来一直哭，说自己脏了不干净了。你到底对他做了什么？"

皮修一愣："没对他做什么啊！"

就是让他撒了泡尿而已，怎么说得像是拉着他强制配种了一样？

"总而言之，狗不借。"杨戬攥紧了哮天犬的手。

皮修"啧"了一声："谁找你借狗了？我是来找你借你那把三尖两刃刀的。"

"不借！"杨戬还没说话，哮天犬先开了口，"他的本命神器怎么能随便借人？"

杨戬拍拍他的背，看向皮修问："你借那个干什么？"

三个人聊天的声音不低，监督办门口来来往往的妖怪忍不住都放慢了脚步，竖起耳朵听这位皮老祖又要搞什么大新闻。

毕竟是"钢管舞"屠版的顶流，有狗仔关心一点儿也不过分。

皮修清了清嗓子："就是想借你的三尖刀砸个东西。"

"砸个东西？"杨戬皱眉，"哪吒不是在你那里吗？他的火尖枪没用？"

皮修摇头。

二郎真君的眉头皱得更紧了，他问："你到底是要砸什么东西？"

皮修顿了顿，照实说："老真龙的龙骨。"

路边走路的人都停住了。

哮天犬倒是笑了一声说："老真龙的骨头都在他那几个儿子手上，你哪里来的骨头？该不会是捡了他的牙齿或者结石吧？"

皮修冷着脸："就是骨头。"

哮天犬更乐了："那你就是老真龙的第十个儿子！"

话音一落，整条街都安静了。

虽然离谱但也不是没有可能，反正老真龙的儿子一个比一个怪，多皮修一个怪胎也不多。万一就真是老真龙的种，老爷子又偷偷给这个儿子留了点骨头呢？

所有人心思各异，但都动作整齐划一地掏出了自己的手机。

"豪门恩怨情，不可说竟然是他的儿子——"

"原本以为不可说是个勤奋党，搞了半天还是个拼爹的。"

"扒一扒老真龙遗产，真的平均分了吗？"

"有人讨论一下老真龙的儿子吗？有无瓜可吃？"

继皮修在不知情的情况下被当爹之后，他又被当儿子。但是他现在一无所知，还在努力说服杨戬带着三尖两刃刀和他走一趟。

其实人不去没关系，刀到了就行。

杨戬看了眼时间，心想也快到下班时间了，先走也没什么关系。

他轻咳一声说："上次小天说你们那里的鱼好吃……"

皮修："行行行，今天晚饭我包了。"

小电驴坐不下三个人，皮修便收了电动车，坐上了杨戬的奔驰回到饭馆，人两条腿还没有在地上站稳，就听见一个噩耗。

猴四连滚带爬出来，举着电焊面具说："老……老板，大事不好了！"

皮修虎躯一震，眼睛一瞪："怎么回事？"

猴四一颤，期期艾艾说："二哥他……他拿电焊把龙骨……焊地砖上了！"

皮修两眼一黑，什么叫电焊？什么叫焊地砖上了？

你怎么不说你撞猪上，猪撞树上了？他这是饭馆，不是什么技工学校！

哮天犬好奇地问："你们拿电焊焊龙骨干什么？接骨头吗？"

饭馆门口假意路过实则探听消息的妖怪都愣了。

你们大妖怪就是不一样，别人接骨找医生，你们接骨找电焊，不愧是钢筋铁骨！

杨戬拍了拍皮修的肩膀："进去再说，兴许问题没你想的那么严重。"

皮修吸了一口气，黑着脸觉得自己体温有点高，怒气冲冲走了进去。

"这是哪个天才想出来的主意？"皮修揉了揉太阳穴，"自己出列。"

猴二两个踏步，挺胸抬头敬了个礼："Yes，sir！（好的，先生！）"

"别拽洋词！"皮修怒了，"你怎么想的，用电焊焊！你怎么不用个压路机过来压呢！"

猴二理直气壮："我还不是想着高温疗法万一能够烧熔了呢！"

当年太上老君把孙悟空关进炼丹炉的时候也是这么想的。

万一烧熔了呢！

结果烧出了一双火眼金睛，买美瞳的钱都省了。

皮修盯着地上的骨头半晌，心想：这被猴子一整不会更硬了吧？

杨戬拍拍他的肩膀："是真龙骨，让我来试试吧。"

哪吒站在一旁好心提醒："杨二郎，小心一点，这玩意儿硬得很，你行不行啊？"

杨戬看他一眼，轻声说："男人不可以说不行。"

拼命二郎的生命里没有"不行"两个字，这个姓杨的男人总是在奇怪的地方有着强烈的胜负欲，从他能拿着生锈的破斧子把山劈开和送哮天犬一条狗去学小提琴就可见一斑。

他把三尖刀握在手中，携着开天辟地之势朝着龙骨砍去，顿时地崩山摧，然后一看龙骨还没事。

杨戬的脸色彻底沉了下来。

他拿着三尖刀的手骤然缩紧，然后以非人的速度打出一串连击，一顿操作猛如虎。

龙骨还是在那里独自美丽，毫发无伤。

你砍或者不砍我，我就在这里不痛不痒。

猴三纳闷了，蹲下身戳了戳这节龙骨，又用手里的烧火棍敲了敲，抱怨说："这就奇怪了，怎么就敲不碎呢？"

"碎"字的音一出，烧火棍下的龙骨应声而碎，就真是一点面子也没给在场的三个大妖留。

全场一片安静，都看着敲骨最佳选手猴三。

猴三看着自己的棍，又看看自己的手，颤颤巍巍解释说："我可以用科学解释的，应该是之前你们用力太猛到了临界值，所以最后一点就被我补上了。"

哪吒和杨戬都一脸探究地看着那根其貌不扬的烧火棍。

二郎真君额头上的天眼张开了一瞬，但又很快闭上。他坐在一边收回自己的三尖刀，看向皮修装作不在意地问："吃饭还有多久？"

就算是再冷漠的男人，也会感到尴尬的。

皮修咳了一声："快了快了。"

龙骨被敲碎之后，同鲛珠一起混合打粉。猴一拿着人参果打果泥的时候，西王母带着一坛子蟠桃酒姗姗来迟。

千年窖藏原浆。

只要一点点，桃香一整天，持久留香，人生芬芳。

皮修心动了，表示西王母可以留下来吃晚饭。

熟悉的白玉坛子终于再度出场，里面的碎骨头全部倒出来之后，所有的人都傻了眼。

猴二咽了口口水："我说皮哥，这比一千块全白拼图都要难拼。"

皮修大手一挥，表示他必须亲自来拼自己附属神的骨头，但是只过去了两分钟，皮修就站起来掏出手机给女娲打电话。

他一边等着电话接通，一边解释说："这种事情，还是要交给专业的来。"

女娲造人，多少妖怪听着这个故事长大，想要成为女娲这样的大妖，但能看见她亲自动手的妖怪却少之又少。

毕竟这门独传的非物质文化遗产手艺，别的妖怪都不会。

看着女娲一点一点把骨头放到它原本的位置上，又拿着文熙的照片用电脑建模，所有现场围观的群众一边拍视频一边感慨，这才是专业。

女娲整完活，朝着哪吒钩了钩手指："小哪吒你过来。"

哪吒挑眉："干什么？"

"用你的三昧真火来烤一下脚底，好像有点没干。"女娲围着刚刚修补好的人形看了看，打了个响指，肉身的头发又长了点。

女娲："皮修，你来看看，这个头发长度合适吗？"

皮修咳了一声："您看就好。"

女娲："那不行，你是甲方，得你满意才可以。"

皮修看了看，觉得还可以长一点。

最后的调整结束，女娲伸手在肉身的眉心一点："我赠五百年修为，权当作挂名仪式的贺礼。"

皮修一笑，朝着女娲一拱手："多谢。"

"不谢，你是瑞兽，为凡人送财运，也算是给人间气运出了一份力，我也要多谢你才是。"女娲笑了笑，收拾完东西就要离开。

皮修送她到门口，告别的话还没有说完，就听见了马蹄声。

他回头一看，就看见文熙还有苏安给他牵了四匹马回来。

皮修看着那四匹马，联想到了四匹马带来的马粪还有每天要吃的高级粮草……

啊，他多希望这是一个美丽的错误，这不是归人，只是一个过客。

宝马车四个轮，宝马驹四条腿，好像也就是一回事。

皮修正安慰自己，文熙就从车上跳下来冲他扬了扬手上的合同，大声说："我看的那个车还没货，等过两天去提车就好了。"

这样一句话把神游中的皮修拉了回来，他问："那这四匹马是怎么回事？"

文熙不好意思地笑了笑："买的，都是给你的。他们说以前的大妖都是坐神驹马车的。"

他必须给靠小电驴出门的皮修安排上。

皮修往屋里走："我也有东西给你看看……"

当看见跟自己长得一模一样的肉身脸的时候，文熙整个人都惊呆了，他摸了摸自己的脸又摸摸肉身的脸，感叹："还真是一模一样啊。"

猴二拿着相机凑上去给文熙看视频："那肯定，女娲娘娘的手艺，杠杠的。"

肉身有了，宝马也有了，万事俱备！

现在不同以往，妖怪神仙们收附属挂名神是件热闹事，而皮修这个名下空空将近万年的老东西收附属神更是一件热闹的大事。

皮修正式公开发出挂名仪式请帖的那一天，论坛崩溃了。

"我以为我可以等，结果还是没有这个机缘！"

"我也想让不可说收我为附属神！有没有什么办法？"

"别想了，这需要天时地利人和，懂吗？"

苏安的私房照生意第一次遭遇了滑铁卢，但他已经没有心思去管，姓皮的老东西对仪式太挑剔，他做出来的好几个方案都被否定了。

一气之下，苏安拿出了压箱底的中西合璧仪式计划，只求富丽堂皇，怎么烧钱怎么来。

出乎意料的是，皮修点头同意了。

皮修："早就让你放肆去办，咱们不差钱。"

皮老板拍着算盘精的肩膀，丝毫不见从前煮汤还要往里兑很多水的抠门模样。

苏安眼睛一转，觉得这是个趁火打劫的好时候，如果皮修真的昏了头，他的生活马上就要在希望的田野上充满阳光了。

苏安咳了一声，提醒老板说："老板，我们的工资已经十年没有涨过了，您看今天这日子这么好，不如……"

皮修："苏安。"

苏安连忙应了一声。

皮修转头看他："你是不是觉得我很蠢？"

苏安立刻闭了嘴，收敛了自己加薪的欲望。

　　仪式在所有人的期待之中终于来临，当天零点一到，论坛里的挂名仪式直播就被高挂置顶，连着整个仪式流程都贴在了上面：

　　八点，两位主角出发，沿着相反的方向绕一圈，一个到达最南，一个到达最北，会合之后再坐车绕一圈，最后回饭馆举行仪式，然后开席。

　　不放过任何商机的冯都甚至找皮修签了直播协议，他对着天道发誓保证，仪式之后给皮修剪出一个有品质的纪录片。姓皮的自然同意，并且趁机榨了冯都一笔直播费，来填补这些天的支出。

　　早上八点，仪式正式开始，皮修从饭馆出发，坐着自己前一天为了附属神仪式新买的幻影，领着他的客仙团先绕城炫耀一周。

　　客仙团杨戬、哪吒还有任骄，头发梳得油光锃亮，穿上一身帅气西装，今天的他们比想象中帅。

　　直播的围观群众在弹幕发"啊"字发到后面都累了，只能打字说"真的受不了了，请停止散发你们该死的魅力！"

　　在苏安的安排下，高级跑车的车灯用无处安放的鲛珠贴了一圈，车身上贴满了精心挑选的鲜花，乍一看过去，像路上开过了几个红炮仗。

　　在饭馆留宿的小鲛人也被叫起来，洗了脸刷了牙之后被文熙在脸上点了几坨润肤霜。

　　小鲛人闭着眼睛搽香香，文熙则换上了衣服，把长发高高扎起，黑发里夹杂着串着珍珠的金线穗子在背后来晃去。

　　皮修开车绕城出发之后，文熙也跟着出发，皮修开车他骑马，两个人出发的方向相反，但最后都要回到饭馆里。表示两个明明八竿子打不着的人，却兜兜转转机缘巧合，最后气运桂车，成为一路人。

　　妖怪们兵分两路抓拍，三百六十度无死角展示皮修和他的附属神。

　　直播的围观群众在看见文熙的脸之后安静了几秒，然后爆发出尖叫。

　　"好好看！"

　　皮修那张脸虽然很帅，但是看过太多次没有了新鲜感，妖怪们喜新厌旧，一齐拥到文熙这边的直播镜头表忠心诉衷肠。

　　最后皮修因为太过高兴闯了个红灯，被交警当场拦下教育并且开出罚单。所以文熙先回到了饭馆。

　　这红灯是西王母还有苏安刻意加上的环节，没有什么意义，只是想为难为难皮修。

　　饭馆的几个房门都被苏安上了锁，西王母带着瑶池的干女儿还有哼哈二将守在门口堵着，等着皮修回来。

　　文熙看着他们的动作好笑："需要我帮忙吗？"

　　"不用了，你现在只用坐着就行。"西王母给文熙塞了把糖让他坐着吃，小鲛人在小扫把脚边转圈，抱怨裤子的布料磨得他的腿不舒服。

西王母突然"嘘"了一声，脚步声传来，房间里的人顿时陷入一级警戒状态。

皮修开门却没打开，他用力推了推，就听见里面"哼""哈"两声，门被死死抵住怎么推也推不开。

西王母咳嗽一声："老皮，这么多年朋友了，我们也不为难你，就回答几个问题我们就开门。"

皮修使劲推门："我寻思我请你来是帮忙的，没叫你来找麻烦。"

哼哈二将跟他角力："皮修，唐僧取经要历经九九八十一难，你今天收附属神，我们问你三个问题又怎么了？"

哪吒挑眉："还要回答问题？再拦着小心出门被驴踢。"

西王母笑了："张果老的驴还被你们安排在后院拉石磨磨今天要的豆浆，难道这个世上还有第二头驴能踢到我们？"

任骄从门缝里塞了几颗鲛珠进去："行行行，西王母娘娘，您看在我们老皮万年一次的分儿上别太为难，耽误了收神吉时就不好了。"

"这还差不多。"西王母清一清嗓子，大声说，"第一个问题！"西王母拉长了声调，"精卫一年要叫多少声精卫？"

皮修窒息了："精卫自己都不知道一年要叫多少次吧？"

"行了行了，别吵了，那再问一个啊！说不出来就拉倒！"西王母拍着门提醒。皮修黑着脸已经开始蓄力，如果西王母再整活，他就一拳暴力开门。

但他刚刚蓄力，就听见文熙的声音从门后响起。

文熙："最后一个问题，我们认识以来，我一共用了你多少钱？"

皮修："……"

哪吒皱眉："这谁记得啊？皮修你说他——"

皮修突然出声打断了哪吒的话，报了一个精确到小数点后两位的巨大数字。

哪吒："……"

门里门外的人都沉默了，没有人真的觉得皮修能把数字说出来，但是他却用实力打了众人的脸，他真的做到了。不愧是你！抠门的祖宗皮修！

两秒钟之后房门开了。

西王母朝着皮修竖起拇指，真心实意感叹："牛，真的。"

皮修懒得理她，和文熙会合后一起下了楼，刚站到大厅里，就是两声炮响。

鲛人们举着手里的彩筒打向空中，别人的彩筒掉下的不过是金光闪闪的塑料纸，他们的彩筒掉下的是正儿八经的金箔还有小贝母。重点表现一个有钱。

猴精们一看自家老板露面了，立刻吹起号来打起锣，把当年街头卖艺的本事又拿了出来，亲身上阵给姓皮的先来了个《春节序曲》烘托气氛。不管什么仪式嘛，热闹最重要！

但等到小鲛人开始走在前面撒金子说吉祥话的时候，乐曲又换成了大提琴伴奏，完美实现中西融合、新旧结合。

按照计划，他们得坐车转一圈再回到饭馆举行仪式然后开席。以前是骑马，现在是坐车，皮修的挂名仪式是坐马拉车，中西合璧！

四匹宝马拉着劳斯莱斯在前面走着，摄像头先给了马一个镜头，又给车里的两个人一个镜头。

"中西合璧"完全展现在了这场仪式的全程。

直播弹幕里一排的省略号过后，终于有人打破了沉默——

"我也不知道说什么好，端午刚过就祝他们新年快乐吧。"

一圈绕完总算到了仪式高潮，玉帝一身白衣，作为天道在凡间的唯一指定代言人站在两个人面前，对文熙说："现在你正式成为皮修的附属神，你们可以交换神属法器了。"

皮修买了法器手环，材质十分罕见，虽然卖相一般，但一看就价值不菲。

任骄站在下面傻了眼，他拉了拉苏安问："你之前知道吗？"

苏安有气无力地摆手："别问我，我什么都不知道。"

手环戴好，皮修的手虚放在文熙的头上方，一串冗长又晦涩难懂的语句从他的嘴中说出，文熙感觉有什么东西正在拂过自己的头发。

晴朗的天空传来阵阵雷鸣，天道认证完毕，玉帝第一个开始鼓掌。

"仪式结束！"

宾客们一起鼓掌庆贺起来，眼神也变得狂热，仪式结束就代表能够开席吃饭了！

猴一二三四五忙着摆筷子，灌灌飞在空中提高嗓门开始接客，安排客人有秩序地入座，但凡有一个插队的都要被骂。

饭馆的伙计脱了西装就钻进厨房。曹草仗着手多又长，大厅上菜厨房颠勺两边跑，他边跑还边提醒身边从东海过来帮忙的章鱼精。

"火小一点兄弟！你的两根触手熟了你没闻到吗？"

哪吒三头六臂都拿出来帮忙切菜，他一边骂皮修一边切菜，动作凶恶得像是把菜板上的肉当成了皮修。

奔走在流水席中，皮修和文熙吉利话听了一箩筐，十二金仙七十二神将轮番上阵，但没想到文熙这个公子哥也是个能喝的，两人联手把这些神仙喝了个横七竖八。

正当宴席热闹的时候，文熙的肩膀突然被人拍了一下，一个长相陌生的男人端着酒杯冲他一笑："今日听闻皮老祖此处热闹，前来恭喜。"

文熙只是愣了愣就反应过来面前站的是陶题。

陶题一口饮尽杯中酒，朝着文熙一笑："不喝吗？"

文熙连忙点头，拉着皮修喝了一杯。

陶题点头一笑，文熙就听见二姐的声音在耳边响起："小弟今日的装扮好看，能见你日后有人庇护，姐姐的心愿总算是了了。"

文熙正欲说两句，就见陶题冲着自己轻轻摇了摇头。

"再喝一杯吧，我敬你。"皮修提着酒壶给陶题倒上，两个人一碰杯又是一口饮尽。

陶题没有停留很久，很快便离开了。

皮修看着文熙有些失落的脸，低声说："以后时间还长，不着急。"

文熙应了一声，又开始招待刚来的客人。

后厨最忙的时间段过去，任骄、仇伏还有哪吒总算有时间出来喘口气，跟着客人一起吃饭喝酒。一直在大厅帮忙的猴精们早就喝多了，现了原形满场地打醉拳，被人叫好之后就又拿起二胡、锣鼓开始奏乐。

下面一阵叫好，甚至还有人喝多了发酒疯，就着猴子演奏的《春节序曲》蹦迪，下面的人拿手机拍着视频发到网上——"失传猴戏，百年难得一见！"

任骄喝到后面没了神志，不想只让猴精们出风头，一个鹞子翻身上了台，开始跟着音乐摇花手，疯狂给台下的小扫把使眼色，邀请他也参与这场舞王盛宴。

小扫把默默转头装作四处看风景，但喝高了的仇伏毅然上台，化身"影流之主"。

酒席从白天吃到华灯初上，送走最后一个客人之后饭馆的人都掉了一层皮，瘫在桌子上说话的力气都没有，早早洗洗睡了。

皮修和文熙上了楼，决定好好清点一下今天究竟收了多少礼物。

等到第二天的清晨，清点礼物的皮修和文熙才终于有了困意。

直到中午，楼下的伙计们已经招待了半天的客人，但楼上的朋友还没有下楼的动静。

猴二羡慕又惆怅，收拾完一桌的碗碟搬着回厨房，叹气问："这就是大妖的好处吗？礼物堆成山。"

厨房里所有未挂名人士都沉默了，仇伏站在炉灶前面陷入沉思，他举着锅铲看着自己的脸，惆怅地问自己："为什么我就这么笨呢？怎么没有大仙看上我，收我当个附属小仙？"

正在切菜的任骄闻言摸了下自己脸上的那条疤，然后骂了句："辣椒进眼睛了。"

猴二看看这两兄弟，又看看站在一边柜台的苏安，疑惑问："苏哥，你就没想过当谁附属神吗？"

苏安算账的手一顿，他沉默了片刻说："想过的，但是后面又觉得算了。"

猴二疑惑："为什么？"

苏安眺望远方："因为成了别人的附属神，就不好找人家要工资了。"

猴二："……"

猴一走过来一拍猴二脑袋："曹草都在大厅忙得快劈叉了，你躲在这里摸鱼？快点去帮忙打包外卖。"

"我给我网恋对象发短信呢。"猴二掏出手机主动给他哥看他和他的甜甜猫咪今天的聊天记录。

猴一瞥了一眼，就看见猴二今天的消息发了四个小时之后，对方依旧没有任何回信。

猴一悟了，摸了摸弟弟的猴头："算了吧老二，你不过是她可有可无的网恋对象，还是认真工作，等过两天我让月老给你介绍个好的。"

猴二怒了："她只是最近很忙，所以回我消息才慢。"

猴三端着盘子经过，喉咙里忍不住哼唱："忍不住化身一条固执的鱼……"

猴二一把抓住他："你阴阳怪气内涵什么呢？"

"哎哎，别打架！"猴一按住猴二的手正要把人拉开，就听见"轰"的一声，二楼新装上的门直接被皮修一脚踹掉了。

大厅里的客人扭头看向下楼的皮修，呼吸一滞。

皮修黑着脸朝着苏安吼了一声："打电话给医仙、释迦还有女娲，请他们过来！"

苏安还没反应过来，皮修又立刻回了二楼，嘴里还叫着文熙的名字。

大厅里陷入一阵沉默，猴二收回自己掐着猴三脖子的手，喃喃道："这是数钱太激动了？"

他的声音不大不小，正好让所有人听到。得多少钱才能把人数晕啊？慕了，真的慕了。

中午的论坛本来一片安静，都还沉浸在昨天中西合璧仪式上的猴戏花手之中，但猴二的一句话，论坛顿时翻云覆雨。

苏安被闷头的富贵砸得神情恍惚，木着脸打电话叫医仙。

他第一次感觉自己不是饭馆大管家，而是大内总管小安子。

说实话，皮修得多给他一份私人生活助理的工资来当他的精神损失费。

小扫把带着小鲛人二楼想看看文熙，但是刚上了两级楼梯就被皮修的妖气威压冲下了楼。

任骄站在后面将人接住，一手一个抓着去做作业，不许他们趁机乱跑。

他转头看了眼二楼，扯着嗓子喊："姓皮的，收敛一下，下面不做生意了啊？"

"做个屁！"皮修爆吼一声，猛地关上了自己的房门。

他看着怎么也叫不醒的文熙又急又怕，他又叫了文熙一声，但文熙睡得安详，没有一点要醒的意思。

他正看着文熙叹气，旁门被敲响，一声"阿弥陀佛"从外面传来，缥缈又带着禅意。

"皮施主，许久不见，听闻您新收了一位附属神，近来可好？"

"今天早上他睡了之后我怎么都叫不醒他。"皮修黑着脸说，"你能不能看出来是出了什么问题？"

释迦朝文熙看了一眼，然后闭上了眼睛。

他深吸一口气，淡淡道："皮施主不必担心，想来应当是累着了。"

皮修皱眉，拿着文熙的手用力晃了晃："这样都不醒，你跟我说他是累着了？"

释迦："……"

"不必着急，让我看一看。"释迦上前正准备握住文熙的手腕，但看见手指上面因为数钱留下的红痕之后他又停住了。世界上怎么会有如此暴富之事呢？

皮修疑惑："怎么了？"

释迦沉默不言，只是从怀里抽出了一根线缠在文熙的手腕上，悬丝诊脉。

"人家不是说这种切脉方式是假的吗？"皮修皱眉。

释迦抽回线，心平气和："我看没有什么问题，可能是累着了，睡得比较死。"

"那他身上的因果可有改变？"皮修问。

释迦顿了顿，摇头说："没有，一点都没有。不过我要提醒你，他身上的因果要早些解决，等到日后他的修为越来越高，因果反噬的后果就越严重，如今你们气运相连，你也要受到牵连。"

皮修皱眉，还没来得及说什么就听见床上一声惊呼。

文熙骤然睁开眼睛，哭着大叫了一声"姐姐"，红色的饕餮妖纹爬满了半张脸，眼泪顺着脸颊流进头发里。

皮修立刻回到床边，急切问道："是做噩梦了吗？"

文熙意识恍惚，看向皮修喃喃问："你是谁？"

引着医仙和女娲上来的猴二正巧听见这句话，一愣，心想：这是失忆了吗？

"怎么了？不是昨天还好好的吗？"女娲也奇怪了，她造人这么多年，从未有过失手，要是真的出了什么事故，不是砸自己招牌吗？

皮修也傻了眼。

"你不记得我了？"皮修难以置信，"你别吓我，明天我们还要去提宝马车呢！"

一听见宝马车，文熙的表情突然丰富起来，他眉头一皱，冷笑说："你就记得那个宝马车？"

皮修一看他的表情，松了口气："行了，气一下就想起来了，挺管用。"

医仙晃了晃自己的药箱问："还要看病吗？不看我走了。"

"看看看，来都来了。"皮修连忙让位，让医仙给文熙把个脉望个气。

女娲在旁边也捏着文熙的手探查了一番，挑着眉说："没事啊，身体里阳气挺足的，恢复得也很好……"她顿了顿，清了清嗓子说，"小伙子身体挺好。"

文熙一醒就被别人围观诊断，躺在床上不知道说什么好，只等皮修将几位都送走回来，这才松了口气，问："你叫来这么多人干什么？"

皮修叹气："我怎么也叫不醒你。"

"我只是睡了一觉……顺带想起来些从前的事。"文熙道。

皮修还没来得及问是什么事，就听见文熙叹息一声说："我记忆里最后一个封印也解开了。"

他撑着身体看向皮修，定定地说："就在刚刚我睡觉的时候，皮修，我什么都想起来了。"

文熙沉浸在自己的回忆里，低声说："我当初本来应该死在牢里的，是姐姐……她用陶题给她的法器把我送了出去。"

皮修瞬间回神："怎么回事？你仔细说。"

"文家被判了满门抄斩，就连女眷也不能幸免。当时所有的文家人都被关在一起，二姐姐拉着我的手，告诉我以后要照顾好自己，不必想着为家里报仇，千万千万要为自己好好活下去。"

文熙想起那天似乎一点光也没有，外面雷声阵阵，就连在深牢里也能听见。

从来不流泪的二姐姐握着他的手红了眼睛，哽咽着说："小弟，千万千万要活下去，姐姐只要你好好活着。"

文熙想要说话，文茜却叫旁边的族人押着文熙，将自己的衣服同他交换。

文茜握着文熙的手，将那枚陶题让她不离身的法器塞进小弟的手里，让他紧紧握住，然后用自己的血启动了阵法。

文熙代替文茜逃了出去。

他抬头看着皮修，喃喃说："我是文熙，也是文茜。"

皮修叹气说："大白天的别说胡话，你姐只是把衣服换给你让你逃出去了，什么你就是她，她就是你的，说得让人心慌。"

文熙眼睛一红："我是代替姐姐逃出来了，可姐姐呢？她和族人们又在牢里受了什么样的折磨？为什么姐姐魂体那么弱，这么多年来也没稳定？"

他顿了顿想起从前的事："更何况……我也没有逃掉。"

皮修沉默了一阵，问："你从牢里逃出来之后，是怎么被抓住的？"

"我从牢里出来，直接到了一座破庙里。我害怕有追兵，不敢停留太久，但是往外逃了没多久我就被抓住了，然后……"文熙突然顿住。

接下来的事皮修都知道了，那些酷刑折磨，断骨挑筋，桩桩件件都让文熙刻骨铭心。

皮修拍了拍他的肩膀："不要再想从前那些事，以后没有人敢再伤害你。"

"不，我只是在想，如果当初姐姐没有把法器给我，她自己逃了出来，是不是也会被别人抓住，受那些我挨过的疼我受过的苦呢？是不是他们把我当作了姐姐呢？"

文熙抬头看着他的眼睛："如果是，是不是有人知道姐姐会逃出来，所以故意在那里等呢？可是姐姐向来与人和善，出府游玩也从来低调，又是什么人这么恨她？"

皮修皱着眉，文熙却还在问："陶题明明给了姐姐法器，为什么又不来接姐姐呢？是有事绊住了，还是因为……"

"应当是有什么事绊住了他。你说慢点，让我想一想。"

皮修年纪大了，发了横财疯狂数钱一晚上，现在脑子有点不够用，一切只能慢慢捋。

文茜和弟弟换了衣服，让文熙逃了出去。文熙逃出来之后被抓了，然后挨了杀千刀的兵部尚书的一顿折磨死了，接着被下了咒永世不得超生。

但原本逃出来的应当是文茜，所以这个兵部尚书应当抓到的是文茜，是文熙代她受过。

可是陶题不应当是给了法器就不管的人，就冲着他能给文茜抢玲珑塔的情分上，他也定不会放着文茜不管。

皮修低声说："你的意思是，有人绊住了陶题，然后趁机引来人把从大牢里逃出来的文茜抓走折磨？"

但是却抓了代替文茜逃出来的文熙，让他受到那番苦楚。

从来不在文熙面前抽烟的皮修点了根烟，挠了挠头发说："陶题说他怀疑从前的事情跟睚眦有关，所以他是怀疑这一切都是睚眦做的。但是你又说过，之前见过提议用人魂盛载因果的人是陶题……"

不论真假，总之文熙看见了陶题那张脸。

皮修猛抽了一口烟，忍不住想：如果当初逃出来的人不是文熙是文茜，而文茜又看见了想要置自己于死地的人就是自己的情郎……

这是什么狗血剧情？

现在皮修用脚想也明白那个人肯定不是陶题，是旁人假扮来故意引起误会的。

难怪睚眦要在晚会上解了文熙的记忆，估计还指望着文熙恢复了记忆，他好在桥上看风景瞧热闹。

文熙突然听见皮修冷笑了一声，连忙问怎么了。

皮修扔掉烟，把自己心里的想法同他说了一遍。

文熙沉默许久："可睚眦为什么要这么做呢？"

老真龙几个儿子一直都不和，这是众所周知的事情。陶题和睚眦不对付皮修能想明白，可睚眦从来都是精准打击报复目标，很少牵连到别人。

文家又是惹了什么事，能让睚眦这么针对？

满门抄斩这种事非常严重，天道不可能放任睚眦如此破坏人间秩序。但皮修转念一想，睚眦好胳膊好腿还能口吞宝剑表演杂耍的样子，看上去又不像被天道惩罚过。

皮修心中一顿。

当年文家鼎盛文丞相权倾一时，但花无百日红，人无百日好，天道最讲究平衡，不可能允许一个朝代永存，也不会允许一个家族长盛不衰。

如果文家的败落本就在天道的计划中，只是睚眦在里面动了手脚，推了一把，即便途径不一样，但也终究达到了目的，殊途同归，天道便就睁一只眼闭一只眼，放过了他。

皮修越想脸色越黑，身上的温度骤然升高，他说："算了，不要再想了，以后再见到你姐姐，一问便知晓了。"

文熙："你不要因为这种事生气。"

"能不生气吗？"皮修"啧"了一声，"我待会儿得出去找冯都一趟。"

文熙看他："今天得去提车呢。"

皮修看了他一眼："你现在不难受了？"

"还好，哪里就那么娇贵了。"文熙突然一顿，转头问，"你刚刚打电话叫大夫的时候，是不是所有人都知道我一睡不起了？"

皮修同他对视，想了想说："我……"他当时确实太大声了。

文熙："……"丢不起这人。

文熙难得把帽子和墨镜都找了出来戴上，他并不想被人一眼认出。

皮修没骑黄色电动车，直接带着人乘云到 4S 店提了车，开着那辆宝马直接上了路。

临开车前文熙担心一个实习的标志不显眼，直接在车上贴了四个，上下左右，让人想看不见都不行。

皮修叼着烟站在一边等："我问你，你是不是对我的技术特别不放心？"

"怎么会呢？"文熙一脸惊讶，"我只是对别人的技术不放心。"

万一别人的技术不好，躲不开皮修开车的横冲直撞怎么办？

虽然文熙现在不差钱，但是新车还没买保险，万一撞出个一二三四来他还是心疼。毕竟今时不同往日，他不再是文府上要风得风要雨得雨的小公子，一切都要省着来。

车开到公墓，文熙戴着墨镜让人看不出模样，但是那些程序员，一看便知道他是谁。

皮修和文熙直接推门进了冯都的办公室，正在看股市的冯都一瞬间便把窗口最小化了，抬头微笑。

发现是皮修之后他立刻松了一口气，把窗口打开，瞥了皮修一眼，懒懒问："我寻思您老来干吗啊？身上 A 货仿得挺好的，链接分享我一下呗。"

皮修黑了脸先澄清："爷是买的正品，不是 A 货，还有，我是来借谛听的。"

冯都一愣："啊？你愿意花钱买正品？"

"你不应该问我为什么借谛听吗？"皮修冷声问。

冯都一摆手："这哪里有你买奢侈品正品重要，而且西王母早就跟我打招呼了，说你要来借谛听。"

他起身拿了串钥匙往外走："走吧，正好他睡了四五天了，我得叫他起来吃饭。"

传言谛听能以耳听万物之声，听人心之声，辨善恶是非，可以听到过去却不能听未来。

谛听能听，但不代表他爱听。

冯都打开静音室门的时候谛听已经醒了，趴在床上一脸社恐地问："怎么一下来了这么多人？又是什么家宅大戏让我听？"

冯都："别夸张了，就三个人。"

"三个人也很多了。"谛听叹了口气，发现是皮修之后稍稍放松，"西王母真就把我当个工具人。"

冯都："严谨点，是工具兽。"

皮修挑眉："不是有麻烦我不会来找你。"

"没事。"谛听挥了挥前爪，"就当我提前给七月半热身了，到时候还要听一群鬼哭狼嚎，我得先练习一下。"

他跳下床走到皮修身边问："是跟你回家听，还是就在这里听？"

谛听蹲在地上，尾巴圈着自己的前爪一笑："天上天下，只要你想知道的，我都能听到。"

皮修想了想说："就在这里吧，不过待会儿我带你回我家，请你吃饭。"

谛听眼睛一亮，摇了摇尾巴："那我可以点菜吗？"

"可以，只要你想吃的东西不是太过分都可以。"皮修突然一顿，问，"你喜欢扑鸟吗？我店里有一只灌灌，你可以扑着它玩。"

谛听笑了："灌灌也有，那真是太好了。我已经好多年没有见过灌灌了，不过得把它的嘴巴绑上，不然吵得我头疼。"

冯都看了看时间："回我办公室吧，在这里谛听是听不到声音的。"

谛听抓着耳罩戴在自己的耳朵上，跟着冯都回到了办公室。他跳上沙发，用后爪挠了挠自己的脖子，等冯都关上门才开口问皮修："你想好要问什么了吗？"

皮修没有说话，而是看向坐在一边的文熙："想好了吗？"

文熙一愣，有些紧张地说："我……我不知道应当问些什么才好。"

他什么都想问，但又不知道从何问起，也不知道自己有没有知道一切的承受力，脑中一团乱麻，看着歪头看他的谛听，一时不知道说什么才好。

皮修拍了拍他的背："那就我来吧。"

事出必有因，睚眦针对文家一定有理由，皮修得弄清楚这个理由，才好决定怎么对付睚眦，更何况他得有证据证明的确是睚眦害了文家。

要不然师出无名，天道不会容忍他对同样是异兽的睚眦贸然出手。

谛听听了皮修的问题，甩了甩尾巴看着文熙问："他是文家的人？"

文熙点头。

谛听："那给我一滴他的血吧，历史上的文家太多了，用他的血作引才能更快找到。"

皮修眉头一皱："我为他修补身体的时候加了一点我自己的血，没有关系吗？"

"没关系，不过你加自己的血干什么？"谛听一脸疑惑。

冯都适时咳嗽一声："行了，你就别问这么多了。"

文熙戳破手指将一滴血抹在了谛听的耳朵上，他抖了抖耳朵："好了，你等一下。"

谛听将头上的耳罩拿下来，又让冯都把他耳朵里面的耳塞也取出，顿时眉头一皱，抱怨了一句："好吵。"

他闭着眼睛喃喃说："你们等一下，让我快进找一下。"

皮修应了一声，文熙有些紧张地看着谛听，就见他的眉头越皱越紧，原本可爱的毛脸也变得扭曲。

骤然间，谛听睁开眼睛，前爪堵住了自己的耳朵，一下趴在了地上。

"怎么了？"文熙急切地问。

谛听抓着耳罩戴在头上，缓了一阵才说："太刺耳了，都是惨叫声还有哭声。"

文熙面色一白，立刻颤声问："我家从前被判了满门抄斩，你听到的应当是行刑时候的声音。"

"砍头不过一刀的事情，哪里会叫这么久？"谛听说着又摘下耳朵上的罩子喃喃道，"你让我再听听。"

冯都见文熙嘴唇惨白，起身给他倒了杯热水。

但热水还没喝到嘴边，谛听便又戴上了耳罩说："的确是判了满门抄斩，执刑手段相当残酷，难怪叫得如此凄惨。"

文熙手一软，皮修手疾眼快将他手中那杯热水接住放到桌上。

"那……那……"文熙说不出一句话来，整个人脑子一阵一阵炸响，过了许久才颤声问，"那……你可曾听到一个叫作文茜的女子的声音？可否告诉我她是如何死的？"

"是女子吗？"谛听问。

文熙点头："但她穿着男装，我不知道她是被分在主家的男子中还是女子中。"

谛听又摘下了耳罩，过了许久他才睁眼看向文熙问："她是你姐姐？你叫作怀玉？"

"那是我的字。"文熙心中顿时一揪。

谛听："我听到了她的声音，因为她身着男装，被当作男子凌迟，但中途女儿身被发现，然后又被拖去腰斩。"

文熙瞪大了眼睛，眼泪已经掉了下来。

"她很奇怪，明明自己在受苦，却在庆幸。"谛听观察着文熙的脸色缓缓说，"她在心里说，幸好怀玉走了，要不然受苦的是你，她如何舍得。"

文熙呼吸一滞，发出一声古怪的叫声，惨白的脸上顿时爬满了饕餮妖纹，还有越来越红的趋势。

"够了！"皮修见势不妙，伸手在文熙的脖子上微微用力一按，将晕过去的人放在了沙发上。

谛听看他："不听了吗？他姐姐一直念着他，认为自己替他受了罚，希望他往后顺遂不要再有苦楚。"

皮修深吸一口气："够了，他已经听够了。我想知道的是睚眦针对他们家的原因，不是这些让他伤心的事情。"

冯都轻咳一声："他应该知道这些。"

"知道又怎么样呢？"皮修有些烦躁，"他姐姐用命换了他出来，以为他能平安度日，没想到两人都在受罪，谁也没有好过，知道这些又能怎么样呢？"

冯都皱眉："你别激动。"

皮修的眼睛在黑色和黄色之间切换，看向谛听的眼神带上了压力："继续吧。"

谛听甩了甩尾巴："皮修，你知道的，时间总是流逝，我得抓到尾巴才能追根溯源。"

他说完又闭上了眼睛，开始将耳朵里过去的声音快进。

过了许久，谛听的表情变得奇怪起来，他睁开眼睛看向皮修："你从前认识文家的老丞相，还和睚眦结过梁子？"

皮修一愣："没有啊。"

"那为什么我听见睚眦在骂你和他的爷爷？"谛听模仿着睚眦的声音，"没屁眼的畜生也敢同我争，文家的老不死就是个蠢货，我哪点不比那个拉屎都不会的玩意儿强？"

他眨了眨眼看向皮修，一脸无辜："除了你，我实在想不出这个世界上还有谁没有屁眼。"

皮修："……"

皮修深吸一口气："你继续听，听到骂我的原因再告诉我。"

谛听点了点头，但还是忍不住好奇问："你真的没有？"

皮修冷眼看他："我的确没有，现在我觉得你也可以没有了。"

"那不行，这个我必须有。"谛听脱下耳罩，"你一辈子也不懂坐在马桶上玩手机的快乐。"

冯都一下架住皮修，抓住他要劈下的手："冷静冷静，你把他打坏了，动物保护协会要给你开罚单关禁闭。"

皮修怒了："我是差那点钱的人吗？"

冯都顿了顿，强硬地转着皮修的身体朝向茶几："你要真生气，就把这个劈了给我换个新的，反正你有钱，给我换个红木的吧，正好我最近看中一个在打折。"

皮修顿时冷静了，挣开冯都说："你休想从我这里拿走一分钱。"

冯都松了口气："行，谁也不稀罕你那点钱。"

皮修冷哼一声，整了整身上的衣服，抱着手臂坐在沙发上开始回忆，自己从前究竟是什么时候跟睚眦结了梁子。

那次投票不算，应该是几百年前的事情。

皮修仔细回忆几百年前自己的创业史，挤垮的店家里应该没有睚眦的产业。那自己赶跑的小偷里有没有睚眦的马仔？

他苦思冥想，总觉得自己七百年前带着仇伏和任骄赶集买菜的时候，人潮拥挤不小心踩过的那几只脚里面可能有睚眦的蹄子。

想想自己的吨位，又想想可能当时踩到了睚眦的小脚趾，可能是挺疼，睚眦因为这个记恨自己也不是不可能。

这一次谛听听了很久，他皱着眉冥思苦想的样子，像极了听英语听力题的学生。

冯都见他迟迟不戴耳罩，面色也渐渐沉重下来，难道真的是发生了什么大事，谛听如此仔细？

终于，谛听戴上了耳罩，毛验复杂地看向皮修："你……有想起来什么时候得罪过他吗？"

"可能是赶集跟人抢菜的时候踩了他的脚？"皮修抱着手臂皱眉，"除了最近我用自己的帅侮辱了他一下，真的想不出来哪个地方跟他结过仇。"

冯都："……"

谛听："……"

冯都："有没有可能是隔题跟他干架，把他压着打的时候被你看到了，他迁怒于你？"

皮修摇头："我从来不参与他们几兄弟之间的事，老真龙生的儿子多，一笔乱账，谁掺和进去就是给自己找不自在。"

冯都："可是我看论坛上说你也是老真龙的儿子，你去争家产也算是理所应当。"

皮修："……"

皮修："虽然……但是我跟老真龙没关系。"

谛听想了想，摘下耳罩说："你等一下，我再快进重新听一下。"

这一次谛听没有刻意去找皮修的存在，而是听着文家老丞相的声音一点点寻找，终于他找到了皮修所寻找的答案，并且跟睚眦之前的辱骂联系起来了。

他戴上耳罩看向皮修："我找到答案了。从前楚朝改换年号，皇帝想要修改图腾的图案，睚眦看重楚朝气运，便让人潜入凡间提议在图案上加入睚眦的图案，但是被文丞相以睚眦血气太重为由拒绝了。"

皮修挑眉："然后呢？"

谛听："然后文丞相向皇帝进言，当下四海升平，应当趁此时加强与各地通商，重视商户，壮大国力，充盈国库，所以提议将貔貅加入图腾之中。"

冯都："就这？"

谛听点头。

皮修又问了谛听是什么时候发生的事，他仔细回想，似乎那段时间往后百年自己突然妖力猛增，连着要十个时辰的杂耍也不费劲，原来是因为借了国势气运。

他下意识问还有别的事没有。

谛听摇头："我实在是找不到还有别的你和文家一起得罪睚眦的事了，我刚刚听声音，比我考英语还痛苦，简直让我难受。"

皮修道了句谢，突然又问："文家现在可还有后人存活于世？"

谛听想了想，摇头："文家血脉尽断，已无一凡人存活于世。"

办公室里一片沉默，谛听见皮修陷入沉思，使了个法术让耳塞回到自己的耳朵里，屏蔽了一切不必要的声音。

皮修沉默了半晌问："真的就一个活着的凡人都没了吗？"

谛听摇头："真的没有了。"

冯都见状拍了拍皮修的肩膀："这样不是更好吗？大道五十，天衍四九，万事不会做绝，正好留一线生机给文熙。"

"你最近上什么辅导班了？这么会说话。"皮修想笑，但想起文茜的魂体修复多年依旧不稳，又有些笑不出来。

谛听："还有什么要问的吗？刚刚惨叫声太吓人了，我好多年都没听过这么刺耳的声音了。"

皮修道了声谢，然后说："别的不用再听了，免得你背上不必要的因果。"

之前陶题还隐瞒了些事情，想来也是为了不让自己知道后背上因果。皮修沉默了一阵，又郑重地向谛听再道了声谢。

谛听摇了摇尾巴："你是个好人，那我附赠你一个消息，文家是被冤枉的，栽赃陷害他们家的人也遭到了报应，天理循环，也断子绝孙后继无人了。"

皮修一愣，随即点头："我知道了，多谢你。"

"接下来你要干什么？"冯都叼着烟没有点燃，手向上一指说，"太简单粗暴他不会同意，到时候你身上再背点因果，体温又烫个没完怎么办？"

皮修坐在沙发边："用不着担心我冲动，你放心。"

"我对你挺放心的，但是对睚眦不是很放心。"冯都"啧"了一声，"从前被压在山下，一年有大半年能在外溜达，现在上面那位对他越看越紧，一年就只有两天时间出来放风，他还要这么作妖，真以为他爹还活着呢。"

"说到这个你倒是提醒我了。"皮修一顿，"上次监督办收的那堆鲛珠就是他要的，听说是拿来给老真龙接骨的，估计是想用龙骨引魂，把他爹叫回来。"

冯都眉头一皱，反应过来可能自家房子要塌，连忙走到电脑前打开软件看老真龙这一世的情况。

"引什么魂？他要把老真龙叫回来干什么？终于幡然悔悟要把老爷子从坟里挖出来尽孝？这就是妖怪的现代行为艺术吗？"

谛听松开咬着自己尾巴的嘴，示意冯都可以冷静一点："龙魂投胎轮回，不是这么容易能被召回来的，而且你不是看得到老真龙投胎对象的动态吗？"

冯都停下骂骂咧咧的话，盯着屏幕说："是看得到，老爷子昨天在幼儿园给小姑娘示爱被拒绝，哭着跑回家，今天觉得丢脸不愿意去上学，现在正被他爹按在被窝里打屁股呢。"

"那不就完了。"谛听打了个哈欠，"到时候我再给你注意听着点，没必要太紧张。"

皮修点头："是没必要太紧张，老真龙的骨头太多太碎，需要的鲛珠量太大，而且现在我断了他鲛珠的来源，他应该正气急败坏在山下狂怒。"

冯都定了定心，抬眼看向皮修问："你就不怕他报复你？"

"就算他不来报复我，我也要找他的麻烦。"皮修冷着声音，"如果说文家由盛转衰是天道既定的结果，我能理解，但是睚眦推了一把，钻了天道只看结果不看过程的空子，刻意折磨文家，我是不会放过他的。"

皮修黄色的眼睛看向冯都，淡淡道："我既然得了国运的好处，也就同这件事扯上了关系。更何况现在天道拿山压着折磨他，生死已经注定，我也不过想推一把，让他快些赴死而已。"

冯都皱眉："话是这么说没错，但是你切记，就算是恨极了他，最后了结他性命的人也不能是你或者文熙，这是六因果。"

冯都的提醒太过明显，窗外突然乌云密布雷鸣阵阵，一声响过一声。

沙发上的文熙骤然惊醒，瞪大了眼睛坐了起来。

"没事，只是打雷了。"皮修低声安慰，"要下雨了，我们该回家收衣服了，要不然新买的衣服该淋雨了。"

文熙还有些恍惚，朝着皮修点了点头，就跟他一起往外走。

走到门口，皮修突然回头看向谛听："走吧，跟我回去吃饭。"

谛听看了看外面已经落下的雨，又看看自己干净的爪子，抬头看着皮修露出一个微笑："你可以带我出去吗？我才洗了澡，不想把爪子弄脏。"

皮修没有说话，只是看着他。

谛听悟了，工具人是没有资格要求太多的。

但最后谛听还是没有弄湿自己的爪子，直接被皮修夹在胳膊肘下面扔上宝马，坐着狂飙的车回家。从车上下来的时候谛听还有些神情恍惚，不知道今夕何夕，感觉自己玩了局《狂路貔貅》。

猴二一看文熙一脸虚弱，老板又单手夹了个狗崽子一脸冷漠，他心头一颤。

老妖怪和谛听对视一眼，都在对方的眼睛里看到了嫌弃。

皮修拎着谛听的后颈，放进猴二的怀里："找条毛巾给他擦擦毛。"

猴二接过这条白狗，下意识撩起他的后腿，谛听飞起一脚，正中猴二的鼻子。

"本座谛听，千岁猛汉，不用看了。"

皮修听见动静回头看了眼，发现是猴二挨揍才松了口气说："好好招待，这是今天晚上的客人。"

听见猴二应了一声，皮修和文熙这才上了楼。

"还有哪里不舒服吗？你的情绪太激动，我才让你睡一会儿的。"

文熙说："我知道。"他又沉默了一阵才问，"后面谛听又听到了些什么？你告诉我吧，我没事的。"

皮修用着这辈子最委婉的词句，说完了谛听听到的所有事："虽然还有一些地方没弄明白，但是我只能让他听到这些了。要不然让他沾染上不必要的因果，又多了一份牵扯。"

文熙点头："这些我都知道的，多谢他了。"

两人听着外面的雨声一时谁都没有说话。皮修知道文熙伤心，现在也不知道该怎么安慰。

文熙突然笑了一声，说："果然是被冤枉的，我就知道爷爷不会做出这种事来。"

文家人纵使到死也是干干净净的。

"需要我帮你做什么吗？比如让所有人都知道你们家是被冤枉的，或者——"皮修话说到一半突然被文熙打断。

文熙低声说："够了，这些已经够了。"

他垂着眼轻声说："是非黑白我自己明白，更何况过了六百年，尘归尘，土归土，当年的人都不知道进了几个轮回，何必再拿旧事起风波。"

文熙同皮修说着，又像是在说服自己。

皮修轻轻点了点头："如果你觉得不需要，那就不管了。"

"嗯。"文熙看着他突然笑了出来，"这算不算是我给你当降温神器的报酬？"

皮修"啧"了一声——

"原本这些话我不想说，但是我又忍不住。我不过是想你早点弄清文家被满门抄斩的因果，你就踏实在饭馆里跟我们一起赚钱，不必再去想那些生老病死、前尘往事。"

皮修说着低头看了文熙一眼："你要是觉得我自私小气也没关系，妖怪都这样。"

文熙看着他眨了眨眼，外面传来一声雷响，天空乌云密布。文熙突然问："你晒的衣服收了没？"

皮修一顿，立刻朝着后院狂奔。

但他还是迟了一步，冷冷的冰雨在衣服上胡乱地拍，湿透不说还又少了一件。老妖怪见状愣了两秒钟，立刻黑脸放出妖力。

突然他听见一声微弱的叫声在围墙的另外一边响起。皮修三步两步扒着墙探头一看。

啊，那熟悉的图案，不是消失的电动车挡风被又是什么？！

皮修扒着墙盯着那个正在耸动的挡风被，撑手一翻落在地上，直接把自己的挡风被扯了起来，好生抖了抖。

这条被子跟他许多年，为他顶风冒雨，皮修对它感情非同一般。但皮修一转头，看到了自己花高价代购的限量版大牌衣服被团成一团，沾满了泥巴，立刻扔了手上的被子要去捡衣服。

他手还没碰到衣服，就听见一声"喵"从衣服里传出来。

不知道什么东西在中间，抖个不停。

皮修黑了脸，直接把自己的衣服拿了起来，露出下面冲自己龇牙咧嘴的小……小猫咪！

他蹲下身用着妖力压制，伸手把正看着自己发抖的小猫拎到面前，虽然它只有巴掌大，但还是能感觉到这不是一只普通的小猫咪，而是一只小猫妖怪。

白毛银渐层，还不是本土品种，应该是只混血，也不知道怎么跑到这里来的。

皮修晃了晃手里被命运扼住咽喉的小猫："会说话吗？会说话就说话。"

小猫"喵喵"叫了两声，看上去是不会说话。

"这怎么教的，话都不会说。"皮修抬头看了眼越来越大的雨，"啧"了一声朝着天不耐烦地问，"你能不能别下了？要下就只紧着公墓那一块下行不行？"

天道打了个雷，不行。

皮修："那商量商量，能不能下完凉快点？这都八月了，能不能凉快两天？"

天道又打了个雷，不行。

皮修黑了脸，拿着脏了的衣服拎着猫骂骂咧咧走了，走了两步又想起来还在地上的挡风被子，又转身回去拿。

他皮修，实在是勤俭持家第一人。

文熙正从浴室擦着头发出来，就看见皮修拎了只落汤猫回来，手上的衣服也又湿又脏。也不知道是去哪里走了一圈，居然把之前不见了的挡风被也找了回来。

他打量了皮修两眼："你干什么去了？收个衣服还带收破烂回家的？"

小猫闻见文熙身上散发出来的香味，眼睛转向他，柔柔弱弱"喵"了一声，眨了眨眼，四十五度仰头完美展现自己的可爱，尽力勾起人类对猫咪的怜爱。

文熙立刻上钩改口："还带了只小猫咪回来。"

他把小猫咪用毛巾包着抱了起来，还不忘说一句："你手劲这么大，它肯定被你揪疼了才喵喵叫的。"

皮修黑着脸："我哪里手劲大了？"

文熙瞥他一眼，没说话。

皮修咳嗽一声，把小猫从文熙手里接过来："我去洗个澡，衣服也得重新洗一下。"

小猫从香香的怀抱重新回到皮修的手里，立刻挣扎朝着文熙"咪呀咪呀"叫个不停。

文熙伸手要接又被皮修躲开。

"别抱它，不是什么正经小猫妖怪，我电动车挡风被就是被它偷走的，还有晒着的衣服也被它咬走一件，现在还得重新洗。"皮修说着一弹小猫脑袋，"别叫唤了，带你洗个澡，洗完尔去托儿所。"

文熙想着小猫叫得这么有气无力，说不好是饿了，便披着衣服下楼想要找点奶粉给小猫咪冲着喝。

但他刚刚下楼，就看见猴二趴在桌子上嗷嗷哭，谛听站在桌子上，用白爪子拍拍他的头："别哭了，相聚离开都有时候，没有什么能永垂不朽。"

文熙一愣，下意识问旁边正算账的苏安："这是怎么了？怎么突然哭上了？"

苏安头也不抬，按着计算器说："网恋翻车被骗了，对面说是 80 斤的萌妹，其实是 180 斤的秃头雄性妖怪，一边抠脚一边给猴二回消息还骂他蠢，被谛听听见了，跟猴二一说，又同人家一对质就这样了。"

"对对对，那男的顶着个粉色萝莉头，骂死一头牛，后面还是叫了灌灌来发语音跟人对战，才骂赢了。"猴三忍不住呲嘴，"我二哥太惨了。"

文熙看他："你觉得他惨，那你笑干什么？"

"因为这也不是他第一次被骗了。"猴三瞥了眼正在痛心疾首的猴二，压低了声音带着笑说，"没有人会在一个地方跌倒两次，但是猴二可以。"

文熙："……"

谛听又抬着爪子拍了拍猴二的猴头："算了，别难过了，三条腿的蛤蟆不好找，两条腿的姑娘还不好找吗？"

"你懂个屁！"猴二拍他的手，擦了擦自己的眼泪，"好不容易商量好下周去见她，突然给我来这么一手，这是人干的事吗？"

给人希望又让人绝望，猴二一拍桌子指天发誓："我不再网恋了！"

仇伏端着菜往他面前一放："不就网恋吗？我都没有网恋过，是不是比你更惨？伤心完了吗？伤心完去上菜，叫半天了没人过来端菜。"

猴二顿了顿，看向仇伏的黑脸，心里平衡了许多："这么多年，你真的没有一个对象吗？"

仇伏："没，那些来勾搭我的人，都是冲着我家，没有一个人是图我这个人的。"

猴二一顿，忍不住说："那要是图你这个人，人家图啥啊？"

语言暴力杀人于无形，点燃了寂寞的狐妖心中的怒火。仇伏端着菜直接同猴二开干，两个人只练腿功，噼里啪啦你来我往，让文熙看傻了眼，一时忘记了要去冲奶粉。

小猫洗完澡饿得嗷嗷叫，皮修被吵得没办法，抱着猫下楼叫了文熙一声："有没有奶粉？给它冲一点，叫个不停。"

文熙回神，应了一声就要去拿热水，但马上又被皮修叫住，往怀里塞了那只猫。

"算了，我来吧。"皮修拿着奶粉往厨房走，顺带给了仇伏和猴二一人一巴掌，"再絮絮叨叨，你们两个就去代替灌灌当客服。"

他脚步一顿，回头看着谛听问："灌灌呢？"

谛听摇摇尾巴："刚刚好像被我吓到了，飞到院子的树上去骂人了。"

"行，别吓得它不会说话了就行，还得指望它电话接单。"皮修点了点头，推开门进了厨房，顺便找奶瓶冲牛奶。

小猫闻到饭菜的香味就开始冲着文熙"喵喵"叫，用前爪踩他又凑近舔他。文熙摸摸它的背："不行，你太小了，得喝奶才行。"

店里客人的目光不由自主地被那只小猫吸引。他们一转头，又看见皮修拿着奶瓶晃着出来。

悟了，所有人都悟了。皮老祖喜提一子！

真是让人想不到呢！

他抱着猫上楼，没注意到背后的人动作整齐划一。前线记者再次上线，抓拍这种难得一见的画面。

任骄接小扫把从补习班回来，就听见店里吵吵闹闹，甚至还有个胆大不要命的直接拦住了小扫把问："小老板，您弟弟的出生时间可否透露一二？"

小扫把一愣："我弟弟？"

任骄眉头一皱："什么东西？"

客人一见他们不知道立刻激动起来，手舞足蹈绘声绘色形容了一番皮修去冲奶粉喂崽的场景，甚至形容他面带慈父的柔光。

任骄脑袋里打出一个大大的问号。

突然，小扫把叫了一声，把书包脱下来扔到一边往后院跑："有弟……弟弟了！我不用上……上学了！"

皮修经常对他说家里就你一个娃，指望着你这个娃考大学争气长脸。现在又来了一个娃，他终于解脱了！再也不用上学了！

任骄叫了一声，抓着书包就去追小扫把："你给我回来写作业！"

楼上皮修的手突然一抖，小猫被奶呛了一下，"喵"了声，抬手就给了他一爪子，但皮修的手背连个印子也没留。

文熙收拾昨天晚上扔在一边的衣服，突然衣服口袋里掉出一张红色的纸来。

他蹲下身捡起说："这是昨天姐姐他们来的时候给的东西。"

红纸上面用金粉写着"礼金"两个字，文熙伸手扯掉上面的金线，手上一沉，眼前泛起一阵白光，一堆金灿灿的东西疯狂涌出，惊得他大叫一声。

千里之外的地方，正在同文茜一起写字的陶题手一顿，笑了一声说："怀玉把礼金打开了，想来那些东西他应该喜欢。"

文茜将毛笔放在笔架上，笑着换了张宣纸问："礼金倒是一部分，你借的钱可都放进去了？"

"放进去了，剩下的我再找机会还给他。"陶题叹了口气，"都听你的，连本金带利息一分钱都不少，到时候家底都掏空了，我得去扛大包来养你这个大小姐。"

"那你去扛大包，我就在家里洗衣服做饭，天天给你送饭。"文茜想了想，"逢年过节的，再和怀玉一起吃顿饭，一家人在一起，团团圆圆的。"

陶题一听她说要做饭，眉头一皱："别的都行，做饭还是我来吧。"

原本一家人聚在一起吃饭是团圆的好事，要是吃上两口文茜做的饭，估计要喜事变丧事，全村一起吃饭了。

文茜瞥他一眼："我觉得我做饭做得挺好。"

陶题点头："是挺好，好就好在你自己不吃。"

"还不是因为我心疼你，亲手做了一大锅饭给你吃。你得庆幸那是在庄子上，下人们都去拿冰了，要不然就你从天而降掉在我院子里头着地都没死的样子，早被扔出去了！"文茜一顿，眉头一竖说，"当时你吃的时候不说，现在倒是开始挑三拣四了。"

"那是因为我当时本能占据了理智，饿成那样了只能疯狂进食，要不是味道太奇妙把我理智找回来，你站在旁边都会被我生吞。"

陶题感叹一声，回忆当年："要是当时一口把你吞了，这就没下文了。"

文茜看着他没说话。

"不过当初我看你小小一个站在那个大锅旁边，我就想啊，这小姑娘是哪儿来的这么大力气，把锅都搬过来了。"陶题笑着执起文茜的手一亲，"这种娇小姐写字画画的手，我怎么舍得让你碰那些柴米油盐？"

文茜抿嘴一笑，"呸"了他一声："那锅是我骗着怀玉两个人一起搬到院子里来的，小浑蛋还从我这里坑了两钱银子作为封口费。"

陶题愣了愣："跟姓皮的一个样，从前我一出门打架，他给我放完风就要找我要封口费，不然他就去跟我爹说。"

"行了，多少年前的事情了。"文茜睨他一眼，轻声说，"你说皮修带了人把鲛珠都拿走，睚眦要是报复他可怎么是好？"

"睚眦现在自身难保，那座不周山虽然不完整，但压他一个足够了。这么多年过去，不周山一点一点修复，越来越重，保不齐还没等我去找他，他就先死了。"

陶题嗤笑一声，抬手在空中画圆，一面水镜缓缓浮现，随着他的手一摆，镜面上的迷雾顿时散去，一座光秃秃的山缓缓浮现。

文茜看着那座山，忍不住问："能再近一点吗？"

"可以，你想进去都行。"陶题打了个响指，画面上的景色一换，顿时暗了许多。

山地拉了电线网线，但因为空间太大，灯的照明范围有限，文茜只能眯着眼看见面前的地上似乎躺了一只看不出种类的动物。

"这就是我的好兄弟睚眦。"陶题提醒着，画面又被稍稍拉近了一点，一阵低沉的哀号立刻传入了文茜的耳朵里。

文茜皱眉："他这是怎么了？"

"不周山的修复需要养分，他就是天道埋在这里的肥料。"陶题说着将文茜脸颊旁的一缕碎发撩在耳后，"山吸取他的养分越来越多，他迟早会……"

陶题一顿，并没有将后面的话说完。

"没事，我不害怕。"文茜笑了笑，"虽然没有他，文家也会败落，但也不至于满门抄斩受酷刑折磨而死。我看着他如此受苦，仍旧不能泄我心中悲愤之一二。"

陶题："自然是不能，你且放心，我定不会放过他。"

两个人对视一笑，陶题摆手撤去了水镜，不再去看那躺在地上哀号的兄弟。

睚眦已经在地上躺了好一阵子，今天总算恢复了些力气，他又喘息了许久，这才叫了一声唤人过来。

过了一会儿，有小妖怪过来，低着头问他有什么事要吩咐。

睚眦："费乙还没有回来？"

"没……没有。"小妖怪颤颤巍巍说。

睚眦沉默一阵，化为人形披上衣服说："去把我的手机拿来。"

因为信号太差，睚眦的手机还自带天线，他抽出天线晃了晃，等到网连上他一打开新闻软件，就看见费乙的头出现在了头版头条。

"东海鲛珠走私大案告破！传销组织捣毁！背后真凶竟然是他！"

睚眦呼吸一滞，点开新闻看到所有鲛珠已经被收缴之后，眼睛一瞬间变成竖瞳，手机也被他直接捏成了渣。

旁边的小妖怪直接吓得跪在了地上，一个劲磕头说："大人息怒，大人息怒！"

"去，把我所有的鲛珠都送到那个山洞去！"睚眦将手机残渣砸在地上，"再给老子重新买个手机来！"

小妖怪连滚带爬地去办事，只留下气急败坏在原地砸石头的睚眦。

睚眦将脚边手机的碎屑踢到一边，黑着脸沿着山里七拐八弯的路走到了一个洞口。他咬破自己的手指，在空中写了一个法令。

红光一闪，禁令被解除，睚眦走进山洞，打开了里面的灯。

洞内顿时灯火通明，一段巨大的白色骨架被五彩流光环绕着，向外一点一点散发着海洋的气息。睚眦化作原形靠着老真龙的骨头坐下，来缓解身上的沉重。

过了一会儿，外面传来车轮的声音，睚眦化作人形出来，看着眼前剩下的三车鲛珠，皱了皱眉头，摆了摆手说："放下就走吧。"

他转身回到山洞里，伸手抚摸着骨头喃喃说："我一定得让你回来……这个鬼地方我一秒钟都待不下去……"

有人在山地苦练接骨；有人在卧室里被钱淹没不知所措，甚至发出尖叫。

皮修把文熙从钱堆里架出来，拍拍他的背说："别怕，别怕，就是空间法术，里面都是钱，没有别的东西。"

小白猫朝着文熙"喵"了一声，像是问他怎么了。

文熙惊魂未定，转头一看满屋子的金子宝石还有自己说不出名来的奇珍异宝，觉得胸口有些闷，难道这就是金钱的香气吗？

皮修把那张写着礼金的红纸找出来看了看，挑眉说："只有一部分是礼金，其余是他还我的钱，除了本金还有利息。"

文熙："全部都还完了吗？"

"那怎么可能！"皮修从钱堆里提出一个皮箱放在文熙面前，"这是你姐姐给你准备的。"

文熙连忙打开，就看见里面摆着一副白玉金边麻将，背面刻着一个"熙"字，箱盖上还写着"京城麻王专属"。他呼吸一滞，手疾眼快，赶在皮修看见之前"啪"一下把箱子关上了。

两人对视，皮修问："里面是什么东西？"

"一点小东西，这不重要，你看看陶题给你还了多少钱来。"文熙干笑两声，把箱子放在了一边。

皮修："不用再看了，连本带利一起算，他还了八分之一回来。"

白色小猫"喵喵"两声趴在文熙的腿上舔了舔爪子，伸了个懒腰继续踩奶，撒娇让文熙给它喂牛奶。

等牛奶喂完，皮修将所有的钱全部收进口袋里，带着文熙一起下楼放钱。

两个人抱着猫一出场，就成为全场的焦点。正在同小扫把抢扫把的任骄也愣了愣，看向皮修问："哪来的？"

"什么？"皮修眉头一皱，吩咐苏安请二郎神过来，又看着小扫把问，"你干什么呢？回家不写作业又扫地？"

小扫把立刻松手，朝着文熙走过去，看着他怀里的猫问："我可以抱……抱它吗？"

"当然可以。"文熙把黏着他的猫放进小扫把怀里，"你抱着它玩一会儿，记得写作业，要不然你爸就真的要买扫地机器人回来了。"

小扫把愣了，声音一下高了八度，也不结巴了："什么扫地机器人？我们家有我就够了！"

皮修和文熙往后院走："那你就给我好好写作业，别整天就想着扫地，你不好好读书，能扫出个什么花来？"

这和小扫把想的不一样！为什么有了弟弟他还要念书？皮聚宝怒了，他看着白色的小猫说："你得念书。"

小白猫歪头看他，咪了一声，凑上去亲亲他的脸。

小扫把："……"

算了，念书太累了，我是哥哥，还是我来吧。

任骄放了扫把回来，就看见小鲛人站在门口盯着里面鼓着脸生闷气。他上去给了小扫把一巴掌："你不去写作业，在这里干什么呢？"

"他怎么能抱猫啊？"小鲛人怒气冲冲，"这个世界上还有喜欢猫不喜欢鱼的人吗？他抱过猫我不会让他再抱我了。"

任骄摸摸他的头发："没事，待会儿杨戬就要来把猫带走了。"

话音刚落，杨戬就带着哮天犬进了门，正好皮修放完钱洗了手过来，直接把猫从小扫把怀里拎出来，放到二郎神面前还没说话，哮天犬就拽着杨戬后退几步，一脸警戒地盯着皮修问："你干吗啊？"

皮修："这是捡到的幼崽，快点给爷带走。"

杨戬咳了一声："最近幼儿保育院在装修，要寄放只能放在我家里。"

哮天犬看他，杨戬咳了一声："但是我家有点不太方便。"

皮修："我家也不方便，没空当保姆。"

杨戬："真的吗？"

皮修点头："真的。"

杨戬上前伸手把猫从头到脚摸了一遍，小猫被摸得舒服了，躺在桌上"喵喵"叫。

杨戬问："你是给钱就可以摸的小猫咪吗？"

小猫："喵——"

杨戬看向皮修："你看，它可以给你赚钱。"

皮修："……"

皮修：我承认我有点心动。

心动不如行动，皮修打发走意图蹭饭的二郎神和狗，把猫放在门口桌子上观察了一阵，果然每个进门的人都会冲着猫"喵"一声，甚至还有几个想要上手摸两把。

"待会儿你写个牌子放在猫旁边。"皮修一敲苏安的桌面，想了想问，"你觉得摸一次猫多少钱比较实在，并且不会被人到物价局举报？"

苏安一顿，看了看猫崽又看了看老板，疑惑地问："这难道不算是雇用童工吗？"

皮修愣了，后知后觉想起杨戬离开时那个意味深长的笑容。

差点又上了这三眼仔的当，被他钓鱼执法了！

"要是您收养它，立该就不算童工了，给自己家帮忙不会有问题的。"苏安打了个比方，"毕竟没有检查未成年上网的人去抓在自家网吧上网的老板儿子，这是同一个道理。"

皮修："……"

"我们还可以利用它的身份做点广告宣传，老板，您想一想，貔貅的儿子是一只猫，那叫什么猫呢？"苏安勾嘴一笑，"当然是招财猫。"

皮修皱眉看他："招财猫，然后就摆在大厅让它蹲在那里摇一天的手？那猫不得抽筋？到时候我还是得被动物保护协会的人抓。"

"当然不是。"苏安啧啧两声，"招财猫和一般猫不一样，被摸的价格当然也要翻倍。"

苏安在计算器上面按出一个数字后把它递到皮修面前："老板您看这个价格怎么样？我觉得非常合适，不多不少刚刚好，哎……老板你干什么去？"

皮修朝着猫走去："既然是我儿子，就得装像一点，我给它打扮打扮。"

苏安一愣，看向那只小猫，突然心中盛满了愧疚。

小小年纪，就被剥夺了真实身份，是叔叔对不起你。

第十章

相见·终有一别

姓皮的给猫取名皮招财，同它哥哥的小名皮聚宝正好招财聚宝凑一对，表达父亲对美好生活的向往。

皮招财在门口招财招了一阵子，整个猫就跟发面一样膨胀，虽然还是银渐层大眼睛，但是逐渐变大，跟个小老虎一样，门口那张桌子已经被压塌了。

皮修忙着数钱，再后知后觉也反应过来不对头了，只有橘猫压塌炕，没有白猫睡垮桌的道理。他抽着烟看着自己的便宜二儿子心情复杂，突然懂了有人养迷你小香猪结果养到三百斤的感受。

他将这种心情称为上当，上了杨戬这个三眼娃的大当。

老妖怪很纳闷，冲着任骄、仇伏两兄弟说："你们说，什么猫妖能长这么大啊？橘猫也没胖成这样的道理啊，那天文熙被它一扑差点闪着腰。"

任骄摇头："别问，这个只有你自己清楚。"

皮修"啧"了一声，看着那大白猫心里突然蹦出个名字来，但是又有点不敢相信。

仇伏倒是认认真真盯着看了一阵，一拍脑袋问："这有没有可能招财根本就不是猫啊？"

"不是猫那是什么？它那个脸虽然圆，但就是个猫脸。"皮修狠抽了一口烟叹气，"它现在一天能吃一袋猫粮。还不是好货就不吃，晚上往床上一趴，我都没地方睡。"

任骄笑了一声："那你狠点，把它弄地上去，不听话打两下就行了，这么胖，你拍两下也打不坏。"

皮修把手上的烟头一扔往楼上走："你们在店里看着，我得出门去哪吒那里一趟，他说莲藕成灾了，池子底像是还有什么玩意儿在，要我帮忙去收拾一下。"

任骄应了一声，叫皮修记得带点藕回来，正好能在夜市开摊做麻辣藕卖。

皮修掀开珠帘，还没叫一声文熙，腿就被一拱，皮招财大摇大摆摇着尾巴赶在他前面进了屋，往正在电脑前打麻将的文熙旁边一窝，撒娇"喵"了一声。

文熙打出一张牌，搂着皮招财揉了揉它的白肚皮："哎呀，这是谁啊？怎么不在下面玩跑上来了呢？"

皮招财"喵"了一声，蹭了蹭文熙。

文熙搂着它想往自己腿上抱，结果猫太重搬不动，只能叹气说："小时候的样子多好啊，小棉袄，你怎么就长这么大了呢？"

"我看现在也挺好，当不成小棉袄，可以当你的大皮草。"皮修把皮招财扒拉到一边。

"感觉被骗了，他好像不是一只简单的猫。"皮修瞥了正在举着腿劈叉舔自己的体操选手皮招财一眼，又觉得可能是自己想多了。

虽然体形有点像老虎，但是……

皮招财感觉到自己爸爸的视线，立刻放下腿冲他嗷了一声。

文熙一脸奇怪地看他："虽然招财是胖了点、大了点，但是猫妖不都是这样吗？要不然怎么是妖怪呢？"

皮修一噎："谁跟你说猫妖都这样？人家猫妖腰围一尺八，它腰围八尺一，能是一般猫吗？"

文熙："那胖点就胖点，八尺一就八尺一，又不是养不起。"

"我跟你说不明白了。"

皮修手机一亮，蹦出条哪吒催人的消息，他瞥了眼放到一边："我先去哪吒那边一趟，明天七月半鬼门开，晚上等我回来我们去买那些东西。"

文熙应了一声，问："要不要我同你一起去？"

"不用，你在家里待着，待会儿楼下有快递送来，你记得收。别成天坐着打麻将。"

文熙应了一声，又嘱咐说："回来的时候记得去银行取点现金，那家好像只收现金。"

"知道了。"皮修道。

在家磨蹭了半天的皮老祖换了身廉价的夜市二十块三件的套装出了门，骑着他的新宠蓝色拉货三轮，驾着云，直奔哪吒的郊外小荷塘别墅。

哪吒等得斗地主的欢乐豆都打光了，才总算等到了皮修的大驾光临。

他把手机往裤袋里一塞，不耐烦地问："你干什么去了？这么磨磨蹭蹭的！你们家那只猪猫喂个粮要这么久吗？"

"你都说是猪，那能快吗？"皮修把草帽往头上一戴，"而且我最近怀疑那不是只猫，哪里有猫长这么大？趴在那儿晒太阳跟个老虎一样。"

哪吒笑了一声："那不是猫是什么？白虎啊？"

"我也不知道。"皮修"啧"了一声，"别啰唆了，快点把事情弄完，明天七月半我还有东西没买。"

哪吒骂了句："是谁来得这么迟？你还有脸催是吧？"

两个人骂骂咧咧往池塘边上走，任凭皮修做好了心理准备，一看哪吒这荷塘里接天莲叶无穷碧的样子也傻了眼。

他指着那比人大的莲花问："你往池子里扔什么了？怎么能长这么大？"

哪吒抓了抓脑袋："我怎么知道？以前每年都好好的，今年使劲往上长，特别是这两个月，跟疯了一样。"

两个人换上背带连体套鞋，对视一眼，都十分有默契地觉得对方是个土鳖。

哪吒把船牵过来："藕在下面，莫着往上提就好了。"

皮修应了一声，有点后悔没把曹草带过来，这种需要多手操作的地方，曹草简直是最佳帮手。

两妖划船不用桨全靠浪，朝着荷花深处前进，池塘边角上的藕还比较小，越往池中央藕越大，皮修用了点力才把藕抽出来。

正准备回头说哪吒养藕厉害的时候，突然听见了落水的声音，他猛一回头，只看见池塘面上的涟漪。

这么拼？

皮修还没来得及感叹，就觉得船身一歪，他连人带藕也栽进了水里。

冰冷咸腥的池水灌进鼻子里，皮修呛了一喉咙水，手脚还不忘把漂浮的藕搂进怀里。

这辈子，他也算为吃藕拼过一次命了。

皮修憋着一口气，脚下猛地一蹬浮上水面，猛喘了一口气。船被他用力一推翻了回去，他把手上的藕也都扔回了船上。

但是哪吒还是不见踪迹，皮修骂了句，猛吸一口气又一个猛子扎进水里，用着妖力大喊哪吒的名字。

荷塘里的小鱼一下被惊走，有几个开了灵智，胆大的躲在荷花根处偷看。皮修喊了几声哪吒，没有听到回应。

姓皮的心里一沉，这次哪吒不会是真的阴沟里翻船，被李靖派来的人暗杀了吧？而他还在案发现场，一看就是第一嫌疑人。

他又喊了一声"陈塘洗澡抓命洗没的倒霉孩子"，这次总算是有了回应。

哪吒的混天绫在水里荡了荡，给皮修指了个方向。老妖怪连忙一个鸭子划船，朝着那方向冲刺。

他绕了个弯发现哪吒这货什么事没有，好好浮在水里，并且三头六臂都出来了。

"你干什么呢？"皮修一拍哪吒的肩膀，见他目瞪口呆，也转头一看，这一看他也愣了。

面前一只大王八，留着莫西干发型，像一株海草在水里漂浮。它一看到他们还一笑，跟牙膏广告里一样露出八颗牙，洁白晶莹。

皮修呼吸一滞，问："姓哪的，什么时候搞水产养殖了？"

哪吒："……虽然我不愿意承认，但是我姓李不姓哪。"

皮修："……对不起。"

哪吒看着面前的王八，皱着眉说："我老觉得这池子底有东西，原来是个大王八，还以为是什么恶兽，打架的准备都做好了，就给我看这个？"

皮修看了看王八又看了看哪吒，一时不知道哪个更蠢。

或许两个一样蠢，要不然也不会在养鱼养莲藕的泥巴塘里养出这么一只大王八，还不觉得奇怪。

"你会说话吗？"哪吒朝着露出八齿笑的王八游了几步，晃了晃手上的混天绫，"会说话就说话。"

王八眨了眨眼睛，摇了摇自己的王八头。

哪吒靠近了再看这张王八脸，突然觉得有点眼熟。他转身朝着皮修招手："你来看看，这个家伙是不是有点眼熟？"

皮修嘟囔着一只王八有什么眼熟的，刚刚靠近，王八突然伸长了脖子，跟蛇一样朝着皮修和哪吒冲来。

两个胆大的一时没有顶住突如其来的视觉冲击，大叫一声转身连滚带刨游出一段才冷静下来。

哪吒拍着胸口惊魂未定："昨天晚上才看了个鬼片，里面就有长脖女，刚刚它脖子弹射起步，吓死我了。"

"这是养的什么王八啊？你们家王八怎么脖子这么长？长颈鹿投胎转世啊？"皮修搓了把脸喃喃道，"那没鼻梁的扁脸冲过来，老子还以为是伏地魔来了。"

哪吒探头又看了一眼，发现那个王八头正看着他们，小小的脸上大大的迷茫，像是没有理解他们为什么要跑。

"其实看上去还挺可爱，丑乖丑乖的。"哪吒道。

王八脸朝着他们又靠过来，发出一声委屈的低吼。哪吒看着它，想了想还是伸手摸了摸它的王八头："别叫了，要是把鱼吓死了，我就把你红烧了吃。"

王八不叫了，主动用自己的莫西干发型蹭了蹭哪吒，彻底安静了下来。

皮修冷静下来后仔仔细细打量了这大王八一圈，朝着哪吒说："我有一个大胆的想法。"

哪吒："你觉得它像不像玄武？"

两个人同时出声，对视一眼，皮修忍不住"喷"了一声："我说你抢我台词干什么？"

"我刚刚就发现了，就是它一下冲过来给本太子整蒙了。"哪吒摸着大王八的头，低声问，"你是不是玄武啊？你是玄武就点点头，不是就摇摇头。"

大王八一脸疑惑，似乎不理解玄武是什么东西，一个劲用头蹭哪吒，想让他坐到自己的身上来。

皮修看着这大王八，又想起自己家里那只膨胀的大白猫，心想那还真是一头白虎啊……

他拍了拍哪吒的肩膀："收拾一下这里陪我去找一趟冯都吧，带着你的王八一起。"

"怎么了？"哪吒一脸疑惑，"他们不会不让我在自家荷塘里养珍稀保护妖怪吧。"

皮修想了想自家那只一看见吃的就走不动道，躺地上耍赖的银渐层，犹豫着说："虽然玄武是四圣兽，但是你们家这个不是龟壳是鳖壳啊，还有裙边。"

哪吒一听也是，转身朝着王八说："你能把自己变小吗？我带你出去。"

王八这次听懂了，巴啦啦小魔山全身变，变成了个小王八，乖巧地游到了哪吒手心趴着，一双眼睛朝着三太子眨了眨。

哪吒将乾坤圈脱下戴在了小王八过于纤长的脖子上，托着它往湖面上游。

小王八对乾坤圈十分好奇，不停地用脚去扒拉。混天绫轻轻在它脖子上打了一下，叫小王八老实一点。

两个人从湖里出来，把摘下的莲藕都打捞出来堆在船上，皮修脱下衣服拧了把水，忍不住说："我要先把藕送回去，带着我们家招财一起去。"

哪吒一愣，想起他家那只堵门的大猫，忍不住问："你们家招财怎么了？我看它挺像只猫的。"

"你见过猫跟个老虎一样嗷嗷叫的？也就在文熙面前能喵喵了。"皮修把拧干的衣服穿好，"不过白虎也算是猫科动物，想一想也没什么毛病。"

哪吒一听倒也有理，两个人收拾收拾，坐上了皮修的蓝色三轮回饭馆，小王八第一次上天，伸长脖子"啊啊"叫了两声，被混天绫牢牢系在哪吒的手心里。

文熙正在楼下算账，听见皮修的声音转头一看，两个泥巴汤里打过滚的男人穿着连体套鞋就踩进来了。

他脸上的笑容立刻消失，盯着皮修问："你这是去泥巴地里摔跤了？你身上的泥巴结成壳了你知道吗？"

皮修"啧"了一声："没事，没人看我，你看到招财没有，我得带它出去一趟。"

文熙疑惑："干什么去？"

"不是……就是去冯都那边，它可能是白虎转世，我得带它去看看。"皮修把身上的连体套鞋脱下扔到一边，扯着嗓子叫招财。

但是叫了半天一点回应都没有，文熙说："不知道跑哪里玩去了，你去后院看看吧，可能在那里扑蛾子玩。"

皮修从柜台旁的冰箱里拿了瓶酸奶出来，又叫了一声皮招财，还是没回应。他用力撕酸奶盖上的包装锡纸，才撕了一半，一道白色的巨型闪电就从后院冲来，直扑酸奶。

"小样，没瓶酸奶还抓不到你了。"皮修按着招财，自己一仰头把酸奶喝了，拎着大猫的后颈就往外走。

文熙拿着牵引绳在后面追："你把绳子带着，要是猫被人偷了怎么办？"

"谁偷这么胖的猫？不怕吃破产？"皮修骂骂咧咧把牵引绳往招财身上套，结果发现太胖了塞不进去，他顿时看向正在一边抽烟逗乌龟的哪吒，朝他打了个响指。

哪吒瞥他一眼："干吗？"

"混天绫借我，差个牵引绳。"皮修一边说着一边上手把混天绫往招财身前拉。

哪吒撸了把毛发蓬松的招财，冲着混天绫说："系上吧，别猫跑了到时候还要找，麻烦。"

带着猫和龟的皮修开着自己的宝马上了路。哪吒坐在后面托着小王八，按着招财不让它舔。

三太子："别舔了，这不是吃的！皮招财你能不能学学你哥？别见着东西就想吃！"

皮修从后视镜里看了一眼："别说了，它要是能改早就改了，都是小扫把和文熙两个人的错，老趁我不在喂它，根本就不管这个饭桶是真饿假饿。"

皮招财一听它爹说它像个饭桶，抬手一爪子就拍他头上，嘴里嗷了一声。

"还真是嗷嗷叫啊。"哪吒一愣，笑了起来，去摸招财的头，"说不好还真是个小老虎。"

皮修踩下油门："管他老虎还是猫，待会儿都要被我打得嗷嗷叫。"

车在公墓前停下，皮修跟扛大包一样直接扛着招财进了电梯，不让它的爪子踩着泥巴地，否则待会儿回去又要洗。

冯都正在办公室为着明天的七月半开鬼门做最后的安保工作，门突然被推开，他回头一看先看到一颗巨大的猫头。

"这不是世界上最可爱的招财吗！"冯都立刻起身，跟刚刚被放下地的招财来了个热烈的拥抱，猛吸一口猫毛，说了个"爽"。

谛听在一边蹬脖子的后腿停了下来，看着比自己大了几个号的招财，喃喃道："你们饭馆的菜虽然不错，也不至于把猫喂成这样吧。"

"不会真的有人以为猫能吃成这胖虎样吧？"皮修举着招财掂了掂，"奔两百斤去了。"

哪吒把小王八放在桌上，朝着冯都一招手说："我在我家荷塘找到了一只低配玄武，你看看这血统是不是有点问题。"

冯都乐了："你以为你家荷塘是聚宝盆啊，还玄武，我看就是只王八……玄武啊……"

谛听从沙发上跳下来，绕过呆在原地的酆都大帝，嗅了嗅大眼睛长脖子的小王八，汪了一声说："还真是玄武的味道。"

皮修见状拎着招财过来："你闻闻这是不是白虎的味道。"

谛听又嗅了嗅："不行，它身上貔貅的铜钱味太重了，我闻不到你们家招财的味道。"他朝着一边打了个喷嚏，又问，"你们家招财是不是又换沐浴露了？好大一股桃子味。"

皮修收敛了自己身上的妖气："你再闻闻，这下应该能闻出来了。"

谛听直接把脸埋进了招财胸口软软白白的毛里面，猛吸一口就被招财一巴掌按在了地上，冲着他狗头嗷了一声。

"闻到了，的确是白虎的味道。"谛听说着又冲招财叫了两声，"我没对你耍流氓，快点把爪子松开！"

冯都站在一边纳闷："这种圣兽的转世投胎，天道根本就不允许我插手，我只知道它们只有神魂入了轮回。不过为什么一个成了猫，一个又成了王八，物种都换了……"

他话音未落，办公室门突然被推开，有个秃头鬼大声说："老大，门口来了个黑八哥一边骂街一边喷火！"

喷火八哥、长脖王八、肥胖白猫，四圣兽来了仨，冯都坐在沙发上一脸凝重，等待着谛听听到剩下一条青龙的位置。

全身漆黑的八哥在茶几上跳来跳去，被胶带贴住的嘴巴还在往外冒火星，似乎有千言万语要说。

皮招财一甩尾巴把鸟扫到地板上，伸了个懒腰把头搁在它爹腿上，示意快点来给宝贝揉揉肚子。

谛听听了半天，狗脸上一脸沉重，许久才戴上耳罩："说出来你们可能不信，我没有听到青龙的声音。"

"不可能！"冯都一指面前三个家伙说，"就天道那个强迫症，怎么可能容忍这种麻将三缺一的场景出现？"

窗外一声雷，一觉睡醒的天道提醒冯都说话小心一点。

"可是我真的没有听到啊！"谛听挠了挠痒，站起来甩尾巴说，"我刚刚认真听了好久好久，都没有听到它的声音。"

八哥又蹦了蹦，在空中张开翅膀拍了半晌，哪吒总算注意到它："这鸟是不是有话要说？"

冯都看着那刚刚还上蹿下跳的八哥突然不跳了，便一伸手把它握在手里："你有话要说就点头，但是要说废话我就拔光你的毛做键子。"

八哥使劲点头。

冯都把它嘴巴上的胶布松开，八哥开口就吐出一个火球："我的妈呀，有水喝没有？嗓子都干得冒烟了！"

喝了两口水之后，八哥说话总算不吐火球了，它一清嗓子说："我的魂体是朱雀。"

皮修上下打量这八哥两眼："我有个问题。"

"我知道你们很惊讶，有很多问题，所以本座准许你们一个个来，貔貅第一个来。"八哥蹦了蹦，"看在我们从前有一面之缘的分儿上。"

皮修冲着它乌漆墨黑的鸟身一抬下巴："你身上这黑毛，是被自己的火燎成这样的吗？熏得还挺均匀。"

八哥："……不是，是本座这辈子天生的。"

皮修点头："那也挺好，油光水滑的，一看就能卖个好价钱。"

冯都伸手一挥："这个问题跳过，我们下一个问题，为什么只有你记得自己是朱雀？它们两个好像都一副什么都不记得、不太聪明的样子。还有，你是怎么找到这里来的？"

八哥嘎嘎笑了两声："当然是因为本座聪明啊，这难道还要问吗？你怎么会觉得一个铁王八，还有一只臭猫能比鸟聪明？"

它扑棱着翅膀在空中飞了两下，又说："四圣兽之间都有一种感应，我灵智一开，发现它们在一起就飞过来了。"

冯都一喜："既然有感应，那青龙现在在哪里？"

"它没了。"八哥尖声说。

哪吒："……"

哪吒："什么叫它没了？"

八哥大叫："就是龙没了，它不愿意舍弃肉身让魂体入轮回，老龙头说它是青龙圣兽，怎么可以龙魂入蛇躯？自爆消散于天地了。"

冯都一怔："自爆消散了？"

"是的。"八哥嘎嘎叫了两声，"所以说做妖不要太梗，退一步海阔天空，好死不如赖活着。没了圣体起码魂体还在，我们入轮回准是不一样的妖。"

皮修皱着眉撸了大胖儿子两把："你们入轮回有什么讲究没有？"

八哥看向他："圣兽入轮回只能同年同月同日，就是说我们要一起生一起死，嘎嘎。"

皮招财翻了个身又是一尾巴抽向这只烦人的黑鸟，喉咙里嗷呜一声，在皮修的怀里瘫成了一块猫饼。

"它们没有留存记忆，你留了？"哪吒托着手心里的小王八坐在沙发上，皱眉问，"是你故意保存的记忆，还是它们抛弃了记忆？"

在桌上骂骂咧咧的八哥一顿，突然小声说："是它们两个货胆子小，怕天道还不放过自己，故意扔掉了记忆！"

朱雀突然扑棱着自己的翅膀冲着玄武和白虎尖叫："连记忆都不敢留的胆小鬼，明明都决定这样活下去了，又不愿意承认自己的身份，还不如老龙头自爆呢！"

几个火球落下来，直接把皮沙发点燃，冯都大叫一声，法诀都还没掐出来，小王八嘴一张跟高压水枪一样就把火灭了。

所有人的目光都聚焦在小王八身上，它眼睛眨了眨，看了看哪吒又看了看他们，突然开口说："杰尼杰尼？"

皮修："……"

冯都："……作孽啊。"

哪吒摸了摸小王八的壳，挑眉问："冯都，都这样了，这种王八能够家养吗？我就是在我们家那个荷塘里发现它的，我看它挺喜欢我家荷塘的。"

冯都一脸疲惫："别问我，问他。"

他抬手一指天，突然一道彩虹从云间出现，一道彩光从天而降落在哪吒身上，伴随着缥缈的音乐声，刺目彩光在三太子身上一闪而过，功德到账。

哪吒："……说实话，不管来多少次，我也习惯不了这种网页游戏人物升级一样的功德特效，太土了。"

天道轰隆一个雷炸响，不要你就还给我。

哪吒说了句要养玄武就得到一道功德，皮修和冯都对视一眼，同时把目光落在了八哥身上。

两个人同时一个猛虎下山扑向八哥，皮修一巴掌按在冯都脸上："我们家有院子有树，比你的迷你公寓舒服多了！"

冯都："你都有白虎了！给爷爬！这个让给我！做人不要太贪心！"

"有人会嫌功德多吗？说什么蠢话呢？我都养了只老虎了，一只鸟又算什么？就是吃成鸵鸟爷也认了！"

皮修靠着手长的优势将八哥一把抓在了手里，当他以为抓住了全世界，大喊出我养你的经典台词的时候，天道毫无表示，甚至还打了个雷嘲笑他。

哪吒嗤笑一声："这叫什么？这就叫吃屎都赶不上热的。"

哪吒伸手逗了逗新宠，叹气说："第一个吃螃蟹的人最赚，皮老板、冯大帝不会连这么简单的道理都不懂吧？"

冯都和皮修对视一眼，同时松开了刚刚还被当成宝贝的八哥。

皮招财再次被爸爸抱在怀里抚摸，皮修淡淡道："我们家里人已经够多了，我看冯大帝至今孤身一人，正好来个八哥陪你聊天解闷。"

冯都轻咳一声："算了吧，我每天都要遛谛听散步，还要给他铲屎，非常忙的好吗？"

"我建议你不要乱说，我是会自己冲马桶的。"谛听嫌弃地说，朝着八哥走去，"四圣兽已经消失了很多年，为什么你们现在才投胎现世？"

八哥顿了顿小声说："因为他说还没到时机。"

谛听狗脸疑惑："什么时机？"

"那我就不知道了。"八哥拍了拍自己的翅膀，"反正天道自有他的道理，不是尔等可以多问的。"

皮修冷笑一声："你拍马屁的样子，真的够好笑。"

他抱着皮招财走到窗户边，朝着天空晃了晃这个巨大的白猫，黑着脸问："这只猫我从巴掌大养到一头猪这么壮，我没有功劳也有苦劳，而且明明是我先来的，为什么我没有功德？"

皮招财被他摇晃了两下，喵嗷一声，用尾巴拍了拍皮修的脸，挣扎着要跳下去。

天道想想也有道理，抖了抖，突然发出一道功德，但是绕了个弯没落在皮修身上，一路穿越高楼大厦，最后落在了坐在麻将桌边的文熙身上。

店里的人都傻了眼，坐文熙对面的蛤蟆精擦了擦眼睛："咋的，现在和牌还流行自带特效的吗？我寻思这也不是打的网络麻将啊！"

文熙也是愣了，觉得自己身体一暖，眉目一清，顿时感觉哪里都有劲了。

他小心地把自己杠上花的牌放下，盯着这副姐姐送来的白玉麻将，心想这不会是姐姐特意给自己和牌准备的法阵特效吧。

虽然他很喜欢，但是这也太羞耻了，蓝钻贵族都不带这样的。

苏安见文熙一脸疑惑，连忙放下手里的计算器前来解惑："不用担心，只是天降功德而已，这种五毛钱特效上次老板拿到最帅男仙的时候也有过，只是您睡着了不知道而已。"

文熙恍然大悟，但他看着自己面前的牌，又疑惑了："我不过和了个杠上开花而已，倒也不必降功德吧。"

苏安一噎："当然不是因为您和牌，应该是因为别的原因，您可以打个电话问一问老板，看看是不是他那边发生了一点事。"

文熙一听可能牵扯到皮修，连忙拿出手机打电话。

不过响了两声，电话就被接起，皮修的声音从那边传来，文熙一边码牌一边问："刚刚突然天降功德，是不是你那有什么事？"

皮修正准备将袖子跟天道对骂，听见文熙这个话就是一愣："功德落到你身上去了？"

"对啊，我正好和牌，结果从天而降一道光打在我身上，吓死我了。"文熙笑了一声，"你那边发生什么事了？"

皮修顿时冷静下来："没事，这边已经处理完了，我就回来。"

文熙应了一声挂了电话，招呼桌上的人继续打。

他打了两张牌出去，一个快递小哥就扛着一个大箱子进来，扯着嗓子喊："文熙文先生在不在？有快递！"

文熙叫了一声："别急，打麻将呢！放那儿就行！"

快递小哥把大箱子放地上了："哎，您别着急打牌，这个包裹是邮费到付。"

文熙一愣，心想：这是哪个家伙寄东西还要别人掏钱？

这个巨无霸快递一共花了文熙快两百的邮费，他忍痛掏钱，黑着脸从快递小哥那里又接过一个皮修的快递之后，忍不住又多问了一句："这个总不是到付的吧？"

小哥笑了，连忙否认："不是不是。"

文熙应了一声，看小哥夏天送货满头是汗，又叫苏安给人拿了瓶冰可乐。等送走了快递小哥，文熙转身就提刀怒开快递。

猴二支着拖把撑着下巴问："你买的什么东西啊，这么大还到付？"

"我什么也没买啊。"文熙打开淘宝看了两眼再次确定，"而且我不买包邮的就算了，怎么可能会买邮费到付的？"

文熙说着又看了眼寄件地址，果然是不知道的地方。

他突然一顿，想起姐姐和陶题来，说不定是姐姐和姐夫寄给自己的礼物呢！不过为什么要到付？难道是姐姐最近身上没钱了？

文熙想着，直接手上一用力拉开了大纸箱，第一眼就看见里面几个玻璃大罐子，都装着满满的不知名粉末。他一愣，伸手把夹在两个大罐子中间的一个信封抽了出来。

猴二和猴三凑过来看热闹，猴三扒拉着罐子皱着眉问："这里面是什么粉啊？是珍珠面膜粉还是五谷杂粮粉啊？"

文熙看着信的第二行冷声说："是我文家人的骨灰粉。"

猴二拿罐子的手一顿，立刻小心捧着放回原位，双手合十拜了拜："不好意思不好意思，打扰了。"

文熙盯着手上的那张纸，面色越来越白，看到最后一行"你的朋友睚眦"六个字之后，他气极反笑，红色的妖纹立刻布满了脸和手臂，一股掺杂着貔貅和饕餮的妖力顿时覆盖了整个饭馆。

黑发飘动，文熙双眼第一次变成血红，猴三见了连滚带爬去叫任骄和仇伏，猴二在旁边深呼吸让文熙莫生气，气出病来无人替。

在里面写着作业的小扫把突然觉得不对劲，小鲛人坐在他旁边拍尾巴："好重一股妖气哦，是有人在打架吗？"

小扫把一听"打架"两个字立刻扔了笔往外跑，一推门正好看见一身妖气外泄的文熙。小扫把一顿，立刻伸手扑上去抱着他说："打……打架带我！"

原本怒气冲冲的文熙一愣，低头一看便宜大侄子，眼睛一眨红色淡了些。

他皱眉问："你作业写完了？"

"没，但是你……你不是要打架吗？我帮忙！"小扫把说。

文熙一摸他头发："没说要打架，你回去写作业，待会儿你哪吒老师回来检查。"

站在柜台里握着手机的苏安见文熙冷静了一些，立刻冲着电话那头的老板说："刚刚小扫把出来把他抱住了，现在冷静下来了，老板你别着急。"

皮修直接挂了电话，黑着脸开车驾云一个甩尾从天而降，把宝马摔在了饭馆门口。

他冲进店里，黑着脸直接把满脸妖纹的文熙拉住，一脸紧张地问："怎么回事？哪个龟孙子惹你生气了？老子拆了他。"

老妖怪说着还伸手一揉旁边皮邵棣的头："干得不错，没白养你。"

小扫把看见老父亲高兴了，立刻蹬鼻子上脸大胆开条件："那我能不写……写作业了吗？"

"不可以。"跟在皮修后面进来的哪吒立刻回答。

他把手上的小王八放进小扫把的手心里，揉了揉他的脑袋说："走，我去看看你今天作业写多少了。"

小鲛人扒着门大声泄密："他一个题都不会写，就只会写解字！一共写了十八个！"

哪吒脸色一僵，笑容有些维持不住。

八哥从他头上跳下来嘎嘎笑："愚蠢的妖怪，让世界上最聪明的朱雀大人来告诉你怎么做数学题！"

它不出声还好，一出声则一鸣惊鸟，原本说着"客人你好"接客的灌灌闻声而动，张开翅膀从曹草的身上俯冲向这只乌漆墨黑的八哥。

存在竞争关系的灌灌自动进入攻击模式，先给八哥来了个鸟劈叉示威，然后开始进入口吐恶言的环节。

灌灌："呔！哪里来的黑毛丑八怪！"

八哥沉默了一阵，开口重复："呔！哪里来的黑毛丑八怪！"

灌灌："你在骂自己吗？蠢东西！"

八哥："你在骂自己吗？蠢东西！"

灌灌："再学你爹说话你死了！"

八哥："再学你爹说话你死了！"

灌灌碰上复读机对手，气到炸毛，上蹿下跳，八哥见缝插针疯狂复读："你急了你急了你急了你急了！"

灌灌跳脚："你个狗东西！今天晚上必掉毛秃头！"

八哥沉默了一会儿，然后淡淡吐出两个字："反弹！"

灌灌一愣，还没想出回嘴的话，就被曹草伸出草叶卷了回去继续接单。文熙也终于冷静下来，抬头看着皮修说："没事，就是收了个快两百到付邮费的大包裹。"

皮修一顿，点点头说："那是挺应该生气的。"

"是谁寄来的包裹？这么缺德。"皮修松开手，把文熙手里紧紧握着的信纸抽了出来，"这个上面写了什么，你看了这么生气？"

文熙闭了闭眼睛："是眭眦寄过来的信。"

"什么玩意儿？"皮修皱着眉一目十行看完这封狗屁不通颠三倒四的挑拨信，掷地有声地吐出两个字，"放屁！"

什么叫皮修别有用心靠近你，只是因为你是陶题心爱之人的弟弟，所以就想办法利用你？

什么叫陶题其实也不是真的爱你姐姐，不过是看中了她的脸和文家气运，想要哄她一颗真心，玩弄她而已？

皮修又看了一遍，心想这个蠢货就应该被挂在电扇上转个三天三夜，把脑袋里面的水甩干净再出来拱火。

这种颠三倒四的话，也就眭眦这个脑袋跟心眼一样小的蠢货能想出来。

皮修："什么叫他才是好人，特意把你家的骨灰封存，想着有朝一日入土为安？我寻思这一想想了六百年，他是打了个盹呢？"

文熙脸上的妖纹渐渐褪去，轻笑了一声，弯腰把箱子里的罐子抱进怀里。

皮修冷笑一声，把那张信纸扔到一边："估计是看我和陶题还没有打起来坐不住了，想着用你家里人的骨灰下猛药呢。"

他看着文熙："让猴二他们搬吧，万一这不是你家里人的东西呢？"

文熙一顿，但还是说："还是我来吧，万一是呢？长辈亲族的遗物都不亲手搬运，我害怕我爷爷托梦骂我不孝顺呢。"

皮修见状，弯腰把地上剩下的两罐提了起来。

两个人把玻璃罐子放进了后院的储藏室里，暂时同那些金银宝贝放在一块儿。

皮修递了湿巾给文熙擦手，"啧"了一声说："你说，是不是陶题做了什么逼了他一把？要不然睚眦不会贸然寄这些东西过来。"

"或许吧，不过你不是说他一直被压在山下不能随便走动吗？难道是姐姐和姐夫一起去踢馆了？"

皮修一愣："陶题不会那么勇吧，而且你姐的魂体还没有稳固，他应当不会冒险。不过也保不齐在背后耍点阴招，反正他从小就这样，睚眦在他身上也没有占到过便宜。"

文熙想了想点头："我看他寄这些东西过来，就是想让你和陶题打起来，但是打起来又对他有什么好处？"

"可能只是单纯想看到自己讨厌的两个人互殴吧，反正也弄不懂他的小破脑子里想些什么玩意儿。"

皮修冷哼一声，带文熙往外走："今天晚上吃不吃烧烤？我特意带了只朱雀回来喷火烤肉，高温炙烤锁住肉汁，应当比平日里的还要好吃。"

文熙疑惑："就那只黑漆漆的鸟？"

皮修点头："它是朱雀，哪吒手上的那只小王八是玄武，我们家招财是白虎。"

文熙："……你慢点，这是现在妖怪之间流行的角色扮演吗？"

"不，是真的。"皮修一顿解释，让八哥在文熙面前吐了个火球出来，他才点了点头勉强相信。

皮修朝着一边看热闹拍手鼓掌的仇伏一抬下巴："去，给八哥安排个位置，专门管烧烤档，你让猴四给它帮忙。"

仇伏应了一声，带着八哥回了厨房同正在颠锅的任骄一起，正好组成美黑三兄弟，配上烟火缭绕的厨房，十分登对。

文熙看了眼时间，离吃饭还有一阵子，正好够他和皮修两个人出门买东西，便对皮修说："走吧，现在去晚上回来正好赶上饭点。"

皮修一想也行，起身走到睚眦寄来的那个大箱子前面，伸手把快递单撕了下来。

"你撕这个干什么？"文熙问。

皮修挑眉："到时候给睚眦也寄点，祝福他身体健康。"

文熙一愣，随即笑说："那也行，我出钱。"

两人坐着宝马在巷子里转了几个弯，最后停在了一家店门口。

门左边摆着花圈，右边摆着纸人，门面中间的招牌上写着五个大字——老王葬仪店。

虽然皮修和文熙已经不算凡人，但是要买的纸钱之类的祭祀用品，还得在凡人手里买。

　　皮修说这种东西一定要准备充足，他们也不是没有钱，不在乎那一分八毛的。

　　文熙跟着皮修进了店里，什么百亿千亿的钞票只管往袋子里放，金元宝都包了满满一袋。文熙拿起一个手机想了想，主动问老板："这个东西带说明书吗？"

　　老板："……"

　　老板："如果老人家不会用手机，大哥大和传呼机我们这里也是有的。"

　　文熙心想，大哥大还有传呼机，爹娘爷爷也不会用，还是得有个说明书。

　　皮修见他一脸纠结，立刻小声说："没事，智能机不行就买个老年机，好用。"

　　"说得也是，反正也用不着什么别的功能，让他打个电话发个短信就行了。"文熙将智能手机放回桌子上，一口气又拿了七八个纸做的老年手机。

　　一边的老板见两个客人一本正经地讨论哪种纸扎的手机好，背后一凉，在柜台下的手悄悄握紧了自己婆娘求来的护身符。

　　文熙第一次进这种现代化的葬仪店，在发现奔驰、电视还有冰箱都有纸扎的时候，他一把拉过了皮修，小声商量："要不咱们把这个店包下来吧，我们家挺多人的。"

　　皮修一噎，连忙小声说："我们不是没钱，但是你一口气买这么多东西，一晚上烧完，知道的明白你是祭祖，不知道的还以为你搞篝火晚会庆祝鬼门开。"

　　"那我们分批烧，今天晚上烧一部分，明天晚上再烧一点？"文熙问。

　　皮修："明天晚上没时间，我得去帮冯都看场子，省得有恶鬼趁鬼门开闹事，到时候你得一块儿去。"

　　文熙想了想，点了点头："说得也是，说不定大部分文家人都投胎去了，烧这些东西也不过是我自己求一个心安罢了……"

　　"行了，买个东西还想这么多。"皮修"啧"了一声，手指着墙角的奔驰轿子纸人说，"这些都要了，能送货上门吗？"

　　老板一脸惶恐："公……公墓是不送的。"

　　皮修手往外一指："不远，就在你这后面两条街。"

　　"那……那行。"老板用计算器算了算总价，发现这还是笔大生意，立刻来了精神，把护身符塞进衣服里，把东西都搬上小货车。

　　皮修又找老板要了个纸盒，塞了一小沓纸钱进去。文熙看他动作粗暴，忍不住好笑："你动作慢点，撕坏了不好。"

　　皮修挑眉："这有什么不好的，难道眭眦还真敢用？那他是真的穷疯了。"

　　文熙："说不定呢？"

　　"那我真是个好人，还给仇人送终，老天爷不得记我一笔功德？"皮修塞好盒子，开着车领着老板拖着一车货回了饭馆。

　　猴二正在门口摸鱼，一看皮修买了这么一大车纸扎的玩意儿回来，身上的毛一下奓了起来，抱着拖把问："老板，你这是干什么？要搞七月半鬼节主题吗？"

　　皮修给他一脚："一边去，这是晚上要烧的东西。"

皮修进店里叫来仇伏和任骄帮着卸货，并把东西搬到后院去，文熙则拿着快递盒去给睚眦寄中元节礼物。

礼轻情意重，希望他能懂自己和皮修这份心意。

等他拿着快递单回来的时候，皮修已经在院子里支起了火盆。

见文熙回来了，皮修转头问："东西寄完了？"

"寄完了，这次也是到付，我看那盒子轻飘飘的还往里面塞了一块砖头，里里外外又多装了几个箱子，不过还是比他寄来的箱子轻。"

文熙越想越觉得自己咽不下这口气，转身说："你等着，我再回去塞块石头。"

"算了算了，多大点事，到时候逮着他，你让他吃石头都行。"皮修把人拉回来，"行了，火都生起来了，东西太多，早点开始烧吧。"

文熙抬头看了眼天："不行，天还没黑呢，现在烧爷爷他们收不到。"

皮修一愣："咋的？地府银行也跟人间一样，五点半准时收箱子下班？"

"说什么呢？"文熙踢了他一脚，"这是习俗。"

作为妖怪，皮修的确不是很懂这些凡人的规矩，但是文熙说要等，那就等会儿吧。

皮修盯着面前的火堆看了一会儿，突然问："你说，我要是烤点东西吃，你爷爷会怪罪我吗？"

文熙："我爷爷不会，但是我会。"

皮修："……那算了。"

两个人坐在后院里逗了会儿皮招财，等天彻底黑下来，文熙这才松开毛茸茸的白色大猫，赶着它离火堆远一点。

但是皮招财这种生物，你越叫它不做什么，它就越来劲，伸着脖子要往火堆边上烤。

皮修只能拎着它的后颈骂骂咧咧往外走："这三十八度的高温你一身毛还嫌不够，还要烤火加温是不是？"

皮修把儿子用混天绫拴在楼梯上，点着它的鼻子警告："别乱动，再动我就剃光你身上的毛，看你还有没有脸去找别的猫。"

皮招财一愣，嗷了一声之后被戴上了一个伊丽莎白圈。

"坐在这里好好当招财猫。"皮修揉揉它的头，"弄完就回来陪你玩，听话点。"

皮招财眨了眨眼睛，"喵"了一声开始舔爪子。

皮修见状放心回到后院，文熙已经把纸扎的奔驰放进油桶里点上了火，接着把手上的纸钱一张一张放进火盆里，同时叫着家人的名字。

皮修没有打扰他，只是去厨房倒了杯水回来，一手端着水一手帮着文熙往火盆里放纸钱。

买的东西太多了，一时烧不过来，皮修正想再去找个废弃油桶来，就瞧着哪吒一手托着龟过来。

哪吒看着这冒出的黑烟挑眉问："整这么大烟，搞啥呢？"

"啧，这七月半烧纸呢。"皮修上下打量着他的姿势，忍不住问，"你这是什么造型啊？你爹托塔你托龟，整挺好。"

"滚，我是在楼上躺着看冒烟了，下来问问你干什么。"哪吒瞥了眼地上成堆的纸钱和纸手机、纸房子、纸偶，忍不住"嚯"了一声，感叹皮修大手笔。

他把玄武放在头顶，活动了下肩膀，问："要我帮忙吗？烧起来能快点，要不然你这烧到什么时候去？我借点三昧真火给你。"哪吒说着从地上捡了块石头，吸气然后吐出一团火来。

三太子伸手引着真火在石头上写符，一口气吹完法令也写完。他把石头扔给文熙，冲着地上那一堆抬了抬下巴："行了，你扔在上面就行了。"

文熙捧着石头道了句谢，走到那一堆纸钱前扔下石头，正准备说最后两个名字的时候，冲天的火光将整个院子都照亮，一朵蘑菇云缓缓升起又消失，最后恢复了平静。

那一小堆的纸钱已经变成了灰烬，风一吹就散了。

哪吒："……不好意思，火有点大，可能用文火好一点。"

皮修猛然回神，一把将文熙拽到面前，文熙被吓呆了，脸上还有点黑，前面的头发也被火燎到起了几个卷。

"身上有没有被烧到？"皮修急道，赶紧看了看，"还行，没烧着，要不然就坏事了。"

皮修弯腰拍了拍身上的灰："行了，都烧完了，快点上楼洗个澡吃饭，明天从一大早就要开始忙，到时候别喊累。"

"什么累不累的，我又不怕累，到时候就……"文熙话音未落，背后突然传来一阵风，陶题抱着玲珑宝塔凭空出现。

他面色阴沉，眼中尽是红色血丝，头发也有些散乱，不复前些日子的冷静和风度。

哪吒一看是他，顿时三头六臂尽出，手握火尖枪在空中画了个圈，枪尖指着陶题冷声道："你还敢出现在本太子面前，还不快把玲珑塔还来！跪下磕三个响头，兴许还能留你个全尸！"

陶题瞥了他一眼，并未说话，反倒是殷夫人的声音从塔里飘出来："我的儿，你怎么还是一开口就喊打喊杀？"

文熙见着陶题这副样子一愣："你怎么这副样子？是不是姐姐出了什么事？"

一缕白烟从玲珑塔里飘出来凝聚成人形，文茜冲着文熙露出一个温柔的笑来："小弟，近来可还好啊？"

文熙一震，盯着文茜几乎透明的魂体问："姐姐……为什么你的魂体变得这么淡？"

文茜的魂体比上次见面时淡了许多，文熙上前两步伸手想碰她却又不敢，一脸慌乱无措地问："不是……不是已经变好了吗？为什么又变成这个样子了？"

"我倒想问你，怎么一见我就红眼睛？"文茜避而不答，上前一步伸出手虚刮了下文熙的鼻子，"都是这么大的人了，怎么还这么爱哭？是不是受了委屈？告诉姐姐，姐姐给你撑腰。"

文熙摇头，又有话想问，却被文茜一笑避过。

文茜："明日就是七月半，我同你一齐祭祀父亲母亲还有祖父，这几日在这里暂住，可会打扰？"

"怎么会打扰？姐姐愿意来，我高兴得很。"文熙红着眼笑了笑。

陶题托着玲珑塔走到哪吒面前，伸手推开对着自己的枪尖："这些日子多有抱歉，还请三太子见谅。"

哪吒收了架势伸手要把玲珑塔拿回来，但陶题双手握紧玲珑塔坚决不放。

"怎么？真想跟我动手练练？"哪吒眼睛一眯，就听见他妈在塔里说："我的儿，我一天念三百遍叫你不要打架，你是不是一句都没听进去过？"

哪吒："……我都三千多岁的人了，你别啰唆了行不？"

殷夫人："你就是三万岁我也是你妈，只要我一天没咽气就要唠叨你一天。"

哪吒沉下脸不说话了，三太子的叛逆期，比常人都要久一些。

陶题见他变了脸色，握着玲珑塔的手关节发白，低声下气说："三太子，请您再宽限两日，届时我定当将玲珑塔完璧归赵，殷夫人绝无磕碰。"

"幺儿，人家不容易，你借给别人，结一份善缘。"殷夫人叹了口气，突然一顿，想起来什么，问，"哎，上次我让你爸给你介绍的那个仙女你去见了吗？你是不是又手机关机不理人？是不是又故意把手机放家里不带？"

哪吒闻言表情一僵，手立刻一松："借你了借你了，快拿走快拿走。"

陶题如愿，走回文茜身边温声说："你该回塔里待着了，虽然是晚上，还是少见光为好。"

文茜握着他的手一笑："没事，我想多看看外面的样子，这么多年似乎都没怎么好好看过，时间就一下过去了。"

陶题眼睛顿时一红，文熙愣愣他看着他，颤声问："是不是……"

"嘘——"皮修低头凑在他耳边说，"你姐姐看上去很高兴，别打扰她。"

文熙一僵，本想挤出一个笑来，却没想到两滴眼泪一下流了出来。他赶快伸手擦掉，吸了吸鼻子说："姐姐今天晚上可要吃点什么东西吗？我让皮修去弄。"

"不必，不过你倒是可以带我逛一逛，我还未曾见过你住的地方。"文茜将手虚虚搭在文熙肩膀上。

皮修："你带着你姐姐去楼上坐坐，让她见见皮聚宝和皮招财。"

文熙应了一声，带着姐姐往楼上走。

文茜好奇地问："小扫把我见过，招财又是什么？"

她话音刚落，就见小扫把半抱半拖着弟弟过来，先冲着文熙叫了一声："你怎么把……把它绑楼梯上了，它刚……刚喵喵叫个不停。"

小鲛人抱着小扫把的腿同招财大眼瞪小眼，恶声恶气地说："它还故意伸腿绊猴二哥！我都看到啦！"

文茜看看小鲛人，又看看那只大白猫，一时茫然，问："小弟，哪个才是招财？"

皮招财在哥哥怀里"喵"了一声，挥了挥猫爪子，就挣脱他的怀抱跳下来，走到文熙腿边蹭了蹭，摇了摇尾巴，叫了一声。

文熙蹲下身勉强抱起它，举着猫爪子冲着姐姐摆了摆："来，招财，打个招呼。"

文茜定睛一看，发现这只胖猫的屁股上一片毛，居然没有小菊花，两眼一黑，捂着胸口问："小弟……这是捡的还是皮修……"

文熙一愣："就在后院捡的，当初以为是只小猫，结果没想到它是白虎转世，越养越胖，现在抱都抱不起来了。"

文茜松了口气："说得也是，不过都怪那个什么论坛上的人胡说八道。"文茜一笑，见小扫把和他脚边的小奶娃娃都盯着自己，连忙伸手说，"小扫把，过来让我瞧瞧你。"

小扫把脸一红，低着头走过来有些不好意思。倒是小鲛人看着文茜，眨眨眼脆生生地问："漂亮阿姨，你是谁啊？为什么你看上去有点透透的？是修炼的什么新法术吗？"

文茜笑着蹲下身，朝着他一歪头说："我是文熙的姐姐，你又是谁啊？怎么这么可爱啊？"

小鲛人一听文茜夸他可爱，立刻害羞地躲到小扫把身后，奶声奶气地说："我是鲛人族的皇，过来跟着太上皇暑假补习的。"

文茜一愣："鲛人？太上皇又是谁？听上去好像是个狠角色。"

文熙："就是我们家的厨子。"

不过的确是个狠角色，大学都没上还能辅导小鲛人还有小扫把两个吊车尾的功课，每天都在气死和复活之间反复横跳。

一行五口上了楼，皮修在院子里看见房间里的灯亮起来，这才伸手往陶题肩膀上一搭："说说吧，到底怎么回事？"

"没怎么回事。"陶题仰头看着夜空，长叹了一口气说，"冥冥之中自有注定，我强求多年终究不可得，是天命如此。"

皮修："……说人话，谢谢。"

陶题："茜娘日子不多了，想要出来走一走，陪一陪自家弟弟，我便陪着她来了。"

皮修一顿："之前不是好了很多吗？天道留生机一线，不应当赶尽杀绝。"

"你也说了一线生机，可现下两个人，哪里就是一线了？"陶题说着转头看他，"文熙和文茜，只能有一个活下来。"

皮修："就不能都活吗？"

陶题指天："别问我，问也。"

夜空澄净毫无反应，天道估计又在睡觉，没有听见这句问候。皮修盯着天看了许久，低声问："什么时候魂体开始越来越淡的？"

陶题一顿，低声说："你……不，应该说是文熙肉身修补好之后，她的魂体就在慢慢变淡了。茜娘自己有感觉，但却瞒着我。后来虽然我发现了，着急找东西补救，但……"

他语气一顿，突然笑了一声："都是竹篮打水一场空，今天下午她的魂体突然又变淡的时候，我甚至以为她就要这么走了。那一瞬间我跪在地上，笑也笑不出，哭也哭不出，只想把睚眦从那个洞里拖出来，将茜娘受过的苦千倍万倍还给他。"

皮修听着伸手拍了拍他的肩膀，犹豫了一阵还是说："今天下午，天道降了道收养白虎的功德给文熙，应当是因为这件事文茜魂体变淡。"

陶题沉默了许久，看着院中的灰烬，缓缓问："七月半要到了，文熙可是烧了纸？"

"对，你来之前刚刚烧完。"皮修问，"怎么了？"

陶题摇头："没什么。"

他笑了笑："天降功德认了文熙是在世的文家人，烧纸祭祀都是生人为逝者祭奠，阴间收了这些纸钱自然也认了文熙是在世的人，看来这一线生机的确是留给了文熙。"

皮修一愣，突然想起了什么，问："你用了什么法子让文茜留存于世的？是不是魂体消散之后，便再也无法投胎轮回？"

"她的确不能再轮回，如若魂体消散，这世间我再也无处可寻我的茜娘了。"陶题眼里涌上泪光，说话也带上鼻音，"至于是什么办法，牵扯太多，因果我不能与你说，你是我这辈子最看重的兄弟，我不能害了你。"

他说着从口袋里拿出一个锦袋塞进皮修的手里："这里有我当年从你这里借走的钱，还有这些年赚的。还请你从里面分出一些，还给西王母和李诡祖，剩下的尽数归你，如若还差便再宽限我几日，让我陪完茜娘这些日子再来还债。"

皮修握紧了锦袋，脸色渐渐严肃，他看向陶题开口道："我只问你一个问题。"

"你问，但我不一定能回答。"陶题看他。

皮修："当初从我这里骗走的那些钱你都拿去做了什么？"

陶题看着他，许久没有说话，只是问："你是不是已经知道了？"

皮修没有点头也没有摇头："我一直很奇怪，按照文茜疼弟弟的样子，不像是能看着弟弟在地下埋六百年，为何最近他才被送过来，想来是当初那个送走他的法阵的问题。"

"隐蔽踪迹瞒去因果，你让她找不到文熙，自己也找不到，对吗？"

陶题闭上眼睛，笑了笑。

皮修继续说："从我这里弄走的钱炼制的法阵，最后用在了文熙的身上？"

他将手中的锦袋抛给陶题："这个钱，不必还了。这份情我记着，是我欠你的。"

文茜坐在窗边看着皮修和陶题两个人推拒着那个锦袋，抿嘴笑了笑，放下窗帘，转头看向端着茶过来的文熙问："有句话之前一直没有问你，现在再想来也不用问了。"

"姐姐想问什么我都告诉你。"文熙放下一杯热茶在她面前，却又不知道这样的茶她能不能喝。

文茜看出他的迷茫，轻轻摇了摇头，问："最近过得好吗？"

"好。"文熙点头，"我过得很好，姐姐。"

他看着文茜眼睛又一红，哽咽着说："从前的事情我都想起来了，姐姐，我……我知道你后来和家里人一起……姐姐，原本应该是我去受的罪……"

"嘘——"文茜冲他一笑，"都是过去的事情，就不要再提了。"

她垂着眼说："是姐姐对不起你，让你替我受了那么多苦。"她吸了吸鼻子，"姐姐还以为你平安，受刑的时候我还庆幸你走了，要不然我的怀玉怎么受得了这样的苦楚。"

文熙看着她："可是我不懂姐姐为什么要让我走，自己不走。"

"这世上哪里有那么多为什么？"文茜笑了笑，擦了眼泪拍拍身边的椅子让文熙坐过来。她仔细打量着文熙的脸，点头说："胖了也长高了，看来你在这里是真的很好。"

她顿了顿，又转头看了眼院子里还在说话的陶题和皮修，轻声说："小弟，我是你姐姐，虽然是庶出，但从小养在母亲名下，与你之间的感情胜似嫡亲。"

文茜含着泪伸手比画了一下说：

"那时候你刚出生，这么小小的，眼睛还睁不开，父亲抱着你给我和大姐看，告诉我们这是弟弟。我就在想你怎么这么小，长得大吗？

"那时候我也不大，成天跟在大姐后面学她的端庄做派，可是我身体病弱，怎么学都学不像，倒惹人笑话。我知道我是庶出的女儿，无法同大姐这样的嫡出小姐相提并论。可你出生之后，母亲每次都拉着我的手，告诉我说'这是你的亲弟弟'。"

她顿了顿，回忆起以前，笑了起来："那时候我就想，这是大姐姐的亲弟弟，才不是我的。可后来你大了些，会动会笑了，我坐在你的小摇篮前面跟着母亲一起逗你。你就抓着我的手指咯咯笑，我那时候才真的意识到我是姐姐了。"

"二姐……"文熙唤了她一声，就见文茜流下两滴眼泪。

文茜："小弟，你知道吗？你会说话之后，第一声叫了妈，第二声叫的是姐姐。"她抬手擦去脸上的眼泪，"是二姐的姐，不是大姐的姐。"

她伸手摸了摸文熙的脸："你走路还走不稳，手上的金铃铛响个不停，下人们追在后面，你就跑到我面前，抱着我的腿叫我姐姐……我真的很高兴，怀玉，那是姐姐这辈子第二高兴的日子。"

文熙笑了一声，擦掉眼泪问："怎么不是第一呢？"

"从前是第一的，但是后来我遇见陶题，弟弟可要往后靠一靠了。"文茜笑着看他，"那年家里去庄子里避暑，我遇见了他，后来……"

文茜一顿，却突然不说了，只是笑。

"怎么不说了？后来呢？"文熙追问。

文茜："没什么好说的，自然而然就喜欢上了，在一起了。就同你最爱看的话本里一样，花前月下私订终身。"

"姐姐会跟姐夫一直在一起的。"文熙小声问，"也会一直陪着我的，对吗？"

文茜笑了笑，文熙却哭了起来。

他原本只是呜咽，后来却再也忍不住。他想像小时候一样，受了委屈就伏在姐姐的膝上，要她安慰，可现在手下触及的是冰凉的椅子。

文茜的手穿过弟弟的头发，却无法将温度传递给他，就连她流下的眼泪也无法沾湿文熙的头发。

她擦了擦眼泪，叹气说："人自有生老病死，我偷了这么多年时间，应该说心满意足了。陶题这些年为我奔走，实在是连累了他。他是你姐夫，你替姐姐多照顾他，切勿让他做傻事。"

文熙摇头，问："是不是因为我，你才变成这样？如果不是因为我，姐姐也……"

"嘘——"文茜不许他说这种话，只是温声说，"小弟，真心换真心，如若你不是真心对姐姐好，我也不会如此对你。姐姐疼爱弟弟，天经地义的事情。"

文熙终于哭出了声。原本在外面沙发上看电视的皮邵棣听见声音，立刻起身走到门口，悄悄推开一条门缝。

文茜伸手在嘴边一比，示意他们不要出声，用口型说没事。

皮招财站在门口"哞"了一声，就被哥哥带走，小鲛人还没来得及说话，也被小扫把抱起。他攀着小扫把的肩膀小声问："为什么他哭得这么伤心呀？"

小扫把抱着他往上托了托："不知道，可……可能是姐姐来了，高……高兴吧。"

小鲛人咬着手指说："那我姐姐来了我也高兴，姐姐最疼我了，什么好的都留给我，我也最喜欢姐姐了。"

小扫把担心打扰了文熙，便带着皮招财和小鲛人下楼，正好遇见了手上拿着锦袋黑着脸准备上楼的皮修。

"怎么下来了？他在楼上吗？"皮修问。

小扫把点头："在……在哭。你别上去打……打扰他。"

皮修眉头一皱："哭什么？"他想要上楼，但迈了一步又停住，顿住说："行了，你去玩吧，我待会儿再上去。"

小扫把应了一声，带着猫和鱼走了，但走了没两步又停下来转头问："文熙的姐姐以……以后会常来吗？"

皮修一顿，含糊应了一声："玩你的去，大人的事小孩别管。"

他站在楼梯口朝上看了一眼，最后还是转身回了后院，点了根烟坐在石头墩子上抽。抽了没两口，猴二就鬼鬼祟祟过来了："皮哥，你现在是想怎么个章程？"

"什么怎么个章程？"皮修挑眉，"你要干什么？"

猴二："那个骗您钱的孙子不是来了吗？怎么说？要手还是要脚？还钱之后的利息要怎么算？只要您一句话，我们哥几个都给你弄来。"

皮修沉默了一阵，摸了摸猴二的头说："虽然你最近网恋失败不看文艺爱情片了，也不要一个劲往黑帮片里扎，那里面都是假的，是特效。"

"有一说一，我最近真的很快乐，网恋失败没什么的。"猴二强调。

皮修看他："我知道你不是真正的快乐。"

猴二一噎："你觉得我的笑只是我穿的保护色？"

"不然呢？"皮修说着一顿，突然想起一件事来，一摆手说，"去，把你几个兄弟都叫来，我有东西要给你们。"

猴二一愣，连忙跑去大厅找兄弟，扯着声音说："哥、哥，老板融资成功要上市，要给我们股份分红了！"

皮修："……"

想得比我还美。

猴精一二三四五一听要分钱，立刻前来报到，五张脸看着皮修一脸期待。猴一是哥哥，还能保持一份稳重，但还是难掩激动，说："皮哥，你是个好人！"

皮修："从生物学角度我得强调我不是人。"

他掂了掂手里的锦袋，拉开口袋上的抽绳说："这是你们的家人留给你们的东西，当时被陶题一齐拿走，现在他尽数归还，我也应该物归原主。"

猴三一听是家人留的东西，连忙问："皮哥，你当时不是说捡到我们五个的时候，附近一根毛都没有吗？"

皮修想了想："的确没毛，但是地上留了行血字。"

他伸手进锦袋，朝外拿出一个光球："说留这个给你们几兄弟。"

猴二忍不住咽了口口水，大叫："让我看看！是什么好东西！搞快点搞快点！"

皮修托着光球往空中一抛，伸手一点，一座缩小的山林浮在空中，还有瀑布的水流声从里面传出，看得猴五个目瞪口呆，不知道说什么好。

猴二眨了眨眼睛："就这？"

皮修："不然呢？"

"不是金银财宝羊脂美玉？你给整了个山头？难道是要我们开农家乐吗？"猴三一时崩溃。

皮修"啧"了一声："金山银山，不如家乡的绿水青山。你们的思想觉悟能高一点不？"

"如果开农家乐的话，这里的确很适合真人射击游戏。"猴四绕着山林逛了一圈，突然脚步一顿，眯着眼睛问，"这里怎么还有个牌匾？"

"什么牌匾？是不是藏宝洞？"原本沮丧的猴二一下来了精神，扒开弟弟往前一凑，直接把脑袋搁上去看。

他盯着那小牌匾上的字眼睛都眯成了一条线："花果山水帘洞……"

猴一一下愣了，上去就是一巴掌揍着他起开："睡觉没醒呢？以为自己演《西游记》啊？还花果山水帘洞，真以为自己是齐天大圣？"

猴二恼了，指着那牌匾说"你自己看！上面就是写的花果山水帘洞！我还瞧见桃子树了！"

"大哥！还真是写的花果山水帘洞！这算注册商标吗？我们挂这个牌子开农家乐会被告吗？"猴四眯着眼睛反复确认，忍不住转头看皮修，"老板，这牌匾是您定做的吗？上面的金粉是真的假的？看上去还防水！整挺好！"

皮修顿了顿，看着吵成一团的猴精们，忍不住问："你们难道就没想过这是真的花果山水帘洞吗？"

猴一一顿，脸上一笑，摆手说："嘻，真的花果山水帘洞早不见了，听说是当时跟老祖宗一起灰飞烟灭了，您就别骗我们了。"

皮修："不，这是真的，我没骗你们。"

猴一："……"

皮修："不相信可以去举报打假，这个保真。"

场面一时安静，猴一愣了，猴二也愣了，猴三为了确定自己没听错，给了自己一耳光，猴四、猴五两个对视一眼，给了对方一个耳光。

五个猴异口同声："真的假的？"

皮修想了想，决定提点一句："其实你们和大圣之间——"

"等等！不要再说了。"猴一捂着胸口，痛心说，"老祖宗已经走了，最后这点脸面我们还是要让他保全。要让别人知道他还留有后代，岂不是要被以他为偶像坚持丁克的人辱骂！"

皮修："……"

他把光球放进一枚玉佩递给猴一，拍了拍他的肩膀说："放心，里面有好东西，不止这一座山。"

猴一一愣，还没反应过来，皮修已经出了后院，扶着楼梯往上走的时候陶题正好托着玲珑塔下来，文茜的声音从塔里飘来："他在楼上，还请你多安慰了。"

皮修点点头，越过他们上楼推开门，走进去拍着伏在桌上的文熙的背："别哭了，明天还要见你爹娘，眼睛肿了就不好了。"

七月半，鬼门开。

一列一列阴间快车缓缓到站，冯都手下的鬼差们拿着大喇叭站在一边吼："不要挤，不要抢道！一个个慢慢来！小心不要掉到缝里去！不好打捞！都走黄线里面！"

鬼节是阴间的春节，为了迎接这一次的惊悚版春运，冯都已经连续一个月没有睡好觉，发际线直逼脑后，同他的程序员们日益相似。

他摸了摸自己的头发，又看了看身边皮修一丝不苟的油头，忍不住问："你用了几斤发蜡啊？我刚刚看那么大的风都没把你头发吹乱。"

皮修瞥他一眼："我没用发蜡。"

冯都一愣："那用的什么？不会是502吧？"

皮修没有说话只是同他对视，冯都感觉到一阵窒息："你待会儿怎么洗头发？"

"待会儿的事待会儿再说。"皮修整了整自己西装领子，问，"你觉得我这一身得体吗？"

冯都上下打量："八月四十度高温穿呢子西装三件套，你也太得体了。"

"其实我里面衬衣都汗湿了，但是没办法。"皮修黑着脸拉了拉领带，"热死老子了。"

冯都扭头看了一眼坐在沙发上同姐姐聊天的文熙："谁让你这么穿的？"

"没谁。"皮修拿纸巾擦了擦额头上的汗，垂眼一看纸上的粉底又骂了一句，"粉底脱妆了！"

冯都好心问："你打散粉没有？我这里还有点痱子粉你凑合一下。"

"那能一样吗？"皮修又擦了一把，"不是说什么防水防汗的吗？就这样？虚假宣传专骗人钱。"

"实不相瞒，你就算是往脸上刷漆，也挡不住这汗跟雨一样往下淌。"冯都看着皮修有些斑驳的脸，忍不住说，"拜托你去洗把脸把妆卸了吧。"

皮修对着镜子调整了一下，正准备去卸妆的时候，门突然被推开，阴兵冲着冯都敬了个礼："老大，车来了。"

沙发上的文熙和文茜一下站起来往外走，皮修摸着脸的手一僵，但还是提着大包小包跟在了后面。他一身装扮穿梭在鬼群之中，众鬼纷纷避让，八月高温穿毛呢，谁见了都害怕。

冯都跟在他旁边小声问："老皮，你这提了什么东西啊？"

"酒，还有烟。"

车门已经缓缓打开，一对中年夫妇走在最前面，后面一个貌美女人搀扶着一位老人走出来。文熙站在原地愣了愣，一时不知道应该如何反应。

文茜见状小声提醒："小弟，还不快去。"

文熙这才反应过来，连忙上前两步，红着眼睛叫了声"爹""娘""大姐"，最后才看着老人哽咽说："爷爷……"

文老爷子红了眼睛却没有流泪，看着文熙道："不许哭，我文家的男儿怎么可以因为这种小事流泪！"

"这叫什么小事？"扶着他的文皇后笑了一声，"爷爷自己心里高兴红眼睛，还不许怀玉流两滴眼泪，可见是只许州官放火不许百姓点灯。"

中年夫妇看见文茜身体透明，连忙走上前，文夫人看着她问："茜丫头，你这是怎么了？"

文茜笑了笑："没事，身体出了点小问题而已。"

她往一旁让开一步，露出梳着油头提着烟酒的陶题来。文茜冲着爹娘笑了笑说：“父亲，母亲，这是我夫君陶题。”

两人都是一愣，打量了陶题两眼，文父先皱起了眉头问：“你想娶我的女儿？”

“父亲，我们已经是夫妻了。”文茜笑了一声，瞥了陶题一眼，“还不快点叫人。”

陶题紧张过头，把文夫人叫成了爸，把文父叫成了妈。

文熙拉着皮修站在文老爷子面前：“爷爷，这是瑞兽貔貅，如今我是他的附属小仙。”

老爷子听了一愣，同皮修对视一阵，只见一张斑驳花脸。

文老爷子表情如常，倒是旁边的文皇后，垂着头开始憋笑。

老爷子拱了拱手问：“大仙，一路上很热吧？”

皮修想了想说：“还行，也不怎么热。”

老爷子一噎，心想：你脸上都花成那样了，怎么还嘴硬？他吸了口气，有点恼皮修的不实诚，故意问：“既然不热，大仙的脸又是怎么回事？”

皮修一顿，突然灵光一闪，没过脑子脱口而出：“太阳太大晒脱皮了。”

文皇后再也忍不住捂着嘴笑了起来，文老爷子看了看文熙又看了看皮修，半天才从嘴里挤出一句话来：“大仙这是在开玩笑了。”

冯都咳嗽一声，憋着笑对皮修说：“行了，别站在外面说话，直接回去吧。”

文熙同文皇后左右搀扶着老爷子往外走，文茜带着陶题跟爹娘走在一起，文夫人观察着陶题对文茜的态度，提着的心才稍稍放下来，主动冲着陶题露出一个笑来，问：“陶公子，你现在多少岁了？”

陶题一愣，老实说：“快一万岁了。”

文夫人：“……”

文父一听立刻黑了脸，又转头看向旁边的皮修，清了清嗓子努力和蔼地问：“皮大仙，您老今年贵庚啊？”

皮修正流汗，一听问话，赶忙回应说：“我今年也快一万岁了，就比陶题大个几岁。”

文父：“……”

被搀扶着的文老爷子顿时挣开孙子孙女的手，一整衣襟，觉得自己似乎也不是很老，腰和腿立马有了力气，迈着腿走到皮修身边，同他并肩而行。

毕竟他才六百岁，在快一万岁的皮修面前顶多只能算青年，一定不能怯场。

文皇后瞥了眼皮修，忍不住伸手拉文熙到身边问：“你心高气傲，却当了别人的附属神，茜娘就没骂你？”

“没有，二姐姐干什么要骂我？”文熙笑着搀着大姐的手，盯着她看了一阵说，“姐姐，你眼睛旁边都有皱纹了。”

文皇后伸手拍了拍他的脸，嗔怪说：“一见我也不知道说点好听的，开口就说我老，我比你大那么多，长皱纹还奇怪吗？”

她抬手摸了摸自己的眼睛，伸手一点文熙的鼻子："只长皱纹便还是好的，为了你和茜娘，我这双眼睛可是都要哭瞎了。"

文皇后捏了捏文熙的手："姐姐未嫁得良人，现下看茜娘如此，总算放心了。"

皮修同文丞相两个人竟走一路，到了车前，皮修主动拉开车门请老爷子先上。这次他没开宝马，而是选择了大容量的五菱宏光，载着人稳稳当当上了路。

老爷子坐在副驾驶座上，看着窗外骑自行车超过自己的妇女，忍不住转头看向皮修说："你可以开快一点。"

皮修全神贯注只求稳健："没事，慢一点稳当，安全。"

文熙忍不住咳了一声："你稍微开快点，现在也太慢了。"

"没事，你别紧张，我们一家都是鬼了，就算出车祸也不会再死一次了！"老爷子示意皮修放心开。

皮修笑了一声，踩了脚油门："您还看得挺开。"

"那是，都死了五六百年还不能看开，我都得成厉鬼了。"文老爷子感受着车速，淡淡道，"实不相瞒，老夫在阴间还是老年卡丁车选手，拿过奖杯的，你这种速度在我面前，还不够看。"

六百岁的老爷子在一万岁的皮大仙面前也绝不认输！

皮修一听来了斗志，一脚油门下去，立刻提速。文皇后又忍不住拉住了文熙的手，小声问："你知道他脑子有点不灵光吗？"

文熙干笑两声："他脑子挺好使的，真的，姐。"

"我看不出来。"文皇后皱了皱眉，又看向一边结结巴巴同爹娘介绍自己优点就是特能吃的二妹夫，心中惴惴，原本放下的心又提起来。

车停在饭馆门口，文老爷子一打开车门傻了眼，一条腿悬在半空中不知道是应该落地还是应该收回。

红底黄字的横幅拉在饭馆门口，上书——热烈欢迎文熙爷爷爸爸妈妈姐姐！

几个充气拱门上还写着"欢迎欢迎热烈欢迎"，就连曹草的身上也挂着红色的绸带，站在门边随风摇曳。

五个猴精一见有人下车了，立刻站在门口拍着塑料巴掌开始高喊："欢迎欢迎！热烈欢迎！"

文老爷子六百多岁的生活中，从来没有经历过这样的场景，他一时情绪上头，拍着皮修的肩膀说不出话来。

他下了车往前几步，就看见两个大汉从门内出来，一左一右站在门口，气沉丹田，点燃手中的炮仗之后，在一阵噼里啪啦之中异口同声："热烈欢迎文家老爷来饭馆视察！"

皮修十分得意，凑到文熙耳边说："你爷爷不是当大官的吗？这个排场够了吗？"

文熙："……"

文熙深呼吸一口气，告诉自己：虽然皮修准备的方向不对，但是起码用了心。

他闭眼睁眼，朝着皮修露出一个笑，温和地问："准备这么多，辛苦了吧？"

"不辛苦不辛苦。"皮修摸了摸自己的脸，"啧"了一声，"我还是先去把妆卸了吧，你把这些东西提给你爹娘爷爷。"

文熙接过皮修手上的红色礼品袋，压低了声音说："卸个妆顺便换身正常衣服下来。"

"怎么？西装不好看吗？"皮修看他。

文熙："好看是好看，但是现在穿，我只会觉得你脑子有问题。"

皮修应了一声，一摆手冲着猴精们说："好好招待，要不然扣你们工资。"

猴精们应了一声，一个赛一个热情地引着文家人往里走。文父握着夫人的手拍了拍，小声说："我才几百岁，他一万岁，我被他叫一声叔叔，我怎么觉得折寿？"

"折什么寿？你还哪里来的寿命？死了几百年了还老年痴呆？我看皮大仙挺好的……"

文熙准备扶着老爷子进门，结果老人站在门口一停，抬头对着上面挂着的招牌看了一阵，点了点头："饭馆二字虽然简单，但切中主题，不拖泥带水，朴实无华。"

老爷子拍着文熙的手感慨："他是大智若愚啊！"

文父立刻接腔，赞同父亲的话说："的确如此，更何况这个名字新鲜，让人看上一眼就难以忘记，也算是引客之道。"

文熙干笑两声，不好意思说是皮修想不出店名，图方便就叫了这个。

他扶着老爷子进了门，看见店里的装潢就是一愣。

一楼原本的圆桌、方桌都被搬空，摆上了屏风、座灯、盆栽、书架，地毯也换上了最高级的波斯地毯，中国风中夹杂着异域风情和现代元素，不是老妖怪一贯要求的黄金暴发户风格，文熙看了都说好。

他扶着爷爷在椅子上坐下，正准备说话就听见大姐突然惊叫了一声。

文皇后跳到一边，看清自己脚边是只巨大的大白猫之后，拍着自己胸口感叹："吓死我了，我还以为是什么……原来是只猫啊。"

皮招财仰着自己那张毛乎乎的大盘子脸看着漂亮阿姨"喵"了一声，文皇后心一软跟着喵喵两声，弯腰直接将皮招财抱起来亲了亲："这是谁家养的乖猫猫啊？怎么这么可爱啊？"

小鲛人牵着小扫把的手站在一边，一脸嫉恨说："是不是只要我毛多又胖，也可以被漂亮阿姨抱着亲亲？"

苏安推了推眼镜："众所周知，别的生物胖了都很可爱，除了人形生物。"

小扫把看了看弟弟又看了看文熙，松开小鲛人的手过去叫了声爹。

文老爷子喝茶的手一抖，茶叶都泼在了白色的胡子上。他颤抖着手把茶盏放在桌子上，看着文熙问："怀玉啊，爷爷刚刚是不是听错了？"

小扫把为了证明老爷子耳朵没问题，清清脆脆又叫了声爹，还特别有礼貌朝着文父文母叫了声爷爷奶奶。

他拉着文熙的手问："这个爷爷我要叫什么啊？"

文熙也是一脸错愕，想着小扫把可能是因为自己家里人来了，想哄着老人们开心。

于是缓缓开口道："叫……叫太爷吧。"

文父回神，盯着小扫把嘴唇动了动。文熙说："这是皮修养大的孩子，可不是我的，不过平时就这样叫惯了。"

"喵——"皮招财叫了一声，从文皇后的身上跳下来，甩着尾巴走到文熙父亲母亲身边，眨着大眼睛蹭了蹭他们的腿，就往地上一躺露出肚皮。

小鲛人站在原地，左看看发现小扫把正被文熙拉着说话，右看看就见那个掉毛肥怪又被人抱在身上摸肚子，顿时鼓着嘴开始生闷气。

但噘着嘴没多久，小鲛人觉得身体一轻被人抱了起来。

"这是哪里来的小仙童啊？"文皇后看着粉雕玉琢的小胖脸，忍不住亲了一口。

小鲛人被漂亮阿姨亲了一口，愣了一下就咯咯笑着搂着文皇后的脖子主动回答问题："我是来过暑假的鲛人皇。"

文熙点头："是我们家厨子亲戚家的孩子。"

"原来是这样。"文皇后又盯着小鲛人看了一会儿，凑过去同他磨了磨鼻子说，"真可爱啊……"

小鲛人咯咯笑了两声，凑过去亲了亲文皇后的脸："漂亮阿姨，香香。"

"阿姨喜欢你。"文皇后想了想，从口袋里拿出一块小金锁放在小鲛人的手里，"阿姨把这个送给你，好不好呀？"

小鲛人收了礼物，又亲了文皇后一口。

文熙见状叫了一声姐姐。

"我没事。"文皇后抱着小鲛人掂了掂，微笑着说，"想起荣儿小时候，也是这么小这么软，但我却没有这么抱过他。"

她轻笑一声："总想着当一个礼仪周全的好皇后，却没想到当一个好母亲。到头来一场梦，旁的便也算了，可我总是对不起荣儿的。"

文熙拍了拍姐姐的肩膀，连忙安慰说："都过去了，姐姐，不要再想了。"

"没事，姐姐不难过。"文皇后冲着文熙一笑，听见一阵珠帘撞响的声音，回头就看见穿着短袖长裤下楼的皮修，总算是点了点头满意地说，"这样穿着才精神。"

文熙一看，虽然皮修的头发还是油头，但总算像个正常人了。

原本皮修还想敬文熙的爷爷爹娘一杯茶，但文老爷子反倒是带着文家人向陶题和皮修弯腰行了一礼。

皮修连忙伸手扶着老爷子，就听见老人叹气说："这些年，多谢你们照顾文熙和文茜，如若不是你们二位，现下我们也无法一家人团聚，见上一面。"

陶题："您说的是什么话，不必如此见外。"

"不必如此客气，文熙一直念着家里人，我便想着请冯都帮个忙，让你们一家人见上一面。"皮修说着一顿，皱眉问，"文家别的人没有跟着来吗？"

老爷子笑了笑："大家都投胎去了，只剩我们几个。"

文熙一愣："那你们为何……"

他拉过文熙的手拍了拍："原本我们投胎的日子也到了，只是阴间的大人说你和茜娘还在人间魂魄未散，兴许日后还有机会见上一面，我和你爹娘姐姐一商量，总觉得应该见上你们两个一面，才好放心投胎。"

老爷子眼睛一红，终于流下眼泪："现在见到你们两个，我们也算是安心了。"

文老爷子眼泪一流，文父和文母的眼泪也开了闸一样，一家人哭着抱成一团。

皮修被哭泣的声音包围，一时无措，不知道自己是该哭还是不该哭。

他转头一看，好家伙，陶题那孙子已经鼻涕眼泪一把抓，情真意切号啕大哭，声音甚至超过了文家所有人。

文老爷子看着陶题哭得这么伤心，伸手一拍孙女婿的肩膀感叹："你是个好孩子。"

虽然你一万岁，但是论辈分还是自己赢了。

文皇后站在一边擦了擦眼泪，冲着文茜点头说："他是个好的，就是为什么哭的声音这么奇怪？"

文茜破涕为笑："龙种都这样，情绪激动的时候发出的声音就是兽音。姐姐倒是没有听见他打呼噜的声音，隔壁山的狗都会被惊醒。"

文皇后一愣，随即皱眉忧心说："那可怎么是好？要带他去医院看看吗？我看报纸上说有人打呼噜猝死，妖怪不会也这样吧？"

"应该不会吧。"文茜一顿，也沉默下来，想着陶题打呼噜的怪叫，确实有点不正常。

小鲛人仰头看着他们，捏着漂亮姨姨的一缕头发扯了扯，小声说："大胖猫也打呼噜，就我不打呼噜。"

打呼噜的皮招财在爷爷怀里伸了个懒腰，甩着尾巴喵喵叫了两声，表示自己饿了，得吃点好的。

皮修立刻招手带着文家人转移战场，从大厅挪到了后面的包房里，准备开饭。

一张红木大圆桌，中间有一个放火锅的地方，文熙目测那个火锅的直径比后院那块石磨还要大。

所有人依次落座，就连皮招财也混了个椅子挨着文父，冲他喵喵叫，要吃桌上已经炸好的小黄鱼。

抵抗了两分钟的文父最后还是落入真香陷阱，搂着皮招财叫着刚刚给它取的诨名咪咪，开始给它喂鱼。

猴二穿着围裙推开门，探头看着皮修问："老板，现在开席吗？"

皮修大手一挥："开席开席，现在就开始上菜。"

"得嘞。"猴二把门推开，毛巾往肩膀上一搭，尖声尖气扯着嗓子怪叫，"传膳咯——"

文熙表情一僵，拉了皮修一把："你干什么呢？只有皇帝才说传膳，这哪里有皇帝？"

"没事。"文皇后理了理耳边的碎发，淡淡道，"这里没皇帝还有皇后呢，传膳也没有什么不对的。"

但文皇后的话还是说早了一些，皮修上的菜就是皇帝也没吃过，不说没吃过，就连看也没看过。

脸盆一样大的铜锅火锅，半米长的松鼠鳜鱼和皮皮虾，手掌大的扇贝，还有背壳跟井盖一样大的水鱼，几百年前的凡人活一辈子哪里见过这种玩意儿。

这些都算了，文熙安慰自己，但是那只在空中飞了两圈然后落在盘子上的豆芽凤凰算是怎么一回事？

因为老板会杂技，所以做的菜品也要露两手，表示下自己的能耐才能被吃吗？

文熙抹了把脸，不想去看家里人的表情，倒是皮修还十分得意地问："我厉不厉害？这个水晶凤凰算不算百分百复原？"

"你可不可以告诉我你怎么想的？"文熙指着那只凤凰，"别的都算了，为什么要做这么个玩意儿？"

皮修："我看《中华小当家》上有，那老皇帝特别喜欢，我就寻思这顿饭也得有，而且我还和任骄研究了好久怎么让它飞起来不散架。"

文熙："……那你真是科学家。"

"还行还行，主要是任骄出力比较多。"皮修十分谦虚。

桌上都是五六百岁的鬼，什么大风大浪没有经历过？面对这满桌的菜也是愣了一会儿才恢复了正常，尤其是文皇后，看着那只凤凰十分满意，朝着皮修笑了笑说："这道菜倒是十分有新意，叫你费心了。"

皮修连忙摆手："要喜欢后面还有两只，就是一只的脖子有点长，还有一只的尾巴有点短，这只长得最健全。"

他话音刚落，房门再次被推开，仇伏和任骄端着佛跳墙进来，两个人庄严肃穆，身上的手机还播放着摇滚版的《大悲咒》烘托气氛，皮修一时不知道是应该骂娘还是应该鼓掌。

毕竟佛是真的听了想跳墙。

除了皮招财和小鲛人，每人都有一盅佛跳墙，原本任骄还想把小鲛人带走，但是小家伙一闻到佛跳墙的香味就赖在文皇后身上左一句肚子饿右一句漂亮姨姨，成功得到了吃佛跳墙的机会。

他顶着皮招财的目光大咬了一口鲍鱼，朝着平日里都压他一头的大白胖猫露出一个挑衅的笑容来。

比可爱，他真的没有在怕的。

一顿饭下来，可能中间稍微出了一点偏差，但最后也算是宾主尽欢，就连皮招财最后都尝到了佛跳墙的味道，六白尾巴疯狂摇晃了几下。

皮修主动给文老爷子满上了一杯宫廷玉液酒，两人一碰杯，皮修问："昨天文熙还给您烧了东西，不知道您收到了没有？"

"收到了收到了。"老爷子点头，"就是现在的葬仪店的东西还没有更新换代吗？老年手机都是多少年前的东西了，我看现在那群老头子都是拿的11，还是11pro。"

文熙没想到老爷子在下面也这么赶时髦，还知道新款，连忙咳嗽一声说："行，明天我就给您都换成11pro的。"

"不用了，这回去也用不到了。"老爷子抿了口酒叹了口气说，"看到你们都好，我们也能放心去投胎了。"

桌上一静，文皇后放下给小鲛人喂饭的勺子，嗔怪一声说："爷爷，这吃饭吃得高高兴兴的，好端端的说这些做什么。"

"好好好，是爷爷错了，爷爷自罚一杯。"文老爷子给自己倒了一杯酒喝完，又倒上一杯同文熙手边的酒杯碰了一下，"怀玉，爷爷敬你。"

文熙赶快举起杯子，正欲说什么，手却被爷爷按住。

"怀玉，还记得爷爷为什么给你取这个名字吗？"老爷子冲他一笑，低声说，"天下熙熙皆为利来，我文家鼎盛，自然被人所依附。但春去秋来，倾覆只在一时，过往之人都如同王谢堂前燕，一哄而散。我给你取这个字，就是希望你能懂这个道理。"

文熙一愣，举着酒杯点了点头："爷爷，我知道的。"

"这种事历朝历代都有发生，你无须总记挂过往。我在地下几百年之久，早已看开。从前那些有恩的有仇的，都已经是一捧黄土，你造化与家人不同，更不可拘泥于往事俗怨。"

文老爷子意有所指，皮修一听便懂，轻咳一声说："这种事说不上为难，只是有恩报恩有仇报仇，天理循环而已。"

"爷爷，我知晓你的意思。"文熙一仰头将酒喝尽，看着文老爷子说，"可是我到底意难平。"

文老爷子笑着摇头："人生之事意难平何其之多，纵使是神仙也有无能为力的时候，要不然织女和牛郎为何每年只七夕能见一面？为何盘古开天辟地却不能为自己挣得一线光明呢？"老人笑着摆手，"一切都是过往云烟，不值一提。"

陶题听着笑了一声，主动倒了杯酒敬老爷子。宴席就在男人们的推杯换盏中结束了。

即便是鬼节，鬼也不能在人间久留，有背景的鬼也不可以违反规定，等到太阳西沉，阳光变成橙色，冯都派来接文家人的车也已经停在了饭馆门口。

文父抱着皮招财叮嘱文熙，得给它取个好听点的大名，招财也太俗了一点。文夫人在一边拉着小鲛人怎么看怎么喜欢，一直跟大女儿说两个人本就有缘分。

老爷子等他们说完，这才遒遒然上前，伸手摸了摸文熙的头发："怀玉，茜儿，记得爷爷的话，不必挂怀前尘往事，一切皆要向前看才行。"

说罢老爷子第一个上了车，文皇后将小鲛人小心放到地上，亲了亲他的额头，也上了车，文父和文夫人互相搀扶着走在最后。

文熙红着眼看着车走远，皮修叹了口气，抬手打出一道金光落在车上，安慰他说："别难过，他们见了你和你姐姐一面，心中执念消散，又有我的力量保护，下辈子定然富贵平安。"

"我知道。"文熙声音里带着鼻音，但却没有掉眼泪，"我很高兴，没难过。"

"怀玉。"文茜突然叫了文熙一声。

他回头一看，却发现姐姐的身体在一点一点化为光点消散。

文茜没有哭，只是冲他一笑："姐姐也要走啦，往后的日子照顾好自己，照顾好身边的人，不要难过。文家的小公子，应当每天快活。"

陶题哽咽着叫了一声"茜娘"，文茜一脸歉疚地看着他，伸手抚过他脸上的泪水："陶哥，对不起，到最后我也不能帮你擦一擦眼泪。"

"别说对不起，是我害了你……"陶题虚虚握住她的手，想笑却笑得比哭还难看。

文茜抿嘴一笑："还记得我第一次遇见你的时候吗？也是这样的夏天，也是这样的晚霞漫天，你从天而降落在我的院子里，那时我就想……"

剩下的话没有说完，文茜的脸庞已经开始变成光点，只剩下一双笑得弯弯的眼睛，最后也在晚风中飘飞，消散于天地了。

陶题在夏日的夕阳中遇见了他这一辈子想好好照顾的女子，却也在同样的夏日黄昏中，永远失去了她。

他握紧了拳头，突然嗤笑了一声。

"文老爷子说得对，就算是神仙也有无计可施的时候。"

第十一章

睚眦·不周山下

离开的总要离开，新的一天还是要到来。

早上，皮修看着文熙不太好的脸色说："知道你心情不好，过两天出去走走，你好好放松一下，不要想太多。"

文熙："我还好，就是有点扫心姐夫，姐姐走了，他已经暴饮暴食好多天了，你还让人开直播，实在是……"

皮修"啧"了一声："他是饕餮，暴饮暴食应该的，你姐在的时候他吃饭细嚼慢咽的样子，那才叫不正常。让他开大胃王直播，是资源的最大化利用。主要是给他找个事情做，省得成天想些有的没的，死的活的。行了，我先下楼看看。"

文熙问："你今天起这么早干什么？今天楼下有事？"

皮修："没事，就是之前陶题开直播有人说他假吃，今天得整点活，证明一下他不是假吃，是真的能吃。"

皮修趿拉着鞋下楼，正好看见猴二搬着相机朝着后院走。

陶题已经正襟危坐在桌前，一手拿手机一手啃面包，一脸的义愤填膺。

陶题："我就不明白这群凡人，自己吃不了那么多还不许别人吃那么多！还拿什么大胃王跟我比，也不打听打听我是谁，我是大胃王的祖宗！"

苏安给他倒了杯柠檬水："他们有眼不识泰山，您消消气，喝口水开开胃。"

"什么叫催吐啊？我陶题，一只官方认证、血脉纯正的饕餮，从生下来到长这么大，就没吐过一次！"陶题摸着自己的肚子感叹，"还问为什么我的肚子不会鼓起来，我又不是怀孕，肚子干吗要鼓起来？"

皮修轻咳一声，坐在他旁边的椅子上解释："普通人吃你那么多，肚子都要鼓起来的。"他用手比画了一下，"应该跟怀孕差不多。"

"你不要拿凡人跟我比，我是凡人的祖宗。"

陶题说着大手一摆，天空突然阴沉下来，劈了一道雷。

天道友情提示：饭可以乱吃，但是话不要乱讲。

猴二带着猴五给陶题来了个三百六十度机位环绕拍摄，为了证实他是真的吃播，曹草都停下了打包，站在他身后靠着身高优势来了个俯拍镜头。

看着从前的老板现在的同事，曹草叹息一声，感慨人生变化无常，你和我殊途同归，都成了这小破饭馆里的打工仔。

自己工龄还长那么一星半点，实在是风水轮流转，不信抬头看，苍天饶过谁！

陶题准时开始直播，不过两分钟直播间的人数立刻上升，拥进直播间的人一看这个摄像头数量都惊了，问号顿时充满了屏幕。

　　陶题瞥了眼屏幕，风轻云淡说："前两天一直有人说我催吐假吃，今天就来个八小时跟拍挑战，童叟无欺，绝对真吃。"

　　弹幕炸了，直播人数一涨再涨，皮修看着直播间的人气值和火箭礼物，觉得还是有点不太够。

　　不能专门服务一群人，得扩流得出圈，得把吃播的名气打出去，以后陶题才能接代言接广告，创立起一份自己的事业来抚平他丧妻的创伤。

　　皮修想着，把直播间一键分享到自己的朋友圈还有各路神仙的扯皮群里，还十分贴心地备注：是朋友的事业，望得诸位支持。

　　做完推广工作之后的皮修将手机放回了口袋里，他看着正在和观众互动的陶题，心中充满了平静。

　　他皮修，妖怪中的顶流话题之王，现在甘愿力捧好兄弟蹿红，简直应该荣获年度感动妖怪大奖，还有谁能不夸他？

　　陶题还不知道这一切，正伸手拿起一个章鱼头对着摄像头晃了晃，说："章鱼爆头，一只不够十只来凑。"

　　十只章鱼被他抓在手里，一口爆头，突出一个"爽"字。

　　陶题一边嚼一边说："兄弟们，把爽字打在屏幕上。"

　　屏幕里一片花花绿绿的弹幕飘过，两发火箭由土豪送出，皮修笑得合不拢嘴，示意陶题可以加大力度，再整点好活。

　　十只章鱼下肚打底，陶题用清水漱了漱口，又给自己倒了杯肥宅快乐水，夹着一边的炸鸡往嘴里送。

　　和一般人吃炸鸡不同，陶题一整个鸡腿进去，抽出来就只有一根骨头，让第一次来直播间的观众看傻了眼。

　　被皮修宣传吸引来的神仙妖怪们使劲擦了擦眼睛，确定眼前这个一边胡吃海塞一边让老铁双击 666 的帅哥，是老真龙失踪多年的儿子陶题之后，直接炸开了锅奔走相告——

　　奶奶！你暗恋三百年的老妖怪终于出现了！

　　沉寂已久的论坛再次沸腾，皮修和陶题两个人的名字捆绑出现，给无聊的年中生活增加了亮色。

　　"有一说一，陶题吃播真的可以，这碗饭我干了，你呢？"

　　"看着陶题吃章鱼爆头的时候，我真的爱他了。"

　　"本年度妖怪战力榜重新排名，不可说登顶！"

　　"都什么年代了，怎么还有人在问饕餮吃撑了怎么办？有这个时间不如关心下你还没有渡劫的阿妈。"

　　讨论度上升，老妖怪给直播间引流的目的完美达到。甚至还有妖怪看着昔日老妖做吃播还债，心生怜爱打赏礼物，流量变现也在悄悄进行，实在是一箭双雕。

　　皮修确实是商业鬼才。

直播间的观看人数越来越多，陶题看着弹幕，挑了挑眉开始烧热水准备冲泡火鸡面。别人可能最多吃十包，陶题直接把二十包下锅，再来十个煎蛋，满满一盆摆在桌上，镜头里都要放不下了。

弹幕里沉默了一阵，又开始为陶题担忧，劝主播算了的观众就听见陶题笑了一声，他夹起一筷子面往嘴里放，说："这种分量还不够我塞牙缝呢。"

围观群众："……"

围观群众：有一说一，牙缝这么宽的话得去看牙医了。

陶题这种大妖怪从来只玩真实，一盆面下肚又喝了一升可乐，休息了片刻，他打了个嗝，看着弹幕问："接下来要看点什么？你们说。"

凡人们哪里见过这个架势，别的主播的胃容量顶多是个饭桶，这个帅小伙看上去斯斯文文，没想到是个饭缸，还是深不见底的那种。

一个土豪抬手打出一串火箭，表示来点踏实的看看。

皮修看见弹幕眉头一挑，转头就让猴子去厨房让任骄和仇伏把饺子、炒饭整起来，昨天晚上连夜包的一百八十个牛肉大葱包子就用来当陶题的下午茶。

任骄和仇伏在厨房忙到脚打后脑勺，一听见还要加餐，仇伏气得尾巴都炸了出来，用菜刀疯狂剁肉说："我受不了了，他把我吃了吧，我真的做不动了。"

"你倒是想，人家还嫌青丘狐狸的肉柴，塞牙不好吃。"任骄摸了把头，"但是这么能吃，就是真的离谱。你说这种吃东西就能赚钱的好事，怎么就轮不到我头上呢？"

两个大厨在厨房里持续八个小时高强度工作，陶题就在后院持续做了八个小时高强度吃播，直接给饭馆里的食材来了个年中清仓。

等到直播结束，他还有心情给自己点了个外卖，特意选了差评最多的那一家，去拿外卖的时候正好遇见从楼上下来的文熙。

文熙看着他手上的外卖眉头一皱："怎么了？店里的东西不好吃吗？"

"不是，我就是想你姐姐的手艺了。"他晃了晃手里的外卖问，"要跟我一起尝一尝吗？"

文熙长这么大还没吃过自己姐姐做的菜，他点点头跟着陶题坐在了桌子边，拿着筷子尝了一口，立刻皱起眉头吐了出来。

"你别吃这个了，没吃饱我让皮修给你做。"文熙伸手按住陶题的手，却被他往后一躲避开。

陶题冲文熙一挑眉："难吃吧？你姐做的比这更难吃。"

文熙："……"

他把筷子上的肉吃进嘴里，挑着眉说："没事，我找了好几家，就只有这一家有点你姐姐做的味道，不过也就一点而已。"

陶题叹了口气："我一想你姐，就点这个外卖，每次吃这些的时候，我就觉得这么难吃，肯定是她在天上念着我呢……"

文熙看着陶题又吃了一口，沉默着拿起筷子也往嘴里送肉。

两个人沉默着把这一份外卖分吃干净，陶题放下筷子笑了笑："委屈你了，陪我吃这么难吃的东西。别跟老皮说，省得他说我。"

文熙："我也想她了。"

陶题："从前说她做的饭难吃，现在想吃，却再也吃不到了。"

文熙正想安慰他几句，突然一阵地动山摇，他扶着桌子一脸惊慌，就听见猴精上蹿下跳尖叫："地震了地震了！逃命啊！"

皮修看着店里扔下筷子忙着逃命的客人，黑了脸怒吼一声："逃什么逃！就是压路机路过！都给我回来买单！"

都是几千岁的妖怪了，什么火山爆发天崩地裂没经历过？一个地震就吓得抱头鼠窜，说他们不是想趁乱跑单皮修都不相信。

就算是天再塌一次，也得给他买了单再死！

皮修正火气上头准备出门看看是哪家的压路机这么缺德，一大早轰隆隆，就听见文熙叫了他一声，在震动之中跌跌撞撞朝着自己跑过来。

皮修看他一脸焦急，说："别担心，没什么事，不过是——"

"还不快点上楼把值钱的都搬下来！"文熙扶着楼梯三步并作两步上楼去拿自己的银行卡存折和笔记本电脑。

皮修僵在原地，闻着空气中还残留着的香味，只觉尴尬，一边的苏安想笑又不敢笑，只能安慰老板这是青出于蓝而胜于蓝。

皮修故作不在乎："那就这样吧，爷根本不在乎。"

要知道伤心总是难免的，在每一个地震时分。

震动渐渐停止，陶题端着杯茶从后院出来，一边喝一边问："哎，文熙呢？他刚刚不是担心你跑过来了吗？"

皮修冷笑一声："关你屁事。"

陶题一愣："你这么凶干什么？我问你我弟弟呢？"

他话音刚落就听见背后一阵丁零咚隆，转头一看就看见文熙提着大包小包从二楼下来。

皮修黑着脸走过去："干什么？收拾东西跑路？"

"说什么呢？这种地震晚上一定有余震，收拾东西去空旷的地方住，市体育馆肯定开放，晚上去那里睡。"

文熙说着就听见皮修笑了一声，身上的包都被他拿了下来扔到一边。

"你干什么？"

文熙脸上妖纹一闪，身上的鬼气妖气弥漫纠缠，不断闪现消失，站在一边抱着手臂瞪着他。

皮修一愣："谁告诉你这个法咒的？"

文熙下意识去看陶题，但他已经咳嗽一声端着茶杯走远，嘴里还念念有词："我们一起看月亮爬上来……"

陶题回头看了文熙一眼，现在姐夫也不过是人家的打工仔，实在是爱莫能助。

文熙一口气噎在心里，心想果然姐夫就是姐夫，不是自家人就是靠不住！他当机立断，谄媚地笑了笑："这有什么好生气的？我也是担心楼上你的那些宝贝撞碎了，省得你到时候不痛快。"

皮修瞥他："少来。真的出事，哪里还管得上那一件两件的宝贝。"

"知道了知道了。"文熙转移话题，"这好端端的为什么地震？这地方也不在板块活动带上啊。"

皮修挑眉："我又不是地动仪，你问我，我问谁去？"

"问我啊。"

空中突然伸出一只手，文熙吓了一跳，盯着那只手说："吓死我了。"

西王母拉开空间缝隙钻出来，狠狠喘了一口气，把自己披散的头发甩到脑后说："别说你被吓到，就连我也觉得恐怖。"

"怎么回事？抗震救灾救到我店里来了？我店里没事，你快点走，我没工夫做公益慈善。"皮修一脸警戒地看着像是要拉壮丁的西王母。

西王母嗤笑一声："别这么看着我，我就是来拉壮丁的。"

"你要拉壮丁我给你指路，杨戬天天上班摸鱼照顾狗，哪吒放暑假天天在楼上睡觉，你快点去找他们。"皮修抬手一指，但反被西王母握住。

西王母一笑："不周山活了。"

"活了就活了，别拉我手。"皮修猛地把手抽回来，突然一顿，反应过来西王母说的是什么意思。

他眉头一皱："不周山活了，那山底下压着的睚眦是死了还是活了？"

"活着，但是离死也没多远了。"西王母扬唇一笑，"就看你有没有想法了。"

陶题神出鬼没突然出现，挤开皮修、文熙，和西王母一握手："睚眦千年仇人不请自来，我很有想法，不知道能不能和你们合作，到时候骨灰五五分，我倒进下水道，剩下你们自便。"

西王母一愣，上下打量了陶题两眼，发现还真是老熟人，忍不住感慨："这么多年了，狗东西你欠我的钱是不是该还了？"

陶题也是一愣："我欠你的钱不是让皮修给你了吗？"

皮修："……"

大意了。

顿时所有人都看向他，皮修只能装作四处看风景，一步一步往外挪，嘴里哼唱："我们一起看月亮爬上来……"

西王母怒目而视："姓皮的，我的钱呢？"

"说什么呢？我是帮你们理财，明天，明天就把钱打到你账上，保证分文不差。"皮修咳了一声，表示他只是一个中间商赚个差价，搞点利息给自己儿子存点老婆本。

陶题一把握住西王母的手："行了，现在不是关心钱的时候，快点跟我说说睚眦现在有多惨，让我开心开心。"

西王母："现在具体情况还不知道，不周山活了，灵气浓郁到周边的地貌都已经改变，所以我和玉帝商量派一队人先进去探查，确定安全之后再让天兵天将进驻。"

"等一下，你是不是就看上我们了？"皮修指了指自己饭馆的名字，又指了指自己，"我，是饭馆老板，不是敢死队队长。"

西王母一摆手："嗐，没事，在我们心里没什么差别。"

反正皮修是块砖，哪里麻烦往哪搬，正儿八经的万能工具人。

皮修想了想问："有功德吗？不周山里有宝贝吗？我是探险队员我申请天价人身保险，你们也不能限制我从不周山带什么东西走。"

西王母眉头一皱："但是你不能把不周山搬走。"

"废话，我搬不周山干什么？我家里还有个花果山，看不上你这刚拔地而起的小山丘。"皮修"啧"了一声打开手机，"什么时候去啊？还有什么人？我看杨戬、哪吒就不错，得跟我一起去。"

西王母见他答应，松了口气："时间我晚上通知你，你还有什么需要的？不过分的要求都可以跟我说。"

皮修正准备说话，就听见背后传来猴子一声惨叫。

猴一身上挂屎，连滚带爬，一脸惨痛："老板！后院下水道给地震震坏了！都喷出来了！都喷出来了！"

皮修："……"

老妖怪彻底黑了脸，大拇指往后一戳："听到了吗？我们家下水道炸了，你得叫土行孙过来给修修下水道。"

西王母："就这？"

皮修："当然不，还有去不周山的路费、伙食费、保险费统统报销，我馆子几天不开张也得有经济补助，然后就是那个睚眦，我寻思这也没人要，我们就勉为其难给带走了。"

"别的可以，这个睚眦的事情，你让我回去和玉帝还有东王公商量商量。"西王母不敢一个人做主，只能暂时推托。

陶题见状，轻咳一声说："睚眦钻了天道的空子害我妻子满门，就算你们从我手上救下他的命，天道也不会放过他。要不然我的这位好兄弟，怎么会短短几百年就被压在山下翻不得身？"

他手轻轻一抬，一面水镜浮现在空中，皮修伸头一看，发现水镜一片漆黑，只能听见断断续续低沉的呻吟声。

"这是……"皮修伸手拍了拍水镜，"接触不良，显示器坏了？"

陶题一噎："是不周山下面停电了，所以才一片黑。"

皮修恍然大悟："我还以为是你法术出问题了。"

　　陶题闭了闭眼睛，决定不去理皮修这个蠢货，转而看向西王母说："我不知道你们了解多少，但是不周山是压在睚眦身上活过来的，这么多年，日复一日从他身体里吸取妖力和生命力，按道理来说要让不周山活过来也需要万年，但是现在只短短千年就活了过来，中间一定有什么原因。"

　　他语气一顿，突然抬头看天，意味深长地说："不是不报，时候未到啊。"

　　报应可能不能及时报，但是报销必须按时按量。玉帝和东王公一听皮修只要给钱就愿意去，当机立断拍桌同意。

　　开玩笑，这种钱能解决的问题，根本都不是问题。

　　至于睚眦的去留……

　　三个大佬坐在桌边抽完了一包香烟，最后决定各回各家各找各妈，睚眦也该让自己家里人领回去。

　　但是打电话给他那几个哥哥，一个二个都是大忙人，并且表示虽然有同一个爹，但是妈不是同一个，大家都不熟。

　　只剩下陶题一个表忠，我家大门常打开，磨刀霍霍等你来。

　　玉帝叹了口气："清官难断家务事，天道不说什么，我们在这里发愁又有什么用？再说了，西王母，你想想要是你干女儿好不容易老树开桃花谈个恋爱，结果来了个跟你干女儿有仇的人，借着天道的手，把你干女婿一家都害死了，你怎么办？"

　　西王母抽烟的手一顿："那我得打死他。"

　　"别这样，粗俗。"东王公"啧"了一声，"睚眦是个大麻烦，扔给他们最好，省得我们自己解决。"

　　三个人的意见达成一致，同意把睚眦这种烫手山芋扔给皮修解决，东王公立刻打电话通知财政拨款，西王母发了个"OK"给皮修，顺带还发了份合同给皮修，让他签字。

　　皮修一看手机上到账的钱，眉头一挑，转头让苏安去打印合同，自己则应付面前两个一脸黑气的煞神。

　　杨戬擦着自己的三尖刀，冷冷说："解释一下，为什么拉我下水？"

　　哪吒一头乱毛，仰天长叹："我平时上课面对那群小崽子已经足够累了，为什么到暑假也不放过我？"

　　"分钱分功德。"皮修单刀直入直接说好处，"还有不周山的东西你们就不想要吗？"

　　杨戬："有什么好要的？不周山又不产狗粮。"

　　哪吒："还是去收拾睚眦那种货色，这种小事就不要来打扰本太子好吗？我相亲很忙的。"

　　"两位可能有点误会。"陶题突然端着茶出现，冲着两人一笑，"睚眦可能上不得台面，但是他手下的那些精怪现在可不能小觑。"

　　哪吒愣了愣，一挑眉："你想说不周山活了，灵气浓郁，那里的马仔都大大进化，一个比两个能打？"

陶题笑着点头："的确如此。虽然他们的妖力提升，但我也相信他们不是两位的对手，可是俗话说得好，阴沟里翻船，蚁多咬死象。睢眦生性狡诈，说不定还有别的阵法埋伏，甚至可能——"

"停。"哪吒连忙招手打住，疑惑地看了陶题一眼。

他手指点过杨戬、皮修还有陶题："我们是心怀不轨的匪徒，睢眦就是可怜无助只能自制土炸弹反击的小鬼。"

看着西王母发来的短信皮修挑眉："夜长梦多，明天我们就出发，有意见吗？"

皮修也不等别人回答，自问自答："好的，我知道你们没有意见，那明天早上九点准时开车出发。"

哪吒："……"

杨戬："……"

第二天早上九点，皮修饭馆创办史上第二次团建拉开序幕。

猴二坐在车上看着往后倒退的风景，喃喃道："以前几十年不搞一次，现在两个月搞一次团建，是不是老板要卷钱跑路了，在麻痹人心？"

猴一抬手给他一耳光："瞎说什么呢？让你带的东西带了没？"

"带了带了。"猴二从包里摸出一根双节棍，嘴巴里哼哼哈嘿，还没来得及给他哥表演一下就又挨了一耳光。

猴一："我让你带后院那根烧火棍，你带这个玩意儿干什么？"

猴二"啧"了一声："烧火棍老三背着呢，双节棍柔中带刚，还是我昨天晚上特意出门买的，这不比那根烧火棍得劲？"

"花里胡哨，这次我们是去砸场子的，你要是被人揪疼了尾巴哭，我才不管你的。"猴一警告。

皮修坐在后面忍不住皱眉，文熙问："要不要睡一会儿？"

他摇了摇头，听前面猴二越说越离谱，忍不住睁开眼睛提醒："文明一点，我们是走近科学探索地理未解之谜，顺带调解一下老真龙的家庭残留问题。"

陶题笑眯眯坐在一边吃东西，含着鸡爪补充："还要推广中国武术。"

他咬着鸡爪的牙齿猛然变尖用力，将整个鸡爪嚼碎吞进肚子里，低声说："我给那个环节取名叫'暴打小睢眦'，你们觉得好不好啊？"

猴二呼吸一滞，连忙点头，拍手的样子比晚会叫好的大哥还要真诚。

小扫把和小鲛人被皮修送到了织女家里暂住，这开往不周山的罪恶号大巴上面，坐满了皮修饭馆的顶级战士，汇集了妖仙界战力榜的前三。

车一路向北，在风伯牌改造轮胎的加持下，只用了一天的时间就到了不周山地界。

皮修下车看着面前肉眼可见的结界，探查一番后皱眉说："这个结界的阵眼在活物身上，看起来那小子早有准备，我们也收拾一下，准备……"

他一回头，发现身后只剩下文熙一个人站着，面带微笑。

皮修："他们人呢？"

文熙朝旁边一努嘴："都是饿死鬼投胎，忙着生火做饭呢。"

皮修："行，你去你姐夫那儿休息一会儿，我去看看他们在准备什么。"

皮修黑着脸走到火堆边，看着已经在火堆上架起支架烤鱼的陶题，发出一声来自内心的疑惑："你为什么一点都不着急？"

陶题挑眉："急什么？反正他的命已经攥在我手里了，让他苟活两天，不一定比杀了他好过。"

他伸手在烤鱼上面撒了点孜然："再说了，得吃饱了才有劲啊，我才不打无准备之仗。"

皮修把手机拿出来："那反正你要吃东西，现在开个户外野炊美食直播，我给你加个野炊的标签，暗示下你的老板多整点礼物，让我们也跟着吃点猪肉。"

陶题："……他们说你被我骗钱之后过得很惨，之前我不信，现在我知道是真的了。兄弟，是我对不起你。"

皮修嗤笑一声："没事，我原谅你了。"

两个人正陷入对往事回忆的沉默，猴二提着食盒过来说："老板，出门的肉吃光了，今天就先不吃肉成不？"

皮修看他一眼还没来得及说话，空气中突然传来一阵陌生的妖力波动，他和陶题一齐回头盯着面前开始晃动扭曲的结界。

来了，睚眦终于有所动作了。

猴二也下意识屏住了呼吸，不敢动作，直到面前的结界恢复平静，看到几百个怒气冲冲獠牙半米长的野猪壮汉凭空出现，才松了一口气。

他还以为会是什么重量级人物，搞了半天，人物倒算不上，顶多是红烧肉的真身而已。

皮修和陶题相视一笑。

陶题："看到没有，这种散养长大的，肯定肉质紧实多汁。"

皮修点头："就是不知道野猪肉带不带病，干不干净。"

陶题已经捋起了袖子："没事，不干不净吃了没病。你要是能把这些都带回去，这两个月店里都不用买肉了。"

"有道理。"皮修点点头，把手机放进口袋站了起来，他双手在空中一挽，两根巨型铁棍便握在了手中。

他先发制人，脚下一点直接冲锋，对上了这群野猪精。

野猪精们喉咙里发出一声响亮的猪叫，突然抬手拔下了自己嘴巴上的大獠牙向着皮修头上扔去。

猴二拿着双节棍跟在后面，一下看愣了，眼睁睁看着飞来的横牙直接磕在了自己的猴头上，一时撞得眼冒金星，不知东南西北。

猴一把他扶住，骂了句废物点心，转手把弟弟扔给老四、老五，自己操着烧火棍也冲到一线开始打猪。

野猪精皮糙肉厚，又被不周山的灵气熏染，防御级别上了一层楼，而且看着皮修冲来，直接犯了人来疯，变回了原形四脚落地朝着他们横冲直撞。

野猪群结阵冲锋，一时猪蹄滚滚，尘土飞扬，空中到处都是野猪的嘶鸣声。皮修深陷其中，拎住一头猪的大牙用力向旁边扔去，直接砸晕了一只。

他借着揪下的猪大牙又敲晕一个，心想野猪就是猛啊！这高抬腿，这奔跑的冲击力度，要是用这个肉灌香肠包饺子一定好吃！

他正想到饺子，突然天降白粉糊了野猪的眼睛。

失去视力的野猪更疯了，它们摇头晃脑高抬腿，白色的面粉落在它们脸上，像是化了美美的妆要摇晃在舞池中央。

但这支舞即将结束，皮修手起棍落，旋风扫地之势将野猪都敲晕，正当最后一只也要被击中倒地的时候，陶题突然叫了一声停。

皮修眉头一皱，就见这个老兄居然拿出手机打开了山海论坛的直播软件，开始了一场妖仙专场直播。

陶题对着镜头一笑："各位老铁早上好啊，今天我们开个直播，现场代购山货，第一个商品就是我们后面野生野长的肉质紧实的大野猪，按头起卖，绝对新鲜！"

皮修："……"

虽然皮修这次团建鸟枪换炮，中巴车变成了装甲中巴车，但还是扛不住这几百只野猪，根本塞不下。

虽然芥子口袋里能放，但是猪肉这种东西放久了总觉得差点意思，皮修仔细想了想，觉得直播代购山货也没关系，正好给不周山出世预热。

等到文熙同仇伏、任骄提着水壶回来的时候，就看见皮修坐在陶题身边，两个人身后是成堆的野猪，面前是放大的手机屏幕。

陶题："一个名额限购一头啊，多了不好送，这里土地公就五个，不能保证到货时间，而且不包邮啊。"

皮修一听还有人想要包邮，顿时黑了脸说："帮忙杀猪还要包邮，疯了吧你们。"

一瞧见皮修的黑脸，弹幕立刻安静了一瞬，但马上又有不怕死的问能不能帮忙清理猪大肠。仇伏和任骄预感到了自己上呼吸道感染的未来，立刻一个马步向前按住皮修的肩膀。

仇伏含着泪："上次团建东海看场，这次团建山下杀猪，皮修你有没有心？"

任骄握着他的手情真意切地劝："假设杀一头猪需要一个小时，这里目测三百头猪，就需要三百个小时，不睡觉二十四小时连轴转也要十二天半。皮哥你算算，这个生意我们做不了。求你了，让他们自己杀猪行吗？"

要是杀光三百头猪，他们都不用想怎么宰睚眦不沾因果，估计找到人的时候都成骨灰了。

弹幕一听要自己杀猪也疯了，大家谁不是十指不沾阳春水的天仙？都只听说过喝露水的仙子，哪里有放猪血的神仙？

疯吵了一阵之后，不知道是谁悟了，开始疯狂地打赏礼物刷人气，金色滚滚的弹幕飘过，上面写着"杀猪费"三个大字。

皮修被逼上梁山，这个猪是不杀也要杀了。

三太子和二郎神提着鱼回来，就看见哮天犬黑着脸双手滴血走过来。杨戬还没来得及问怎么了，就听见皮修高亢的声音，呼唤他的战友一起过来杀猪。

杨戬手中的鱼掉在地上无力挣扎的模样，像极了他无处可逃的人生。

哪吒闻到空气中的血腥味，吸了吸鼻子，伸手擦了擦脸，平生第一次拨通了李靖的电话："喂，我要跟我妈说话。"

苏安和文熙站在一边登记算账，远离血腥场合和是非之地。等文熙蹲在地上又写完一张快递单递给在打包的土地公，就听见苏安的声音从头顶传来。

苏安："你之前有想过这种日子吗？"他冲着不远处杀猪杀得如火如荼的妖仙抬了抬下巴，冲着文熙一笑，"你从前应当没见过这种场景。"

文熙笑着点头："别说没见过这种场景，我从前连活着的猪都少见，一般看见的都是端上桌的熟菜了。"

他盯着土地公贴快递单，还出声提醒不要把客人的猪弄混，亲手帮忙提着一头生猪放在打包袋上贴胶带。

苏安朝着一边的猴五一抬头，叫他去帮文熙的忙。

"没事，我又不是不能做。"文熙擦了擦沾上血的手，"都是新社会了，劳动最光荣。"

苏安看他："你还真是司刚来的时候不一样了。"他突然一顿，有些好奇地问，"我看电视剧里的大少爷就算没有夫人，通房丫头也有两三个，你那会儿有没有啊？"

"没有。"文熙笑了一声，"我爷爷看我看得紧，我也就是跟着朋友打马喝酒，这种事碰都不敢碰，要是让老爷子知道能打断我的腿。"

他顿了顿："不过家里也是定了亲的，如若当初没有出事，过年之后便要开始准备成亲的事情了。"

"贵公子变成杀猪户。"苏安想了想，由衷地感慨一声，"的确是世事无常。"

苏安托着自己的本体算盘弹弹打打，跟着文熙一起把两百多头猪打包发货，完毕之后，文熙看着到了头顶的太阳，问："你说他们还会不会有人再来？"

苏安累得直摇头："来不来我不知道，我觉得肯定是没有野猪来了，就算再来他们也杀不动了。"

那边杨戬提着滴血的三尖刀擦汗，哪吒拿着火尖枪坐在石头上仰望天空。

不明白，真的不明白，原本以为惊险刺激的吃饭睡觉打睚眦冒险挑战，变成了提前的年货抢购直播。他们居然在这荒郊野外比赛杀猪。

哪吒："我真傻，真的。"

杨戬擦干净刀上的血，看着皮修问："这下总没有别的猪了吧？"

皮修撑着地喘气点头："没有了，睚眦养的猪应该没了，别的我就不知道了，可能还有别的妖怪吧，不管了，先休息一会儿。"

文熙看他一脸生无可恋的样子，倒了杯水递给他："中午想吃点什么？"

"什么都可以，只要不让我再杀猪，什么都好。"皮修喝了好几口水，这才缓过神来。

猴一和猴二歇了一会儿，看了眼剩下的一大袋面粉问："仇哥、骄哥，今天中午是吃包子还是饺子啊？"

失去梦想的狐妖和鲛人对视一眼，异口同声："你看吃我成不？"

但人是铁饭是钢，一顿不吃饿得慌。就算是再累再苦，一伙人还是起身和面剁肉，准备包包子包饺子。

趁着准备的时间，皮修咳嗽一声说："打破这个结界不难，但是一打破，就会灵气外泄，难免引起震动，要是能找到阵眼，开个洞进去就好了。"

他看向正在机械剁肉的杨戬："跟着你师父学过阵法没？"

杨戬木着脸点头："学过。"

他顿了顿，突然看向皮修，一脸警惕地问："你该不会是想把睚眦绑回家养猪吧？"

"放心，我不会这么有病。"皮修说着看向还在一边用刀比画猪肉的陶题，忍不住叫了他一声，"你干什么呢？"

陶题头也不抬："好多年没拿刀了，刚刚杀猪找了下手感，现在回忆一下，别到时候对上睚眦一下忘记了。"

哪吒奇怪："这么多年你没有拿过刀，那你在外面干架用什么？斗气化翼空手接白刃吗？"

陶题沉默两秒，突然从口袋里掏出一把冲锋枪来，他冲着哪吒扬了扬手里的枪，抿嘴一笑："21世纪了不会真的还有人在坚持使用冷兵器吧？"

哪吒："……"

杨戬："……"

两个被内涵到的人咳嗽一声，低头继续剁肉，不再言语。毕竟是传家宝一样的宝贝兵器，怎么是这种凡人的发明可以相提并论的呢？

两个人沉默着突然对视。

不行！还是想要以旧换新！

忙活了一阵，几个人剁完肉馅和完面去一边洗手休息，文熙把皮招财赶去皮修身边，自己洗了手跟着苏安一起包饺子包包子。

包子上锅蒸，饺子下水煮。朱雀转世的八哥站在火堆旁边持续吐火球保持高温，直到最后体力耗尽才被换岗休息。

成天高强度运动的野猪果然与众不同，肉汁和大葱混在一起，包子皮咬破汤就流了出来，香气四散，就连话多的猴二也没工夫点评两句，全神贯注双手并用吃包子。

水饺用辣椒油香葱蒜末还有醋一拌，皮修和文熙两个人吃了快两百个。

陶题一边直播一边吃，抽空还和弹幕交流几句吃的感觉。

他用筷子挑开一点包子皮，让观众看清楚里面的肉汤，抿了一口感叹说："这个汤，入口柔，一线喉。不来皮修饭馆，你们是吃不到这个味道的。"

他正准备问皮修包子能做速冻外卖吗，就听见一声鸡鸣撕裂了所有人进食的祥和氛围。

陶题眉头一皱，将手中的摄像头一转，对准了那只七彩羽毛、大红冠、身披霞光、缓缓落地的大公鸡。它身高半米，声音洪亮，眼睛有神，是个人看了都忍不住夸一句好鸡。

陶题咽了口口水，忍不住点评一句："这里果然是山好水好，鸡都比别的地方大。"

大公鸡叫了两声，朝着陶题伸了伸翅膀，看得弹幕里的妖怪神仙们一阵怀疑："这个鸡不会成精了吧？"

"上一次看到成精的鸡，还是上周闯红灯在路边交罚款的昴日星官。"

文熙盯着那只大公鸡，忍不住皱眉问："皮修，为什么这只鸡这么大？是什么奇怪的鸡精种类吗？"

皮修也盯着看，"啧"了一声："看上去也没到开灵智的程度啊。"

猴二看了看鸡，又看了看自己手里的包子，喃喃道："晚上是吃咖喱鸡还是黄焖鸡呢？"

仇伏看着这么大的鸡，狐狸嘴巴都露出来了，他皱了皱鼻子，使劲闻了闻，突然一顿，朝着皮修大叫："皮哥！这鸡味道闻着不对！"

皮修一顿，眼睛从黑色变成黄色，一旁的杨戬已经睁开额头上的天眼，盯着那只鸡冷冷道："皮修，你找的阵眼就在这只鸡身上。"

皮修一愣，立马扔了筷子冲着陶题怒吼一声："别直播了！快抓鸡！"

大公鸡受了惊吓，一个扭身连扑带跳上演《小鸡快跑》，原本坐着的仇伏直接化作原形，超过皮修，尖声尖气说："都闪开！抓鸡！让专业的来！"

虽然仇伏在店里从不显山露水，但是当年的青丘抓鸡第一名绝非浪得虚名。其实他也不是特别爱吃鸡，可就是控制不住骨子里狩猎的本能，化身追鸡者，像影子追着光。

但他的速度快，鸡的速度更快，五彩的羽翼在空中摇晃，鲜红的鸡冠随着它回眸的轻蔑一笑而摆动。

还有哪个能追得到老子？

仇伏万万没想到这辈子他居然会被一只鸡鄙视，就算是昴日星官见着他也要绕道走，一只山间散养的走地鸡又有什么资格在这里耀武扬威？

他狐叫一声，四条黑不溜秋的腿蹬成了幻影。

皮修几个也紧跟在后面，哪吒怕引起山火不敢用风火轮，只能用双腿狂奔，杨戬三只眼持续探路，等又蹚过一条小溪，他突然皱起了眉头说："前面妖气大盛。"

皮修一顿，陶题倒是一如既往，带着笑往前冲，说："感觉到了，我正好肚子饿了，想来也到加餐的时候了。"

任骄听着一噎，开始暗自庆幸这位大爷不爱吃鱼。

几个人脚下稍稍慢了几步，仇伏的影子便没入了山林之中，不见了踪迹。林间的妖气越来越重，皮修的眼睛从黑变黄，脸上的鳞片也缓缓浮现。

往前走了几步，突然一声凄厉的狐狸叫声撕裂了静谧。

哪吒竖着耳朵听着这段模糊慌乱的狐狸叫，朝着皮修发出疑问："这只狐狸说了啥？"

"好……好多鸡？"皮修也没听明白，接下来只有狐狸咪咪咪咪的叫声，还有由远及近的树枝摩擦声。

任骄已经摆出了转身跑路的姿势，一脸警惕地盯着声音传来处的山林口，低声说："能让仇伏发出这种声音的鸡一定是非凡鸡，说不好是千年百年成精的鸡精。"

皮修一顿："鸡精？"

杨戬翻出了他人生中第一个三眼并用的白眼，但立刻就提起了自己手里的三尖刀警告诸位："听到声音了吗？数量很多。"

皮修握住自己的巨型双棍严阵以待，哪吒三头六臂一齐出现，就连风火轮也在空中旋转盘旋，只有陶题抄着手一脸淡定地打开了手机直播，正对着声音传来的地方。

脚步声和震动声由远及近，任骄忍不住咽了口口水，就看见一只黑狐狸连滚带爬咪咪乱叫往外跑。

直播观众："……"

直播观众：黑狐狸也太少见了吧？现在才八月就开始卖皮草？是我疯了还是不可说飘了？

"仇伏！"任骄喊了一声就突然哑了火。

鸡，漫山遍野的鸡，从山间冲向这里，是谁家养鸡场拉了闸，鸡全跑了！

皮修他们傻了，直播观众也傻了，所有人都看着那快一米高的巨型山鸡直了眼。

仇伏连滚带爬朝着他们狂叫："还愣着干什么？快跑啊！我尾巴都被这些鸡啄秃了！跑啊！"

"跑什么跑！抓鸡啊！"陶题双手发动妖力，脸上妖纹尽显，还不忘冲着直播间一笑，"土鸡代购，现抓现杀，数量有限，每人限购一只。"

杨戬直接浮上空天眼一开，扫过满山遍野的鸡之后大声说："一共五百二十八只！但是没有看到那只阵眼鸡！"

皮修"啧"了一声："先把它们解决之后再去找。"

哪吒看着快一米高的巨型山鸡泪往心里流。

他有三个头六只手，能力越大责任越大，拔鸡毛的任务量是别人的三倍，不愧于他三太子的名声。

任骄看着眼前漫山遍野的野鸡，想起了曾经后院鸡屎三厘米高的恐惧，呼吸一滞，握着棒槌的手有些发抖。

皮修看着这群巨型山鸡，也有些头疼，睚眦那个蠢货养的玩意儿的确不走寻常路，一个个膘肥体壮营养丰富，这么能耐不去当养殖大户，非要小心眼子干坏事，活该被干掉。

仇伏眼看就要冲到面前，哭唧号叫着"皮哥救我"，但皮修不为所动，扎着马步气沉丹田，脸上顿时被鳞片覆满，变成兽脸。

皮修大吼一声，还没出手，那些鸡就被吓得停住了脚步，站在原地盯着皮修瞳孔地震，几只母鸡被这一声叫得下了蛋，公鸡直接尿失禁。

所有的鸡都盯着皮修，看也上前两步，立刻齐齐后退。

皮修见状立刻朝着鸡跑去，嘴里还发出咕噜咕噜的奇怪叫声，吓得鸡一下转头咯咯哒叫着往回逃。

鸡：妈！有怪物！

鸡的数量太多，山沟路也崎岖，运气不好的一头撞晕在了树上，更倒霉的慌不择路撞在石头上扭断了脖子。

陶题看了看弹幕，又看了看那些晕死在路上的鸡，顿了顿说："就算是自己撞死的也不打折，一口价，不议价，愿意买的就买。"

皮修跟着鸡在后面追，仇伏狐假虎威跟在大哥后面，对着前面奔跑的鸡龇牙咧嘴，发誓啄毛之仇必须报！

那只回家搬救兵的大公鸡在山洞鸡窝里还没有得意很久，就看见家里人一脸惊慌咯咯哒扑棱着回来了。

它还没有反应过来，就看到凶神恶煞的皮修迈着魔鬼的步伐迅速靠近。

不周山野生大公鸡，出生年月不详，卒于今年今月今日，未婚。

皮修才伸手把鸡从鸡垢拎出来，这大公鸡发出一声鸡叫就晕了过去，皮修忍不住晃了晃鸡，扯着鸡冠子说："我寻思什么人养什么样的玩意儿，就这？"

杨戬站在山洞门口没有进去，他用天眼留意着周围的状况，盯着那地上鲜艳的蘑菇，提醒说："你刚刚的动静太大，睚眦肯定已经知道你来了。"

"没事，就是要让他知道老子来了。"皮修嗤笑一声，把大公鸡扔给杨戬，"二郎真君看看怎么打开阵眼进去吧。"

杨戬点头："先回去吧，留小天和猴子们在那里我有点不放心。"

皮修应了一声，转头却发现陶题不见了人影。叫了两声就见他一身鸡毛从山洞里出来，手上还举着手机直播说："你们看到了，我就带了一百只，留下五十只我自己吃的，还有五十只，待会儿上链接抢到就是缘。"

皮修："……"

说实话，陶题的敬业精神属实让他惊讶，干一行爱一行的精神值得全饭馆所有人学习，特别是苏安那个老想着搞副业的算盘精。

一行人提着大公鸡回到之前的地方，皮招财一看见鸡就扑上去用爪子拍，文熙一把按住他的后颈，朝着皮修问："我刚刚听见好大一声吼，是你们弄出来的吗？"

皮修咳嗽一声："嗯，刚刚几只鸡跟我咯咯哒，我跟它们比美声呢。"

文熙一顿，点了点头："那就好，我还以为你们遇见什么麻烦了，要是你还不回来，我就要去找你了。"

"你找来也没什么用，你姐说你杀鸡都不敢，顶多帮忙拔拔鸡毛。"陶题拿着乾坤袋一抖，一百只巨型山鸡出现在面前，猴二惊得手上的大肉包子都掉了。

陶题："我现在上链接，你们帮忙安排一下发货吧。"

哪吒："……要杀鸡拔毛吗？"

陶题还没有说话，直播观众已经主动开始刷礼物飞火箭，上面写的"杀鸡费"三个字格外刺眼，哪吒一时觉得自己还不如瞎了好。

所有人都陷入沉默，只有皮招财最高兴，趁着没有人搭理它，抬起爪子给刚刚醒来的一只公鸡一耳光，看见鸡又晕了过去，喵喵嗷嗷叫个不停。

皮招财：我，厉害！

杀鸡拔毛安排发货，土地公和文熙对视一眼，两个人都看到了对方脸上的疲惫。

土地公："答应我，今天不要再有了。"

文熙："我努力不再有了。"

等到一切结束，杨戬抓着那只大公鸡用天眼仔细检查了一遍，然后从它尾巴上揪掉一根最显眼的鸡毛朝着结界扔去。

鸡毛如同飞镖一样插在结界上，光影一闪，一个大洞缓缓出现，等到车和人都顺利通过，杨戬又操纵着让大洞慢慢合拢。

杨戬将被拔毛的公鸡放到地上，正准备说上天有好生之德，就听见仇伏吸了吸口水说下午三点是应该准备黄焖鸡的时候了。

一群人又开始生火烧水杀鸡拔毛，文熙擦了擦自己头上的汗，为出发前感觉到紧张的自己发笑。

杨戬趁着所有人都没注意的时候，走到正在剁鸡的皮修身边小声说："那些蘑菇都有龙气，应该是睚眦留下来的耳目。"

皮修拿刀的手一顿，转头一看地上十分鲜艳的蘑菇，抬了抬下巴问："就是这个？"

杨戬点了点头："之前那个鸡窝山洞洞口也有。"

皮修放下刀，走向那几朵野蛮生长不知道死到临头的蘑菇，一把拿下它们，在水桶里把清洗干净又在菜板上切成几瓣。

皮修："正好，小鸡炖蘑菇。"

杨戬："……鲜艳的蘑菇都有毒。"

皮修："在场哪一个是吃毒蘑菇就会死的？顶多拉拉肚子而已啦，小问题。"

他还嫌不够，再次起身走到路边，盯着那朵瑟瑟发抖的蘑菇说："睚眦，我知道你能听到。最近鬼节刚过，水星逆行，爷心情不好，特意来找你的麻烦。"

老妖怪捏着蘑菇一笑："乖乖在自己窝里待着吧，兴许还能多活几天。"

百里之外的不周山之地，睚眦看着面前皮修那张放大的脸，气上心来大吼一声，将面前的水镜彻底拍成了碎片。

不周山下的山洞里一片漆黑，断电断网之后与世隔绝，只能听见睚眦狂怒的吼叫声。

小妖怪们躲在离洞口远远的地方，感受着空气里浓郁的龙气，两股战战，说话牙齿都发抖。

其中一个壮着胆子冲着洞口说："大人，野……野猪已经全军覆没，结界也被……被打开了，现在我们应该干什么？"

睚眦抬手把一旁的玉盏砸到墙上，已经维持不住全部人形的他撑着自己的脸，摸着上面的鳞片一字一顿说："所有还能喘气的都派出去！"

他撑着墙从洞里走出来，捂着自己的脸怒吼："都看着我干什么？还不快去！"

小妖怪们一下四散，只剩睚眦一个人在原地喘着粗气。

过了许久，他撑着墙壁一点一点移动着，空气里属于父亲的气息越来越浓，睚眦的脸也渐渐恢复成人的模样。他朝着黑暗中唯一的一点光明靠近，解开自己留下的封印，看着面前搭成龙形的真龙骨一下跪在了地上。

洞里正在修复真龙骨的妖怪被睚眦吓得一愣，扔下手上的电焊枪一齐跪在了地上，朝着睚眦叫了一声"大人"。

睚眦撑着地站了起来，踉跄几步行到真龙骨架前，伸手搭在五彩流光的骨头上，垂着眼问："修复到什么程度了？"

站在最前面的妖怪低着头小心地说："您拿来的材料我们都已经用上了，能接上的真龙骨也都接上了，只是数量太少，我们也……"

"行了，接上就行了。"睚眦仰头看着巨大的龙头骨，淡淡道，"别的骨头等以后我再找回来。"

睚眦靠着真龙骨坐在地上，示意妖怪们继续修复，他抬手打出一道法令，让整个山底下的妖怪都能听清他的声音：

"拖住皮修和陶题他们，不许他们靠近这里。"

妖怪们领了命下去，目光同时锁定以团建为借口上山搜刮山货搞直播代购的缺德皮修一伙。

野猪和山鸡的下场大家都有目共睹，野猪被放血的时候你没有说话，山鸡被拔毛的时候你没有抗议，等到刀对着自己的时候将无人为你发声。

不周山的精怪们第一次团结起来，反抗成为山货的命运。

皮修还不知道自己的到来引发了怎样的变化，正发饭晕，还回味着刚才吃过的小鸡炖蘑菇的味道。

这种鸡肉要是做成麻辣口水鸡肯定好吃，他光靠一碗口水鸡就能吃十斤饭，忍不住叫了陶题一声，说："待会儿回去的时候再去那个鸡窝一趟，带个一百只回家养着，到时候鸡生蛋蛋孵鸡，子子孙孙无穷尽也。"

陶题点头："很是有理，妙极妙极！"

仇伏咬着还未吃完的鸡腿，含含糊糊说："这个鸡肉真的好多汁，要是做成韩式炸鸡和盐焗鸡就好了，我一个人就能吃完一只。"

哮天犬想了想，偷偷跟杨戬说："我们也拿一只吧，就当你杀鸡的劳务费了。"

杨戬："……"

哪吒把手机放回口袋，假装没看见殷夫人叮嘱他带两只土鸡回家的短信。要知道相亲去吃饭，给人家仙女提土鸡就是离谱，这种没情调的事他绝对不会做！

任骄开着车走在蜿蜒的山路上，提心吊胆看着前路，生怕异军给他来个突起。陶题起身走到他身边，拍了拍小老弟的肩膀："别紧张，放心大胆地开。"

"我没紧张，就是之前又是野猪又是山鸡，担心接下来还有什么东西会蹦出来。"任骄想了想，说，"联想到菜场，除了猪、鸡，还有鸭子、鹅、鸽子，甚至还会有蛇。"

陶题："那不是很好吗？一站式购物，所有东西直接买齐，要是它们能听话点，自己上门就更方便了。"

任骄："……"

"哎，前面岔路往左边走。"陶题感受着熟悉的妖气，突然眉头一皱，看着前方的天空说，"有东西来了。"

任骄当机立断一脚踩下刹车。

"怎么了？"皮修撑着椅子背伸出头问。

陶题看着前方还无异样的天空，淡淡道："准备一下，睚眦又送吃的来了。"

"是什么啊？"猴二抱着皮招财好奇伸头，仍然是什么都没看到。

一旁的哮天犬吸了吸鼻子，顿时皱眉说："好甜的味道。"

杨戬天眼还没睁开，就看见远方天空的颜色突然变深，嗡嗡嗡的声音已经随着风传来。

文熙颤声说："是不是马蜂？是不是马蜂？你别出去，出去被蛰一口会死的。"

"不会的不会的，马蜂再大有多大，不过我一个指甲盖那么……天！"皮修看着有自己手臂长的蜂忍不住骂了声娘，"这是什么玩意儿？长这么大？"

陶题捏着下巴仔细观察了一番："之前就跟你说过了，不周山灵气浓厚，这里的妖怪都会出点问题的。而且这也不是马蜂，是蜜蜂才对。"

任骄咽了口口水问："现在怎么办啊？我待会儿直接跳水里面去，你们可以吗？闭气闭个半天应该它们就跑了。"

"是蜜蜂，那不是有蜂蜜可以吃了吗？"猴二突然举手发问，回答他的只有一片安静。

猴一上来一巴掌："都这个时候了还想着吃？生怕当个饿死鬼是不是？"

"不，猴二说得有道理，这么大的蜜蜂，那蜂巢应该多大啊？里面的蜂蜜应该有……"陶题用手比画了一下，却发现自己手有点短。

文熙看着奇思妙想的姐夫，忍不住劝他冷静："姐夫，蜂蜜我们回去买也可以的。"

"你不知道，这和野生蜂窝比一般的好吃很多。"陶题定定地看着前方俯冲过来的蜜蜂群，冷笑一声，"今天的晚饭蜂蜜烤肉，谁赞成谁反对？"

话音一落，无人应声，只有皮招财非常给面子地喵了一声，甩着尾巴蹲在陶题身边，看着蜜蜂十分爪痒想扑。

蜜蜂已经冲到面前，陶题淡定地从衣袖里拿出一瓶杀虫剂，下了车以一人之力对上万蜂之势。

文熙站在车上屏住呼吸，看着姐夫举起杀虫剂对准蜜蜂。他按下了似乎又没有按下，因为这群蜜蜂突然在空中停住，但却没有一只掉下。

皮修眯着眼看着它们，突然反应过来，大吼一声："陶题！回来！"

这群蜜蜂为了躲避陶题的大型化学杀伤性武器，选择了远距离攻击模式。所有蜜蜂动作整齐划一，抬屁股、瞄准、发射。

蜂刺直冲陶题而去，他后知后觉发现情况不对，连忙气沉丹田用妖气包裹身躯，金钟一般的法印在身后出现，佛音阵阵，将所有蜂刺反弹。

仗着身上的法印，陶题右脚为柱左脚画圈，右拳打开了天化身为龙，一阵龙吟之中陶题再次按下了杀虫剂，好风凭借力，送它上青云。

不过眨眼的工夫，一只蜜蜂落下了，但是千千万万的蜜蜂飞过来了！

蜂群怒了，结成一团采取了自杀式袭击，朝着陶题冲锋。光脚的不怕穿鞋的，我们的同志不应该白白牺牲！

陶题骂了一声，将手中的杀虫剂一扔，转身就准备朝中巴车上跑，但他一转身，却发现任骄那个尼大点胆子的丑鱼居然已经把车掉头准备跑路。

皮修站在窗户边狂喊："变回原形！原形！它们就蜇不痛你了！"

哪吒见状"啧"了一声，拉开车的窗户一个鹞子翻身落地，把陶题拦在身后，挑眉说："放着我来。"

哪吒："请你们吃烤蜜蜂。"

陶题愣了："不是烤歪桶吗？"

"这里只有蜜蜂，你凑合着吃吧！"哪吒话音一落，直接将陶题推开，猛吸一口气，吹出一大团三昧真火，连着今天宰猪杀鸡的怨气一齐呼了出来，以燎原之势将天空中的蜜蜂笼罩。

皮修愣了，立刻抱着皮招财站在窗前，捏着它的猫爪子说："快看，你哪吒叔叔现场真人喷火秀，错过了这场没下次了。"

　　一口火一喷，冲在最前面的蜜蜂都被烤熟，只剩下后面的一撮停留在夏日的热风中。

　　吓蒙两秒钟，蜂群立刻掉头逃命。

　　任骄一个挂挡，一个方向盘打转掉转车头，打开车门冲着哪吒和陶题按下喇叭催促："快点上车！蜂蜜要新鲜的才好吃！"

第十二章

大圣·终得圆满

马蜂又如何，蜜蜂又怎样，还不是都被雨打风吹去，只剩下蜂蜜暖人心。

陶题举着手机向观众展示这新鲜的野生蜂巢，他伸手蘸上一点舔了一口，啧啧称叹："甜蜜蜜，比你笑得还要甜蜜蜜。"

皮修看文熙尝了尝，挑眉问："甜不甜？"

"甜。"文熙舔了舔嘴唇，抬眼看着他问，"你不尝点吗？"

皮修点着头也尝了尝。

陶题将镜头重新对准面前的巨大蜂巢："那么现在开始上链接，一斤起卖，每个人限购两斤，数量有限，欲购从速。"

苏安在旁边推了推眼镜提醒："由于今天的土地公快递已经下班不揽件了，现在拍下只能明天发货，不过明天也不一定能按时发货……"

陶题点头："对哦，如果不能等的就算了，本店不接受任何中差评哦。"

直播观众：废话少说，上链接，谢谢。

直播观众：支持到店自取吗？我现在就来。

"别整那点蜂蜜了，快点装车走人。"皮修说。

文熙小声问："今天晚上还继续往前走吗？"

"不知道，得问陶题玩。"皮修朝着陶题一挑眉，"今天晚上是露营还是继续前进？"

"露营吧，天黑了开车也不方便，而且路上蹿出来什么也不能立刻反应，还是休息一晚上，明天再出发比较好，反正已经很近了。"陶题卖完蜂蜜关了直播，起身走到皮修身边拍了拍他的肩膀，露出一个笑来。

陶题："你看他手下的这些山精妖怪，虽然大都未开灵智杀不了我们，但是拖延了足够的时间。"

他眺望着睚眦所在的方向，喃喃道："拖住我们，那他又是在利用这些时间准备什么呢？收集父亲的骨头又有什么用？就算把所有的骨头拼凑在一起，父亲也回不来了。"

皮修点头："的确回不来，冯都昨天还说你爹转世的小屁孩在幼儿园午睡打嗝把自己吓哭了。"

陶题："……倒也不必告诉我这些。"他一拍手，"总而言之，我的这位兄弟一直都有点奇思妙想，我天生擅长打破他的奇思妙想。"

哪吒挑眉："能不能说人话？我一个语文老师都不懂你在说什么。"

"打个比方，你堆积木搭城堡，比起中途被人破坏，当然是最后堆完准备炫耀的时候被人一脚踢坏这种情况更让人生气崩溃。"陶题一摊手，"我们就是在准备做后面的事情。"

皮修想了想："听上去挺缺德的，但是我大力支持。"

为了给睊睊留出精心准备的时间，皮修一行人采完蜂蜜回到车上没有着急继续前进，而是找了个视野开阔的地方开始扎帐篷，生火做饭准备吃晚饭睡觉。

涂上蜂蜜的烤肉在火堆上散发出甜蜜的香气，肥肉被火烤出油脂往下滴落，落在火里发出噼啪的声音。文熙盯着看了一阵突然一下站起惊慌地说："皮修，招财呢？招财刚刚好像没有跟着上车！"

皮修一愣："没跟着上车？"

八哥嘎嘎叫了两声："你们终于注意到了！白虎那个蠢货还在你们车后面跟着跑了一截！嘎嘎嘎嘎。"

猴二手指一弹："那你还不告诉我们？臭鸟跩什么跩？小心变成今天晚上的消夜——蜂蜜烤小鸟。"

八哥毛被弹掉两根，尖叫两声说："怕什么，它已经跟着找过来了，还有个两分钟就能看见它了。"

文熙悬着的心还没放下，又听见朱雀嘎嘎笑了两声："就是它现在的样子不怎么好看，嘎嘎嘎嘎。"

"什么意思？"文熙一下转头看它，"招财是不是受伤了？"

八哥飞在空中扑棱了两下翅膀，朝着一个方向嘎嘎叫了两声："你自己看吧。"

文熙转头一看，就看见一道白色的影子喵嗷喵嗷叫着扑进了自己怀里，他连忙伸手摸了摸招财的后背，道歉说："招财，对不起，一下忘记你了，你别生气。"

皮招财用脸在文熙肚子上蹭个不停，喵喵喵的声音委屈又难过，任凭文熙怎么哄它也不肯抬头让人看一眼。

皮修在旁边坐了一会儿，忍不住了，伸手抓着皮招财的后颈提了起来，当那张大猫脸被抬起的时候，气氛凝固了两秒钟。

皮修想笑，但是他忍住了，绝对不可以在这个时候嘲笑一个心灵脆弱的小猫咪，就算他两百斤，就算他的脸肿得像被马桶吸过也不可以！

猴二伸头仔细端详皮招财那肿得跟猪八戒一样的性感双唇，忍不住咽了口口水问："弟，你这是和蜂子吻别在无人的街了吗？"

皮招财十分委屈，用肿得几乎睁不开的眼睛看着它爹，微弱地"喵"了一声，却看见姓皮的老东西扭开了脸。

皮修："……对不起，真的好丑。"

八哥无情嘲笑，上蹿下跳恨不得拿喇叭大肆宣告白虎的脸被蜇肿了。

皮招财一口气咽不下嗷叫一声，直接跳起把空中的八哥拍在地上，正准备咬的时候就被文熙抓住后颈拖走涂药。

晚上，皮修吸了吸鼻子，闻着充斥着整个帐篷的风油精气息，真心说："它是妖怪，被蜇了就算不涂药也没事的。"

文熙："我知道，涂个药求个心安。"

文熙突然看见外面有什么光亮了一下，他顿时警醒："皮修，外面有什么东西？"

皮修："还能有什么？肯定是睚眦派来的，这种葫芦娃救爷爷的行为也就他们能干了。"

文熙一下子紧张起来："下午的蜜蜂就够吓人了，现在又要来什么？"

皮修眼睛一眨化作兽瞳，黄色的眼睛在黑夜里格外明亮，他撩开帐篷看了看外面，又放下手："没事，几只小狗而已，你待在这里，害怕就抱着招财。"

文熙："我跟你一起出去。"

"不用，等回去了我教你法术，以后你再跟着一起。"皮修起身离开了帐篷。

睡得打呼噜的猴子们被叫醒，皮修借了猴一的烧火棍，在衣服上擦了擦，沿着帐篷画了个圈。

猴二揉着眼睛问："皮哥，你这干啥啊？画蟑螂圈呢？"

"画个屁，别睡了，来活了。"皮修把烧火棍扔给他，"招式放亮点，这次来的不是善茬儿了。"

哪吒困得不行，全靠自己的火尖枪支撑着身体，他打了个哈欠说："我真的累了，大晚上的求你们别整活了。"

陶题穿着"我爱茜娘"的T恤伸了个懒腰："离睚眦越近，出来捣蛋的小调皮越厉害，看上去他是真的急了。"

"我闻到了讨厌的味道。"哮天犬靠着杨戬吸了吸鼻子，还没来得及说话就听见一声长啸，绿色的亮光从树林的阴影中显现。

猴二愣愣地问："这啥？萤火虫？"

"你们家萤火虫学狼叫？"猴一气不打一处来，"等回去了我一定要给你挂个号，看看你智商究竟多少。"

狼群从黑暗中渐渐走出，将他们包围，任骄拍了拍仇伏发抖的后背："你要是害怕就躲车上去。"

"怕倒是不怕，这个发抖是天生的，没问题。"仇伏狐狸尾巴的毛都炸了起来，他抖抖索索从口袋里抓出一把法令握在手里，颤声问，"你说，要……要是我把皮子炸出洞了，还能卖个好价钱吗？"

任骄："……你先自求多福吧。"

不周山的黑夜里，超大银幕版本的真"野狼迪斯科"悄悄上演，头狼仰头望月长啸一声，迈开爪子扑了过来，杨戬三眼一开持着三尖刀迎了上去。

秉着出战先对骂的原则，哮天犬也化作原形仰头长叫一声，目露凶光，跟在二郎真君后面扑入狼群。

犬科生物之间的争斗现在开始，是狗还是狼，都不如胜者为王。

猴二喷喷两声，抬起一脚踢开扑上来的狼，舞动着手里的双节棍，忍不住冲着猴三一伸手，真情呼唤："弟弟！"

猴三也伸手："啊哈！"

背后的仇伏撒下一把法令，噼里啪啦炸响中花火乍现，猴二没想到这么应景，立刻手舞足蹈又抽开一条狼。

文熙抱着肿了脸的招财坐在帐篷里，一颗心七上八下。

皮招财"喵"了一声，用尾巴蹭了蹭文熙的脸表示安慰，整只大猫正准备起身把他圈在怀里，突然听见一声细微的草丛摩擦声从帐篷后面传来。

"嗷——"皮招财低吼一声，整只猫后背的毛都彻底炸开，眼睛瞪得像铜铃。

侦查到危险在靠近，招财喵嗷叫了一声，用自己的身体将文熙拦住，喉咙里发出一声又一声的警告声。

"怎么了？"文熙紧张起来，脸上的妖纹尽显，妖气鬼气四溢，帐篷外的东西安静了一阵，但很快狼嚎传来。

皮招财一听对面叫它也叫，一声正宗的虎啸代替了往日里甜甜撒娇的喵喵喵。

不就是对骂吗？它从小在饭馆就耳濡目染，难道还会怕？

对面摩擦的声音越来越大，身上的妖力涌动让文熙的听力变得敏锐，他抱着皮招财的身体小声说："不只是狼……招财听话，到后面来。"

皮招财"喵"了一声，没到文熙身后去，只是让开一些。文熙伸手将帐篷的拉链拉开，看清外面的样子后，忍不住倒吸了一口冷气。

地上一圈金光将帐篷圈在中间，而上百条蛇又将金圈圈住，发出很大的嗞嗞的声音。

皮招财嗷了一声就要扑，被文熙一把按住。

文熙："你这要是扑出去，被蛇咬了之后脸会比现在肿得更大。"

皮招财一愣，顿时后退几步，乖巧听话地蹲在他身边不动了。它脸上的胶原蛋白已经足够了，不用再打什么蛇毒素了。

蛇绕着金圈游动却无法进来，远处的狼还在仰头长啸，似乎在召集更多的蛇过来。文熙看着地上的金圈似乎在蛇的游动摩擦下一点一点变淡，索性起身从帐篷里站了出来。

皮招财"喵"一声抓住他的衣服，文熙连忙出声安抚："别怕，招财。我在呢，它们咬不到你。"

皮招财：看上去是你比较怕。

文熙吸了吸鼻子，忍着头皮发麻和凸起的鸡皮疙瘩，强迫自己盯着这满地的蛇不眨眼不后退，他念念有词："姜辣蛇口味蛇无骨蛇羹辣炒蛇皮……"

蛇："……"

文熙念出蛇的一百种烹制方法，他看着面前的蛇就似乎在看一盆盆菜，渐渐地，他不那么害怕了，甚至心平气和了起来。

突然，他福至心灵从自己的口袋里拿出一支笛子，盘坐在地上吹了起来。可能是曲子不够动听，蛇们虽然伸长了脖子但是并没有循着乐声扭动。

它们看着文熙，像看着一个怪物。

说实话，蛇觉得有被侮辱到，顿时嘶叫的声音更大了，游行的速度越来越快，金圈的颜色渐渐变弱，眼看这个蠢货的死期就在眼前，蛇群正激动的时候，文熙居然主动踩进了蛇圈里。

蛇被他的动作吓得反倒后退，就连后面叫着的狼也一下哑了火。

这个男的这么勇的吗?

“差点忘记姐夫说过我现在五毒不侵了。”文熙瞥了一眼，发现没有什么能缠死人的巨蟒，更是放下心，抬手从怀里的芥子口袋里拿出一坛酒来。

蛇群心里又惧又怒，眼看着文熙拉开酒封——古法酿制雄黄酒，十年窖藏，只为良心打造。

蛇看着这个家伙突然蹲下身，徒手抓起一条自己的同伴就往酒坛里塞。同伴挣扎了两下就失去了知觉，软趴趴地垂着尾巴像一条没了松紧的松紧带。

文熙还拿着晃了晃，忍不住感叹:“我还以为有多能喝，原来也不过如此。”

美酒加咖啡，大家还能要一杯，黄酒加雄黄，居然一口都受不了，文熙想了想电视剧里喝了酒也不过是现原形的白素贞，忍不住摇头。

这一届的蛇有点不太行。

文熙举起酒坛还没有泼下，蛇群已经掉转蛇头往后逃窜，站在后面的狼低吼着不许它们离开，但蛇置若罔闻纷纷转头嘶叫骂人。

蛇:“这么有种自己上啊!”

蛇:“故意挑蛇最肥的时候叫我们出来，赶着跟人送菜是吧!”

蛇:“快跑!别出来集体活动，被人都抓住做口味蛇了!”

文熙一步一步走近那头还在低吼的狼，狼见势不妙准备逃跑，但皮招财突然一个泰山压顶再加一个饿虎扑食，肥猫沉重的身躯直接将狼牢牢压住。

文熙连忙叫住准备下嘴的皮招财:“别咬，留活的，正好我准备给你哥做支狼毫笔。”

皮招财“喵”了一声，闭上了嘴，但还是把狼牢牢按住，一张大肿脸在狼面前闻闻嗅嗅，惊得狼赶快闭住眼睛，不忍直视这张丑脸。

这辈子没见过这么胖这么丑的猫!

分战场的狼已经束手就擒，但主战场上的狼像弹簧，你弱他就强。

在杨戬展现出格外优秀的打狼能力之后，已经有狼心生怯意，再加上猴二在一旁高喊打头狼分狼皮，所有狼的心里都在咒骂头狼带着自己送死。

但是战场如同酒桌，第一个放下酒杯的就输了，此刻第一个后退的就输了，狼活一世可以丑，但不可以没种。

不蒸馒头争口气，一百多只狼愣是上蹿下跳焦灼撞击了快半个小时，看着敌方气焰越来越嚣张，终于决定采取最后一击。

体形最大最结实的一头狼，在五十米助跑之后，奋力一跳向皮修扑去。

可皮修早有防备，但还没有等到他出手，一个灰色的毛球突然飞来，带着尖叫声同空中的狼撞在一起，飞出五十米然后狠狠砸在了地上。

双杀！

文熙喘着气跑到皮修身边，拍了他一下，说："你怎么躲都不躲？"

皮修看了看倒在地上的两头狼，又看了看文熙的细胳臂细腿，忍不住问："刚刚是你把那头狼扔出来的？"

"对啊，我看你站着一动不动。"文熙说完还活动了下自己的肩膀，"那狼还有点沉。"

皮修："……是挺沉的。"

最后准备的杀招也被飞来横狼化解，头狼再也没了斗志，仰头一啸招呼大家风紧扯呼快跑，跑不掉的就只能当别人的野味了。

狼跑了个干净，只剩下地上两只倒霉鬼还昏迷不醒，猴二蹲下身把两头狼绑了起来，朝着皮修一招呼："皮哥，两条狼带回去看家护院呢。"

皮招财十分不屑地走到文熙和皮修身边"喵"了一声，示意自己困了。

皮修把它抱起来，掂了掂说："今天晚上干得不错，等回去了你想吃什么吃什么，都给你做。"

陶题盘腿坐在地上，伸了个懒腰说："都去睡一会儿吧，等睡好了再出发。"

"不会再有过来捣蛋的了吧？"哪吒打了个哈欠，"再来打扰本太子好梦，我真的要拆了睡眯的骨头架。"

"应该不会了，今天晚上逃走的会告诉它们的朋友我们有多恐怖的。"陶题一笑，"现在只要等舆论发酵就好了。"

回到帐篷继续休息的人不知道夜晚的不周山经历了什么，逃走的蛇在山野间疯狂逃窜。

那个看上去最好欺负的男的最勇，徒手抓蛇塞酒坛，身上鬼气妖气汇聚，脸上还有妖纹，不知道是哪里来的妖怪，有多远躲多远！

蛇喊得情真意切撕心裂肺，但是许多山精妖怪还有些不相信，可等到狼群屁滚尿流地回来了，它们才知道这次是真的大事不妙了。

在山间野地的山精妖怪们还没有接受过来自现实社会的毒打，这次皮修一行人身体力行给它们上了一课。

你每天的跑圈拉伸，迈出的每一步，可能都是在为成为别人餐桌上的食物做准备。

一时风声鹤唳妖妖自危，生怕下一个就轮到自己。

幸而一晚上过去，那群团建的缺德大妖还在原地睡觉，没有继续搜刮的意思，让所有妖都松了一口气。

又过了几个小时，太阳已经照在当头，但那群大妖还在睡，山精妖怪们觉得自己已经安全的时候，突然一阵地动山摇，别人还没有动手，自己房子先垮了！

皮修被地震震醒，从帐篷里出来，就见不远的地方一道亮眼白光，扑面而来的龙气让他身上立刻现出了鳞片。

猴二拉开脸上的眼罩，看着那白光渐渐褪去的地方，忍不住张大了嘴。

一条钢筋白骨的巨龙盘踞在天空，金属支架和真龙骨相连，熠熠发光，配上已经阴云密布突然暗下的天空背景，赛博朋克老真龙，霸气登场！

即使是逮龙专业户的哪吒看见这么大的机械骨架也傻了眼，伸着三个脑袋看，也没看出这是个什么行情来。

猴二："这是什么？博物馆恐龙标本我看过，恐龙不长这样。"

哮天犬："……什么恐龙不恐龙的，这是老真龙。"

皮修没理几个说胡话的蠢货，用妖气笼罩身体，看着旁边的文熙低头问："龙气冲到你没有？难不难受？"

文熙摇头，还没来得及说什么，身边的陶题就代他回答："放心吧，他身体里有我爹的骨头，龙气不会对他有压迫。"

八哥站在陶题肩膀上看着机械真龙喳喳叫了两声："妈呀，这比老青龙都要大。"

"我父亲是世界上第一条真龙，自然要比别的龙大。"陶题深呼吸一口气，感受着来自父亲熟悉的威压，忍不住笑了一声，"看起来睚眦已经准备好了，我们也该出发了。"

皮修看他一眼："你真的不怕翻车？"

"有什么好怕的？"陶题淡淡道，"大不了就是他死我活，有什么好怕的？"

反正睚眦横竖都是一死，没有第二种结局。

他话音刚落，睚眦的笑声就从远处传来，尖锐而刺耳，带着掩饰不住的得意："我的好兄弟，你终于来了。"

陶题眉头一挑，懒懒道："等人索命等得不耐烦了？这么不耐烦可以选择自杀的，亲。"

睚眦一顿，皮修都能听见他气得磨牙的声音，忍不住叹了口气，用上了妖力问："我说打架之前的吵架能不能省了？这么多年打架前都要叨叨两句，腻不腻啊？"

"皮修，你能亲自来送死真是太好了，我正愁找不到你。"睚眦嗤笑一声。

皮修黑了脸，用妖力警告睚眦："别让我抓到你，你看我干不干你就完事了。"

睚眦气极反笑："马上我就能让父亲复活，只要他一回来，我就可以从不周山下出来，你们到时候都要死。"

他说得掷地有声，但是皮修一行人全然没有放在心上，哪吒甚至还打了个哈欠问："睚眦算不算龙啊？不算龙我不想打了。"

睚眦听得气急败坏，直接闭了麦，冲着还在敲敲打打给老真龙补尾巴的妖怪怒吼："都快点，如果待会儿貔貅他们过来你们还没补好，我死了你们也不用活了！"

妖怪们连连称是，睚眦摸着老真龙的骨头，感受着上面的龙气修补身体，但是睚眦脸上的人形已经维持不住，兽形的脸庞狰狞痛苦，小妖怪们光是瞥一眼都要吓破胆，一个个更加小心谨慎，生怕惹了大老板生气。

看见老板这样，是个有脑子的都知道现在大势已去，藏起来或者主动投降才是上上之策。有些平日里不怎么露面的妖怪已经收拾好行装跑路，实在跑不动的便在自己的家门口插上了白旗。

任骄开车上路，人家进山参观一路都是彩旗飘飘，只有他们一路走来路边都是白旗晃晃。

陶题揣着手站在开车的任骄身边，一边指示着前进的方向，一边仰头看着空中那条巨大的机械龙。

他眼睛一眯："这骨头和骨头之间，是用电焊焊上去的吧？能结实吗？"

"谁知道呢？"任骄皱眉看了眼阴沉的天气，忍不住说，"怎么看上去要下雨了？"

陶题："可能是天道醒了，知道睚眦要找死，在警告他回头是岸。不过你不是鲛人皇吗？这种阴雨天你应该不怵才对。"

"阴雨天的确没关系，但是这个天色一看就要打雷，我不喜欢打雷。"他下意识摸了摸自己脸上的那条疤，撇了撇嘴说，"天雷劈在脸上的滋味，我这辈子都不想再尝第二次。"

陶题盯着他看了看，突然从芥子口袋里拿出了一顶避雷针帽子戴在他头上，嘱咐说："既然这样，你就把这帽子好好戴着，没事别摘下来。别的都不怕，就怕天道眼神不好把你误伤了。"

天空中一声雷炸响，皮修扯着嗓子警告陶题："行了，你别说屁话了，别先把他惹火劈我们两下，那不完犊子了吗？"

陶题皱眉："别乱扣屎盆子，是睚眦整的盗版老爹引来的，根本就不是我的原因。"

他话音刚落，空中一直盘踞着的真龙眼睛突然亮了起来，整个龙身在空中扭动起来，发出震撼天地的龙吟。

皮修眉头一皱，开始给冯都打电话，却发现没信号。

"行了，别打电话了，它过来了。"陶题叫任骄停车，自己第一个下了车，毫不含糊地化作原形向着奔来的机械真龙而去。

陶题四条腿忙着跑，一张嘴也没闲着，开始大声嘲讽睚眦："我的好兄弟，过了几千年你还是一点长进都没有，每次在外面惹是生非之后，就只会往父亲的背后躲，还是废物一个！"

"但凡你能好好听话不出门惹是生非，父亲也能多待几年，不会那么着急听天道的话投胎转世。"陶题说着嗤笑一声，"他就是烦你这个惹祸精了。"

睚眦站在机械真龙的头顶盯着朝自己跑来的陶题，用兽瞳死死盯着他："饕餮，你在我面前装什么装？明明一肚子坏水，偏偏还要在父亲面前装作听话懂事的样子，我每看一次都觉得恶心。"

"我就是为了恶心你。"陶题声音立刻冷了下来，"我从来没有惹过你，但你每次偏偏要针对我，父亲说你天性如此，我便也罢了，只是为什么你要针对茜娘一家人？"

"她爷爷看不起我睚眦，偏偏要抬举貔貅那个蠢货，明明是属于我的机缘气运落入别人的囊中，你说我为什么针对文家？"

睚眦盯着越来越近的陶题斯吼一声："若是有了那年的机缘气运，我本可以从这山下脱身，不再被当作肥料，都是因为那个多事的死老头子！更何况你又喜欢那文家的女儿，我杀他全家又如何。"

他突然笑了起来："虽然我开始弄错了人，但殊途同归，陶题，看着你喜欢的人魂归天地很难过吧，没有关系，你马上也要去陪她了！"

机械真龙右边的钢铁骨骼突然活动，两个包裹着黄色法令的导弹朝着陶题射来。陶题见躲闪不及本想硬扛，但突然身边一声巨响，皮修闪亮登场。

皮修脚踩祥云直接将陶题撞开，施尽妖力，从口中吐出的法咒直接连接成网挡在两人面前，导弹撞击在上面爆炸，轰鸣声一时响彻云霄。

皮修转头看着陶题："你不应该躲不开的。"

陶题装作没听见的样子，没有回答。

哪吒和杨戬终于赶上，三太子猛吹一口气将浓烟吹散，看见皮修和陶题没有受伤才松了一口气道："还以为你们两个被炸到了。"

杨戬睁开天眼上下打量着这个机械真龙，淡淡道："没有龙魂，不过是龙骨被拼凑起来强行唤醒，靠着残存的记忆行动的骨架而已。"

他握着三尖刀的手微微收紧："只是真龙骨太硬，有点难收拾。"

所有的人都一阵沉默，想起了在饭馆后院因为磨一块真龙骨而发生的惨案，尤其是二郎神的表情格外不自在。

皮修轻咳一声："猴子那根烧火棍带来了，到时候让他拿棍子敲敲呗。"

"那么小一根棍，这么大条龙，你让他从人家尾巴骨开始敲，彻底敲碎怎么也得花个三天三夜。"哪吒说着一顿，突然压低了声音问，"他现在还能把棍变大变小变漂亮吗？"

皮修想了想，诚恳地说了个"难"字。

"又不是全部都是龙骨，你们没看见还有这么多钢筋吗？"杨戬额头上的第三只眼跟 X 光一样扫描着这条龙，突然锁定了龙身中间的一段钢骨，他抬手一指，"那个地方，里面是老真龙的护心鳞，他用护心鳞里的妖力制动，只要打坏那里就行。"

哪吒顺着看去，忍不住皱眉："这么厚的钢板？陶题还有没有火箭筒，火力够大能轰开的那种？"

"不行，这不是普通的钢材，睚眦往里面掺了不少别的好东西，凡火不可破。"

杨戬话音刚落，皮修和陶题就对视了一眼。

凡人的火不行，神仙妖怪的火总行吧。

睚眦驾着龙又朝着几个人轰来，他嗤笑一声："等我杀了你们，就用你们的魂来引父亲的龙魂归位，届时真龙现世，我又可以重获自由！"

"我有个问题一直没有明白，为什么父亲回来你就会获得自由？你该不会觉得父亲会帮你同天道讨价还价吧？"陶题说着给皮修递了个眼神，示意他趁机去把朱雀抓上来。

"为什么？"睚眦嗤笑一声，"天道关我在这里，不就是觉得我是这世间最大的不安定分子吗？等到父亲现世，他是第一条真龙，有翻天覆地之势。我的破坏力在他面前，不过如同蝼蚁一般，更何况他的妖力用来滋养不周山再好不过，哪里又用得到我？"

陶题一顿，将明白睚眦的话，一时火起，连着怒骂睚眦好几句畜生玩意儿，生你不如生块叉烧。

这哪里是生了个儿子？这是给自己找了个仇人。畜生玩意儿，老爷子生前对你这么好，死了你也不想他安宁，还让他来替你坐牢，真是狗东西。

陶题越想越气，怒吼一声，竟然将机械真龙从空中震退几米。

睚眦心头一怒，跟弹钢琴一样十指连按几个键，法令炸弹跟雨点一样冲着陶题而去。

皮修抓着尖叫着的八哥返回，看着这满天烟火，口中的法咒才念两个字，就被混天绫一下裹住拉入了龟壳之下。

原本只有巴掌大的小王八突然变大，用自己的壳为他们撑起一片天，将炸弹都拦在背后，不让他们受一点伤。

一连番轰炸结束，天空终于恢复了安静，玄武叫了一声，缓缓恢复为原本的大小，趴在哪吒的手上叫了两声。

虽然炸弹得劲，但是小王八作为玄武，王八壳也是货真价实地硬，只是受了点轻伤。

哪吒摸了摸玄武，将它收进衣服里，嘴角一扬，三头六臂乍现，正准备踩着风火轮朝着睚眦冲去，但被杨戬一把按住。

"你和朱雀去喷火熔钢，睚眦交给我们就行了。"杨戬淡淡道，"速战速决，不要拖沓。"

朱雀嘎嘎两声被哪吒握着朝下飞，它刚刚一张嘴就被哪吒往嘴里塞了个朝天椒，按住了鸟嘴。

哪吒："待会儿能吐多少火就吐多少，你明白？"

八哥："……"明白。

睚眦见哪吒和八哥朝下飞，忍不住冷笑一声："你们以为这样就可以赢过我吗？"

皮修朝着龙头跑来，在靠近以后立刻从兽形化作了人形。

他握紧了拳头，用尽全身力气挥出，与真龙骨撞击发出一声巨大的闷响。

整条机械真龙都被打歪，站在龙头的睚眦险些掉下去，他用力握住金属打造的龙角，怒目瞪向皮修，但看青他鲜血淋漓的右手的时候又忍不住发笑。

睚眦："皮修，你看看你，这是我爹的骨头，你还以为同别的废物一样好揍吗？"

"我知道是真龙的骨头。"杨戬说着突然闪身出现在睚眦的面前，他面色冰冷，将开山斧高高举起，"杨二郎这辈子只用此斧开山救母，从未砍过活物，也不知道这真龙骨硬度究竟几何。"

睚眦瞳孔一缩，但杨戬的斧头已经劈下，携着开天辟地之势砍在了睚眦头顶的法阵之上。

法阵金光一闪便消散在杨戬斧头之下，睚眦往侧边一滚，只见开山斧直接劈在了真龙头骨之上，几道电光闪过，真龙头骨裂出一道黑色缝隙。

睚眦怒吼一声要扑上去，突然脑后一阵枪响，他连忙往右一滚，躲过了陶题的机枪扫射。

陶题停下射击的动作，不耐烦地"啧"了一声："你就不能老实点挨几枪然后去死吗？反正你已经快被不周山吸干了妖力，这么拖着也活得难受，倒不如死在我手里，我给你一个痛快。"

睚眦一听"死"这个字顿时嘶吼起来："凭什么我要去死？凭什么父亲这么多儿子只有我一个被关押在这里！我谋划了那么久，将国朝气运同我结合，自掉身价和那些凡人打交道，明明马上就要成功了，结果被人横插一脚，都为他人做了嫁衣！凭什么！"

皮修落在龙头上，黑着脸问："既然是我得了好处，那你为什么不来找我？"

"找你又有什么用？如果不是别人提醒你，你根本就意识不到！"睚眦的脸彻底变回了兽形，他看着陶题一脸嫌恶的样子，咻咻笑了两声，"我讨厌的人喜欢上了坏我好事的文家女儿，我原本布了一个好局拖住了你，只可惜那个女人居然让自己的弟弟逃了出来。不过她也被凌迟腰斩最后魂飞魄散，也算是一出好戏！"

皮修上前直接一把将睚眦从地上拎了起来，用带着血的拳头猛地打向他的脸："多谢你提醒我这件事了。"

睚眦挨了两拳吐出一口血，猛地使用妖力在两人之间炸开，拉开了两个人的距离。

"皮修，你不应该恨我，你要谢谢我，如若不是我费心布局，那天大的好气运又怎么会落到你头上？"睚眦嗤笑一声，"不然，在这不周山下受罪的就不止我一人，而是你我两人了！"

"没发生的事就别胡说了。"陶题伸手卡住了睚眦的脖子，"当初文家落狱都是你在后面谋划，还把血海因果都牵系在小熙一人身上，这些都是你干的对吧？"

睚眦嗤笑一声："怎么？想为文熙解因果？我承认是我做的又怎样？不是我做的

又怎样？他还不是被折骨浸坛，六百年不得超生？"

陶题的力气越来越大，眭眦挣扎了几下没有挣开，涨红了脸问："你就不怕杀了我，沾染因果吗？"

"我怕什么？我死都不怕还怕杀了你沾染因果？"陶题压低了声音，"如若不是想着亲手杀了你给茜娘报仇，在她走的那一日，我便随着她去了，哪里还会活到现在？"

眭眦瞪着陶题，颤抖着把手伸进了自己的衣服口袋里，拿出自己口袋里的按键开关。

他要故技重施伤敌八十自损一百，用妖力炸开陶题。

"我原本不想死，但是现在有你们几个垫背，我也不亏。"眭眦嗤笑一声，看向脚下青绿的山脉，"没有我，不周山也活不过来，我死了，不周山跟着我一起炸为平地，你说天道知道了会不会恼羞成怒？"

杨戬眉毛一挑："爆炸才是艺术？"

眭眦嗤笑一声，看向陶题，按下了按钮："我的好兄弟，最后你还是要跟我死在一块儿，不是同你的茜娘一起魂归天地了。"

整条真龙开始颤抖震动，爆炸声从龙尾开始，皮修怒吼一声正准备跳下去，爆炸的声音却戛然而止。

哪吒攥着快哑了的八哥踩着风火轮飞上来，手上握着只剩下一半的护心鳞晃了晃，咳嗽着说："已经搞定了，老子一口三昧真火都吐不出来了。"

八哥哑着声音骂："哪吒你不是人，让鸟吃朝天椒，虽然我是朱雀，也不能这么使啊！等我回去了我就向动物保护协会举报。"

话音刚落，失去了核心动力的真龙便开始从空中坠落，眭眦瞪大了眼睛不敢置信，大声惨叫着，手还在不停地按那个爆炸的按钮，可真龙毫无回应。

巨龙骨骼从天空坠落砸落在地上，用电焊连接的地方顿时四分五裂，再也看不出原来威武的模样。

皮修几个人从空中缓缓降落，陶题捂着被眭眦炸出来的腹部伤口，盯着面前尘土飞扬的残骸问："眭眦呢？别让他跑了！"

哪吒咳嗽两声，准备将空气中遮掩视线的烟尘吹走，就见睁开天眼的二郎神突然转身朝着文熙冲去，口中一声怒吼："小心！"

但眭眦已经快要冲到文熙面前，手已经化作利爪带着一团黑色混浊的妖力要打向他胸口。

文熙身上妖纹遍布，一接触到那团妖力便冒出黑烟，文熙遭到自身妖力的反噬，咳出一口血。

他连退两步，旁边的猴四大叫一声扑了上来，抓住了眭眦的衣服。

"滚！"眭眦用妖力一震将猴四直接震飞，撞在了石头上。

猴一瞳孔一缩，双眼顿时变得血红，怒吼了一声："老四！"

此时猴二、猴三突然捂着头惨叫了一声，周身爆发出一阵金光。

文熙背靠着树已经退无可退，眼看睚眦的手已经到身前，却再也不能前进一步。

素日里黑漆漆的烧火棍挣脱了它的伪装，露出金红的真面目，"如意金箍棒"五个字冒着金光。

猴一、猴二、猴三没了踪迹，只剩下一只同人一般高的猴子死死握住睚眦的肩膀，他头戴嵌着珍珠的金顶冠，身披火红披风，怒瞪火眼金睛，叫人不敢直视。

齐天大圣孙悟空时隔百年再临人世，他猛一用力将睚眦掼倒在地，用如意金箍棒在空中划出半圆的弧度，朝着睚眦头顶用力挥下。

他大吼一声："吃俺老孙一棒！"

睚眦死了，神魂俱灭。

齐天大圣收回自己的金箍棒，转身冲着皮修一笑："你这貔貅，还真能给你孙爷爷找事。"

皮修看着他也是一笑："回来了？"

齐天大圣摇头，嬉笑一声，将如意金箍棒变回烧火棍模样："俺老孙去也。"

话音刚落，金光一闪，再看去的时候，已经没有了齐天大圣的身影，只剩下晕倒在地的猴一、猴二、猴三。

被猴五扶起来的猴四掐了自己一把问："刚刚那是咱们哥吗？怎么跟变形金刚一样，咔咔就组起来，咔咔又消失了？"

猴五一脸蒙："我……我也不知道啊，我怎么瞅着那么像齐天大圣老祖宗呢？"

杨戬咳嗽一声："行了，猴四你的伤得上药，你先坐下来。"

文熙靠在树上惊魂未定，皮修走过去说："没事了，没事了……吓死我了，你不知道躲远一点看吗？"

"我……"文熙喘息了几口气回神。

陶题捂着腹部的伤口，踉跄着走到睚眦的尸体旁，他盯着看了一会儿，突然跌坐在地上大笑起来，但笑到最后却又流出泪来。

杨戬在他身边蹲下身，将口袋里的药塞进他手里："身上的伤口处理一下吧。"他顿了顿又问，"按道理来说，你这种伤口应该能自愈的，为什么现在……"

"天人五衰，莫非二郎真君没有听过？"陶题冲着杨戬一笑，还是将药涂在了伤口上。

二郎神顿时打开了天眼，盯着陶题皱眉说："你的天人五衰时机还未到，莫要胡思乱想。"

陶题摇了摇头，笑着说："天机是天机，人心是人心，我心已死，身体如何自愈？二郎真君无须担心。"

皮修带着文熙从后面走来，伸手在陶题肩膀上拍了拍："你跟我回饭馆去，我有调理你身体的方法。"

　　"算了吧，这个世界上没有茜娘，我真的是不想待下去了。"陶题说着一顿，然后喃喃说，"也不知道我自散魂魄于天地，能不能赶上茜娘，她若是还有知，等一等我便好了。"

　　文熙听不下去，打断说："姐夫，姐姐走之前只想让你好好活着，她再三嘱托我，我不能看着你做出那些——"

　　"哎，怀玉啊，没你姐姐，我真的觉得活着没意思。"陶题伸手拍了拍文熙的肩膀，"有件事一直没有告诉过你，我其实已经尝不出食物的味道了。"

　　所有人都是一愣，不敢相信吃遍世间所有食物的饕餮居然失去了味觉。

　　"我尝过这个世界所有的味道，但最甜和最苦的味道都是你姐姐给予我的，没了她，世间万物不过平平淡淡，毫无特色。"陶题笑了笑，"放心吧，她不会怪你的。"

　　文熙顿时红了眼睛，想要再说什么，却被皮修按住。

　　皮修看着老友，叹了口气："想好了？真的没觉得不甘心？"

　　"有什么不甘心的？"陶题说着一顿，突然仰头看着天说，"你倒是提醒我了，怀玉身上的血海因果没解，茜娘从前受了那么多苦，我的确还有点不甘心。"

　　陶题想着反正自己也不活了，光脚不怕穿鞋的，破罐破摔，突然抬手指天怒骂："蠢货东西，每次别人说你不开眼说你蠢，你就不高兴，要打雷下雨，你要是真的长眼，睚眦乱改的几个因果能不能改回来？几万岁的老帮菜了，平时说你赖床还真当自己懵懂无知了！说好听是傻白甜，不好就是又蠢又坏。"

　　原本晴朗的天空，突然乌云密布，连着打两个雷下来，任骄脸色发白，心想陶老爷别骂了。

　　陶题坐在地上"啧"了一声："就只知道打雷，你吓唬谁呢？有种一道雷劈死我算了，话都说不了一句的废物，有种开眼看看啊！"

　　闪动的电光一划，天空突然安静了下来，似乎一根针掉落的声音都清晰可闻。

　　"你……放肆！"

　　一个清脆的声音突然响起，所有人都是一愣，哪吒眨了眨眼睛，忍不住问："这是谁的声音？"

　　陶题回过神来盯着天空说："你有本事说话，怎么没本事把茜娘还给我？她做错了什么事要魂飞魄散？你就是白内障！"

　　一道巨型雷电在天空炸裂，劈在了不远的地上，文熙连忙拉住陶题："姐夫，别骂了别骂了。"

　　"老子就要骂！"陶题挣开他，心里越想越气，"反正我都要死了，有些话不骂出来我就是伸腿都伸不直。这没天理，我的茜娘温柔又善良，世界上找不到比她更好的女人，凭什么她受那么多苦，杀千刀的睚眦还能躲在自己的山洞里屁事没有？"

　　"谁说他屁事没有？！"

　　又是一道雷电劈在地上，一个人影从刺眼的白光中走出。皮修眯着眼看去，便看到了一个二十岁左右的男青年一脸不爽地走来。

身穿白 T 恤黑裤子，头发蓬松自然卷，脸上还戴着一个黑框眼镜，看上去不是很厉害的样子。

他一步一步走近，盯着陶题说："你自己也说了，睚眦被压在山下当养料复活不周山不是六百年可以完成的事，我知道了他对文家做的事后，便加快了不周山吸收他妖力的速度，又减少了他的外出时间！"

天道推了推自己脸上的眼镜："原本他可以不必死的，但现在他死了，这样还不够吗？"

"不够！他被孙猴子一棒槌敲死太便宜他了！"陶题大声说。

天道一顿，一时气笑了："那你要怎么样？我让他活过来再让你把他五马分尸锉骨扬灰？"

陶题吸了吸鼻子，顿时偃旗息鼓提出要求："那倒不必，你解了怀玉身上的血海因果，再让茜娘活过来，我就不骂你了。"

天道嗤笑一声："爷天天挨骂，你以为我害怕被骂吗？"

"不怕你下来干什么？"陶题反问。

两个人对视一阵，天道闭了闭眼睛："算你狠。"

他伸手一指文熙，天空中一道五彩光柱破开，彩光落在了文熙的身上，礼乐阵阵，文熙站在光中，感到身上一轻，似乎有什么离开了自己身体。

彩光渐渐消失，皮修见着文熙身体一软，连忙伸手扶住，看着天道问："这样就可以了吗？"

天道点头，瞥见一边陶题期待的眼神，忍不住冷哼一声说："现在怎么不骂我了？"

陶题："你干好事不骂你，快点，搞快点，把我的茜娘还回来。"

"没那么简单。"天道淡淡道，"生机一线留给了文熙，我要是再把文茜复活，岂不是自己打自己的脸？"

"那你要干什么？"文熙撑着皮修的手站起来，"我姐姐活过来，需要我付出什么代价？只要我能给你，我都可以——"

"哎——"天道一摆手，"不要说得这么奇怪，搞得好像我在欺男霸女一样。"

他上下打量了文熙一眼："正好我也睡累了，脑子都有点迟钝，不如你来陪我玩个游戏。正好你是文茜的弟弟，只要你赢了我，我就重聚你姐姐的魂魄，送她投胎。届时她不再是文家人，我也不算打了自己的脸。"

皮修眉头一皱瞪他："还魂就还魂，整这么多你是不是给自己找台阶下？"

天道瞪回去："怎么？你是不是玩不起？"

皮修："所以你就是在给自己找台阶下，对吧对吧对吧？"

天道面色阴沉，文熙见状立刻拦住皮修，放软了声音发问："你要玩什么？"

天道冲着文熙一笑，他抬手变出一个全自动麻将机来："听说你打麻将很厉害？"

文熙身体一震，他看看天道，又看看麻将桌，一脸不敢相信："双人麻将我不会。"

天道环视全场，发现没有一个是自己这一边的，索性打了个响指，顿时原地出现了两个一模一样的天道来。

他抱着手臂看着文熙，挑眉说："现在是麻将三缺一，就差一个你了！"

文熙："……"真缺德啊！

陶题伸手搭在文熙的肩膀上："怀玉，你姐姐说你是京城麻王，搓麻千日，用在一时，功夫到不到家，你姐姐能不能活，就看你了！"

"别紧张。"皮修说。

皮修将一点妖力悄悄渡进文熙身体里，然后推着他坐上了牌桌。

文熙看着桌前三张一模一样的脸，觉得自己似乎灵魂出窍，马上就要被超度了。

他用发抖的手拍了拍自己的脸，告诉自己，这是一场不可以输的牌局，是赌上他京城麻王称号的尊严之战。

天道看他这么紧张，十分善解人意，主动让他坐庄扔骰子。

码牌的时候见文熙的手抖得连牌都握不住，天道笑了一声，还好心安慰："不要紧张啦，又不是一局定输赢，我们五局三胜。而且你打麻将那么厉害，应当不是浪得——"

话还未说完，文熙却已经推倒了牌。

天道笑了一声："推牌见光死哦，不过算了，你快点把牌收回去，我当没看见。"

文熙摇了摇头，瞪大了眼睛，不敢相信地看着自己的牌，喃喃道："我和了，是天和十三幺。"

天道："……"

站在后面的皮修忍不住笑了一声，笑天道看不穿。

他是招财进宝的貔貅，这世上所有的赌场都有他的脸。

而文熙是他的附属神，得了天地认证与他气运相连。打麻将又算得了什么？

珍珠翡翠大三元，清金钩钓海底和。

明明是五局三胜的决战麻将局，被文熙活生生打成了麻将名堂展示会，天道刚刚听牌他就推，原本第三局以为能黄，没想到文熙来了个卧底炸弹海底和。

天道推了推自己的黑框眼镜，想要给自己续上一秒，但是木已成舟，他就是现在去洗手也改变不了自己连输三局的结果。

哪吒和杨戬站在一边摇头，哮天犬觉得自己能说一句我上我也行。

文熙看着天道，这才感觉自己狂跳的心脏渐渐恢复正常，说话也利索了，直勾勾盯着天道问："我姐姐的魂该回来了。"

天道看看他，又看看皮修："难怪你一点意见都没有，我寻思在这里等着我呢。"

皮修嘻笑一声："这没办法，我寻思我也是天造的，旺财运赌运是与生俱来的本事，我没办法控制，不好意思了。"

"行吧。"天道打了一个响指，麻将桌和两个幻影分身都消失了。

陶题看着他："你不可以反悔。"

天道不耐烦地"啧"了一声："不反悔，我这不是开始了吗？"

他伸出手转头问文茜的生辰八字，文熙还没来得及答话，陶题便立刻报出来，一脸期待地看着天道。

天道伸出的手上亮出一个法阵，万千细小的光点从四面山海汇聚而来，绕着天道手上的法阵盘旋。

等到不再有新的光点出现，天道轻声冲着手上的法阵说："去吧。"

光点旋转的速度变快了，它们顺着风吹动的方向，围绕着陶题和文熙转了个圈，最后在陶题的面前渐渐拉长，变成了一个女子。

皮修朝着文茜看去，却发现她与之前的样子有些不同。

鹅黄搭配淡绿的裙装，头发一丝不苟绾成复杂又娇俏的少女发髻，插着许多宝石金钗，略微有些圆润的脸颊旁边垂着两颗珍珠耳坠，随着少女的动作摇晃。

文熙看着年岁模样小了一些的姐姐便是一愣，下意识看向天道问："为什么她是这副模样？是不是魂体受了损伤，所以看上去要小一些？"

天道摇头："不是，只是魂体被召回的时候，她的模样变成了她最快乐的时候。"

"我第一次见她的时候，她就是这副打扮。"陶题说着眼睛一红，流着泪哽咽着喊了一声"茜娘"。

文茜上前一步抿嘴笑着说："我在呢。"

她拿着手帕擦去陶题脸上的泪水，眼睛微红："还好还好，终于能帮你擦一次眼泪了。"

陶题握住她的手，眼泪却越流越厉害，哽咽着说："我真的好想你，茜娘，以后你去哪里我都陪着你，我再也不要和你分开了。"

文茜却摇了摇头："陶哥，我要去投胎了。"

陶题一愣，随即握住她的手说："我也去，我陪着你一起，到时候你和我青梅竹马，两小无猜，白头到老好不好？"

文茜笑了："哪里是你说什么就是什么的？"

天道站在一边点头，这些事的确不是陶题说什么就是什么的，得他说了算。

"能不能有点人性？"皮修见状忍不住拍了天道一下，"人家两口子都这样了，你就不能发发善心？别干这种坏人姻缘的事。"

天道"啧"了一声："这怎么叫我坏人姻缘？两个人身上红线现在没连着，你让我怎么办？"

"月老呢？你让他过来现场连线还不成？"皮修怒了。

"现在有但是连不上，等下辈子就成了。"天道一字一顿说完，摇着头说，"我怎么会有你这么蠢的儿子？"

皮修："……我没爹没妈，谢谢你。"

"下辈子？"陶题握着文茜的手喃喃说，"下辈子如果我还记得你，我们死也要在一起……"

文熙："……姐夫这个时候就不必唱歌了。"

天道看了看手表上的时间，淡淡道："马上就要到今年最好的投胎时辰了，错过了这次没下次，有话快点说，说完好上路开始崭新人生。"

陶题擦干眼泪转头看向天道："我要跟茜娘一起投胎。"

"不行，你身上还有一点因果。"天道顿了顿，咳了一声说，"你骗皮修的钱那么久，虽然钱是还了，可他还是为你担心良久，这份情你还没还完。等到时机合适，我自会招你去投胎轮回，等到那时，你还是你，文茜也与你共享功德寿数，不再分离。"

哪吒一顿："那不成姐弟恋了吗？"

天道点头："对啊，不是最近很流行吗？"

皮修在一旁纳闷："其实我也没怎么惦记他，主要惦记的还是我的钱，顶多晚上睡觉前骂这个王八羔子两句，求他别死在外面，不然没人还钱给我。"

文熙看向天道问："那下辈子姐姐可还会记得姐夫吗？"

天道眉头一挑，想了想看向文茜问："你想记得吗？"

"自然是想的。"文茜抿嘴一笑，"但是可以等我见到他的时候再想起来吗？省得我总记挂着他怎么还不来，让人牵肠挂肚。"

"可。"天道一摆手，一道光融进文茜的额头，"我先封印你的记忆，等你们两人相见时一切自有造化。"

陶题还是握着文茜的手腕不放，他吸了吸鼻子问："若是我来迟一步，你已经同别人在一起结婚生子了呢？我不是要道德败坏，破坏别人家庭？"

天道："你放一百八十个心，你们两个下辈子欢喜冤家恩爱到老，我都剧透到这个份上了你能松手了吗？再不走赶不上趟儿了。"

文茜反握住陶题的手，踮脚亲了亲他的哭脸，笑着说："陶哥，不要害怕，无论这辈子还是下辈子，我都只喜欢你一个。"

陶题："我也是。"

文茜紧紧握住他的手："你别着急，我们一定很快就能相见，到时候再也不用分开了。"

陶题点了点头，松开手后亲了亲文茜的额头，再扯了扯她头上的流苏装饰，轻声说："去吧，我很快就来找你。"

文茜笑着点头，转身走向了天道。天道看着时间，伸手在文茜头上一点，只见她化作一团光渐渐飞远。

站在任骄肩膀上的朱雀这时突然开口嘎嘎叫了两声，天道循声望去，它扑棱着翅膀飞到他面前："您能封印她的记忆，那能不能解开白虎和玄武的记忆封印？"

天道一顿："它们不是自己封上的吗？怎么现在你又要求解开？"

八哥顿了顿："算了吧，您当我没问，我只是觉得只有我记得这些事太累了。不过那两个蠢货记得也没用，这种用脑子的活还是让我这种聪明人来，嘎嘎嘎。"

天道："……别嘎嘎嘎了，唐老鸭都没你会嘎嘎叫。"

"我还有最后一个问题。"八哥看着天道问，"您说的我们投胎的时机，究竟是什么时候？"

"就是等不周山复活啊。"天道推了推自己的眼镜，"不周山复活了，你们四圣兽也有地方可住，到时候让西王母他们在这里设立一个不周山自然保护区，还可以对外开放赚钱。"

八哥："你让我圣兽朱雀出卖色相？不对，老青龙没了，哪里来的四个？"

天道一脸奇怪地看着它："第一，你身上除了黑没啥别的颜色可以出卖，不必抬举自己。第二，它说不想投胎就不想投胎？那我也太没面子了吧！"

他理了理自己的衣服，轻咳一声说："不过不想当蛇这一点我还是可以理解的，所以我让它去当鳗鱼了，还能放电，挺好的。"

八哥："……"

皮修抱着手看他："我寻思你这活干完了，也该上去睡觉了吧？"

天道瞥他一眼："我还有账没算完呢，你催什么催！"他抬手一指还在昏迷中的三只猴子，"这怎么回事？他突然出来一棒子把睚眦敲死了，然后又分成三个晕了，是觉得我很好骗吗？"

皮修咳嗽一声犹犹豫豫说："就人家坐化到一半不想坐化了呗，没想到还影响了两个看热闹的小猴子，直接给他们开了灵智。"

天道一噎："那他可真厉害啊，搞得现在睚眦死的因果我都不知道应该牵在谁身上。"

"想不明白就不牵了呗！"皮修眉头一挑，"考试的时候不会的题目跳过不做，这个道理你还不明白？"

"你对我说话这个态度是要引火自燃的，别以为上次功德落在你身上凉快不少就能放肆。"天道警告一声，看着倒在地上的三只猴子摸了摸下巴，"啧"了一声，"原本我还以为他老老实实坐化，这个猴漏洞就没了，又是一个模糊天机给我找麻烦的。"

猴四、猴五见状立刻拦在三个哥哥面前，一脸警戒地看着天道。

"行了，我不为难你们，反正我也拿这个猴子没办法，简直为所欲为。"天道叹了口气，抬手从天空中降下一道光走了进去。

他摆摆手："行了，走了走了。"

皮修："慢走不送，下次别来了。"

天道"哼"了一声，本来整个人都没入了光里，但却伸出手来朝着任骄一弹。

一道彩光闪过，任骄觉得脸上一暖，伸手一摸，脸上的疤痕没有了。他画出水镜一照，忍不住往后跳了一步，感慨："这哪里来的帅哥？"

天道："……之前的天雷，本来是劈偷跑出来的睚眦的，没想到他转移因果落到了你身上，劈错了人，不好意思啦。"

他说完又摆了摆手，收回天光，只留下一句"下次再见"。

文熙抬头问皮修："这下真走了？"

皮修顿了顿，抬头看天开口说："天道是个死宅男。"

骤然一道惊雷炸响，皮修满意地点头："好了，真走了。我们也该回去了，好几天没做生意不知道亏了多少钱。"

仇伏看任骄正在疯狂自拍，忍不住感叹："我要是现在被劈一下，也能这样变帅吗？"

哮天犬诚恳地说："难，毕竟你身上毛多，可能被劈一下直接变成羊毛卷了。"

一行人上了车，陶题窝在一边叹气："皮修，从今天晚上开始，我每天骂你一百句王八羔子，你说我要骂多少天才能去投胎？"

皮修黑了脸："我觉得我送你去投胎可能比较快。"

文熙笑了一声："累了。"

皮修应了一声："我也累了，回去好好睡觉。"

他说着一顿，突然伸头朝着开车的任骄喊："记得回去的路上在鸡窝山洞停一下，带一百只鸡回去！"

任骄："知道了！都坐稳了啊！出发了！"

中巴车碾着光踏上了回家的路，文熙看着后退的风景，忍不住笑了笑说："下次我们再来！"

皮修："好，都听你的。"

（正文完）

平淡·年年岁岁

　　秋高气爽喜开张，院子里的银杏叶似乎一夜之间被风全部吹成了金色，一片一片打着旋落在地上，像金子一样铺了满地。

　　猴子们一大早就起来准备要卖的早餐，托皮修这个周扒皮的福，兄弟几个都因为和面练出了一身腱子肉，向着精神小伙的形象越靠越近。

　　皮修站在大厅里教训小扫把："别一早上给我耷拉着脸，就算是你眉毛拉到地上，也得给我去上学。"

　　"我……我不想上学。"小扫把结结巴巴地说，"都……都迟到了，不去算……算了！"

　　皮修眼睛一瞪："老子一早上叫了你七八次，为什么起不来！"

　　任骄送小鲛人回东海上幼儿园还没回来，皮修就纳了闷，也不知道他平时是怎么叫这个小混账起床的。这家伙每天早上跟粘在床上一样，提都提不起来。

　　皮修越想越气，"啧"了一声说："你现在快点给我打车去学校，我给你钱，跟老师说一大早咱们家高压锅把墙炸了，你在家砌墙所以去迟了。"

　　在一旁打算盘的苏安突然顿住了手，抬头深深看了一眼老板和老板的大儿子，眼神中包含了无限的疑惑。

　　就皮修这种异想天开张嘴胡说的本事，当一只貔貅实在是屈才了。

　　打发走大儿子，小儿子又喵嗷甩着尾巴过来，缠着皮修的腿转了两圈，用长长的毛绒尾巴缠着他的手拉了拉，示意它饿了，让他赶快弄点好吃的。

　　一个两个都是讨债鬼，皮修黑着脸去提猫粮，但是皮招财的注意力又被仇伏锅里正在炖的鱼吸引，大毛屁股往灶台一蹲不走了。

　　仇伏看看大侄子，又看看锅里的鱼，挑眉问："你要尝一口吗？"

　　皮招财嗲嗲"喵"了一声，张大了嘴巴。

　　没有人可以拒绝一只可爱胖猫的乞食，就算仇伏是一只狐狸也不可以。不过是一锅鱼汤罢了，本来就是自己偷偷炖了吃的，现在孩子还在长身体，给孩子喝又有什么不对呢？

　　等到皮修提着猫粮回来的时候，皮招财已经喝了个肚儿圆，正趴在仇伏腿上被摸毛揉肚子，十分享受的样子。

　　皮修黑着脸把猫粮扔到一边，把大白胖儿子提了起来，他一掂量就知道这肥猫又胖了，心里一阵火起，提着猫到了后院。

　　一个放大版的跑步机被启动，皮修把皮招财放在上面，手上拿着一根树枝盯着它跑步，稍微慢一点直接下手抽。

前五分钟皮招财还能抗住压，在老父亲的死亡凝视下迈动它粗壮有力的肉腿，但是一过五分钟就喵嗷叫了一声从跑步机上跳下来，趴在一边装死不动了。

眼看着皮修提着家伙过来要进行家庭教育了，皮招财四脚着地张开大嘴凄厉地喵嗷一声，使出自己的看家本领。

二楼的窗户被打开了，文熙探头出来，看着楼下问："你们两个干什么呢？"

皮招财先声夺人，委屈巴巴"喵"了一声，大毛尾巴在跑步机上一抽，趁着皮修仰头看文熙的时候，一蹬腿攀着墙往外跑了。

两人对视一阵，文熙笑了一声："行了，别管它了，待会儿饿了自己就会回来的。"

皮修黑着脸上楼，抱怨说："我看这两个都是不省心的。"

文熙："都还小呢，长大懂事了就好了。"

皮修嗤笑了一声，说："但愿吧。"

休息了一阵，皮修准备下楼看看生意的时候，就听见嘹亮的一声鸡叫，同时的还有仇伏响亮的一声"生了"，惊得半个店的客人都扭头看向后院。

苏安一推眼镜立刻控制场面："不好意思，厨子养的宠物鸡终于下蛋了，他有点激动。"

从不周山带回来的鸡，除开直接被收拾拔毛上桌的，剩下的都养在院子里，而仇伏主动承担起了养鸡的工作，想要暗地里为自己谋点福利。

但是没有想到养来养去还养出了感情，仇伏看着被自己养得膘肥体壮精神十足的鸡，一时觉得舍不得下口吃它们了。

今天是其中一只小母鸡第一次下蛋，仇伏全程陪同，现在还在抚摸鸡毛，夸她是个厉害姑娘，下了个是一般鸡蛋十倍大的好蛋。

皮修叼着烟看着仇伏蹲在那里，皱着眉看了一阵发现不行，"啧"了一声上前一拍仇伏的肩膀，冲他问："不上班在这里当鸡倌呢？"

"皮哥你看这个蛋，是不是很好？"

仇伏捧着蛋献宝，皮修接过看了两眼，点了点头："那就做个西红柿炒蛋，正好文熙还没吃东西。"

他想起昨天也吃了番茄炒蛋，又改口说："算了，还是蒸个蛋吧，往里面加两个虾，多放点酱油。"

仇伏："……你能不能有点爱心？"

皮修眉头一挑："我看你昨天晚上嗑鸡骨头的样子，也不像有爱心啊。咋的？你虽然吃了一只鸡，但是我却让鸡失去了自己的孩子？"

只许狐狸吃鸡不许貔貅蒸蛋？还有没有王法了？

两个人对视一阵，仇伏问："这种鸡蛋蒸的水鸡蛋好吃吗？"

"好吃，昨天客人不还点吗？"皮修冲着鸡窝里剩下的蛋一抬下巴，"你可以给自己也整一个尝尝。"

皮修交代完蒸蛋的工作就往前厅走，马上陶题就要开始现场直播，正好今天任骄回来，让他"碰巧"出下镜，启动自己的网红餐厅计划。

陶题已经今非昔比，直播间人气分分钟破百万，不管是吃播还是卖货都是一呼百应，可以说是论坛直播哥，流量扛把子的存在。

加上任骄这张脱胎换骨的脸，这个小破饭馆想不赚钱都难。

皮修感叹着自己的聪明智慧，走到大厅的时候正好遇见刚刚从东海回来的任骄。

从前的任厨子只是个脸上有条疤的伙夫，现在疤痕去无踪，重回颜值顶峰，就算是天天照镜子的二郎神看了也要说一声帅。

店里所有人的目光都被任骄吸走，他们放下筷子，悄悄拿起手机来。

这是真的帅哥！

所有人的意见高度统一，盯着任骄的眼睛都在放光。在他们的灼灼目光中，任骄一步一步走向皮修，然后开口骂了一句国骂："我刚回来，车就在门口被送菜来的三轮刮了，能报销不？"

皮修眉头一皱："你不是给自己买了车险吗？还要找我报销？"

皮老板这里只有"不报"一种回答。

他拉着任骄压低了声音说："那边陶题在直播，你去蹭个镜头，这个月餐馆里的流水就靠你了。"

任骄眉头一挑："怎么？你让我卖技术就算了，现在还让我卖弄色相？那不行，我不干。"

"那你要怎么才干？"

任骄："我不过是想简简单单涨个工资。"

"那可以商量。"皮修顿了顿，"因为你来的客人流水分你三分之一。"

任骄跟他还价："一半，不然免谈。"

皮修再次加码："一半可以，但是要附带大厅走秀上菜，要面带微笑态度温柔。"

任骄犹豫了一下："上午下午各一次，要不然厨房忙不过来。"

"成交。"皮修立马拍板，往旁边一让，冲着陶题给了他一个眼神，示意现在两个帅哥可以开始自己的表演了。

仇伏站在厨房门口看着大厅里的三个帅气哥哥，他拿着蛋看了看身边的猴二，又看了看旁边镜子里的自己，幽幽问："这个馆子就只有我又不好看又不能打吗？"

猴二撑着扫把叹气："仇哥，还有我呢。"

仇伏一噎，盯着他半晌没说话，旁边捧着盘子走过的猴四、猴五也不敢出声，就放纵猴二沉浸在自己是个不能打又被网友骗的普通猴妖的梦里。

要是这个猴还不能打，这个世界可能没有人敢说能打了。

任骄在陶题的直播间露了个脸，回房间放好行李就去厨房系上围裙开始做事，等他干了一小时活端着菜出来的时候，发现整个饭馆已经爆满。

他端着菜站在大厅，面对所有目光时有些手足无措，皮修拍拍他的肩膀："去吧，现在整个舞台都是你的。"

任骄看他："是不是有人在论坛上发帖了？"

"发了，不止一个。"皮修顿了顿，压低了声音说，"注意表情，有人扛着长枪大炮来的。"

任骄窒息了："我有镜头恐惧症，不行了，我要回厨房去，那里才是我奉献终身的地方！"

皮修深深看他一眼："流水我只拿四分之一。"

任骄一顿，停下了后退的脚步："我病好了。"

他咳嗽一声，露出一个魅惑的微笑，迈着台步走向大厅。皮修目送着他，从猴三手上端了蒸蛋往楼上走。

文熙正看着手机笑，见皮修上来了，一晃手机问："网红店第一步开始了？"

"是的。"皮修坐下，把手上拿着的一份文件递了过去，"你要的文件，刚刚西王母让土地公快递送来的。不过不周山那种地方的网络有什么好承包的，前期得投一大笔钱进去。"

"但是后期收入多，更何况马上要建不周山野生公园，到时候游客一多，周边肯定要建民宿、旅店还有饭馆，你还怕没人出钱办网？"

皮修听着点了点头："那到时候我们也在那里买块地，开个民宿。"

文熙点头："饭馆就不用开了，保证我们这家是独一无二老字号，才好搞饥饿营销。"

两人畅想未来，度过了他们赚得盆满钵满、平平淡淡的又一天。

体检·全体团建

饭馆的后院里，皮招财蹲在树上冲着下面喵嗷乱叫，皮修站在下面看着摇摇欲坠的树，黑着脸冲着小儿子喊："两分钟之内下来，我保证不揍你。"

皮招财不为所动，甚至转过身来对它爹释放瓦斯气体，熏得皮修倒退两步，觉得整个世界都变了味。

猴二提着扫把从前厅进后院，被风吹来的臭味熏得后退一步，大叫："皮哥，咱家下水道炸了？"

皮修黑着脸盯着树上的肥猫屁股，怒说："没，皮招财放屁了，来帮忙把它逮下来，今天得带它去打三联第二针了。"

猴二立刻扔了扫把开始叫兄弟，一个貔貅五个猴手拉手在树下成圈围住，仰望树上的大白胖猫。

皮修："你下来，不然我跟文熙告状，昨天晚上你偷吃东西。"

皮招财"喵"了一声，丝毫不为所动。

猴二大叫："你不下来，我就告诉你哥，后院三把扫帚是你踩坏的，再告诉你爸，那两只不见的鸡是你叼着去让仇哥炖的。"

皮招财："……"

皮修："……"

皮修："你是不是忘记了我是它爸？现在我已经知道了，你可以闭嘴了。"

皮招财站在树上愤怒地"喵嗷"一声，两腿一蹬就要跑。皮修眉头一皱，大吼一声，变成原形，直接一个四脚上树精准咬住皮招财的后颈把孩子叼了下来。

但是皮修高估了树的承受能力，树被两父子直接踩垮了，发出一声轰隆巨响。

文熙跑进后院，看着皮修原形叼着皮招财晃了晃，松了口气说："我去拿脖圈，你先把它按着。"

皮修应了一声，按着小崽子戴上了两层脖圈和牵引绳才松开。他上楼变回人形穿好衣服下来，就听见文熙问："皮招财要打疫苗，你这不是人的，是不是也该打一个啊？"

皮修眉头一皱，反应过来文熙不是在骂自己，这才说："我打什么啊？都这么大年纪了，我打了有用吗？"

"不是说有成年妖怪专用疫苗吗？"文熙给皮修看手机，"一起去吧，到时候也打一个。"

皮修听着一笑："我百毒不侵，没什么好打的，真要打还是该店里别的人打，就任骄、仇伏他们一个都跑不了……"

他说着突然沉默了，片刻后，皮老板拍板说："的确是该去打疫苗了，今天先关店半天，拉着他们去打疫苗。"

文熙一噎："怎么突然这么说？"

"搞卫生检查的那群人又要来了，去年就被罚款了，今年我不会让他们从我这里再拿到一分钱！"

皮修留下豪言壮语，开始逐个通知伙计去打针，饭馆里的打工仔一个两个都逃不了，就连灌灌和朱雀都被通知准备去打禽类疫苗，曹草正在一边幸灾乐祸，没想到自己也逃不脱。

全店能逃过这一遭的，居然是算盘精苏安和已经由学校组织打过针的小扫把。

苏安顶着同事哀怨的眼神一推眼镜："别这么看我，毕竟我不是兽也不是人，就是个东西罢了。"

仇伏在一边举手："不懂就问，打疫苗的钱是老板报销，对吧？"

皮修突然一顿，任骄见他表情不对，立刻说："这个时候就不要抠抠搜搜了，伙计们的健康有了保证，大家才能更好地在工作岗位上发光发热！"

"我没说不报销啊，先别给我扣小气帽子。"皮修黑着脸大手一挥，"报销，都报销，现在快点上车去医院，待会儿还要回来营业的。"

为了所有人都能一起出发，皮修驾云带人没有开车，在所有人平安到达医院落地的时候，猴二使劲揉了揉自己被风吹到僵硬的脸，感叹怎么大风越紧他心越荡。

皮修夹着还在挣扎着拒绝打针的皮招财走在最前面，早就被通知皮老祖要来的护士已经严阵以待，一看见皮修出现，直接一个箭步走到最前。

文熙赶快拿出皮招财的打针证明说："之前三联打了一针了，今天来打第二针。"

护士拿着证上的照片仔细看了看，对比着上面的小白猫和现在面前的大白胖猫，忍不住问："这真的是一只猫吗？"

皮招财不满地"喵嗷"一声，但接着就被皮修按住了脑袋。

皮修："是一只猫，送它奶奶家待了一个月吃胖了。"

护士一噎，下意识想问不可说令堂哪位，但秉持着专业精神，她忍住了。

她又仔细比对了一下皮招财的脸，确定是同一只小猫之后，点了点头："先交给我们吧，我们带它去打针。"

文熙有些不放心："我们能跟着一起去吗？"

"都可以。"护士看向皮修身后的妖怪们，"这些都是要打疫苗的吗？"

皮修点头："不光是疫苗，还有体检一起做了，这里能打印健康证明的对吧？"

仇伏一听大惊失色，破音问："怎么还要体检？"

脱鞋量身高，他垫了三厘米的增高鞋垫不就穿帮了吗？那可是他为了看上去不比两个哥哥矮一截准备的秘密武器。

"怎么了？"任骄看他，"我一个深海鱼都还没担心查寄生虫，你一个陆地四脚狐狸怕什么？"

猴二结结巴巴跟大哥说："哥，我没虱子没皮肤病，我能不体检吗？"

猴一："不能，谢谢。"

文熙看向皮修："他们都体检，你是不是也应该去体检一下？皮招财让护士们先看一会儿。"

护士尝试从皮修手上接过皮招财，但失败了，她摸了摸皮招财这个大胖猫的肚子，忍不住皱眉问："这肚子怎么这么鼓？是不是吃了什么不消化的东西啊？"

皮修一愣："应该不会啊，它吃什么我都是盯着的。"

几个护工推着推床过来，护士让皮修把皮招财放在床上，伸手拉开它的后腿看了看，又伸手摸了摸它的肚子，冲皮修说："肚子里面是硬的，还是做个 B 超（超声波检查）比较好。"

"做吧做吧。"皮修想起今天早上自己下楼的时候皮招财就躺在地上打嗝的样子，忍不住皱眉，"现在交钱对吗？"

护士："没事，我们先推着它去检查，您先去体检，等都弄完了拿着单子去交钱就行。"

他们分头行动，皮招财被护士带着去体检，猴二举着遮眼的勺子站在那里口出狂言："你们信不信我隔着勺也能看见这个开口方向？"

猴一瞥了他一眼："好好体检，别整有的没的。"

皮修黑着脸站在五米外的地方，冷酷说着 E 的开口方向，他觉得自己完全没必要查视力。

但是上体重秤的时候皮修愣是没迈开腿。体重和身高要分人形和原形，两栏都要填，皮修的人形一米九往上走，体重也算正常，就是这个兽形他有点不乐意变出来。

皮修："这有什么好称的？我不称。"

大妖怪都有点脾气，护士们都觉得正常，文熙一眼看透老妖怪的心里所想，问："你是不是怕自己上秤把秤踩坏，才不愿意上去？"

皮修看了他一眼没说话。

文熙忍不住一笑："以后也别说皮招财胖，不是一家人不进一家门。"

"就你话多。"皮修说着皱眉，领着文熙去做接下来的项目，过了快半个小时，终于到了最后抽血的环节。

到采血室的时候正好任骄也在，他一边将衣服袖子一边说："虽然我是深海鲛人，但是我用我的尾巴发誓我身上没有寄生虫，这个血完全不用抽，要是那些寄生虫能进我身体里，简直就是——"

护士忍不住打断他："帅哥，就抽一点不疼的，你别害怕。"

任骄："我不害怕，谁说我害怕了！"

"不害怕你说这么多话干什么？你又不是灌灌。"皮修忍不住戳穿他，主动挽起袖子坐在椅子上，"爷就不怕，尽管来。"

护士立刻用皮筋绑手找血管上针，但是没想到老妖怪皮厚，针尖都戳弯了也没戳破皮。这时候护士果断采取特殊对策，拆了一个特殊针管，那针尖有钉子那么粗，在光下一闪，皮修看到脸都沉了下来。

皮修："……"

护士："放心，不疼的。"

皮修："真的吗？你敢看着我的眼睛说吗？"

护士不多说，按住皮修的手来了一句"老祖得罪了"，直接扎针进去抽血。文熙忍不住转过了头，任骄第一次庆幸自己的皮没皮修那么厚。

文熙好笑道："行了，抽点血，不疼的。"

"普通针肯定不疼，但这是普通针吗？钉船的钉子都没这么粗的。"皮修叹了口气。

文熙："行了行了，哪有那么夸张？"

皮修"哼"了一声。

太离谱了，他在医院被比钉子粗的针扎了，实在是离谱。

皮修听见轮子滚动的声音，一扭头就看见了坐在床上，被剃了毛的肚子有三层米其林轮胎厚的皮招财。

护士一边推着床过来，一边说："B超做完了，没问题。它不是吃错了东西，也不是虚胖，是真的壮。"

皮修："……"

文熙："……"

皮招财被剃了肚子上的毛，闷闷不乐，从医院回去的路上一直腻在皮修的身上不肯下来，任凭猴二怎么诱哄都不肯动，十分郁闷。

晚上也只吃了两口肉，就趴在一边不动了。文熙见状一晚上抱着连哄带摸，皮修晚上给它洗澡用上了生毛剂，向它保证明天立刻长毛，这才逗得它恢复了往常生机。

但是第二天太阳升起，皮招财的肚皮还是一如既往，寸毛不生。

直到文熙从柜子里找出来了一个红色肚兜给它穿上，它这才迈着腿出了房，穿着它的红肚兜接受众人瞩目。

除夕·辞旧迎新

　　腊月已到，饭馆里的人流渐渐多了起来，年夜饭的订单多到只能推掉部分，店里的客人一拨一拨没有断过流，皮修他们连自己过年的年货都没有时间买。

　　所有人都忙得团团转，就连一向在麻将馆里"发光发热"的文熙，都端着自己的搪瓷缸子在店里帮忙算账上菜。

　　造成这个情况的罪魁祸首皮修已经在厨房颠勺颠了一个月，自觉离厨子职业病不远，但是还要带着员工喊口号，告诉大家劳动最光荣。

　　"人只有劳动才能创造价值，我们的人生需要价值。"皮修光着上半身颠勺，右手臂上还留着一串拔火罐的印子。

　　文熙靠在厨房门口看着他，翻了个白眼："这厨房里，就没有一个严格意义上的人，哪里来的人生？"

　　旁边的仇伏一边切菜一边点头，见皮扒皮一个眼神扫过来，立刻指着耳朵里什么都没放的耳机回了他一个眼神，哟哟两声说："我在听嘻哈，说唱有节奏。"

　　"别听了，再听切菜切了手，你的血得把菜弄脏。"皮修说着转过头继续颠勺，没看到猴二、猴三架住仇伏，防止他一刀砍到皮修头上。

　　任骄的表情都已经麻木了，他将锅里的鱼汤倒进碗里，亲自端着托盘走出厨房给客人上菜。

　　在踏出厨房的一瞬间，他原本表情麻木的脸上就露出了标准的八齿微笑，面对着数个手机摄像头展示自己的纯帅。

　　这是皮修新搞出来的营销路数——帅哥大厨上菜。

　　虽然很土很老套，但是它管用。

　　"我觉得你迟早要给任骄找个心理医生。"文熙扭着头看了一阵任骄，啧啧两声看着皮修道，"皮老板，心别太黑了。"

　　皮修"哼"了一声："说得像没给他发工资一样。"

　　"你那几个钱能顶什么事啊？这个月再给人加点。"文熙见皮修皱眉，"啧"了一声，直接上前将他出锅的菜端走，长头发甩了他一脸。

　　但出门的时候也条件反射一般地面带微笑，去给客人上菜，然后带着客人去前台买单。

　　如果要比饭馆员工的幸福指数，那最近这一个月必定是苏安这个算盘精的幸福指数最高，因为他只要上班，每时每刻都在不停地算账收钱，八个计算器在他手底下被按得噼里啪啦，就是莫扎特也弹不出他的喜悦。

　　文熙看着他收完钱，脸上散发着发自内心的微笑，忍不住道："你知道吗？你现在是这个饭馆里最幸福的人。"

"是吗？"苏安整了整自己的衣服，咳嗽一声道，"如果你们不让我辅导皮邵棣的数学作业的话，我会更愉快。"

文熙微微一笑："要不是你跟皮修说那些，他现在也不至于连辅导孩子作业的工夫都没有。他颠勺辛苦，你就体谅体谅他，帮忙分担一下。"

生意火爆一部分的原因是要过年了，还有很大一部分原因就是苏安向皮修进言，让老板在点评网这种 App（手机软件）上宣传宣传，搞点流量。

皮修听了之后，表面上不屑一顾，嘴里说着别人不配对自己的厨艺指指点点，但一转身就进了厕所，坐在马桶上拿着他的手机开始操作。

操作了一番，皮修发现有点操作不明白，认为这种一般的宣传在百花齐放的市场根本激不起一点浪花，没有一点优势，不过是浪费钱和时间。

活到老学到老的皮修连夜骑着小电驴直奔冯爱永远都亮灯的办公室，学习新一线的营销策略。挑灯夜战，通宵学习，比期末考试前临时抱佛脚的皮邵棣还要认真。

等到他学成归来，直接安排了帅哥大厨项目，还派猴二、猴三从西王母的植物园里拉了一车蟠桃来，只要客人来就送一个。

农业大户西王母亲手种植，七仙女亲自培育，天庭的传统家族产业园区里出来的好东西，孙悟空吃了都说好的桃子，虽然逆了季节，但是它还能不好吃吗？

饭店的菜再次创新，换汤不换药，主要是样子上要做得花里胡哨一些。

万事俱备，皮修便吩咐苏安分几步走，平台流量也要跟上，然后再忍痛在店里搞了一段时间评论抵现金的活动，最后酿成了这样的情况——

伙计们精神疲惫，文熙也没个好脸色，小扫把期末考试即将完蛋，当招财猫的皮招财都摇不动手了。皮修痛定思痛，进行了深刻的自我反省，最后毅然决然走进了打印店，然后拿着一条横幅走了出来，挂在了店里。

"拼搏十天，我要过新年！！！"

十天之后就是新年，一想到未来十天更忙，任骄觉得自己鱼鳞都要翻了。还好皮修的人性还没有完全泯灭，决定在腊月二十五的那天上午关店半天，开着五菱宏光拉着伙计们去买年货。

超市门口开了新年集市，放眼望去人山人海彩旗招展，皮修一行人站在门口，苏安分发各自需要抢购的物品清单，并且一推眼镜说："注意，我们只有两个小时的时间。"

"为什么是两个小时？"文熙问。

苏安看了皮修一眼："因为两个小时之后地下停车场就要收费了。"

文熙："……"

虽然在饭店待这么久，但是皮修的抠门依旧是可以让人惊讶的程度。文熙沉默了两秒钟道："停车的钱我出，你们都不要急，慢慢逛，买够自己过年要的东西。"

皮修"哼"了一声，有点意见，但是意见不大，可以忽略不计。

　　一行人决定好行进方向之后，气势汹汹走进门分头行动。皮修用从皮邵棣口袋里抠来的游戏厅游戏币开了购物车的锁，领着文熙直冲超市。

　　超市里放着红红火火热热闹闹的新年歌曲，挂着满满的新年装饰，放眼望去一片红色，皮修推着购物车站在那里，侧头跟文熙说："你看见这红色没有？"

　　"看见了，怎么了？"文熙应了一声，想听听老妖怪又要放什么屁。

　　皮修道："红色能够刺激人的情绪，让人兴奋，激发人的购买欲望，这是在打心理战术，回饭馆了我们也安排上。"

　　文熙听着，转头冲他一笑，看着他道："真的假的？你怎么这个都知道？"

　　"公众号看的。"皮修咳嗽一声，正经道，"走吧，我们快点去买东西。"

　　两个人直奔蔬菜区，皮修一个猛子扎进老头老太太堆里，一手举着两个大白菜出来了。

　　"你不是说喜欢吃泡菜吗？回去给你腌一点，剩下的剁细包饺子吃。"皮修说着把四个大白菜放进购物车里，转身长臂一展又拿了两盒菜。

　　海鲜和肉都不用买，两个人就看着蔬菜水果挑。

　　文熙站在榴梿前面，想伸手又怕这是自己人生中不可承受之臭，就这么走又有些不甘心，毕竟别人都说这个东西好吃。

　　他转头看向皮修问："你吃过这个吗？"

　　"吃过，齁甜。"

　　皮修原本想走，但是上面的"特价"两个字十分耀眼，把他留了下来。上前挑挑选选一阵，皮修拿了一个放进购物车，看着文熙说："我们尝尝，反正特价，不亏。"

　　文熙想了想，故意问："那不是特价你会买吗？"

　　皮修想了想："也不是不行。"

　　他们买完榴梿又去买了点苹果，还花血本来了两箱带钩的车厘子，皮修嘴里念念叨叨说："这玩意儿，好吃！"

　　路过坚果零食的货架，文熙回想了一下苏安写的购物清单，忍不住问："要不要买点瓜子花生回去吃？我看苏安的单子上都没写。"

　　"是我不让他写的。"皮修伸头看了眼没有特价商品，便道，"瓜子花生不在这里买，我们去专门的炒货摊子买，刚刚出锅的比这个好吃。"

　　文熙心领神会："而且还比这里便宜。"

　　皮修满意地点头，可能这就是一种默契吧。

　　他们又仔细逛了一圈，在人山人海中三进三出，整了点临期酸奶和纯牛奶，还买了点做炸鸡要用的炸鸡粉，皮修这才带着文熙同猴三他们会合买单。

　　在收银台排队的时候，猴五看着小扫把手里三个旺旺大礼包，忍不住转头跟自己大哥说："哥，我也要大礼包。"

　　"我瞅你像个大礼包。"

　　猴一正在算钱，被猴五一打岔脑子也跟着打结，忘记自己算到哪里了。他没好气地看了猴五一眼，让猴二继续排队，自己去给弟弟拿个大礼包。

皮修也冲着儿子多看了两眼，问："你任叔叔一口气给你买了三个大礼包？"

"皮叔叔你在说什么？"任骄义正词严，老黄瓜硬刷绿色油漆，认真道，"错辈了。"

文熙眼看着姓皮的脸色黑下来，立刻岔开话题问皮邵棣："你买三个都是给自己留着的？"

"不是，自……自己一个，弟弟一个，还有……还有哪吒老师一个。"小扫把老实说着，见文熙笑了起来，压低声音说，"我……我的分你一半。"

皮修看着小扫把，以为他会记得自己这个便宜爹，结果啥也没有，还不如他学校的三个脑袋的叛逆老师。

无趣，人生的确无趣。

一行人买完单拿着自己带来的购物袋装袋出门，皮修去开车的时候，苏安去买新年张贴的挂画，结果遇见了天庭的老头在这里给人写春联赚外快。

苏安"啧"了一声。

等到皮修开车上来，一行人上车，把后备厢塞得满满当当，猴四、猴五身上还拿了两个包。文熙系好安全带，问皮修："现在到哪里去？"

皮修油门一踩，意味深长地说："买瓜子花生，顺便搞点黑货。"

"什么黑货？"文熙眉头一皱，不知道老东西又背着自己搞了些什么生意。虽然知道他有分寸不会太离谱，但是皮修这个人的分寸感同别人又有点不太一样。

"就是那个啊。"仇伏知道皮修的路数，冲着文熙一阵挤眉弄眼，表情有些兴奋。

文熙更不明白是什么意思，心更慌了。

任骄抬手给了仇伏一下："别说得这么吓人，就是买个花炮屯着过年放。"

文熙："……"

文熙看着皮修："这就是你说的黑货？"

皮修眉头一挑："过年，热闹热闹。"

一车人先在炒货店门口下车，皮修招呼着仇伏还有任骄出来，三个壮汉空手进了炒货店，然后一人扛着一大袋出来了。

文熙蒙了："怎么买这么多？"

"不光我们自己吃，过年来吃饭的客人也会送两盘，这个量是正常的。"苏安推了推脸上的眼镜，"这些大概吃到大年初七就没有了。"

把瓜子花生还有一袋麻花放车上装好，皮修开着车直奔自己之前同人约定好的交货地点。出了热闹的大路，拐进无人的小巷，文熙觉得自己在参与《法治在线》节目。

一手交钱一手交货，小烟花搞了一袋，打上天的烟花搞了两箱。吃的玩的都买了，这下是真的什么都准备好了，然而离中午的饭点也不远了。

皮修油门一踩，发誓要守好每一班岗，拉着一车伙计火速回家。放了寒假的小扫把重操旧业，拿着扫把在饭店里穿梭，不久之后饭馆绝对干净漂亮。

又撕过几张日历，预订过年夜饭的客人将包厢占据，大厅里的客人也不见少。皮修他们忙里忙外，后来实在忙不过来，文熙都扎起头发切菜做饭。

年三十的前一天，饭馆早早关了门，为明天的团圆饭做准备。猴二靠在桌子上还没来得及跟自己的网恋宝贝说上两句，就被大哥带去包饺子。

皮修做的泡菜腌好了，他拿出来一些做文熙喜欢的泡菜肉馅。

上次从不周山弄回来的猪肉还有，皮修一人操着两把菜刀在那里剁肉馅，仇伏和任骄在准备别的菜，文熙和苏安洗菜，猴子们就打下手和馅包饺子。

猴二一看小扫把不在，就在他椅子上盘着，忍不住问："小扫把人呢？今天哥哥来教他包饺子，我能包四种样式的。"

"他在楼上写寒假作业呢。"皮修两把刀舞得虎虎生风，警惕地看了猴二一眼，"好不容易有点学习状态了，你不许去吵他。"

猴二撇了撇嘴应了一声，皮修转头就看向文熙道："给陶题打个电话，问他明天回不回来。"

文熙抖着白菜说："问过了，他说他不回来了，要不然看见合家欢的场面又想起我姐，心里难受。"

皮修呸了一声："真就是个怪胎，搞不明白。"

一屋子人忙到十二点，定了个五点的闹钟起来吃年饭，就各自回房了。皮修原本想倒头就睡，结果一看小扫把写的作业，血压瞬间暴增。

最后还是文熙说大过年的算了，皮修才放小扫把回房睡觉。睡了几个小时，闹钟一响皮修就爬了起来，给几个伙计和两个儿子包红包。

他坐在床边抽出个抽屉来，文熙听见声音，来看他，以为老东西在数钱，没想到他在用红纸包小金砖和一沓钱。

文熙愣了愣，使劲掐了自己大腿一把，确定不是做梦之后，才问："整这么多啊？"

"这几天这么辛苦，不多发点说不过去。"皮修把东西装好，转头看了眼文熙，叹了口气道："你怎么这么小气！"

文熙："……"

他跳起来想和皮修好好掰扯掰扯究竟是谁小气，结果皮修说："快去洗漱，要吃团年饭了。"

天还黑着，一饭馆人坐在桌子旁边，看上去都还没睡醒，仇伏幽幽道："院子里的鸡都还在睡觉呢，我们已经在吃饭了。"

皮修冷哼一声，塞给他一个大红包："前言不搭后语，快吃饭，吃完饭了还有最后一场仗要打。"

仇伏原本是想罢一场工的，但是他看到了怀里的红包，这个抠门的男人竟然如此大方!

厚厚的红包比什么横幅都管用,所有人士气高涨,埋头干饭,并发誓站好年前最后一班岗。

因为是大年三十,到了下午,街上就没什么人了,等最后一个客人离开,皮修就关了店门,所有人坐楼下看电视玩手机,吃的喝的堆了一桌子。

文熙捏着鼻子尝了一口榴梿,觉得确实还行,只是皮招财接受不了,直接蹦上空调,晃着尾巴不肯下来。

每年的老一套的节目放到深夜,眼看跨年时间就要到,皮修手一招呼,直接转移到院里放鞭炮。小扫把点了个二踢脚就跑,猴二拿着万花筒冲着弟弟轰,结果冲到了仇伏挂在曹草身上的高级裤衩子,仇伏发誓要要了猴二的命。

皮修站在一边看着他们追追打打,嘴里的烟在黑夜中忽明忽暗。

文熙笑了笑道:"过年好热闹。"

"还行吧,反正每年都这样。"皮修吐出一口烟雾,也笑了起来道,"不过这样也挺好。"

突然,四周的烟火都亮了起来,耳边隆隆如雷鸣,皮修和文熙看了眼手机,不约而同说:"新年快乐。"

后来·一些故事

（一）

哪吒向皮修评价小扫把的作业是常看常新，每次看都能发现不认识的字。

皮修听了一摆手："没办法，扫把枝就这样，跟鸡挠的一样。"

（二）

中秋节饭馆推出特别月饼，皮修亲手制作，月老帮忙包装，只要吃了的人保证发财脱单，中秋团圆甜蜜，悲伤不再。

经过陶题吃播的推销之后，灌灌接订货电话接到嗓子冒烟，嗑了两粒喉片还能再战。全线员工撸起袖子加油干，齐心协力做月饼。

最后文熙闻到月饼味就想吐。

（三）

任骄在陶题的直播间出镜之后，强势成为论坛热度第一的帅哥男妖，许多人把任骄当作青丘狐狸仇伏，一时往青丘去问老狐狸夫妇仇伏婚姻状况的妖怪络绎不绝。

老两口惊得不知所措，连忙偷偷打电话问仇伏："你是不是瞒着我们偷偷整容了？"

仇伏："……"

仇伏：都是新社会了，大家还不能改变对狐妖的刻板印象吗？

（四）

重阳节的时候监督办举办爱老敬老文艺晚会，皮修作为妖界老祖理所应当收到了邀请，并且被四舍五入地划到了万岁老人的行列。

他看着送来的黑底红福字唐装，又看着配套的龙头拐杖保健球，黑了脸不说话。

文熙在旁边忍不住笑："听说晚会那天万岁老人还能收红包，你要去吗？"

皮修："去个屁！"

虽然这么说，皮老祖还是穿着唐装拿着红包坐在了上首的第一个位置。

面前的标牌写着：貔貅爷爷。

（五）

那天二郎神来店里给皮修送东西，遇见同客人插科打诨的猴二。他没忍住站着多看了一会儿，直到皮修来才回神。

皮修问："看什么呢？天庭知道老对头的事又要翻旧账了？"

"没有，他们不知道大圣的事。对了，这个是你要的不周山地皮合同。"杨戬把文件递给他，"要开养鸡场养蜂场还有民宿，准备安排不周山后勤一条龙？"

皮修挑眉："这叫靠山吃山，你个三眼娃懂什么！"

"行吧，到时候给我一张会员卡就行了。"杨戬抱着手臂，"当作封口费。"

皮修脚步一顿，随即继续往前走："行了，直接送你，谁稀罕你那两个钱！"

杨戬挑眉："那先多谢皮老祖了。对了，哪吒在哪里？李靖托我给他带句话。"

"后院呢，跟我来吧。"皮修道。

两个人进了后院，哪吒正坐在石墩子上吃冰棍，三个头三张嘴都不停下，是一般人体验不到的三倍冰爽。

杨戬："……李靖托我给你带句话。"

哪吒："是遗言吗？是遗言我听听。"

"他说你妈叫你回家吃饭。"杨戬说着一顿，"总觉得我这句话有点奇怪。"

皮修在一边点头。

哪吒听了半晌没说话，然后应了一声说："我知道了，过两天会回去的。"

杨戬见状点头，他送完东西传完话应当走了，但是自己心里的疑惑还没有解开，便也在石头墩子上坐下来，看着皮修问："就我们仨了，不说说你怎么跟大圣搭上线的？"

皮修"啧"了一声："什么搭不搭上线的，就是认识了呗。当时那会儿我有钱，漫山遍野旅游，正好路过花果山看见他在那里打猴拳呢。"

他说着也在石头墩子上坐了下来，点了根烟吸了一口淡淡道："从前我也去过花果山水帘洞，漫山遍野的猴，叽叽喳喳吵死人。但是那次去的时候，除了他，别的猴一个都没看见。"

杨戬点了点头："自他出世以后，开灵智的猴精越来越少，直到后面便不再有猴精出现了。"

"他一个人守着花果山水帘洞，平日里也没人往那边去。那天我路过，跟他聊了两句，又喝了两杯，觉得那里的景色不错又安静，索性留下住了几日。"

皮修说着一弹手里的烟灰："就这么熟起来的。"

哪吒想了想从前的日子，忍不住笑了一声："我那时候还有事没事去看看他，叫他出门多走走，他说他守着花果山不想动。原本上天入地的齐天大圣，想不到这么恋家。"

杨戬淡淡道："猴子本来就是群居动物，他一个人住在那里应该很无聊。"

皮修点头。

上闹过天宫、下闹过地府的齐天大圣坐在石头上，他的头顶是月光，背后是水声潺鸣的花果山水帘洞。

明明皮修就坐在旁边，大圣仍旧觉得天地寂寥只剩自己一人。

大圣仰头看天，又低头看地，突然笑了一声。

他是寿与天齐的妖怪，却也是这个世上最寂寞的妖怪。

大圣看向皮修："这么多年，外面还有猴精吗？"

皮修仔细想了想，摇头说："好像没有，反正我没见过。"

大圣微微点头："没有啊……"

他看向无边无际的夜空，淡淡道："外面没有，这里也没有，可能以后也不会有了吧。"

"你要是觉得无聊，可以让一些小妖怪住过来，它们会愿意陪你说话的。"皮修道。

大圣摇摇头："不一样的，我不是差陪我说话的人，我只是……"

他说着一顿，突然摆了摆手："算了，跟你说这些又有什么用，俺老孙解决不了的问题，旁人也解决不了。"

皮修挑眉也没多问，在花果山住了两天便向大圣告辞，临走时大圣说："如果走了一圈也觉得无聊就回来吧，我有点事情请你帮忙。"

皮修点头答应，等他又回到花果山找大圣的时候，却发现他正在水帘洞门前的石头上打坐。

金冠红袍都被扔在一边，落了厚厚一层灰。

皮修打了个招呼问："你在干什么呢？"

大圣未睁眼未张嘴，声音却传进了皮修的耳朵——这位顶天立地的大妖怪说他在坐化。

皮修一下愣在原地，掏了掏自己的耳朵："什么玩意儿？你再说一遍。"

大圣："我说我在坐化。"

皮修："……活着不好吗？坐化干什么？"

"太无聊了，这个世界太无聊了。"大圣喃喃说着，"猴子猴孙们都不在了，我的家人都不在了……"

齐天大圣不缺少追随者，不缺少聊天的对象，但却没有能够生活在一起的家人。他说话的声音逐渐变小，皮修很快就听不清他的呢喃了。

皮修皱眉却不知道怎么劝解，他沉默半晌坐在了地上问："那你是有什么事情需要我帮忙？"

大圣的声音又响起："花果山水帘洞……留给你了……如果还有别的猴精出现，请你帮我照顾好它。"

皮修一愣，还没来得及说自己很有钱不要别人的房，就看见大圣的身体化成金光开始逸散。

他心下一急，连忙说："如果没有人陪你，你就拔根毫毛变十万八千个猴子出来，还愁没有家人吗？"

大圣沉默着，身上的金光还在飘散，皮修黑着脸继续说："要是觉得没意思你就把自己的记忆封了不就完事了，自欺欺人不是妖怪的传统美德吗？"

皮修难得话多，他站在一边冲着还在散金光的大圣来了一句狠话："你跟天斗跟天庭斗这么多年，要是突然因为寂寞坐化了，岂不是便宜了他们？"

突然，空中的金光飘散得慢了，安静了许久，大圣再次开口："的确是便宜他们了。"

坐化的大圣改变了主意，一口气分出三个猴身，天雷阵阵劈在周围，金光闪闪，又引来了两只好奇的山野猴子。

皮修吸了口烟，吐出一口气说："后面的事你们就都知道了。我原以为这辈子没机会再见到他，没想到他还是留了一手。"

哪吒听得挑眉："这猴子精明得很，怎么可能不给自己留张底牌？"

"能摆上面一道的也就只有他了。"杨戬站起身整了整衣服，"不过也算是得偿所愿，是好造化。"

皮修挑眉："谁说不是呢？"

（六）

有一天陶题做吃播吃到一半，匆匆下播，找到皮修握住他的手，情真意切地同他的老兄弟说："好兄弟！等了好久终于等到今天！梦了好久终于把梦实现！"

皮修一脸嫌弃甩开他的手："投胎就投胎，不要给爷叽叽歪歪。"

陶题轻咳一声："行吧，我打个招呼现在走了。"

皮修挑眉："不去给文熙打个招呼？"

"不说了，省得他难过。"陶题一摆手，什么也没拿就往店门口走，"我得快点去了，要不然茜娘要等急了。"

轮回井边的人不是愁眉苦脸就是一脸麻木，只有陶题一个人兴高采烈、面带微笑，他要去赴一场他迟到已久的约会。

井边的小仙一笑："饕餮老祖往哪里去啊？"

陶题一笑："往心爱之人处去。"

时辰一到陶题便进了井，前尘往事恩怨纠缠都随风而去，进入红尘，他开始了崭新生活，从牙牙学语到蹒跚学步，最后到了成年之日。

节假日的商业区总是人潮汹涌，陶题戴着耳机避让着行人，突然不小心撞了一个人，他扭头看去，道歉的话还没说完，眼睛却已经红了。

金风玉露一相逢，便胜却人间无数。

两个人站在原地对望一阵，陶题咳了一声，擦掉脸上的眼泪问："我现在可以抱你一下吗？"

文茜没有说话，上前一步将他抱住。

又是一个午后，文熙把瘫在桌子上睡觉的皮招财叫醒，捏捏他的耳朵说："作业做完了吗？又变成这样在这里睡觉，快点变回人形上楼做作业去，高中延期毕业多少年了，想过两年一百岁了再毕业啊？"

白色胖猫"喵"了一声，赖着不想动。

文熙还要教育几句，却听见门口传来一声呼唤——"怀玉"。

他扭头一看，顿时愣在了原地。

皮修正在后院扎秋千，突然听见他高喊："皮修，我姐姐和姐夫回来了！"

"知道了！别叫！"皮修喊了一声，用力扎紧了手上的绳子，心想屁大点事有什么好叫的，但他的脸却不由自主笑了起来。

白云苍狗，人生弹指一瞬，但他们的故事还有很长很长。

（全文完）

图书在版编目（CIP）数据

日进斗金 / 海鹃落著. — 成都：天地出版社，
2024.2
ISBN 978-7-5455-8130-0

Ⅰ.①日… Ⅱ.①海… Ⅲ.①长篇小说—中国—当代
Ⅳ.①I247.5

中国国家版本馆CIP数据核字（2024）第016472号

RIJINDOUJIN
日进斗金

出 品 人	杨　政
作　　者	海鹃落
责任编辑	杨　露
特邀编辑	孙昭月　杨晓丹
责任校对	曾孝莉
封面设计	Recns
责任印制	白　雪

出版发行 天地出版社
（成都市锦江区三色路238号　邮政编码：610023）
（北京市方庄芳群园3区3号　邮政编码：100078）
网　　址 http://www.tiandiph.com
电子邮箱 tianditg@163.com
经　　销 新华文轩出版传媒股份有限公司

印　　刷 天津旭丰源印刷有限公司
版　　次 2024年2月第1版
印　　次 2024年2月第1次印刷
开　　本 680mm×970mm 1/16
印　　张 24.25
字　　数 532千字
定　　价 49.80元
书　　号 ISBN 978-7-5455-8130-0